D1929421

Aus Freude am Lesen

Kjell Westö

Vom Risiko, ein Skrake zu sein

Roman

Aus dem Finnlandschwedischen von Paul Berf

btb

Die finnlandschwedische Originalausgabe erschien 2000
unter dem Titel »Vådan av att vara Skrake«
bei Söderströms, Helsingfors, und anschließend bei Norstedts, Stockholm.

Die Übersetzung wurde gefördert
durch ein Stipendium des Deutschen Übersetzerfonds e.V.
sowie vom Finnish Literature Information Centre, Helsinki.

1. Auflage

btb Verlag, in der Verlagsgruppe Random House GmbH, München
Satz: Uhl + Massopust, Aalen
Dieses Buch wurde auf holz- und säurefreiem Papier gedruckt,
geliefert von Salzer Papier GmbH, St. Pölten.
Das Papier wurde aus chlorfrei gebleichtem Zellstoff
hergestellt und ist alterungsbeständig.
Druck und Einband: GGP Media GmbH, Pößneck
Printed in Germany
ISBN 3 442 75124 1

www.btb-verlag.de

FÜR CALLE UND BENNI

Erstes Buch

Erster Teil

In ein Haus zurückzukehren, das man einmal verließ

Gestern wehte der Wind aus Südost, und gegen Abend schenkte mir das Meer eine Lachsforelle.

Es war ein wolkenverhangener und grauer Tag gewesen, doch in den letzten Stunden war der Himmel klar. Der Fisch war nicht sonderlich groß, anderthalb Kilo vielleicht, aber wild und kraftvoll. Er biss an, als die Sonne hinter Helsingfors gerade in einer kühlen Kaskade aus Rot unterging, und als er um seine Freiheit und sein Leben schwamm und sprang, glitzerte es wie Feuer in seinen silbrigen Schuppen. Auch der Blinker, den ich benutzte, war rot, mit schwarzen Querstreifen, denn wenn ich bei Sonnenuntergang fische, hallen stets Werners Worte in mir wider: *Bei klarem Wetter musst du in der letzten Stunde Rot oder Orange benutzen.* Außerdem biss der Fisch bei Ryssgrynnan an, südlich von Hästkobben, genau dort, wo ich es Werners Worten zufolge stets dann versuchen sollte, wenn es Frühling war und der Wind aus südöstlicher Richtung kam.

Und ich sagte mir: Erstaunlich, dass die Methode noch immer funktioniert, obwohl mehr als dreißig Jahre vergangen sind, seit Werner mir das Fischen beibrachte.

Als ich über die Råbergabucht zurückfuhr und das Boot neben den Überresten von Östermans Sauna an Land zog (ich bin kein Mitglied im Råberga Bootsclub und darf darum dessen Jachthafen nicht benutzen), dämmerte es bereits. Ich fädelte einen Zweig durch die Kiemen der Lachsforelle und trug sie auf althergebrachte Art, ich ging im sachte dunkler werdenden Abend den Råbergaväg hinab, ich roch den Duft aus Meer und Erde und Nadelbäumen, und genau das war der Moment, in dem mir bewusst wurde: Ich bin tatsächlich wieder zurückgezogen.

Es gibt vieles, das in Råberga anders ist als früher. Den Jachthafen habe ich bereits erwähnt: Die Betonpiere und ein Zaun aus Leichtmetall haben schon vor langer Zeit den ausgedienten Dampfschiffanleger ersetzt, an dem unser Boot immer vertäut lag. Und Tistelskär und Kalvholmen sind erschlossen worden, auf jeder Lichtung steht ein Holzhäuschen, vor den Häuschen befinden sich sorgsam gepflegte Gärten, in den Blumenbeeten heben Gipslöwen und Gipsgriechen ihre möchtegernantiken Köpfe, und zur Sommerzeit werden die Rasenflächen von Sitzgruppen aus weißem Plastik bevölkert.

Sowohl draußen bei den kleinen Inseln als auch am Ufer von Råberga sind die Ufersteine mit glitschigen Algen bewachsen. Auch der Blasentang ist mit Algen bedeckt, und man kann vielleicht gerade mal halb so tief sehen wie früher. Am Südhang der Råbergaanhöhe stehen mehr Häuser als früher, die diskret hockenden Backsteinhäuser haben Konkurrenz von protzigen baiserartigen Privatschlössern bekommen. Und auf der Kuppe der Anhöhe, direkt neben dem *Platz der vier Himmelsrichtungen*, steht ein achtzig Meter hoher Wasserturm, ein riesiger Betonpilz, der Råberga und Österkulla und Teile von Nordsjö versorgt und bei klarem Wetter noch von der Küste Estlands aus zu sehen sein soll.

Nördlich der Anhöhe, im eigentlichen Dorf, sind die meisten Gebäude neu. Das Haus der Skalpiertante, in dem auch das Postamt untergebracht war, ist ebenso verschwunden wie Östermans Laden und die große, jedoch undichte Holzvilla der Freiwilligen Feuerwehr, deren Boden knarrte und in der die Kirche für uns Kinder einen Mittwochsclub organisierte. Stattdessen wird das Dorf von einem hektargroßen Sparmarkt und einem vierstöckigen Glasgebäude dominiert, das irgendwann in den Achtzigerjahren von einem Spekulanten aus Helsingfors erbaut und später von Nokia übernommen wurde. Dort gibt es auch ein Drive-In-Hamburgerrestaurant mit dem wohlbekannten gelben M auf dem Dach, und die Filiale scheint gut zu laufen: Junge Burschen fahren aus den östlichen Vororten von Helsingfors bis hierher, sitzen in ihren Autos, die sie auf dem asphaltierten Wendeplatz parken, hören *Radio Energy* und trinken Dosenbier und grölen.

Die steinerne Kirche ist natürlich noch da, genau wie der schattige Friedhof, Letzterer jedoch bis auf den letzten Platz besetzt. Die Einwohner Råbergas werden heute auf Furumo im Norden von Helsingfors zu Grabe getragen. Und wiederum ein Stück weiter nordwärts am Råbergaväg, auf einem mit Kiefern bewachsenen Hügel, steht die Schule, die ich besucht habe. Das Hauptgebäude stammt aus den Dreißigerjahren und besitzt drei Etagen, es ist grob verputzt, gelb und hat klare Konturen, und durch die Glaswände am Schnittpunkt zwischen dem alten Schulhaus und dem Anbau aus den Fünfzigern kann man nach wie vor Kinder und Jugendliche sehen, die sich die Wendeltreppe auf und ab bewegen. Aber diese Kinder sprechen heute Finnisch: Die schwedischsprachigen Kinder gehen in Östersundom oder Blomängen im östlichen Helsingfors zur Schule, wenn sie klein sind, und ins Gymnasium von Nickby oder Brändö, wenn sie größer sind.

Und auf dem Sportplatz unterhalb der Schule steht kein Hammerwurfschutzkäfig mehr, und aus der roten Aschenbahn sprießen zottige Grasnaben.

* * *

Der Gutshof steht, wo er immer gestanden hat, und über ihn möchte ich eine Geschichte erzählen.

In meiner Kindheit befand sich Råberga Gård noch im Besitz der Familie Stiernwall. Der Gutshof war die meiste Zeit verriegelt und stand leer, denn die Stiernwalls waren Geschäftsleute, die in modernen Häusern in Grankulla und Munksnäs und ähnlichen Orten wohnten, sie standen dem Lehen, das ihre Vorfahren ihnen als ständige Last verschafft hatten, ratlos gegenüber. Auf meinen Laufrunden rannte ich stets die Birkenallee des Herrenhauses hinab, im Herbst zerrte und riss der Wind an den Kronen der Bäume, und die gilbenden Blätter raschelten trostlos.

Als ich elf oder vielleicht auch zwölf war, jedenfalls in den Jahren, als der Wasserturm und die ersten Hochhäuser errichtet wurden, mieteten ein paar junge Männer aus Helsingfors das größte der zum Gut gehörenden Gebäude an. Sie eröffneten dort eine Diskothek, die *Glam Manor* hieß und von April bis Oktober jeden Freitag- und Samstagabend geöffnet hatte. Das *Glam Manor* erlangte rasch Kultstatus bei den Schönen der Hauptstadt, und für ein paar Jahre war Råberga an den Sommerwochenenden ein belebter Ort. Die Abendbusse waren voller smart gekleideter 20-Jähriger aus Helsingfors: An einem kalten Maisamstag in einem dieser Jahre sah ich die erste Röhrenjeans meines Lebens, sie saß an einem langbeinigen, dunkelhaarigen Mädchen, das mit dem 18.17-Bus kam, und ich erinnere mich noch, dass Hermansson ihn fuhr.

Die Reichen kamen nicht mit dem Bus zum *Glam Manor*. Die Reichen kamen spät, sie kamen in voll gestopften Taxis, und wenn sie aus den Limousinen stiegen, johlten und grölten und kicherten sie. Manchmal stand ich auf der Anhöhe im Sonnenuntergang und betrachtete die Staubwolken, die von ungestüm Gas gebenden Taxifahrern auf der Herrenhausallee aufgewirbelt wurden. Im Abendlicht bekam der Staub einen sattgelben Glanz. Die Vermögendsten unter ihnen ließen ihre Droschken dann vor dem *Glam Manor* warten, während sie feierten. Die Stunden vergingen, die Taxameter tickten, und die Musik dröhnte über Råberga. Im ersten Sommer liefen vor allem *Hello Hooray* und David Bowies *Starman* und andere geschminkte Sachen, aber während der letzten Saison der Diskothek wurde bereits kultivierter Phillysoul gespielt, *Rock Your Baby* und Van McCoys *The Hustle* und Ähnliches. In aller Regel blieb die Musik auf der nördlichen Seite des Dorfs, denn die Anhöhe funktionierte als

Lärmschutz. Der Einzige, dem es gelegentlich gelang, die Kuppe der Anhöhe zu überwinden, war der schmalzige Soulsänger Barry White. Bei starkem Nordwind konnte man in unserem Garten Bruchstücke wummernder Bassphrasen hören und dann Barry, der auf seine allseits bekannte Art Sentenzen wie »Aahhh... sexy, baby!« oder »How I wanna make sweet sweet love to you, woman!« brummte.

Mein Vater Werner war zu jener Zeit bereits ein gebrochener Mann. Er stand außerhalb der Gesellschaft, er wurde mit Argwohn betrachtet, er war ein verhinderter Kraftprotz, ein Hahnrei und ein verstummter Schriftsteller, der sich vor allem der Aufgabe widmete, gewaltige Wintervorräte bester Birkenholzscheite zu schlagen, obwohl wir eine Ölheizung hatten und den offenen Kamin so gut wie nie benutzten. Aber Werner konnte immer noch denken, und er hatte einen Kurs belegt, der *Milestones in American Literature* hieß, als er in Cleveland wohnte. »Huck Finn ist tot, und in eurer Musik führt Kapitän Ahab das Wort«, sagte er jedes Mal, wenn er am *Glam Manor* vorbeikam und die Musik an sein Ohr drang.

Damals verstand ich nicht, was er damit sagen wollte, und wenn ich es verstanden hätte, dann hätte ich protestiert. Denn während dieser *Glam-Manor*-Jahre verlor ich allmählich die Lust an meinen täglichen Laufrunden und wurde zu einem Jüngling mit normal sündigen Interessen. Das Laufen kam mir auf einmal so einsam und monoton vor, und ich begann stattdessen, mit Jinx Muhrman und Aka Lindberg und ein paar anderen im Essocafé herumzulungern. Wir rauchten Zigaretten, tranken literweise Kaffee und spielten am Pajazzoautomat, wir wollten Råbergas schwarze Schafe sein.

Am Wochenende hing ich dann vor dem *Glam Manor* herum. Es gelang mir nie, in die Diskothek hineinzugelangen. Ich war deutlich erkennbar minderjährig und im Gegensatz zu Jinx und Aka körperlich noch unentwickelt und hatte somit nicht den Hauch einer Chance, die Türsteher zu überlisten. Doch dadurch wurde die Verlockung nur noch größer, und in jenen Jahren übernahm das *Glam Manor* für mich die Rolle des Laufens als Symbol für Freiheit und Wahrheit und Wildheit, für all das, was im Leben erstrebenswert schien.

In den Achtzigerjahren war Råberga Gård dann der Sitz eines exklusiven Golfclubs. Heute ist das Gut im Besitz eines der größten Medienunternehmen Finnlands und wird für so genannte *retreats* genutzt: Man sieht bekannte Fernsehstars die Birkenallee hinab und über die sanft grünenden Hügel des zugewachsenen Golfplatzes wandeln. Aber sie gehen zu schnell, ihre Schritte und ihre Körper haben etwas Gehetztes und nach vorne Geneigtes, das sich nicht in wenigen Tagen kurieren lassen wird.

* * *

Drüben an der Landstraße steht noch immer die Essotankstelle mit dem angrenzenden Café, in dem ich viele und lange Stunden verbracht habe. Eine Jukebox gibt es heute natürlich nicht mehr, und auch der Pajazzoautomat ist verschwunden. Früher stand die Tankstelle dort in einsamer Majestät, aber heute erkennt man gerade hier, zum Norden hin, am deutlichsten, wie sehr Helsingfors inzwischen mit Råberga verwachsen ist. Denn westlich der Tankstelle liegt die Erklärung dafür, dass Råbergas Volks- und Gemeinschaftsschule sich von einer schwedischsprachigen in eine finnische verwandelt hat: eine Hand voll klassisch plattenbaugrauer, vierstöckiger Häuser (damals waren sie die allerersten Hochhäuser hier draußen), hinter ihnen ein paar Turmhäuser mit acht Etagen und daran anschließend eine lange Reihe dreistöckiger Mietshäuser, erbaut in diesem unregelmäßigen Neunzigerjahrestil, als eine Art Zwischending aus Hochhaus und Reihenhaus, die Farbpalette in sanften Pastelltönen: minzgrün, hellrosa und sonnengelb.

Und nordwestlich der Landstraße liegt dann der Vorort Österkulla, Helsingfors' äußerster Vorposten.

Es ist schon erstaunlich, dachte ich gestern Abend, als ich an der Spüle stand und meine Beute filetierte, dass Werners Silberfische immer noch entlang der Küste stehen, dass sie dort im Stauwasser hinter Untiefen und Felseninseln stehen, als wäre nichts geschehen, so nahe an all diesen Veränderungen und dennoch so unberührt.

* * *

Diese Geschichte hat noch einen langen Weg vor sich, ehe sie eher flüchtig mein Leben als Erwachsener berührt, dennoch möchte ich bereits jetzt ein paar Karten auf den Tisch legen:

Ich zog in dem Sommer aus Råberga nach Helsingfors, in dem ich siebzehn wurde. Mir standen andere Möglichkeiten offen, doch ich entschied mich dafür, alleine in der leer stehenden Wohnung meiner Tante Mary in der Främlingsgata zu wohnen. Ich besuchte dann die Gymnasiale Lehranstalt oder auch Gymnasium Norsen, worauf sie umgetauft worden war.

Ich war in einer eigenartigen Familie aufgewachsen, und meine einzigen richtigen Jugendfreunde, Bjöna und Jinx Muhrman, waren ebenfalls ein wenig seltsam. Wie von einem Radarsystem gelenkt suchte ich deshalb die Nähe der städtischen Boheme. Obwohl sowohl die Hippie- als auch die linke Welle ihren Zenit bereits überschritten hatte, gab es doch noch zahlreiche Widerstandsnester im schwedischsprachigen Teil von Helsingfors, und in diesen Nestern wuchs ich zum Mann heran, dort fand ich meine Freunde. Ich entdeckte zudem eine lebhafte und offenherzige Seite an mir und wurde rasch ziemlich beliebt (obwohl, welcher 17-Jährige mit einer eigenen Wohnung wird das nicht!).

Diesen Weg habe ich seither weiter verfolgt. Ich habe Soziologie und diverse Kunstfächer studiert, jedoch keinen Abschluss. Ich bin einmal verlobt gewesen und habe viele Frauen gehabt, war jedoch niemals verheiratet und habe auch keine Kinder. Unter Umständen habe ich sogar einen Sohn, aber dieses Kind habe ich in dem Fall nur gezeugt und seitdem die Augen vor ihm verschlossen, und ist man dann überhaupt ein Vater?

Im Erwerbsleben bin ich eine Art Mischung aus Journalist und Werbefachmann gewesen. Ich habe als Copywriter für Lowe Bindfors und für McCann geschrieben, ich bin Chef vom Dienst bei der schwedischsprachigen Tageszeitung *Hufvudstadsbladet* gewesen (ja, ich habe tatsächlich für die Zeitung gearbeitet, die eines Sommers Anfang der Fünfzigerjahre dazu beitrug, meinen Vater lächerlich zu machen) und war in den Neunzigern fünf Jahre lang verantwortlich für die Soaps in einem der neuen Fernsehkanäle.

Im Grunde habe ich mich immer als Philosophen und Künstler betrachtet.

Alles, was ich vollbracht habe, ist Lüge und Blendwerk gewesen.

Ich habe Seelen manipuliert, meine eigene und die anderer.

So wie auch wir heute alle beschäftigt sind, im Virtuellen wie auch auf Erden.

* * *

Manchmal kann eine Begegnung so viel bedeuten.

Es war in einem Frühling Mitte der Neunzigerjahre. Ich hatte meine Pläne, das Haus zu verkaufen, bereits ad acta gelegt, oder eigentlich nicht ad acta gelegt, denn es war keine bewusste Entscheidung, die Jahre vergingen nur einfach, und es gelang mir einfach nie, zur Tat zu schreiten. Und ich hatte mein Gelübde gebrochen, nie mehr hierher zu kommen, ich hatte bereits etliche Wochenenden hier draußen verbracht, mit verschiedenen Frauen, die sich alle bitterlich darüber beklagten, wie ich es nur *wagen* konnte, ein so wunderbares Haus verfallen zu lassen. Und in Wahrheit wagte ich es auch gar nicht. Ich hatte die Treppe auf der Vorderseite des Hauses reparieren lassen, ich hatte im Panoramafenster eine neue Außenscheibe statt der gesprungenen einsetzen lassen, und ich hatte eine Reinigungsfirma beauftragt und ihr freie Hand gegeben. Sie hatten abgelaufene Konserven und andere alte Lebensmittel weggeworfen, sie hatten feuchtes und schimmelndes Bettzeug und Teppiche entfernt, sie hatten gewischt und gebohnert.

Dann ergab es sich, dass ein Klassentreffen organisiert wurde.

Råbergas Volks- und Gemeinschaftsschule, 5. Klasse, Frühjahr sechsundsiebzig.

Weder das Essocafé noch das Hamburgerrestaurant mit dem gelben *M* waren denkbare Alternativen, also fand das Treffen im Hotel Grand Marina in Helsingfors statt. Anfangs wollte ich gar nicht hingehen. Ich war bereits auf Norsens Abiturjubiläum, Jahrgang 79, gewesen und entsetzt über die schmierige Nostalgie, die in weniger als zwanzig Jahren Besitz von uns ergriffen hatte. Und was Råberga betraf, hatte ich darüber hinaus allen Grund, Fragen zu meinem Vater zu befürchten.

Trotzdem ging ich hin, jedoch nicht zum Essen, sondern zum zwanglosen Beisammensein danach.

Ich war nicht nüchtern, als ich zum Grand Marina ging. Ich hatte im nahe gelegenen Kellerlokal Poseidon gesessen und mir eine ordentliche Grundlage verschafft und kam mir anfangs ziemlich verloren vor. Die meisten meiner ehemaligen Schulkameraden waren mir so fremd, wie sie es schon zwanzig Jahre zuvor gewesen waren, und zwar unabhängig davon, ob sie aus Familien stammten, die seit Generationen in Råberga heimisch waren, oder Kinder der Hauptstadtpendler waren, die in den colabraunen Backsteinhäusern des Südhangs gewohnt hatten. Aber ich saß eine Weile an einem Tisch und unterhielt mich mit Aka Lindberg, dem Neffen von Laden-Österman und bereits in jungen Jahren Råbergas wandelndes Rocklexikon. Und ich wechselte ein paar Worte mit Cita Rothovius, die in Verona lebte und mit Nachnamen Ciniselli hieß und noch genauso unerträglich schön war wie im Frühjahr sechsundsiebzig.

Anschließend ging ich an die Bar, und dort stand Björn Muhrman.

Damals wohnten Björn und seine Schwester Janina, *das Mädchen, das alle naselang seinen Spitznamen wechselte*, in dem colabraunen Haus neben unserem. Bjöna und Jinx waren meine besten Freunde gewesen, und wir standen deshalb lange an der Bar und unterhielten uns, nur er und ich. Es wurde ein guter Abend, denn wir verfielen nicht in Jungennostalgie, wir suhlten uns nicht in alten Lehrern und nicht in den Es-war-einmal-Büsten der mittlerweile 35-jährigen Frauen und auch nicht in unseren vergangenen sportlichen Höchstleistungen, die im Übrigen weder Bjöna noch ich vorzuweisen hatten. Eher schienen wir die Lebenstemperatur des jeweils anderen zu messen, wir hörten zu und rundeten ab und beurteilten und konnten beide konstatieren, dass der andere sich einigermaßen gut geschlagen hatte, zumindest oberflächlich betrachtet. Bjöna war Systemprogrammierer bei einer holländischen Computerfirma und nur wegen des Klassentreffens eingeflogen. Er war, wie er mir erzählte, mit einer Holländerin verheiratet, und sie hatten vier Kinder. Bjöna hatte nichts von seiner gedanklichen und sprachlichen Schärfe verloren, aber im Gegensatz zu früher strahlte er jetzt förmlich vor Selbstvertrauen. Dieser Bjöna hatte keine Ähnlichkeit mehr mit dem komischen Kauz, der bei den Mathematikarbeiten immer die volle Punktzahl erreichte und Strawinskij verehrte, während wir anderen im Dschungel des Hitlistenpops botanisierten und ihn wegen seines frühreifen Intellekts verhöhnten.

Es zeigte sich rasch, dass Bjöna von Werners Tod wusste, aber danach vermied er das Thema. Stattdessen sprach er über Janina, und er nannte sie *Janna*, während ich am *Jinx* der späten Pubertäts- und ersten Helsingforsjahre festhielt. Er erzählte, dass sie Ende der Achtzigerjahre an einer Kunsthochschule in Göteborg studiert hatte. Danach hatte sie in einem Vorort von London mit einem Senegalesen zusammengelebt und ein Kind mit ihm bekommen. Aber die Beziehung war in die Brüche gegangen und Jinx mit der Zeit an die Strände Ålands gespült worden. Sie hatte in Mariehamn einen Mann gefunden und noch ein Kind bekommen, ihr drittes. Nach einer Weile war ihr das Inselreich zu eng geworden – der neue Mann war mit den Sticheleien seiner Freunde über das Mulattenkind nicht klar gekommen, ließ Bjöna durchblicken –, und nun wohnte sie wieder in Göteborg, schrieb Kunstkritiken für eine Tageszeitung und hatte wieder angefangen zu malen. Es ging ihr relativ gut. Bjöna gestand auch, dass es mit Jinx zeitweise abwärts gegangen war und sie viel zu viel getrunken hatte. »Aber sie ist aus eigener Kraft wieder hochgekommen«, sagte er stolz, »sie hat sich mit reiner Willenskraft da wieder rausgezogen.«

Als sich der Abend dem Ende zuneigte und wir schon ziemlich betrunken waren von den Whiskydrinks, die wir uns gegenseitig aufgenötigt hatten, berührten wir kurz die letzten Jahre vor meinem Umzug von Råberga nach Helsingfors. Und bei der Gelegenheit sagte Bjöna plötzlich: »Damals habe ich das natürlich nicht kapiert, aber es muss verdammt schlimm für dich gewesen sein, da draußen wohnen zu bleiben. Das muss verdammt viele Narben hinterlassen haben.«

»Ja«, sagte ich, »das hat es.«

»Eins sollst du jedenfalls wissen«, meinte Bjöna daraufhin. »Ich habe Werner immer gemocht. Es war bestimmt nicht leicht, ihn zum Vater zu haben, aber irgendwie war er trotzdem ein guter Typ.«

Diese schroffe, unbeholfene Art, die wir haben, wenn wir in Finnland Dinge auf Schwedisch ausdrücken! »Irgendwie war er trotzdem ein guter Typ.« Ich erwiderte nichts, ich bekam nur einen Kloß im Hals. *Irgendwie* wurde mir von diesen Worten unermesslich warm ums Herz.

* * *

Ich besitze dieses Haus seit dreizehn Jahren, ich war fünfundzwanzig, als ich es erbte. Ich bin die dritte Generation der Skrakes hier draußen. Mein Großvater ließ das Haus erbauen (das war Ende der Dreißigerjahre), mein Vater ließ es zwanzig Jahre später wintertauglich machen, und ich selbst vernachlässigte es, solange ich konnte.

Die protzige funktionalistische Architektur mag etwas anderes andeuten, aber soweit ich weiß, hatte Großvater Bruno das Haus nie als etwas anderes als eine Sommerresidenz geplant. Doch das Jahrhundert, das verstrich, hielt für seine Menschen zahlreiche Überraschungen bereit: Bereits anderthalb Jahre nach dem Richtfest wohnten Großmutter Maggie und Werner und Mary hier draußen, Bruno war Offizier und an der Front, der Winterkrieg war ausgebrochen, es war eiskalt und das Haus zugig, Tante Mary, die damals knapp zehn war, soll sich eine Erkältung geholt haben, die den ganzen Winter über nicht mehr wegging.

Die Wahrheit über das Haus, in dem ich diese Worte schreibe, in dem ich an einem Schreibtisch am großen Wohnzimmerfenster sitze und von Zeit zu Zeit eine Pause einlege und auf die Råbergabucht hinausschaue, wo ölig und bleigrau der Finnische Meerbusen schmollt:

Ich hasste es.

Einmal ausgezogen, besuchte ich Werner nicht sonderlich oft, auch wenn dies in den letzten Jahren etwas besser wurde. Und als ich das Haus dann erbte, wurde alles nur noch schlimmer. Ich wollte nicht, denn die Bilder übermannten mich.

Am schlimmsten waren jene Bilder, die *sprachen*. Als ich jung war, konnte ich sie nicht ertragen, ich spürte, dass meine Gesichtsmuskeln zu zucken begannen und etwas in meinem Inneren hochkam, etwas, das ich als *sauer* wahrnahm, und ich musste wild grimassieren, um nicht die Beherrschung zu verlieren.

Der junge Mann, der ich damals war, erlebte *Weinen* und *Saures* als Synonyme.

Einmal, als wir nach einer seiner Trainingseinheiten im Sonnenuntergang vom Sportplatz nach Hause gingen, sagte Werner: »Es sind wir Menschen, die Himmel und Erde verbinden, vergiss das nicht, Viki, vergiss das niemals.«

Na also! Ich habe eines dieser *sprechenden Bilder* niedergeschrieben. Aber es zuckt nicht mehr in meinem Gesicht, nichts Saures quillt hoch, ich grimassiere nicht. Die Hände, die weiterhin auf die Tasten des Computers hauen, sind ruhig, und mein Herz schlägt regelmäßig weiter.

* * *

Wenn ich versuche, die Veränderung zu verstehen, die in mir vorging, ereilt mich ein tröstlicher Gedanke: dass ich vielleicht endlich die Wahrheit in einem anderen sprechenden Bild akzeptiert habe, jenem, in dem ich vierzehn Jahre alt bin und im gleichen Wohnzimmer stehe und meine Wut über Råberga und über meine Mutter Vera und mich selbst und am meisten über Werner, der wieder einmal verschwunden ist, herausschreie, ich stehe am Anfang meines Aufruhrs, und ich schreie Dinge, die ich niemals zu schreien gewagt hätte, wenn Werner zu Hause gewesen wäre, und dann sagt mit leiser Stimme und großer Ruhe jemand, der sich im gleichen Wohnzimmer befindet und am gleichen Panoramafenster steht, das ich nun während meiner Schreibpausen nutze, dieser Jemand sagt, während er hinausschaut:

»Wo die Liebe an Bedingungen geknüpft wird, gibt es sie nicht.«

Diese Worte haben mich lange verfolgt.

Ich war so wahnsinnig wütend damals. Ich hatte gerade erfahren, dass Vera ausziehen würde, dass sie sich eine Wohnung in Helsingfors genommen hatte.

Sie versuchte mit mir zu reden, aber ich hörte nicht zu. Sie bat mich, bei ihr zu wohnen, ich würde in der Stadt auch ein eigenes Zimmer bekommen, deshalb habe sie ja gerade eine Dreizimmerwohnung angemietet, sagte sie.

Doch ich wollte nicht. Ich wollte schon weg aus Råberga, mehr als alles andere in der Welt wollte ich Råberga verlassen. Aber ich war mir sicher, dass diese Wohnung im Stadtteil Tölö das Liebesnest meiner Mutter und Riggert Holms war, und ich nannte sie eine Hure und vieles mehr, vielleicht gerade wegen dieser Worte über die Liebe, die ich selber nach Kinderart auffasste, als einfach und absolut.

Ich wusste nichts darüber, wie kompliziert die Liebe sein kann.

Ich wusste nicht, dass es unzählige Wege gibt, einen anderen Menschen zu lieben.

Ich wusste nicht, dass der Mensch es manchmal nicht erträgt, wenn der oder die Geliebte sieht, wozu er oder sie geworden ist.

In den letzten Jahren habe ich Vera immer wieder gebeten, heraus zu kommen, für eine Sommerwoche oder ein Wochenende oder wenigstens auf ein Abendessen mit Übernachtung. Doch sie zieht es vor, mich in der Stadt zu treffen, zu Hause auf Drumsö oder in meiner Wohnung in dem Haus an der Bergmansgata oder in einem Restaurant, sie sagt: »Ich habe meine Erinnerungen, und das reicht.«

* * *

Auch dies ist wahr:

Mit der Zeit, beinahe ohne dass man es merkt, kommt man immer öfter hier raus. Man kommt nicht mehr zusammen mit den Frauen, die begeistert seufzen und sich bitterlich beklagen, nein, man kommt allein. Und man lässt das Haus nicht länger verfallen. Denn je öfter man herkommt, desto öfter entdeckt man Dinge, die in Angriff genommen werden müssten, und man wird immer geschäftiger, man holt beim örtlichen Schreiner Jerker Haglund, Sohn jener Frau Haglund, die den Friseursalon führte und Skalpiertante genannt wurde, alle möglichen Angebote ein, und dieser Schreiner Haglund freut sich dann schier unglaublich. Mit der Zeit bleibt man immer länger, man kauft sich ein Notebook und ein Modem und besorgt sich einen Internetanschluss, obwohl man eigentlich jegliche Art von Technologie verabscheut, und erledigt immer größere Teile seiner Arbeit vom Haus aus. Man fängt wieder an, auf den Wechsel der Jahreszeiten zu achten, horcht im Frühling auf den ersten Kuckuck und hofft, dass er im Westen oder Osten ruft, weil das angeblich Glück bringt, und eines Tages steht man in seinem Wohnzimmer und sieht von Süden her Regen aufziehen wie ein grauer Teppich, der langsam auf der Bucht ausgerollt wird, und man sagt sich: *Genauso sah es aus*. Und man hört, wie im Kopf immer öfter alte Wortwechsel widerhallen, und nach einiger Zeit gewöhnt man sich sogar an den gewaltigen Schatten, den der Wasserturm auf den Platz der vier Himmelsrichtungen wirft, *der Platz zum Atmen ist trotz allem hier draußen,* hallt es jedes Mal, wenn man dort oben steht und aufs Meer hinausschaut, und plötzlich hat man das Boot kalfatert und einen kleinen Viertaktmotor und eine neue Spinnrute gekauft, die erste seit fünfundzwanzig Jahren, und man hat die Johannisbeersträucher beschnitten und die alten Apfelbäume von morschen Ästen befreit, und fast schon ein wenig zerstreut hat man eines Tages seinen lukrativen Job beim Fernsehen gekündigt, und so ergibt eins das andere: Man ist ein Heimkehrer und hat beschlossen, bescheiden zu leben und den Versuch zu machen, herauszufinden, ob an dem verfallenen und vergessenen Ort, der die eigene Seele ist, noch *Sprache* wohnt.

Erinnerung

Im Traum bin ich ein Junge, es ist ein bewölkter Morgen mitten in der Woche, aber ich darf zu Hause bleiben und muss nicht zur Schule, denn Onkel Leo ist zu Besuch. Ich stehe im Flur und ziehe Regenmantel und Stiefel an. Vera ist zu ihrer Arbeit im Schulsekretariat gegangen, und Werner liegt mit dem Boot draußen bei Ytterharun und wirft nach Silberfischen aus, nach dem morgendlichen Training ist er hereingekommen und hat geduscht und sich angezogen und mir das Haar zerzaust und die Angelausrüstung genommen und ist dann zum Ufer und zum Boot hinuntergegangen.

Onkel Leo sitzt in der Küche und schlürft Kaffee von der Untertasse. Er und Werner haben am Küchentisch gesessen und Bier getrunken und sich bis tief in die Nacht unterhalten, und danach hat Leo sich auf die Couch gelegt und lange geschlafen und den ganzen Morgen über gewaltig geschnarcht. Onkel Leo ist noch nicht weißhaarig, er hat eine dunkle Tolle, die nur ein wenig graumeliert ist, und er kommt in die Diele, lächelt mich an und zieht sich Stiefel und Mantel und den Südwester an, ich schäme mich ein wenig wegen des Südwesters, außer Leo und Werner trägt kein Mensch einen, und ich hoffe, die anderen Kinder werden uns nicht sehen, wenn wir an der Schule vorbeikommen. Onkel Leo brummt etwas, so als hätte er meine Gedanken gelesen, kehrt in voller Montur in die Küche zurück und schaltet das Radio aus, in dem eine wehmütige Stimme vom Moody River singt.

Im Traum, wenn es denn ein Traum ist, gehen Onkel Leo und ich an unserem Anglia vorbei, der in der Auffahrt parkt, und dann gehen wir auf den Råbergaväg hinaus und über die Anhöhe und durch das Dorf und weiter nach Norden. Es ist ein Tag Ende Oktober, die Kronen der Laubbäume sind bereits halbnackt, gelb, sie schütteln sich im Wind, es regnet schwach, und feuchte, herrenlose Blätter wirbeln umher, treffen das Gesicht, kleben an der Wange. Auf der langen Geraden vorbei an Schule und Gutshaus sind die Straßenlaternen eingeschaltet, obwohl es Vormittag ist, sie bilden eine spärlich besetzte Perlenkette aus Lichtpunkten bis hin zur Landstraße, ihr Licht ist von der gleichen Farbe wie verwelktes Schilf.

Weder Onkel Leo noch ich sagen etwas, er nimmt mich an die Hand, als wir an der Essotankstelle vorbeikommen und die Landstraße überqueren, wir gehen in den Wald, es ist ein Mischwald, Laub- und Nadelbäume wechseln einander ab, Farngestrüpp, Wacholderbüsche mit verdorrten Zweigen, der Geruch von nassen und faulenden Pilzen. Wir marschieren lange, das Terrain wird immer unwegsamer, ich stolpere über Wurzeln und Farne, habe aber keine Angst, denn Leo hat etwas an sich, das einen dazu bringt, in seiner Gegenwart niemals Angst zu bekommen. »Wo gehen wir hin?«, frage ich dennoch am Ende, denn so weit bin ich in den Wald nördlich der Landstraße noch nie zuvor eingedrungen. »Das wirst du gleich sehen«, sagt Leo und drückt meine Hand, damit ich Ruhe bewahre.

Dann öffnet sich der Wald, weitet sich zu einer Lichtung, und auf dieser Lichtung gibt es einen kleinen Waldsee. Der Waldsee liegt vollkommen still, seine Oberfläche ist schwarz und glatt, bis hierher, in die Tiefe des Waldes, dringt der Wind nicht vor. Wir bleiben stehen und schauen, Onkel Leo und ich, wir stehen vollkommen still. »Gibt es Fische in ihm?«, frage ich, denn ich bin in dem Alter, in dem man seinen Papa bewundert, und habe die meisten von Werners Marotten übernommen, ich interessiere mich fürs Spinnfischen und Elvis und Jurij Gagarin, der im Frühjahr gestorben ist.

»Ich denke schon«, antwortet Leo, »aber wenn, dann stehen sie um diese Jahreszeit am Grund. Und dieses Wasser ist tief.«

»Warum sind wir hierher gegangen?«, frage ich.

»Weißt du, was dieser See in Erinnerung ruft, weißt du, wie er zu seinem Namen gekommen ist?«, fragt Leo, ohne meinen Einwurf zu beachten: Im Traum spricht er die gleiche, etwas feierlich anmutende Sprache wie in seinen Erzählungen.

»Nee.«

»Er gleicht uns, er hat seinen Namen von uns«, sagt Leo.

»Von mir und dir?«

»Von dir und mir und allen Menschen. Denn er ist ebenso schwarz und undurchdringlich wie wir. Doch wenn man sich ihm auf die rechte Art nähert, wenn es die rechte Jahreszeit ist und man stumm und vorsichtig geht und sich an den Rand des Sees setzt und dort lange genug verharrt, kann man an der Oberfläche oder unmittelbar darunter etwas aufblitzen sehen, wie ein Fischmaul, das einen vorsichtigen Ring an der Oberfläche hinterlässt, oder wie das Schimmern einer Silbermünze unten in all dem Schwarzen.«

»Und was sieht man nun?«, frage ich, denn ich bin praktisch und sachlich veranlagt wie die meisten 8-Jährigen, »einen Fisch oder ein Geldstück?«

»Das wird man nie erfahren. Denn schon nach dem Bruchteil einer Sekunde ist das, was dort aufblitzte, verschwunden, und die Oberfläche liegt wieder schwarz und glatt, als hätte sie nie etwas getrübt. Und es nützt nichts, dass man beharrlich starrt und den Versuch unternimmt, herbeizuzwingen, was dort aufblitzte und verschwand. Es will zu seinen eigenen Bedingungen erscheinen, es kommt nie, wenn man *versucht*.«

»Sollen wir dann bleiben und warten?«, frage ich.

»Ich glaube nicht, dass sich das lohnt. Wie ich schon sagte, steht alles Lebendige tief um diese Jahreszeit«, erwidert Leo.

»Aber wie heißt denn nun der See?«, frage ich beleidigt.

»Das musst du schon selber herausfinden, mein Junge«, sagt Leo und lacht. »Bitte deinen Vater, sich eine Karte von seiner neuen Heimat zu besorgen.« Daraufhin nimmt er meine Hand, und wir gehen durch den Wald zurück, es regnet nicht mehr, die Wolkendecke ist von blauen Rissen durchzogen, und der Weg kommt mir jetzt viel kürzer vor.

Ein Stück nördlich der Landstraße gab es bis Mitte der Siebzigerjahre einen Waldsee, der *Erinnerung* genannt wurde. Dann breiteten sich die Vororte immer weiter nach Osten aus, die Grenzen zwischen Helsingfors und Sibbo und Vanda wurden gleichsam ausradiert, das ganze Land als Bauland genutzt, große Teile des Norrskog abgeholzt. *Erinnerung* wurde trocken gelegt und mit Erde und Gerümpel gefüllt, Wege und Straßen wurden gezogen, neue Mietshäuser und Einkaufszentren schossen aus dem Boden und bekamen Gesellschaft von einem Gewerbegebiet, einer Kartbahn und einer kleinen Eishalle für die Junioren der östlichen Stadtteile.

Ich kam niemals dazu, den See namens *Erinnerung* zu besuchen. Zumindest glaube ich nicht, dass ich es tat. Aber Traum und Wirklichkeit habe ich noch nie unterscheiden können. Meine Träume sind so wirklich, manchmal sind sie wie ein kühles Streicheln auf meiner Haut, manchmal wie heiße Wellen unbändiger Freude oder unbändigen Schreckens. Wenn andere mich im Nacken packen und meinen Kopf gegen die Wand hämmern und brüllen: »Sieh die Wirklichkeit, zum Teufel! Sieh der Wirklichkeit ein einziges Mal in die Augen! Hör auf zu träumen! Lebe das Leben, das dir beschieden wurde, verdammt noch mal!«, zwingen sie mich, zu etwas Knisterndem, Elektronischem, Abstraktem zu werden, zu einem Fax vielleicht.

* * *

Ein anderes Bild oder ein anderer Traum oder was es auch ist. Es ist Abend. Die Sonne steht schon tief, ihr Licht ist sehr rot, die Luft ist klar und kühl. Es muss April oder Anfang Mai sein, denn die Erde ist bereits nackt und trocken, sogar der Nordhang der

Anhöhe ist frei von Schnee, gleichzeitig sind die großen Ahorne auf dem Friedhof und die einsame Eberesche auf dem Grasflecken vor Östermans Laden noch unbelaubt, sie sind auf jene spröde und beinah graphische Weise nackt, die entsteht, wenn die Märzwinde abgeflaut sind und das plötzliche und intensive Licht die Bäume trifft, während sie sich gerade zusammenkauern und vor einer weiteren Frostnacht oder einem weiteren Rückfall in den Schneematsch ducken wollen.

Dort auf dem *Marktplatz* (wir Einwohner Råbergas nannten den offenen Platz so, es war eine großspurige Benennung für einen sandigen und oft windgepeitschten Wendeplatz, der von Östermans Laden und Sommerkiosk und vom Haus der Skalpiertante und dem neuen weißen Flachbau der Sparkasse und noch zwei oder drei anderen Gebäuden umsäumt wurde) steht eine Frau und hält Ausschau und wartet. Sie ist dunkelhaarig und ziemlich groß und sehr schlank, sie trägt einen moosgrünen Mantel mit Pelzkragen, und ihre Füße sind in ein Paar eleganter, hochhackiger Schuhe gezwängt, die sie in einem Geschäft in der Alexandersgata in Helsingfors gekauft hat, sie sind weiß, diese Schuhe, blendend weiß. Die Frau rümpft die Nase über den intensiven Laugengeruch in der Luft, vielleicht fröstelt es sie auch ein wenig in der abendlichen Kühle, jedenfalls zieht sie den Mantel enger um ihren Leib und nimmt die Kinderhand, die sie in ihrer Hand hält, in einen festeren Griff als bisher. Es ist eine knochige und einigermaßen klebrige Kinderhand, die soeben das letzte von Östermans säuerlichen Fruchtbonbons von der Papiertüte in den wartenden Mund befördert hat.

Dann geschieht es.

Jemand oder etwas erregt die Aufmerksamkeit der Frau, sie hört auf, Ausschau zu halten, sie wendet der Sonne im Westen den Rücken zu und steht rank und aufrecht und sieht … sieht jemanden an, und sie tut dies mit einem Blick, der ernst, aber *nah* ist. Schatten liegen auf ihrem Gesicht, und das starke Hintergrundslicht sorgt dafür, dass sie dunkelhäutiger wirkt, als sie eigentlich ist. Doch trotz der Schatten sieht man deutlich, dass ihr Gesicht Signale aussendet, sie sieht nicht niedergeschlagen aus, ihre Körperhaltung ist vielmehr stolz, und sie hat etwas Katzenhaftes.

Der Junge, der neben ihr steht (er trägt eine Zipfelmütze und eine braune, fast knielange Windjacke mit kaputtem Reißverschluss, er hat eine Lücke in der oberen Zahnreihe, auch wenn das auf dem Bild nicht zu erkennen ist), hat *nicht* aufgehört, Ausschau zu halten. Seine Hand liegt noch immer in der Hand der Frau, aber in seinem Körper gibt es eine Fort-Bewegung, und auch sein Gesicht ist fortgewandt. Er steht da und schaut zu der einige hundert Meter entfernten Kurve, zu der Biegung, hinter der die lange Gerade des Råbergavägs vorbei an Schule und Råberga Gård bis zur Essotankstelle und der Kreuzung mit der Landstraße verborgen liegt.

Wenige Minuten später taucht der Bus aus der Kurve auf, rotgrau und rundschnäuzig, mit kleinen runden Scheinwerfern.

Er dreht seine übliche Runde um den Wendeplatz, der Motor brummt und der Schotter knirscht, die vorherige Stille macht die Geräusche hart und schneidend, Staub wirbelt auf und färbt sich in der Abendsonne goldgelb. Dann hält der Bus wie üblich vor dem Haus der Skalpiertante. Ein paar Menschen steigen aus, zuletzt Hermansson, der den Bus auch an diesem Abend fährt. Die Frau in den weißen Schuhen sieht Hermansson an, er erwidert verstohlen ihren Blick, schüttelt fast unmerklich den Kopf. Anschließend zündet er sich eine Zigarette an und vertritt sich ein wenig die Beine, er tritt kurz gegen einen der Hinterreifen, kontrolliert, dass der Reservereifen an der Rückseite des Busses ordentlich festgezurrt ist, raucht seine Zigarette zu Ende, wirft sie in den Schotter und tritt darauf, steigt in den Bus, setzt sich auf den Fahrersitz, schließt die Vordertür und fährt davon: An diesem Abend möchte niemand von Råberga nach Helsingfors.

Der Junge und die Frau haben sich bereits auf den Weg gemacht, sie hält noch immer seine Hand in der ihren, und der Junge sagt: »Er ist auch heute nicht gekommen.«

»Nein«, erwidert die Frau, »heute nicht. Aber du wirst sehen, an einem der nächsten Tage wird er schon zurückkommen.«

»Aber du bist hier«, sagt der Junge, und seine Worte klingen wie ein Mantra, er versucht seine Stimme fest und bestätigend klingen zu lassen, aber im Grunde ist es eine Frage.

»Ja«, sagt die Frau. »Ich bin hier.«

Dann gehen sie weiter den Råbergaväg entlang, keiner der beiden sagt ein Wort, die Straße ist über eine der flachsten Stellen der Anhöhe gebaut worden, steigt aber dennoch kontinuierlich an, nicht steil, aber stetig und anstrengend, sodass man mit der Zeit ins Atmen kommt.

»Glaubst du, ich bekomme meine Superbälle, wenn er kommt, glaubst du, er denkt an sie?«, fragt der Junge, als sie den Scheitelpunkt erreichen.

»Superbälle?«, sagt die Frau halb keuchend. »Was ist denn das?«

»Sie sind synetisch, sie sind aus synetischem Gummi«, sagt der Junge, der viel fernsieht, »sie haben eine minimale Dämpfwirkung, sie verlieren äußerst wenig Energie, wenn sie mit einem harten Gegenstand zusammenprallen. Ein Professor hat gezeigt, wie sie abprallen, es war in einem Programm, das die Plastikrevolution hieß.«

»Synthetisch«, sagt die Frau und sieht den Jungen erstaunt an. Vor ihnen liegt der Hang, der nach Råbergastrand und zum Meer hinunter führt, der Duft von Harz und Tannennadeln steigt ihr in die Nase, sie schaut auf die Råbergabucht und das Band aus Inseln im Süden und das offene Meer hinter den Inseln hinaus, und vielleicht fragt sie sich, warum die meisten menschlichen Männchen so gerne auf diese Weise über Dinge reden, mit sachlichen Stimmen und korrekten, exakten Worten. Minimale Dämpfwirkung, sagt das Männchen und sieht ernst und Vertrauen erweckend aus. Neues synthetisches Material, ergänzt es, rückt die Krawatte geradc und überprüft, ob die sorgsam pomadisierten Haare richtig liegen. Kein Energieverlust, unterstreicht es weiter und lächelt sein Verkäuferlächeln, sodass sein weißes

Hemd raschelt. Riggert Holm jedoch nicht, denn wenn er lächelt, meint er es auch. Und Werner nicht, denn auch Werner ist anders, Werner *ist* einfach. Und genau das ist wahrscheinlich der Grund dafür, warum sie es mit ihm aushält, obwohl er seine Macken hat, obwohl er sich nicht in den Griff bekommt, obwohl er einfach verschwindet, wie jetzt, diese Woche. Aber es kommt durchaus vor, dass Werner so *klingt*, auch er, zum Beispiel, wenn er sich über das Hammerwerfen oder das Fischen mit Leo unterhält, der angesichts der momentanen Entwicklung fast der Einzige ist, mit dem Werner überhaupt noch spricht, abgesehen von ihr und Viki natürlich. »Es kommt darauf an, schon beim Abwurf richtig zu liegen, es kommt darauf an, die Kraft direkt auf den Hammer zu übertragen«, hat sie ihn zu Leo sagen hören. Und sie hat gehört, wie er Viki Anweisungen gab, ohne zu begreifen, dass der Junge noch viel zu klein ist, um mit einer Spinnrute zu angeln: »Beim Fischen von Silberfischen kommt es auf den wohldosierten und präzisen Wurf an, merk dir das, Viki, ruhig, wohldosiert und präzise.«

»Dann hast du also Werner gebeten, dir solche Bälle zu kaufen«, sagt sie, als sie ein gutes Stück hinuntergegangen sind und schon den Briefkasten sehen können, den Werner geschreinert und dort aufgestellt hat, wo die Abzweigung zu ihrem Haus beginnt. Sie sagt es neutral, tonlos, so frei von Skepsis wie eben möglich.

»Ja«, sagt der Junge kurz.

»Wann hast du ihn darum gebeten?«, fragt sie.

»Letzte Woche, als ich mit dem Rad neben ihm hergefahren bin, als er bis nach Gumbostrand gelaufen ist. Oder wenigstens fast.«

Letzte Woche, denkt die Frau vielleicht, also hat sich Werner einige Tage dagegen gestemmt. Aber dann hat er sich nicht mehr beherrschen können, dann hat er sich eingeredet, dass er nur in die Stadt will, um dem Jungen ein Spielzeug zu kaufen, so hat er sich also diesmal selbst belogen, er …

»In Helsingfors gibt es bestimmt Superbälle«, sagt der Junge.

»Denn Papa ist doch in Helsingfors, oder meinst du nicht? Glaubst du, er erinnert sich daran, nach den Superbällen zu gucken, obwohl er immer so viel anderes zu erledigen hat, wenn er in der Stadt ist?«

»Das kann ich dir nicht versprechen«, sagt die Frau. Dann drückt sie die Hand des Jungen und fügt hinzu: »Wir sind fast zu Hause. Lauf schon mal vor, der Schlüssel liegt an der üblichen Stelle.«

Und der Junge, er läuft, er läuft schnell; so schnell er kann, läuft er, und die Frau schaut ihm ängstlich nach, denn die Straße ist vor der Abzweigung sehr steil, und sie hat immer Angst, der Junge könnte fallen und sich schwer verletzen. Doch er fällt auch diesmal nicht, denn als sie das grau verputzte Haus mit den großen Fenstern betritt, ist der Junge schon da. Er sitzt auf dem Sofa, und sie weiß, dass er sie fragen wird, ob er *Der Mann aus Virginia* gucken darf, jetzt, da es ja nicht mehr lange bis zu den Sommerferien ist.

Es ist Frühling, als dies geschieht, oder besser gesagt: nicht geschieht, denn was geschieht schon an diesem Abend? Nichts. Irgendwo hinter den Meeresbuchten und den Wäldern im Westen geht die Sonne unter, feuerrot wie eine psychedelische Apfelsine, so wie sie es um diese Jahreszeit immer tut, wenn der Abend wolkenlos und klar ist. Oben auf der Anhöhe leuchten die Kiefernstämme noch orange und golden, und die Wellen der Råbergabucht changieren zwischen Purpur und Grün und Grau. Doch der Abend blaut bereits, bald nahen die Schatten, bald umhüllt die Dunkelheit Werners Perlenkette aus Fischerinseln im Süden, bald schleicht sie sich den Südhang der Anhöhe hinab und bettet die Häuser ein, sowohl die alten aus der ersten Hälfte des Jahrhunderts als auch die neuen aus colabraunen Backsteinen, und bald wird auch der helle Frühlingshimmel dunkel, und am Himmel gehen die bleichen Sterne auf.

Als die Frau den Jungen endlich ins Bett verfrachtet hat, geht sie die Treppe hinunter ins Wohnzimmer, sie geht am Klavier vorbei, schlägt ein paar zögerliche Akkorde an, tritt dann in die Küche, kocht sich eine Tasse Tee und stellt sich an das Panoramafenster, steht da und schaut über den grasbewachsenen Hang hinweg zum Ufer und verengt die Augen zu Schlitzen, um die kleinen Inseln sehen zu können, die von der Nacht allmählich ausgelöscht werden. Es ist ein derart normaler und ruhiger und stiller Abend, dass man Helsingfors im Westen beinahe brummen hören kann wie eine schweigsame Maschine, die ihre Muttern und Zahnräder für die Nacht in den Schlaf wiegt. Aber, denkt die Frau vielleicht, während sie dort im Dunkeln steht, es ist trotz allem ein seltsames und Furcht einflößendes Jahr, und obwohl der Abend normal und still ist, hat Werner, was die Frau weiß, jedoch nicht der Junge, wieder einmal eine solche Phase, und diesmal ist es tatsächlich möglich, dass Werners Phase mit eben diesem seltsamen Jahr und seinen Ereignissen zusammenhängt. Denn obwohl sich Werner beharrlich weigert, über seine Zeit oder überhaupt über verschiedene Zeiten nachzudenken, ist er doch seit langem ein Bewunderer Jurij Gagarins, und die Nachricht vom plötzlichen und tragischen Tod des Kosmonauten im März hat ihn schwer getroffen. Und als man nur eine Woche später in Memphis Doktor King ermordete, wurde alles noch schlimmer, denn auch hier gibt es eine eigenartige Verbindung, eine Liebe auf Distanz, jener väterlichen Schnapsidee entsprungen, die den jungen Werner im Frühjahr zweiundfünfzig als Gaststudent und Untermieter bei entfernten Verwandten platzierte, sodass er, als Folge willkürlicher, zufallsbedingter Ereignisse, zum garantiert einzigen Finnen und Finnlandschweden und Einwohner Råbergas wurde, der an jenem Abend bei *Alan Freeds Moondog Ball* zugegen war, als ein (abgesehen von Werner und einem um sein Leben bangenden Fotografen namens Hastings) ausnahmslos farbiges Publikum von all den Doowops und dem Rhythm & Blues mitgerissen wurde und in der Cleveland Arena Amok lief. An jenem Abend fiel der Startschuss für den Musik- und Lebensstil, der den Namen Rock'n'Roll bekommen sollte, und an jenem Abend begann Werner Skrake sich als eine schwarzhäutige Seele zu betrachten, die nur irrtümlich in einem südfinnischen Körper mit ostbottnischen Wurzeln gelandet war, und der Mord an Doktor King ist für ihn deshalb der Mord an einem Bruder gewesen, was die Frau am Panoramafenster sehr wohl weiß, denn sie hat Werner in der Nacht zu trösten versucht, nachdem er die Nachricht erhalten hatte.

Obwohl, vielleicht denkt die Frau auch gar nicht an Werner, als sie dort mit ihrer dampfenden Tasse in der Hand steht.

Vielleicht formuliert sie stattdessen Sätze. Eigene Sätze, wie sie in empfindsamen Menschen auftauchen können, wenn sie einen ganz besonders Schwindel erregenden nordischen Frühjahrsabend erlebt haben, Sätze wie *Ich suche immer noch nach meinen Farben* oder *Die Zerbrechlichkeit der Seele ist der Preis, den wir dafür bezahlen, eine Seele bekommen zu haben* oder *Manchmal möchte ich so heftig atmen, dass meine Lunge platzt.*

Oder vielleicht mahnt sie auch nur: »Komm nach Hause, Werner. Ich weiß, dass du am Ende immer nach Hause kommst, aber komm diesmal heil und halbwegs manierlich nach Hause, damit Viki sich nicht schämen muss, damit er keine Angst bekommt.«

Aber der Junge, der sich aus seinem Zimmer im oberen Stockwerk heruntergeschlichen hat, kann ihre Gedanken nicht lesen. Er registriert nur: Mama ist noch da. Sie steht am Wohnzimmerfenster und trinkt etwas. Eine Tasse Tee vielleicht. Ihre Schuhe stehen nicht im Flur. Also hat Mama sie für die Nacht in den Schrank gestellt. Sie hat den Rock ausgezogen. Sie steht dort in Unterhose und Bluse. Sie bleibt. Sie ist hier.

* * *

Eine Fotografie erzählt im Grunde nichts.

Bilder lügen durch all das, was sie *nicht* sagen.

Bilder zeigen selten, wer sie gemacht, sie gemalt, sie erzählt hat.

Der Täter bleibt im Schatten, bleibt verborgen.

Jener Abend ist eine verblichene Fotografie von einer Frau und einem Jungen, das Gesicht der Frau liegt halb im Schatten, das Gesicht des Jungen ist abgewandt, schaut zu der Kurve, aus der ein Bus mit seinem Vater auftauchen müsste.

Auf der Fotografie spürt man nicht den rauen und kratzenden Stoff des grünen Mantels, nicht das Flauschige des Pelzkragens, nicht die Wärme in der Hand der Frau, nicht die Klebrigkeit in der Hand des Jungen. Das blendende Weiß der hochhackigen Schuhe, die rote Kühle des Abendlichts, die Sprödheit der Östermanschen Eberesche, das sandige Braun des Wendeplatzes: Nichts von all dem ist zu erkennen. Und man nimmt auch nicht den intensiven Laugengeruch wahr, nicht den Geruch verrottenden Vorjahrslaubs und matschigen Vorjahrsgrases, nicht den Nachgeschmack eines gelben und säuerlichen Fruchtbonbons.

Und unser Warten ist nicht zu sehen, mein und Veras Warten auf Werner. Man sieht nicht einmal, dass wir es sind, Vera und ich, wir sind nur eine Frau und ein Junge, irgendwo an einem Wendeplatz in einem gottvergessenen Dorf, das schon bald der Fortschritt überholen und unter sich begraben wird.

Und vor allem beantwortet das Bild nicht die nahe liegende Frage: Wer machte es, wer war an jenem Abend außer mir und meiner Mutter dort auf dem Marktplatz?

Alles ist nur geliehen:
Einige genealogische Randnotizen

Eigentlich hätte ich als Spross einer bürgerlichen Familie in der Hauptstadt Helsingfors aufwachsen sollen, das war meine Bestimmung und nicht, der einzige Sohn eines Sonderlings im verschlafenen Dorf Råberga zu sein. Meine Mutter Vera konnte auf eine ganz eigene Geschichte zurückblicken, aber mein Vater Werner war aufgewachsen, *wie es sich gehört*, als Kind wohnte er mitten in Helsingfors und war der Sohn eines neureichen Mannes und einer Frau aus gutem Hause, er besuchte die Gymnasiale Lehranstalt und lernte Latein, dieser Werner, er war ein zerstreuter, aber stattlicher und hoch aufgeschossener junger Mann mit gewellten mittelblonden Haaren und glänzenden Zukunftsaussichten, dann begann er Jura zu studieren und wurde ausgeschickt, um sich in der Welt umzusehen. Overseas you know, Cleveland, like I just told you.

Meine Großmutter väterlicherseits, Margareta Eleonora, war eine geborene Enerot. Die Enerots genießen einen guten Ruf in Helsingfors, und das seit langem. Der erste Enerot, Ernst Jacob Casimir, kam Ende des achtzehnten Jahrhunderts nach Finnland. Ernst Jacob war noch jung, als die schwedische Herrschaft in russische Hände überging, aber er blieb, wurde mit der Zeit ein sehr hoher Beamter und soll ausgesprochen untadelig gewesen sein. Seither steht das Geschlecht der Enerots für Kultur, für lange und treue Beamtenkarrieren und für Geld. Während des neunzehnten und zu Beginn des zwanzigsten Jahrhunderts ging es vor allem um unbestechliche Beamte und kulturelle Leistungen, doch je dynamischer und schneller das Leben wurde, desto stärker wurde der Name Enerot mit materiellem Reichtum verknüpft.

Kenner der Materie haben geschrieben, wenn die Standesgesellschaft nur ein Jahrzehnt länger überdauert hätte, wären den Enerots mit größter Sicherheit die Privilegien des Adelsstandes mitsamt eigenem Wappen verliehen worden. In Axel Widings Memoiren »Die Winter auf Catani« – im Übrigen ein heroisierendes Gebräu aus Unglücksjahren, vaterländischem Aktivismus und überhitzter erotischer Schwärmerei – steht unter anderem das Folgende über Ernst Johan, den Vater meiner Großmutter (der eine Reihe von Jugendstilhäusern in Helsingfors entwarf und Professor für Architektur an der Polytechnischen Hochschule wurde): »Nur wenigen Menschen ist es vergönnt, sich in ihrem Wesen die absolute Reinheit und den Edelmut sowohl des Denkens als auch des Gefühls zu bewahren. Doch Ernst Johan Enerot war ein solcher Günstling des Schicksals. Weder unruhige Zeiten noch private Mühsal konnten bei diesem Adligen des Lebens den Glauben an die Heiligkeit von Arbeit, intellektueller Neugier und treuer Freundschaft erschüttern. Es gab in Helsingfors durchaus den einen oder anderen Müßiggänger aus vornehmem Hause, der in diesen für das Vaterland so schweren Jahren allen Grund hatte, sich vor dem Adel der Seele Ernst Johans – oder ›Essi‹, wie wir Kameraden ihn nannten –, den er mit solch ausgesuchter Grazie verkörperte, andächtig zu verneigen.«

Ernst Johans jüngere Tochter Margareta, musisch begabt und Maggie genannt, heiratete zwei Mal, und beide Male einen Mann aus einer niedrigeren Gesellschaftsklasse. Ihr erster Ehemann war ein rastloser Amerikaner, ein Klarinettist mit finnischen Vorfahren, der im Frühjahr sechsundzwanzig mit der s/s Andania den Atlantik überquerte und danach drei Sommer und Winter lang versuchte, den Musikern von Helsingfors beizubringen, Jazz zu spielen, ohne in einen Marschrhythmus zu verfallen.

Maggies zweiter Ehemann war mein Großvater, Bruno Waldemar Skrake. Er war so schwarzhaarig, wie Maggie blond war, und wurde von Angestellten wie Freunden zuweilen *der Schreckliche* genannt. Bruno spielte nicht Klarinette, dagegen gehörte er einem unbändigen ostbottnischen Geschlecht an, das mehr als hundert Jahre über Hof Skraknäs geherrscht hatte. Als Bruno geboren wurde, war der Hof jedoch zu klein und die männlichen Skrakes zu zahlreich geworden, und Bruno musste in der Tabakstadt aufwachsen, in der sein Vater Arbeit in Birgers Maschinenbauanstalt gefunden hatte. Als Bruno in der Pubertät war – einige Jahre vor dem Bürgerkrieg –, trug sich etwas zu, was es ihm unmöglich machte, noch länger in seiner Heimatstadt zu bleiben. An einem trüben Oktoberabend versteckte er sich im Schulpark und überfiel den Biologielehrer des Lyzeums Frans Lorenz Hielm, als der Lehrer dort seinen üblichen Abendspaziergang machte. Brunos Aussagen zufolge kam es auf Grund von Hielms vielfach bezeugter Grausamkeit zu diesem Überfall. Aber das nützte ihm nichts, Bruno wurde der Stadt verwiesen und wohnte fortan zur Untermiete bei seinem Onkel, dem Baumeister Oskar Johannes Skrake in Helsingfors.

Dieser Oskar, der erste Skrake in Südfinnland, war bereits Anfang der Neunzigerjahre des neunzehnten Jahrhunderts in die Stadt gekommen und hatte es dank einer günstigen Konjunktur und großer Strebsamkeit in nur zwanzig Jahren von den hügeligen Arbeitervorstädten im Norden zu einer modernen Dreizimmerwohnung in einem Jugendstilhaus an der Skeppsredaregata gebracht. Oskar war Bauleiter auf mehreren Baustellen gewesen, die Ernst Enerot konzipiert hatte, er hatte sogar einen Bau als Subunternehmer ausgeführt, und zwischen den beiden Männern hatte sich trotz des Klassenunterschieds eine vorsichtige Freundschaft entwickelt. Diese Freundschaft führte schließlich dazu, dass sich Bruno und Maggie kennen lernten (was sie bereits als Jugendliche taten) und schließlich, nachdem sie während der gesamten Zwanzigerjahre gezögert und einander verletzt hatten, in jenem Oktobermonat heirateten, in dem es an der Wall Street zum großen Börsenkrach kam.

Zu dieser Zeit war Bruno bereits ein reicher Mann. Seine Geschäftstüchtigkeit hatte sich schon früh gezeigt. Er machte Gewinn bringende Immobilien- und Devisengeschäfte unmittelbar nach dem Bürgerkrieg, als er noch ein Grünschnabel war, der am Schwedischen Handelsinstitut studierte. In den Zwanzigerjahren beschäftigte er sich mit dem Import von Textilien und führte zusammen mit seinem Freund und Kommilitonen Eric Widing ein Geschäft für Damenkonfektion in der Mikaelsgata. Darüber hinaus spekulierte Bruno mit Aktien und Bauland, und zwar mit wechselndem Erfolg: Er ging mehrfach in Konkurs, doch als der Winterkrieg ausbrach, gehörte er einmal mehr zu den einflussreichsten Geschäftsmännern in Helsingfors und wohnte mit Maggie und den Kindern Mary und Werner in einer prachtvollen Wohnung im fünften Stock an der Ecke Jungfrustigen und Havsgatan. Aber während des Kriegs geschah etwas mit Bruno, etwas, das er nicht einmal seinem jüngeren Bruder Bruno anvertraute, der ihm nach Helsingfors gefolgt und sein einziger Vertrauter war ... doch jetzt lasse ich mich hinreißen. In meinem Eifer, euch alles verständlich zu machen, bin ich auf dem besten Weg, in eine völlig andere Erzählung zu rutschen, eine, in der Großvater Bruno und Großmutter Maggie die Hauptpersonen sind: Ihre Geschichte werde ich ein anderes Mal erzählen, falls mir dies vergönnt sein sollte.

Denn in dieser Geschichte geht es eher um meinen Vater Werner. Und um mich, das will ich nicht leugnen. Und wenn ihr nur ein bisschen über die Stadt Helsingfors und ihre Geschichte und ihre schwedische Bevölkerung wisst, dann versteht ihr auch, worauf ich mit obiger Geschichtslektion hinaus wollte: Ich hätte in eine Patrizierwohnung irgendwo in den vornehmen Stadtteilen Ulrikasborg oder Brunnsan hineingeboren werden sollen. Ich hätte Leute, denen ich begegne, mit einem munteren und aufgedrehten GRÜSS DICH! WIE STEHT'S? HAST DU DAS BOOT SCHON ZU WASSER GELASSEN? begrüßen sollen. Ich sollte mit scharfen, ein wenig bedächtigen S- und T-Lauten sprechen.

Ich sollte mich in der Delikatessenabteilung des Kaufhauses Stockmann bewegen, als wäre besagter Ort meine eigene Vorratskammer.

Aber es ergab sich nicht so. Und im Grunde ist es mir auch egal. *Väliaikaista kaikki on vain,* alles ist nur geliehen, wie es in einem finnischen Evergreen heißt. Obwohl Werner es anders ausgedrückt hätte. That's all right, mama, I'm leaving town for sure, hätte er gesagt. Im Finnland der Fünfzigerjahre war es schwierig, schwarze Rhythm & Blues-Platten aufzutreiben, sodass Werner stattdessen Elvisfan wurde.

Aber manchmal ... manchmal kann ich es einfach nicht lassen, daran zu denken, wie anders alles hätte verlaufen können.

Wenn da nicht Mr. Geoffrey J. Mulcahy III aus Atlanta, Georgia, gewesen wäre.

Und ohne die Tatsache, dass Großvater Bruno Anfang der Fünfzigerjahre nach wie vor ein mächtiger und einflussreicher Mann war, der unter anderem den Posten des stellvertretenden Vorsitzenden im Aufsichtsrat der *Großen Erfrischungsgetränkekompanie* bekleidete.

Und ohne die Tatsache, dass mein Vater Werner schon früh von seinem Schicksal gezeichnet wurde: seiner nahezu unglaublichen Fähigkeit, Katastrophen herbeizuführen.

Notizen im Anschluss an Apotheker Pembertons heiligen Nektar

Einen Herbst und einen Winter und ein Frühjahr, und zwar nachdem er hier seinen Wehrdienst abgeleistet hatte, wohnte Werner in Cleveland, in einem weißen Holzhaus in einer Vorstadt, in der die schmalen Straßen von Ulmen gesäumt wurden, in beruhigender Entfernung vom schwarzen Ghetto und den schweren und rußigen Industrieanlagen, die große Teile der Stadt dominierten.

Der Mann und die Frau, bei denen er wohnte, waren beide erst kürzlich pensioniert worden, sie waren kinderlos und hießen McNab, ohne deshalb Schotten zu sein. Der Mann, Joe, war im Handwerkerstadtteil Skatan im finnischen Jakobstad aufgewachsen, er hatte im Schatten der großen Tabakfabrik gewohnt, den Namen Johan Sandnabba getragen und das Land im Sommer 1918 verlassen, nachdem er monatelang unauffindbar gewesen war, er war ein älterer Cousin zweiten Grades von Großvater Bruno. Joe McNabs Frau war die Tochter eines polnischen Emigranten, sie hieß Grace, was eine Verballhornung von Grazyna war, und behandelte Werner wie den Sohn, den sie selber nie bekommen hatte. Im Nachbarhaus wohnte eine Familie russischer Herkunft. Früher hatten sie Rosdjetsjenskij geheißen, doch nun nannten sie sich Rock: Mehr fiel Werner Jahrzehnte später zu der Nachbarschaft, in der er gewohnt hatte, nicht mehr ein.

In Cleveland lernte Werner, was ein *television* ist, er lernte rohe Eier zu trinken und zum Frühstück *cereals* zu essen, verheiratete

Frauen *ma'am* zu nennen und große amerikanische Autos in enge Parktaschen zu manövrieren. Während des Herbstes verbrachte er viel Zeit in der gewaltigen Sporthalle der Universität und auf dem Trainingsplatz und verbesserte in diesen Monaten seine persönliche Bestleistung im Hammerwerfen um 4,30 Meter. In den großen Hörsälen zu hocken, unter vergoldeten Devisen wie »In God We Trust« und »Knowledge Is Power«, interessierte ihn dagegen weniger. Werner fand die Studien in *corporate law* und Buchführung langweilig, und wenn er dort auf seiner harten Sitzbank saß und sich abmühte, alle Worte zu verstehen, die mit monotoner Stimme und in einer fremden Sprache ausgesprochen wurden, spürte er es in seinen Beinen vor Sehnsucht nach Freiheit zucken (so als hätte ich an einer chronischen Laufkrankheit gelitten, meinte er später zu mir, als ich ihn einmal nach seiner Zeit in Cleveland fragte), und im Verlauf der Vorlesungen breiteten sich diese Zuckungen im ganzen Körper bis in seine Seele hinein aus, er empfand, wie er sich erinnerte, eine solch furchtbare Begierde, zu tun und zu fühlen: sich einfach durch das Leben bewegen zu dürfen.

Im Laufe des Winters entdeckte Werner dann, dass man auf Radiosendern wie WSRS und WJW eine fremdartige, hitzig vorpreschende, jedoch gleichzeitig klagende Musik finden konnte, und er merkte, dass diese Musik sein Herz bisweilen kleine Extraschläge schlagen und seine Wangen glühen ließ. Außerdem stellte er fest, dass diese fremdartige Musik in seinem Körper offenbar gespeichert wurde, während er schlief: Nachdem er ihr gelauscht hatte, war er am anderen Morgen wie besessen von Kraft und Energie, wenn er durch die von Ulmen gesäumten Straßen zum Trainingsplatz lief. Er begann deshalb, seine späten Abende damit zu verbringen, vor allem WJW in dem Radio anzusteuern, das Grace und Joe in sein Zimmer getragen hatten. »That music you're listening to at night …«, sagte Grace McNab eines Morgens, als sie Werner seine Maisflocken servierte und die Wintersonne bleich durch die nackten Baumkronen der Elm Street schien. »Yes, ma'am?«, sagte Werner höflich und legte den Kopf in Erwartung einer Fortsetzung schräg. »Well«, sagte Grace McNab und sah verlegen aus, ihre Hände strichen nervös über die karierte Schürze, »it's just that it's made for black people, it's their music, you know, not ours.«

Zum Zeitpunkt von Werners Aufenthalt in Cleveland waren Bruno und Maggie bereits seit Jahren geschieden, und zwar auf unversöhnliche Art. Aber sie interessierten sich, jeder nach seiner Fasson, noch für den erwachsenen Sohn. Maggie schrieb ihm oft, und Werner antwortete, er schrieb lange und aufrichtige Briefe, denn er wusste, dass Bruno und Maggie nicht mehr miteinander sprachen; Maggie gegenüber konnte er zugeben, dass er *corporate law* und Buchführung verabscheute, und ihr gegenüber wagte er es auch, von der bissigen Musik zu erzählen, die er auf WJW gefunden hatte, er schrieb ihr, die Musik der Schwarzen habe einen Körper und er habe einen ausgezeichneten Plattenladen aufgetan, der Rendezvous heiße und auf der Prospect Avenue liege, und dort habe er auch die Eintrittskarte für ein Blueskonzert erstanden. Das alles schrieb Werner, denn er ahnte, dass Maggie ihn verstehen würde.

Bruno war kein Briefschreiber, er meldete sich ab und zu mit kurz angebundenen Postkarten bei Joe McNab, auf denen er Joe bat, über die Studienfortschritte seines Sohnes Bericht zu erstatten, das war alles. Dagegen kam es gelegentlich vor, dass er anrief, transatlantisch und interkontinental, es war eine komplizierte und teure und störungsanfällige Prozedur, die sich zumeist darin erschöpfte, dass Vater und Sohn in mehr als 10 000 Kilometer Entfernung voneinander gemeinsam schwiegen.

Als Bruno per Brief erfuhr, dass sein Sohn, der Lateinschüler und Leichtathlet und Student der Rechte, auf seltsamen Wegen in den Besitz einer Eintrittskarte zu einem Negerkonzert gelangt war und sie noch dazu benutzt hatte, bestellte er augenblicklich ein interkontinentales Telefongespräch zu den McNabs. Als das Telefon klingelte, war es Nachmittag in Helsingfors und früher Morgen im fernen Cleveland. Nach einigen einleitenden Fragen und wortkargen Antworten und einer Phase des Schweigens, die von Ätherknistern und dem Rauschen des gewaltigen Atlantiks zwischen ihnen begleitet wurde, kam Bruno schließlich zur Sache: »Ich bezahle deinen Aufenthalt da drüben nicht, damit du von Negern erschlagen wirst, Werner«, sagte er. Werner schwieg, dann erwiderte er: »Uncle Joe hat also gepetzt.« »Ich würde das nicht petzen nennen«, erwiderte Bruno, »du wohnst bei ihm, er trägt die Verantwortung für dich.« »Ich bin ein erwachsener Mann, Papa«, sagte Werner mürrisch. Durch das Knistern und Wellenrauschen hindurch konnte er hören, wie sein Vater tief durchatmete, und dann sagte Bruno bedächtig: »Uncle Joe schreibt auch, dass du den Kurs in Unternehmensrecht abgebrochen hast. The boy is a bit whimsy, he seems prone to follies, schreibt er.« Da platzte etwas in Werner. »Ich interessiere mich nicht die Bohne für Unternehmensrecht, Papa«, sagte er, »und ich bin kein *boy* mehr. Ich werde nächsten Monat einundzwanzig, und ich will mir meine Kurse in Zukunft selber aussuchen.« »So so«, sagte Bruno, der es nicht gewohnt war, dass man ihm widersprach, »wenn das so ist, wirst du deinen Geburtstag schön hier zu Hause feiern.«

* * *

Hat man einen Vater wie Bruno, ist das Wort des Vaters Gesetz, und Werner kehrte vorzeitig aus Cleveland zurück, in ein frühlingsprödes und windiges, jedoch nicht mehr ganz so stark vom Krieg gezeichnetes Helsingfors, in dem man sich bereits auf das große Fest des Sommers vorbereitete. Er kehrte über London und Stockholm heim. Der Flug über den Atlantik war damals noch der letzte Schrei, und Werner hatte Flugangst, am liebsten hätte er von New York aus die Queen Mary genommen und anschließend eine der Nordseefähren nach Dänemark oder Göteborg: Es war Bruno, der auf den sündhaft teuren Flugtickets bestanden hatte, er wollte seinen Sohn zu Hause wissen, ehe er neuen *follies* zum Opfer fiel. Und so kam es, dass Werner Skrake und Geoffrey Mulcahy mit dem gleichen *flight* auf dem Flugplatz Malm eintrafen, ja, nach dem Umsteigen in Stockholm saßen sie sogar nebeneinander, allerdings ohne Konversation zu betreiben. Der einzige Zwischenfall bestand darin, dass Werner verlegen etwas brummte, als er sich von seinem Fensterplatz an Jeff Mulcahy vorbeizwängte, um die Toilette aufzusuchen.

Für Großvater Bruno muss die Situation auf dem Flughafen Malm schwierig gewesen sein.

Die letzte Maschine des Abends, die metallglänzenden Flugzeugrümpfe noch schwach rötlich gefärbt vom ersterbenden Licht, Frühjahrsdämmerung, ein nach wie vor weißer Himmel mit einer bleichen Mondsichel, die wie ein Damoklesschwert über dem Kontrollturm hing. Es sollte Geschichte geschrieben werden, und der gesamte Aufsichtsrat der Erfrischungsgetränkekompanie hatte sich eingefunden, um den prominenten Gast in Empfang zu nehmen. Sie trugen schwarze Anzüge und sorgsam gebügelte, weiße Hemden und hatten ernste, zerfurchte Kriegergesichter, sie waren eine zweisprachige Eliteeinheit, sie bildeten das Rückgrat des Helsingforser Nachkriegskapitalismus, sie waren die Männer, welche die riesigen Reparationszahlungen in weniger als acht Jahren abgegolten hatten. Und dann schickten diese Amerikaner einen jungen Schnösel in einem Tweedjackett und hellen Sportschuhen! Und dann kam der eigene Sohn, der Rebell und Abtrünnige, mit demselben Flugzeug an, nachdem er seit September fort gewesen war!

Bruno übte sich in strengster Selbstdisziplin. Er winkte Werner abwehrend zu, als dieser in zehn Metern Entfernung auftauchte, seine Hand beschrieb eine schnelle, kreisende Bewegung am Ohr, was bedeuten sollte, dass er anrufen würde, sobald sich ihm die Gelegenheit dazu bot. Werner nickte und ging zur Gepäckausgabe. Bruno nahm stramme Haltung an und führte seine Kohorte zum spartanisch eingerichteten Gästeraum des Flughafens, den die Erfrischungsgetränkekompanie frühzeitig gebucht hatte. Er räusperte sich und ging stumm noch einmal die ersten Worte seiner Begrüßungsansprache durch. Aufsichtsratsvorsitzender Artwall hatte mitteilen lassen, er sei leider verhindert, aber Bruno ahnte, dass seine Verhinderung in Wahrheit aus der Angst bestand, im Englischen zu versagen.

Werner bekam sein Gepäck und ließ sich daraufhin ein Taxi rufen. Er trat in die kühle Frühlingsluft, atmete tief durch und fuhr dann zu seiner Studentenbude in der Fjälldalsgata in Tölö. Das Einzimmerappartement war untervermietet, aber Werner kannte den Mieter und wusste, dass er dort sein Gepäck unterstellen und vielleicht sogar auf dem Sofa übernachten können würde. Zu Brunos düsterem Haus am Armfeltsväg wollte er nicht fahren, und Maggie verbrachte den Frühling in Stockholm, wo sie bei einer alten Freundin draußen in Saltsjö-Boo wohnte.

Auf dem Flughafen Malm, im *Raum für den Empfang prominenter Gäste,* befand sich immer noch Bruno. »Dear Mr. President, dear fellow members of our board…«, setzte er an. Jeff Mulcahy prustete augenblicklich los. Bruno verstummte und sah den Neuankömmling erstaunt an. »I'm by no means a president, Sir«, sagte Jeff Mulcahy, »I'm just a junior executive.« Bruno zögerte einige Sekunden, dann ergriff er, tastend, erneut das Wort: »Dear Mr. Junior Executive, dear fellow members of our board. It is with utmost pride I take the opportunity to say a few words on this historic night…«

* * *

Jeff Mulcahy kam zeitig nach Finnland, fast zwei Monate vor dem D-Day. Seine einzige und alles überschattende Aufgabe bestand darin, die Invasion vorzubereiten, denn es war Jeff, der dafür sorgen sollte, dass alles nach Plan lief und die Produkteinführung zu einem denkwürdigen Fest wurde. Das Unternehmen, das er repräsentierte, war es gewohnt, jede Produkteinführung gemäß einer bewährten Strategie durchzuführen, die von Land zu Land nur unbedeutend variierte, es konnte eventuell erwogen werden, die übliche Vorgehensweise ein wenig zu justieren, wenn man auf Widerstand in Form von religiösen oder kulturellen Bräuchen stieß, doch tat man dies nur ungern, denn das Grundprinzip bestand darin, die Regeln zu befolgen, die der frühere Direktor Candler bereits Anfang der Zwanzigerjahre aufgestellt hatte, ein weiteres Prinzip bestand darin, Sorgfalt bis ins kleinste Detail walten zu lassen.

Falls ihr, die ihr diese Zeilen lest, Finnen seid, wisst ihr auch, in welchem Jahr wir uns befinden. Es ist das herrliche Jahr *zweiundfünfzig,* ein magisches Jahr, ein Jahr, das sich schon bald in einen Mythos verwandeln sollte. Die letzten Züge mit Reparationslieferungen an die Sowjetunion verlassen die Bahnhöfe und tuffen zur Ostgrenze, angeführt von stolz qualmenden Lokomotiven. Die letzten mit schweren Maschinen und Holzwaren beladenen Frachter laufen aus den Häfen von Åbo, Helsingfors und Kotka aus und nehmen Kurs auf Leningrad, und gleichzeitig verlassen die letzten Reste von Sjdanovs Kontrollkommission das Torni und das Socis und das Kämp und die anderen Hotels im Zentrum von Helsingfors und ihre Bars. Die Fassaden von Olympiastadion und Stadionturm sind frisch gestrichen, in Weiß. In Kottby und Otnäs stehen die modernen Ein- und Zweizimmerappartements des olympischen Dorfs und warten mit ihren Balkonen aus Wellblech und ihren Spülen aus gräulichem Zink. Der neue Olympiakai ist eingeweiht, ebenso wie das Hafenhotel Palace, Straßen sind asphaltiert und neue Brücken erbaut worden. Fräulein Armi Kuusela kehrt im Triumph von der Wahl zur Miss Universum in Manila zurück, und im Vergnügungspark Borgbacken singt das Schifferquartett, und die schwarzen Haare des Zigeunertenors Virtas sind geölt und nach hinten gekämmt wie nie zuvor. Es ist vollbracht, sagen die Bewohner von Helsingfors ernst, aber erleichtert in jenem Frühjahr, und dass in Korea Krieg geführt wird und eine blondierte Brünette, die sich Marilyn Monroe nennt, zum Covergirl des Jahres gewählt wird, während das Ehepaar Rosenberg im Sing-Sing-Gefängnis sitzt und darauf wartet, in den Tod geschickt zu werden, interessiert sie nicht sonderlich, sie sehen nur, wie unglaublich blau sich der Himmel über ihrer Stadt wölbt.

In diese ganze Feststimmung passt, reibungslos, nahtlos, wie dafür geschaffen, Jeff Mulcahy. Er gehört einem Volk an, dem sich immer mehr Europäer, unter anderem viele Finnen, annähern und mit dem sie sich identifizieren wollen (auch wenn es vorerst noch recht wenige sind, die des Englischen so mächtig sind wie Bruno, der in seiner Jugend Privatstunden genommen hat, und Werner). Außerdem vertritt Jeff ein Produkt mit hohem Symbolwert, auch wenn es sein mag, dass dieser Wert bei weitem noch nicht maximiert ist, wie man im Hauptquartier over there durchaus weiß.

Kurzum: Während Jeff Mulcahy vor der anstehenden Invasion schaltet und waltet, wird ihm eine Behandlung zuteil, die eines Königs würdig gewesen wäre. Die Aufsichtsratsmitglieder der Erfrischungsgetränkekompanie und ihre nächsten Angehörigen treten geschlossen an, es gibt private Abendessen in luxuriösen Wohnungen in Eira Villastad und in Munksnäs und auf Granö, es gibt Gin&Tonics und Whisky sours in den Bars der besten Restaurants und nach den Drinks reservierte Boudoirs mit gratiniertem Hummer und Steaks, die auf der Speisekarte nicht zu finden sind, und es gibt sonntägliche Segeltörns mit Ton angebenden Mitgliedern im Nyländska Jachtclub, und es gibt Saunabäder draußen auf dem abgelegenen Hvitträsk, und es gibt Wochenenden in den Schären von Borgå und Ekenäs, mit weiteren Saunabesuchen und gegrilltem Frühjahrshering und reichlich Schnaps.

Doch trotz all dieser freigiebigen Aufmerksamkeit will Geoffrey J. Mulcahy III ab und zu allein sein. An solchen Tagen lehnt er höflich, aber bestimmt die Einladungen Brunos und der anderen Mitglieder des Aufsichtsrats ab. An diesen Abenden geht Jeff Mulcahy auf die Jagd nach Frauen. Er jagt sie in einer Hose ohne dazugehöriges Jackett, in einem aufgeknöpften Hemd, einer legeren Baumwollweste und durchlöcherten Freizeitschuhen, und er jagt mit großem Erfolg. Jeff ist jung, er ist aus sehr gutem Haus, seine Mutter ist eine geborene Vandermeyer und gehört zum amerikanischen Geldadel, und er vermeidet deshalb jeden Flirt mit den Frauen, Töchtern und Geliebten der gastfreundlichen Aufsichtsratsmitglieder: Er weiß, dass in dieser Welt überall die Gier lauert, und darüber hinaus Verpflichtungen und Verantwortung, falls etwas schief laufen sollte. Stattdessen bewegt er sich inkognito durch die Stadt. Er stellt sich vor als Jim Jones, Auslandskorrespondent, und so unschuldig ist die Stadt Helsingfors zu jener Zeit, dass alle, denen er begegnet, Namen und Beruf gutgläubig akzeptieren (außer der sowjetischen Botschaft in der Fabriksgata, die bereits eine Woche nach seiner Ankunft zwei Männer abgestellt hat, um ihn Tag und Nacht zu beschatten).

Jim Jones vermeidet sorgsam das Kämp und das Royal und das König und all die anderen Lokale, in die er ausgeführt wird, um dort bestochen und gefüttert zu werden. Stattdessen entwickelt er rasch eine Vorliebe für das Röda Kvarn und seine Revuemädchen, für die Jazzkneipe Sordiino am unteren Ende der Kalevagata und die Restaurants in Tölö und nördlich der Långa-Brücke. Eines Tages, er hält sich inzwischen etwas mehr als einen Monat in Finnland auf, schreibt Jim, pardon Jeff, Folgendes in einem Brief an seinen Kollegen und Kumpel Michael Ogers im OMD, Overseas Marketing Division, der Hauptverwaltung (die Übersetzung stammt von mir):

Helsinki 1.6. AD 1952

Lieber Mike,

wie es mit der Produkteinführung laufen wird, weiß ich nicht recht, ich gebe Anweisungen und erteile Ratschläge und schreibe vor, stoße aber irgendwie auf taube Ohren. Alles ist so eigenartig ländlich und langsam hier, und ich glaube nicht, dass unsere partners wirklich begreifen, dass wir eine Lebensart verkaufen, nicht nur ein Getränk. Außerdem habe ich alle Hände voll zu tun, die Aktionäre unseres Partnerunternehmens auf gebührender Distanz zu halten. Zwei von ihnen haben schon ihre halbstarken Söhne für den Posten des Geschäftsführers unserer finnischen Filiale vorgeschlagen, wenn sie eröffnet, während ein dritter mir seine Tochter und, falls ich sein selbst gestricktes Englisch richtig verstanden habe, eine ansehnliche Mitgift angeboten hat. Das Mädchen ist mehr als sechs Fuß groß und hat Zähne wie ein Kaninchen, du kannst dir also vorstellen, dass ich sein Angebot umgehend abgelehnt habe. Der einzige halbwegs vernünftige Mensch unter den alten Knackern im Aufsichtsrat und ihren Verwandten ist der Sohn des stellvertretenden Vorsitzenden, er ist ein Sportler – Hammerwerfer, kannst du dir das vorstellen! –, der erst kürzlich aus Cleveland zurückgekehrt ist und das eine oder andere darüber weiß, wie wir leben. Obwohl, zeig mir den Finnen, der keine Macke hat: Der Junge scheint bei uns unter schlechten Einfluss geraten zu sein, er ist ganz wild auf Niggermusik und versucht jedes Mal, wenn wir uns sehen, mich darüber auszufragen. Kenne ich Elmore James? Big Slim Turner? Mama Bess Harris? Oder Spooky McGhee? Ich sah mich folglich gezwungen, dem Jungen klipp und klar zu erklären, dass ich mir so etwas nicht anhöre, dass ich Hank Williams mag und ein bisschen auch Sinatra, obwohl er ein Spaghettifresser ist.

Aber ansonsten kann ich nicht klagen. Man bestreut mich hier drüben mit Gold und Myrrhe. Und in meiner Freizeit lebe ich wie ein Sultan! Fred Hansen aus der Werbung, der Typ, der bei der Luftwaffe war und während der Luftbrücke Lebensmittel nach Berlin geflogen hat, sagte mir ja schon vor meiner Abreise, dass die Europäer immer noch am Boden zerstört sind und nach allem lechzen, was dem Leben ein wenig Glanz verleihen kann. Er meinte, wenn ich mir einen kleinen Vorrat an Nylonstrümpfen, Kit-Kats und Parfümpröbchen anlege, bekomme ich alle Mädchen, die ich haben will. Well, ich habe Neuigkeiten für dich, Mike: Strümpfe und Kit-Kats sind gar nicht nötig, es geht auch ohne ganz wunderbar! Gestern Nacht hatte ich meine siebte Finnin, die fünfte Blondine. Sie hieß Tara, genau wie Vivien Leighs Familiensitz in Gone With The Wind. Sie wohnte in einem Vorort, der Kapula oder so ähnlich hieß, wir mussten klappernde europäische Straßenbahnen nehmen und anschließend noch einen langen Spaziergang von der Endhaltestelle zu ihr nach Hause machen. Von ihrem Zimmer aus sah man direkt in einen dunklen Wald, und am Waldrand saßen ein paar Männer in abgerissenen dunklen Kleidern und tranken Wodka direkt aus der Flasche. Einer der Männer hatte keine Arme mehr, nur zwei Stümpfe, die anderen mussten ihm die Flasche an die Lippen halten. Spooky! Aber Jesus, was war meine Tara heiß! Als wir uns in ihrem Bett wälzten, einem fürchterlich quietschenden Stahlteil mit einer Art Metallfedern unten, schrie sie die ganze Zeit: Ruckus! Ruckus! Oh Jim ruckus! (Auf meinen privaten Expeditionen benutze ich einen Decknamen, ich will doch keinen Ärger mit den Häuptlingen daheim. Wusstest du übrigens, dass Woolcott, unser neuer Vizedirektor, ein tief gläubiger Baptist ist?)

Trotz allem war ich ein wenig enttäuscht von dieser Tara, denn auch sie war nicht durch und durch blond, ich sah es schon in ihren Achselhöhlen, die Haare dort waren mehrere Nuancen dunkler als der helle Flachs, der auf ihre Schultern fiel. Fred Hansen hat behauptet, dass es in Nordeuropa massenhaft Frauen gibt, die auch zwischen den Beinen vollkommen goldgelb sind, ich weiß nicht, vermutlich hat er gelogen, er hat dänische Vorfahren, und auf Dänen ist vielleicht kein Verlass. Ich weiß nur, dass ich gerne eine solche nordische Frau haben würde. Aber kommt Zeit…

Ich lasse von mir hören, wenn der D-Day näher rückt. Bis dahin kannst du meine Berichte lesen, ich schicke sie dem bereits erwähnten Woolcott, du kannst seine Sekretärin um Kopien bitten.

Cheers oder »kipiss«, wie sie hier sagen, dein
Jeff (alias Jim Jones)

Tja, was sagt man, als Gruß über beinahe fünfzig Jahre hektisch voranstürmender Zeit hinweg, was sagt man einem Geoffrey Mulcahy alias Jim Jones, der mit Sicherheit nichts von den Kindern erfuhr, die er eventuell in einem kleinen und schäbigen nordeuropäischen Land zeugte, der nie eine große Nummer in seinem Unternehmen wurde (ich bin der Sache nachgegangen, er wurde einige Jahre später entlassen, und zwar nach einem skandalumwitterten Kommando in Mittelamerika), der heute entweder pensioniert oder tot und jedenfalls im enormen Menschendschungel des nordamerikanischen Kontinents verschwunden ist?

Vielleicht, dass dieses Mädchen wohl doch nicht Tara hieß, denn einen solchen Frauennamen gibt es weder auf Finnisch noch auf Schwedisch. Tarja kann sie geheißen haben oder Taija oder vielleicht auch Terhi. Tara jedenfalls nicht.

* * *

Dreizehn Tage nach Jeff Mulcahys Brief an Mike Ogers oblag es einmal mehr Großvater Bruno, für den Komfort und die gute Laune des Gastes zu sorgen. Bruno beschloss, Jeff zu einem Souper mit anschließender Übernachtung in sein steinernes Sommerhaus in Råberga einzuladen. Das große Haus war nach dem Winter noch feucht und ungeheizt, aber Bruno rief beizeiten Reidar Österman an, dem der örtliche Kaufmannsladen gehörte: Reidar hatte einen Ersatzschlüssel für das Haus und versprach bereitwillig, einen Frühlingstag zu opfern, um dort zu putzen und zu heizen.

Anschließend rief Bruno seinen Sohn Werner an, der auf Djurgården täglich Hammerwurf trainierte und akribisch sämtliche Vorberichte zur Olympiade in den Tageszeitungen und in *Sport-Pressen* und *Rekord-Magasinet* las, ansonsten jedoch herumhing und darauf wartete, dass sich ihm ein geeigneter Sommerjob offenbarte. Werner versprach zu kommen, er war Jeff Mulcahy anlässlich einer größeren Abendgesellschaft zu Hause bei Bruno am Armfeltsväg bereits vorgestellt worden, er hatte Jeff vom Flugplatz wiedererkannt, und die beiden hatten sich gut verstanden. Werner bewunderte die legere Art des Amerikaners, sich zu kleiden (Jeff hatte an jenem Abend am Armfeltsväg ein Jackett mit Fischgrätenmuster getragen und dazu eine helle Baumwollhose!), fand seinen Musikgeschmack jedoch einigermaßen unentwickelt, denn Jeff schien allen möglichen Schnulzensängern den Vorzug vor der Musik auf WJW zu geben.

Als Bruno mit Werner gesprochen hatte, rief er seine Tochter Mary an. Mary war ein Jahr älter als Werner, sie wohnte allein, studierte Journalistik und war mit einem 27-jährigen Juristen verlobt, der ein eigenes Auto besaß und das Erbrecht auf ein Familiengut im mittleren Finnland sein Eigen nannte. Mary sträubte sich anfangs, doch als Bruno ihr gutes Englisch gelobt und anschließend einige andeutende Worte über ihre großzügig bemessene Apanage verloren hatte, versprach auch sie, zur Stelle zu sein.

Doch bevor es zu dem Abendessen bei Bruno kam, geschah etwas Unheilschwangeres: Jeff Mulcahy verlor die Geduld.

Wie wir bereits seinem Brief an Mike Ogers entnehmen konnten, waren Jeff schon seit geraumer Zeit Zweifel gekommen, und diese Zweifel waren Tag für Tag größer geworden. Und ausgerechnet an diesem Donnerstagvormittag, als Jeff und einige Mitarbeiter aus der Werbeabteilung der Finnischen Erfrischungsgetränkekompanie beschlossen hatten, die gesamte Strategie noch einmal durchzugehen, inklusive einer Inspektion der Slogans, Plakate, Transportfahrzeuge und sogar der versammelten Fahrergarde, wurde die Anhäufung unzulänglicher Details zu viel für ihn.

Dennoch war nicht leicht feststellbar, was denn eigentlich schief gelaufen war. Die Lastwagen waren wie besprochen weiß und rot, und die Slogans, bestellt bei der Werbeagentur Recla-Max, waren bereits aufgemalt und saßen an den vorgesehenen Stellen. Aber die Lieferwagen waren nicht … es waren schwedische Wagen, und sie waren nicht elegant, sie wirkten, als stammten sie noch aus der Zeit vor dem Krieg, sie strahlten kein dynamisches *free enterprise* aus, sie sahen beinahe… beinahe *sowjetisch* aus, fand Jeff. Und dann die Fahrer: Sie standen in einer Reihe vor ihm, Schulter an Schulter, lauter vierschrötige Männer mit zerfurchten Gesichtern und müden Augen, bestimmt Kriegsveteranen allesamt, weil sie sich so steif und vorsichtig bewegten, als hätten sie Granatsplitter im Körper und müssten in kurzen Abständen in sich hineinhorchen, um festzustellen, wo sich der Splitter im Moment befand. Und dann die Slogans…

»Why on earth have you painted four different words on the cars!?«, platzte Jeff plötzlich heraus, als er auf dem Hof vor der Lagerhalle der Erfrischungsgetränkekompanie in Kånala stand.

Der Werbeleiter, ein 30-jähriger Mann, der den gleichen Namen trug wie der Aufsichtsratsvorsitzende der Kompanie und Sohn des selbigen war, eilte mit einer Frage auf den Lippen herbei: »Mr. Mulcahy, Sir?« Jeff rollte das Werbeplakat aus, das er in der linken Hand gehalten hatte, und überflog es hastig:

»And you've made the same error on this poster. I said two words, remember? You didn't get that, did you!? TWO WORDS! Short and precise, like in the original: *Lovely… and refreshing.*«

»I'm sorry, Sir«, erwiderte Werbeleiter Artwall und fuhr dann stocksteif fort: »But Finland is a… a two-language nation you see. And that must always be… be taken into account.«

»I don't fucking care!«, sagte Jeff Mulcahy schneidend (er hatte das Werbeplakat wieder zusammengerollt, stand da und trommelte damit auf seinen linken Oberschenkel, er trug eine karierte Hose, war aber nicht mehr gutmütig, sondern ungeduldig, er war ein Mann, der allmählich die Nase voll hatte).

»We simply can't have it like this!«, zischte er dann und ahmte mit geringem Erfolg die Worte nach, die er auf den Wagen sah: »Look at this! *Häärrlesch…ärrfreschend.* Jesus! There's no punch in it. And this! *Pirrristevei… virrkkistevei…* That's even bloody worse! It's nonsense! It's not one bit sexy!«

»Everybody has been following your instructions… auf Punkt

und Komma«, widersprach der Werbeleiter so abgeklärt wie möglich und blickte unglücklich drein.

»Everybody has WHAT!?«, schnaubte Jeff Mulcahy, und nun raste er vor Wut, seine Pupillen hatten sich verengt, auf seinem Hals erschienen rote Flecken, und das Plakattrommeln auf den Oberschenkel war frenetisch, er sprach weiter:

»Can't you people see we're trying to sell a fucking lifestyle here! For Christ's sake!« – in diesem Moment warf Jeff einen Blick auf die Reihe der Fahrer, die immer noch in regungsloser Habachtstellung verharrten, keiner von ihnen verzog auch nur eine Miene, die meisten von ihnen hatten acht Jahre zuvor bei der sowjetischen Offensive auf der Karelischen Landenge wesentlich schlimmere Strafpredigten über sich ergehen lassen müssen – und dann schrie er, nein, er brüllte. Bevor er Richtung Bürogebäude und in die Personalkantine der Erfrischungsgetränkekompanie stürzte, wo ihm der süßsaure Geruch von Kohlrouladen und Preiselbeermarmelade entgegenschlug, brüllte er: »GET ME SOME FRESH YOUNG PEOPLE WITH A PURE, INNOCENT LOOK! AND GET ME A FUCKING REINDEER WHO CAN WRITE DECENT COPY!«

* * *

Über das intime Souper bei meinem Großvater Bruno in Råberga gibt es im Grunde nicht viel zu erzählen (und dennoch sollte es von so entscheidender Bedeutung für Werners und mein Leben werden). Außer Jeff Mulcahy, Bruno Skrake und den beiden Kindern des Letztgenannten saßen drei weitere Personen am Tisch: ein Ingenieur Wiherkaisla, fließend zweisprachiger und darüber hinaus des Englischen mächtiger Direktor eines Unternehmens in der Automobilbranche, Ingenieur Wiherkaislas Frau sowie eine Frau in den Dreißigern, die als »Fräulein Saxelin aus dem Büro« vorgestellt wurde und, wie Werner und Mary augenblicklich verstanden, die neue Geliebte ihres Vaters war. Brunos Haushälterin Klara war aus dem Haus am Armfeltsväg mitgekommen (sie wohnte dort in zwei kleinen Kellerräumen, die man ihr eingerichtet hatte, als der Brennholzvorrat überflüssig wurde), und Brunos Chauffeur Mielonen sowie Reidar Österman agierten als Kellner.

Sechsunddreißig Stunden waren seit Jeff Mulcahys Wutanfall vergangen, aber er hatte seine Fassung bislang nicht wiedergewonnen. Noch während der Vorspeise – gebeizter Lachs mit Dillsenfsauce, eine Auswahl eingelegter Heringe nach verschiedenen ostnyländischen Rezepten, winzig kleine, neue Kartoffeln aus der allerersten Ernte des Jahres, Bier, Schnaps – war Mulcahy schroff und schmollend, ließ bissige Kommentare über Finnland fallen, seufzte über die Trinklieder, die Bruno und Ingenieur Wiherkaisla anstimmten; das alles dämpfte die Stimmung. Doch je länger das Essen andauerte, desto mehr taute der Amerikaner auf. Denn der Schnaps war stark und die Lieder Legion, Klaras Vorschmack à la Mannerheim war exotisch, aber nichtsdestotrotz delikat, ihre kleinen Tournedos Rossini waren mürbe und perfekt gebraten, und der Rotwein, den Bruno aus seinem Weinkeller in der Stadt hatte herbeischaffen lassen, erwies sich als kräftiger und ausgesuchter Tropfen aus der Bourgogne. Außerdem war die Tochter strahlend schön, wenn auch ein wenig hochnäsig, und der Junge, dieser Hammerwerfer, zeigte sich zu Jeffs Verblüffung sogar in der Lage, ein Baseballgespräch über Babe Ruth contra DiMaggio zu führen. Und deshalb, weil seine Verzweiflung über das karge arktische Land, in dem er sich aufhielt, allmählich von ihm abfiel und durch eine liebliche Wärme in der Magengrube und ein Gefühl von Sommer und Meer und Licht in seiner Seele ersetzt wurde, beseelten Jeff Mulcahy gegen Ende des Abends, beim Kaffee und dem ausgezeichneten französischen Kognak, zwei neue Gedanken, zwei Gedanken, die sich in sein Inneres einätzten, obwohl er sich mittlerweile mit großem Eifer an der Konversation beteiligte:

1) Dieses Mädchen, Mary. Sie ist vollkommen blond, sogar ihre Augenbrauen sind ziemlich hell. Sie ist bestimmt so eine Goldgelbe. Aber wage ich einen Versuch?

2) Dieser Bursche, Werner. Er lächelt ein wenig seltsam, irgendwie ausweichend. Aber ansonsten hat er den richtigen Look. The boy next door, all american: Er wird einen der Wagen fahren.

Letzteren Gedanken tat Jeff Mulcahy noch am selben Abend Bruno und Werner kund. Den ersteren behielt er für sich, er wagte keinen Versuch, der Mut hatte ihn verlassen, dieser Papa sah aus, als wäre mit ihm nicht gut Kirschenessen. Und außerdem tat das Mädchen auch wirklich arg vornehm.

* * *

Der D-Day stand unmittelbar bevor. Der neue Lebensstil lag bereit und wartete in der Lagerhalle in Kånala, hunderttausende Liter von ihm. Am Abend waren Jeff Mulcahy und Werbeleiter Artwall mit den Fahrern noch einmal die Routen durchgegangen. Am frühen Morgen, zwischen vier und sieben, waren die Kästen in die Wagen verladen worden, das meteorologische Institut hatte warmes und sonniges Wetter versprochen; es sah ganz nach einem perfekten Tag aus.

Die Wagen sollten in zwei verschiedenen Konvois fahren, und die beiden Konvois hatten unterwegs die gleiche Zahl von Etablissements und Geschäften zu beliefern: achtzehn.

Ein Konvoi sollte über Sockenbacka und Haga zum neu erbauten Brunakärr fahren. Dort angekommen würde man den Mannerheimväg nehmen, einen Abstecher nach Mejlans machen (das Café Mississippi bei Bjälbo gehörte zu den Etablissements, die eine Lizenz zum Verkauf bekommen hatten), dann wieder zurück zum Mannerheimväg, anschließend würde man in die Runebergsgata abbiegen, sie bis Kampen fahren und von dort aus weiter bis nach Sandviken, danach ging es den Boulevard hinauf und schließlich in die Annegata und die Simonsgata: das Endziel des Konvois war HOKs Riesenrestaurant im Glaspalast.

Der zweite Konvoi würde kleine und verschlungene Straßen über Gamlas, Månsas und Åggelby nehmen und dann exakt aus nördlicher Richtung kommend in die Stadt einfahren, die Backasgata und den Tavastväg hinab und über Hagnäs torg, danach die Unionsgata bis zum Marktplatz, anschließend zum Olympiakai und die Fabriksgata und Högbergsgata hinab Richtung Zentrum: Endziel war das Royal im Haus des Schwedischen Theaters, denn sowohl das Kämp als auch das Savoy hatten den neuen Lebensstil mit traditionsgesättigtem Hochmut dankend abgelehnt.

Die Konvois setzten sich Punkt 14 Uhr von Kånala aus in Bewegung.

Das Presseaufgebot war groß, ein Wald aus Kameras wurde gehoben, als der Führungswagen des ersten Konvois mit seiner kostbaren Fracht vorsichtig das Brauereigelände verließ. Werner befand sich in dem Konvoi, der von Norden her in die Stadt hineinfahren sollte, durch die Arbeiterviertel. Sein Wagen war der elfte in der Reihe, und er hatte sich ausgerechnet, dass er seine Ladung erst hinter dem Marktplatz entladen würde, denn die meisten Restaurants, Cafés und Geschäfte, die sich an der Invasion beteiligen wollten, lagen im Zentrum und in den wohlhabenderen Stadtteilen: Die Arbeiterbewegung und ihre Coop- und Genossenschaftsläden hatten aus leicht nachvollziehbaren Gründen äußerst negativ auf Jeff Mulcahys mühevoll inszenierte Show reagiert.

Es stellte sich heraus, dass der Großteil des Presseaufgebots, darunter auch das von Suomi-Filmis entsandte Wochenschauteam, beschlossen hatte, Werners Konvoi zu begleiten. Vermutlich reizte es sie, dass er durch die Arbeiterviertel rollen würde, dort wollte man Bilder machen und filmen, denn dort lag die Spannung, der Konflikt, der darin bestand, dass Apotheker Pembertons kapitalistischer Nektar triumphierend längs der Straßen und vorbei an den Häusern transportiert wurde, in denen man eine Revolution wollte, in denen man Sozialismus wollte, in denen man sich darüber grämte, dass Finnland während des Fortsetzungskriegs gezwungen wurde, Seite an Seite mit Hitler zu stehen, und wo insbesondere die Älteren immer noch bittere und schorfige Erinnerungen an das Jahr 1918 und seine Folgen hatten.

Ich habe nicht vor, auf alle Details einzugehen, ich möchte mich in dem, was dann geschah, nicht suhlen. Wäre ich Bildermacher, würde ich natürlich genau das tun, ich würde mit einer Totalen des rotweißen Konvois und der Mediengeier in seinem Kielwasser beginnen, ich würde zeigen, wie das Gefolge gemächlich auf der Backasgata heranrollt, die Geschwindigkeit liegt vielleicht bei 30 Kilometern in der Stunde, eventuell auch ein wenig höher, es ist wie versprochen ein sonniger und warmer Nachmittag, und am Straßenrand stehen ziemlich viele Schaulustige. Sobald der Treck die Sturegata kreuzt, würde ich auf den von vorne gezählt elften Wagen zoomen und zeigen, wie der Konvoi den alles andere als steilen Hang zur alten Wolfsgrube hinabrollt, wo man erst kürzlich zwei hohe Steinhäuser erbaut hat, doch dann würde ich mich auf das Wesentliche, das Unerklärliche konzentrieren: wie Wagen Nummer 11 langsam und gleichsam würdevoll beginnt, nach links auszuscheren, wie der Fahrer nicht zu bemerken scheint, was da vorgeht, wie Wagen und Fahrer das Pech haben, ausgerechnet an der Stelle von der Straße abzukommen, an der es keine Bürgersteigkante gibt, die das Debakel stoppen könnte, die den Fahrer aufwecken und registrieren lassen könnte, was sich da anbahnt.

Werner schert mit anderen Worten auf Höhe eines Zebrastreifens an der Esplanade der Backasgata aus, entrinnt um Haaresbreite einer Kollision mit einer kräftigen Linde, schlittert auf die Schienen und merkt immer noch nichts. Da nähert sich vom Tavastväg kommend die Straßenbahn, ein Frontalzusammenprall scheint unausweichlich, der Bahnfahrer steht praktisch auf der Hupe, das Signal ist durchdringend, und Werner wacht auf, schwenkt heftig nach rechts und weicht der Straßenbahn aus, doch als sie vorbei ist, lenkt er ebenso heftig nach links und tritt vermutlich gleichzeitig versehentlich aufs Gaspedal – der rotweiße Transporter schlittert erneut über die Schienen, touchiert zunächst ein Verkehrsschild und fährt dann gegen einen Baum. Nach dem Aufprall hört man einige Sekunden lang das schneidende und knirschende Geräusch tausender Flaschen, die zersplittern, danach hält der gesamte Konvoi, nur Werners Wagen läuft noch im Leerlauf. Weitere Sekunden vergehen, dann schaltet er den Motor aus und kriecht heftig an der Stirn blutend aus der Fahrerkabine, während sein linker Arm schlaff an der Seite herabhängt.

Das war das Bild, das alle Zeitungen abdruckten. Die Szene ist sogar in einem alten Wochenschaufilm verewigt, unterlegt mit einer zeittypisch forschen Stimme, die, auf Finnisch, sagt: »Hoppla! Hier gehen viele Tropfen eines edlen Getränks verloren. Aber es hätte schlimmer ausgehen können. Und am Steuer saß der Sohn eines prominenten Vertreters des Helsingforser Wirtschaftslebens. Man fragt sich, wo unser Fahrer eigentlich mit seinen Gedanken war?«

* * *

Ihr denkt natürlich, dass ich übertreibe, wenn ich behaupte, es war das Stigma jenes Tages, das meinen Vater anschließend langsam, aber sicher immer menschenscheuer werden ließ, sodass er sein Jurastudium vernachlässigte und stattdessen immer öfter davon träumte, Bücher zu schreiben, sodass er sich draußen in Råberga immer wohler fühlte, wo er auf dem Sportplatz der Schule Hammerwurf trainieren konnte, statt auf Djurgården, und wo er wie ein Besessener fischte und schließlich durchsetzte, dass Brunos funktionalistisches Haus einen Heizungskeller und doppelte Verglasung und eine zusätzliche Wärmeisolierung in der oberen Etage bekam, sodass, als Werner dann Ende der Fünfzigerjahre beim traditionellen alljährlichen Leichtathletik-Länderkampf zwischen Schweden und Finnland in Stockholm Vera kennen lernte (es war das Jahr vor Brunos Tod), nie etwas anderes in Erwägung gezogen wurde, als dass die frisch Vermählten auf Dauer in dieses Haus einziehen würden.

Aber falls ihr das denkt, seid ihr mit Sicherheit keine Finnlandschweden und gehört auch keiner anderen kleinen und neugierigen Gemeinde an. Ihr lebt vielleicht in Paris oder Berlin oder einer anderen Metropole, in der man sich eine neue Identität suchen kann, wenn sich das Leben zuspitzt. Oder aber ihr wohnt in den Vereinigten Staaten von Amerika, wo man nach L.A. ziehen kann, wenn man sich in New York blamiert hat, und umgekehrt.

Denn es erklärt sich von selbst. Was Werner in jenem Olympiasommer machte, war einfach zu sichtbar und vor allem zu einmalig, um schnell in Vergessenheit zu geraten. Mein Vater wurde bis in alle … nein, da hätte ich doch fast zu einem sprachlichen Klischee gegriffen, es sollte später noch etwas passieren, das Werner eine neue schwere Rolle aufbürdete, aber jedenfalls: Viele Jahre lang hatte mein Vater mit der Rolle als *der Finnlandschwede, der den Colalaster gegen einen Baum setzte* zu kämpfen.

Außerdem verschlimmerte er seine Position noch, indem er sich *Hufvudstadsbladet* gegenüber äußerte. Als der Reporter ihn fragte: »Aber wo waren Sie denn eigentlich mit Ihren Gedanken, Werner?«, beging er den fatalen Fehler, von einer gewissen Ausgabe von *Sport-Pressen* zu erzählen, in der ein sehr spezielles Bild der holländischen Leichtathletikikone Fanny Blankers-Koen, Goldmedaillengewinnerin bei den Spielen in London vier Jahre zuvor, abgedruckt war. Das Bild war viele Jahre alt, es war ein hübscher Schnappschuss, auf dem die junge Fanny B. die hundert Meter Hürden in für damalige Verhältnisse ausgesprochen kurzen und eine Spur zu weiten Shorts lief, und Werner (dieser naive Idiot!) erzählte bereitwillig, wie lang und schön Fannys Beine auf diesem Foto waren, ja, im Gespräch mit *Hufvudstadsbladets* grinsendem Reporter blubberte er drauflos über ihre sehnigen, jedoch schlanken Waden und muskulösen, aber dennoch wohlgeformten Schenkel – wir haben eine Schwäche für schöne Frauenbeine, wir Skrakemänner – und gab zu, dass er dieses Bild vor Augen hatte, er hatte sich schlichtweg fortgeträumt, er hatte von den Hürdenläuferinnenbeinen der jungen Fanny Blankers-Koen geträumt und darüber völlig vergessen, dass er am Steuer eines Coca-Colalasters saß und dabei war, Geschichte zu schreiben.

Seine Schwatzhaftigkeit sollte ihn – und mich – teuer zu stehen kommen. Glücklicherweise sind Generationen gekommen und gegangen, eine halbes Jahrhundert ist vorbeigezogen, und neue Redewendungen haben die alten ersetzt. Aber wenn ihr in den Fünfziger- und Sechzigerjahren in Helsingfors und Umgebung aufgewachsen seid, erinnert ihr euch sicher an eine Floskel, die man benutzte, wenn einem ein Missgeschick passiert war, wenn man ein Glas fallen ließ oder etwas Ähnliches: *Ich dachte nur an Mädchen, sagte Skraguli, als er die Flaschen zu Bruch fuhr.*

Wenn ein gezeichneter Mann die Exklusivrechte für das weiße Luftige bekommt, sollte er sie nicht verschmähen

Zwei Wochen nach dem Debakel beim Colatransport gingen Großvater Bruno und sein Bruder Leo, der damals Lehrer an einer Schule in Tölö war, zur Eröffnungsfeier der Olympischen Spiele. Eigentlich hätten Bruno und Werner gehen sollen, aber mein Vater hatte abgesagt, denn er wurde noch immer von der Presse verfolgt und hatte sich in Råberga verkrochen, wo er seine Tage damit verbrachte, nördlich von Björnholm und Lingonskär Hechte zu fischen.

Bruno und Onkel Leo saßen in der Südkurve, es war recht warm, aber regnerisch. Sie waren zwei Brüder beidseits der Fünfzigjahremarke, die sich rein äußerlich ähnlich sahen, sie waren kräftig gebaut und groß und hatten ursprünglich die gleichen schwarzen Haare gehabt, doch Brunos dichte Mähne hatte bereits im Krieg begonnen, grau zu werden, und mittlerweile waren seine Haare praktisch weiß. Trotz ihres ähnlichen Aussehens waren sie wie üblich ein äußerst ungleiches Paar: Leo, der Bohemien, trug eine dünne Hose, ein Hemd mit hochgekrempelten Ärmeln und eine Schirmmütze, während der praktisch denkende Bruno zum Schutz vor dem Regen einen supermodernen Plastikmantel anhatte. Doch obwohl er somit trocken blieb, war Bruno an diesem Tag schlecht gelaunt und mürrisch, er sah so gut wie alles negativ. »Dieser verdammte Regen«, sagte er, »woher kommt nur dieser verdammte Regen?« Nicht einmal, als Nurmi mit der Fackel in der Hand einlief, taute er auf, sondern erinnerte Leo vielmehr daran, dass die Schweden Nurmi eine sichere Goldmedaille im Marathonlauf geraubt hatten, als es ihnen gelang, ihn passend zu den Spielen von Los Angeles zweiunddreißig zum Profi erklären zu lassen, woraufhin er nahtlos hinzufügte: »Übrigens habe ich Artwall mitgeteilt, dass ich den Aufsichtsrat verlasse.«

»Ist das nicht ein bisschen übertrieben?«, meinte Leo. »Es war doch die Idee des Yankies, Werner fahren zu lassen.«

»Das spielt keine Rolle«, widersprach Bruno, »ich bin trotzdem verantwortlich, und ich wüsste nicht, wie ich nach einer solchen Schmach weitermachen sollte.«

»Urteile nicht zu hart über den Jungen«, sagte Leo daraufhin, »es steckt trotzdem Gutes in ihm.«

»Das mag schon sein«, erwiderte Bruno nachdenklich, »aber er ist so ... irgendwie so ziellos. Ich hatte wohl nicht die Kraft, mich genügend um ihn zu kümmern, als es nötig gewesen wäre, es gab so viel ... na ja, du weißt schon, Krieg und Elend.«

»Vor allem solltest du dich nicht selber verurteilen«, erklärte Leo, »durch Flagellantismus ist die Welt noch nie verbessert worden.«

»Er ist Maggie viel ähnlicher als mir«, sagte Bruno, er sagte es nachdenklich, gleichsam zu sich selbst, »und für Mary gilt das Gleiche, sie sind ja auch so blond, alle beide.«

»Mary!?«, lachte Leo auf. »Da bin ich aber ganz anderer Meinung als du. Wenn jemand deine Entschlossenheit geerbt hat, dann sie!«

Dazu murmelte Bruno nur etwas Unverständliches, und Leo fuhr fort: »Werner ist dir ähnlicher, als du glaubst. Auch er hat Stärke in sich. Aber bei ihm kommt sie anders zum Ausdruck, bei ihm ist sie nicht gewollt, sie taucht aus seinem Inneren auf, obwohl er sie *nicht will*, und deshalb ...« An dieser Stelle verstummte Leo, sah seinen Bruder scheu an und ergänzte: »Ich fürchte, dass er früher oder später noch mehr Unglücke verursachen wird, so etwas passiert leicht, wenn man gegen Kräfte in seinem Inneren ankämpft.«

Darauf erwiderte Bruno nichts, sondern schaute mit gerunzelter Stirn auf den Rasen des Olympiastadions hinab. Irgendetwas stimmte da unten nicht, vor der Haupttribüne, wo sich die Würdenträger versammelt hatten und auf die Eröffnungsrede warteten, bahnte sich etwas an, das nicht im Protokoll stand, eine weiß gekleidete Frau, ein Engel war aus dem Nichts aufgetaucht und durch die hintere Kurve zum Rednerpult gerannt. Jetzt drängelte sie sich zum Mikrofon vor und versuchte es zu ergreifen, und es gelang ihr tatsächlich, einige Worte über Frieden und Liebe zu rufen, ehe die Ordner bei ihr waren und sie fortzerrten.

»Eine Deutsche!«, sagte Bruno erregt und missbilligend. »Haben die Deutschen nicht schon genug Chaos in der Welt angerichtet?«

»Sie hätten sie ruhig sprechen lassen können«, antwortete Leo, »es war doch schön und richtig, was sie zu sagen hatte.«

* * *

An einem Wintersonntag wenige Monate vor seinem Tod meinte Onkel Leo zu mir, er hätte sich gewünscht, seine Prophezeiung über Werner dort im Stadion hätte sich nicht bewahrheitet.

Ein Schriftsteller namens Colliander schrieb einmal in seinen Memoiren etwas über seinen aus St. Petersburg stammenden Vater. Dieser Vater musste sein Leben lang mit einer Bürde leben, für die der Sohn die Bezeichnung *metjty* benutzte. »Metjty« ist eigentlich eine Beugung des russischen Worts für »Traum«, aber in der Version des Schriftstellers Colliander stand es für die Fähigkeit, in allem zu scheitern, was man sich vornahm, eine Fähigkeit, die nicht mehr und nicht weniger war als ein Schicksal. Collianders Vater war ein strebsamer Mann, der sein Glück nach einer stockenden Offizierslaufbahn in unzähligen Berufen versuchte, allerdings immer ohne Erfolg. Er verdiente niemals Geld. Wenn er Maschinen und Werkzeuge bestellte, um irgendeinen Betrieb aufzumachen, waren diese Maschinen und Werkzeuge stets unbrauchbar, wenn sie eintrafen, und versuchte er,

Erfinder zu werden, funktionierten seine Erfindungen nie, nicht einmal, wenn die Idee dahinter gut und richtig war.

Doch so, wie Colliander es beschrieb, war das *Metjty* seines Vaters von einigermaßen ruhiger Beschaffenheit, es führte nicht zu Katastrophen und brach seinen Träger auch nicht; es wurde nur zu einem Schatten, der auf ein zwar armes, ansonsten jedoch recht warmes und liebevolles Leben fiel. Woran mein Vater litt, war dagegen eine Art *Super-Metjty*, aber ein *Metjty*, das lange Zeit nur latent vorhanden sein konnte, jahrelang, sodass der frühe Ausrutscher in Vergessenheit geriet und die Menschen Werner mit der Zeit erneut als ein recht geglücktes Exemplar der Gattung Mensch betrachteten (denn, und das ist vielleicht die eigentliche Tragödie, Werner war in Wahrheit ein vielseitig begabter Mensch).

An jenem Tag, an dem Onkel Leo seine Prophezeiung in einem regnerischen Olympiastadion aussprach, wusste noch niemand von der Existenz dieses *Super-Metjtys*. Ich wusste nichts von ihm, denn ich war noch nicht geboren. Vera wusste nichts von ihm, denn sie war Werner nie begegnet, sie war einstweilen nur ein Mädchen, das im letzten Schuljahr eine Oberschule in der Nähe Stockholms besuchte und sich ab und an nach Finnland sehnte. Und Bruno, Maggie und Mary wussten auch nichts von ihm, denn *so* bemerkenswert hatten sie Werners Kollision mit dem Baum nun auch nicht gefunden.

Einzig und allein Leo – seiner Gewohnheit folgend, denn er war beinahe ein Hellseher, dieser Mann – hatte eine vage Ahnung, eine Ahnung, die er später wie gesagt bedauern sollte.

* * *

Alles in allem und vor dem Hintergrund seines frühen und unfreiwilligen Ruhms glaube ich, dass mein Vater in der zweiten Hälfte der Fünfzigerjahre recht glücklich war.

Er gab, zu Brunos großem Verdruss, aber unter dem verstohlenen Applaus Maggies, der Jurisprudenz den Laufpass und lebte im Stil der Boheme. Seine Stirn wurde nun von einer Narbe geziert, die ihn sein Leben lang begleiten sollte, ansonsten hatte der Zusammenprall mit dem Baum keine äußeren Spuren hinterlassen. Aber er hielt sich nach wie vor am liebsten in Råberga auf, und von Mai bis September pendelte er zwischen dem Haus dort und Gelegenheitsjobs in Helsingfors.

Trotzdem lautete seine offizielle Adresse weiterhin Fjälldalsgatan 10, und er hatte einen gewissen (laut Bruno einigermaßen zwielichtigen) Bekanntenkreis in der Stadt. Er war einmal verlobt, aber die Beziehung ging in die Brüche, und von da an lösten die Frauen einander in rascher Folge ab. Werner fiel es schwer, sich eine geordnete Existenz aufzubauen, und so machte er im Laufe der Jahre die Bekanntschaft diverser Zimmer, in denen man das Kaffeewasser auf einer Gasplatte erhitzte, die im Badezimmer stand, und in denen man Acht geben musste, nicht auf das Pessar der Zimmergenossin seiner Freundin zu treten, das auf der Erde Staub fing.

Sooft er konnte, ging Werner fischen, und dabei kam ihm seine Schullaufbahn an der traditionsreichen Gymnasialen Lehranstalt zugute. Er gehörte nicht zu den vornehmeren Kreisen, dazu war er zu eigensinnig und zu immun gegen feine Manieren. Aber obwohl die Adelssöhnchen und die anderen jungen Lebemänner ihn nie in ihre Stadtwohnungen einluden, kam es doch gelegentlich vor, dass sie ihn zum Fischen auf ihre Landsitze baten: Er hatte bereits während der Schulzeit den Grundstein für seinen Ruf als großer Fischer gelegt.

Darüber hinaus hegte Werner nach wie vor seinen Traum vom *Wurf*. Seine Lebensführung war wie gesagt nicht ganz untadelig, ging jedoch nie zu Lasten seines Hammerwerfens. Er trainierte diszipliniert und machte im Großen und Ganzen jedes Jahr Fortschritte, er war vielfacher finnlandschwedischer Meister und nicht weit von der nationalen Spitze entfernt, gegen Ende des Jahrzehnts war ein Platz im Nationalteam in greifbare Nähe gerückt.

Das mit dem jungen Werner und dem Arbeiten ist ein heikles Thema. Die Wahrheit ist, dass er in dieser Hinsicht behütet war. Bruno war ein vermögender Mann – erst als er starb, zeigte sich, dass seine Finanzen nicht so geordnet waren, wie alle geglaubt hatten –, und dann gab es da ja auch noch Maggies Familie im Hintergrund.

Weil dies eine Erzählung ist, und zwar eine Erzählung, die nun mal von Werner handelt, stört mich die gerade erwähnte Tatsache. Geschichten werden ergreifend, sobald sie von armen und unterdrückten Menschen handeln, Armut und Not eröffnen dem Erzähler zahllose Möglichkeiten, Beispiele menschlicher Größe angesichts von Entbehrungen und Schicksalsschlägen zu geben, während Erzählungen über wohlhabende Leute leicht einen Beigeschmack von Entbehrlichkeit annehmen, da man das Gefühl hat, dass nichts, was diesen Wohlhabenden widerfährt, besonders schwerwiegend ist, da sie ohnehin ihr Schäfchen im Trockenen haben.

Jedenfalls versuchte Werner sich in allen möglichen Gelegenheitsjobs. Ein Jahr lang verkaufte er Noten bei Westerlund (ein Job, den Maggie ihm besorgt hatte, sie war dort Stammkundin), in einem anderen Jahr gründete er zusammen mit einem ehemaligen Schulkameraden eine kurzlebige Wohnungsvermittlung. Nachdem die Sache mit der Wohnungsvermittlung gescheitert war, arbeitete Werner ein halbes Jahr lang als Aushilfsschreibkraft in einem Verlag und fand anschließend einen Job als Verkäufer in Schröders Fischereigeschäft in der Unionsgata. Dort blieb er drei Jahre und begann in diesen Jahren, kleine Geschichten über Fische und das Fischen zu schreiben; er schrieb Anekdoten auf, die andere ihm erzählt hatten, er berichtete von diversen Missgeschicken, die ihm während seiner eigenen Fischzüge passiert waren, und er beschrieb die finnischen Schären auf karge und unsentimentale Art, schön, jedoch bei weitem nicht so verzückt und schwülstig, wie die älteren Autoren von Fischergeschichten es getan hatten.

Eins führte zum anderen, und kurze Zeit später bot Werner

dem Verlag, in dem er früher gearbeitet hatte, ein Bündel seiner Geschichten an. Der Verlag biss an, und im Spätsommer 1957 erschien mit »Der neidische Barsch und andere Erzählungen« das erste Buch meines Vaters. Zur Überraschung aller, nicht zuletzt Vater Brunos, waren vor Jahresende bereits drei Auflagen davon verkauft.

Fünf Jahre lang, eine Ewigkeit, war Werner der *Skrake im Colalaster* gewesen, aber jetzt vergaßen die Leute allmählich. Denn nichts lässt die Meute schneller alte Dummheiten vergessen als frisch errungene Erfolge. Plötzlich, eines Herbstes, war Werner Skrake ein immer noch junger, sehr eleganter Erfolgsautor, der mit Charmeurlocke in der Stirn an einem frostglatten frühen Morgen durch die Stadt radelte, weil Sputnik 2 von den Felsen neben dem Café Mississippi so gut zu sehen war.

Und die folgenden Jahre wurden noch besser.

Eine zweite Auswahl Fischergeschichten, »Herbsthimmel über Hästkobben«, verkaufte sich ebenso gut wie die erste. Und im darauf folgenden Sommer gewann Werner bei den finnischen Meisterschaften die Bronzemedaille im Hammerwurf mit guten 56,34 Metern und wurde für den Leichtathletik-Länderkampf gegen Schweden in Stockholm nominiert. Beim Länderkampf wurde er zwar nur fünfter von sechs Teilnehmern, doch das machte ihm nicht viel aus, denn an diesem Wochenende lernte er Vera kennen.

Vera war damals vierundzwanzig, dreieinhalb Jahre jünger als Werner, sie arbeitete als Dolmetscherin und Fremdenführerin für die finnische Mannschaft. Sie war schlank und dunkelhaarig, ihr Finnisch war perfekt und nahezu akzentfrei, und während des ersten Tages verhakten sich ihre Blicke mehrfach ineinander. Erstaunt bemerkte er, dass sie nicht wegsah, sondern ihm fest in die Augen schaute, ihr Blick war graublau, und sie bekam eine kleine Falte im linken Mundwinkel, wenn sie lächelte.

Am zweiten Tag ging Werner zu ihr und fragte, ob sie Lust hätte, ihm die Stadt zu zeigen, sobald die Wettkämpfe vorüber waren. Das hatte sie. Werner teilte der finnischen Mannschaftsführung mit, dass er noch zu bleiben beabsichtige, wenn die restliche Truppe abreiste. Es war ein regnerischer, aber warmer Abend, und gegen sieben promenierten Werner und Vera über Norrmalm und das bereits abgerissene Klaraviertel nach Gamla stan, der Stockholmer Altstadt. Dort tranken sie in einem Kellerlokal Kakao (Schokolade, sagte Vera) und aßen belegte Brote (Sandwiches nannte Vera sie). Dann schlug Vera vor, zum Lorry auf der Fredsgata in Sundbyberg hinauszufahren, denn dort war Damensonntag.

Sie gingen zuerst zu ihr nach Hause. Vera wohnte in einer kleinen Zweizimmerwohnung am Tegnérlund, und Werner musste in der Kochnische warten, während sie sich umkleidete. Sie zog ein schlichtes weißes Kleid an, das ihre dunklen Haare und – das muss gesagt werden – schönen Beine betonte, und als sie später über das kariert gemusterte Parkett in dem schummrig beleuchteten Lokal glitten, fand Werner, dass sie das schönste Mädchen im ganzen Tanzpalast war. Sie tranken Zitronensoda und tanzten Tango und Rumba und Jive, und Werner wusste nicht, wie man Jive tanzt, und geriet ständig aus dem Rhythmus, und Vera lachte entzückt über seine Versuche.

Trotz der Jive-Schnitzer war Werner sicher, bereits in dieser Nacht bei Vera schlafen zu dürfen, und seine Enttäuschung war deshalb groß, als sie ihm in dem Taxi, das sie in die Stadt zurückbrachte, ins Ohr flüsterte: »*Kai minä olen pienen odotuksen arvoinen – Es lohnt sich wohl, ein bisschen auf mich zu warten?*« Er sah sie überrascht an, fing sich jedoch gleich darauf wieder und antwortete: »*Sinä olet pitkänkin odotuksen arvoinen – Es lohnt sich sicher, lange auf dich zu warten.*« Er begleitete sie nach Hause, holte sein Gepäck aus ihrem Flur und übernachtete anschließend in einem Fremdenzimmer in der Upplandsgata.

Werner traf sich auch am nächsten Tag mit ihr, sie aßen zu Mittag in einem Restaurant am Sankt Eriksplan, und anschließend nahm er die Fähre nach Hause. Den ganzen Herbst über wechselten sie Briefe, er besuchte sie im November, es wurden immer mehr Briefe und Telefonate, und im April reiste er von neuem zu ihr: Diesmal begleitete sie ihn nach Finnland, diesmal strampelte ich schon in ihrem Bauch.

Im Großen und Ganzen hielt sich Werners *Metjty* während dieser Jahre zurück. Mehr noch: Mein werdender Vater erschien mehr und mehr wie ein wahrer Gustav Gans.

In den acht Jahren zwischen den Olympischen Spielen von Helsingfors und meiner Ankunft in dieser Welt gab es im Grunde nur einen Vorfall, der andeutete, dass sein *Metjty* noch existierte, dass es noch immer in Werner auf der Lauer lag, oder vielmehr: in seinem Leben auf der Lauer lag. Und nicht einmal dieser Vorfall war eine Katastrophe, es geht bei ihm nur darum, dass sich Werner eine Möglichkeit bot, auf eigene Faust reich zu werden, er hätte sich aus seiner Abhängigkeit von Bruno befreien und ein eigenes Haus am Meer kaufen, er hätte auf Augenhöhe mit Maggies Brüdern und Neffen und Nichten, den immer wohlhabenderen Enerots, gelangen können. Aber Werner verpasste seine Chance. Das Ganze ereignete sich einige Jahre, bevor er Vera kennen lernte – auch Onkel Leo war daran beteiligt –, und spielte sich folgendermaßen ab:

In einem von Werners unbändigeren Wintern – es war die Zeit nach dem Konkurs der Wohnungsvermittlung, aber bevor er den Job als Verlagsschreibkraft bekam, er war damals 24 Jahre alt und vorübergehend arbeitslos, er war starrköpfig und wollte sich von Bruno oder Maggie kein Geld leihen, er war mit seinem Leben nicht zufrieden und saß so oft in der Kneipe, wie seine bescheidenen Verhältnisse dies zuließen – kam er im Etablissement Sea Horse in der Kaptensgata in Helsingfors mit einem Amerikaner norwegischer Herkunft namens Duncan Reinertsen ins Gespräch.

Duncan Reinertsen war Basketballtrainer. Er war in New Jersey aufgewachsen, jedoch schon früh nach Minnesota gezogen und hatte dort eine Collegemannschaft trainiert. Darüber hinaus war er ein abenteuerlustiger Mann, und von den vielen Nachfahren finnischer Einwanderer in Duluth und Umgebung hatte er viel über dieses Land der Messer und Wölfe und Winterdunkelheit gehört. Und was er hörte, erweckte seine Neugier, und nach einigem Hin und Her fand er sich eines Tages in einem zugigen Hinterhaus an der Jägaregata in der finnischen Hauptstadt wieder, mit der Aufgabe betraut, die Spielstärke von Helsingin Kori-Weikot auf höchstes europäisches Niveau zu heben, und mit einem Nebenjob als Gesundheitsberater der amerikanischen Botschaft versehen, was im Klartext bedeutete, dass er müde Spione massierte.

Bereits nach vier Monaten musste Reinertsen feststellen, dass die finnischen Männer besser Ski liefen, wahrscheinlich auch besser Messer zogen, als sie Basketball spielten. Dagegen hatte er Helsingfors merkwürdig wolffrei vorgefunden; er war nachts auf das Eis der Kronbergsbucht und in den Kajsaniemipark gegangen und hatte geheult, um die Wölfe zum Antworten zu bewegen, damit jedoch nur erreicht, dass er von einem verfrorenen und anhänglichen Homophilen begrapscht wurde.

Kurzum, Reinertsen langweilte sich. Doch da er ein unternehmungslustiger Mann war, gab er sich nicht geschlagen: Er erkannte, dass er eine Nebenbeschäftigung brauchte, wenn er sich nicht zu Tode langweilen wollte, und mitten im eiskalten Winter begann er, Pläne zu schmieden.

Als Duncan Reinertsen im Sea Horse Werner Skrake begegnete, war es bereits März, tagsüber glitzerte ein Diamant auf dem Schnee, aber nachts fror der Frühjahrsschnee nach wie vor zu hartem Harsch, und außerdem drohte ein Generalstreik.

Reinertsens Antrag auf eine Importlizenz lag bei den zuständigen Behörden, es war also nur noch eine Frage von Tagen, bis sie die Lizenz bewilligen würden. Und die Warenproben, die er bestellt hatte, befanden sich bereits im Lande und lagen in einem Zolllager in Sumparn, einige hundert kleine Jutetüten voller harter brauner Körner. Außerdem hatte Reinertsen eine klare und sorgfältig ausgearbeitete Strategie: Die Schulen, die Kinder, es kam darauf an, einen direkten Draht zu ihnen zu bekommen, sie sollten daran gewöhnt werden, denn es waren die Kinder und Jugendlichen, die ins Kino gingen, und sie waren es auch, die sich auf dem Sofa verschanzen und in Fernsehzuschauer verwandeln würden, sobald der größte Segen der Nachkriegszeit endgültig dieses dunkle und unglückliche Land erreichte.

Reinertsens Dilemma war jedoch, dass er die Ware nicht selbst vertreiben konnte. Die Meisterschaft im Basketball war in ihre entscheidende Phase getreten, und Kori-Weikot lag auf dem dritten Platz, punktgleich mit Kisa-Toverit und zwei Punkte hinter KFUM. Folglich hatte er fast jeden Nachmittag Training oder taktische Besprechungen oder ein Spiel, und vormittags war Reinertsen gezwungen, zur Botschaft im Brunnspark zu gehen und die Spione durchzukneten und sich ihre vor Heimweh triefenden Geschichten über Apfeltaschen mit Vanillecreme und Baseballspiele auf dem Ebbets Field in Brooklyn und sich wiegende gelbe Kornfelder in Iowa und whatnot anzuhören.

Wie es weiterging, könnt ihr euch sicher denken.

Sie waren schon zu Beginn des Abends ins Gespräch gekommen, sie saßen an einem der Fenstertische, auf dem Tisch lag eine verschmierte Decke, die einmal weiß gewesen war, sie tranken Wodka, der Tabakrauch hing in dichten Schwaden, um sie herum lärmten heisere und hochgradig betrunkene Stimmen, und Reinertsen erlag, genau wie damals Jeff Mulcahy, Werners einnehmendem Aussehen, seinem Ohioakzent und seinen guten, inzwischen jedoch etwas veralteten Kenntnissen in amerikanischer Populärkultur, vorzugsweise Sport. Reinertsen zuckte nicht einmal zusammen, als Werner ihn fragte, ob er Mama Bess Harris und Spooky McGhee kannte, er schüttelte nur den Kopf und fragte dann: »Hast du ein Auto?«

»Nein«, antwortete Werner und trank einen Schluck Wodka, »aber ich kann fahren.«

»Gut«, sagte Reinertsen, »du kannst dir meins leihen, es gehört zwar eigentlich dem Vereinsvorsitzenden, aber ich habe es zur freien Verfügung.«

Daraufhin kam er zu den Details, er erklärte, wie Werner für das Produkt werben und die Körner erhitzen sollte, »nur ein klein wenig Öl auf den Boden«, sagte er, »und du brauchst nicht viele zu nehmen, vergiss das nicht, und dann darfst du vor allem nicht vergessen, den Deckel auf den Topf zu legen, otherwise it'll be quite a show.« Dann hob er sein Glas, schlug es mit einem lauten *Kling* gegen Werners und ergänzte: »Ich bin kein geldgieriger Mann. Und man braucht verdammt lange, um deinen countrymen Basketball beizubringen, und dann sind da noch diese verdammten Embassyleute, die geknetet und gepflegt werden wollen. Also, wenn das hier ein Hit wird, machen wir business zusammen, Werner, dann wirst du mein joint partner.«

Die Lizenz wurde bewilligt, doch dann machte ihnen der Generalstreik einen Strich durch die Rechnung, sie konnten die Jutetüten nicht aus dem Zolllager herausbekommen.

Als der Streik überstanden war, rief Reinertsen unverzüglich an: Jetzt würde Werner endlich anfangen können.

Eine Viertelstunde später hupte unten auf der Fjälldalsgata ein Auto. Werner schaute zum Fenster hinaus und sah den Basketballtrainer, oder besser gesagt, Kori-Weikots taubengrauen und verbeulten Peugeot.

Sie holten die Tüten ab und mussten drei Mal hin und her fahren zwischen dem Zolllager und dem eigenen Depot, einer Autogarage in Munksnäs, die Bruno immer dann nutzte, wenn er in geringerem Umfang Waren importierte, und die er nun seinem Sohn und dessen Geschäftsfreund geliehen hatte.

Als sie die dritte Wagenladung Jutetüten hineingetragen hatten, sah Reinertsen auf die Uhr; er sollte um eins die Frau des amerikanischen Botschafters massieren, und es war jetzt zwanzig vor, sodass er es eilig hatte, in die Straßenbahn Richtung Stadtzentrum zu springen.

Werner rauchte eine Zigarette, ging dann ins Lager und trug

etwa zehn Tüten heraus, die er in den Kofferraum des Peugeots warf. Anschließend legte er weitere Tüten auf die Rückbank und war somit für seine erste Verkaufsoffensive gerüstet. Doch dann merkte er, dass er vor der Aufgabe zurückschreckte. In einem Geschäft zu stehen und Menschen etwas zu verkaufen, die ihn einzig und allein aufsuchten, um gewisse Produkte zu erwerben, war eine Sache; sich aggressiv möglichen Kunden zu nähern und sie von der Vortrefflichkeit einer unbekannten und exotischen Ware zu überzeugen, etwas ganz anderes. Außerdem war Frühling, in den Winden schwang bereits eine vorsichtige Wärme mit, und es konnte nicht mehr lange dauern, bis das Eis brach. Werner spürte, wie das Meer ihn anzog, er wollte das Boot zu Wasser lassen und fischen gehen, er hatte nicht die geringste Lust, als Vertreter für Süßigkeiten zu arbeiten.

Er beschloss, den Arbeitsbeginn auf den nächsten Tag zu verschieben, und an diesem Abend saß er daheim in der Fjälldalsgata und quälte sich und bereute, was er versprochen hatte. Gegen zehn rief er Onkel Leo an, der letzten Herbst eine Stelle als Schwedisch- und Geschichtslehrer an einer Schule in ebenjenem Munksnäs bekommen hatte. Es war eine große Schule mit mehreren hundert Schülern, und neu war sie auch noch, sie hatte doch bestimmt eine große Übungsküche, in der man den Jugendlichen beibrachte, Essen zu kochen und einen Haushalt zu führen?

»Ja, das ist richtig«, sagte Leo, »wir haben eine Übungsküche, worum geht's denn?«

»Ich würde gerne eine Neuheit präsentieren«, sagte Werner, ohne präziser zu werden, »kannst du mir eine Genehmigung für eine Warenvorführung besorgen?«

»Das wird sich sicher machen lassen«, meinte Leo, »um was für Waren handelt es sich denn?«

»Lebensmittel«, antwortete Werner.

»Die fünften Klassen haben morgen um zwei Hauswirtschaftslehre«, sagte Leo. »Ruf mich morgen Vormittag an, dann gebe ich dir endgültig Bescheid. Ich habe übrigens zwischen zwei und drei eine Freistunde, ich kann mitkommen und dich der Hauswirtschaftslehrerin vorstellen.«

Kurz vor zwei fuhr Werner zwischen den beiden Hochhäusern hindurch, hinter denen Munksnäs begann. Nach ein paar hundert Metern bog er von der Munksnäsallee links ab und fand nach einigem Suchen den Weg zur Schule.

Es war ein grauer und diesiger, namenloser Tag Ende März. Entlang der Bürgersteige der Stadt und in ihren Parks lagen noch immer schmutzige, schwarzgestreifte Schneehaufen. Der Sportplatz unterhalb der Munksnässchule stand unter Wasser, er sah aus wie eine Meeresbucht bei wolkenverhangener Windstille. Werner bog auf den Schulhof, parkte, nahm ein Jutesäckchen, schloss ab und ging hinein. Er trug ein gelbes Nylonhemd, einen dünnen schwarzen Schlips und einen Trenchcoat, seine Füße steckten in einem Paar spitz zulaufender Schuhe, er sah jung und dynamisch aus.

Leo und er trafen sich im Speisesaal und gingen gemeinsam in die Schulküche hinunter, wo sie von der Hauswirtschaftslehrerin und ihren Schülern erwartet wurden. Die Schule verfügte über ein zentral gesteuertes Lautsprechersystem, man hatte kleine Boxen über den Türen der Klassenzimmer und über dem Eingang zur Küche an die Wand geschraubt. Zwei Wochen zuvor hatte man die gerahmten, offiziellen Porträts des alten und wie ein Bluthund faltigen Präsidenten abgehängt und ihn durch den neu gewählten ersetzt, der zwar glatzköpfig war und eine Brille trug, ansonsten jedoch einen virilen und entschlossenen Eindruck machte, einen stählernen Blick, ein markantes Kinn und eine sonore Stimme hatte. Diese Stimme war es, die aus dem Lautsprecher erklang, als Werner und Leo in die Küche traten, es war eine Direktübertragung aus dem Parlament, und der Präsident begann seine Rede mit den Worten: »Sehr verehrte Repräsentanten des finnischen Volks …«

Leo stellte Werner der Lehrerin vor, einer gewissen Frau Schultze. Die Schüler, es war eine kleine Gruppe, die meisten magere Mädchen in Skihosen, ergänzt durch ein paar picklige Jungs, standen in einem Halbkreis hinter ihr. Frau Schultze trug eine weiße Schürze, sie streckte die Hand aus und sagte: »Wir sind schon ganz gespannt, Magister Koskelo hat so geheimnisvoll getan. Sie sind ein Neffe, war es nicht so, Herr ...?«

»Skrake«, sagte Werner und streckte die Hand aus, »Werner Skrake.«

»Werner trägt wie sein Vater noch den ursprünglichen Familiennamen«, warf Leo schnell ein, » ich habe einen anderen angenommen. Und wenn ich etwas geheimnisvoll gewirkt haben sollte, liegt das einzig und allein daran, dass mein Neffe mich nicht näher in seine Pläne eingeweiht hat.«

Werner sagte nichts, er stand mit seinem Jutesäckchen unter dem Arm da und sah nicht sonderlich glücklich aus.

»Was benötigen Sie?«, fragte Frau Schultze.

Werner durchforstete sein Gedächtnis nach den Instruktionen, die Duncan Reinertsen ihm gegeben hatte, er durfte jetzt nichts vergessen, dies war die Feuerprobe, und sie musste gut verlaufen. »Einen großen Topf und ein bisschen Speiseöl«, sagte er dann.

Als Werner seinen Topf bekommen und ihn auf den Herd gestellt und das Öl hineingeschüttet hatte, schnitt er ein kleines Loch in das Jutesäckchen, hielt es über den Topf und schüttete. Reinertsen hatte ihn angewiesen, vorsichtig zu sein, es reiche, wenn die Körner den Boden des Topfs gerade so bedeckten. Aber sie sahen so klein und unansehnlich aus, diese braunen Körner! Werner schüttelte den Kopf und schüttete noch etwas mehr hinein, und dann noch etwas, bis ein Drittel des gigantischen Emailletopfs gefüllt war. Dann trat er ein paar Schritte zurück und dachte nach, hatte er etwas vergessen? Nein, ihm fiel nichts ein.

Sie mussten eine ganze Weile warten, der elektrische Herd war nicht der schnellste.

Werner stand am nächsten. Ab und zu beugte er sich über den Topf und sah hinein: Sollte nicht bald mal etwas passieren? Hinter ihm standen Leo und Frau Schultze und wieder etwas weiter entfernt die Schüler, einige kicherten, andere gähnten demonstrativ. Im Lautsprecher war der Präsident zum innenpolitischen Teil seiner Rede gelangt, in dem er darauf hinwies, dass nach dem schweren letzten Wintermonat, den das Land durchlitten hatte, nicht deutlich genug unterstrichen werden konnte, wie wichtig es nun war, dass die diversen Machtzentren der Gesellschaft lernten, Kompromisse miteinander zu schließen.

In diesem Moment begann es zu zischen.

Das Geräusch kam von tief unten, vom Boden des Topfs, es war ein sehr leises Geräusch, so als fiele es ihm schwer, die Schichten kleiner, gelbbrauner Körner zu durchdringen. Werner beugte sich über den Topf und richtete sich anschließend enttäuscht wieder auf.

»Tut sich was?«, fragte Leo hoffnungsvoll.

»Ich weiß nicht«, sagte Werner und fügte hinzu: »Sie sehen immer noch völlig unverändert aus.«

Über den Lautsprecher gestand der Präsident nun, dass die gesellschaftliche Situation in den vergangenen Monaten explosiv gewesen war, wurde dabei jedoch von dem zischenden Geräusch übertönt, das allmählich immer lauter wurde und in das sich nun knisternde Nebengeräusche mischten, gelegentlich kamen auch Laute hinzu, die nach kleinen erstickten Detonationen klangen.

»Na«, sagte Werner ungeduldig, »was meinen Sie, Frau Schultze, Sie sind doch Expertin auf dem kulinarischen Gebiet?«

Frau Schultze und Onkel Leo traten ein paar Schritte vor und beugten sich dann zusammen mit Werner über den Topf, der mittlerweile wie ein Zweitaktmotor bei mittlerer Umdrehungszahl klang. Einige Sekunden standen sie alle drei so da und glotzten in den Topf hinein, in dem sich die Körner nun unruhig bewegten, so als bedrohe sie von unten eine Revolution. In diesem Augenblick hatte die Hitze das ihre getan, auch die oberste Körnerschicht erblühte, und weiße Projektile schossen aus dem Topf in die Höhe. Eines traf Frau Schultze im rechten Auge, ein anderes flog in Onkel Leos offen stehenden Mund. Werner war wie gelähmt. »Aber Herr Skrake!«, schrie Frau Schultze und presste eine Hand auf ihr getroffenes Auge. »Magister Koskelo, so tun Sie doch etwas!« Da fiel Werner das Detail wieder ein, das seinem Kurzzeitgedächtnis entfallen war: *Lege einen Deckel drauf, otherwise it'll be quite a show* hallte es plötzlich in seinem Kopf, und er rief: »Einen Deckel! Schnell her mit einem Topfdeckel!« Es wurde auch höchste Zeit. Schicht für Schicht der vorher so kompakten kleinen Körner explodierte, es kam einem vor wie Gewehrsalven, so als hätte sich jemand unten im Topf mit einem Maschinengewehr in einen Hinterhalt gelegt, wie kleine, luftige Kumuluswolken flog das Popcorn hoch und schlug gegen die Decke und landete dann auf dem Fußboden, wo es abprallte und ein wenig rollte, ehe es Ruhe fand.

Als Werner endlich seinen Deckel bekam, war die Parlamentsrede des Präsidenten zu Ende und die Lautsprecheranlage verstummt. Der Topf war leer, der Fußboden um den Herd hingegen mit Popcorn bedeckt, das wie Neuschnee aussah. Die Schüler waren aus ihrer Schullethargie gerissen worden und ignorierten Frau Schultze, die sie zur Ordnung rufen wollte. Mit einem schiefen Grinsen auf den Lippen sausten sie im weißen Luftigen umher, ab und zu bückte sich jemand und griff sich eine Hand voll, füllte seinen Mund und kaute begeistert.

»Wartet!«, schrie Werner. »Man muss sie erst salzen!«

»Hier wird nichts gesalzen«, sagte Frau Schultze verbissen und presste ein befeuchtetes Taschentuch auf ihr tränendes Auge, »ich glaube, wir haben jetzt genug von dieser Demonstration.«

Als die Gewehrsalven begannen, war Onkel Leo in der hintersten Ecke des Raums in Deckung gegangen. Nun kam er nachdenklich kauend wieder hervor und meinte: »Ich finde, dass sie kaum Geschmack haben.«

»Nein, aber Reinertsen meinte auch, man müsse sie salzen …«, versuchte sich Werner zerknirscht.

»Schon gut«, meinte Leo sanft und ließ den Blick über die weiße Verwüstung und die lärmenden Schüler schweifen, »auf

Wolken stehen wir. Aber du und ich werden hier jetzt wohl ein wenig aufräumen müssen, nicht wahr, Frau Schultze!«

»Ich wäre Ihnen sehr verbunden, wenn die Herren dies tun könnten«, bemerkte Frau Schultze trocken und schnäuzte sich.

Am nächsten Tag rief Werner Duncan Reinertsen an, erklärte die Zusammenarbeit für beendet und meinte, Reinertsen müsse seine Popcornsäcke woanders aufbewahren. Und den Peugeot wollte Werner auf der Stelle zurückgeben. Auch im weiteren Gesprächsverlauf blieb er kurz angebunden, wie es sich für einen Mann gehörte, der nicht nur ein, sondern zwei Mal zu den Invasionstruppen gehört hatte, als die größte mentale Kolonialmacht der Geschichte ein neues Land eroberte, dem es jedoch beide Male misslungen war, auch nur den geringsten Nutzen für sich selbst aus der Sache herauszuschlagen.

»Was ist denn los?«, sagte ein konsternierter Reinertsen. »Ich dachte, wir hätten eine Abmachung.«

»Ich höre auf«, sagte Werner, »das ist alles.«

»Aber warum, was ist denn passiert?«, fragte Reinertsen.

»Ich habe den Deckel vergessen«, antwortete Werner und fügte dann mit harter Stimme hinzu: »Außerdem schmecken sie doch nach nichts. Ich glaube nicht, dass dieses Popcorn in Finnland Zukunft hat.«

Notizen über mich, Wiktor Juri, und einige meiner nächsten Angehörigen

Als ich acht Monate und sechs Tage alt war, flog Jurij Gagarin in einem kleinen Fahrzeug hoch oben im schwarzen Weltraum einmal um die Erde. Als er herunterkam, berichtete er in zahlreichen Interviews, die Erde sei grün und vor allem blau. Dann begann er zu trinken.

Mein eigentlicher Taufname war Wiktor Ansgar. Wiktor bedeutet Sieger. Ansgar ist ein altnordischer Name, über dessen etymologischen Ursprung ich nichts weiß. Werner wählte die Namen aus.

Als ich acht Monate und acht Tage alt war, setzte sich Werner mit dem Pfarrer unserer Gemeinde in Verbindung und fragte an, ob es möglich sei, mir einen weiteren Vornamen zu geben. Pastor Rosenquist konsultierte daraufhin eine höhere irdische Instanz, rief zurück und sagte, dies sei möglich, aber dazu müsse ich nochmals getauft werden. Rosenquist schlug eine intime Zeremonie bei uns daheim vor, nur er, Werner, Vera und ich. Bereits am folgenden Tag lag ich in Veras Armen, der Pastor formte seine Hand zu einer Schöpfkelle und goss Wasser über meinen Kopf, und seither heiße ich Wiktor Juri Ansgar, nach dem ersten Menschen, der sah, dass die Erde grün und blau ist. Ich bin mittlerweile nicht mehr in der Kirche.

Ich wurde am sechsten August geboren, fünfzehn Jahre nach dem Abwurf der Bombe über der japanischen Stadt Hiroshima.

Als ich ein Kind und auch noch als ich Jugendlicher war, schrieben die Zeitungen jedes Jahr, mein Geburtstag sei ein Tag der Trauer für die Menschheit, und in Helsingfors bastelte man Papierlaternen der Trauer zum Gedenken an die Bombe, und dann erleuchteten diese Laternen die Tölöbucht und ihre Ufer. Heute ist Hiroshima fast in Vergessenheit geraten, denn der Mensch verursacht ständig neue Katastrophen, und seine Leiden finden nie ein Ende.

Ich hätte das mit dem Hiroshimatag nicht erwähnen sollen, es ist vermessen und egozentrisch von mir, ich sollte lieber so tun, als wäre ich an einem anderen Tag geboren, oder meinen Geburtstag erst gar nicht zur Sprache bringen, denn durch das, was ich jetzt geschrieben habe, entlarve ich mich als Menschen, der all dem Schrecklichen, das in der Welt geschieht, gleichgültig gegenüber steht. Dennoch beharre ich darauf, denn ich möchte betonen, dass ich etwas so Überholtes wie ein Mensch des 20. Jahrhunderts bin, jemand, der die mühevoll konstruierte und sorgsam verzierte und manisch vermarktete Millenniumsschwelle nicht überschritten hat. Ich bin ein Mensch, der dort geblieben ist, ich sitze unwiderruflich fest in den vergessenen Missgeschicken und ungelösten Rätseln und unaufgeklärten Grausamkeiten des vergangenen Jahrhunderts.

* * *

Mein Großvater Bruno starb, als ich wenige Monate alt war. Er überlebte zwei Herzattacken, doch als er nach der zweiten im Privatkrankenhaus Humlan lag, bekam er eine dritte, einen schweren und tödlichen Infarkt, würdig eines beherrschten Mannes, der viel geschwiegen hatte und sein Leben lang der Devise gefolgt war, a man's gotta do what a man's gotta do.

Bruno war gerade sechzig geworden, und nach seinem Tod stellte sich heraus, dass er bei weitem nicht so reich gewesen war, wie alle immer angenommen hatten. In den letzten fünfzehn Jahren seines Lebens war er ein recht verhärmter und unglücklicher Mann gewesen, und in diesen Jahren machte er seine schlechten Geschäfte, verkaufte, wenn er lieber behalten, und kaufte, wenn er sich lieber zurückgehalten hätte. Trotzdem hinterließ er gewisse Vermögenswerte, meine Tante Mary erbte das Haus am Armfeltsväg (sie verkaufte es auf der Stelle, mit Hausrat und allem), Werner bekam das Haus in Råberga, und die Kunstsammlung ging an Onkel Leo. Darüber hinaus erhielten die beiden Kinder noch Wertpapiere und Bargeld. Werners Anteil daran lief in meiner Kindheit unter der Bezeichnung Bruno-Geld, und dieses Bruno-Geld durfte nicht angerührt werden, es war eine Reserve für schlechte Zeiten. Außerdem erbte Brunos treue Dienerin Klara 400 000 Mark in damaliger Währung, und Reidar Österman bekam einen antiken Silberkerzenständer und ein Paar wertvoller Manschettenknöpfe.

Auf Brunos Grabstein auf dem Friedhof Sandudd steht eingraviert: UNSERE TATEN FOLGEN UNS. Diese Worte hatte er schon als junger Mann entdeckt, an der Wand der Stockholmer Börse.

* * *

Meine Mutter Vera sagt, dass ich schon immer gerne gelaufen bin. Neben dem Sportplatz von Råberga, unterhalb der Schule, gab es einen kleinen Spielplatz, und auf diesem stand ich an einem Frühlingstag plötzlich auf zwei Beinen, ohne mich auf jemand oder etwas zu stützen. Das war zwei Wochen, nachdem ich zu Wiktor Juri geworden war, und laut Vera lief ich praktisch sofort los und bin seither gelaufen; in meinem zweiten Lebensjahr weigerte ich mich zu gehen, ich lief immer, und dann fiel ich hin und schürfte mir Nase und Wangen auf. Mein Gesicht habe wie eine Scheibe Mettwurst ausgesehen, als ich klein war, sagt Vera.

Als ich zehn war, lief ich mit einem Chronometer in der Hand, und zwar lange Strecken. Wenn man jung ist und eine unverbrauchte Lunge hat und lange Strecken läuft, kommt es zuweilen vor, dass man die Müdigkeit besiegt, sie fällt von einem ab und wird durch das Gefühl ersetzt, man *schwebe voran*.

Als ich zwölf war, fand ich Alan Sillitoes Buch »Die Einsamkeit des Langstreckenläufers« in der Stadtteilbibliothek von Botby im östlichen Helsingfors. Ich gab es nie zurück, in den ersten Jahren las ich das Buch einmal im Monat, im Winter trug ich es in der Brusttasche meines Steppanoraks, ich habe nie wieder ein Buch so sehr geliebt.

Jetzt, da ich dies schreibe, sitze ich still.

* * *

In Veras Garten wuchsen große und freigiebige Blumen, Türkenbundlilie, Rittersporn, Stockrose, Eisenhut und der rote Klatschmohn, der sich papieren anfühlte, wenn man ihn anfasste. Am östlichen Giebel des Hauses pflanzte Vera Sonnenblumen, die Anfang August höher wuchsen als Werner. Nach ihrem ersten Sommer in Råberga, es war der Sommer, in dem sie mich gebar, bescherten uns die Apfel- und Pflaumenbäume eine reichere Ernte als je zuvor, und Werner wurde niemals müde, davon zu erzählen.

Musik wohnte genau wie in meinem Vater auch in meiner Mutter. Vera akzeptierte die schwarzhäutige und wilde Musik, die sich in Werner angesiedelt hatte, aber es war nicht ihre. In ihr wohnte die Musik derart, dass sie spielen und singen wollte. Sie war eine gute Klavierspielerin, sagte jedoch selbst, sie könne nicht so gut spielen wie Großmutter Maggie. Vera spielte zudem Flöte und ein wenig Gitarre. Wenn sie sang, streichelte sie mit ihrem schmalen Daumen Arpeggioakkorde hervor. Ans Klavier setzte sie sich vor allem im Winter, sie spielte dann ruhige Stücke, die gleichsam verfroren waren und in denen das Leben auf der Seite lag und schlief und nur schwach keimte.

Als ich etwas älter war, verstummte die Musik in Vera, mehrere Jahre musste Vera ohne ihre Liebe auskommen. Darauf werde ich später noch zurückkommen, an dieser Stelle sage ich nur: Wenn die Musik in einem Menschen verstummt, in dem sie sich einmal niedergelassen hat, dann steht es schlecht um diesen Menschen.

* * *

Als ich geboren wurde, arbeitete mein Vater noch in Schröders Geschäft in Helsingfors. Jeden Tag zog er Nylonhemd, Weste und Schlips an, nahm den Morgenbus in die Stadt und kehrte mit dem Pendlerbus siebzehn Minuten nach sechs zurück.

Als ich drei Jahre alt war, veröffentlichte er sein drittes Buch mit Fischergeschichten, und es wurde genau wie die früheren ein großer Erfolg. Zur gleichen Zeit fragte ihn der damalige Rektor der Schule von Råberga, der alte Magister Engroos, ob er es gegen ein gewisses Entgelt übernehmen wolle, das Schulgebäude und den Sportplatz in Stand zu halten. Mein Vater nahm das Angebot an, seine Lebensaussichten waren damals rosig: Er hatte sich soeben einen nagelneuen Anglia gekauft, immer neue Fischergeschichten schossen wie tangduftende Windstöße durch sein Gehirn, und auf der Bank verzinste sich das Bruno-Geld, wie es sollte.

Werner hatte fortan viele Rollen. Er war Schriftsteller und Fischer und Hausmeister und Siegervater. Und Werfer, vor allem anderen war er ein Werfer. Dass er einmal *der Skrake, der den Colalaster gefahren hat*, gewesen war, daran erinnerte sich mittlerweile kaum noch jemand, aber Werner hatte die Geschichte Vera erzählt, und sie hatte ihr leises und glucksendes Lachen hören lassen.

Nach wie vor fuhr Werner manchmal nach Helsingfors hinein. Wenn er fuhr, geschah dies oft unerwartet und plötzlich, aber es war in Ordnung, er hatte in der Stadt etwas Dringendes zu erledigen, sagte Vera, wenn ich sie fragte. Er blieb selten länger als zwei, drei Tage fort.

Werner bestritt weiterhin Wettkämpfe, schaffte jedoch nie wieder den Sprung in die Nationalmannschaft. Er selber meinte, damals habe das Schicksal eingegriffen, er glaube, dass er zur Nationalmannschaft gestoßen sei, weil das Schicksal gewollt habe, dass er nach Stockholm reiste, um Vera zu begegnen.

Von Mai bis September ging Werner auf Wettkampfreisen. Als ich noch ganz klein war, trat er ziemlich oft an. Vera hat erzählt, dass ich ihm immer half, seine Sachen in den Anglia zu laden: die beiden Hammer, die große Tasche mit Kleidern und Wurfhandschuhen und Sportschuhen und Liniment und anderem, und dann noch eine Spinnrute in zwei Teilen und eine supermoderne Spinnrolle und eine kleine Schachtel, in der Blinker lagen, die wir gemeinsam ausgewählt hatten, Werner und ich. Denn man könne nie wissen, sagte er, vielleicht mache man ja an einem verlassenen und geeigneten See Pause, und dann könne man immer sein Glück versuchen.

Während die Jahre so ins Land gingen, brach Werner immer seltener zu Wettkämpfen auf und beschränkte sich darauf, in den schwedischsprachigen Gebieten zwischen Lovisa und Åbo anzutreten, er war mittlerweile weit hinter die nationale Spitze zurückgefallen, er werfe nicht mehr, um zu gewinnen, sagte er, er werfe, weil es ihm Spaß mache, und um einmal in seinem Leben über diese verflixte Sechzig-Meter-Grenze zu gelangen, sobald er sie erreiche, werde er seine Laufbahn beenden, behauptete er.

* * *

Meine Mutter pflegte zu sagen, dass der Unterschied zwischen Finnisch und Schwedisch für sie aus einem verschwundenen *E* bestehe.

Nach ihrer Geburt wurde sie Veera getauft. Dies geschah tief im Landesinneren, sie war eine Tochter dunkel säuselnder Nadelwälder und plötzlich auftauchender, glitzernder kleiner Seen. Als sie acht Jahre alt war, wurde sie als Kriegskind nach Schweden geschickt, und dort fiel dann das eine *E* weg. Anfangs wohnte sie im südschwedischen Småland. Zwei Jahre später zogen ihre Pflegeeltern jedoch nach Stockholm, wo die Familie schließlich im Vorort Alvik heimisch wurde.

Vera blieb zu lange in Schweden. Als sie zu den Nadelwäldern und kleinen Seen zurückkehrte, war sie dreizehn und hatte fast ihr ganzes Finnisch vergessen. Sie kämpfte tapfer, sie blieb zweieinhalb Jahre und eroberte sich Schritt für Schritt ein zweites Mal ihre Muttersprache. Doch die Nadelwaldseele bekam sie nie mehr zurück, und am Tag nach ihrem sechzehnten Geburtstag kehrte sie zum großen Kummer ihrer Mutter zu ihren Pflegeeltern in Alvik zurück.

Veras Vater starb, als sie sechs war. Er starb am siebten Tag des zweiten Kriegs, und der Brief, in dem mitgeteilt wurde, dass er gefallen war, war auf blauem Papier geschrieben und von einem gewissen Leutnant Hirvonen unterzeichnet. Der Brief befand sich in Veras Besitz, sie besaß einen ganzen Stapel Briefe, den sie von ihrer leiblichen Mutter geerbt hatte, die in dem Jahr gestorben war, als Vera Werner kennen lernte. Die Briefe lagen in Werners und Veras Schlafzimmer im Sekretär, sie wurden von einem roten Band zusammengehalten, das mit einer Schleife verknotet war, der blaue Brief lag zuunterst. Es war nicht vorgesehen, dass ich von den Briefen wusste, aber ich wusste trotzdem schon immer von ihnen.

* * *

Manchmal aßen wir sonntags bei Großmutter Maggie in der Fabriksgata in Helsingfors, wir aßen am großen schwarzen Tisch in dem weitläufigen Wohnzimmer, das Maggie hartnäckig Salon nannte.

Maggie war eine eigenartige Mischung aus scheinbar praktisch allem und war es wohl immer schon gewesen. Ihr Vater war der Architekt Ernst Johan, der Jugendstilhäuser entworfen hatte. Ihre Mutter war eine schöne Petersburger Dame, die als Julia Marisa Vinogradoff geboren wurde und ihre Geburtsstadt

Piter nannte. Als Maggie noch ein Kind war, wohnte sie in einer neu erbauten Steinvilla am Hang südlich des Engelplatzes, die Villa war gelb, und im Herbst wälzten sich die blaugrauen Wolken wie schwermütige fliegende Wale vom Meer heran, bei Ursins klippa knarrte und ächzte das Holz im Sprungturm der Schwimmgesellschaft, und in Ufernähe standen die Jugendstilvillen einsam im Wind wie Gäste in einer fremden Welt, zusammengekauert unter dem Druck eines länglichen Landes, eines schweren Kegels, der vor lauter Bitterkeit und Misstrauen und kommenden Kämpfen wackelte.

Maggie war ein lebhafter Mensch, zu unstet für das Bürgertum, in das sie hineingeboren wurde. Als der Bürgerkrieg vorüber und die Selbständigkeit schon ein paar Jahre alt war, lebte sie als eine Universitätsstudentin, die ihr Studium abgebrochen hatte, im Büro arbeitete und mit einer Zigarettenspitze schmale Zigaretten rauchte. Sie ließ sich immer kürzere Röcke schneidern, liebte Ragtime und Selbstvergessenheit, und bald war sie schon vierundzwanzig, saß jedoch gerne da und ließ ihre schönen Waden vor einem dunkeläugigen Jungen wippen, der Jazzklarinette im Fennia und Opris spielte.

Weitere drei Jahre und eine Scheidung später heiratete sie Bruno und bekam Mary und Werner. Die letzten elf Jahre von Brunos Leben waren die beiden nicht mehr verheiratet und Maggie keine Skrake mehr, sondern wieder eine Enerot.

Maggie war etwas über sechzig, als ich ein kleines Kind war. Ihre einst so hellen Haare waren mit den Jahren zwar dunkler geworden, aber immer noch mittelblond, ohne die geringste Spur von Grau. Ihre Körperhaltung war aufrecht und stattlich, sie bewegte sich geschmeidig und fuhr Auto wie ein frustrierter Rennfahrer, der einer enteilenden Spitzengruppe hinterherjagt.

In Maggies Salon gab es sowohl einen Kachelofen als auch einen offenen Kamin. Auf dem Kaminsims stand eine hölzerne Matuschka, die Matuschka hatte einen rot gemalten Mund und runde dunkle Augen, und wenn man den Oberkörper vom Unterkörper abschraubte, fand man eine exakt gleiche, jedoch kleinere Puppe in ihrem Inneren, und in der kleineren befand sich dann eine noch kleinere, und so weiter: insgesamt waren es sieben Puppen. Im Sommer bereitete Maggie Dillgurken in Essig und Rote Beete in einer Sauce mit Rosinen und Haselnüssen und Auberginensaucen mit Knoblauch zu, die sie *baklazjani* nannte, denn so hießen Auberginen auf Russisch. Im Winter bot sie uns beispielsweise eine Borschtschsuppe an, zu Ostern kochte sie Pasha, eine russische Osternachspeise, und darüber hinaus liebte sie Antonin Dvořáks Musik. Aber er war kein Russe, sondern Tscheche, »obwohl, eigentlich war er Böhme, will sagen Bohemien«, berichtigte Maggie freundlich, wenn ihre Tochter Mary ungeduldig anfragte, ob man sich nicht eine fröhlichere Tafelmusik vorstellen könne als Dvořáks russische Schwermut.

Es konnte niemandem entgehen, dass Maggie Werner liebte, er war ihr Augenstern, ihr *Liebling*.

Doch Werner schien eine gewisse Distanz zu halten, er sprach sie »Mama« oder »kleine Mama« an, er zog ihr den Stuhl heraus, wenn sie sich setzen wollte, und holte ihr einen Schal, wenn es zog, und war in jeder Hinsicht ein zuvorkommender Sohn, aber manchmal sah man, dass er vor ihrer schroffen Art zurückschreckte: denn schroff war sie, Maggie, sie war kantig und karg, wie es schwedischsprachige Frauen aus dem Bürgertum von Helsingfors verblüffend oft sind.

Auch Vera war anfangs scheu in Maggies Gegenwart, doch trotz ihrer Scheu sah ich, dass die beiden sich mochten. Erst als ich begriff, dass beide Großväter Veras während des Arbeiteraufstands und des Bürgerkriegs zu den Roten gehört hatten und es in Maggies Familie sowohl weiße Generäle als auch weiße Kampfdichter gegeben hatte, erkannte ich, warum Vera so zurückhaltend gewesen war.

Wunderlich sind die Verschwiegenheit und die Scham, die in den Seelen der Finnen wohnen.

Ich selbst mochte Großmutter Maggie auf schlichte und ungetrübte Art. Sie war schroff und anders, aber ich fürchtete mich nicht vor ihr, ich hatte nicht die geringste Angst, und das merkte sie und zeigte mir in jeder Hinsicht, dass sie mich mochte, obwohl sie manchmal behauptete, ich sei Bruno wie aus dem Gesicht geschnitten. Die gleichen schwarzen Haare und die gleiche Selbstgenügsamkeit, der niemand Herr wird, sagte sie dann und lachte, und ihr Lachen war herzlich und rau und krächzend, es war die Art von Lachen, die erwachsene Kinder dazu veranlasst, auf dem Sofa hin und her zu rutschen und zu sagen: »Aber Mama, *bitte…*«

* * *

Manchmal nahm auch Tante Marys Familie an den Sonntagsessen bei Maggie teil. Sie bestand aus Mary, ihrem Mann Lukas von Herring, meiner Cousine Christina und meinem Cousin Christopher.

Mary verlor leicht die Geduld mit ihren Verwandten. Gelegentlich packte sie die Wut, und dann warf sie ihrer Mutter vor, eine Mitschuld daran zu haben, dass ihr kleiner Bruder Werner lebensuntüchtig und seltsam geworden sei. Dann wurde Maggie traurig, und Werner pflegte zu brummen: »Du redest ohne Sinn und Verstand, liebe Schwester.«

Tante Mary war im Grunde wohl gar nicht so übel, sie war einfach nur ein allzu perfektes Exemplar der Gattung Mensch, eine schöne und kühle und gebildete Person, die Ruhe und Ordnung in ihrer Umgebung haben wollte, denn sie war durch ihre Heirat geprägt worden und eher eine von Herring als eine Skrake oder Enerot.

Über Lukas von Herring lässt sich berichten, dass er ein angesehener Experte für internationales Recht war, jedoch eine klägliche Figur machte, wenn das Gespräch um andere Themen kreiste, wozu Gespräche bisweilen tendieren.

Über Cousine Christina lässt sich vermelden, dass sie lange

eine Zahnspange trug und danach nie mehr die Gewohnheit ablegte, mit der Hand vor dem Mund zu lächeln.

Über Cousin Christopher, der vier Jahre älter war als ich, möchte ich Folgendes mitteilen: Irgendwann in den späten Fünfzigerjahren, in seinem zarten Kindesalter, das dem großen Adamski zufolge auch die zweite Blütezeit der fliegenden Untertassen war, hatten Außerirdische eine mikroskopisch kleine Raumsonde in Christophers Gehirn implantiert. Mit Hilfe dieser Sonde übermittelten die Außerirdischen ihm Nachrichten, und diese Nachrichten hatten die immer gleiche Botschaft: dass er, Christopher, der intelligenteste von allen war und mehr wusste als alle anderen Menschen, lebende wie tote. Als Christopher allmählich erwachsen wurde, begannen die Außerirdischen ihm einzuschärfen, dass er bürgerlich wählen, einen Mittelscheitel tragen und Jura studieren solle, was er auch tat. Aber das ist eine spätere Geschichte, dazu kommt es erst, als Mary und Lukas und Christina in Paris wohnen und ich in ihrer Zweitwohnung residiere, die in der Främlingsgata, die sie immer vermieteten.

* * *

Rein geografisch war Onkel Leo den Spuren seines großen Bruders Bruno gefolgt, ansonsten jedoch nicht.

Leo kam Anfang der Zwanzigerjahre nach Helsingfors und wurde schließlich Lehrer, er schaffte es, ein beliebter, aber auch umstrittener Pädagoge an zahlreichen Schulen der Stadt zu werden.

Onkel Leo gab es niemals zu, aber im Grunde seines Herzens wäre er wohl gerne Schriftsteller geworden wie Werner. Leo hatte in seiner Jugend in Künstlerkreisen verkehrt, so war er beispielsweise anwesend, als ein deutscher Künstler die Büste des gefeierten Dichters Hemmer formte, und hatte zudem im Bronda und im Gradins gesessen und den Dichter Elmer Diktonius über alles und jeden schimpfen hören.

Er war ein Erzähler, Onkel Leo, jedoch ein verhinderter Erzähler. Wenn ich, und das wird oft der Fall sein, nicht näher angebe, woher ich eine Geschichte habe, die ich gerade erzähle, ist meistens Leo meine Quelle, das sollt ihr wissen.

Onkel Leo war mit Tante Siru verheiratet. Maggie sagte mir einmal, die Liebe zu Siru habe Leo veranlasst, einen anderen Nachnamen anzunehmen, von Skrake zum finnischen Koskelo zu wechseln.

Tante Siru war eine kleine, grauhaarige Frau, die eine eigene Gastwirtschaft auf dem Tavastväg betrieben hatte. Als ich ein Kind war, hatte sie diese Gaststätte schon nicht mehr, denn in den Jahren vor ihrer Pensionierung arbeitete sie in der Telefonzentrale eines Pharmaunternehmens, was notwendig geworden war, da Leo als Lehrer keine Stelle mehr fand. Er stand in dem Ruf, bei der Ausübung seines Berufs allzu unkonventionell vorzugehen.

Leo und Siru bewohnten eine Zweizimmerwohnung in der Sturegata, in der sie seit Ende der Zwanzigerjahre lebten. Sie hatten keine eigenen Kinder, nach den Kriegen jedoch einen Pflegesohn aufgezogen, einen Jungen, dessen kommunistischer Vater ihr Nachbar gewesen war, ehe er in den Untergrund ging, gefasst und im Spätsommer vierundvierzig hingerichtet wurde, wenige Tage vor Ende des zweiten Kriegs. Bruno hatte es missbilligt, dass Leo und Siru sich des Jungen annahmen, so wie Bruno eine ganze Reihe der Wendungen missbilligte, die Onkel Leos Leben nahm.

Onkel Leo gehörte einer vergangenen Zeit an, die das Magische noch nicht verleugnete, er gehörte einer Zeit an, in der die Menschen noch vom Alp gedrückt wurden und an die unerhörte Kraft der *Benennungen* glaubten. Onkel Leo umschrieb die Dinge deshalb lieber. Als Siru krank wurde, sagte er, sie leide an der bösen Krankheit, nicht, dass es Krebs war. Auch habe ich nie gehört, dass Onkel Leo einen anderen Menschen böse genannt hätte, stattdessen sagte er, der eine oder andere *werde von sei-*

nen Dämonen getrieben oder dass *er schwierig sei und am allerschwierigsten für sich selbst.* Denn so verhalte es sich mit Benennungen, sagte Leo, benutze man die klinischen und harten Worte, öffne sich eine geheime Pforte, und durch diese ritten der Alp und die Angst herein.

Als ich noch ein Kind war, schien es ganz so, als würde ein Mensch wie Leo nicht mehr benötigt, nicht in einem dynamischen Land, das sich Jahr für Jahr näher an die Bruttosozialprodukt-Weltspitze herankämpfte. Außerdem hatte Leo den Weltraumpropheten George Adamski gelesen und war jahrelang der festen Überzeugung, dass intelligentes Leben in gut achtzig Kilometern Entfernung über uns wachte, gleich oberhalb der Stratosphäre, eine Überzeugung, die seine Chancen auf dem Arbeitsmarkt nicht unbedingt erhöhte.

Kurz vor seiner Pensionierung zählte Leo im Auftrag eines jungen Forschers ein Jahr lang die Enten, die in den Parks von Helsingfors überwinterten. Über diese Arbeit sagte mir Leo später: »Dieser Doktorand hätte mich besser die freien Seelen der Stadt zählen lassen sollen, ihre Zahl ist bedeutend überschaubarer.«

Wie man sich vorstellen kann, konnte Tante Mary mit Leo nichts anfangen, sie war der Meinung, dass Leo in noch höherem Maße als Maggie Werner den Kopf verdreht hatte. Dieses ewige Kind, dieses hoffnungslos schwarze Schaf, war das Einzige, was Tante Mary über Leo zu sagen hatte, wenn er nicht anwesend war.

Als ich klein war, kam Onkel Leo ab und zu noch mit dem Fahrrad nach Råberga hinaus, er fuhr Rad, wie man es vor vierzig Jahren getan hatte, er war fein angezogen und trug einen Hut auf dem Kopf. Aber Leo hatte sein Leben lang starke Armirozigaretten geraucht, und sein Herz begann sich bemerkbar zu machen, es schlug unregelmäßig und machte andere Kapriolen, und schon bald fuhr er kein Rad mehr, er kaufte sich einen Volkswagen, einen Käfer.

In dem Sommer, als die Autobahn nach Borgå neu war, wollte auch Leo die neue Schnellstraße erproben. Doch wenn Maggie eine tollkühne Fahrerin war, so war Leo ängstlich. Er beschloss, auf der Überholspur zu fahren, und hielt konstant eine Geschwindigkeit von 45 Kilometern in der Stunde, es war ein Freitagnachmittag, und er fuhr im zweiten Gang, der Motor kreischte, und Leo war zu allem Überfluss auch noch schwerhörig und in Gedanken, sodass er weder das Hupkonzert hörte noch die geballten Fäuste sah. Erst als der Polizeihubschrauber vor ihm landete, ging ihm auf, dass Gefahr im Verzug war.

Nach dieser Begebenheit fuhr Leo immer über Botby und auf der alten Landstraße nach Råberga. Er besuchte uns ziemlich oft, manchmal kam er zusammen mit Siru, manchmal kam er allein. Werner und Vera liebten Leo, er und Werner hockten stundenlang zusammen und unterhielten sich, sie saßen am Küchentisch und auf der Eingangstreppe und draußen auf der undichten grünen Hollywood-Schaukel, sie tranken Bier und redeten und redeten, sie sprachen über den Weltraum und die Weltraumreisen und über all das Leben, das es Leo zufolge dort oben gab, aber sie unterhielten sich auch über Bücher und über das Leben und alltägliche Dinge wie die optimalen Verhältnisse für das Fischen von Silberfischen.

Einst war Bruno von der Front und der Niederlage heimgekehrt und hatte sich in einen *Abgewandten* verwandelt. Ich glaube, Leo sah damals die Trauer in den Augen des kleinen Werner, ich glaube, dass er unmerklich Brunos Platz einnahm.

* * *

In den Sommern, wenn Werner zu seinen Wettkämpfen aufbrach, reiste auch Vera gelegentlich ins Landesinnere: Sie besuchte ihre Verwandten, die im Winter in einem Hochhaus in Hagalund wohnten, die Sommer jedoch in einer Hütte am Ufer eines entlegenen Sees verbrachten.

Wenn Vera verreiste, wohnte ich entweder bei Maggie oder

bei Leo und Siru. Bei Maggie durfte ich zum Hafen hinuntergehen und mir schlanke Segelboote ansehen, und bei Leo und Siru durfte ich in ein verrauchtes Café gehen, in dem ein Radio schöne Lieder spielte und ich eine Flasche Siff und einen Schokoriegel bekam. Maggie wohnte in Ulrikasborg, und Leo und Siru wohnten in Vallgård, weit voneinander entfernt, aber in beiden Stadtteilen war die Stimmung im Sommer seltsam gleich: Die Luft flimmerte vor Hitze, in den Parks hatten die Bäume gräuliche Blätter, und auf den verlassenen und staubigen Straßen fuhren donnernd und bimmelnd grüne Straßenbahnen.

Wenn Vera von Onkel Heikki und Tante Aune zurückkam, war sie immer ein bisschen neu. Sie stand morgens sehr früh auf, saß dann oft auf der Schaukel im Garten und sah aus, als blicke sie gleichsam in sich selbst hinein, und sie sagte neue Dinge zu mir, wie etwa *tule nyt pikkuinen – komm jetzt, Kleiner.* Abends saß sie dann manchmal auf meiner Bettkante im sanften Licht und summte Lieder, die stärker erfüllt von Wald und Wiesen und Raum klangen als die schwedischen, die sie normalerweise sang. Aber nach einer Woche war das Neue stets verschwunden und Vera wieder wie immer.

Zwei, drei Mal, ich war damals noch sehr klein, begleitete ich Vera zu Onkel Heikkis und Tante Aunes Hütte. Von diesen Reisen ist mir kaum etwas in Erinnerung geblieben, sie sind nur ein paar verschwommene Bilder.

Ein Bahnhof. Ein schönes, gelbgraues Bahnhofsgebäude und weißstämmige Birken, die neben den Giebeln des Hauses wachsen. Es gibt dort mehrere Gleise, es riecht nach Metall und Sand und Kräutern, die Sonne brennt, und alle Gleise außer dem, das dem Bahnhofsgebäude am nächsten verläuft, sehen unbenutzt aus, vergessen – zwischen den Schwellen wachsen Grassoden und sogar rotes Feuerkraut.

Wir fahren Auto. Die Straßen führen auf und ab, der Schotter knirscht hart unter uns. Ich lutsche französische Pastillen, die ich von Aune bekommen habe, die Landstraße wird von hohen

Tannen gesäumt, ich versuche so tief in den Wald hineinzusehen, wie ich nur kann, doch mein Blick verliert sich schnell im Dunkel, und mir wird fast schlecht. Dann ein grün gestrichenes Haus und ein Ufer, an dem die Erlen fast bis ins Wasser hinein wachsen, und ein kleiner See, der Sinijärvi heißt und auf dem die Seerosenblätter dicht an dicht liegen und das Leben spiegelblank und stumm brütet.

Eines Nachts kam das Gewitter, es war direkt über dem Haus, die Donner rollten nicht, sondern knallten wie Gewehrschüsse, und ich fürchtete mich und schlief neben Vera und sagte, dass ich nach Hause wollte. Am nächsten Morgen schien die Sonne, die Luft war kühl auf der Haut, und alles duftete frisch. Doch der Blitz hatte hinter dem Plumpsklo in eine Kiefer eingeschlagen, und ich wollte immer noch nach Hause. Da sah Onkel Heikki mich an. Er lächelte, aber es lag Trauer in seinen Augen, und dann sagte er etwas auf Finnisch, das ich begriff, obwohl ich die Worte nicht verstand, etwas, an dessen Wortlaut Vera sich nicht erinnern kann, obwohl ich sie unzählige Male darauf angesprochen habe. Und danach wollte ich nicht mehr dorthin fahren.

* * *

Es kam ein Wettkampfsommer, der Werners letzter werden sollte.

Im Juli meinte er plötzlich, er wolle ein letztes Mal zu einem Wettkampf in den Norden reisen.

Er meldete sich nach Ablauf der Meldefrist bei einem Wettkampf in Jalasjärvi an. Die Veranstalter hätten seine Anmeldung fast nicht mehr akzeptiert, denn Werner war weiß Gott keine Zugnummer mehr.

Als er aus Jalasjärvi dann doch grünes Licht bekam, fragte er mich, ob ich mitkommen wolle.

Gemeinsam füllten wir den Kofferraum des Anglia, Werners Hammer, seine große Tasche und meine kleine, dann die Spinnrute und die Rolle und die kleine Schachtel mit den Blinkern; es müsse viel Kupfer und Gold und Schwarz in den Blinkern sein, wenn man im dunklen Wasser der Binnenseen fischen wolle, sagte Werner.

In Jalasjärvi saß ich im brütenden Sonnenschein auf einer harten Trainingsbank, ich saß in der ersten Reihe und aß Eis, und jedes Mal, wenn Werner sich drehte und aufschrie und den Hammer losschleuderte, schlug mein Herz schnell und hart, mein Blick war auf die Kugel fixiert und versuchte den Hammer anzuspornen, nicht zu landen, ich wollte ihn zwingen, weiter und immer weiter zu fliegen, vorbei an der Sechzig-Meter-Marke und vorbei an dem blauen Stab, der den finnischen Rekord anzeigte, und weiter, bis hinter die Siebzig-Meter-Linie und den roten Weltrekordsstab, der so unfassbar weit vom Abwurfplatz entfernt im Rasen steckte. Aber Werners Hämmer landeten viel zu früh, und beim sechsten Versuch, dem letzten Wettkampfwurf seines Lebens, übertrat er. Er wurde nur siebter von elf Teilnehmern, meinte jedoch, das mache ihm nichts aus, denn jetzt sei es vorbei.

Wir aßen Steaks mit gebratenen Zwiebeln in einem stickigen Restaurant und übernachteten in einem Hotel, das noch stickiger war, obwohl das Fenster die ganze Nacht offen stand, ich erinnere mich noch, wie die dünne weiße Gardine sich sachte in der nächtlichen Brise bauschte. Am nächsten Morgen fuhren wir wieder nach Süden, auf staubenden, waldgesäumten Schotterpisten fuhren wir, und gelegentlich tauchte eine Lichtung auf, und auf der Lichtung lag ein kleiner glitzernder See. In der Nähe des Dorfs Ruovesi fing Werner einen kleinen Hecht und zwei Barsche in einem solchen See, er benutzte den schwarz- und messingfarbenen Atomblinker, und als er die Fische ausgenommen hatte, hielt er den Blinker vor mir hoch, sodass er in der Sonne schimmerte: »Was habe ich dir gesagt?«

Wir grillten den Hecht und die Barsche auf einem Campingplatz in der Nähe von Tammerfors. Während wir dort saßen und von dem Fisch aßen, sagte Werner plötzlich: »Dein Großvater

Bruno und Onkel Leo hatten einen Bruder, der in dieser Gegend im Krieg gekämpft hat, als er jung war.«

»Wie hieß er?«, fragte ich.

»Er hieß Otto«, sagte Werner, »Otto Sigfrid hieß er. Es war im Winter, es lag Eis und Schnee auf allen Seen.«

»Was war das für ein Krieg«, fragte ich, »der gegen die Russen?«

»Na ja … nein«, sagte Werner, »das war zwanzig Jahre vor dem Krieg gegen die Russen. Es ging gegen andere Finnen, Leute, die fanden, die Dinge sollten … anders werden. Es war sehr traurig.«

»Hat Otto den Krieg gewonnen?«, fragte ich.

»Seine Seite gewann«, sagte Werner, »aber da war er schon nicht mehr dabei.«

»Warum nicht?«

»Weil er starb. Ihm wurde der halbe Körper weggeschossen. Das war in Tammerfors, in einem Palast, den er mit erobert hatte und wo er an einem Fenster stand und schoss.«

Während der ganzen Heimfahrt dachte ich an diesen Otto Sigfrid und daran, wie es aussehen mochte, wenn einem der halbe Körper weggeschossen wurde: Wurde man dabei der Länge nach oder quer geteilt? Aber als wir nach Råberga zurückkamen, wollte Werner zum Platz der vier Himmelsrichtungen hinaufgehen, und da vergaß ich Otto Sigfrid und seine weggeschossene Hälfte.

Der Platz der vier Himmelsrichtungen war der höchste Punkt der Anhöhe, er war nur spärlich mit Kiefern bewachsen, und man hatte freie Sicht in alle Richtungen.

Man sah nach Süden auf das Meer hinaus. Man sah nach Norden, man sah ganz Råberga, und hinter dem Dorf sah man die Schule und den Gutshof und dann die Essotankstelle und das dünne Band der Landstraße und den Wald, der sich dahinter ausbreitete. Man sah auch nach Osten; dort konnte man in weiter Ferne die hohen Schornsteine der neuen Sköldvikraffinerie erkennen. Und man sah nach Westen, wo eine dünne, gelbbraune Schmutzwolke aufs Meer hinaustrieb und einem verriet, dass dort hinter den Inseln und den Wäldern Helsingfors lag.

Wir blieben dort oben lange stehen, mein Vater und ich, es war ein klarer, aber windiger Sommerabend, die blaue Råbergabucht war mit weißen Schaumkronen übersät, und Werner stand da und schaute nach Süden. Lange schwieg er, und dann sagte er:

»Von nun an werde ich nur noch auf dem Sportplatz hier zu Hause werfen. Aber die Sechzig-Meter-Marke werde ich knacken. Du wirst schon sehen, diesen Herbst, Wiktor, mit etwas Glück kannst du in deinem Klassenzimmer sitzen und mir zusehen, wenn ich die Schallmauer durchbreche. Wusstest du übrigens, dass deine Mama auch in der Schule anfangen wird? Sie wird im Sekretariat arbeiten.«

Als er das gesagt hatte, gingen wir, oder besser gesagt, er ging und ich lief, denn ich war eine Person, die in wenigen Wochen ihren siebten Geburtstag feiern würde und es liebte, zu laufen und voranzuschweben.

Dann wurde ich eingeschult. Es war der Herbst nach dem Sommer, in dem die Beatles Sergeant Pepper veröffentlichten und zehntausende Menschen in eine Stadt namens San Francisco pilgerten, aber davon wusste ich nichts, und Werner und Vera war es wahrscheinlich auch ziemlich egal.

Der Zufall wollte es, dass ein Lehrer namens Riggert Holm zur gleichen Zeit wie ich an die Schule von Råberga kam. Der alte Engroos ging in Rente, Magister Lindell, der die höheren Klassen in Finnisch und Englisch unterrichtete, übernahm den Posten des Rektors, und Riggert Holm bekam die frei gewordene Stelle. Aber wir beachteten einander natürlich nicht, Riggert und ich, denn ich war einer von den Kleinen, und Riggert unterrichtete in der Mittel- und Oberstufe.

* * *

Dann solltet ihr noch Folgendes über mich und über Ansichten wissen, die ich vertrat und immer noch vertrete:

Ich bin der Meinung, dass der Ahorn der schönste aller Bäume ist, besonders im September und Oktober, wenn er rot und golden leuchtet.

Meiner Ansicht nach ist das Spinnfischen von Lachsforellen im Finnischen Meerbusen im Frühjahr Erfolg versprechender als im Herbst.

Nachts sind alle Städte gespenstisch, finde ich, insbesondere aus der Ferne, sie sind dann wie Passagierdampfer, die für ein Fest erleuchtet sind, das niemals beginnt.

Ich glaube, dass in jedem Menschen unerlöste Sprache wohnt, dagegen glaube ich nicht, dass oberhalb der Stratosphäre intelligentes Leben über uns wacht.

Ich erzähle diese Geschichten nicht, um einer Moral Ausdruck zu verleihen, sondern um einige Farben vor dem Vergessen zu bewahren.

Ein Vorfahr namens Incognitus

Leo, der Onkel meines Vaters, der Mann mit dem stattlichen Nachnamen Koskelo, lebte nur noch ein knappes Jahr als Witwer.

Unmittelbar nach Sirus Tod begann er an diffusen Müdigkeitssymptomen zu leiden – Vorkammerflimmern, meinte sein Arzt, Dr. Roschier –, und sein Sehvermögen verschlechterte sich rapide. Zu der Zeit lebte ich bereits in Helsingfors. Ich war fast erwachsen und in die geräumige Zweitwohnung der von Herrings in der Främlingsgata gezogen, ich war Privatist am Gymnasium Norsen und verwandte viel Zeit darauf, halluzinatorische Gedichte zu schreiben, die ich anschließend unter dem Pseudonym Dr. Howl an die Juniorseite von *Hufvudstadsbladet* schickte. Ich erhitzte Tütensuppen zum Abendessen und trank dazu billigen algerischen Rotwein. Ich hatte sowohl schwarzen Afghanen als auch kalifornisches Marihuana ausprobiert und vermied inzwischen jeden unnötigen Laufschritt: Ich hatte mir Bücher von Bruno K. Öijer, Leonard Cohen und Lawrence Ferlinghetti angeschafft und bei der Gelegenheit *Die Einsamkeit des Langstreckenläufers* in das Arbeitsbücherregal Lukas von Herrings verbannt, wo der Roman in einem Meer juristischer Schriften unterging. Außerdem hatte ich ein Mädchen kennen gelernt, das Clarissa Widing hieß, sie las mühelos *Le rouge et le noir* und *Madame Bovary* und *Bonjour tristesse* im Original und verabscheute jeglichen Sport und war die Schönste auf der ganzen Welt.

Doch meine Freundschaft zu Onkel Leo überdauerte alle Veränderungen, mehr noch, sie wurde immer enger.

Obwohl Leo eine Haushaltshilfe hatte, die ihn alle zwei Tage besuchte, schaute ich des Öfteren bei ihm vorbei und übernahm alle möglichen kleineren Aufgaben, ich staubsaugte, kaufte ein, ging für ihn zur Bank und so weiter. Dazwischen saßen wir im Wohnzimmer oder auf den Küchenstühlen am Küchentisch und unterhielten uns, mal ernst, mal ironisch, oft zurückhaltend, jedoch immer intensiv. Wir Skrakes sind noch nie besonders redselig gewesen, doch falls es Ausnahmen gegeben haben sollte, dann bildeten Leo und ich sie in diesem letzten Jahr.

Ich war Leos Augenstern. Es gab eine Seelenverwandtschaft zwischen uns, die schon bestanden hatte, als ich noch ein Kind war. Aber in diesem letzten Jahr hatte sich seine Art verändert, mit mir zu sprechen. Seine Geschichten handelten nun immer öfter vom eigenen Leben, von seiner Jugend und seinen Mannesjahren. Aber ebenso oft ging es in ihnen um seinen Bruder Bruno oder um den Neffen Werner. Ob sie nun erfunden waren oder nicht, Leo versäumte es inzwischen nie, mir zu berichten, von wem die Erzählungen handelten oder von wem sie zu handeln in Anspruch nahmen.

Es war, als hätte Leo geahnt, dass seine Zeit knapp bemessen war, als hätte er es eilig gehabt, ein Erbe weiterzugeben, eine Art Quintessenz von allem, was er gehört und gesehen und durchlebt und für wichtig befunden hatte.

Und vielleicht sah er mich so, wie ich damals gerade war: als ein wildes Früchtchen, halb Mann, halb Kind, als einen Jüngling, der Meer und Erde und Himmel den Rücken zukehrte, der nach dem kurzen Lächeln von Frauen hinter Wolken aus blauem Zigarettenrauch lechzte, der sein Gesicht Glas und Beton und leer pulsierenden nächtlichen Ampeln zuwandte und sich tief vor diesen Dingen verneigte. Vielleicht erkannte Leo einen angespannt hockenden Faust unter meinen langen Haaren, vielleicht sah er einen Jungen, der bereit war, seine Seele dem Teufel zu verkaufen für die Chance, zeigen zu dürfen, dass er mitnichten der Sohn des vom Pech verfolgten Werner Skrake war, dass er im Grunde ein ganz anderer Mensch war, ein Held, der mit durchgedrücktem Kreuz die Welt durchwandern und besiegen würde, und als Erstes würde er dieses selbstbewusste, aber ach so provinzielle Helsingfors besiegen.

Vielleicht erzählte Leo mir seine Geschichten folglich als warnende Exempel, auf dass ich mich besinnen und meine Lehre aus ihnen ziehen möge.

Aber weiß der Teufel. Vielleicht fand er auch nur, dass sie traurig und lustig und deshalb erzählenswert waren. Vielleicht wollte er sie einfach mit jemandem teilen, und als Siru fort war, war ich der Einzige, der sich noch Zeit zum Zuhören nahm.

Siru starb im Mai, als die Bäume gerade grünten.

Anfang Juli jenes Jahres fuhr Clarissa Widing zu einem Sprachkurs in die Bretagne, und ich besuchte Onkel Leo noch häufiger.

Ich erinnere mich noch gut an diesen Juli, ich erinnere mich an Leo auf dem sonnengebleichten grünen Sofa in seinem Wohnzimmer. An den Geruch von Büchern und Staub, den Blümchenkaffee, den wir tranken, die Armirozigaretten auf dem runden Tisch aus hellem Birkenholz. An Leo, der mit trübem Blick nach der grausilbrigen Packung tastet, und daran, wie er mich anblinzelt und sich auf dem Sofa zurücklehnt, wie er gleichsam Anlauf nimmt, ehe er anfängt zu erzählen.

Und an seine Stimme: wie sie auf einmal einen salbungsvollen Ton annimmt, gleichsam von innen erleuchtet wird und seine Sprache sich in puren Reichtum verwandelt.

Ich erinnere mich an die späten Abende, an die blauen Stunden, in denen ich nicht gehen mochte, sein Fenster, das offen stand, die klebrige Hitze, die von der Sturegata hereinströmte, an den Geruch von Asphalt und Benzin und die samtene Dunkelheit und Wollust da draußen, und drinnen Leo und ich, die beisammen sitzen und schweigen, verzaubert von einer seiner Geschichten, und billigen Kognak trinken, der von Sirus Begräbniskaffee übrig geblieben ist.

* * *

Dann ist da auch noch jener regnerische und feuchtwarme Aprilsonntag im Jahr darauf.

Es ist das Jahr neunundsiebzig, eintausendneunhundert Jahre sind vergangen, seit die Stadt Pompeji unter Schutt und Asche begraben wurde.

Am Vorabend ist meine Freundin Clarissa von Ibiza zurückgekehrt. Die Reise war ihr von ihrem Vater spendiert worden, zur Belohnung, dass sie sich der Mühsal unterzogen hatte, Abitur zu machen. Sie hat geröstete und zuckerglasierte Mandeln mitgebracht, sie sind braun und hellrot, in zwei verschiedenen Papiertüten, wir sitzen vor dem Fernseher und sehen Columbo und essen so viele Mandeln, dass ich nachts, als wir miteinander schlafen wollen, Bauchschmerzen habe. Clarissas Körper ist buchstäblich überall kupferbraun, und ich bin ziemlich eifersüchtig, denn Ibiza ist berüchtigt für seine Sexorgien, und dieses Gerücht hat sogar mich erreicht, auch wenn ich auf meinen Reisen nie über die nordischen Länder hinausgekommen bin.

Am Sonntagmorgen ist der Himmel klar, als ich aufstehe, um Kaffee und Milch aufzusetzen; Clarissa hat mich gelehrt, dass man seinen Kaffee *au lait* trinken soll. Ich schalte das Radio ein, höre die Nachrichten enden und Gerry Raffertys *Baker Street* beginnen, das Licht wälzt sich hart und frühlingsweiß zum Küchenfenster herein, und Clarissa kommt mit zerzausten Haaren und nur mit einem zeltartigen weißen T-Shirt bekleidet, einem meiner größten, aus dem Schlafzimmer. Sie schlingt die Arme von hinten um meine Taille, ich drehe mich um, der nächtliche Anflug von Eifersucht wird durch ihre Lippen und ihre Zunge ausradiert, und dann versöhnen wir uns endgültig, ich auf dem harten Küchenstuhl und sie rittlings auf mir, wir vergessen völlig, dass ich so niedrig wohne, wie ich es tue, und man von den oberen Etagen im Haus auf der gegenüberliegenden Straßenseite eine gute Sicht in meine, oder besser gesagt, meiner Tante Marys Küche hat. Ja: Clarissa schraubt sich in meine Umarmung, sie hebt sich, sie senkt sich, sie schließt die Augen, sie stöhnt, und zum Ende hin läuft im Radio ein Tango…

Ich kann dir nur meine Jugend geben
sie und meine Wärme und Liebe
schenkte ich dir voll und ganz

…und ich denke, wenn die Främlingsgata jetzt Pompeji wäre und Asche und Lava auf uns herabregnen würden, fände man Clarissa und mich später als eine Skulptur des Lebens namens FLEISCH.

Dann erinnere ich mich noch, dass Clarissa schmollt, als ich erkläre, ich wolle zu Onkel Leo fahren, um nach ihm zu schauen. »Komm doch mit«, sage ich, aber sie will nicht, denn die Stadtteile nördlich der Långa-Brücke sind nicht nach Clarissa Widings Geschmack, sie will keinen halbblinden Greis in einer Arbeitermansarde irgendwo in Vallgård besuchen, sie spricht das nicht offen aus, aber mir ist klar, es ist so, und ich weiß auch, dass sie damit nur einer langen Familientradition folgt, die unsere Stadt stur auf einige wenige Häuserblocks in Brunnsparken, Ulrikasborg und Kronohagen reduziert. Also begleite ich sie noch ein Stück, und wir trennen uns an der Auffahrt zur Östra Allé. Sie küsst mich kühl und promeniert anschließend die Parkgata hinab, ich hingegen gehe zum Olympiaterminal und weiter zum Marktplatz, denn ich habe beschlossen, von Kajsaniemi aus die Linie Drei zu nehmen, am Braheplan auszusteigen und das letzte Stück zu Fuß zu gehen.

Über die Stadt an jenem Nachmittag: Ich erinnere mich, dass der morgendliche Sonnenschein einem feinen Nieselregen gewichen war, dass milder Dunst den menschenleeren Senatstorg in einen gogolgrauen Mantel hüllte und große Wassertropfen wie übergewichtige Faultiere in den nackten Bäumen vor der Universitätsbibliothek und im Kajsaniemipark lagen und hingen. Die Straßenbahn war voll gepfropft mit verkaterten Technokraten in weißen Overalls, unter der Långa-Brücke lag noch eine Eisdecke, sie war jedoch bereits schmutziggrau und dünn, und oben im Björnpark dampfte die schwarze Erde, als sie sich mit Hilfe des Regens der Umklammerung des Frosts entwand. Als ich über die Sturegatsbro ging, erschien mir die Luft feucht, beinahe klebrig, und unten in der Industrigata standen ein paar der alten Lagerhäuser aus Backstein und kauerten sich notdürftig hinter geteerten und windschiefen Holzplanken versteckt zusammen.

Und plötzlich, als ich die Berufsschule und das Restaurant im Gewerkschaftshaus hinter mir gelassen hatte und mich der Backasgata und dem Haus näherte, in dem Leo wohnte, war ich grundlos glücklich über die bevorstehenden Stunden.

Denn ich wollte mehr Geschichten hören, ich wollte mehr über Oskar Johannes erfahren, der in die Hauptstadt zog und Baumeister wurde, über Joel, der aus Amerika zurückkehrte und schließlich Hotelkellner in der Tabakstadt wurde, über den jungen Bruno, der während des Bürgerkriegs in einer Schule in Kronohagen eingesperrt saß, und über den jungen Leo, der eine Arbeit als Gärtner bei dem Schriftsteller Hemmer draußen in Brändö Villastad bekam: Ich wollte Zeiten kennen lernen, in denen sich das Leben nicht auf einem 26-Zoll-Bildschirm abspielte.

Ich hatte einen Schlüssel zu Leos Zweizimmerwohnung und klingelte, um mein Eintreten anzukündigen, schloss dann auf, ging hinein und rief noch im Türrahmen stehend: »Keine Sorge, ich bin's nur.«

Leo saß auf einem Stuhl am Wohnzimmerfenster, er hatte den Ellbogen auf das Fensterbrett gelegt, und es sah aus, als hätte er dort gesessen und auf das Echo des Krachens gelauscht, das erklang, als Werner unten in der Wolfsgrube mit seinem

Coca-Colalaster verunglückte, nur einen Katzensprung und ein Vierteljahrhundert entfernt. Aber es war Wochenende und das Leben vor dem Fenster gedämpft, kein Laut war zu hören. Leo wandte sich um und schaute in meine Richtung (er hatte mir versichert, noch die Konturen von Gestalten erkennen zu können), es lag immer noch Trauer in seinen blinzelnden Augen, die weißen Haare waren ungekämmt und standen als widerspenstiger Hahnenkamm auf seinem Scheitel ab, er bewegte sich schwerfällig und linkisch, als er durch das Zimmer in den Flur kam, um mich willkommen zu heißen, er sagte: »Setz erst einmal Kaffee auf, wenn wir ihn getrunken haben, kannst du mir was vorlesen.«

Ich sah die Verwirrung in seinem Blick und musste daran denken, dass Siru das finnische Wort für Scherbe war. Und ich dachte, das war es, wozu sich der intelligente, jedoch alles andere als praktisch veranlagte Leo verwandelt hatte, als seine geliebte Frau gestorben war: eine Scherbe bloß.

* * *

»Es war einmal…«, begann Leo damals, als er seinen pechschwarzen Kaffee bekommen und wir uns eine Weile unterhalten hatten und er bedeutend munterer geworden war, »…es war einmal ein unbändiger und allseits erfahrener Mann, Johannes Mattson war sein Name, er stammte aus Terjärv oder Kronoby, in den dortigen Kirchenbüchern war eine Saga Antonsdotter als seine Mutter verzeichnet und als Vater jemand namens Incognitus; den Namen Mattson hatte er kurzerhand angenommen. Über die Mutter wird nur berichtet, dass sie schwarzhaarig und schön anzusehen gewesen, in ihrer Lebensführung jedoch nicht immer dem rechten Pfad gefolgt sein soll. Über den Sohn stand späterhin geschrieben, er sei zu jemandem geworden, der vagabundierte, zu einem Vagabundus. Während einer ganzen Reihe von Jahren arbeitete dieser Johannes Mattson in zahlreichen Berufen längs der ostbottnischen Küste, als Knecht auf den größeren Höfen von Sideby bis hinauf nach Nedervetil, als Zimmermann beim Bau von Fregatten wie auch einfachen Booten, bei der Herstellung von Teer in den Teertälern, beim Abfüllen des Teers und als Schauermann, wenn die Schiffe in den Häfen der Städte mit den Teertonnen beladen wurden. Eines Sommers hielt er sich als Tagelöhner auf einem größeren Hof nördlich von Jakobsstad auf, er half bei der Heuernte und lag bisweilen bei einer jungen Maid, an der er großen Gefallen fand. Wie dem auch sei, draußen im Meer, dem Festlandsufer und dem Hof so nah, dass Johannes Mattson das Gefühl beschlich, sie beinahe berühren zu können, lag eine flache und mit Laubbäumen bewachsene Insel. Und eines Abends nach dem Einläuten des Sonntags, dies begab sich, als er am Bootssteg gesessen und sich mit einem Tropfen Branntwein gestärkt hatte, nahm er im Verborgenen das Sackfischereiboot seiner Herrschaft und ruderte alleine zu dieser Insel hinaus. Dort angekommen, schaute er sich nach allen Seiten um, wofür er gut eineinhalb Stunden benötigte. Daraufhin nahm er einen großen Stein, flach auf der Unterseite und oben gerundet, und trug ihn auf krummen Beinen zum Ufersaum. Er leerte das Branntweinhorn, zog sein Arbeitshemd aus, wickelte es um den Stein und legte sich daraufhin mit dem Stein als Kopfkissen und dem Plätschern des Meers als Nachtlied zur Ruhe. Am nächsten Morgen ruderte er zurück und bat, mit dem Bauern sprechen zu dürfen. Doch der Bauer war gelinde gesagt entsetzt über das Ansinnen seines Tagelöhners und ließ ihm durch einen anderen Knecht kundtun, dass es Johannes Mattson am besten anstünde, sich davonzumachen. Mattson leistete dieser Aufforderung Folge, kehrte jedoch sechzehn Abende hintereinander zurück und verlieh dem gleichen Ansinnen Ausdruck. Am sechzehnten Abend kam besagte Maid zu ihm, als er dort am Tor stand und Tabak kaute. Sie sagte im Dialekt der Region: ›Es ist wohl besser, wenn du nicht mehr so bamstig bist, hierher zu kommen, er ist so rasend und finster, dass es kaum zu glauben ist.‹ Johannes Matts …«

»Warte mal«, unterbrach ich ihn, »was bedeutet bamstig?«

»Bamstig, das heißt so viel wie, großspurig zu sein«, antwortete Onkel Leo. »Aber unterbrich mich nicht, ich verliere sonst den Faden ... wo waren wir? Ach ja, Johannes Mattson spuckte nur einen Tabakpfriem aus und entgegnete: ›Ein so übler Bursche bin ich nicht, dass ich Angst habe vor Braskas-Ant. Und wenn er mich umbringt, wirst du wohl zu einem späten Mädchen werden ...‹«

»Spätes Mädchen?«, konnte ich mir nicht verkneifen, einzuwerfen.

»Eine alte Jungfer«, sagte Leo ärgerlich. »*Darf* ich diese Geschichte jetzt eventuell zu Ende erzählen? Oder willst du vielleicht weitermachen?«

»An Selbstvertrauen mangelt es dem Burschen jedenfalls nicht«, sagte ich.

Onkel Leo grinste besänftigt. »Nun ja«, meinte er, »es hat schon den einen oder anderen Mann aus unserem Geschlecht gegeben, der unrechtmäßigerweise dem Glauben anhing, er wäre Gottes Gabe an das schöne Geschlecht.«

»Falls dieser Gedanke erblich sein sollte, frage ich mich, warum er nicht bis zu mir durchgedrungen ist«, sagte ich.

»Das habe ich mich auch gefragt, als ich aus dem Zug stieg und zum ersten Mal die Frauen von Helsingfors auf ihren Esplanaden stolzieren sah«, erwiderte Leo. »Aber jetzt möchte ich zum Schluss kommen ... mal sehen ... ja genau: In diesem Moment trat also Braskas-Ant aus dem Haus und fragte, was Mattson denn eigentlich für einer sei, eine schwarze Schnauze wie ein Türke habe er, und außerdem sei er ein Bootsdieb und nehme einen Mann nicht einmal bei seinem rechtmäßig erzürnten Wort, möge der Herr sein Zeuge sein. Da erwiderte Mattson, für die Sache mit dem Boot bitte er um Verzeihung und darüber hinaus sei er bereit, seine Dreistigkeit um ein Vielfaches wieder gut zu machen, ›denn so dumm bin ich noch nicht, dass ich nicht weiß, wann ich heimgekommen bin‹. Anschließend fragte er den angesichts solcher Dreistigkeit sprachlosen Braskas-Ant, wie die Insel auf der anderen Seite des Sundes heiße. ›Die ... das ist doch bloß die Skrakinsel‹, antwortete der aus dem Süden stammende Braskas-Ant überraschend gefügig. Woraufhin Johannes vorschlug, dass er die Insel übernehmen und urbar machen könne, und weiterhin bot er an, während einer ganzen Reihe von Jahren dem Hof Brask beim Schlagen und Einholen des Heus und beim Fischen und dem Bau von Booten und bei Böttcherarbeiten behilflich zu sein, bis Ant die Insel als bezahlt ansehe. ›Zehn Jahre lang will ich oben beim Hof Eirikas bis zum Hals im Morast waten, wenn ich dafür nur die Insel haben darf‹, sagte Mattson mit Nachdruck. Und so geschah es: Johannes Mattson nahm die Maid mit, zog auf die Insel hinaus und nahm den Namen Skrake an. Und dort wohnten seine Söhne und Töchter und deren Kinder fortan ausnahmslos, während der Sund langsam zuwuchs und aus der Insel eine Landzunge wurde. Doch dann begann die Unruhe, die Johannes Mattson Skrake einst erstickt hatte, sich wieder in Erinnerung zu rufen …«

Leo lehnte sich auf dem Sofa zurück, blies Luft durch die Nasenlöcher und wirkte zufrieden.

»Die Unruhe«, sagte ich, »meinst du damit Bruno und dich?«

»Schon möglich. Aber nicht unbedingt«, erwiderte Leo, tastete nach seiner Schachtel Armiro, verlangte Feuer und hustete trocken, während er den ersten Zug nahm.

Wir schwiegen eine Weile. Draußen war der Regen stärker geworden, in der sonntäglichen Stille prasselte er leicht auf das Fensterblech. Oben auf der Backasgata kreischte die Linie Eins vorbei, irgendwo in der Nähe ertönten laute Stimmen, die sich langsam den Tavastväg hinab entfernten; ein Mann und eine Frau, sie stritten sich, doch worüber, konnte ich nicht hören.

»Erzähl mir noch eine Geschichte, Leo«, sagte ich dann, »dieser Tag ist wie geschaffen für Geschichten.«

»Heute nicht, Viki«, sagte Leo. »Jetzt möchte ich eigentlich nur, dass du mir noch etwas vorliest. Ich bin dieses Wochenende so müde gewesen, du musst wiederkommen, wenn ich mal nicht so kränklich bin, dann werden wir uns richtig unterhalten.«

In meiner Erinnerung ist dies fast das Letzte, was Leo sagte.

Ich räumte die Kaffeetassen weg und ging anschließend am Bücherregal vorbei und suchte nach einem geeigneten Buch. Leo schlug vor, wir könnten *Janne Kubik* anfangen, aber ich meinte, ich hätte keine Lust, ihm Diktonius vorzulesen, seine Sprache sei zu rau und zu gepresst, sie verlange einen Vorleser mit Talent. Stattdessen las ich einen Abschnitt aus einer Räuberpistole von Jersild. Sie handelte davon, wie König Gustaf II Adolf dank eines umtriebigen Leibmedikus festgezurrt auf seinem Pferd und darüber hinaus mausetot, ausgeweidet und ausgestopft auf dem Schlachtfeld von Lützen umher ritt. Leo kannte die Geschichte bereits auswendig, das war ihm anzusehen. Doch das schien ihm nichts weiter auszumachen, er kollerte vergnügt und nickte.

Möglich, dass wir abschließend ein paar Worte über praktische Dinge verloren, möglich, dass ich ihn bat, weniger zu rauchen und sich vor Feuersbrünsten in Acht zu nehmen. Dann begleitete er mich zur Tür. Wir umarmten uns, und er klopfte mir auf den Rücken, ich versprach, in spätestens zwei Wochen wieder vorbeizuschauen, und trat daraufhin in den bleichen Abenddunst der Sturegata hinaus.

Ich ging zu Fuß durch Vallgård und Störnäs, durch das Stadtzentrum und nach Hause in die Främlingsgata. Ich dachte an das Märchen, das Leo mir erzählt hatte. Es ist natürlich alles erlogen, dachte ich, von vorne bis hinten erlogen. Einfach so daherzukommen und eine ganze Insel zu begehren, so etwas taten Knechte und Untergebene doch nicht, nicht zur damaligen Zeit und auch nicht heute!

Dennoch schien es mir, als hätte es da inmitten der Lüge etwas Wichtiges gegeben, etwas, das vielleicht davon berichtete, wie wir waren und sind, wir Skrakemänner. Ich dachte an den Onkel Leo meiner frühen Kindheit, der an Raumwesen geglaubt hatte und mit dem Fahrrad nach Råberga hinausgefahren war, als alle anderen sich Autos anschafften und mit immer höherer Geschwindigkeit vorbeizischten. Ich dachte des Weiteren an eine

Bemerkung, die Leo einmal über meinen Großvater Bruno hatte fallen lassen: »Er lernte nie, was Biegsamkeit ist. Er stand kerzengerade, bis er abgeknickt wurde wie eine Kiefer.« Und ich dachte an Brunos einzigen Sohn Werner, ich dachte daran, wie besessen mein Vater von den Silberfischen war, und an seinen Traum von der 60-Meter-Marke und den katastrophalen Folgen, die dieser Traum gezeitigt hatte.

Und plötzlich sah ich mich selbst, sah mich schnurstracks durch meine Kindheit rennen auf der Jagd nach dem leichten Schweben, sah mich Tag und Nacht Clarissa Widings Haut und Brüste und Geschlecht begehren und nun dieses Schweben durch sie suchen.

Ich sah, dass auch ich einen Durst in mir trug, der unstillbar war.

Und dann, als ich den dunklen Backsteinleib der Bibliothek von Berghäll hinter mir gelassen hatte und mich im Laufschritt gedankenversunken die Porthansgata hinab bewegte, stand mir ein Wort vor Augen.

Maßlosigkeit.

Die Maßlosigkeit, die der Freude, dem Lebenshunger und dem Willen des Kindes, ALLES einzusetzen, entspringt, doch für den Erwachsenen zu einem Fluch werden kann.

Aber denkt ja nicht, dass ich mich am nächsten Tag noch an dieses Wort erinnerte.

Denkt nicht, dass ich etwas lernte.

Ich vergaß das Wort, der Durst blieb.

* * *

Werner rief mich eine gute Woche später an, am Montagmorgen. Eine halbe Stunde später rief dann Maggie an. Beide erzählten das Gleiche, es sei das Herz gewesen, Onkel Leo habe noch versucht, vom Wohnzimmer zum Telefon im Schlafzimmer zu gelangen, jedoch vergebens.

Maggie war es, die Unrat gewittert hatte. Leo war am Sonntag bei ihr zum Essen eingeladen gewesen, aber nicht erschienen und auch nicht ans Telefon gegangen.

Als die schlimmste Trauer sich gelegt hatte, dachte ich, dass es so trotz allem gnädiger war; so ungeschickt, wie Leo mit seinen Armiros umgegangen war, wäre er früher oder später auf seinem Sofa verbrannt.

Er hatte mir testamentarisch ein Bild von Helena Schjerfbeck vermacht, oder vielmehr eine Skizze, eine schöne Vorstudie zu dem Gemälde *Die Rekonvaleszentin*. Die Skizze war das einzige Werk, das von Brunos Kunstsammlung übrig geblieben war, den Rest hatte Leo verkauft, um Siru während ihrer langen Krankheit die bestmögliche Pflege zukommen lassen zu können.

Dreizehn Jahre später verkaufte ich die Skizze an Hagelstams auf dem Boulevard, als ich wieder einmal beschlossen hatte, meinen Broterwerb aufzugeben und ein Buch zu schreiben.

Das Bild hängt heute im Eingangsflur einer wohlhabenden Familie auf Brändö. Das macht nichts. Ich bin ein Skrake, ich liebe das, was brennt, ich verabscheue die Kälte. Meinem Temperament und meiner Einstellung nach bin ich ein Ostbottnier aus dem Norden des Landes, ich verspüre nicht die geringste Lust, auch nur winzige Häppchen des stilvollen und gediegenen Kulturerbes zu besitzen, das die Einwohner von Helsingfors so eifersüchtig hüten.

Und außerdem: All das andere, was Leo mir hinterließ, all die Geschichten, die er mir noch erzählte, sind mir geblieben.

Erstes Buch

Zweiter Teil

Die Silberfische

An einem Mittwochmorgen, als ich sechs Jahre alt war, begab es sich, dass mein Vater eine Stunde vor dem Morgengrauen aufstand.

Er nahm ein üppiges Frühstück zu sich, bestehend aus zwei Spiegeleiern, gebratenem Speck, einer Scheibe Roggenbrot mit Käse und Salami, zwei Gläsern Apfelsaft und einer Tasse starken ungesüßten Kaffees. Als er gegessen hatte, machte er sich weitere belegte Brote und schlug sie erst in Butterbrotpapier und dann in Aluminiumfolie ein. Den Kaffee, der noch im Kessel war, goss er in seine Airamthermoskanne. Er verließ die Küche und verschwand in einer kleinen Abstellkammer, die sich an unsere Diele anschloss. Man konnte ihn dort leise vor sich hin singen hören, er sang ein Elvislied über eine Frau, die wie ein Engel ging und wie ein Engel sprach, jedoch der Teufel höchstpersönlich in Verkleidung war. Als er wieder aus der Abstellkammer auftauchte, schien ihm einzufallen, wie viel Uhr es war, er machte pssst und legte den Zeigefinger an die Lippen und grinste dämlich: Er sah aus wie ein glücklicher Mann.

Er trug eine Spinnrute mit angeschraubter Spinnrolle in der linken Hand und eine flache, aber klobige Plastikschachtel mit Plexiglasdeckel in der anderen. In der Plastikschachtel lagen Blinker, Haken, Vorfächer, kleine Metallringe und Zangen in verschiedenen Fächern und nach einem System geordnet, das niemand außer ihm verstand. Er lehnte die Spinnrute an die Wand, nahm den altmodischen Rucksack mit den blank gewetzten Lederriemen von einem Haken im Flur, kehrte in die Küche zurück und packte das Butterbrotpaket, die Thermoskanne, die Plastikschachtel und einen zweiten Pullover in den Rucksack. Er zog Regenmantel und Stiefel an, den Südwester aber knüllte er zu einem Ball zusammen und drückte ihn in die linke Tasche des Regenmantels. Anschließend holte er seine Fischermütze von der Hutablage, jene karierte Schirmmütze, die er 1952 bei einer Zwischenlandung auf dem Londoner Flughafen erstanden hatte und die Vera und ich abgrundtief hässlich fanden. Er schob die Mütze in die Stirn und war nun fertig: Er schwang sich den Rucksack über die rechte Schulter, nahm die Angel in die linke Hand und öffnete die Tür. Als er auf die Treppe hinaustrat, begann er wieder zu singen, es war immer noch *she walks like an angel, she talks like an angel, but …*, dann schlug die Tür hinter ihm zu, und ich verließ mein Versteck auf dem Treppenabsatz. Ich schlich wieder hinauf, hörte Vera, die sich im Schlaf umdrehte, ging in mein Zimmer und tauchte unter die warme Decke, während draußen graues Zwielicht den Kampf gegen die Herbstdunkelheit aufnahm.

* * *

Am vorhergegangenen Samstag hatte die Tageszeitung *Hufvudstadsbladet* Werners vierte Sammlung Fischernovellen mit dem Titel »Langleinen bei Lingonskär« rezensiert.

Diesmal war die Kritik nicht so begeistert ausgefallen wie bisher.

Auch der Kritiker hatte gewechselt oder sich hinter einer neuen Signatur versteckt: Das Pseudonym *Angler* hatte geschrieben, Werners neues Buch sei »eine an und für sich charmante Reise zurück in eine Zeit, die von größerer Demut und größerer Sensibilität für alles Lebendige um uns und in uns geprägt war«.

Doch dann hatte *Angler* darauf hingewiesen, dass Werner wie alle Autoren von Fischergeschichten Gefahr lief, Gefangener seiner eigenen Manier zu werden: Er hatte mittlerweile vier Bücher veröffentlicht, rief *Angler* in Erinnerung, und Dramaturgie und

Aufbau waren in jeder Einzelnen der insgesamt siebenunddreißig Erzählungen gleich. *Angler* war auch auf Werners Vorliebe für Alliterationen eingegangen und hatte spitzfindig vorgeschlagen, das nächste Buch könne einen Titel bekommen, der auf einer anderen sprachlichen Figur basiere, zum Beispiel dem Reim oder der Assonanz.

Diese Aufnahme seines Buchs hatte Werner betrübt. Immerhin hatte er seine Stelle in Schröders Geschäft aufgegeben, er hatte sich in Unsicherheit gestürzt und in den letzten Jahren sehr viel Arbeit in seine schriftstellerische Laufbahn gesteckt. Seiner Meinung nach war »Langleinen bei Lingonskär« das beste Buch, das er bislang geschrieben hatte, und die kleinliche Rezension in der mächtigen Tageszeitung traf ihn wie ein Schock. Zum ersten Mal erkannte Werner, dass seine Nebeneinkünfte aus dem Job als Platzwart und Mädchen für alles in der Schule mickrig waren und auch das Bruno-Geld kein Riesenerbe darstellte, von dessen Zinsen man hätte leben können.

Den ganzen Montag und den halben Dienstag hatte er hart gearbeitet. Am Dienstagvormittag hatte er zuerst geeggt und war dann mit der Miniwalze gefahren, hatte die Laufbahn und den Fußballplatz, dessen eine Ecke von den Einschlägen der Hämmer durchlöchert war, geebnet. Er hatte die Weitsprunggrube mit frischem Sand aufgefüllt und anschließend gerecht und ein Loch im Schutzkäfig geflickt. Und nach dem Mittagessen war er ins Kellergeschoss der Schule hinab gegangen und hatte das defekte Schloss an der Tür zur Mädchenumkleide ausgewechselt. Danach hatte er Rektor Engroos mitgeteilt, dass er am Mittwoch gerne frei nehmen würde. Das gehe in Ordnung, hatte Engroos gemeint und wie üblich steif wie ein Schürhaken hinter seinem Schreibtisch gesessen.

Werner hatte seinen Overall angezogen und war eine Runde gelaufen, er hatte am Anstieg zum Platz der vier Himmelsrichtungen ein Intervalltraining eingelegt und seinen Puls auf fast hundertneunzig hochgetrieben. Daraufhin hatte er geduscht und sich vor die Facit-Schreibmaschine auf Brunos altem Billnäs-

Schreibtisch gesetzt, um zu schreiben. Er war allein zu Hause. Vera war in Helsingfors, sie unterrichtete in jenem Herbst und Winter Schwedisch, jeden Dienstag und Freitag fuhr sie in die Stadt, zu einer Sprachenschule in der Kalevagata.

Im leeren Haus hatte Werner eine Geschichte über einen entkommenen Zehnkilohecht in Angriff genommen. Nach mehreren mittelprächtigen Versuchen hatte er eine Einleitung zu Papier gebracht, die ihm auch noch spannungsvoll und dicht erschien, als er am Mittwochmorgen auf den alten Dampfschiffanleger trat, in das geteerte Holzboot kletterte, die Leinen löste und sich auf den Weg machte.

* * *

Es hatte die ganze Nacht über geregnet, zum Morgen hin jedoch aufgehört.

Über der Råbergabucht lag nun feuchter Dunst, und es war ungewöhnlich warm für die Jahreszeit. Werner ließ den kleinen Evinrudemotor gar nicht erst an, sondern legte die Ruder in die Dollen und ruderte die knappe Seemeile über die Bucht hinaus zu dem Band kleiner Inseln im Süden. Er hatte es nicht eilig: An regnerischen und dunklen Herbsttagen beißen die Fische am besten in der Tagesmitte an, und das wusste mein Vater.

In dem bleigrauen Meer gab es noch Pfade eingelagerten Sommers, manchmal führten südliche Winde und Unterwasserströme wärmeres Wasser an die Oberfläche. Die Landschaft trug noch Gelb und Rot und Grün, doch hinter dieser ganzen Farbenpracht deutete sich bereits die braungraue Farbskala des Spätherbstes an, und an den Wegen und Pfaden lagen die Blätter in Wehen, die der Regen und die Schritte der Menschen langsam in einen klebrigen Brei verwandelten.

Werner ruderte in südöstliche Richtung. Seine Hechtplätze zu dieser Jahreszeit, bevor die Tage schneidend kalt wurden, waren das Schilfröhricht nördlich von Kalvholmen und die tiefen Buchten nördlich von Lingonskär und Björnholm.

Er fischte fast eine Stunde bei Kalvholmen. Der Wind aus Südost hatte aufgefrischt, und er musste in Ufernähe im Stauwasser ankern, sonst wäre das Boot von den Auswurfplätzen abgetrieben worden. Aber er fing keinen Fisch, er sah nicht einmal einen Hecht, der dem Blinker hinterher schwamm.

Dann ruderte er Richtung Westen nach Björnholm, warf den Anker mitten in der Bucht aus und lag dadurch so, dass alle Standplätze in Wurfreichweite waren. Er blickte ins Wasser hinab und sah die jodbraunen Tangwälder, die in fünf Meter Tiefe wankten. Er warf aus und kurbelte, sah den silbrigen Löffelblinker im ruhigen Leewasser schlängelnd näher kommen.

Auch dort kein Fisch.

Er aß ein Brot, trank eine Tasse Kaffee und ruderte weiter zu Lingonskär und seiner Nordbucht.

Ebenso leer und still.

Er sah zu dem düsteren, grauen Himmel und schätzte, dass es mittlerweile zwischen elf und halb zwölf war. Die besten Stunden nahten. Zum ersten Mal an diesem Tag ließ er den Motor an, fuhr in das Gatt zwischen Lingonskär und Björnholm und umfuhr im Gegenwind ein länglich schmales Felseneiland, das *Der Schwanz* genannt wurde. Anschließend ließ er das Boot zwischen dem Schwanz und Björnholm treiben. In diesem Sund standen im August häufig große Hechte, und Werner überprüfte nun die Richtigkeit seiner Hypothese, dass das warme Oktoberwetter die Raubfische dazu verlockt hatte, wieder in das Verhaltensmuster des Sommers zu verfallen.

Auch dort kein Fisch.

Er fuhr wieder nach Süden und ließ das Boot zum Südufer von Lingonskär treiben. Die ganze Zeit über warf er aus. Es war eine Spur heller geworden, der Himmel hatte mehr Schattierungen bekommen: Violette und rauchgraue Partien kämpften mit der drückend bleigrauen Nuance des Morgens um die Vorherrschaft, und an manchen Stellen ließen sich Risse mit einem eigentümlich mattgelben Glanz erkennen.

Der Wind hatte weiter aufgefrischt. Seit fünf Tagen wehte er nun konstant aus südlicher Richtung, und die Meeresdünung war einigermaßen schwer. Werner kam plötzlich eine Idee, und er fuhr nach Süden, nach Ytterharun hinaus. Das Boot krängte im schrägen Gegenwind, Wasser spritzte hinein. Er fuhr in den geschützten Naturhafen an der Nordseite von Ytterharun, vertäute das Boot und öste es trocken. Ihm knurrte der Magen, dennoch verbrachte er die folgende Stunde damit, einmal um Ytterharun herumzugehen und vom Ufer aus auszuwerfen.

Immer noch kein Fisch.

Und dennoch konnte er sich ein Lächeln nicht verkneifen und hatte zudem beharrlich Lust zu singen. Werner mochte graue Tage. Er mochte sie sogar mitten im Sommer, wenn alle Bewohner des Nordens mit einem Funken Selbstachtung die Sonne und das Licht anbeteten. Die meisten Menschen sahen Werner zu jener Zeit als eine in sich ruhende Person, als 191 Zentimeter und 96 Kilogramm gutgelaunten Hammerwerfer und Hausmeister und Autor von Fischergeschichten. Aber in Wirklichkeit geriet er leicht aus dem Gleichgewicht, war er leicht erregbar. Die grauen und verschlafenen Tage wirkten dem entgegen; sie hüllten die Welt in einen gleichmäßigen und ruhigen und sauerstoffgesättigten Schleier, in dem er sich wohl fühlte.

Die mattgelben und rauchgrauen Himmelsnuancen waren inzwischen verschwunden. Die Wolkendecke glich einer Spüle aus Zink, und nach vielen Stunden ohne Regen hatte es angefangen zu nieseln. Der Wind war ein wenig abgeflaut, es blieben noch zwei Stunden Tageslicht.

Werner beschloss, alles auf eine Karte zu setzen. Bei hohem Seegang arbeitete er sich zu dem kahlen Felseneiland Hästkobben vor, wo er im Hochsommer immer Barsche angelte und Netze für Flundern und Felchen auslegte. Er passierte die Insel östlich und fuhr weitere dreihundert Meter nach Süden. Dort steckte eine Südpricke, und ein Stück weiter gab es eine Ostpricke, beidc markierten Ryssgrynnan, eine Untiefe. Er schaltete den Motor aus und griff nach seiner Spinnrute. Nun trieb er direkt auf die Untiefe zu, und das Boot schaukelte unkontrolliert in der schweren See. Er würde Zeit für zwei, höchstens drei Würfe haben, dann musste er ein Stoßgebet gen Himmel senden und hoffen, dass der Motor ansprang.

Aber der erste Wurf reichte bereits.

Werner spürte ein heftiges Rucken am anderen Ende, dann wurde die Leine schlaff, und er verlor den Kontakt zum Fisch; schon in diesem Moment wusste er, dass es kein Hecht sein konnte. Zwei Sekunden später durchstieß der Fisch nur einen Meter vom Boot entfernt die aufgewühlte Wasseroberfläche und sprang senkrecht in die Luft, und weil das Boot in die Richtung trieb, aus welcher der Fisch gekommen war, wäre die Beute fast sofort auf der Ducht gelandet.

Das war mir ein Wilder, pflegte Werner später zu sagen, als er Dutzende, ja Hunderte von Silberfischen gefangen und gelernt hatte, wie unterschiedlich ihr Temperament und ihr Verhalten war. Mein erster Silberfisch war vielleicht ein Wilder, sagte er, ein richtiger Torpedo war er. Während ich den Motor anließ und versuchte, von der Untiefe zurückzusetzen, schoss er umher wie ein Wahnsinniger, bestimmt vier, fünf Runden drehte er um das Boot und war dabei mehr in der Luft als im Wasser. So erzählte Werner die Geschichte. Immer und immer wieder. Vera. Mir. Leo. Und wieder mir: Mit den Jahren wurde die Erzählung vom ersten Silberfisch die Lieblingsgeschichte meines Vaters, vielleicht auch, weil das Leben geizig wurde und ihm neue Heldengeschichten versagte.

An diesem Abend kam er erst nach Einbruch der Dunkelheit nach Hause.

Vera war eine gute Stunde zuvor aus der Stadt eingetroffen, sie hatte mich bei Frau Österman abgeholt, die an den Tagen, an denen Vera unterrichtete, auf mich aufpasste. Wir waren in der Abenddämmerung nach Hause gegangen, und Vera machte sich bereits Sorgen, dass Werner etwas zugestoßen sein könnte.

Da stapfte er mit Stiefeln an den Füßen in die Küche und

hievte den Fisch auf unsere Spüle, die von der gleichen grauen Farbe war wie der Herbsthimmel.

Dieser erste Silberfisch wog drei Kilo und achthundert Gramm, und wir aßen drei Tage von ihm: erst im Ofen mit Sahne und Lauch zubereitet, dann das zweite Filet in Butter gebraten und mit Salzkartoffeln und am Freitag eine Suppe von Kopf, Knochen und den übrig gebliebenen Teilen.

Werner wusste natürlich, dass der Fisch eine Lachsforelle war, aber es sollte dauern, bis die Silberfische bei uns zu Hause so genannt wurden. Der Deckname war meine Erfindung gewesen. Als Werner an jenem ersten Abend den Fisch hochhielt und in Veras Fotoapparat lächelte, betrachtete ich mit großen Augen das Wunder, das violett und blau, vor allem jedoch wundersam silbern schimmerte. Und ich sagte: Papa hat einen Silberfisch gefangen.

Werner wurde von akutem Fischfieber erfasst. Er kochte und brodelte vor Eifer und Rastlosigkeit, er wollte wieder hinaus, er wollte noch einen fangen.

Am Samstag konnte Vera ihn nicht länger zurückhalten. In der Zwischenzeit war das Wetter völlig umgeschlagen. Seit Donnerstag hatte ein konstanter und eisiger Nordwind geweht. Tagsüber war der Himmel klar, knallblau und abends samtschwarz und voller kalter Sterne und blinkender Flugzeuge. Morgens waren die Blätter, die auf die Erde gefallen waren, mit Raureif bedeckt, und wenn man atmete, kam Rauch aus dem Mund.

Auf dem Weg zum Meeresufer ging Werner noch zum Platz der vier Himmelsrichtungen hinauf. Er stand da und ließ den Blick über sein Reich schweifen. Er sah das Sonnenlicht und die lodernden Herbstfarben. Er sah die Sättigung und die Vergeudung. Den schönen Glanz überall. Das satte Gelb des vollendeten Lebens. Und die Ahornblätter: große ausgestreckte Hände, die für die Menschheit brannten!

Und er schrie seine Freude hinaus über das, was er dort sah.

Die Verhältnisse an jenem Samstag waren so, dass Werner nicht den Schimmer eines Silberfisches hätte sehen dürfen. Sie neigen dazu, die Ufer und das flache Wasser zu verlassen, wenn das Herbstwetter zu Kälte und Sonne umschlägt. Obwohl die Sonne bereits flach über den Himmel wandert, ist die Sicht in dem klaren Wasser gut, und die Fische werden kältestarr und scheu.

Doch dieser Tag bildete eine Ausnahme. Statt den Theorien zu entsprechen, die Werner im Laufe der Zeit entwickeln sollte, waren die Silberfische landwärts gezogen.

Er fing einen Prachtburschen von viereinhalb Kilo südlich von Björnholm, er fing ein kiloschweres Exemplar vor Alskär, und ein dritter Fisch biss an der Landzunge von Tistelskär an, riss sich jedoch wieder los.

Es war das erste, aber definitiv nicht letzte Mal, dass das Verhalten der Silberfische gegen alle Regeln verstieß.

Und mein Vater, er wurde besessen.

* * *

In der Begegnung des Spinnfischers mit seinem Fisch liegt eine ungeheure Kraft. Es ist eine Begegnung, deren Medium nur eine dünne Schnur ist, es ist eine Begegnung, die sowohl einsam als auch seltsam gegenseitig ist, es wäre ebenso korrekt, von einer Begegnung zwischen dem Fisch und seinem Fischer zu sprechen.

Dort über der Wasseroberfläche, beim Fischer, geschieht zunächst einmal nichts und nichts und wieder nichts.

Stunde um Stunde vergeblicher Mühen, gewaltige Mengen ausgedehnter und totgeschlagener Zeit.

Dann: ein Zittern in der Rute, eine Gegenkraft, lebendig, wütend, wild. Das ist *kairos*, der Augenblick, der sich selbst genug ist, der kein »Vorher« und kein »Nachher« kennt. An der Wasseroberfläche blitzt etwas auf, und ein Wirbel wird sichtbar, wenn der Fisch kehrt macht, oder der Fischer spürt die pumpende Aufwärtsbewegung, wenn der Fisch sich zur Oberfläche hocharbeitet, um zu springen. Oder alles bleibt still, der Fisch verharrt in der Tiefe, nur die zitternde und vibrierende Spitze der Rute, die kreischende Rolle und die Milchsäure in den Armmuskeln des Fischers verraten, dass etwas geschieht.

Der Fisch *wählt*, nach dem Blinker oder der Fliege des Fischers zu schnappen.

Er wird betrogen, gewiss, aber er hat die Wahl. Und dann beginnt der Kampf, bei dem es darum geht, den Gegner zu verunsichern, seine Schwächen aufzuzeigen und ihn an sich selbst zweifeln zu lassen.

Der Fischer spürt die Angst des Fisches, doch der Fisch spürt auch die Sorge des Fischers, seine schöne Beute wieder zu verlieren. Richtig große Fische sind verschlagene und geschickte Widersacher. Oft sind sie zunächst träge, lassen sich näher zum Boot oder Ufer zwingen, geben sich machtlos und beginnen erst zu kämpfen, wenn der Fischer schon glaubt, dass er diesen Riesenfisch tatsächlich in den Käscher bekommt, ohne dass er einen einzigen Ausbruchsversuch unternommen hätte. Andere Rekordfische stehen und schmollen derart lange am Grund, dass der Fischer von einer mit Furcht durchsetzten Bewunderung ergriffen wird, die ihn später zu Fehlern verleitet. Und es gibt große Fische, die von allein an die Oberfläche kommen und auf das Boot zuschwimmen und dem Fischer fest in die Augen sehen.

Die Verächter der Hobbyfischerei behaupten, alles Töten sei seinem Wesen nach gleich. Sie machen keinen Unterschied zwischen einem Fischer und einem Söldner. Doch der Söldner kann niemals verleugnen, dass das Töten für ihn aller Dinge Anfang und Ziel ist. Der Fischer hingegen wird immer hellhöriger für all die anderen Aspekte im Akt des Fischens: die intuitiven Entscheidungen, die Beobachtung und das Aufspüren, das Erkennen der Größe eines Widersachers, das Nachsinnen, das Sehen, das Lauschen.

Der wahre Fischer lernt mit den Jahren immer mehr über die Fähigkeit zu begehren und den Zwang zu entsagen. Es kann ihm ergehen wie Tomáš Masaryk, dem ersten Präsidenten der Tschechoslowakei, der eines Tages die Worte notierte, *wo es Lachsforellen gibt, ist es immer schön*, und danach das Fischen aufgab.

* * *

Werner hatte in Lappland Bachforellen und kleine Lachse gefangen, er hatte seit langem gewusst, dass Lachsforellen auch im Meer schwimmen, er kannte Leute, die Silberfische in ihren Netzen gefunden hatten, und er hatte lange davon geträumt, einen mit seiner Rute zu fangen.

Doch als es schließlich zur Begegnung kam, erwies sie sich mächtiger, als er erwartet hatte. Ich glaube, Werner erkannte schon an diesem kalten, aber erfolgreichen Samstag, dass die Silberfische eine Veränderung markierten und nichts mehr so sein würde wie zuvor, nachdem er sie nun endlich gefunden hatte.

Anfangs glaubte er sicher, sie würden ihm helfen, immer bessere Fischergeschichten zu schreiben. Dass die Silberfische sein gesamtes schriftstellerisches Werk bedrohen würden, hätte er sich bestimmt nicht träumen lassen.

Klim, Zsivotzky und der Untergang der Dilettanten

Sein Leben lang war und blieb Werner ein Wanderer auf einsamen Pfaden. Doch mit den Silberfischen war er mehr auf der Höhe seiner Zeit, als ihm bewusst war: In den gleichen Jahren begannen Oksanen und Niemelä und noch ein paar andere, Lachsforellen in der Herbstbrandung bei den Untiefen vor Helsingfors zu fischen. Auch sie fingen Fische. Die Pioniere trennten nur knapp zehn Kilometer Luftlinie voneinander. Dennoch ahnten die Fischer aus Helsingfors nichts von Werners Existenz und er nichts von ihrer. Mein Vater blieb bei seinem Fischen allein, so allein, wie er es immer schon sein wollte.

Zu jener Zeit mangelte es nicht an Vorzeichen in der Welt, Zeichen, die auf Unruhe und Veränderung hindeuteten. Bob Dylan reiste zum Folkfestival in Newport und ließ sich ans Elektrizitätsnetz anschließen. Ein Jüngling namens David Jones fand von Brixton kommend den Weg ins glitzernde Zentrum Londons und lieh sich den Nachnamen eines gewissen Jim Bowie, dem Konstrukteur eines Kampfmessers, von dem der junge Jones in billigen Westernheften gelesen hatte. Immer mehr amerikanische Jugendliche suchten in die Jahre gekommene Beatniks wie Timothy Leary und Ken Kesey auf. Der ausgebrannte Jack Kerouac versteckte sich bei seiner Mutter, und die amerikanische Regierung intensivierte die Anstrengungen im Rahmen des Raumfahrtprogramms. Der argentinische Arzt Ernesto Guevara verschwand von Kuba im Dschungel Boliviens. In Finnland bekam das Parlament eine linke Mehrheit, auch die offen erhältlichen Herrenmagazine gingen dazu über, das Schamhaar der Frauen zu zeigen, und in den Speisesälen der Universitäten standen die riesigen Nachkriegsjahrgänge Schlange für ihre Portionen zähen Dillfleischs oder ebenso zähen Hühnerfrikassees.

Von den meisten dieser Dinge ahnte Werner nichts. Dennoch wäre es falsch zu behaupten, dass es ihm völlig egal war, dass er kein Gespür für die Zeichen der Zeit hatte.

Es war einfach nur so, dass seine eigenen Interessen so unzeitgemäß (*anti-deluvianisch* hätte Annette Muhrman sie genannt, aber bis zu Annette Muhrman hat diese Erzählung noch ein gehöriges Stück Weg vor sich) und esoterisch waren, wie es einem wahren Skrake anstand.

* * *

Bei den Olympischen Sommerspielen 1952 hatte der Ungar Csermák das Hammerwerfen mit 60 Metern und 34 Zentimetern gewonnen.

Werner war im Stadion von Helsingfors dabei gewesen; für das Hammerwerfen hatte er die Coca-Cola-Katastrophe verdrängt, sein Versteck in Råberga verlassen und eine der Freikarten genutzt, über die Bruno so freigiebig verfügte.

Werner hatte sich förmlich auf die Tribüne geschlichen. Doch niemand hatte ihn erkannt. Sein Name war berüchtigt, aber damals gab es nur wenige bebilderte Zeitungen und kein Fernsehen, durch das sich das Gesicht des Sündenbocks ins kollektive Gedächtnis hätte brennen können.

Mein werdender Vater war damals ein Jüngling von 21 Jahren. Er hatte die gut sieben Kilo schwere Kugel für Erwachsene nicht weiter als knappe 43 Meter geworfen. Dennoch spornte Csermáks Resultat ihn an. Werner wusste, dass sein Körper schnell war und es Explosivität in seinen Muskeln gab. Und da er diese für groß gewachsene Menschen ungewöhnliche Gabe der Flinkheit besaß, war er sicher, dass zielstrebiges Krafttraining und fleißiges Werfen ihn an die Spitze führen würden, zunächst in Finnland – im Olympiajahr wurde Halmetoja finnischer Meister mit 52,78 – und dann in der Welt.

Es wäre falsch zu behaupten, dass Werner scheiterte.

Einige Jahre lang konnte er auf nationaler Ebene sehr gut mithalten. Sein Bronzeergebnis bei den finnischen Meisterschaften 1959 hätte ihm im Vorjahr eine Goldmedaille eingebracht, als er nach einer Sommergrippe geschwächt war und nur Fünfter wurde. Und 1960 hätte ihm das gleiche Bronzeresultat sogar Silber eingetragen. Aber in dem Jahr laborierte er an einer hartnäckigen Rückenverletzung, und außerdem war Vera hochschwanger. Werner trat nicht an, Horppu gewann unangefochten mit glatten 57 Metern, und zwei Wochen später wurde ich geboren.

Zwar hatte Hoffrén bereits 1957 bei den Distriktwettkämpfen in Pieksämäki mit seinen 60,13 die Traumgrenze überschritten – der Rekordhammer wurde auf einer geeichten Waage in der Apotheke von Pieksämäki kontrollgewogen, wobei sich erwies, dass er 20 Gramm über dem vorgeschriebenen Mindestgewicht lag –, aber wie ihr seht, blieb die 60-Meter-Marke auch für andere als Werner lange magisch und nur schwer erreichbar.

Erst 1961 bekam Hoffrén Gesellschaft jenseits der 60-Meter-Marke, als Horppu den finnischen Rekord auf 62,23 verbesserte, aber erst 1963 warf das komplette Medaillentrio bei den Meisterschaften mehr als 60 Meter, und noch in Werners letztem Wettkampfsommer ging die Bronzemedaille bei den finnischen Meisterschaften mit höchst bescheidenen 57,50 an Salonen.

Doch da war Werner bereits schwächer geworden: Es war Jahre her, dass er in einem Wettbewerb 55 Meter erreicht hatte, und an den finnischen Meisterschaften, die zwei Wochen nach unserer gemeinsamen Reise nach Jalasjärvi ausgetragen wurden, nahm er nicht mehr teil.

Zu der Zeit hatte die Weltelite bereits Schwindel erregende Resultate erzielt.

Bei den Olympischen Spielen in Tokio 1964 hatte der sowjetische Werfer Romuald Klim mit 69,74 vor dem Ungarn Gyula Zsivotzky mit 69,09 gesiegt. Damals hatten Klim und Zsivotzky sowie der Amerikaner Connolly bereits spielerisch leicht die neue Traumgrenze von 70 Metern hinter sich gelassen.

In internationalen Werferkreisen ging das Gerücht, die beiden Osteuropäer wetteiferten darum, wer von ihnen sich bei einem Wettkampf als Erster vier Mal um die eigene Achse drehen würde – man rotiert dann bei der ersten Drehung auf den Fersen, um in dem eng bemessenen Wurfkreis keinen Platz zu verschenken. Es hieß, sowohl Klim als auch Zsivotzky experimentierten schon seit Jahren mit der Technik der vier Drehungen, und in den Gerüchten war die Rede von Trainingswürfen über 80 Meter.

* * *

Um den Unterschied zwischen meinem Vater und Männern wie Klim und Zsivotzky zu verstehen, sollte man wissen, dass Werners Lebenseinstellung die des passionierten Dilettanten war. Man sollte vielleicht auch das eine oder andere über die Geschichte des Dilettantismus wissen.

Es gab Zeiten, lange Zeiten, während derer ganz Europa vom Dilettantismus durchdrungen war. Niemand lachte über Leonardo da Vinci, als er aus dem Stegreif Skizzen von Flugmaschinen zeichnete. Viele hundert Jahre später glaubte Strindberg, das Rätsel des Goldes und der Frau lösen zu können; viele hassten ihn dafür, aber nur wenige lachten offen. Die zweite Hälfte des neunzehnten Jahrhunderts war das goldene Zeitalter der mehr oder weniger durchgedrehten Erfinder. Und als der Mensch endlich fliegen lernte, waren es anfangs nicht die geeignetsten Piloten, die flogen; statt ihrer flogen Fliegerbarone und andere, die das nötige Kleingeld hatten, um sich ein Flugzeug kaufen zu können.

Aber das neue, das 20. Jahrhundert, verlangte Effektivität und Leistung. Spezialisierung wurde ein Muss. Am Fließband in Henry Fords Detroiter Fabriken bekam jeder Mann seinen Bolzen oder seine Mutter als Arbeitsaufgabe. Und in den höheren Gesellschaftsschichten wurden die Schotten zwischen Kunst, Wissenschaft und Politik immer dichter. Der Dilettant wurde zu einer lächerlichen Figur, was tragische Nebenwirkungen zeitigte: Gescheiterte Künstler und Priesteramtsanwärter wie Hitler und Dschugaschwili widmeten ihr Leben der Politik.

In der Leichtathletik überdauerte der Dilettantismus allerdings noch eine geraume Zeit. Als das junge Finnland eine große Läufernation wurde, lag dies nicht daran, dass die bedeutendsten Forscher des Landes in ihren Labors gesessen und die Kurve des optimalen Laufschritts errechnet hatten, sondern daran, dass unser Land weiträumig und dünn besiedelt ist, eine karge Kost verhältnismäßig viele Männer sehnig und leicht gebaut machte und der ländliche und naturverbundene Lebensstil die gleichen Männer veranlasste, die Einsamkeit des Waldes und der Laufpfade dem leeren Geschwätz in Cafés und auf Cocktailpartys vorzuziehen.

Doch im eisigen Klima des Kalten Krieges erfror schließlich auch in der Leichtathletik der Dilettantismus. Männer wie Klim und Zsivotzky und ihre Schwindel erregenden Resultate kündigten an, dass auch in der Welt des Sports das Zeitalter der Spezialisten angebrochen war.

* * *

Mein Vater, der Dilettant, hatte nur vage Vorstellungen von den Prinzipien und Finessen seiner Sportart.

Er hatte als 13-Jähriger mit dem Werfen begonnen. Es war der erste Nachkriegsfrühling, auf Djurgården wurden Schulwettkämpfe ausgetragen, und Werner lief in der Staffel der Gymnasialen Lehranstalt. Es war ein klarer, aber kalter Tag im Mai, und irgendein schlampiger Kerl hatte einen Juniorenhammer liegen lassen, er vergammelte im Sand der Kurve, die den Eisenbahngleisen und dem heutigen Fartväg zugewandt lag. So wird ein Schicksal besiegelt: Werner, der barfuß bereits 175 Zentimeter maß, hob den Hammer auf und spürte sein Gewicht. Er ging zu einer leeren Ecke des Sportplatzes, versuchte ein paar Würfe und war begeistert.

Werner war ein linkshändiger Werfer. Er trug den Wurfhandschuh an der rechten Hand und stützte während des Wurfs die rechte Hand mit der linken. Er drehte sich rechts herum statt links und warf den Hammer dann von der linken Seite. Seine Wurftechnik hatte etwas Linkisches, dem sein Trainer niemals beikam und das deshalb dauerhaft wurde. Ich hege den Verdacht, dass der junge Werner sich weigerte, auf die guten Ratschläge zu hören, die man ihm gab. Wir Skrakes wollen nicht unterrichtet werden, niemand darf uns etwas beibringen, wir möchten alles von Anfang an können, dieser Mangel an Demut schadet uns sehr.

Bis zum Alter von neunundzwanzig Jahren warf Werner für den Sportverein *Kamraterna* in Helsingfors.

Ihm stand dadurch ein gewisser Lehikoinen zur Seite, einer der kundigsten Trainer der Hauptstadt. Doch im Sommer meiner Geburt kam es zu einem Zerwürfnis. Werner war eine der wenigen Medaillenhoffnungen des Vereins auf nationaler Ebene und wurde hart kritisiert, weil er bei den finnischen Meisterschaften nicht antreten wollte. Da er eine Mimose war, kündigte er augenblicklich die Mitgliedschaft im Verein. Von da an warf er für Råberga IF. Aber diese Vereinszugehörigkeit bestand nur auf dem Papier: Werner trainierte nun auf eigene Faust, ohne fremde Hilfe.

Ich habe niemals einen Hammer geworfen. Werners Hämmer – außer dem, den die Polizei mitnahm – wurden zu einer Zeit in den Keller getragen und weggepackt, als ich kaum die Kraft hatte, sie hochzuheben. Es fällt mir deshalb schwer, mich fachmännisch zu äußern.

Aber ich weiß, dass Werner Probleme mit seiner Fußarbeit hatte. Wenn der Hammerwerfer sich in seinem Kreis dreht, gibt es einen Moment, in dem der eine Fuß – in Werners Fall der linke – in der Luft ist, um dann wieder die Erde zu berühren und in einer Art Abstoßen den Schwung für eine weitere Umdrehung zu geben. Werner bekam diesen linken Fuß nie richtig in den Griff. Er kam immer ein bisschen zu spät oder zu früh oder in einem etwas falschen Winkel herunter.

Auch ansonsten fehlte seiner Technik der letzte Schliff. Seine Arme verspürten stets den Drang, sich zu krümmen, während er rotierte, und beim Abwurf vergaß er oft, die linke Seite des Körpers vorzuschieben, um dem Hammer so mehr Schwung zu geben. Die fehlerhaften Bewegungen führten dazu, dass Werners Würfe oft außerhalb des Wurfsektors landeten, und seine mangelhafte Technik trug ihm mit der Zeit Verschleißerscheinungen in Schultern und Rückgrat ein.

Ich weiß, dass einige der jüngeren Werfer Werner auf seine Fehler hinwiesen. Doch mein Vater stellte sich taub.

»Diese jungen Kerle stolzieren mit einer Masse Theorien herum«, murrte er. Sich in Flieh- und Tangentialkräfte zu vertiefen war nicht nach Werners Geschmack. Und ebenso stur war er, als ein Sportmediziner einen Stützgurt gegen seine Schmerzen im Kreuz empfahl: »Ich bin doch kein Weichei!«, sagte er und weigerte sich.

Außerdem bin ich sicher, dass Werner falsch trainierte. Er verabscheute alle leichten, Wurf simulierenden Technikübungen. Stattdessen stemmte er Gewichte im Vorratsraum neben der Sporthalle der Schule und geizte dabei nicht gerade mit den Gewichten. Das Werfen trainierte er immer mit vollem Schwung und vollgewichtigem Gerät. Und dann lief er, unerbittliche Trainingseinheiten, die er mit einem Intervalltraining an der Steigung abschloss, die zum Platz der vier Himmelsrichtungen hinaufführte.

Intervalltraining stand bei den Mittel- und Langstreckenläufern jener Zeit hoch im Kurs. Was Werner sich von der Intervalltortur für einen Hammerwerfer versprach, ist mir ein Rätsel.

* * *

Ich erzähle von dieser fernen Zeit und diesen peripheren Dingen, um einem Überdruck auf die Spur zu kommen, einem Überdruck, der sich ganz allmählich in Werner anzustauen begann.

Es ist gut möglich, dass seine enttäuschten Hoffnungen auf eine große Karriere als Hammerwerfer die Hauptursache für diesen Überdruck waren. Ich weiß, dass Onkel Leo dieser Ansicht war. Auch Vera hat sich oft in diesem Sinne geäußert. Und sie hat gesagt, sie habe die ersten Anzeichen in eben jenem Herbst 1966 bemerkt. Werner sei nach seinen Trainingseinheiten oft rastlos und gereizt gewesen, nicht genügsam und zufrieden nach vollbrachtem Tagwerk wie sonst.

Es gab eine Zeit, in der mir nichts anderes übrig blieb, als dieser Version zuzustimmen. Doch nach und nach begann mein Gedächtnis, eine andere Geschichte zu erzählen. Ich erinnerte mich, dass ich Fahrrad fahren lernte und Werner bei seinen Laufrunden begleitete, nicht den ganzen Weg, aber doch die Anhöhe hinauf und an der Nordseite hinab und durch das Dorf und anschließend wieder nach Hause, während er weiterlief. Meine Erinnerung sagte mir, dass er schnell und mit großer Freude lief, besonders wenn die Luft nach heftigen Regenfällen sauerstoffreich war.

Und ich erinnerte mich an die Trainingseinheiten auf dem Sportplatz. Werner wies mich an, hinter dem Schutzkäfig und ein gutes Stück vom Netz entfernt zu bleiben. Dann warf er. Er hatte immer drei Hämmer dabei. Wenn er alle geworfen hatte, gingen wir gemeinsam zu ihnen. Im Frühling war das Licht kalt und hoch. Die Laubbäume standen dünn und grau und warteten auf ihr Kleid. Der Frost saß noch in der Erde und ließ Werners Hammer mit einem völlig anderen Geräusch landen als im Sommer oder Herbst.

Am meisten liebte ich die klaren Herbsttage. An ihnen war

das Nachmittagslicht eine Daunendecke und eine streichelnde Hand. Die Sonne versank hinter Råberga Gård. Der Westhimmel über der großen Stadt rief und brannte. Oben auf dem Schulhügel rauschten die Kiefern, und das große gelbe Gebäude verwandelte sich in eine schwarze Silhouette. Die frisch installierten Straßenlaternen am Råbergaväg keuchten und keuchten, ehe sie schließlich angingen. Erst als die Dunkelheit fast schwarz geworden war, gingen wir nach Hause.

Ich kann mich nur erinnern, dass Werner glücklich war in solchen Momenten. Ich glaube nicht, dass er an Klim und Zsivotzky dachte, zu der Zeit nicht mehr. Ich glaube nicht einmal, dass er an Horppu und Salonen und die anderen einheimischen Spitzensportler dachte. Ich glaube, dass Werner längst akzeptiert hatte, wo er im Verhältnis zu den anderen stand.

Er trat gegen sich selbst an. Es waren die eigenen Grenzen, die er noch etwas verschieben wollte, daher war er so besessen von der 60-Meter-Grenze.

Ich erinnere mich an den Duft der Hämmer nach nassem Gras und rostigem Metall. Ich mochte diesen Duft. Dennoch erkannte ich intuitiv, dass aus mir nie ein Kraftprotz werden würde: Ich träumte nie davon, diese Hämmer weit werfen zu können.

Einige wenige Male stellte Werner sich hinter mich, hob mich unter den Armen hoch und drehte sich mit mir, als wollte er mir die Fliehkräfte demonstrieren, die man aushalten können muss, wenn man Hammerwerfer werden will. Aber ich glaube, dass er frühzeitig erkannte, wie sehr ich Vera ähnelte, dass ich ihre Seele und ihren schmächtigen Körperbau geerbt hatte. Wenn Werner eine Pause vom Werfen machte und sich auf die Hochsprungmatte setzte und den Wurfhandschuh abstreifte und den Bügelverschluss der Saftflasche öffnete, sah er mich manchmal mit einem belustigten Gesichtsausdruck an und sagte: »Lauf du mal ein paar Runden um den Platz, ich glaube, dafür bist du gebaut.«

Und ich lief.

* * *

Es ist einer der ersten Tage im November, und die Silberfische stehen noch an den Ufern von Tistelskär und Alskär und Björnholm, Werner hat schon elf Stück gefangen.

Plötzlich fällt ihm ein, dass er das Hammerwerfen völlig vergessen hat, Wochen sind vergangen, ohne dass er trainiert hätte. Eines Abends wechselt er die Verbindungsdrähte an allen Hämmern, und den folgenden Nachmittag verbringen er und ich auf dem Sportplatz.

Es ist ein klarer und sonniger Tag, einer der schönsten in diesem Herbst. Werner steht im Schutzkäfig und wirft, während die Dämmerung allmählich hereinbricht und ihn in eine Silhouette verwandelt. Immer wieder landet der Hammer fünf oder sechs Meter vor der 60-Meter-Linie, die Werner mit einem breiten Streifen aus hellem Isolierband markiert hat.

Aus den purpurnen und orangenen Kaskaden im Nordwesten materialisiert sich Flugzeug auf Flugzeug und fliegt direkt über uns hinweg: Eine der Flugrouten nach Südeuropa beschreibt eine Kurve nach Osten und schwenkt unmittelbar hinter Råberga auf den Finnischen Meerbusen hinaus. Es wird dunkel. Das Schulgebäude ist hell erleuchtet, die kürzlich ins Leben gerufene Handballmannschaft des RIF trainiert in der Sporthalle. Erst als die Dunkelheit fast kompakt ist, gehen wir nach Hause, Werner und ich. Auch die Pendler aus Helsingfors sind auf dem Heimweg, ihre Autos rauschen in einem solchen Tempo vorbei, dass ich erschreckt in den Straßengraben springe. Ich schaue besorgt auf meinen Reflektor. »Sie sehen dich schon«, sagt Werner. Er hat die Jacke seines Trainingsanzugs über die Schulter geworfen und trägt sie am Zeigefinger. In der anderen Hand hält er die Tasche mit Hämmern und Handschuhen und Getränken und anderem. Die blauweiße Trainingshose, die er nach seinem Nationalmannschaftseinsatz in Stockholm behalten durfte, ist mittlerweile ausgefranst und fadenscheinig. Wir sind auf der Anhöhe. Ich schaue zu meinem Vater auf, ich empfinde plötzlich die große Geborgenheit, die darin liegt, mit ihm den Råbergaväg hinabzugehen.

»Warum macht dir das Hammerwerfen eigentlich so viel Spaß?«, frage ich unvermittelt. Ich weiß nicht, warum ich die Frage stelle, vielleicht hatte ich das Gefühl, dass er an diesem Tag weiter als gewöhnlich von dem hellen Klebestreifen entfernt geblieben ist.

Er schweigt ein paar Sekunden, scheint nachzudenken.

Dann erzählt er von dem *Augenblick,* dem Augenblick, in dem man den Hammer losgelassen und er sich auf seine Reise geworfen hat.

Man habe dann, erklärt Werner, den Körper vorgeschoben und die Arme erhoben und den Wurf vollendet, meistens habe man aufgeschrien, und es seien ein paar Sekunden vergangen und die Bahn des Hammers erreiche ihren Zenit, es sei der Moment, bevor er wieder fällt, um diesen Augenblick gehe es, Griff und Verbindungsdraht seien nicht zu erkennen, man sehe nur noch die kleine dunkle Metallkugel. »Und dann«, sagt mein Vater mehr zu sich selbst als zu mir, »dann sehe ich den Hammer plötzlich als einen Himmelskörper, nicht als einen Planeten in einer Umlaufbahn, sondern als einen kleinen und freien Himmelskörper, er setzt sich so scharf von dem blauen oder grauen Himmel ab, er ist auf einer sorglosen und unendlichen Reise, es ist ihm gleich, woher er kommt und wohin er unterwegs ist.«

Elvis, Firkon & Ilmuth

Falls die Unruhe sich trotz allem bereits in diesem ersten Silberfischherbst in Werner zu akkumulieren begann, könnte eine der Ursachen dafür Elvis Aron Presley und sein allmählicher Verfall gewesen sein.

Mein Vater hatte strikte Präferenzen, was Elvis' Plattenaufnahmen betraf.

Er vergötterte die frühen Sun-Lieder, die für Sam Phillips in Memphis aufgenommen worden waren. Den frühen RCA-Platten stand er hingegen kritisch gegenüber, er war der Ansicht, dass beispielsweise einem Lied wie *Jailhouse Rock* etwas Berechnendes anhaftete. Weiter war er der Meinung – und das war eine einigermaßen unkonventionelle Auffassung –, dass Elvis um 1961 mit Liedern wie *His Latest Flame* und *Devil In Disguise* einen Höhepunkt seiner Kreativität erreichte.

Werner war sowohl loyal als auch standhaft. Nicht einmal den Versen in *Wooden Heart*, die Elvis in gebrochenem Deutsch sang, war es gelungen, Risse in seiner devoten Bewunderung zu hinterlassen. »Hör dir lieber die Stimme an«, sagte er, wenn jemand ansprach, wie seicht Elvis' neues Repertoire war, »hör dir die Wärme in seiner Stimme an!«

Aber die Sechzigerjahre gingen weiter, und die bunten und hohlen Elvis-Spielfilme wurden immer zahlreicher. Sie überfluteten förmlich den Markt, sie bildeten eine schlafwandlerische Flut aus erstickend schlechter Qualität, und Werner litt.

Elvis verkörperte in seinen Rollen stets Figuren mit spektakulären Berufen. Er war Rennfahrer, Bademeister und Helikopterpilot. Dies musste mit der Ausrüstung und den Fahrzeugen illustriert werden, die seine Figur benutzte, denn Elvis selbst lächelte immer gleich schief und dämlich und sah aus, als wäre das Leben anderswo. Wenn er eine Badehose trug, sah man, dass er spindeldürre Beine hatte. Manchmal weinte er im Aufnahmestudio und schrie den Produzenten an: »Was zum Teufel soll ich nur mit diesen Scheißliedern anfangen!?«

Es war die erste große Demonstration der marktwirtschaftlichen Kräfte. Zum ersten Mal zeigten sie, mit welcher Kälte und Macht und Präzision sie individuelle Begabungen zerstören konnten. Werner schloss die Augen und verschloss die Ohren vor der Gegenwart. Er hörte *Milk Cow Blues* und *Mystery Train* und die anderen frühen Meisterwerke und wartete auf eine Wiederauferstehung. Doch mit der Zeit muss ihm klar geworden sein, dass es nichts nützte, Augen und Ohren zu verschließen und darauf zu warten, dass der Verfall nicht vorübergehend war, sondern Oberst Parker und die Dollarzähler der Plattenfirma RCA den King für alle Zeiten in einen Zombie verwandelt hatten.

* * *

Darüber hinaus nehme ich an, dass ich die Sache mit dem Weltraum ansprechen muss, was ich nur ausgesprochen widerwillig tue, denn das Thema wirft kein sonderlich gutes Licht auf uns Skrakes.

Um beim harmloseren Ende zu beginnen: Ich habe keine vernünftige Erklärung dafür, warum mein Vater beim Wettlauf ins All zu den Russen hielt.

Vielleicht regte sich ein ostbottnisches Gerechtigkeitspathos in ihm, vielleicht fand er, wenn die Amerikaner schon den Chicagoblues und Elvis hatten, konnten die Russen doch ruhig als

Erste zum Mond oder zur Venus oder wohin auch immer fliegen.

Als ich zwei, drei Jahre alt war, verbreiteten sich üble Gerüchte über meinen Namensvetter Gagarin. Diese Gerüchte sickerten mit der Zeit auch in die westliche Welt durch, und sie behaupteten, der Flug des Kosmonauten mit Wostok 1 sei ein Bluff und Gagarin nie im All gewesen. Es hieß, der Raumflug sei von einem gewissen Wladimir Iljuschin durchgeführt worden, Sohn des großen Flugzeugkonstrukteurs, und dass Iljuschin juniors Flug eine Belohnung für die großen Verdienste des Vaters um den Sowjetkommunismus gewesen sei. Sein Flug sei jedoch ein Fehlschlag gewesen, die Kapsel habe eine Bruchlandung hingelegt, und Iljuschin, der Jüngere, sei ums Leben gekommen oder schwer verletzt worden. Und in dieser Situation habe Leutnant und Kampfpilot und Parteimitglied Jurij Gagarin als eine Art Attrappe in die Bresche springen müssen.

Ich will hier keinen Disput über den Wahrheitsgehalt dieser Gerüchte beginnen. Ich möchte nur daran erinnern, dass Werner einmal gelesen hatte, die Erde sei grün und blau, woraufhin er augenblicklich Pastor Rosenquist anrief, um mich von Neuem taufen zu lassen; jedes abfällige Wort über Jurij Gagarin stimmte meinen Vater unerhört traurig.

Aber vergesst Gagarin, denn es gab schlimmere Weltraumprobleme.

Es war das Jahr, in dem die sonst so fruchtbare Beziehung meines Vaters zu Onkel Leo zeitweilig durch die Drachensaat der Irritation vergiftet wurde. Und der Hintergrund war folgender:

Im Jahre 1961 hatte Leo seine Stelle an der Schwedischen Volksschule Munksnäs in Helsingfors verloren.

Es war nicht das erste Mal, dass er gefeuert wurde, und es war nicht das erste Mal, dass seine Unterrichtsmethoden als Kündigungsgrund angegeben wurden. »Sie wollen die Schüler befreien«, sagte der Rektor der Schule diesmal, als Leo im Besuchsstuhl des Rektorzimmers saß, wo ihm soeben die Entscheidung mitgeteilt worden war. »Sie wollen die Schüler befreien, und genau das ist Ihr Fehler. Sie sehen in unseren Schülern unterdrückte und gefesselte Wesen, ja Sklaven, und Sie bilden sich ein, ein gutes Werk zu tun, wenn Sie ihre Ketten lösen. Aber da sind Sie auf dem Holzweg, Koskelo. Denn unsere Kinder *sind* die Freiheit. Ihr ganzes Wesen ist die Freiheit. Was sie brauchen, ist vielmehr Begleitung und Führung. Und an diesem Punkt treten wir Pädagogen auf den Plan. Ihre Seele benötigt einen Raum, in dem sie atmen kann, gewiss. Aber sie braucht auch einen Raum mit Wänden und Boden und Decke. Einen Raum mit Grenzen. Und den verweigern Sie ihnen mit Ihren vermaledeiten Einfällen. Und darum, Koskelo, habe ich vor, alles in meiner Macht Stehende zu tun, um dafür zu sorgen, dass Sie in dieser Stadt als Lehrer keine Stelle mehr bekommen.«

So sprach Onkel Leos Vorgesetzter, ein gewisser Doktor der Philosophie namens Lilljekranz, damals. Und Lilljekranz war erfolgreich: Leo fand danach nie mehr Arbeit als Lehrer, nicht einmal eine lächerliche Vertretung bekam er.

Als sich dies zutrug, war Leo sechsundfünfzig Jahre alt. Der Pflegesohn war mittlerweile erwachsen, hatte Leo und Siru für ihre Güte gedankt, anschließend den Familiennamen seines verstorbenen und verrufenen Vaters wieder angenommen und ein Studium an einer neu gegründeten Universität in einer Stadt in Mittelfinnland begonnen. Siru weinte vor Sehnsucht nach dem Jungen. Auch Leo vermisste den jungen Mann, war jedoch ansonsten alles andere als gebrochen: Er hatte noch fast zehn Jahre bis zu seiner Pensionierung und sprühte nur so vor intellektuellem Eifer und Unternehmungslust.

Als Erstes verkaufte er eines der Gemälde, die er von Bruno geerbt hatte – einen frühen Tyko Salinen –, um ein kleines Startkapital zu haben.

Dann lebten Siru und er von ihrem Gehalt, während Leo begann, *ernsthaft zu studieren.*

So nannte Leo sein Lesen. Er meinte zu Werner, er habe immer davon geträumt, sich den Büchern hingeben zu dürfen, seit er in den Zwanzigerjahren an der Universität studiert und Lyrikneuerscheinungen für Argus rezensiert und die Sommermonate vergeblichen Versuchen gewidmet hatte, den Garten des Schriftstellers Hemmer zu stutzen.

Und Leo gab sich wahrhaftig den Büchern hin. In den folgenden Jahren verschlang er unglaubliche Mengen. Er las viel zu viel. Er las Romane, sowohl alte Klassiker wie Rabelais und Cervantes als auch Klassiker der Moderne wie Proust und Joyce. Er las die Meister der Lyrik von Ovid bis Eliot, er konnte große Teile von Rilkes Duineser Elegien in der Originalsprache rezitieren und besaß sogar eine Gedichtsammlung des schwedischen 50er-Jahre-Rebellen Paul Andersson. Er las Memoiren und Biografien, er las umfangreiche historische Werke und populärwissenschaftliche Bücher in einer Vielzahl unsortierter Disziplinen, von *So wurde das Atom gespalten* bis zum *Lexikon des Jazz*, von *Geheimnisse der Meerestiefen* bis zum *Kinseyreport*.

Onkel Leos Wissen war immer schon enzyklopädisch gewesen: Jetzt aber sprengte es jeden Rahmen. Sein Wissen wurde unhandlich, sein Intellekt bekam Risse. Er begann, die Straßenbahn oder den Bus von Vallgård ins Stadtzentrum zu nehmen, um dann mit einem Stoß Papier in der Hand in die Redaktion von *Hufvudstadsbladet* zu stürmen und zu verlangen, mit dem Chefredakteur sprechen zu dürfen. Leo trug immer einen Hut, und die Hand, die das Manuskript hielt, war hoch erhoben, so als hätte er vor, eventuellen Widersachern mit den zusammengerollten Blättern auf den Kopf zu schlagen.

Das Manuskript enthielt wirre Versuche, die weltpolitische Lage zu analysieren, und mündete stets in Bemühungen, etwas zu konkretisieren, was Leo den *vierten Standpunkt* nannte. *Hufvudstadsbladet* wollte nichts mit ihm zu tun haben. Da ging Leo zu dem marxistischen Philosophen Atos Wirtanen. Wirtanen las seine Darlegungen und sorgte dafür, dass sie in der kleinen linken Zeitung *Ny Tid* veröffentlicht wurden, jedoch mit einem

Vorbehalt versehen, in dem zu lesen stand, dass sowohl die Redaktion von *Ny Tid* als auch der *Demokratische Verbund für das finnische Volk* sich von Leo Koskelos Ansichten distanzierten.

Doch die Lösung der Probleme des Kalten Krieges konnte den immer fiebrigeren Leo auf Dauer nicht zufrieden stellen. Er fand, dass er allzu viel über die Bösartigkeit des Menschen wusste. Er wollte das Gute sichtbar machen und suchte nach Themen, die dafür geeignet sein mochten. Er interessierte sich für das klassische Problem: Wenn Gott existiert, warum um alles in der Welt greift *Er* dann nicht ein?

In diesem Gemütszustand begab sich Leo eines eiskalten Wintertags zu der vom Abbruch bedrohten Bibliothek in Tölö. Das alte Gebäude, früher der Anbau eines russischen Lazaretts, war zugig und kalt. Leo ging zwischen den Regalen umher, blätterte in Büchern und zog die Nase hoch. Und dann fand er George Adamskis Schriften. Sie hießen »Fliegende Untertassen landen« und »Im Innern der Raumschiffe«.

* * *

George Adamski wurde 1891 in Polen geboren. Seine tief religiösen Eltern wanderten in die USA aus, als er gerade einmal zwei Jahre alt war, und die Familie ließ sich in Dunkirk, New York, nieder.

Der junge George war ein wissbegieriger Grübler, durfte jedoch nicht studieren, denn dazu war die Familie zu arm. Stattdessen ging er zur Armee und diente beim dreizehnten Kavallerieregiment an der mexikanischen Grenze.

In den Jahren beim Militär verstärkte sich Adamskis Sehnsucht danach, größere Weisheit zu erlangen, und er begann, Gedanken über die universellen Gesetze niederzuschreiben, die das Leben des Menschen bestimmen. Als 40-Jähriger ließ er sich in Kalifornien nieder und verwandte die Dreißigerjahre darauf, in diesen universellen Gesetzen zu unterrichten. Er gewann Jünger, und seine Vorlesungen wurden über die Sender KFOX in Long

Beach und KMPC in Los Angeles im Rundfunk ausgestrahlt. In diesen Jahren erwarb Adamski zudem sein erstes Teleskop und widmete seine Zeit fortan dem Studium des Himmelsgewölbes.

1944 zogen Adamski und eine kleine Gruppe seiner Jünger an einen Ort am Südhang von Mount Palomar, nur wenige Meilen von der Stelle entfernt, an der man dabei war, das Hale-Observatorium mit dem größten Teleskop der Welt zu errichten. Sie bauten sich einfache Wohnungen und ein kleines Haus mit einer Gaststätte für Touristen. Adamski kaufte ein größeres Teleskop, und während eines Meteoritenschauers im Jahre 1946 sahen er und einige seiner Schüler ein großes, zigarrenförmiges Raumfahrzeug, das regungslos am Himmel schwebte.

Einige Jahre später gelang es Adamski, ein Mutterschiff und mehrere Erkundungsschiffe zu fotografieren, und im November 1952 kam es zu seinem ersten persönlichen Kontakt mit den Weltraummenschen. Die Begegnung ereignete sich in einem Wüstengebiet nahe dem Mount Palomar. Sechs von Adamskis Jüngern sahen ihn mit einer Person sprechen, die aus einem flügellosen, zigarrenähnlichen Fahrzeug aufgetaucht war. Während des Gesprächs erblickten die Zeugen mehrere Jagdmaschinen der amerikanischen Luftwaffe, die über der Stelle kreisten. Nachher untersuchten Adamski und seine Jünger die Fußabdrücke des Gasts: Er hatte Größe 37.

Am 18. Februar 1953 wurde Adamski von einem mächtigen inneren Impuls nach Los Angeles getrieben. Er nahm ein Zimmer in seinem Stammhotel. Dort wurde er noch am gleichen Nachmittag von zwei wohlproportionierten Männern ansprechenden Aussehens abgeholt. Der eine Mann hatte schwarze und lockige Haare, die Haare des anderen waren sandfarben und gewellt. Die Männer waren mit schlichten, aber hübschen Anzügen bekleidet und trugen keinen Hut. Ihre Stimmen waren sanft und einnehmend, und ihr Englisch war so gut wie perfekt. Sie hießen Firkon und Ramu und stammten vom Mars beziehungsweise Saturn.

Firkon und Ramu brachten Adamski an Bord eines Erkundungsschiffs, das von dem Venusianer Orthon gesteuert wurde. Während der Reise unterhielt sich Adamski mit der schönen Brünetten Ilmuth vom Mars. Sie meinte, Adamski dürfe gerne rauchen, wenn er wolle. Sie trug ein hellgrünes Kleid, und ihre Sandalen waren kupferfarben. Ihre Haare fielen in Kaskaden auf die Schultern herab. Sie berichtete, dass die Weltraummenschen lieber starben, als ihre Nächsten zu töten. Draußen im Weltall glommen Milliarden und Abermilliarden Glühwürmchen, sie waren überall und bewegten sich in alle Richtungen. Adamskis Heimatplanet Tellus strahlte ein weißes und milchiges Licht ab. 8000 Meilen von Tellus entfernt dockte das Erkundungsschiff an einem venusianischen Mutterschiff an, das still im Weltraum schwebte. Dort offenbarte sich ein großer *Meister*, er sprach mit Adamski und ermahnte das Volk von Tellus zu Frieden und Verträglichkeit.

In den folgenden Jahren kam es zu zahlreichen Begegnungen Adamskis mit den guten Weltraummenschen. Adamskis Jünger glaubten, er sei auf Grund seiner Güte und seiner Geduld als Bote auserwählt worden. Adamski bekam die Rückseite des Mondes zu sehen, wo die Weltraummenschen ihre Laboratorien hatten. Mit Hilfe hoch entwickelter Hologramme projizierte man Bilder venusianischer Städte vor seinen Augen, sie hingen wie Luftspiegelungen im Raum, diese Bilder.

Adamski erfuhr, dass die Welt der Erdenmenschen zwar die niedrigst entwickelte im eigenen Sonnensystem, jedoch nicht im ganzen Universum war. Mit Firkon vom Mars sprach er darüber, wie die Menschen auf Tellus von Gewohnheiten versklavt wurden, die ihre Seelen verstummen ließen. Ein saturnianischer *Meister* gestand ihm, nicht begreifen zu können, warum die Erdenmenschen fortlaufend ihre Irrtümer aus früheren Entwicklungsphasen wiederholten. Eine Frau von der Venus sagte zu Adamski: Der größte eurer Irrtümer ist der Krieg. Adamski brachte daraufhin seine Angst vor den neuen Bomben zur Sprache, welche die ganze Erdenmenschheit auslöschen konnten. Der saturnianische *Meister* antwortete ihm daraufhin, auch die Erdenmenschen seien von der

Sehnsucht erfüllt, sich zu etwas Höherem zu entwickeln, wie verborgen diese Sehnsucht auch sein mochte, und fügte hinzu: Ihr müsst die wahre Liebe erlernen, deren Grundlage die universellen Gesetze sind.

Im April 1955 machte der Pilot eines marsianischen Erkundungsschiffs ein Bild vom Mutterschiff, in dem Adamski sich gerade aufhielt. Im ersten Bullauge von links steht Firkon, im zweiten George Adamski. Während dieser Reise erkannte Adamski endgültig, dass er als Missionar auserkoren war.

Während einer Reihe von Jahren verbreitete Adamski danach seine Botschaft auf Tellus, so gut es eben ging. 1959 hielt er Vorträge in Australien, Neuseeland, Indien und mehreren europäischen Ländern. Zu der Zeit waren seine Bücher bereits in verschiedene europäische Sprachen übersetzt worden, unter anderem ins Schwedische und Dänische. 1963 besuchte er Skandinavien und sprach in Dänemark vor vollen Sälen. Auf der gleichen Europatournee wurde Adamski von Papst Johannes XXIII kurz vor dessen Ableben empfangen. Die beiden Schriften Adamskis standen damals in Regal 129.2 (Astronomie) der Stadtteilbibliothek von Tölö in Finnlands Hauptstadt Helsingfors.

Im April 1965 starb Adamski an einem Herzinfarkt in Silver Springs, Maryland. Im Herbst desselben Jahres entdeckte die neu angestellte Bibliothekarin Laura Rothovius, Tante meiner langjährigen Klassenkameradin Cita Rothovius und überzeugte Rationalistin, Adamskis Bücher im Astronomieregal der Bibliothek von Tölö. Sie blätterte in ihnen, verzog das Gesicht zu einer angeekelten Grimasse und verbannte sie anschließend in eine große Holzkiste, die am Eingang stand. An der Wand über der Holzkiste hing ein Pappschild, auf dem in unregelmäßigen Druckbuchstaben die Worte »Ausgemusterte Werke zu verkaufen. 25 Pf. pro Buch« standen. Vier Monate später wühlte Onkel Leo in dieser Holzkiste, fand die Bücher und kaufte sie. Außerdem erstand er eine Anthologie baltischer Erzählungen aus den Zwanzigerjahren in schwedischer Übersetzung und ein rissiges Heft mit den Gedichten seines früheren Arbeitgebers Hemmer über den finnischen Bürgerkrieg. Doch diese Bücher las Onkel Leo erst viel später; in diesem ausgehenden Winter las er nur George Adamski, wieder und immer wieder.

* * *

Nehmt einen vielseitig gebildeten, etwas schwärmerischen, aber nichtsdestotrotz scharfsinnigen Mann, der an diversen renommierten Lehranstalten in Helsingfors Schwedisch, Geschichte, Deutsch und Literatur unterrichtet hat.

Stellt ihn euch ruhig ein bisschen kontrovers vor, bedenkt jedoch auch, dass er während seines gesamten langen Erwachsenendaseins für seine Nächsten und Freunde ein Fels in der Brandung gewesen ist. Stellt euch dann vor, dass dieser Fels, dieser Ehrenmann und diese große Persönlichkeit plötzlich und allen Ernstes seinen Verwandten Vorlesungen darüber hält, welche Ansichten die Marsianer Firkon und Ilmuth über ihr Leben und ihren Lebenswandel haben.

Genau das tat Onkel Leo in diesem Frühjahr und Sommer und Herbst.

Zahlreiche besorgte Telefonate wurden geführt, zwischen Siru und Werner, zwischen Siru und Vera, zwischen Werner und Großmutter Maggie (die ihren Ex-Schwager Leo sehr mochte) und zwischen Maggie und Siru.

Tante Siru war völlig ratlos. Viele Male hatte sie mit der bloßen Kraft ihrer Seele und dem bloßen Licht ihres Blicks Onkel Leo auf den Boden der Tatsachen zurückgeholt. Doch nun schwebte Leo davon wie ein Ballon, der mit Gott weiß welchem Weltraumgas gefüllt war. Und er ließ sich nicht zur Vernunft bringen. Werner versuchte es. Laboratorien auf der Rückseite des Monds!, schnaubte mein Vater sarkastisch. Venusianer und Saturnianer mit dunklen lockigen Haaren und schicken Anzügen und einem kaum hörbaren Akzent, wenn sie Englisch sprechen! »Jetzt musst du dich aber wirklich am Riemen reißen, lieber Leo!«, ermahnte er nachdrücklich.

Als Leo daraufhin das nächste Mal nach Råberga hinauskam, hatte er seine abgewetzte braune Aktentasche dabei, und in dieser Aktentasche befand sich »Im Innern der Raumschiffe«. Nach dem Kaffee setzten Werner und er sich wie üblich auf die grüne Hollywoodschaukel. Dort holte Leo das Buch heraus und zeigte Werner die verschwommene Aufnahme von Firkon und Adamski in den Bullaugen des Mutterschiffs. Werner sah etwas, das einem Lampenschirm im funktionalistischen Stil der Fünfzigerjahre glich, und in zweien der Löcher, die zum Design des Schirms zu gehören schienen, sah er unregelmäßige helle Flecken. Er schüttelte gereizt den Kopf und schlug das Buch mit einem Knall zu, sodass sich der arme Leo fast die Finger eingeklemmt hätte.

»Was zum Teufel sollen wir bloß mit ihm anstellen?!«, sagte Werner resigniert zu Vera, als sein Onkel gefahren war.

»Der Mensch wird traurig, wenn er begreift, wie schwarz und leer das Weltall ist. Und außerdem kann Leo nicht atmen, wenn er nicht an das Gute glauben darf«, antwortete Vera und fügte hinzu: »*Ja tokkopa tuo haittaa jos hän kerran on onnellinen – Und es macht doch nichts, solange er glücklich ist.*«

Beim nächsten besorgten Gespräch mit Siru wiederholte Werner Veras Worte, und einige Tage später sagte er Maggie das Gleiche: »Wenn er glücklich in seinem Glauben ist, werden wir ihn wohl in Ruhe lassen müssen.«

Und so ließen wir alle, vom Ältesten bis zum Jüngsten, Leo in Ruhe: Wir nickten nur freundlich, wenn er uns immer wieder daran erinnerte, was Firkon und seine Freunde über unser erbärmliches Leben und unsere ungesunden Gewohnheiten gesagt hatten. Nach einiger Zeit reduzierte Leo sein Bücherstudium und ging auf Sirus Anraten dazu über, stärkende Spaziergänge zu machen. Er begann, seine Erinnerungen an die Zeit niederzuschreiben, als Charles Lindbergh im Aerodrom Le Bourget landete und das alte Opris sich zu einem Treffpunkt für Jazzfans entwickelte und der Kopf des Schriftstellers Hemmer in Bronze gegossen wurde. Mit der Zeit erinnerte er uns immer seltener an

Firkon und Ilmuth und ihre überlegene Moral, und als der Frühling kam, schien er Adamski vergessen zu haben. Wir hüteten uns tunlichst, sein Gedächtnis aufzufrischen.

Aber ich erinnere mich noch, welch ein abscheuliches Gefühl es war, dass sich Werner in diesem Herbst so über Onkel Leo ärgerte. Er war doch an seinen Onkel gewöhnt, er wusste doch, dass Leo immer für eine Überraschung gut war. Außerdem hatte mein Vater schließlich auch seine interstellaren Seiten.

Also hat Vera vielleicht doch schon immer Recht gehabt, vielleicht sammelte sich die große Unruhe wirklich schon damals in Werner, und vielleicht reagierte er dadurch auch überempfindlich auf die Unruhe anderer.

* * *

Und dennoch verändern diese kleinen Wolken der Unruhe nichts.

Sie ändern nichts an der Tatsache, dass es das Jahr war, in dem ich Fahrrad fahren lernte, und das Jahr, in dem Werners Hämmer beständig bei der 55-Meter-Marke herabplumpsten und die Silberfische an den Ufern der kleinen Inseln vor Råberga auftauchten.

Und das Jahr, in dem Maggie endlich Vera sah und Vera Maggie und ich eine spröde, jedoch gleichsam selbstverständliche Musik kennen lernte, die nichts ähnelte, was ich je zuvor gehört hatte.

Die Melodien der Milchstraße

Sechseinhalb Jahre lang hatten Vera und Großmutter Maggie einen großen Bogen umeinander gemacht. Während der Sonntagsessen bei Maggie in der Fabriksgata saß jeder von ihnen auf seiner Seite des schwarzen Tischs, und zwischen ihnen lagen das ganze, Finnland und Schweden voneinander trennende Meer und meilenweite finnische Wälder noch dazu.

Es geschah nicht aus Böswilligkeit. Es waren keine Vorbereitungen zum Kampf. Es war Scheu.

Meine Mutter war von Natur aus scheu, ihre frühen Reisen zwischen zwei verschiedenen Ländern und zwei sehr verschiedenen Sprachen hatten sie so werden lassen.

Vera zog sich gerne ein wenig zurück. Sie war eine gute Zuhörerin und beobachtete gern. Ihren Stockholmer Akzent legte sie ab, noch ehe ich fünf war, aber sie hörte nie auf, sich über gewisse finnlandschwedische Worte lustig zu machen, und vermischte niemals finnische und schwedische Worte, wenn sie sprach. Ihre Haare waren dunkel, annähernd schwarz, und sie trug sie ungern hochgesteckt. Sie hatte schöne, wenn auch etwas eichhörnchenartige Gesichtszüge. Sie war groß und mochte weite, dunkle Pullover, die sie noch schlanker aussehen ließen, als sie ohnehin schon war. Einmal waren wir zum Sonntagskaffee bei Leo und Siru in der Sturegata eingeladen, und als Vera ihren Mantel auszog, konnte Siru sich nicht beherrschen und platzte heraus: »Aber du bist ja so mager wie ein Häher, liebes Kind!«

Solche Dinge nahm Vera einem nicht übel, sie lachte bloß. Wenn sie in Eile war, verfiel sie in einen Laufschritt, der ihren Oberkörper schwanken ließ wie ein junger Baum im Sturm. Es kam vor, dass Leute – will sagen Männer – glaubten, Vera sei zerbrechlich wie Porzellan. Sie hörten nicht, wie ruhig ihre Stimme und wie fest ihr Blick war, wenn sie etwas Wichtiges zu sagen hatte. Des Weiteren kam es vor, dass Leute – will sagen Männer – insgeheim Schüchternheit und schöne, aber eichhörnchenartige Züge und riesengroße Wollpullover und schwankenden Gang aufaddierten und als Summe DUMME TUSSI herausbekamen. Wenn Vera das merkte, konnte sie ziemlich bissig werden.

Meine Großmutter Maggie war alles andere als schüchtern. Doch in Veras Nähe verstummte selbst sie. Sie wurde vorsichtig, sie schien verblüfft: als wäre diese scheue Schwiegertochter ein Rebus oder ein Rätsel von der Art, wie es ihr nie zuvor untergekommen war.

Maggie ersparte Vera die aufdringlichen Fragen, mit denen sie die Leute sonst so liebend gern schockierte, und die Gespräche der beiden waren gehemmt und wirkten bemüht. Sie fragten einander, wie viele Zuckerstücke der andere in seinem Kaffee haben wollte. Maggie pries Vera dafür, dass sie es jeden Sommer schaffte, den Garten in Råberga so üppig erblühen zu lassen. Vera stellte sich ans Fenster und betrachtete das schlossartige Gebäude auf der anderen Straßenseite und sagte: »Wie wunderbar du es hier doch hast, Maggie.«

Jahr für Jahr wurden diese Phrasen wiederholt, und Vera und Maggie lernten nichts übereinander. Sie wussten nicht einmal, wie gut die andere Klavier spielte, denn Vera spielte nie, wenn wir Gäste hatten, und Maggies altes Blüthnerklavier stand in ihrem Gästezimmer und war von einem großen weißen Laken bedeckt.

Zwischen den schweigenden Frauen gab es natürlich noch Werner. Er wusste viel über beide, er hätte sie einander näher bringen können, indem er die richtigen Gesprächsthemen wählte.

Aber Werner war ein Mann, der alle Leinen löste und zur Tistelskär hinausruderte, sobald er zwischenmenschliche Probleme in seiner näheren Umgebung wahrnahm. Er bat Maggie oder Vera nie, etwas zu spielen, und wenn er einmal das Gespräch auf Musik brachte, dann nur, um eine Elvisanekdote erzählen zu können oder mit einem Detail aus der Kindheit des Blues zu brillieren.

Und das Schweigen senkte sich herab. Herbst für Herbst, Winter für Winter legte es sich immer dichter über den schönen Salon, in dem Maggie mit ihrem eingeborenen Sohn und seiner kleinen Familie saß.

Doch dann kam ein Maggiesonntag in jenem ersten Silberfischherbst.

Noch am Frühstückstisch hatte Werner vorgeschlagen, Großmutter anzurufen und einen Rückzieher zu machen: Es war ein warmer und regendiesiger Tag mit einer kaum spürbaren Brise aus südlicher Richtung, und Werner wollte hinaus und noch mehr Fische fangen. Aber Vera erinnerte ihn daran, dass Maggie drei Gänge avisiert hatte, was bedeutete, dass sie die uralte ehemalige Haushälterin Klara aus ihrer Pensionärswohnung im südlichen Haga hergerufen hatte. Und weil Klara Maggie verehrte, fuhr Vera fort, hatte sie sich wahrscheinlich bereits in das Taxi gesetzt, das Maggie ihr jedes Mal spendierte, wenn Klara die Reise von Haga nach Ulrikasborg machte.

»Und außerdem«, fügte Vera noch hinzu, »finde ich, dass du mal einen Blick aus dem Fenster werfen solltest.«

»Warum denn das?«, konterte mein Vater. »Da draußen ist eine verdammte Waschküche, man sieht doch gar nichts.«

»Eben«, sagte Vera triumphierend, »findest du etwa, dass man bei so einer Brühe aufs Meer hinausfahren sollte?«

»Der Nebel löst sich im Tagesverlauf doch fast immer auf«, antwortete Werner niedergeschlagen.

»Schluss jetzt«, sagte Vera bestimmt, »wir haben schon vor zwei Sonntagen abgesagt, das können wir nicht noch mal machen.

Heute wirst du deinen Råbergahintern hochkriegen und zur lieben Mama in Helsingfors fahren müssen.«

Es muss um den sechsten November herum gewesen sein, denn ich erinnere mich, dass Maggie eine Bemerkung über den Nebel machte, der dicht über dem Schlachtfeld von Lützen hing, woraufhin sie heiser lachte. Sie hatte die blau schimmernde Wandlampe im Flur eingeschaltet, und das Landschaftsgemälde, das neben ihr hing, sah so gewittrig und bedrohlich aus wie eh und je. Mein Vater wirkte verlegen, als Klara zu der schlanken Vera hinüberschielte, ihn herzte und sich erkundigte, ob »der junge Herr Werner und der noch jüngere Herr« auch ordentlich aßen. Als Vorspeise bekamen wir eingelegte Heringe und Schwarzbrot vom Michaelsmarkt, und danach hatten Klara und Maggie gemeinsam einen Geflügelbraten mit einer sämigen Sauce, Johannisbeergelee und Kartoffelkroketten zubereitet. Es schmeckte alles unglaublich gut. Und dann, nach dem Schokoladenmousse und den Nougatpralinen in der kleinen Kristallschale, als die Erwachsenen mit ihren Kaffeetassen und Kognakgläsern beisammen saßen, meinte Maggie plötzlich:

»Ich habe am Donnerstag das Klavier stimmen lassen. Und ich würde diesen abscheulichen Nebel gerne wegspielen. Was meint ihr, könnt ihr das ertragen?«

Wir nickten alle. Vera, die ihre Schuhe abgestreift und die Beine unter sich auf die Couch gezogen hatte, machte ein interessiertes Gesicht. Und Werner sagte: »Natürlich, Mama.«

Ich werde wohl niemals genau verstehen, was an jenem Nachmittag eigentlich geschah.

Maggie saß am Klavier und spielte. Sie spielte ein Stück, es dauerte vielleicht zehn Minuten, sie spielte noch eins, es war kürzer, und stand dann vom Klavierhocker auf, doch da ließ Veras leise Stimme sich vernehmen, die sagte: »Spiel weiter, liebe Maggie, wenn du noch mehr Stücke in der Art kannst, dann spiel sie uns bitte vor.«

Maggie kokettierte damals ein bisschen, meinte Vera viele Jahre später zu mir: Man spielt nach einer langen Pause nicht so gut, wenn man nur zwei Tage geübt hat. Maggie habe das Klavier sicher schon Wochen vorher stimmen lassen und heimlich geübt, meinte meine Mutter. Aber sie ergänzte sofort, das sei nicht so wichtig, und außerdem habe Maggie diese Stücke wirklich perfekt und vor allem mit unerhörter Feinfühligkeit und mit Gefühl gespielt. »Ich habe es nie geschafft, sie so sensibel und gut zu spielen«, gestand Vera.

Mir ist diese Dämmerungsstunde traumhaft, himmlisch, universal in Erinnerung geblieben. Doch solche Worte standen mir damals natürlich noch nicht zu Gebote, mir standen überhaupt keine Worte für überwältigende Erlebnisse zu Gebote. Ich saß dort auf Maggies Couch gleich neben Vera, und plötzlich begann mein Herz, eigentümliche kleine Salti zu schlagen, ein gewaltiger freier Raum entstand in meiner Brust, und meine Kehle schnürte sich zu, und ich hätte am liebsten geweint. Diese Musik ... sicher, es gab Passagen, in denen sie mir nichts sagte, in denen sie gleichsam wie ein schmaler und recht langweiliger Waldbach daherrieselte, mit Trillern und Verzierungen, die mich nur schläfrig machten. Und es gab Partien mit hämmernden Akkorden, die eher unangenehm als spannend waren. Doch dann ... plötzlich! Gleichsam aus dem Nichts materialisierten sich kleine Melodien, die sich wie Perlen und Sonnenreflexe und Eiskristalle und dünne violette Blumen im Raum verbreiteten. Sie waren schön, aber auch unerhört traurig, diese Melodien. Und sie waren grenzenlos, vor allem grenzenlos: Ich *spürte* eher, als dass ich hörte, wie sie den Raum erweiterten, in dem wir saßen, wie sie Wände und Fußboden und Decke entfernten, sodass wir nicht länger in Maggies Wohnung in der Fabriksgata saßen, sondern weit entfernt am Ufer des Meers, oben auf einem himmelhohen Berg, draußen zwischen den Sternen der Milchstraße, wir waren überall und nirgendwo, und in ihrer Selbstverständlichkeit war sie ein Mirakel, diese Musik, Freude und *Trauer* gingen in ihr mühelos ein und aus, und zum ersten Mal in meinem Leben hörte ich Melodien, die klangen, als müssten sie einfach so klingen, wie sie klangen, als hätte sie niemand komponieren brauchen; es hatte sie einfach gegeben, sie waren Beeren gewesen, die an einem Strauch im Wald wuchsen, und ein Mensch war vorübergekommen und hatte sie gepflückt und zwischen die leeren Notenblätter gelegt, und als der Mensch am nächsten Morgen aufwachte, hatten sich diese Beeren in Noten verwandelt.

Ich saß regungslos da und spürte den Raum in mir und um mich herum wachsen und wachsen. Während der ruhigsten Partien hörte ich Klara in der Küche schluchzen. Auch Vera und Werner saßen vollkommen still, die Augen meiner Mutter waren geschlossen. Als Maggie aufhörte zu spielen, herrschte völlige Stille. Dann näherte sich Klara im Flur, tauchte mit der Kaffeekanne in der Hand im Salon auf, schniefte immer noch und sagte: »Verzeihen Sie, gnädige Frau, aber es war so lange her …«

»Das macht doch nichts, Klara«, sagte Maggie freundlich. Sie saß noch auf dem Klavierhocker, auch sie war wohl nicht gänzlich unberührt geblieben.

»Eins habe ich erkannt«, sagte Vera leise. »Ein Impromptu in F-Moll. Inga-Lill … also meine Pflegemutter in Schweden, sie hatte die Noten dazu.« Sie stand von der Couch auf und ging auf Strümpfen zum Klavier, beugte sich neben Maggie vor, die ein wenig zur Seite rückte. Dann schlug Vera mit der rechten Hand einige Diskantakkorde aus einer der schönsten Passagen an, die Maggie gerade gespielt hatte.

Maggie betrachtete Vera mit neu erwachtem Interesse. »Die anderen waren auch von Schubert«, sagte sie, »sehr später Schubert. Es sind diese späten Stücke, in denen er wirklich versteht … obwohl, schon gut, ist egal.«

»Nein, sag!«, meinte Vera eifrig. »Was versteht er?«

»Dass der Tod im Leben aus- und eingeht«, sagte Maggie kurz. »Ich habe die Noten, wenn du willst … mir ist schon klar gewesen, dass du Klavier gespielt hast, aber ich weiß natürlich nicht, wie schwere Stücke du …«

»Ich würde mir die Noten unheimlich gerne ausleihen«, sagte Vera. Sie richtete sich auf und ging zu ihrem Platz neben mir auf der Couch zurück. Auch Maggie stand vom Klavier auf und setzte sich in einen Sessel.

»Mama«, sagte Werner unvermittelt und in einem ungewöhnlich intensiven Ton, »erzähle Vera, wie du Schubert spielen gelernt hast.«

»Lieber nicht«, sagte Maggie, »nicht heute.« Sie wandte sich meiner Mutter zu und sagte entschuldigend: »Es ist ziemlich grausam und sehr privat.«

Vera warf Werner einen kurzen Blick zu, sah anschließend Maggie fest in die Augen und sagte: »Das war die schönste Musik, die ich je gehört habe, Maggie. Ich möchte dich unheimlich gerne von ihr erzählen hören.«

Maggie konnte extrem stur sein, wenn sie wollte. Doch diesmal gab sie relativ schnell nach.

Während sich draußen die Novemberdunkelheit herabsenkte, erzählte sie von einem Krieg, der in dem Winter ausgefochten wurde, in dem sie sechzehn Jahre alt wurde. Sie erzählte von den Monaten, in denen ihre Heimatstadt – wie sie es ausdrückte – besetzt gewesen war: Sie erzählte von der roten Zeit in Helsingfors. Von den Jungen, die ihr auf der Esplanade den Hof gemacht hatten, nun jedoch an die Front drängten oder sich den weißen Freikorps in Nyland anschlossen. Von Rotgardisten und russischen Matrosen, die Unverschämtheiten schrien und vorbeigehende Mädchen an der Brust packten. Von Schneematsch und Kälte und eingeschmuggelten Essenspaketen von den Höfen der Verwandten auf dem Lande. Sie erzählte von dem gelben Haus am Engelplatz und davon, wie ängstlich ihre Eltern gewesen waren, denn ihr Vater Ernst war bürgerlicher Landtagsmann gewesen und ihre Mutter Julia eine Russin von der völlig falschen Sorte. Und sie erzählte, dass sie, die 16-Jährige, trotz aller Gefahren verlangte, zu den Geschäften von Binnemann und Westerlund gehen zu dürfen, um Noten zu kaufen, und dass ihr Vater ihr eine

Eskorte mitgegeben hatte, einen Praktikanten aus seinem Architekturbüro, einen jungen Mann, der schuppige Haut hatte und sich viel mehr fürchtete als sie selbst. Denn das war das Merkwürdige, sagte Maggie, dass man, obwohl Krieg war und jede Nacht Menschen erschossen wurden, tagsüber durch die Stadt spazieren und Noten einkaufen und eine Tasse Tee trinken und sogar in die Kinematographenvorstellung gehen konnte; alles war beinah so wie immer.

Und man konnte Klavier spielen.

Man konnte üben und üben und üben und in der Musik versinken und all die Abscheulichkeiten vergessen, die geschahen, die Gewalt und die Bedrohung und das gequälte Warten der Eltern auf diese Hausdurchsuchung, zu der es aus irgendwelchen Gründen niemals kam. Ja: Man konnte in einer frisch entdeckten Musik versinken, die schöner war als jede andere Musik, die man je gehört hatte, die eine reiche und verschlungene Landschaft war, in welcher der Tod hinter Baumstämmen und Hügeln hervorlugte, in der die Freude in Spalten zwischen den Wolken aufblitzte, in der die Melodien wie Leben spendender Regen auf einen herabfielen.

Maggie beschrieb, dass sie diese Stücke während des ganzen Winters und Frühjahrs wie eine Besessene geübt hatte. Sie hatte geübt, bis sie die Stücke interpretieren konnte wie kein anderer in der Stadt, sie hatte so sehr geübt, dass sie kaum bemerkte, dass die Deutschen Helsingfors einnahmen, sie hatte auch an jenem Abend geübt, als von der Goltz und seinen Truppen zu Ehren im Schwedischen Theater ein Fest gegeben wurde; zum großen Bedauern ihres Vaters weigerte sie sich hinzugehen, sie habe schon einen Deutschen, sagte sie, und er sei der Edelste von allen gewesen, obwohl er nur Österreicher gewesen und außerdem an einer schändlichen Krankheit gestorben sei, Schubert sei sein Name. Und von der Goltz fuhr heim, und der Sommer kam, und Maggie spielte weiter ihre Musik, in der die Freude aufblitzte und der Tod ungerührt zwischen den Bäumen wandelte, Maggie spielte sie, während die Gefangenentransporte weitergingen, und schon bald hungerten sie zu Tausenden draußen auf Sveaborg, alles geschah nur einen guten Kilometer von dem schönen gelben Haus entfernt, in dem sie wohnte, und sie wusste das alles, Maggie wusste, dass sie da draußen starben, am Hunger und an Krankheiten und in Ermangelung der einfachsten Würde starben, in der Zeitung hatte etwas darüber gestanden, Kammerherr Linder hatte darüber geschrieben, ihr Vater hatte darüber geschrieben, beide hatten sich für eine humane Behandlung und umfassende Amnestie ausgesprochen, und nun nannte man die beiden Verräter.

Und bald kam die richtige Hochsommerhitze, und der Wind legte sich. Im Monat Juli gab es eine Woche, in der nur ein laues Lüftlein wehte, es kam aus der Richtung von Sveaborg, dieses Lüftlein, und in ihm gab es eine seltsame süßliche Note. Maggie schloss das Fenster und setzte sich wieder ans Klavier, sie spielte und spielte, bis weit in die eigentümlich hellen Nachtstunden hinein saß sie da und spielte, und jetzt, in der Stunde des Todes und der Vergeltung, erschien ihr diese Musik trauriger und mächtiger als je zuvor, es schien ihr, als wäre die Musik ihr Lebensfaden gewesen, ihre einzige Rettung vor dem wahnsinnigen Rufen der Menschen nach Strafe und Rache, nach Auge um Auge und Zahn um Zahn und zwanzig Feindesleben für jeden verlorenen Bruder.

Gegen Ende klang Maggies Stimme gepresst und streng, sie sah zu Boden, noch fast fünfzig Jahre später quälte sie die Erinnerung an das junge Mädchen, das nur zu Hause in der Bibliothek sitzen und Klavier spielen wollte, während gleichzeitig Rache und Tod im Lande herrschten.

Als sie aufblickte, sah sie, dass Vera Tränen in den Augen standen.

Zuerst bekam meine Mutter keinen Ton heraus, denn dies waren genau die Dinge, von denen sie sich geschworen hatte, sie bei Werners Verwandten niemals zur Sprache zu bringen. Leo und Siru waren etwas anderes, aber was Bruno und Maggie und ihre Schwägerin Mary betraf … Vera hatte sie doch sofort wiedererkannt, sofort gesehen, was für eine Art von Menschen sie waren, und daraufhin beschlossen zu schweigen, für immer zu schweigen. Und dann kommt diese harte alte Schachtel mit ihrer Musik und ihrer Erzählung daher … Vera sagte nur:

»Mein Großvater väterlicherseits …«

Maggie sah sie an und verstand sofort.

»Dein Großvater väterlicherseits …«, wiederholte sie. »In Sveaborg?«

»Ja«, sagte Vera. »Und mein Großvater mütterlicherseits. Aber er war nicht in Sveaborg. Er starb in Ekenäs. Dragsvik.«

* * *

Vera lieh sich die Noten, und in den folgenden Wochen war sie wie besessen. Wenn sie frei hatte, saß sie praktisch von morgens bis abends am Klavier. An Tagen, an denen sie in der Sprachenschule in der Kalevagata arbeitete, schlang sie ein paar Brote herunter, wenn sie heimkam, und begann dann zu spielen, während sich Werner an den Herd stellen und Schinken und Eier und die Salzkartoffeln vom Vortag anbraten musste.

Maggies Musik war nicht leicht zu spielen, Vera stolperte und rutschte und verhakte sich und musste noch einmal von vorne anfangen, und zwar immer wieder. Ihr wurde heiß, und sie bekam rote Wangen und zog den schwarzen Pullover aus, sie öffnete die obersten Knöpfe der Bluse, sie spielte unverdrossen weiter. Manchmal machte sie eine Pause, saß da und kaute auf einer Haarlocke oder auf ihren Fingernägeln, während sie die Notenblätter studierte. Dann übte sie weiter. Und sie lernte. Sie lernte jedes einzelne der drei Stücke, die Maggie gespielt hatte, jede einzelne Passage und jeden Lauf und jede Themenvariation lernte sie.

Eigentlich hätte Werner gereizt und wütend werden müssen. Aber mein Vater war in diesen Wochen friedlich wie ein Lamm. Vielleicht erkannte er seine eigene Fähigkeit zur Besessenheit wieder und sah sich gezwungen, sie auch bei seiner Frau zu akzeptieren. Oder aber er erkannte, dass Vera sich Hals über Kopf in diese Musik verliebt hatte, und hütete sich nunmehr tunlichst, seinen Rivalen zu verleumden.

Ich weiß nicht, ob er verstand, wie eigenartig es war, dass Vera diese Musik so intensiv lieben konnte, wie sie es tat. Ebenso gut hätte diese ätherische und universelle Musik, die ein feingliedriges und verhältnismäßig wohlgenährtes Oberklassemädchen in der Bibliothek ihres Vaters gespielt hatte, während die Menschen nur gut einen Kilometer entfernt starben wie die Fliegen, Vera anekeln können. Sie hätte Schuberts Musik als eine Ästhetisierung und Sentimentalisierung des Brutalen und Schrecklichen auffassen können.

Doch stattdessen fand sie etwas anderes. Vielleicht sah sie ihre beiden Großväter durch die Landschaft dieser Musik wandeln, vielleicht sah sie die beiden dort zusammen mit dem immer gleich ungerührten Tod und dem allerorts funkelnden Leben wandeln. Sicher ist nur, als wir zwei Wochen vor Weihnachten zum Adventsessen bei Maggie waren, saßen Vera und Maggie lange am Klavier. Sie tranken Kaffee und Moltebeerenlikör. Sie sprachen über die Musik und spielten kurze Abschnitte daraus, und Maggie zeigte Vera ihre Phrasierungen und Betonungen.

Es gab einen Moment, in dem sich Werners Augen von den beiden Frauen lösten und in meine Richtung sahen. Und in seinen Mundwinkeln meinte ich ein fast unmerkliches Lächeln zu erkennen, in seinen Augenwinkeln ein fast unmerkliches Zwinkern, als hätte er sagen wollen: Da siehst du es, die Dinge regeln sich.

* * *

Weihnachten stand vor der Tür. Der erste Schnee fiel, schmolz, der Winter versuchte es erneut, verlor wieder, versuchte es noch einmal und blieb schließlich.

Am Tag vor Heiligabend kam Werner in der Abenddämmerung nach Hause und hatte den letzten Silberfisch des Jahres dabei. Es war ein kleiner, er hatte ihn am Ufer von Lingonskär gefangen. Anschließend hatte er den Evinrudemotor angelassen, war heimwärts getuckert und hatte das Boot am Giebel von Laden-Östermans Sauna umgedreht. Jetzt legte er den Fisch auf die Steintreppe und trat ins Haus. Vera saß am Klavier, sie spielte das von Maggies Stücken, das ich am liebsten mochte, das Stück, in dem die Melodie Sonnenreflexe und Eiskristalle aussandte. Draußen war es ein paar Grad unter Null, die Bäume waren mit Raureif überzogen, die Erde mit einer zentimeterdünnen Schicht Pulverschnee bedeckt. Werner kam ins Wohnzimmer, bückte sich und küsste Vera auf die Wange. Ich blieb am Fenster sitzen. Es begann wieder zu schneien, und der Schnee machte die Dunkelheit runder, weicher, heller. Ich saß dort am Fenster und sah den Pulverschnee fallen. Sachte, ganz sachte segelte er herab, langsam wurden die Schuppen des kleinen Silberfischs vom Schnee bedeckt, langsam die Steintreppe vom Schnee bedeckt, langsam der Garten vom Schnee bedeckt, wurde Råberga vom Schnee bedeckt, wurde die Welt vom Schnee bedeckt, während die Musik spielte.

Neuankömmlinge

In der Version der Geschichte, die später in Råberga und Gumbostrand und Österkulla und noch in den östlichen Vororten von Helsingfors erzählt wurde, war der neue Lehrer in das Klassenzimmer förmlich gestürmt und hatte dramatisch das Fenster aufgerissen, das dem Lehrerpult am nächsten war, sodass die Scheiben noch zitterten und klapperten, als er Minuten später seinen Monolog hielt.

Aber ganz so hat es sich wohl doch nicht abgespielt. Wenn die Fensterscheiben zitterten und klapperten, als der Neue sprach, lag dies an den Naturgewalten und nicht an dem, was der Lehrer gesagt oder getan hatte. Und meine Quellen, unter anderem Cita Rothovius' ältere Schwester Nilla, die später eine bekannte Schauspielerin in Stockholm wurde und dort in Interviews zuweilen verlauten ließ, »ein junger Gymnasiallehrer in Geschichte und Schwedisch« sei einer der Gründe dafür gewesen, dass die Kunst zu ihrer Berufung geworden sei, erinnern sich an keinerlei »stürmen«, sondern meinen im Gegenteil, der Neue habe sich die ganze Zeit über abwartend verhalten, dass er wartete und dass gerade dieses geduldige Warten der Clou des ganzen Handlungsverlaufs gewesen sei.

Fest steht jedenfalls, dass es an einem Dienstagvormittag Anfang September war und dass die sechste Klasse, also der jüngste Jahrgang Gymnasiasten, in Geschichte unterrichtet werden sollte. Und ebenso einhellig sind meine Quellen in Bezug auf das Gewitter, das im Laufe der Nacht über das Dorf hinweggezogen war. Sie geben zudem übereinstimmend an, dass die drückende und klebrige Spätsommerhitze auch am Morgen nicht verschwunden war, dass noch immer eine blauschwarze Wolkenfront über Helsingfors brütete und es fern im Westen dumpf und bedrohlich grollte, während gleichzeitig eine heiße und unbarmherzige Sonne ihre stechenden Strahlen auf Råberga hinab sandte – die wenigen Liberalen des Orts sollten später behaupten, das eigenartige Wetter könne als ein mildernder Umstand geltend gemacht werden, ja dass es geradezu eine direkte Ursache für das eigenwillige und empörende Verhalten des Neuen war.

Eine weitere nachprüfbare Tatsache: Der Neue hatte bereits am Vortag drei Stunden unterrichtet. Es waren seine ersten in der Volksschule von Råberga gewesen, und er hatte sie vollkommen vorschriftsmäßig abgehalten, es waren keine Abweichungen aufgetreten, nichts Aufsehenerregendes hatte sich ereignet.

Doch jetzt, gegen elf Uhr am Dienstagvormittag, betrat der Neue einen Klassenraum, in dem Anarchie herrschte und alle Fenster geschlossen waren. Geschlossen waren sie, weil in den vorhergehenden Stunden Rektor Lindell unterrichtet hatte, der sich vor Gewittern fürchtete; angesichts des Grollens aus der Richtung von Helsingfors hatte er es nicht gewagt zu lüften, und die Luft im Raum war deshalb noch stickiger als üblich gewesen, soweit dies überhaupt möglich war. Der Aufsicht führende Lehrer hatte die Schüler dennoch ins Klassenzimmer kommandiert, wo sie auf den Neuen warten sollten, und da die Jungen und Mädchen der Klasse 6b in einem leicht reizbaren Alter waren, hatte ihr Stimmengewirr nun einen ungewöhnlichen Ton angenommen: energisch, hart, fast schon aggressiv.

Der Neue blieb auf der Türschwelle stehen. Er hatte nach einem diskreten Wink Rektor Lindells die gestrige Jeans zu Hause gelassen und trug an diesem Tag eine adrette Turohose mit Bügelfalte. Darüber hinaus war er mit einem Baumwollhemd bekleidet, das am Hals offen stand, sowie einem Jackett aus dunkelbraunem Samt und einem Halstuch statt einer Krawatte. An den Füßen trug er ein Paar weiche Straßenschuhe aus grob geriffeltem Manchestersamt, jedoch keine Strümpfe. Er hatte keine Aktentasche dabei, sondern verwahrte die Bücher und Unterrichtsmaterialien in einer Tragetasche aus hellem Stoff. Seine Haare waren dunkel und gewellt und recht lang, aber er hatte weder einen Bart noch einen Schnauzer. Seine Gesichtszüge waren scharf geschnitten, aber offen, und der Blick seiner dunkelbraunen Augen intensiv, doch das bemerkten die Schüler der 6b nicht, denn sie nahmen keinerlei Notiz von dem Neuankömmling.

Er blieb einige Sekunden im Türrahmen stehen. Dann marschierte er ruhigen Schrittes durch den Raum, warf im Vorbeigehen die Stofftasche auf den Stuhl hinter dem Lehrerpult und ging am Kartenständer vorbei zu dem hohen, doppelt verglasten Fenster.

Er öffnete zunächst das innere Fenster und dann das äußere. Er hatte es nicht eilig: Als er die Fenster weit aufgerissen hatte, lehnte er sich hinaus und schien etwas auf dem menschenleeren Schulhof zu betrachten, dann schaute er auf und ließ den Blick über den Sportplatz schweifen, wo das einzige Zeichen menschlichen Lebens Werner war; mein Vater hatte einen Wochenplan, den er minutiös einhielt, und an den Dienstagvormittagen kalkte er zunächst immer die Linien des Fußballfelds und machte anschließend dreißig Würfe mit halber Kraft, was bedeutete, dass er mit zwei statt der sonst üblichen drei Umdrehungen warf.

Eine Minute, vielleicht auch zwei, verfolgte der Neue interessiert Werners Trainingswürfe, dann wandte er sich um und musterte die Klasse. Während der Zeit, die er abgewandt am Fenster gestanden hatte, war das Gemurmel hinter seinem Rücken weitergegangen, und nun sah er, was seine Ohren ihm bereits verraten hatten: dass die Schüler nach wie vor so taten, als sei er gar nicht im Raum.

Er verließ seinen Posten vor dem Wolfsrudel und bahnte sich einen Weg zum zweiten Fenster. Es befand sich am hinteren Ende des Klassenzimmers, und er musste sich an einer

Gruppe schlaksiger Jungen mit Mopphaaren und engen schwarzen Jacketts vorbeizwängen, die mit krächzenden und heiseren Stimmen darüber stritten, ob Eric Burdon ein besserer Sänger war als Mick Jagger. Sie nahmen keine Notiz von ihm und traten auch nicht zur Seite, sodass er gezwungen war, sich zwischen den schlaksigen Jungen und den Pulten der Fensterreihe hindurchzuschlängeln.

Er riss auch das zweite Fenster weit auf, ging anschließend zurück, holte ein Buch aus seiner Stofftasche, lehnte die Ellbogen auf das Lehrerpult und begann zu lesen.

Mit der Zeit ermattete das Stimmengewirr. Auch draußen wurde es immer stiller, der Wind war abgeflaut und die Sonne hinter Wolken verschwunden, und das dumpfe Wummern von Werners landenden Hämmern hatte aufgehört.

Der Neue blickte nicht von seinem Buch auf, sondern las ungerührt weiter.

Weitere fünf, vielleicht auch zehn Minuten vergingen. Das aufrührerische Stimmengewirr war nun fast völlig verstummt. Alle Mädchen und die meisten Jungen saßen stumm und verblüfft da; nur die Burdon-gegen-Jagger-Mods zankten sich weiter in heiserem Trotz.

Der Neue sah von seinem Buch auf, und der Raum war augenblicklich elektrisiert. Er ließ seinen Blick über die Klasse schweifen, gemächlich von Schüler zu Schüler, und verharrte bei jedem fragenden Augenpaar einige Sekunden; die meisten wichen seinem Blick aus.

Ohne eine Miene zu verziehen, sah er wieder in sein Buch und las weiter. Draußen war es mittlerweile fast dämmerungsdunkel, selbst die Vögel sangen nicht mehr. Auch die musikalisch uneinigen Mods waren verstummt, unten auf dem Råbergaväg fuhr ein Auto vorbei, und während sich das Motorengeräusch entfernte, sah der Neue, dass mehrere Jungen sich an ihren Pulten unruhig bewegten und ein Mädchen in der Reihe an der Tür, die Hand mutig Richtung Decke gestreckt, aufzeigte.

In dem Moment erschallte der erste Knall.

Die Schüler reagierten alle. Viele von ihnen schienen zehn Zentimeter von ihren Stühlen abzuheben, man hörte sie aufkeuchen, jemand stieß einen kurzen heiseren Schrei aus, und sogar die abgebrühten Mods zuckten zusammen.

Der Neue rührte keinen Finger. Scheinbar unberührt las er weiter, denn er hatte sich ja gewappnet. Und trotzdem muss auch er innerlich zusammengeschreckt sein, denn als das Unwetter endlich losbrach, hing es direkt über der Schule; das erste Krachen klang wie ein grausam verstärkter Pistolenschuss oder Peitschenknall, gefolgt von einem gewaltigen apokalyptischen Grollen, das gut und gerne eine halbe Minute lang am schwarzen Himmel hin und her rollte. Gleichzeitig kamen auch die ersten Blitze, ein schwacher Wind begann in den Fichten des Schulhofs zu säuseln, draußen prasselte es, Tropfen schlugen auf die Fensterbleche, und wenige Sekunden später öffneten sich die Schleusen des Himmels, und ein Wolkenbruch ergoss sich. Erneut knallte der Donner, etwa zehn magnesiumweiße Blitze zuckten fast simultan, und der Neue sah, dass mehrere seiner Schüler besorgt zu den offenen Fenstern hinüberschielten. Die Blitze zischten, und der Regen spritzte in den Raum, und selbst die Mods leckten verängstigt ihre trockenen Lippen. Und dann kam die Frage, sie kam in einer Pause zwischen zwei Donnerschlägen, und sie kam von dem Mädchen, das schon vorher aufgezeigt hatte und jetzt mit schwacher Stimme fragte:

»Sollen wir nicht die Fenster schließen, Herr Lehrer?«

Der Neue sah sie an und sagte:

»Warum sollten wir das tun, ich habe sie doch gerade erst geöffnet. Wie heißt du übrigens?«

»Gunilla Rothovius«, sagte das Mädchen, aber ihre Antwort ging in einem neuerlichen Donner und in dem Wolkenbruch unter, der immer stärker wurde.

»Seid so gut und bleibt bitte sitzen, solche heftigen Unwetter sind in der Regel schnell vorbei«, sagte der Neue ungerührt und vertiefte sich daraufhin wieder in sein Buch, während der Regen trommelte und neue Blitze aufzischten und die Explosionen weiter über den fast nachtschwarzen Himmel grollten.

Doch dann war auf einmal alles vorbei. Es blitzte seltener, das Grollen wurde gedämpfter, der Donner schien nun über eine himmlische Bowlingbahn zu rollen, die mehrere Kilometer von Råberga entfernt lag. Der Wolkenbruch endete abrupt, so als hätte jemand seinen Eimer ausgeleert, es wurde heller, die Wolkendecke bekam Risse, die Sonne brach hervor, und die Vögel begannen zu singen, und die Schüler blickten erstaunt durch die offenen Fenster ins Freie hinaus, wo nur noch ein kräftiger, aber warmer Wind an das Unwetter erinnerte, das soeben vorbeigezogen war. Es kam ihnen vor, sagte Nilla Rothovius mir viele Jahre später, als hätten sie gerade gesehen, wie eine Tür geöffnet wurde, als hätten sie in eine andere Welt hineinschauen dürfen, in der man auf völlig andere Art wahrnahm und erlebte.

In der Stille, die nun im Klassenzimmer herrschte, erhob sich der Neue von seinem Stuhl, heftete seinen Blick auf den Anführer der aufrührerischen Mods und sagte:

»Ich glaube, deine Seele hat nun Besitz von dir ergriffen. Magst du in dich hineinhorchen?«

»Hä?«, sagte der magere und heisere Junge ungläubig und wich dem Blick des Lehrers aus.

Doch der Neue ließ nicht locker. Er fing erneut den Blick des Jungen ein und fragte:

»Hast du das Gefühl, dass dein Herz etwas zu groß für deinen Brustkorb ist?«

Der Junge sah sich hilflos um, er suchte die Unterstützung seiner Kameraden und lächelte dieses schiefe Lächeln, in das sich Jugendliche gerne in Momenten äußerster Verwirrung flüchten. Aber er fand keinen Anklang: Der Rest der Klasse wartete gespannt auf seine Antwort.

»Ja … so ungefähr«, stieß er daraufhin widerwillig hervor.

Der Neue schaute auf die Klasse und sagte langsam:

»Ihr seid die Wohnungen eurer Seelen. Ein Leben lang werdet

ihr eure Seelen beherbergen, wie dieses Schulgebäude euch für ein paar Jugendjahre beherbergt. Wenn ihr mit offenen Fenstern und Türen lebt, schöpfen eure Seelen den Mut zu wachsen. Denn die Seele will spüren, dass sie bei Bedarf davonfliegen kann. Es muss nicht unbedingt sein, dass sie sich dazu entschließt, aber sie muss wissen, *dass es möglich ist*. Und wenn ihr eurer Seele diese Freiheit schenkt, dann verlässt sie euch nicht, sondern kehrt immer wieder zu euch zurück, und bei jeder Rückkehr ist sie ein wenig größer und ein wenig mutiger geworden. Irgendwelche Fragen?«

Er sah ermunternd den Jungen an, den er vorhin angesprochen hatte. Der Jüngling starrte ihn nur verwirrt an. Auch die meisten anderen bekamen den Mund nicht mehr zu und hatten einen glasigen Blick, aber in die Augen des Mädchens Rothovius war ein Glitzern getreten, und sie fragte:

»Sollten wir nicht Geschichte haben?«

Der Neue sah sie an und sagte:

»Immer dann, wenn die Geschichte schön und hell ist, liegt das daran, dass es den Menschen gelungen ist, ihre Fenster und Türen offen zu halten. Doch immer dann, wenn die Geschichte dunkel und grausam ist – und das ist leider schrecklich oft der Fall –, haben wir die Fenster und Türen um uns herum geschlossen und sehen überall Feinde und Höllengeister. Mehr braucht ihr streng genommen über Geschichte nicht zu wissen, sie bleibt sich von Jahrhundert zu Jahrhundert bedauerlich gleich.«

»Heißt das, Sie haben gar nicht die Absicht, uns im Fach Geschichte zu unterrichten?«, fragte Nilla Rothovius und sah unverwandt in die braunen Augen des Neuankömmlings.

»Das heißt es nicht«, sagte der Neue und warf einen Blick auf die Wanduhr über der Tür. »Im Gegenteil, ich werde euch in Geschichte unterrichten, so gut ich kann. Aber nicht heute, denn in drei Minuten klingelt es zur Pause.«

Er ging zur Tafel, griff sich ein Stück Kreide und kritzelte mit großen runden Buchstaben einen Namen. »Das ist übrigens mein Name«, sagte er dann, »und ich möchte, dass ihr mich Riggert nennt, einfach nur Riggert.«

So ging es zu, als der Lehrer Riggert Holm nach Råberga kam. Riggert war damals sechsundzwanzig Jahre alt, Vera war zweiunddreißig und Werner sechsunddreißig.

Riggert Holm und Werner waren sich schon einmal begegnet, und zwar als Werner vierundzwanzig und Riggert fünfzehn war, aber diese Begegnung hatte Werner verdrängt.

Während der ganzen Zeit, die Riggert Holm an der Volksschule von Råberga unterrichtete, wohnte er in Helsingfors und kam jeden Morgen mit dem Auto heraus. Obwohl er sich hier draußen niemals niederließ, wurde er selbstverständlich zu einer lokalen Berühmtheit; bereits die oben wiedergegebene Unterrichtsstunde trug ihm einen Verweis von Rektor Lindell ein plus mehrere Wochen mehr oder weniger böswilligen Tratsches, und auch danach sollte Riggert Råberga den Stoff liefern, aus dem Legenden gesponnen werden.

Mein Vater erzählte Vera und mir die Geschichte von Riggert und den offenen Fenstern ein paar Tage später, er hatte sie von Werklehrer Olav Haglund gehört, der Freidenker war und sich an der allgemeinen Bestürzung über Riggert Holms Streich nicht beteiligen mochte. Auch Werner amüsierte es offensichtlich, was geschehen war. Er lachte freimütig, als er die offenen Münder der entwaffneten jugendlichen Rebellen beschrieb, und ich kann mir gut vorstellen, dass er mit dem Gedanken spielte, literarischen Gebrauch von der Erzählung zu machen; er träumte zu jener Zeit davon, sein Repertoire zu erweitern, er wollte Erzählungen schreiben, in denen es um anderes als das Fischen ging.

Werner erzählte also, und Vera und ich saßen am Essenstisch und hörten zu, ich ernst und ohne wirklich zu verstehen, Vera aufmerksam und mit einem kleinen Schmunzeln im Mundwinkel.

* * *

Familie Muhrman – Birger, Annette, Janina und Björn – trafen im gleichen Jahr in Råberga ein wie Riggert Holm, aber im Gegensatz zu Riggert ließen sie sich hier nieder.

Über die Muhrmans habe ich viel zu erzählen, vor allem über Janina alias Janna alias Sabba alias Jinx. Doch in diesem Stadium der Erzählung, will sagen, bevor Janinas Mama Annette und meine Mama Vera über einer Tasse Zucker ins Gespräch kamen und die Ehepaare Muhrman und Skrake ihre unbeholfenen Versuche kultivierter bürgerlicher Geselligkeit aufnahmen, lasse ich es bei einigen losen Notizen bewenden: Es handelt sich zum größten Teil um Dinge, die ich später herausgefunden habe, im Laufe meines Erwachsenendaseins in Helsingfors.

Das Fundament zum colabraunen Backsteinhaus der Muhrmans wurde bereits 1965 oder Anfang 1966 gelegt. Aus den Jahren vor meiner Einschulung erinnere ich mich an den Bagger und den Betonmischer und das große wassergefüllte Loch auf ihrem Grundstück, das südöstlich von unserem lag, ein Stück den Hang hinab und folglich näher am Meer. Als das Betonfundament fertig war, folgte ein Jahr, in dem seine flache und grauraue Fläche unangetastet dalag und zum Spielen verlockte, obwohl Vera und Werner mir verboten hatten, dorthin zu gehen. Erst im Winter nach dem ersten Silberfischherbst wurde weitergebaut. Doch dann ging dafür alles sehr schnell. Schon nach Mittsommer war das Haus fertig gestellt, und Anfang August, zwei Tage vor meinem siebten Geburtstag und einen knappen Monat, bevor Björn und ich unseren ersten Schultag hatten, zogen die Muhrmans ein.

Birger Muhrman, unter Freunden Birre, war damals dreiunddreißig Jahre alt. Er stammte aus einer altehrwürdigen Helsingforser Familie, die von den beiden Kriegen hart getroffen worden war. Birres Vater, der Oberst und spätere Kommerzienrat Muhrman, war der älteste von vier Brüdern und der einzige aus der Bruderschar, der das Kriegsende erleben durfte. Oberst Muhrman war ein Freund des Marschalls gewesen und hatte in der Schlussphase des Fortsetzungskriegs in dessen Hauptquartier in Sankt Michel gedient. Birres Onkel waren allesamt gefallen, einer im Winterkrieg und zwei im Juni 1944, und Birres Jugendjahre waren geprägt von andächtigen Momenten an Heldengräbern und dem schlechten Gewissen, das sein Vater angesichts des eigenen Überlebens hatte.

Birre Muhrmans Mutter war eine geborene Widing und besaß ein Antiquitätengeschäft in der Estnäsgata und eine Modeboutique im Forum. Birre war in der luxuriösen Wohnung seiner Eltern in der Lotsgata aufgewachsen und hatte sein Abitur an der Neuen Schwedischen Lehranstalt in Kajsaniemi gemacht. Zu seinen ehemaligen Klassenkameraden gehörten Robert Julius Enerot junior, ein Cousin meines Vaters, sowie eine Tante von Christopher und Christina von Herring.

Birre war Architekt. Als Familie Muhrman nach Råberga zog, arbeitete er noch im Büro Saalismaa & Rautee, das für einen Großteil der kastenartigen Häuser verantwortlich zeichnete, die zu jener Zeit in Botbyhöjden, Kvarnbäcken und Gårdsbacka im östlichen Helsingfors in die Höhe schossen. Birre war vertraut mit Le Corbusiers Gedanken darüber, wie der Mensch der Zukunft leben würde, und beteiligte sich eifrig an den Debatten der jungen Architekten über die Frage, wie den arbeitenden Massen am besten Luft und Licht zu verschafften war. Dem adligen Le Corbusier und ihm war zudem die Tendenz gemeinsam, unbewusst und unreflektiert den Löwenanteil der Menschheit als Arbeitsameisen und Fußvolk zu betrachten. Jeder mit einem Blick für soziale Hierarchien und dito Manieren konnte sehen, dass Birre Muhrman vor Hochbürgerlichkeit nur so strotzte, doch er selbst sah es nicht; er betrachtete sich als radikal und progressiv und flirtete hemmungslos mit der immer stärker werdenden Linken in der Studentenschaft. Er hatte sich einen schwarzen Bart stehen lassen, der ihn ein wenig wie Ernesto Guevara aussehen ließ, er kaufte mit Vorliebe ultramoderne Designerstühle, auf denen man nicht sitzen konnte, er rauchte Pfeife und dünne schwarze Zigarillos, er hatte den Schriftsteller Salama unterstützt, als dieser der Gotteslästerung angeklagt wurde, er war Mitglied in verschiedenen Gremien der außerparlamentarischen Opposition wie dem Komitee der Hundert und der Novemberbewegung, und wenn er seinen roten Volvo durch die kürzlich erbauten Vororte lenkte, in denen er selber nie und nimmer wohnen gewollt hätte, fand er, dass die knochengrauen, achtstöckigen Mietshäuser mit ihren nahezu fensterlosen Giebeln Verkündigungen waren, Raumschiffe, die durch die elektrisch erhellte Stadtnacht schwebten, dass sie Herolde waren, die eine rechtwinklige Zukunftskantate aus Beton sangen.

Später sollten die Inkonsequenzen in Birres Denken und der Konflikt zwischen seiner Lust am Genuss und seiner Ideologie ihn veranlassen, bei Saalismaa & Rautee seinen Abschied zu nehmen und das Entwerfen von Kisten aufzugeben. Er gründete eine eigene Firma und ging dazu über, nunmehr colabraune Backsteinhäuser und andere flotte Eigenheimkästen zu planen; das Muhrmansche Einfamilienhaus im Südosten unseres funktionalistischen Hauses war sein erstes Experiment auf diesem Gebiet.

Annette Muhrman, unter Freunden Nette, schrieb vormittags die populären Krümelbücher und saß nachmittags auf dem so genannten weißen Ritter.

Nette war eine geborene Lindkvist und in einer armen Typografenfamilie aufgewachsen. Sie erinnerte Birre und alle anderen, die es hören oder auch nicht hören wollten, oft daran, dass er aus einer vornehmen Familie stammte und darauf auch stolz sein sollte. Seine Herkunft schien Nette wichtig zu sein, wichtiger als Birre selbst, der oft rote Ohren bekam und ihr das Wort abschnitt, wenn sie seine Vorfahren ansprach.

Nette Muhrman war eine energische und tatkräftige Person, sie war in jeder Hinsicht offen und bewegte sich schnell und hatte fast weißblondes Haar, das den halben Rücken herabfiel, wenn sie es offen trug. Außerdem hatte sie einen breiten, großzügigen Mund, aus dem immer Worte kamen, und stand ebenso unter dem Einfluss des Zeitgeistes wie ihr Mann. Sie hatte das Tennisspielen aufgegeben, denn Tennis war eine bürgerliche und diskriminierende Sportart, und stattdessen begonnen, Simone de Beauvoir zu lesen und sich als Feministin zu bezeichnen. Doch es war wohl so bei Nette Muhrman, dass die Männer und Jungen, die ihr in den Weg kamen, oft vergaßen, wofür sie angeblich stand: Nette war eine Frau, die in ihrer näheren Umgebung Reaktionen auslöste, sie war so präsent, und nie war sie präsenter, als wenn sie sich derart auf dem weißen Ritter verlustierte, dass ihre Schenkelmuskeln bebten und die Brüste hüpften und ihr der Schweiß herunterlief.

Nettes Krümelbücher waren in einem Ton geschrieben, der zu jener Zeit praktisch obligatorisch war. Die Kinder der Zukunft sollten nicht länger durch die Grausamkeiten, Vorurteile und sozialen Stereotypen der alten Märchen indoktriniert werden. Stattdessen sollten die Kleinen des Weltraumzeitalters von richtigen, normalen Menschen lesen dürfen, die progressiv und richtig dachten in einer Gesellschaft, die auf allen Ebenen immer größerer Gleichberechtigung entgegenstrebte. In Nette Muhrmans Fall zeitigte diese Zielsetzung mit den Jahren einen ganzen Dekalog, in dem Krümel von einem synthetikgekleideten Pummelchen zu einer schlaksigen Jugendlichen mit Zahnspange und einer Hitliste über die Jungen in der Klasse heranwuchs. Auch ich bekam viele Jahre lang immer ein Krümelbuch zu meinem Geburtstag geschenkt. Solange die Bücher Titel trugen wie *Krümel und der Landstreicher* und *Krümel beim Zahnarzt* akzeptierte ich die alljährliche Gabe. Aber als ich zwölf wurde und das Buch *Krümels Geheimnis* bekam, eine anschauliche Darstellung der ersten Menstruation seiner Hauptfigur, empfand ich Unbehagen und wollte Nette mitteilen, dass es jetzt reichte, dass wir uns einer Wegscheide näherten und meine Welt dabei war, eine andere als die der Mädchen zu werden, und dass es Details an der Sache mit den Mädchen gab oder vielmehr konkrete Details *an* Mädchen, über die ich mitnichten auf erbauliche Art unterrichtet werden wollte, sondern zu denen ich im Gegenteil eine klassisch männliche, sowohl mystifizierende als auch rücksichtslos sexistische Haltung einnehmen wollte… obwohl, so drückte ich mich natürlich nicht aus, das ist vielmehr meine spätere Erkenntnis dessen, was ich damals, vor drei Jahrzehnten empfand, das ist die nachträgliche Deutung meines vagen, aber wachsenden Unbehagens angesichts des Inhalts in Nette Muhrmans alljährlich wiederkehrenden harten und platten Paketen.

Als ich das erste Mal mit Janna Sabina Elisabet Muhrman, damals Janna genannt, sprach, gingen wir den Råbergaväg hinab.

Sie und Bjöna und ich spazierten über den Scheitelpunkt der Anhöhe und dann den unbebauten Nordhang hinab und weiter in Richtung Dorf. Wir waren auf dem Weg zur Schule, ein guter Monat war vergangen, seit Familie Muhrman ihr Haus bezogen hatte, und Janna ging in die dritte Klasse, während Bjöna und ich Erstklässler waren, ABC-Schützen, Grünschnäbel. Absolut folgerichtig ging Janna zwei Meter vor Bjöna und mir, sie ging mit schleppenden Schritten und trat jedes Mal, wenn sie den Fuß aufsetzte, eine Wolke aus Straßenschotter hoch, so als wollte sie mutwillig ihre funkelnagelneuen roten Schuhe ruinieren.

»Kennt einer von euch beiden Mäusehirnen den tropischen Steinfisch?«, fragte Janna plötzlich aus heiterem Himmel.

»Nee«, sagte Bjöna und schielte unruhig zu mir herüber: Wir beide hatten uns bereits angefreundet, er war bei uns zu Hause gewesen, und ich war in ihrem neuen Haus zu Gast gewesen, und er ahnte vermutlich, dass ich schon begriffen hatte: Seine große Schwester war kein Kind wie alle anderen.

»Ich habe in einem Buch von ihm gelesen«, erklärte Janna tonlos. »Weißt du, BeeHaa, was mit deinem bescheuerten Freund Viki Skrake passiert, wenn er auf ihn tritt?«

»Nee, das weiß ich nicht«, sagte Bjöna mit müder, jedoch geduldiger Stimme. »Und nenn mich bitte nicht BeeHaa.«

»Erst schwillt sein Fuß an«, stellte Janna zufrieden fest und fuhr dann immer exaltierter fort: »Er wird zu einem unförmigen und geschwollenen Klumpen. Dann werden seine Zehen schwarz. Und dann fallen sie ab. Und dann stiiiirbt er.«

Ich erinnere mich, dass Bjöna scheu in meine Richung sah und schwieg. Seine Beziehung zu Janna war bereits damals von Hilflosigkeit geprägt. Er kam ihr niemals bei, sie hatte so viel Energie und Fantasie und war außerdem ein Chamäleon, das jedes Mal die Farbe wechselte, wenn er dachte, er hätte sie eingekreist und endlich verstanden, wer sie war.

Schweigend passierten wir den Marktplatz. Der Bus nach Helsingfors stand auf dem Wendeplatz und wartete auf Fahrgäste, sowohl Österman als auch die Skalpiertante hatten schon geöffnet, wir gingen am Backsteinbau der Sparkasse und dem Haus der freiwilligen Feuerwehr vorbei, und in dem Moment brach ich mein Schweigen:

»Soso, na, dann sterbe ich eben. Wo lebt denn dieser Steinfisch überhaupt?«

Janna warf mir einen halb desinteressierten, halb verächtlichen Blick zu und sagte: »Das weiß ich nicht. In Tasmanien vielleicht.«

»Und wo liegt Tasmanien?«, fragte ich mit Todesverachtung.

Jannas Gesicht wurde dunkelrot. »In Afrika, glaube ich«, sagte sie dann, drehte sich zu Bjöna um und fuhr fort: »Kannst du deinem Kretinkumpel sagen, er soll nicht so verdammt viele Fragen stellen, denn wenn das so weitergeht, werde ich ihm noch eine knallen müssen.«

»Was ist denn ein Kretinkumpel?«, fragte ich als Nächstes, woraufhin Janna mich schlug, zwar mit der flachen Hand, aber direkt auf den Mund, sodass meine Unterlippe anfing zu bluten.

Es war mir nicht bewusst gewesen, dass derart seltsame Mädchen wie Janna Muhrman existierten. Ich war erst sieben Jahre alt und ein Einzelkind, und meine Kenntnisse über Mädchen beschränkten sich im Großen und Ganzen auf Christina von Herring, die ich ein paar Mal im Jahr traf. Cousine Christina war zwar genauso alt wie Janna, doch die beiden ähnelten einander nicht im Geringsten.

Es war Janna, die Familie Muhrmans frisch erworbenes und supermodernes Trimm-dich-Rad *Der weiße Ritter* getauft hatte. Wenn Nette oder Birre – meistens wie gesagt Nette – eine Trainingseinheit auf dem weißglänzenden Gerät einlegten, konnte man sicher sein, dass Janna irgendwo in ihrer Nähe war, dass sie in der einen oder anderen Ecke stand und angeekelt von ihren kühnen Eltern die Zunge herausstreckte, denn besonders zu Nette hatte sie schon damals, im Alter von neun Jahren, ein kompliziertes und pubertäres Verhältnis.

Jannas oft wiederholter Meinung zufolge war Nettes Schöpfung Krümel eine Streberin, die jedes normal begabte Kind vor Ekel kotzen ließ. Vermutlich glaubte sie, ihre Mutter hätte die Bücher nur geschrieben, um Janna vor allen anderen Kindern der Welt lächerlich zu machen. Folglich dauerte es nicht lange, bis ich entdeckte, dass es eine bombensichere Methode gab, um Janina Muhrman derart wütend zu machen, dass sie wie von Sinnen um sich schlug und trat: indem man sie Krümel nannte.

Björn Herman Muhrman, unter Freunden Bjöna, war immer das unsichtbare Kind. Seine Schwester sorgte dafür, gesehen und gehört zu werden, und man vergaß deshalb nur allzu leicht, dass Bjöna überhaupt existierte. Und sein Selbstvertrauen wurde auch nicht unbedingt gestärkt, als Janna begann, ihn BeeHaa zu nennen, ein Spitzname, der mit der Zeit auch von Aka Lindberg und Cita Rothovius' großem Bruder Fredi und anderen harten Burschen Råbergas übernommen wurde.

Bjöna Muhrman ist immer ein magerer, bebrillter Junge mit einem blassen länglichen Gesicht, rattenfarbenen Haaren und unreiner Haut gewesen. In meiner Erinnerung ist sein Aussehen im Alter von sieben Jahren fertig. Obwohl ich mir das mit der unreinen Haut sicher erst nachträglich zusammengereimt habe, Bjöna war zwar eine schmutzgraue und vom Pech verfolgte Gestalt, aber nicht einmal er bekam seine Pickel *so* früh.

Bjöna und ich wurden Freunde, weil wir Nachbarn waren. Aber es gab auch noch etwas anderes, was uns vereinte: unser großer und inniger Hass auf Bälle.

Die anderen heranwachsenden Jungen in der Gegend von Råberga, sogar der programmatisch träge Aka Lindberg, schienen alle an der weltumspannenden und verdummenden Konspiration teilzuhaben, die allgemein unter dem Sammelbegriff *Ball-*

sportarten firmiert. Die anderen Jungen liebten den Fußball, den Korbball, den Handball, den Baseball, den Brennball, den Bandyball, den Volleyball, den Tennisball, den Tischtennisball und sogar den Eishockeypuck, der pechschwarz und *platt* war, aber dennoch in einem irgendwie gearteten philosophischen Trotz ebenfalls als Ball definiert wurde, was, worauf Bjöna Muhrman sehr richtig hinwies, eine Definition war, die allen Regeln der Logik widersprach, weil die gesamte Ontologie des Balls voraussetzte, dass besagter Gegenstand *rund* ist. Obwohl, das mit der Ontologie habe ich natürlich im Nachhinein ergänzt, Bjöna und ich waren schließlich erst sieben Jahre alt, als wir in die kosmische Einsamkeit hinausgeschleudert wurden, die das Los jedes Ball hassenden Jungen ist. Aber wichtig sind nicht Bjönas damalige Formulierungen, wichtig ist allein unsere gemeinsame Weigerung, diese verabscheuungswürdigen fliegenden und rollenden und aufspringenden und gleitenden Gegenstände anzurühren; diese Weigerung verwandelte uns in Fremdlinge, in zwei Outlaws, die sich zusammenraufen mussten.

Wir waren schon ein ungleiches Paar, Bjöna und ich. Denn auch wenn ich seinen Ballhass teilte, so liebte ich es doch gleichzeitig, zu laufen und zu schweben, und ich lieh mir schon früh die kleinste Spinnrolle meines Vaters und die kürzeste Spinnrute: Ich stand in unserem Garten und warf ein Gummigewicht ohne Haken aus, um schnellstmöglich mein Debüt als Silberfisch- und Hechtfischer geben zu können.

Bjöna lief nie. Die bloße Vorstellung von Björn Muhrman in einem Fischerboot war grotesk und ist es bis heute geblieben. Dagegen hatte Bjöna sich schon im Alter von sieben Jahren durch Aarons gesamte Klavierschule gespielt und fühlte sich somit größeren pianistischen Herausforderungen gewachsen. Darüber hinaus konnte er so in ein Saxofon und eine Klarinette blasen, dass Töne herauskamen, was ihm der Amateurjazzmusiker Birre beigebracht hatte. Außerdem hatte Bjöna eigenen Aussagen zufolge bereits im Alter von viereinhalb Jahren lesen gelernt, und ich war geneigt, ihm zu glauben; er hatte für sein Alter äußerst differenzierte Ansichten sowohl über die Luftschlachten des Zweiten Weltkriegs als auch zur laufenden Berichterstattung *Hufvudstadsbladets* über den Vietnamkrieg, Ansichten, die er mir immer ausgerechnet dann zuteil werden lassen wollte, wenn ich eine richtig schöne Bahn für Neppisautos gebuddelt und geformt hatte und einzig und allein ein ordentliches Rennen zu Stande bekommen wollte.

Bjöna Muhrman war ein Spinner. Und um die Wahrheit zu sagen, war es wohl so, dass ich die Freundschaft zwischen Bjöna und mir während meiner ganzen Kindheit als ein Intermezzo sah, als ein Surrogatverhältnis, das nur so lange Bestand haben würde, bis die coolen Typen vom Schlage eines Aka Lindberg oder Fredi Rothovius meine unbestreitbaren menschlichen Qualitäten entdeckten. Doch so, wie die Dinge sich entwickelten, blieb Bjöna mein einziger guter Freund männlichen Geschlechts in Råberga, und ich habe immer ein schlechtes Gewissen gehabt, weil ich ihn vernachlässigte, als mich später seine Schwester faszinierte und ich begann, mit ihr und Aka Lindberg im Essocafé und vor dem *Glam Manor* herumzulungern. Und es quält mich noch mehr, dass ich Bjöna wieder ein paar Jahre später so bereitwillig dem Gutdünken der Ballhasser und anderer Spießbürger Råbergas überließ und ihn so total aus meinem Gedächtnis strich, als ich nach Helsingfors zog und mich als Bohemien der späten Siebzigerjahre auf dem ewigen Jahrmarkt der Eitelkeiten etablierte.

* * *

Der Lehrer Riggert Holm bekam nicht den Einstand nach Maß hier draußen in Råberga, den meine Beschreibung vielleicht anzudeuten schien. Sicher, die älteren Schüler verehrten ihn, und begabte Mädchen wie Cita Rothovius' große Schwester Nilla verliebten sich vom Fleck weg in ihn. Aber wir in den untersten Klassen sahen die Dinge ein wenig anders; Kinder sind konservative Wesen, und wir fanden Riggert Holm seltsam und auch ein bisschen bedrohlich.

Die Ausnahme bildete Janna Muhrman. Sie hatte sich rasch einen Namen als die mit Abstand originellste Schülerin der Grundschule gemacht und schrieb den neuen Lehrer sozusagen von links kommend ab. Riggert hatte etwas an sich, das mit Jannas hohen Anforderungen an Grobheit und Kantigkeit und Fairplay kollidierte, und sie fand ihn ganz und gar nicht bedrohlich, sondern beschloss augenblicklich, dass er nur bluffte und eine lächerliche Figur war.

Unter Riggert Holms erwachsenen Widersachern war Pastor Rosenquist der namhafteste. Ihn trieb die feste Überzeugung, dass der neue Lehrer ein blutroter und unverbesserlicher Bolschewist war. Auf der Kanzel verzichtete Rosenquist schweren Herzens darauf, vor der bolschewistischen Gefahr zu warnen, aber in kleineren und ausgewählteren Råbergakreisen pflegte unser umfassend gebildeter und belesener Seelenhirte darauf hinzuweisen, dass Riggert Holms stechender – so Rosenquists Worte – und hypnotisch dunkler Blick an den Blick des Revolutionärs Wladimir Uljanow, will sagen Lenin, erinnere.

Ein weiterer Faktor, der Riggert Holms erstes Råbergahalbjahr überschattete, war der chronische Lehrermangel der Volksschule. Es war hier draußen unmöglich, kurzfristig Aushilfen zu bekommen, da hatten die Schulen in Helsingfors es bedeutend leichter. Deshalb musste Riggert mal hier, mal dort einspringen. Seine Rolle als Springer brachte ihm mit der Zeit eine ganze Reihe von Kosenamen ein. Wenn er in seinem Hauptfach Geschichte unterrichtete, wurde er Riggert der Schreckliche genannt, wenn er in Musik aushalf, wurde er Rigoletto gerufen, wenn er das Turnen der Jungen übernahm, weil der eigentliche Lehrer Gustafsson eine seiner alkoholschwangeren Phasen hatte, hieß er Rigobert Trampolin, und als er in einer Oktoberwoche die Unterrichtsstunden in Hauswirtschaftslehre übernehmen musste, wurde er auf Veranlassung der Gymnasiasten zu Rigmor.

An einem Novembervormittag – es war Pause, und er führte Aufsicht auf dem Schulhof – kam Riggert zu mir und fragte:

»Bist du der junge Skrake?«

Ich schielte zu Bjöna Muhrman hinüber, der verblüfft seine Tirade über die Eskalation des amerikanischen Engagements in Vietnam unterbrochen hatte. Dann sah ich ein bisschen ängstlich Riggert Holm an und antwortete:

»Jaa. Ich heiße Wiktor.«

»Ich weiß«, sagte Riggert Holm und lächelte, »und du wirst Viki genannt. Ich habe mich gerade mit deinem Papa unterhalten, und er hat mir versprochen, mich an einem der nächsten Tage zu einer frisch gefangenen Lachsforelle einzuladen. Was sagst du dazu?«

Dazu sagte ich natürlich nichts, ich dachte mir insgeheim nur etwas. Ich dachte: Das heißt Silberfisch und nicht Lachsforelle, du Schleimer, und ich will nicht, dass du zu uns nach Hause kommst.

* * *

Ich dachte nur selten daran, dass sowohl meine Mutter als auch mein Vater in diesem Herbst der Neuankömmlinge im Schulgebäude arbeiteten.

In der Regel ging ich zusammen mit Bjöna Muhrman zur Schule, manchmal gesellte sich auch Janna dazu.

Sicher, es kam vor, dass Werner mich und Vera im Anglia zur Schule fuhr, und ein paar Mal gingen Vera und ich die knapp zwei Kilometer über die Anhöhe und durch das Dorf auch zusammen. Doch selbst dann vergaß ich meine Eltern, sobald der Schultag einmal begonnen hatte.

Vera bekam ich fast nie zu sehen. Das Sekretariat, in dem sie arbeitete, lag am Ende eines Korridors, der hinter dem Lehrerzimmer begann, und dort, in den Eingeweiden des Gebäudes, lag auch der kleine Speisesaal, in dem Lehrer und Büroangestellte zu Mittag aßen.

Ein einziges Mal trafen wir uns auf der Schultreppe, meine

Mutter und ich. Da lächelte sie und sagte: »Hallo, du kommst doch nach der Schule direkt nach Hause?«, und ich antwortete: »Ich geh erst noch kurz zu Bjöna«, und das war es dann, außer dass einer der Gymnasiasten, die auf der Treppe standen, einen halb erstickten Pfiff hören ließ. Ich erinnere mich noch heute, dass mein Herz anfing zu pochen, ich wurde wütend, fühlte mich aber auch geschmeichelt, denn Vera war ein stattlicher Anblick, sie trug ihre neuen weißen Schuhe mit den hohen Absätzen und einen halblangen Friitala-Mantel aus schwarzem Leder und den engen karierten Rock, den sie so oft auf der Arbeit anzog.

Vera arbeitete halbtags, und manchmal kam sie noch vor mir nach Hause. Dann hatte sie sich schon umgezogen und ans Klavier gesetzt, und ich musste lange auf meine Zwischenmahlzeit warten.

Doch normalerweise war ich vor ihr zu Hause. Wenn Werner den ganzen Tag dem Schreiben gewidmet hatte, saß er an dem dunklen und zerkratzten Billnäs-Schreibtisch am Panoramafenster. Manchmal knatterte die Schreibmaschine wie Maschinengewehrsalven, aber ebenso oft saß er zerknirscht und stumm davor und kaute auf einem Stiftstummel oder einem Pfeifenrohr herum, und dann wollte er, dass ich mich still verhielt, und am liebsten war es ihm, wenn ich zum Spielen in den Garten hinausging.

Wesentlich öfter war das Haus jedoch leer, denn Werner hatte keine festen Arbeitszeiten und zog es vor, am Morgen und Vormittag zu schreiben, um anschließend seine Aufgaben als Hausmeister zu erledigen und am Nachmittag und bis in den Abend hinein zu trainieren.

Wenn Werner zu Hause war, ging Vera stets zu ihm und küsste ihn, aber sonst rief sie nur ein »Ich bin zu Hause!« und ging in die obere Etage, um sich umzuziehen. Sie duschte nie, sie schälte sich nur aus dem engen Rock und zog sich ein weites Kleid oder eine Hose an und dann noch einen dieser großen und flusigen Pullover, die sie so sehr liebte und die dünne bunte Fäden auf dem Sofa und auf dem Klavierhocker und auf dem Küchenfußboden und überall sonst, wo sie sich bewegte, hinterließen.

Sobald Vera sich umgezogen hatte, machte sie mir eine Tasse Kakao und erwärmte manchmal auch Käsesandwiches im Ofen. Wenn Werner nicht schrieb, setzte sie sich anschließend ans Klavier. Sie spielte nach wie vor die seltsamen Melodien, die sie von Maggie gelernt hatte. Aber sie spielte auch anderes. Wenn ich so zurückdenke, höre ich Teile der Mondscheinsonate und von Schumanns Träumerei und zumindest ein, vielleicht aber auch mehrere Nocturnes von Chopin; Maggies Milchstraßenmelodien hatten der Klavierspielerin Vera neuen Schwung gegeben.

Werner fühlte sich am wohlsten, wenn er auf dem Sportplatz war. Im Schulgebäude ließ er sich nur blicken, wenn es unbedingt sein musste, wenn dort etwas gewartet oder repariert werden sollte oder er mit Erlaubnis des Rektors im Geräteraum neben der Sporthalle Gewichte stemmte.

Sah er mich, begnügte er sich in der Regel damit, kurz zu nicken und mir viel sagend zuzuzwinkern. Ein einziges Mal hob er die Hand zu einem diskreten Gruß; er ging durch die Aula im Erdgeschoss, und an der Treppe, die zu den Klassenräumen hinaufführte, stand Rektor Lindell und unterhielt sich mit Haglund und Gustafsson. Werner trug an dem Tag seinen alten Nationalmannschaftstrainingsanzug, und man sah, dass er mehr als einen halben Kopf größer war als jeder der drei Lehrer.

Im ersten Schuljahr litt ich nicht im Geringsten darunter, dass mein Vater der Mann war, der er war. Werner war hier draußen immer noch eine Art Held, er war der Spitzensportler der Ortschaft und Künstler und Halbprominenter, und seinem Sohn wurde kein Haar gekrümmt.

Etwas ganz anderes ist es, dass Werner und Vera immer etwas für sich blieben, dass es im Großen und Ganzen an einem natürlichen Umgang zwischen ihnen und den anderen Einwohnern Råbergas mangelte und diese Eigenbrötlerei sich anscheinend auch auf mich übertragen hatte; mein Bekanntenkreis blieb ausgesprochen klein.

Und dann erinnere ich mich noch, dass der gemeine Fredi Rothovius mich einmal mit schleppender Stimme fragte, ob ich mir nie die Frage gestellt hätte, wie der Sohn des Hammerwerfers so schlaksig und dünn werden konnte. Erst Jahre später begriff ich, dass er mit seiner Bemerkung andeuten wollte, Vera wäre fremdgegangen. Als die Worte ausgesprochen wurden, war ich viel zu jung und zu unschuldig, um solche Anspielungen überhaupt zu verstehen, und außerdem wusste ich, dass ich mager und schmal war, weil ich nicht Werners, sondern Veras Knochenbau und Muskulatur geerbt hatte, denn das hatte Werner mir gesagt.

* * *

Ich durchforste meine Erinnerung nach der großen Unruhe, aber es findet sich nicht viel in meinem Gedächtnis. Und dennoch muss es Anzeichen dafür gegeben haben. Doch damals konnte ich sie nicht deuten, und heute, mehr als dreißig Jahre später, blättert meine Erinnerung fast vergeblich in ihrem Bildarchiv.

Ich weiß, dass Elvis auch in diesem Jahr in zwei oder drei schlechten Filmen mitwirkte, aber ich kann mich nicht erinnern, dass Werner seine Unzufriedenheit über sie gezeigt oder die Filme auch nur erwähnt hätte.

Onkel Leo hatte seine Weltraumgrillen aufgegeben. Geblieben waren ihm sein Erkenntnishunger und sein Lebensappetit. Er hatte sein nur ansatzweise graumeliertes Haar im Nacken wachsen lassen und hockte nunmehr oft in den Kneipen im Zentrum von Helsingfors, laut Siru saß er im Hansa und Brunnsgården und Sea Horse und hatte den Lyriker Saarikoski und den Schriftsteller Ojaharju und eine Reihe anderer junger Radikaler kennen gelernt. Aber ich glaube nicht, dass Werner sich große Sorgen um Leo machte; mein Vater war mit dieser Art des Bohemienlebens vertraut, er hatte selbst so gelebt. Außerdem wusste er um Leos Zwanzigerjahre, die in aus Estland eingeschmuggeltem Schnaps ersoffen waren, und gönnte seinem Onkel sicher einen kleinen Nostalgietrip nach einer langen und strebsamen Laufbahn als Lehrer.

Werner warf immer noch seine Hämmer. Treu maß er die üblichen sechzig Meter ab, treu legte er den langen bunten Klebestreifen auf die Erde und stellte anschließend die wassergefüllten Blech- und Plastikkanister ab, die den Streifen an seinem Platz halten sollten. Anschließend bombardierte er unverdrossen seine private Traumgrenze, jene Traumgrenze, die er fast zehn Jahre lang attackiert hatte.

Aber er war nicht verzweifelt.

Er warf und warf, und wenn er dies tat, war er fast immer fröhlich und gesprächig.

Während meines ersten Schulherbstes gingen wir an einem sonnigen, wenn auch stürmischen Samstagnachmittag gemeinsam zum Platz der vier Himmelsrichtungen hinauf, wo mein Vater die Arme ausbreitete und, als wollte er einen Glauben bekräftigen, der gelegentlich ins Wanken geraten war, sagte: »Der Platz zum *Atmen* ist trotz allem hier draußen.«

Und dann sah er mich ernst an und ergänzte, während der Wind an seinen Haaren zerrte und riss: »Wir Menschen sind es, die Himmel und Erde verbinden, vergiss das nicht, Viki, vergiss das niemals.«

Wenn die große Unruhe dennoch an Werner nagte, wenn sie anwuchs und sich akkumulierte, dann ließ sich dieser Prozess am ehesten im Zusammenhang mit den Silberfischen wahrnehmen.

Und doch waren die Silberfische genau dort, wo sie sein sollten. Sowohl in diesem Frühjahr als auch in diesem Herbst standen sie an den Landzungen und im Stauwasser der Untiefen und in den tangbewachsenen Gruben hinter den Ufersteinen und schnappten brav nach Werners Blinkern und hingen ebenso brav an seinen Haken; unter anderem kam er mit einem Rekordfisch von sechseinhalb Kilo nach Hause, der bei einem Toby-Blinker aus Messing südlich von Ytterharun angebissen hatte; er war fett wie ein Schwein, dieser Fisch, und Werner hatte fünfundfünfzig Minuten gebraucht, um ihn zu zähmen und auf den Käscher vorzubereiten.

Mein Vater wollte über die Silberfische schreiben.

Aber er konnte es nicht.

Er wurde immer rastloser und fühlte sich an seinem Arbeitsplatz am Panoramafenster zunehmend unwohl. Immer öfter setzte das Knattern der Schreibmaschine aus, und dann saß Werner für einen Moment oder zwei regungslos auf seinem Stuhl, aber man sah, dass es in seinem Inneren vor Energie nur so brodelte, vor körperlicher Energie brodelte, die kein Ventil fand. Dann setzte er zu einem neuen Versuch an, einer schnellen Kaskade, einer Stakkatokanonade von Schreibmaschinentypen, die auf das Papier hämmerten, Stille, ein Fluch, ein kurzer ratschender Laut, dann das Rascheln eines Blatts, das zu einem Ball zerknüllt und weggeworfen wurde, danach ein Streichholz, das über eine Zündfläche gezogen wurde, der Duft von Pfeifentabak oder Zigarettenrauch, er hatte seit Jahren nicht mehr geraucht, jetzt jedoch wieder damit angefangen, er stand von seinem Stuhl auf, er wankte unruhig in unserem Wohnzimmer auf und ab, in diesem Raum hier, in dem auch ich sitze und schreibe, das Wanken half nichts, es war Nachmittag, und der Regen vom Vormittag hatte aufgehört, Werner beugte sich vor und schaute zum Panoramafenster hinaus, der Himmel hatte genau die richtige violette und rauchgraue Färbung, er ließ den Blick über den Südhang und die Råbergabucht und die Südinseln schweifen; in der Ferne sah er die kleinen Inseln mit ihren schon kahlen Laubbäumen und ihren Zwergkiefern und ihrem weichen grünen Moos, er roch den Tang, und er sah die schwarzglitschigen Uferfelsen und die Unterwassersteine vor sich, an denen sich die Wellen brachen und der Schaum wirbelte und *die Großen* standen und auf Beute lauerten, und kurze Zeit später ging Werner den Råbergaväg zum Ufer hinab, er trug die Spinnrute über der Schulter, in der anderen Hand sah man die Schachtel mit den Blinkern, er war – einmal mehr! – unterwegs, um sein Glück zu versuchen, ehe die Dämmerung hereinbrach.

Er versuchte alle möglichen Tricks, um den Schreibkrampf zu lösen, den die Silberfische ausgelöst hatten.

Statt vormittags schrieb er abends. Er kaufte eine nagelneue Schreibmaschine der Marke Adler, er wechselte sogar den Arbeitsplatz, trug einen Radiator in die Garage und richtete sich da draußen eine Schreibklause ein. Als auch diese Maßnahmen zu keinem Ergebnis führten, kündigte er seine Stelle. Er sagte Rektor Lindell, er wolle sich ganz aufs Schreiben konzentrieren, und die beiden einigten sich darauf, dass er noch bis zum Jahreswechsel auf seinem Posten blieb. Danach würde Werner freischaffender Künstler werden, wie er es ausdrückte, als er Vera und mir die Neuigkeit verkündete.

Aber Werner war einem Denkfehler erlegen. Nicht das Schreiben an sich war sein Problem. Er hätte weiter schreiben können, wie er früher geschrieben hatte, auf die Art, die ihn zehn Jahre lang ernährt hatte.

Doch nun wollte Werner etwas anderes: Er wollte *mehr.*

Das Problem bestand darin, dass sein Talent ihn im Stich ließ und er nicht in der Lage war, auf Papier zu bannen, was er angesichts der Silberfische empfand.

Ich glaube, Werner begann damals zu ahnen, dass die Silberfische eine ungeheure Sprachfertigkeit besaßen, eine Sprachfertigkeit, die fast schon gefährlich war. Ich hörte ihn in jenem Herbst etwas in der Art zu Onkel Leo sagen, es war an einem bewölkten Oktobertag, als die beiden gut eingemummelt auf der grünen Hollywoodschaukel saßen und sich unterhielten, und Werner sagte zu seinem Onkel, die Sprache der Silberfische sei kraftvoller als die der Menschen, dass die Worte, die ihm zu Gebote standen, nicht ausreichten, um den wilden Tanz der Fische über der Wasseroberfläche zu beschreiben, wenn ihre Freiheit und ihr Leben bedroht waren.

Und ich hörte Leo, der die Worte und die Erzählungen immer geliebt hatte, darüber sprechen, dass unsere Sprache durchaus etwas dehnbarer war, als wir im Allgemeinen zu glauben wagten, dass man es wagen musste, sich ins Unbekannte zu stürzen, und die Worte sich dann in der Regel auch einstellten. Doch da sagte Werner:

»Die Worte? Sie sind nur stumme Gefangene hinter dem Gitter der Gedanken.«

Interludium mit Thema, eingraviert in Kuno Leonard Skrake

Der Onkel meines Vaters, Onkel Kuno Leonard, suchte das Gute. Er suchte es immerfort und überall, er suchte es krampfhaft, fieberhaft, er suchte es sein Leben lang, er fand es bei Siru Lahja Elina, geborene Somerniemi, doch das reichte nicht, Kuno Leonard suchte weiter, er war leicht beeinflussbar und verirrte sich oft, er suchte das Gute bei Scharlatanen, er suchte das Gute bei Zynikern und machthungrigen Opportunisten, er fand viel Katzengold und wurde immer wieder enttäuscht, suchte jedoch gleichwohl weiter das Gute, und die folgende Geschichte ist für euch, die ihr nie verstanden habt, was Menschen wie Onkel Leo hier auf Erden zu schaffen haben, für euch, die ihr nie verstanden habt, wie die Sucher des Guten geboren werden:

Einst war Onkel Leo ein Kind und lebte in der Tabakstadt, und dieses Kind sah seinen großen Bruder Bruno Waldemar bereits in jungen Jahren die härtesten Riten und Kraftproben bestehen: Bruno durchstach mit seinem stabilen Fahrtenmesser den Kopfpanzer eines alten Hechts, Bruno köpfte faule Legehennen mit Vater Joels Holzaxt, und Bruno hielt das Schlachtschwein fest und sah in die rot unterlaufenen Augen des Tiers, als es schrie. Darüber hinaus trug Bruno lebende Kreuzottern am Schwanz, riss Fliegen und Bienen die Flügel aus, legte sie anschließend auf den Rücken und sah zu, wenn sie sich hilflos zu Tode drehten. Er begann in jungen Jahren, in der Gießerei von Birgers Maschinenbauanstalt zu arbeiten, und ging anschließend abends in die

Bierschenke Imatra, wo er jungen Tabakarbeiterinnen an ihre weichen Körperteile fasste und auch mehr als das mit ihnen machte.

Das Kind, das Kuno Leonard hieß, tat nichts von all dem. Es war dünn und flattrig wie Zeitungspapier und zerbrechlich wie feinstes chinesisches Porzellan. Es staunte über und reagierte verängstigt auf all das *Lebendige*, das vor *Wärme, Fleisch* und *Blut* pulsierte. Leo war kaum älter als zehn Jahre und konnte bereits ausgewählte Gedichte von Runeberg und Heidenstam rezitieren, er hing mit der Nase ständig über einem Buch, und sein großer Bruder Bruno schützte ihn mit der Intensität eines Tigers und der Grausamkeit eines Krokodils vor den Angriffen Außenstehender.

Doch dann kam jener schwarzwindige und kühle Oktoberabend, an dem Bruno Waldemar mit vier harten Schlägen den Lehrer Frans Lorenz Hielm auf das frostharte Gras des Schulparks sinken ließ. Während dreier Tage wurde Hielm im Malmschen Krankenhaus gepflegt. Als er entlassen wurde, sorgte er in Absprache mit den Stadtvätern dafür, dass Bruno aus der Tabakstadt verbannt wurde, woraufhin Bruno nach Helsingfors zog, zu Onkel Oskar Johannes und dem steinernen Haus in der Skeppsredaregata und dem Schulbesuch auf der berühmten Gymnasialen Lehranstalt.

Dies war auch der Herbst, in dem Joel Abraham, der Vater der beiden Brüder, die Maschinenbauanstalt verließ und dank seiner barschen Physiognomie und seiner beeindruckenden Körperhaltung eine Arbeit als Kellner im Stadthotel fand. Daheim in der Tabakstadt hielten sich jetzt nur noch der erwähnte Joel und seine Gattin Elin Matilda und das jüngste Kind Kuno Leonard auf, denn ihr ältester Sohn Otto Sigfrid war bereits zweiundzwanzig und hatte geheiratet und war ein Jahr zuvor in die Stadt Gamlakarleby gezogen.

Und es kam schließlich auch der Winter, in dem man das Jahr 1918 schrieb, als Onkel Leo dreizehn Jahre alt war und ein Bruderkrieg tobte und großes Chaos im Lande herrschte, denn die Roten hatten den Süden eingenommen, während die Weißen den Norden Finnlands besetzt hielten, wozu auch die Tabakstadt zählte.

Dort in der Tabakstadt hatten die Weißen die herrenlose russische Soldateska bereits Ende Januar entwaffnet, etwa zwanzig Soldaten getötet und die Übrigen in ein Gefangenenlager in der Nachbarstadt Nykarleby überführt. Anschließend hatte man die rote Garde unschädlich gemacht, die hauptsächlich aus finnischsprachigen Arbeitern bestand. Daraufhin wurde in der Stadt eine Artillerieschule gegründet, deren Zielsetzung es war, Kanoniere und Artilleristen und Sprengkommandos für den bevorstehenden Versuch auszubilden, den roten Süden zurückzuerobern. Ein schwedischer Graf namens Hamilton, ein noch junger Mann mit einem fliehenden Kinn, jedoch umso unbeherrschterem und kriegerischem Gemüt, wurde hinzugezogen, um diese Artillerieschule zu leiten, und als Lehrer in derselben wurden einige der aus Deutschland heimkehrenden Lockstedtjäger herangezogen.

Vom Grafen Hamilton hieß es im Übrigen, er sei ein vortrefflicher Stilist, der die schwedische Sprache derart zu gebrauchen verstehe, dass es im Leser förmlich singe.

Ende Februar gaben die herrschenden Weißen bekannt, dass die Aushebung der wehrpflichtigen Männer im Alter zwischen 21 und 40 Jahren bevorstehe, da sich keine ausreichende Zahl Freiwilliger für das weiße Heer gemeldet habe.

Diese Mitteilung veranlasste den Tellerwäscher Karl August M., 21 Jahre alt, sowie den Aushilfskellner Per Efraim P., 22 Jahre alt, deren politische Zugehörigkeit unsicher war, auf der Stelle unterzutauchen. Der reguläre Kellner am Stadthotel Joel Abraham Skrake wusste jedoch Rat und brachte seinen jüngsten

Sohn Kuno Leonard, 13, mit ins Hotel, der fortan, in der nun folgenden Woche, dorten als Tellerwäscher und Aushilfskellner und Mädchen für alles zur Hand ging.

Nicht unerwähnt bleiben soll weiterhin, dass Otto Sigfrid Skrake, 23 Jahre alt und wohnhaft in Gamlakarleby, nicht untertauchte, sondern der Einberufung Folge leistete. Er durchlief daraufhin eine kurze und prägnante Soldatenausbildung, während derer man ihm eintrichterte, dass die rote Stadt Tammerfors im Süden proppenvoll mit Russen und Ukrainern und Polen und anderen Bolschewisten von fremder Rasse sei, die vertrieben werden müssten.

Die Situation war in diesem Winter im Prinzip so, dass der Stab des örtlichen Schutzkorps das Kommando in der Tabakstadt innehatte: Es herrschte Militärverwaltung, jedoch derart, dass die Stabsmitglieder die gleichen Bürger waren, die bereits vor dem Krieg die wirtschaftliche Macht in der Stadt besessen hatten. Außerdem hatte die Artillerieschule einen eigenen Stab, geführt vom Grafen Hamilton, und als Ende Februar eine Jägerartillerie gegründet wurde, entstand ein dritter Stab, geführt von Jägeroffizier Malmberg-Malmivaara: Folglich war es nur natürlich, dass es zu Zwistigkeiten und einer gewissen Unklarheit bezüglich der Befehlsgewalt und der Jurisdiktion kam.

Dieser Zwistigkeiten und Unklarheiten versuchte man im Rahmen des so genannten Gesellschaftsclubs Herr zu werden. Der Gesellschaftsclub war eine höchst inoffizielle Vereinigung, die sich in einem Saal im Erdgeschoss des Stadthotels versammelte. In Friedenszeiten war der Club ein Forum für informelle Kontakte unter den Wohlsituierten der Stadt und kam nur gelegentlich zusammen, doch nun, in der aufgeheizten Atmosphäre des Krieges versammelten sich seine Mitglieder Abend für Abend – im Hotel trafen sich Angehörige des Schutzkorps, Jäger und eine Hand voll Bürger, die notgedrungen noch nicht militarisiert waren, und es kam vor, dass auch Graf Hamilton mit dem ausgesuchten Sprachgefühl an den Sitzungen teilnahm.

Die geselligen Abende des Gesellschaftsclubs folgten dem alten finnischen Prinzip, dass harte Arbeit nach harten Vergnügungen schreit. Trotz nomineller Einschränkungen, was das Recht des Stadthotels anging, alkoholhaltige Waren zu veräußern, floss der Schnaps in Strömen. So wurde der reguläre Kellner Joel Abraham Skrake beispielsweise eines Februarmorgens mit Pferd und Schlitten in die Stadt Nykarleby entsandt, woher er am folgenden Nachmittag wieder zurückkehrte, dabei mitführend eine große Milchkanne, die mit 25 Litern Branntwein gefüllt war, ein Eichenfass, das 62 Liter des gleichen Getränks enthielt, sowie eine große Holzkiste mit dreihundert kleinen Flaschen Kognak à 1,25 Deziliter das Stück.

Über die Sitzungen des Gesellschaftsclubs kann des Weiteren mitgeteilt werden, dass sich dort bereits Mitte Februar einzelne Stimmen vernehmen ließen, die auf ein improvisiertes und eigenmächtiges Kriegsgericht, gefolgt von der Erschießung der führenden Roten in der Stadt, drängten.

* * *

Zum Monatswechsel Februar/März 1918 war die Stimmung in der Tabakstadt militarisiert, erotisiert und hysterisch.

Wenige Tage zuvor war das Hauptkontingent der Jäger aus Deutschland nach Vasa zurückgekehrt. Von diesen Männern waren gut siebzig, unter anderem Malmberg-Malmivaara und eine Hand voll anderer hoher Offiziere, in die Tabakstadt weitergereist, um dort die Jägerartillerie zu gründen. Vor allem bei den Jägern, die an Deutschlands Ostfront gekämpft hatten, herrschte höchstwahrscheinlich eine gewisse sexuelle Aushungerung, insbesondere, da auf Selbstbefleckung in Kaiser Wilhelms preußisch streng disziplinierter Armee die Todesstrafe stand.

Obwohl man die Arbeiter der Tabakstadt bereits einen Monat zuvor entwaffnet hatte, befürchteten viele Mitglieder des örtlichen Schutzkorps nach wie vor einen Aufstand. Es wurde von

Waffenverstecken in den Wäldern vor der Stadt gemunkelt und dass die Roten einen Anschlag auf Graf Hamiltons Artillerieschule planten.

Auf der roten Seite war die Furcht noch größer. Aber in der Gerüchteküche der Entwaffneten waren es nicht Waffen, sondern Arbeiterleichen, die in den Wäldern Richtung Larsmo und Bennäs verborgen wurden. Es hieß, ein vorüberziehender Wanderer habe eine Woche zuvor gesehen, wie bei Sandsunds Eisenbahnhaltestelle eine Leiche von einem Pferdekarren gekippt worden sei. Seither hatte es allerdings kräftig geschneit, und als eine Gruppe Arbeiter dort hinaus zog, erblickte sie nichts als Schnee, Schnee, unendliche Mengen Schnee.

Hauptmann Hamilton mit dem ausgesuchten Sprachgefühl hatte sich auf eigene Faust zum Oberst ernannt, und es war ihm zudem gelungen, die Noblesse der Tabakstadt mit seiner hastig zusammengenähten Oberstuniform, der allerdings jegliche Rangabzeichen fehlten, zu düpieren. Wenn dieser Köpenickoberst durch den großen Saal in der oberen Etage des Stadthotels ging, erhoben sich sowohl Gäste als auch Personal und nahmen eine stramme Habtachtstellung ein, und der Graf bekam daraufhin Herzklopfen und spürte, wie sein Glied versuchte, sich in der eng sitzenden Hose zu rühren.

Ein junger Angehöriger des Schutzkorps, ein gewisser Lorenzo S.-L., Sohn eines führenden Industriellen der Stadt, hatte während der Tumulte Ende Januar eine Liebschaft mit der schönen Witwe Helen G. begonnen. Diese war während der revolutionären Wirren im vorherigen Frühjahr und Sommer die Geliebte des russischen Stabskapitäns Demjanenko gewesen. Der junge Lorenzo S.-L. war jedes Mal vollkommen außer sich vor Eifersucht, wenn er daran dachte, dass der hoch aufgeschossene Ukrainer mit den hohen Wangenknochen Helen G.s weiße Brüste in seinen gewaltigen Händen gehalten hatte.

Ein anderer führender Vertreter des Schutzkorps, der Ingenieur Evert F., hatte Anfang Februar das Café Imatra besucht und war dort von der stadtbekannten Russenbraut und Hure Indiana Emilia J. angesprochen worden.

Ingenieur F. hatte Indiana zu einem Haus in dem Stadtteil begleitet, der Amerikastan oder Skatan genannt wurde. In diesem Haus wohnten außer Indiana vier weitere lose Weiber. Die Frauen hatten Branntwein in ihn hineingekippt und ihn gratis alles bekommen lassen, was er haben wollte. Drei Wochen später hatte Ingenieur F., auch er ein noch junger Mann, den Schutzkorpssoldaten und Oberarzt Runar Ö. aufgesucht und erfahren, dass er sowohl Läuse als auch einen Tripper hatte, woraufhin Runar Ö. ihn strengstens gefragt hatte, warum er denn keine Spritzen gegen den Tripper benutze, wenn solche doch zur Verfügung stünden.

Ingenieur F. war aus oben genannten Gründen in diesen Tagen um den Monatswechsel von Februar zu März sowohl gedemütigt als auch wütend. Weder er noch der Arzt Runar Ö. wussten jedoch, dass es besagter Indiana J. am Abend des 28. Februars gelungen war, einen der eingetroffenen Jägeroffiziere, wenn auch nicht Malmberg-Malmivaara, in den gleichen Unterschlupf in Amerikastan zu locken, und dass auch dieser junge Mann am folgenden Abend im Stadthotel ein plötzliches und gänzlich neues Jucken am Unterleib verspürte.

Die Einzelinformationen und Details, die sich um jenen grausamen und traurigen Abend im Stadthotel der Tabakstadt Anfang März 1918 ranken, sind wesentlich größerer Zahl als die hier wiedergegebenen.

So ließe sich beispielsweise erwähnen, dass die Stützen der Gesellschaft, unter ihnen viele ältere Männer, die das sexuell aktive Alter hinter sich gelassen hatten, zu jener Zeit in der Lokalzeitung »Pedersöre« vor Wut schäumten, und zwar, weil die jungen Frauen der Stadt, unter ihnen auch Mädchen aus so genanntem guten Haus, nun ebenso ungeniert mit den frisch eingetroffenen Jägern flirteten wie früher mit den russischen Offizieren und Soldaten. Diese Art moralischer Entrüstung war weit verbreitet im schwedischsprachigen Ostbottnien: In einer Nachbarstadt war der Vorschlag aufgekommen, die züchtigen und die liederlichen Frauen dadurch zu unterscheiden, dass die Keuschen eine weiße Rosette zur Befestigung an der Kleidung erhielten, und auf dem Lande hatten aufgebrachte Bauern zahlreiche Versuche unternommen, Frauen mit glühenden Zangen zu brandmarken, von denen man glaubte oder wusste, dass sie mit Russen geschlafen hatten.

Wir könnten ebenfalls aufgreifen, dass der auf schnelle militärische Aktionen fixierte Jägeroffizier Malmivaara-Malmberg sich nach drei Jahren kriegerischen Daseins in Deutschland erst seit fünf Tagen wieder in Finnland aufhielt, und was noch interessanter ist, dass er eigentlich aus einer armen, aber intellektuellen, politisch links stehenden Familie stammte: Seine Mutter, die Schriftstellerin Aino M., hatte in ihrer Jugend einer britischen Sozialistengruppierung angehört.

Oder wir könnten im Vorbeigehen erwähnen, dass die Roten der Tabakstadt während des Generalstreiks im November 1917 zu den moderatesten und gesetzestreuesten im ganzen Land gehört hatten. Im Gegensatz zu den meisten Orten im Süden hatte es hier keine gewaltsamen Ausschreitungen gegeben, und während der Streiktage war nur eine geringe Anzahl von Diebstählen begangen worden, und mehrere der roten Anführer, unter ihnen der Bäcker Suosalo und der Frisör und Zeitungsmann Paatero, waren für die damalige Zeit belesene und gebildete Männer.

Doch wir wollen uns hier nicht in Details verlieren. Lasst uns stattdessen zum Aushilfstellerwäscher und Handlanger Kuno Leonard Skrake, 13 Jahre, zurückkehren; wir stehen nun auf der Schwelle zu dem Abend und der Nacht, die Onkel Leo sein ganzes Leben lang mit sich herumschleppen sollte.

* * *

Vater Joel Abraham hatte lange Dienst an jenem Tag, vom frühen Morgen über graubewölktes Tageslicht bis in die schwärzeste Winternacht und weit in den nächsten Tag hinein. Leo traf hingegen erst gegen Abend im Stadthotel ein. Er hatte sich durch die üblichen Unterichtsstunden im Gymnasium gequält und war anschließend auf Skiern in sein Elternhaus in Permo zurückgekehrt. Dort hatte er Holz gehackt und von Mutter Elins Knollensuppe gegessen, in die an diesem Tag richtige Fleischstücke untergemischt waren, Stücke, die Joel Abraham nach der festlichen Mahlzeit des Grafen Hamilton zu Ehren der neu angekommenen Jäger von Lavast, dem Koch des Stadthotels, bekommen hatte.

Mutter Elin hatte an diesem Morgen einen Brief von ihrem ältesten Sohn Otto Sigfrid bekommen. Otto schrieb, er sei eingezogen worden und werde in einigen Wochen an die Front verlegt. Er sehe es als eine Ehre und Freude an, zu den Auserwählten zu gehören, die das Land vom russischen Bolschewisten-Abschaum befreien würden, schrieb er.

Was nun geschehen sollte, nahm seinen Anfang bereits am helllichten Tag. Als Leo am Nachmittag Richtung Permo nach Hause fuhr, machte er einen Abstecher Richtung Norden. Bei der Eisenbahnlinie nahe der Schwedischen Volksschule begegnete er dabei Matias T., einem gleichaltrigen Jungen, der sein Spielkamerad gewesen war, als die Familie Skrake noch in Amerikastan wohnte. Dieser Matias erzählte ihm nun, das Schutzkorps suche nach Roten, um sie zu inhaftieren, sie seien in Amerikastan gewesen und dem Vernehmen nach auch draußen in Skutnäs und Västanpå, sie hätten schon den Schmied Eriksson mitgenommen und machten jetzt Jagd auf Tanskanen und Piispanen und Bagarnäs und andere, behauptete Matias. Leo wollte daraufhin wissen, ob dann nicht auch Matias' Vater, der Arbeiterführer und Agitator Ilmari T., in Gefahr sei. Da zuckte der 13-jährige Matias T. mit den Schultern, sah weg und sagte auf Finnisch: »Schon möglich. Aber er ist nicht mehr in der Stadt.«

Im Laufe des Nachmittags verbreiteten sich zudem Gerüchte über einen Streit im Café Imatra: Es hieß, ein Jäger habe sich einen Schwall derber Flüche und Schimpfworte anhören müssen, und man habe ihn darüber hinaus mit einem Messer bedroht.

An diesem Abend bekam Kuno Leonard Skrake, dreizehn Jahre alt, den Auftrag, zusammen mit einem der regulären Kellner für den Verzehr des Gesellschaftsclubs zu sorgen. In Friedenszeiten hätte man dies wohl kaum als schicklich empfunden, doch jetzt war Krieg und alle normalen Regelwerke und Reglements außer Kraft gesetzt. Außerdem waren die Säle des Stadthotels voll besetzt, und die meisten der regulären Kellner – unter anderem auch Joel Abraham, der dank seiner stolzen Haltung und seines untadeligen Auftretens häufig vorübergehend die Rolle eines Oberkellners übernahm – waren im großen Saal beschäftigt, wo Graf Hamilton Teile der städtischen Noblesse sowie eine Reihe von Jägeroffizieren mit Champagner, Bouillon, Beefsteak, Château Lafitte, Ananas und Benediktinerlikör bewirtete.

Onkel Leo pflegte zu sagen: Ich erinnere mich an vieles, was gesagt wurde, aber ich erinnere mich nicht mehr genau, wer anwesend war, und auch nicht, wer was gesagt hat.

Mit dieser seiner Unfähigkeit, im Nachhinein zu präzisieren, was an jenem Abend und in jener Nacht geschah, gehorchte Leo unfreiwillig der *Omertà* der Tabakstadt; er sollte sich so zu der üppigen Schar schweigender Männer gesellen, die durch ihr Schweigen erreichten, dass die Vorfälle im Hotel und in der es umgebenden Stadt nie zufrieden stellend untersucht wurden.

Leo war sehr daran gelegen zu betonen, dass dies in seinem Fall nicht aus sozialer Feigheit geschah. Es sei nicht so, dass er Dinge verheimliche, beteuerte er, denn er habe die Tabakstadt für immer verlassen und sei nicht der Ansicht, dieser Stadt etwas schuldig zu sein. Doch er erinnere sich nicht mit letzter Sicherheit an die Details, fuhr er fort, und er sei niemand, der falsches Zeugnis wider seinen Nächsten ablege.

Außerdem, pflegte Leo zu ergänzen, sei er an jenem Abend an den Rand der völligen Erschöpfung getrieben worden. Er war die Arbeit nicht gewohnt, die daraus bestand, großzügig gefüllte Punschgläser und dito Kognakschwenker auf kunstvoll verzierten Silbertabletts hineinzutragen und auf Letzteren zu servieren und pelzbesetzte lange Mäntel und nach Pferden riechende Kriegerroben in die Garderobe zu bringen. Und außerdem hatte er Angst, denn einige Mitglieder des Gesellschaftsclubs waren zu diesem Zeitpunkt bereits nahezu unzurechnungsfähig. Einige der jüngeren Schutzkorpssoldaten hatten im Februar auf dem Marktplatz nach Geschäftsschluss verschiedentlich wahllos um sich geschossen, und auch die Nerven einiger hoher Jägeroffiziere waren aufs Äußerste gespannt, das sah und das hörte man; so wurde etwa gemunkelt, Malmberg-Malmivaara habe nach den Kämpfen bei Eckau lange unter schwerem Granatenschock gelitten, und von dem Mann, den man den *schwarzen Leutnant* nannte, hieß es, er habe unzählige Feinde mit bloßen Händen erwürgt.

Die Mitglieder des Gesellschaftsclubs hätten ihn schlichtweg in Todesangst versetzt, gestand Leo, und diese seine Furchtsamkeit hätte wiederum dazu geführt, dass er sich nur noch an Bruchstücke und Fragmente dessen erinnern konnte, was an jenem Abend gesprochen wurde.

Die meisten Vertreter des Gesellschaftsclubs waren schon gegen sieben Uhr hochgradig betrunken. Aber sie zechten weiter, es war, als hätte der Krieg die körperlichen Grenzen dafür ausgelöscht, wie viel Alkohol ein Mann trinken kann, ohne bewusstlos zu Boden zu sinken.

Malmberg-Malmivaara war die ganze Zeit über anwesend, er sprach oft und kraftvoll, und Leo hatte den Eindruck, dass der Jäger sich auf Finnisch ebenso gewandt auszudrücken vermochte wie auf Schwedisch. Leo selbst konnte nur die fünfzig, vielleicht auch hundert finnischen Worte, die ihm Matias T. während der Jahre in Amerikastan beigebracht hatte.

Eine Hand voll weiterer Jägeroffiziere saß ebenfalls den ganzen Abend dabei. Leo kannte ihre Namen nicht, wusste jedoch, dass der gefürchtete schwarze Leutnant nicht unter ihnen war; im Laufe des Abends hörte er nämlich jemanden sagen, dieser sei bereits mit einer Gruppe russischer Gefangener nach Süden abgereist.

Eine ganze Reihe von Schutzkorpssoldaten mit weißen Armbinden saß mit den Jägern zusammen. Die meisten von ihnen waren jung, und Leo erkannte in ihnen die Söhne der vermögenden Industriellen und Kaufleute und Juristen der Stadt, sie stammten aus Familien, die eigene Kirchenbänke in Altarnähe hatten und deren Mitglieder erwarteten, dass man den Blick abwandte und senkte, wenn sie einen kühl ansahen. Leo glaubte zudem, dass auch einige der älteren und führenden Mitglieder des Schutzkorps der Stadt, unter anderem der Bürgermeister und der stellvertretende Polizeipräsident, an der Sitzung teilnahmen, doch ganz sicher war er sich da nicht, denn die Menschen kamen und gingen, manchmal signalisierte jemand, dass er seinen Überrock oder Mantel haben und nach Hause gehen wollte, manchmal kamen neue Jäger und Angehörige des Schutzkorps aus dem großen Saal herunter und lieferten dem Zorn neue Munition, und irgendwann tauchte sogar Graf Hamilton auf und sprach einige Worte in wohl moduliertem Schwedisch, und es war, betonte Leo immer wieder, fürchterlich schwer, in diesem Gewimmel aus erregten und betrunkenen Männern, die polterten und schrien, auszumachen, wer eigentlich wer war.

Sicher ist nur, pflegte Leo hervorzuheben, dass die Atmosphäre an jenem Abend von Anfang an *eigentümlich* war, anders als an seinen früheren Abenden im Stadthotel, trotz der Trinkerei konzentrierter und intensiver: Leo blieb sein Leben lang überzeugt, dass man sich in einem engeren Zirkel bereits am Morgen dieses Tages für die Einsetzung eines Kriegsgerichts entschieden hatte.

Leo erinnerte sich weiterhin, dass jemand im Verlauf des Abends den Zwischenfall im Café Imatra am früheren Nachmittag zur

Sprache brachte und dass dieser Jemand die rhetorische Frage stellte, inwiefern es denn hinnehmbar sei, wenn Russenhuren und Bolschewisten die Jungen verhöhnten und beschimpften, die Jahre voller Entbehrungen durchlitten hatten und danach aus dem fernen Deutschland herbeigeeilt waren, um ihr geliebtes Vaterland zu befreien. Nach dieser Einlassung wurde die Stimmung immer giftiger, zahlreiche Rufe des Typs »Das darf nicht sein!« ließen sich vernehmen, jemand stimmte *Die Wacht am Rhein* an, und einer der jungen Schutzkorpssoldaten versetzte dem glänzenden Parkettboden einen zischenden Schlag mit seiner Reitpeitsche, um seinen Worten Nachdruck zu verleihen.

Bei der Erwähnung der Russenhuren hatte einer der frisch eingetroffenen Jäger aufgehorcht, und als sich der Lärm ein wenig gelegt hatte, berichtete er, man habe ihm seltsame Dinge über eine Witwe namens G. erzählt, woraufhin ein junger Mann, den Leo als Lorenzo S.-L. wiedererkannte, leichenblass wurde, seinen Revolver zog und einen Schuss in ein Landschaftsgemälde abfeuerte, das an der Kopfwand des Raums hing. Kurz darauf machte einer der betrunkensten Schutzkorpssoldaten, laut Leo könnte es Ingenieur F. gewesen sein, den Vorschlag, dass Oberarzt Ö. am Malmschen Krankenhaus der Auftrag erteilt werden solle, die Huren zu einer Inspektion zu zwingen und bei der Gelegenheit die Kranken auszumustern, damit ein Mann mit den Übrigen seine Bedürfnisse befriedigen könne, ohne Unpässlichkeiten zu riskieren, die Ungemach bereiteten, wenn sie alle demnächst an die Front müssten und dort Krieg führen sollten.

Auf diesen Vorschlag hin entgegnete jemand, er habe bereits seit einem Monat darauf gedrängt, kurzen Prozess mit den gesellschaftsgefährdenden und die Moral schädigenden Elementen zu machen; wie lange wollten die Männer und Frauen, die für erbauliche Werte standen und an das Wort des lebendigen Gottes und die heilende Kraft der Tradition glaubten, die Roten eigentlich noch ihre hinterlistigen Ränke schmieden und die moralische Zersetzung fortschreiten lassen?

In diesem Stadium meldete sich ein Mann zu Wort, der die Diskussion bislang schweigend verfolgt hatte. Er trug einen gut geschnittenen dunklen Anzug und einen blendend weißen und sorgsam gestärkten Kragen und erinnerte die Anwesenden an den Tagesbefehl des Oberbefehlshabers vom 25. Februar, in dem sowohl das Einsetzen summarischer Kriegsgerichte als auch die Durchführung eigenmächtig anberaumter Erschießungen kategorisch untersagt wurden. Der Mann sprach mit leiser und ruhiger Stimme und wiederholte anschließend das eben Gesagte auf Finnisch, während er sich gleichzeitig mit einem besorgten, aber dennoch festen Blick umsah.

Die Reaktion auf seine Worte blieb nicht aus. Malmberg-Malmivaara, der eine ganze Weile geschwiegen hatte, blickte auf und sagte mit harter Stimme, ihm sei es scheißegal, was Gospodin Mannerheim befehle. Einer der jüngeren Angehörigen des Schutzkorps äußerte mit belegter Stimme die Worte: »Wenn du nicht Acht gibst, Jääskeläinen, haben wir bestimmt auch noch eine Salve für dich übrig«, und einer der älteren Ortsansässigen wandte sich an einen Jäger namens Kyander oder Kymlander und klärte ihn flüsternd darüber auf, dass Jääskeläinen, denn so hieß der Mann, der die mahnenden Worte gesprochen hatte, Beamter unter dem verhassten Generalgouverneur Seyn gewesen sei und darüber hinaus verdächtig gute Kontakte zu den ostbottnischen Roten pflege.

Malmberg-Malmivaara fragte die Versammlung nun, ob die nachmittäglichen Razzien in den Arbeitervierteln nennenswerte Resultate gezeitigt hätten, woraufhin die jungen Schutzkorpssoldaten beschämt gestanden, dass sie nur den Schmied Eriksson verhaftet hätten, während Tanskanen, Piispanen, Bagarnäs und andere wie vom Erdboden verschluckt waren. Ein anderer Jägeroffizier fragte daraufhin, wie viele rote Anführer bereits in Haft seien. Man nannte darauf zumindest Suosala und Lind, woraufhin jemand – Onkel Leo wusste nicht mehr, wer – meinte, es sei vielleicht an der Zeit für eine neuerliche Razzia: Falls die am Nachmittag gesuchten Personen nicht auffindbar seien, gebe es doch sicher genug andere Unruhestifter und Agitatoren, die man verhaften könne, es wohnten in dieser Stadt doch Rote in großer Zahl, oder etwa nicht?

Und in dieser Phase, als er einmal mehr den Raum betrat, um den Anwesenden ihre Acht-Zentiliterportionen Kognak zu servieren, hörte Leo jemanden den Namen des Fabrikarbeiters Ilmari T. erwähnen. Leo erstarrte, er gefror innerlich gleichsam zu Eis und dachte an seinen Spielkameraden, der versucht hatte, ihm Finnisch beizubringen, und dem er noch an diesem Nachmittag begegnet war. Er versuchte, sich zu beherrschen, servierte den Kognak mit erzwungen ausdrucksloser Miene und nahm anschließend das Silbertablett und verließ den Raum, während in seinem Inneren drei Worte pochten: *Ich muss warnen … ich muss warnen … ich muss warnen.*

Leo saß nun auf heißen Kohlen, denn als er den Saal des Gesellschaftsclubs verließ, hatten die jungen Schutzkorpssoldaten und zwei Jäger sich bereits zum Aufbruch bereit gemacht. Er fragte Lavast, den Koch, wo sich sein Vater aufhalte, aber Lavast wusste es nicht. Wenige Minuten später tauchte Joel Abraham in der Küchenregion auf, und Leo ging unverzüglich zu ihm und berichtete, was er bei den Mitgliedern des Gesellschaftsclubs gehört hatte. Und Leo teilte Joel Abraham mit, dass er seine Pflichten augenblicklich für eine Viertelstunde oder länger ruhen lasse, da er vor den Schutzkorpsmännern und den Jägern in Skatan sein müsse, sonst werde er Matias nie mehr in die Augen sehen können. Joel Abraham wurde daraufhin kreideweiß und sagte zu Leo streng, er müsse im Hotel bleiben und dürfe sich unter gar keinen Umständen in die Stadt begeben, und was immer an diesem Abend und in dieser Nacht und danach geschehe, so komme es doch nur darauf an, den Mund zu halten und sich um seine eigenen Angelegenheiten zu kümmern, denn es seien böse Zeiten, und die frisch eingetroffenen Männer da drinnen im Club seien brutal, und in diesem unseligen Winter sei kein Menschenleben davor gefeit, ausgelöscht zu werden.

Leo erwiderte nichts, seine ganze schlaksige und papierdünne Jungengestalt blieb regungslos, er betrachtete den hoch gewachsenen und kräftigen Joel Abraham, ohne auszuweichen begegnete er dem strengen, aber ängstlichen Blick des Vaters. Dann griff sich Leo wortlos seinen geflickten Mantel und seine Mütze, machte ein paar schnelle Schritte und schob sich durch die Tür zum Hof, ehe Joel Abraham reagieren konnte. Es war das erste Mal, dass der furchtsame Kuno Leonard sich seinen Anweisungen widersetzte.

Er lief dann wie um sein Leben, er lief durch den kalten und noch einen Hauch bläulichen Spätwinterabend, er lief durch den dunklen Schulpark und spürte die Schneenässe durch die löchrigen Schuhe und die Wollsocken dringen, er überquerte die Straße beim Gymnasium und sah aus den Augenwinkeln das mächtige und kantige Steingebäude über sich brüten, er lief am Gewerkschaftshaus der Roten vorbei und immer tiefer in den Stadtteil Skatan hinein, er lief die Amerikagata hinab und spürte das Brennen der rauen Luft in seinen Lungen, dann bog er rechts ab und erhöhte nochmals das Tempo und war nun fast da.

Aber er kam zu spät. Durch eine Hoftür einige Meter vor ihm kamen vier Männer, einer von ihnen war in Uniform, und die drei anderen trugen weiße Armbinden, und sie grölten aufgeräumt und fluchten, dass es nur so aus ihnen heraussprudelte, und hatten einen fünften Mann zwischen sich genommen, der mit Handschellen gefesselt war und dessen Gesicht blutete.

Leo blieb stehen. Er öffnete die Pforte, neben der er sich gerade befand, und glitt lautlos auf den Hof. Dort stand er in der Dunkelheit, als die vier Männer und ihr Gefangener vorbeigingen. Irgendwo hörte er eine Frau verzweifelt weinen, und dann begann ein Kind zu schreien.

Als er sich anschließend vorsichtig spähend ins Stadthotel zurückbegab, blickte er gelegentlich zum schwarzen Nachthimmel hinauf und hatte den Eindruck, dass die Sterne dort oben eisig weiß, stumm, weit verstreut und zur Einsamkeit verdammt waren.

* * *

Acht Männer, unter ihnen Lind, Suosalo, Ilmari T., der Schmied Eriksson und jener Jääskeläinen, der die Mitglieder des Gesellschaftsclubs an den letzten Tagesbefehl des Oberbefehlshabers erinnert hatte, wurden noch in der gleichen Nacht vor der Tabakfabrik hingerichtet. Ihre Leichen lagen zu Demonstrationszwecken da, als Erwachsene und Kinder am folgenden Morgen zu ihren Arbeitsplätzen und in ihre Schulen eilten. Später mussten die Erschossenen so lange auf ihre Beerdigung warten, dass der Gestank in der Grabkapelle, in der sie aufgebahrt lagen, fast unerträglich wurde.

Graf Hamilton schrieb am folgenden Nachmittag, während er seinen Kater mit einer Mischung aus Tee und braunem Curaçao kurierte, in seinem ausgesuchten Schwedisch eine Bekanntmachung, in der es hieß, die Hingerichteten seien wegen Hochverrats sowie Konspiration gegen die gesetzmäßige Regierung des Landes in Komplizenschaft mit dem russischen Erzfeind zum Tode verurteilt worden.

Oberarzt Runar Ö. versuchte später seinen Seelenfrieden zu finden, indem er verfolgten roten Anführern, unter anderem dem Barbier und Zeitungsmann Paatero, im Malmschen Krankenhaus Asyl gewährte. Doch das war vergebens: Verhaftungen wurden auch im Krankenhaus durchgeführt, und Paateros Leiche folglich bei Aufbrechen des Eises vor Vasa im Wasser treibend gefunden.

Der Gesellschaftsclub wurde kurz nach Ende des Bürgerkriegs umbenannt und hieß fortan Schwedischer Club.

Mindestens einer, möglicherweise jedoch auch zwei oder drei der Anwesenden im Stadthotel am Abend des ersten März 1918 begingen im folgenden Jahrzehnt Selbstmord.

Malmberg-Malmivaara beging keinen Selbstmord. Er wurde Oberst und Verteidigungsminister und war einer der Männer, die das neue selbständige Finnland aufbauten. Lange war er Oberbefehlshaber der Schutzkorps des Landes und führte noch 1939–44, während des Krieges gegen die Sowjetunion, die Landwehr. Malmberg-Malmivaara entwickelte sich mit der Zeit allerdings zu einem schweren Alkoholiker.

Jahrzehnt für Jahrzehnt tauchten acht gemalte Kreuze an der Fabrikwand auf, vor der die Hinrichtungen stattgefunden haben sollen. Die Kreuze wurden jedes Mal sofort wieder übermalt, und die Männer, die an dem Kriegsgericht im Stadthotel und an der nächtlichen Vollstreckung der Urteile teilgenommen hatten, schwiegen über das, was sie wussten, schwiegen bis ins Grab.

* * *

An einem Vormittag, einen guten Monat nach den nächtlichen Ereignissen in der Tabakstadt, bekam Mutter Elin Matilda Skrake Besuch vom Pfarrer. Otto Sigfrid war in den Gefechten um Tammerfors gefallen, er war in Stücke gesprengt worden, als seine Kompanie, angeführt von Jägeroffizier Gunnar Melin, ein erobertes Gebäude namens Näsilinna verteidigte. In seinem letzten Brief, der in Messuby aufgegeben worden war und sein Zuhause in Permo zwei Tage nach dem Besuch des Geistlichen erreichte, schrieb Otto Sigfrid, es gebe Gerüchte, dass sie bald die Stadt erstürmen würden, und er äußerte sein Erstaunen darüber, dass die roten Kämpfer in den Dörfern vor Tammerfors fließend Finnisch zu sprechen schienen.

Im Mai erfuhren Elin, Joel und Leonard Skrake, dass der mittlere Bruder Bruno Waldemar sich bei Kriegsausbruch einem nyländischen Freikorps angeschlossen hatte. Dieses Freikorps war in der Folge von den Roten entwaffnet worden, und die Angehörigen des Korps hatten danach in einem Schulgebäude in der Elisabetsgata in Helsingfors in Gefangenschaft gesessen. Als von der Goltz' Truppen im April Helsingfors eroberten, schloss Bruno sich gemeinsam mit einigen anderen Gefangenen dem Västra Nylands Bataillon an, das sein Hauptquartier auf dem Gut Västankvarn in Ingå hatte.

Jahre später zog Onkel Leo nach Helsingfors und nahm daraufhin wieder Kontakt zu seinem älteren Bruder, meinem zukünftigen Großvater, auf. Wiederholte Male versuchte er Bruno über seine militärischen Aktivitäten im Frühjahr 1918 auszufragen. Bruno blieb jedoch äußerst verschwiegen, erzählte aber, dass er während seiner langen Gefangenschaft in der Elisabetsgata an schwerer Verstopfung gelitten habe und einmal von einer weiblichen roten Wache sexuell verunglimpft worden sei.

Leo schloss daraus, dass Bruno sich in besagtem Frühjahr Vergeltungsaktionen gewidmet hatte, ein Verdacht, der sich noch durch die Tatsache erhärtete, dass auch das Västra Nylands Bataillon im folgenden Jahrzehnt von einer überproportional hohen Quote unerklärlicher Selbstmorde getroffen wurde. Bruno selbst zeigte allerdings niemals Anzeichen einer labilen Psyche oder schwacher Nerven: Er schlief, laut Leo und Maggie, nachts tief und fest und sprach nie wieder über diese Zeiten.

* * *

Es soll an dieser Stelle betont werden, dass Onkel Leos Freunde und Verwandte größtenteils Weiße waren, bis er im Jahre 1925, nach zwei alkoholdurchtränkten Studienjahren, jene Siru kennen lernte, die damals noch keine Tante war, sondern ein dunkelhaariges Mädchen, das in einem Holzhaus in der Kristinegata aufgewachsen war und in jenem Frühjahr als Verkäuferin in der Kaffeebude ihrer Mutter auf dem Hagnäs Markt stand.

Leo kannte folglich die Gewalttaten der Roten, denn Brunos Freunde in Helsingfors erzählten oft genug von ihnen.

Aber Leo verfügte aus erster Hand auch über Erkenntnisse von einer weißen Bluttat, noch dazu einer, die vertuscht worden war; und dass seine Erinnerungen mit den Jahren immer fragmentarischer und darüber hinaus durch die sich immer wieder einstellenden Anflüge von Furcht schemenhaft wurden, war nicht entscheidend, sein Wissen war trotz allem vorhanden, in seinem Herzen und in seinem Körper.

Hinzu kamen weiterhin das Wissen um Otto Sigfrids Heldentod in Tammerfors und der an ihm nagende Verdacht angesichts der Frage, was Bruno während des Kriegsfrühlings nach seiner Gefangenschaft in der Elisabetsgata getrieben hatte. Hinzu kamen die wachsende Liebe zu Siru und die Wärme, die er für ihre Familie empfand, auch für ihren ein Jahr älteren Bruder Aate und seine kommunistischen Kameraden. All diese Erkenntnisse wurden zu groß, als dass Onkel Leo sie hätte verkraften können – wenn man mit Erkenntnissen verkraften die Fähigkeit meint, aus dem eigenen Wissen einen einfachen und geradlinigen sozialen und politischen Standpunkt herauszufiltern.

Stattdessen beschloss Onkel Leo, sein Leben lang Wissen um des Wissens willen zu suchen. Und er beharrte auf diesem Vorhaben, so wie er auch darauf beharrte, seinem Wissen durch Märchen und Anekdoten Ausdruck zu verleihen, sowie auf seinem Durst nach dem Guten, das er immer und allerorten suchte, das er krampfhaft, ja fieberhaft, sein Leben lang suchte, das er bei Siru Lahja Elina, geborene Somerniemi, fand, aber auch andernorts finden wollte, das er bei Scharlatanen und Zynikern und machthungrigen Opportunisten suchte, das er unermüdlich suchte, obwohl er viel Katzengold fand und immer wieder enttäuscht wurde, und das er im Laufe des Jahres, das sich exakt fünfzig Jahre nach dem Kriegsjahr 1918 begab, in immer höherem Maße bei den jungen Universitätsradikalen zu finden glaubte, für die er eine eigentümliche Mischung aus einem weisen Altmeister und einem herzzerreißend rührenden Maskottchen wurde.

Ja: Während des Jahrs, von dem zu erzählen ich nun im Begriff stehe, fand Onkel Leo in den jungen Radikalen ein neues Publikum, ein Publikum, das gierig seinen Geschichten von den Begegnungen mit dem Schriftsteller Hemmer und dem Dichter Diktonius und anderen Sonderlingen im noch kriegswunden und verletzten und zersplitterten Helsingfors der Zwanzigerjahre lauschte. Während dieses Jahres, von dem ich nun erzählen möchte, glaubte Onkel Leo einmal mehr, er habe das Gute gefunden. Und vermutlich ahnte er, dass dieser Glaube nun zum allerletzten Mal in ihm aufflammen würde, doch diese Ahnung störte ihn nicht weiter. Stattdessen sprühte er vor neu erwachtem jugendlichen Eifer und einer Kraft, die Siru und Werner und Vera und Maggie und alle anderen, die ihm nahe standen, zunächst innerlich schmunzeln und dann denken ließ, dass das Leben trotz allem doch ziemlich lang ist und voller Möglichkeiten steckt.

Antediluvians In Disguise

Mitten in einem monoton trommelnden Herbstregen klingelte Annette Muhrman an unserer Tür. Es war Sonntagvormittag, sie hatte eine leere Porzellantasse in der Hand, und Werner starrte verblüfft die Erscheinung auf unserer Eingangstreppe an. Nettes lange blonde Haare waren nach einer Trainingseinheit auf dem weißen Ritter verfilzt, sie trug einen weißen Regenmantel mit weißen Plastikschnallen statt Knöpfen, ihre Beine waren in schwarze Nylonstrümpfe drapiert, und an den Füßen trug sie violette Schuhe mit derart hohen Absätzen, dass sie ein wenig schwankte, als sie vor ihm stand. Nachdem sie sich vorgestellt hatte, murmelte Werner etwas Unverständliches, wandte sich um und rief ins Haus: »Es ist nur die Nachbarin, die gekommen ist, um sich etwas Zucker zu leihen.«

Das geschah noch nicht im alles verändernden Jahr der Ruhelosigkeit und der Abwesenheit und des Riesenwurfs, dieses Jahr verbarg sich noch hinter einer Ecke der Zeit, noch schrieben wir das Ende des Herbsts der Neuankömmlinge. Aber Vera hatte sich in Råberga immer etwas einsam gefühlt, sie sehnte sich inniglich nach Freunden und Bekannten und wollte Nette deshalb zu einer Tasse Kaffee einladen. Nette nahm die Einladung an, ließ sich durchs Haus führen und rief aus, dass die Aussicht aus unserem Wohnzimmerfenster ganz wunderbar sei und sie Häuser im funktionalistischen Stil liebe, obwohl sie so *anti-deluvianisch* seien.

Dann saßen die beiden Frauen lange auf der Couchgarnitur vor dem Panoramafenster – Werner hatte dreitausend Mark vom Bruno-Konto abgehoben und Vera das Wohnzimmer neu einrichten lassen, als er dazu überging, in der Garage zu schreiben – und tranken Kaffee und unterhielten sich. Sie sprachen über Helsingfors, wo Nette aufgewachsen war, Vera jedoch nie gewohnt hatte, sie sprachen über Råberga, das Nette eine ganz reizende Ortschaft nannte, und sannen über die Tatsache nach, dass Nette und Werner Kollegen und beide Mitglieder des Schriftstellerverbands waren, obwohl sie für äußerst unterschiedliche Zielgruppen schrieben, wie Nette es ausdrückte.

Bis zu jenem Tag hatte ich allein die Verantwortung für die Kontakte der Skrakes zu den Muhrmans getragen.

Seit Schulbeginn war ich Dauergast im Nachbarhaus gewesen und hatte Bjöna und Janna mehrmals dabei geholfen, den weißen Ritter in den strömenden Herbstregen hinauszutragen, da die beiden hofften, er werde dort verrosten. Unsere Eltern hatten sich hingegen darauf beschränkt, einander aus der Ferne zuzunicken und »Morgen!« oder »Schönes Wetter heute!« zuzurufen, außer einmal, als Bjöna und Janna den Ritter ohne mein Wissen auf unser Grundstück bugsiert hatten. Birre Muhrman war daraufhin auf einen von Veras zarten Rosenstöcken getreten, als er das Trimmdich-Rad zurückholen wollte, und hatte noch am gleichen Abend angerufen und für seinen Übertritt um Entschuldigung gebeten.

Aber Vera und Nette verstanden sich an diesem Vormittag richtig gut. Als sie endlich ihren Kaffee getrunken und ausgeredet hatten und Vera die Zuckertüte geholt und Zucker in Nettes Tasse geschüttet hatte, stellte sich heraus, dass die Tasse zu einem Viertel mit lauwarmem Regenwasser gefüllt war, sodass der Zucker augenblicklich schmolz. Als Vera und Nette dies bemerkten, brachen sie sofort in freundschaftliches Gelächter aus, sie lachten eine ganze Weile, und dann lieh Vera Nette eine garantiert trockene Porzellantasse und schüttete Zucker hinein, und Nette lud uns Skrakes aus Dankbarkeit für das kommende Wochenende bei Muhrmans zum Essen ein, und so kam es dann auch. Die kurzzeitige Freundschaft mit Birre und Nette Muhrman war der einzige Versuch eines bürgerlichen Umgangs, den Werner und Vera in Råberga jemals unternahmen, und die Ursache für dieses kurze soziale Experiment war ein Klumpen nassen und schmelzenden Zuckers in einer Porzellantasse und das warme und perlende Zweifrauenlachen, das der Entdeckung des Malheurs folgte.

* * *

In der Weihnachtszeit war es in dem Jahr eiskalt. An einem der Tage zwischen den Jahren saß Familie Muhrman abends bei uns, und das Thermometer zeigte minus 25 Grad an. Wir Kinder spielten im Garten, und Janna Muhrman versuchte Bjöna und mich zu überreden, diverse Metallgegenstände mit der Zunge zu berühren. Leider war sie mit ihrem Ansinnen erfolgreich, und Birre und Werner mussten mit mehreren Eimern heißen Wassers hinzueilen, bis mein Unglücksbruder und ich wieder von Werners großer Schneeschaufel loskamen.

Im weiteren Verlauf des Abends fiel Jannas Blick auf ein Bild von mir, das auf Veras Klavier stand. Es war eine gerahmte Aufnahme hinter Veras und Werners Hochzeitsfoto, das an einem sonnigen Apriltag vor der Kirche von Tölö aufgenommen worden war. Flankiert wurde ich von Veras biologischem Vater in Felduniform und ihren lächelnden, daheim in Alvik porträtierten Pflegeeltern.

Auf dem Foto hatte ich bereits meine kräftigen Skrake-Augenbrauen, die bei Erwachsenen gut aussehen, den Skrakekindern jedoch ein animalisches, vage beunruhigendes Aussehen verleihen. Bekleidet war ich nur mit einer weißen Matrosenmütze, auf der *Bore Line* stand. Ich hatte ein emailliertes Töpfchen in der Hand, und mein Kleinkindglied glich einer kleinen blassen Larve. Im Hintergrund war Skådaharun zu erkennen; Werner hatte das Foto an Tistelskärs flachem Südstrand in dem Sommer geschossen, in dem ich drei Jahre alt war.

Nachdem sie länger über dieses Porträt nachgesonnen hatte, taufte Janna Muhrman mich Schwänzchen-Wiktor. Mit diesem Namen musste ich dann das gesamte zweite Schulhalbjahr 1968 und bis weit in den Herbst hinein leben, und weil es Janna gelungen war, auch den Kosenamen BeeHaa ihres Bruders zu weiter Verbreitung zu verhelfen, hatten Bjöna und ich in der Grundschule von Råberga nicht viel zu lachen.

Dennoch soll an dieser Stelle nicht verschwiegen werden, dass das oben erwähnte Abendessen verhältnismäßig geglückt und völlig frei von sozialen Katastrophen verlief. Möglich, dass sich Nette Muhrman eine kurze Bemerkung zu Werners gelbem und fünfzigerjahreknisterndem Nylonhemd erlaubte, aber noch beschäftigte sie sich nicht ernsthaft mit dem, was sie den *Anti-Deluvianismus* meines Vaters nannte. Und Birre warf Vera zwar bewundernde und schmachtende Blicke zu, gab sich ansonsten aber den ganzen Abend als der geborene und weltgewandte Gentleman, der er so schrecklich gerne sein wollte.

* * *

Es ist so verführerisch leicht, Jahrzehnte später zu behaupten, dass Birger & Annette Muhrman und Werner & Vera Skrake von Anfang an eine unmögliche und geradezu verheerende Kombination waren.

Lange glaubte ich, dass alles kam, wie es eben kam, weil Birre und Nette so modern waren, so *comme il faut*, während Werner und Vera so unzeitgemäß waren, große Kinder, die im Kinosaal der Seele hängen geblieben waren, in dem man, ohne es zugeben zu wollen, unablässig und heimlich die unlösbaren Mysterien der eigenen Kindheit und Familie und der totgeschwiegenen Kriege betrachtet.

Ich war wahrscheinlich von Nette Muhrman und ihrem ganzen Gerede über Anti-Deluvianismen beeinflusst, als ich das fand. Heute denke ich, diese Argumentation schmeckt nach Vereinfachung.

Denn obwohl Werner die immer hektischere und gewalttätigere Gegenwart hasste und ihr so weit wie möglich aus dem Weg gehen wollte und obwohl ein fischender Werner oder eine über das Klavier gebeugte Vera einem anderen Zeitalter entsprungen zu sein schienen, repräsentierten weder mein Vater noch meine Mutter den weltanschaulichen Konservativismus, der zu jener Zeit einen hartnäckig aufrecht erhaltenen Kampf gegen die jungen oder – wie in Nettes und Birres Fall – jugendlich gebliebenen Radikalen führte.

Denn Werner und Vera konnten gleichzeitig verblüffend modern sein.

So ließen sie beispielsweise ihr einziges Kind in Freiheit aufwachsen und zu dem Menschen werden, der er werden wollte, sie gaben das Erbe der Strenge, der Furcht und der Konventionen nicht weiter, das den meisten Menschen von ihren Erziehungsberechtigten aufgezwungen wird und von dem auch meine Eltern mit Sicherheit ein gehöriges Maß abbekommen hatten.

Während der kurzen Zeit, in der sie sich regelmäßig trafen, entdeckte Nette Muhrman fortlaufend neue Anti-Deluvianismen an meinem Vater. Seine Begabung erkannte sie hingegen nie. Und mit dieser Blindheit stand sie nicht allein; weil Werners Fantasie und Intelligenz mit keiner praktischen Spezialbegabung vereint waren, wie zum Beispiel ein Vermögen zu machen oder sich flotte Ehrentitel zu erschleimen, oder mit einem ausgeprägten Talent, Schwachsinn zu reden, war es einigermaßen üblich, dass utilitaristisch gesinnte Menschen in meinem Vater ausschließlich einen seltsamen Kauz sahen, der völlig hinter dem Mond lebte.

Nette unterschied sich von den übrigen Utilitaristen nur durch ihre enorme Energie und Standhaftigkeit. Gut möglich, dass sie anfangs neugierig auf Werner war, weil er ein halb prominenter Sportler und ein ziemlich bekannter Schriftsteller war, und dass sein Mangel an Charisma sie dann tief enttäuschte; jedenfalls wurde es ihr rasch unmöglich, am gleichen Tisch wie Werner zu sitzen, ohne ihn zu bekritteln oder sich über ihn lustig zu machen.

Sie pflegte mit den Worten zu beginnen: »Nicht, dass ich spötterisch sein möchte, aber…«, legte dann richtig los und war fortan monoton wie eine tickende Uhr. Dass Werners Nylonhemden ihrer Ansicht nach anti-deluvianisch waren, habe ich bereits erwähnt. Anti-deluvianisch war aber auch Werners ausgefranster und blankgewetzter Nationalmannschaftstrainingsanzug, und anti-deluvianisch war es ebenso, dass jemand die Energie aufbrachte, sich mit etwas so Lächerlichem wie dem Hammerwerfen zu beschäftigen. Und genauso anti-deluvianisch war es, nur zum eigenen Vergnügen Fische zu töten, ganz zu schweigen von dem Unfug, anschließend über dieses Töten auch noch zu schreiben, wenn man doch Zugang zur Öffentlichkeit hatte und die Worte stattdessen hätte aufklärerisch nutzen können.

* * *

Es ist Winter, es ist zu Beginn des Riesenwurfjahrs.

Draußen sind die Abende zunächst vollkommen schwarz, beginnen mit der Zeit jedoch, in Indigo und Türkis überzugehen, die Schneestürme haben ein Ende, und das Himmelsgewölbe wird stattdessen weit und eisig sternenübersät.

Irgendwo im Hintergrund sind Bjöna und Janna und ich mit unseren eigenen Angelegenheiten beschäftigt, und im Vordergrund befinden sich diese vier Erwachsenen, sie sitzen auf der Couchgarnitur vor unserem Panoramafenster oder versinken in den tiefen Ohrensesseln und seltsamen reisgefüllten Sackstühlen, die das ansonsten so schmucklose Muhrmansche Wohnzimmer dominieren.

Sie verbringen viele Abende zusammen, und zunächst scheint es eine ideale Kombination zu sein. Nette Muhrman redet wie ein Wasserfall, sie ist wie ein Siphon, die blonden Stirnlocken fallen ihr in die Augen, und der breite Mund mit den schön geschwungenen Lippen bewegt sich pausenlos. Vera ergreift nur selten das Wort, und wenn sie es tut, ist sie zurückhaltend, sie trägt einen ihrer großen flusigen Pullover in Schwarz oder Rot oder Grün, und wenn sie etwas sagt, kommt das Gespräch zum Erliegen, denn in ihrem Schweigen hat Vera Zeit zum Nachdenken gehabt, und ihre Einwürfe sind deshalb immer auf die eine oder andere Art desillusionierend.

Birre Muhrman wiederum starrt fast ununterbrochen Vera an, auch während er spricht, und wenn anschließend Nette an der Reihe ist, das Wort zu ergreifen, reagiert er zuweilen gereizt auf den Redefluss seiner Frau. Doch auch Birre kann das Gefühl einer gewissen Überlegenheit Werner und Vera gegenüber nicht verbergen, sie liegt in seiner Stimme und seinen Bewegungen, diese Überlegenheit, und scheint völlig unreflektiert zu sein, so als wäre sie angeboren.

Werner wiederum schweigt, er schweigt sogar noch mehr als Vera, Wochenende für Wochenende und Abendessen für Abendessen besteht sein hauptsächlicher Beitrag zur Diskussion aus einem schwer zu deutenden Brummen, es sei denn, er setzt zu einem seiner gestammelten und unbeholfenen Versuche an, sich gegen Nette Muhrmans gut gemeintes, jedoch übereifriges Bestreben zu wehren, meinen Vater mittels bissiger Kritik dahin zu bringen, sich in salon- und gegenwartsfähige Richtung zu verändern.

* * *

Ich muss die Muster und Hierarchien, die das gesellige Beisammensein der Erwachsenen steuerte, erahnt, ja gewittert haben. Denn ich erinnere mich, dass ich jedes Mal wütend wurde, wenn ich ihnen zufällig einmal zuhörte. Und es war Werner, auf den ich wütend war. Ich war mit meinem Vater bis nach Jalasjärvi und zurück gereist, ich hatte neben ihm auf dem Platz der vier Himmelsrichtungen gestanden und war unzählige Male in der Abenddämmerung mit ihm vom Sportplatz nach Hause gegangen. Ich wusste doch, was für Dinge er zu sagen hatte, große Dinge, Dinge, die ein Gefühl von Himmel und Raum heraufbeschworen, Dinge, welche die energischen Behauptungen einer Nette oder eines Birre sinnlos und hart erscheinen ließen.

Aber in den gemütlichen Wohnzimmern, mit dem Weinglas oder dem Kognakschwenker vor sich, verteidigte sich Werner jämmerlich schlecht. Ein ums andere Mal überließ er Nette Muhrman das Feld, ließ sie unablässig reden und ihn und alles, wofür er stand, kritisieren, ohne nennenswerten Widerstand zu leisten; er ließ nur versöhnliche und abwiegelnde Kommentare des Typs *Ein jeder nach seiner Fasson* fallen und lächelte anschließend ein wenig scheu und schief, und auf die Art ging es dann weiter, bis Nette eines Samstagabends die unsichtbare Grenze überschritt.

Am Anti-deluvianischsten unter den zahlreichen Anti-Deluvianismen meines Vaters war natürlich seine unerschütterliche Liebe zu Elvis Presley.

Als Nette Muhrman diese Liebe entdeckte, nahm sie kein Blatt vor den Mund. Sie rief sich in Erinnerung, dass der abgedankte King in *Wooden Heart* auf Deutsch gesungen hatte, und begann unverzüglich, Werner damit aufzuziehen. Und sie war es auch, die bei einem Essen im Februar zu dem Schluss kam, dass die Kapitalisten Elvis' Seele getötet und ihn in einen Zombie verwandelt hatten, eine Schlussfolgerung, die, wie Werner durchaus wusste, richtig und korrekt war, auch wenn sie ihn unerhört grämte.

Doch sogar jetzt, als Nettes Tiraden sich gegen Werners gesamte heilige Dreifaltigkeit richteten – das Hammerwerfen, die Silberfische und Elvis –, verhielt er sich lange fromm wie ein Lamm. Er forderte Nette nur geduldig auf, der Wärme und dem Timbre zu lauschen, das in Elvis' Stimme lag, auch wenn das Liedmaterial schlecht war, und er versprach ihr und Birre, sie an einem sonnenwarmen Tag unmittelbar nach dem Aufbrechen des Eises nach Tistelskär oder Ytterharun mitzunehmen. Bekämen sie erst einmal eine Lachsforelle am Haken zu sehen, die an einem funkelnden Frühlingstag im seichten Uferwasser umherschoss, würden sie schon die Freiheit und Schönheit verstehen, die im Silberfisch verborgen lag, sagte mein Vater mit Tageslicht und Sehnsucht in der Stimme.

Doch dann kam jener Abend Anfang März daheim bei uns. Wir hatten einen von Vera zubereiteten Fleischeintopf gegessen, die Erwachsenen hatten ziemlich viel Wein zum Essen getrunken und sowohl Werner als auch Birre lautstark gerülpst.

Was genau schließlich Werners Wutausbruch auslöste, weiß ich nicht, ich habe Vera mehrfach danach gefragt, aber sie erinnert sich nicht mehr, was Nette Muhrman damals sagte, und weiß nur noch, dass es um Elvis ging.

Ich selbst hielt mich im Kinderzimmer auf. Mein Freund Bjöna und ich saßen mucksmäuschenstill auf meiner harten Bettkante und lauschten eingeschüchtert Janna, die mit heiserer und intensiver Stimme verkündete, ab sofort Sabba genannt werden zu wollen, eine Abkürzung ihres zweiten Namens Sabina. Daraufhin ermahnte sie Bjöna und mich strengstens und unter Androhung von Blutzoll und sogar Verlust des Lebens, dem soeben öffentlich kund getanen Dekret zu gehorchen: *Verstanden, ich bring euch beide um, wenn einer von euch mich noch ein einziges Mal Janna oder Krümel nennt*, sagte sie, und diese Information aus dem Munde der großen Schwester meines besten und einzigen Freundes verstimmte mich derart nachhaltig, dass ich JannaSabba und Bjöna da oben alleine ließ; ich ging die Treppe hinunter, um angesichts der bevorstehenden Prüfungen des Lebens bei meinem Vater Mannesmut zu schöpfen.

Und bei der Gelegenheit sah ich ihn vor dem Panoramafenster stehen und mit der sanften Frühjahrsdämmerung und der eisbedeckten Råbergabucht als Hintergrund eine flammende Rede halten.

Damals, in dem Moment, begriff ich nur, dass Werner erregt und zornig war. Aber Vera hat mir erzählt, dass er über Elvis Presleys frühe Musik und die Blues- und Gospelwurzeln sprach, aus der sie ihre Kraft schöpfte. Er sagte, diese Musik stehe für das Beste in Amerika, sie stehe für eine Sehnsucht nach Freiheit, die jeder Armut und jeder verdammten Erniedrigung trotze, und für die Fähigkeit, das Leben trotz aller teuflischen Entbehrungen, die nie ein Ende nehmen wollten, zu bejahen. Und er zog eine Parallele zur Literatur: Er sagte, Elvis' frühe Musik gleiche Huckleberry Finn, sie sei gutmütig und verspielt, während die neue Rockmusik, die von diesen ganzen Gitarrenverbrennern und heiser und verkrampft singenden Säufern dargeboten wurde, von unerlöster Angst erfüllt sei. Die neue Musik, sagte mein Vater an diesem Abend zu Beginn des Jahrs der Ruhelosigkeit und des Riesenwurfs, war die Musik Kapitän Ahabs, sie berge eine große Furcht vor dem weißen Wal in sich, in ihr sei eine Sehnsucht nach Freiheit, die verzerrt sei, die feindlich und rücksichtslos und bereit sei, sich selbst und ihre Umwelt zu zerstören.

Und außerdem, fügte Werner anschließend hinzu und wandte sich nun direkt an Nette Muhrman und lächelte sie böswillig an, außerdem heiße es nicht *spötterisch,* sondern *spöttisch*, was Nette doch eigentlich wissen sollte, sie, deren Beruf der Umgang mit Worten war.

Nette sah verunsichert zunächst Vera und dann Birre an, sie hatte Werner auch nicht ansatzweise jemals so viel auf einmal sagen hören und war immer noch unsicher, ob er nun tatsächlich wütend war, denn er war doch sonst immer so sanftmütig, der gute Nachbar.

Aber Werner war wütend. Denn während es hinter dem Fenster Nacht wurde, klärte er Nette des Weiteren darüber auf, dass es antediluvianisch und nicht anti-deluvianisch hieß, und beendete seine mächtige Rede, vermutlich die längste, die er in seinem ganzen Leben hielt, indem er die Herkunft der beiden Glieder dieses seltsamen Worts erläuterte. *Ante* sei die Präposition »vor« auf Latein, sagte Werner, und *diluvianisch* beziehe sich auf die Sintflut: Es sei im Prinzip das gleiche Wort wie in dem französischen Ausdruck *après nous le déluge*, und »antediluvianisch« bedeute somit »aus der Zeit vor der Sintflut«, was Nette, erläuterte Werner, durchaus einmal hätte nachschlagen können, wenn sie diesen verdammten Begriff schon bei jeder passenden und unpassenden Gelegenheit benutzen wolle.

* * *

Das letzte Kapitel dieser tragikomischen Geschichte vom Umgang meiner Eltern mit dem Ehepaar Muhrman wurde zwanzig Tage später geschrieben: Ende März, kurz vor dem Ausbruch der großen Unruhe in meinem Vater.

In den Wochen nach Werners Vorstellung in unserem Wohnzimmer trafen sich Bjöna und ich wie zuvor. Wir gingen beim jeweils anderen ein und aus, und manchmal leistete uns Sabba Gesellschaft, die unsere Gesichter jedes Mal mit hartem und scharfkantigem Frühjahrsschnee schrubbte, wenn wir einmal unser Versprechen vergaßen und sie aus alter Gewohnheit Janna nannten.

Aber Nette und Birre blieben für sich und Werner und Vera auch, sie nickten einander nur zu oder spuckten ein kurzes »Hallo!« aus, wenn sie gleichzeitig im Garten waren oder sich zufällig auf der gemeinsamen Auffahrt begegneten.

Als fast drei Wochen vergangen waren, streckte das Ehepaar Muhrman einen Friedensfühler aus. Werner und Vera wurden zu einem Versöhnungsessen in das colabraune Haus eingeladen. Birre hatte in Helsingfors teure Hummer erstanden und Nette sie im Ofen überbacken; es war ein Abend nur für Erwachsene, ich musste zu Hause bleiben, und Bjöna und Sabba hatten die Anweisung bekommen, in ihren Zimmern zu bleiben.

Nette war immer noch schweigsam und eingeschüchtert, sie kam einfach nicht darüber hinweg, von einem schäbigen Fischer in einem blankgewetzten Suomitrainingsanzug in Latein ausgestochen worden zu sein, sie, die doch in Helsingfors am Boulevard zur Schule gegangen und an der Akademie von Åbo Französisch studiert hatte, zwar nur ein Jahr, aber immerhin.

Stattdessen blieb es Birre überlassen, den Versuch zu unternehmen, die psychologische Überlegenheit des Ehepaars Muhrman zurückzuerobern. Unglücklicherweise tat er dies erst am späten Abend und auf eine Art, die sich aus den vielen Gläsern Sekt und den starken Whiskygrogs ableitete, die er bis dahin getrunken hatte.

Das Muhrmansche Backsteinhaus hatte nur eine Etage. Dafür breitete es sich jedoch auf einem großen Areal aus und war voller dunkler, scheinbar unmotivierter Korridore und düsterer Nischen, die nachdrücklich der Zukunft aus Luft und Licht widersprachen, an die der Architekt Birre doch angeblich glaubte.

Einer dieser dunklen Korridore führte zu einem ziemlich großen Badezimmer, und in diesem Flur stießen gegen Mitternacht Vera und Birre aufeinander. Sie war unterwegs zum Badezimmer, und er kam von dort, die Flurlampe war ausgeschaltet, und das einzige Licht kam von der Garderobe am anderen Ende des Korridors, und dieses Licht war nur sehr schwach.

Vera erschreckte sich ein wenig, als sie im Halbdunkel die Männersilhouette sah, sie sagte: »Birre?«, aber Birre murmelte nur undeutlich irgendetwas und schwankte ein wenig und … nun ja, er berührte sie auf ungehörige Weise – wie, weiß ich nicht, aber jedenfalls derart kräftig und beharrlich, dass sie sich nur mit großer Mühe losreißen konnte und immer noch schluchzte, als sie fünf Minuten später aus dem Badezimmer zurückkehrte und an Werner gewandt sagte: »Wir gehen jetzt!«

Aber Werner wollte nicht gehen, er wollte wissen, was vorgefallen war, und als Vera es ihm gesagt hatte, saß mein Vater lange auf seinem Sackstuhl und starrte Birre einfach nur an; es war, erzählte Sabba, die den ganzen Abend in verschiedenen Fluren gehockt und heimlich geguckt und gelauscht hatte, als wolle er Kraft für einen wahren Berserkergang schöpfen.

Doch dazu kam es nicht. Stattdessen entbrannte ein Streit, bei dem verbale Giftpfeile flogen und manchmal auch ihr Ziel trafen. Es war ein Streit, dessen saftige Repliken Janina Muhrman mir gegenüber viele Jahre lang zitieren sollte; sie konnte sie noch zehn Jahre später in- und auswendig, als sie sich längst Jinx nannte und in der Hauptstadt wohnte und es vorkam, dass wir uns ihr Bett teilten, zuerst in einem Holzhaus an der Indiagata und dann in einem Betonhaus in Kvarnbäcken (aber *stoj*, Viki, *stoj!* – denn bis zu diesen Häusern hat unsere Erzählung noch ein gutes Stück Weg vor sich).

Also: Statt seinen Nachbarn und Gastgeber niederzuschlagen, murmelte Werner drohend, die Neue Schwedische Lehranstalt sei schon immer voller Gestalten wie Birre gewesen, dekadente Hurenböcke, die sich einbildeten, sie hätten blaues Blut in den Adern und automatisch das Recht, mit allen Frauen des Volkes zu schlafen.

Birre behauptete daraufhin seinerseits, Vera habe seit dem ersten gemeinsam verbrachten Abend der Familien heftigst mit ihm geflirtet, und dass sie im Grunde mit ihm schlafen wolle, weil er all die Weltgewandtheit verkörpere, der sie entsagt habe, als sie eine gescheiterte Existenz wie Werner heiratete.

Darauf entgegnete Vera, jemand, der ein Haus entworfen habe, dessen äußere Form einen an Hitlers Bunker denken lasse, während man sich in seinem Inneren wie in der Geisterbahn eines Vergnügungsparks vorkomme, solle sich hüten, andere Männer gescheitert zu nennen, und außerdem habe sie im Gegensatz zu Nette keine Veranlassung, sich über die Art zu beklagen, in der ihr Mann seinen ehelichen Pflichten nachkam.

Daraufhin brach Nette in Tränen aus und heulte, sie könne es nicht fassen, dass eine Schlampe wie Vera sich erdreiste, zunächst die Gastfreundschaft anderer Menschen auszunutzen, um dann Unterstellungen über das Intimleben ihrer Gastgeber auszusprechen. Danach sagte Werner schneidend zu Birre, er solle dafür sorgen, dass seine Frau den Mund halte, ehe er, Werner, ihr noch eine knalle. Birre sah Werner daraufhin ungläubig und ein wenig verängstigt an und murmelte leise, er hätte wissen müssen, wie sinnlos der Versuch sei, mit einem Mann Umgang zu pflegen, der zur Hälfte ein Landei aus dem Norden und zu einem Viertel ein Iwan war.

Viel mehr war nicht mehr gesagt worden, berichtete Sabba mir am folgenden Montag. Der Landei-Iwan Werner und seine Gattin hatten hastig ihre Mäntel angezogen und waren zu ihrem einzigen Sohn heimgekehrt, der nichtsahnend in seinem schmalen Bett schlief, während Großmutter Maggie mit einer Illustrierten auf der Nase auf der Couch vor dem Panoramafenster lag und sich zu einem rauschenden Einweihungsfest im gleichen funktionalistischen Haus dreißig Jahre zuvor zurückträumte.

Und mehr passierte auch später nicht. Auf das Hummeressen folgten keine weiteren Versöhnungsversuche, und in der Folge beschränkten sich die Kontakte der Ehepaare Muhrman und Skrake auf gemessenes Grußnicken und die sachlichen und kurz angebundenen Telefongespräche, die in den ersten Jahren noch erforderlich waren, um den lebhaften Austausch zwischen Bjöna und mir zu verwalten.

Dieses halsstarrige Schweigen setzte sich fort, bis das Muhrmansche Haus zwölf Jahre später verkauft wurde. Aber ich möchte Folgendes zur Verteidigung der beiden Elternpaare notieren: Bjöna und Sabba sind bei uns immer willkommen gewesen. Nette behandelte mich weiterhin fast wie einen zweiten Sohn. Von Birre sah ich mit den Jahren immer weniger, doch auch er ist immer freundlich zu mir gewesen.

* * *

Der Lehrer Riggert Holm aß nie eine Lachsforelle an unserem Tisch. Noch Ende Januar planten Vera und Werner, ihn einzuladen, denn es lagen immer noch Herbstlachsforellen in der nagelneuen, von Bruno-Geld angeschafften Gefriertruhe in unserem Keller. Aber der Kontakt zu Muhrmans beanspruchte viele von Veras und Werners Abenden, und außerdem war Riggert Holm ein aktiver und gestresster junger Mann, der in Helsingfors wohnte und dessen Name manchmal in Zeitungsnotizen und Fernsehbeiträgen genannt wurde, in denen es um die linksradikalen Gruppierungen ging, in deren Umkreis auch Onkel Leo anzutreffen war.

Dagegen festigte Riggert alias Rigmor alias Rigoletto alias Rigobert Trampolin immer mehr seinen Ruf als einfallsreicher und neue Wege gehender (sagten seine Bewunderer), jedoch eigensinniger und demoralisierender (sagten seine Kritiker) Lehrer.

In einer kalten und sternenklaren Februarnacht ersuchte er die angehenden Abiturienten Råbergas, sich eine halbe Stunde vor Mitternacht auf dem Schulhof einzufinden, warm angezogen und möglichst mit heißen, jedoch alkoholfreien Getränken versehen. Dann stiefelte er mit ihnen zum Platz der vier Himmelsrichtungen und hielt dort zwischen Mitternacht und null Uhr dreißig eine Astronomiestunde ab.

Im Verlauf dieser Schulstunde zeigte er sich nachsichtig, als viele der Abiturienten aus mitgebrachten Flachmännern Rum und Glühwein tranken. Als jedoch zwei Jungs versuchten, sich einen Joint anzustecken, griff er entschlossen ein. Er zeigte den Schülern den Großen Wagen und den Großen Bären und ließ anschließend auf der Jagd nach den Plejaden und anderen schwerer zu entdeckenden Sternbildern ein starkes Fernglas herumgehen. Er versäumte auch nicht, dem geheimnisvollen gelbroten Schein hinter den Wäldern im Westen Aufmerksamkeit zu schenken, der die Stadt Helsingfors markierte. Dagegen verriet er den Schülern nicht, dass es Werner gewesen war, der ihn auf den Platz aufmerksam gemacht hatte, an dem sie sich befanden, und ihn darüber hinaus instruiert hatte, wie man dorthin gelangte.

In der folgenden Nacht schrieben mindestens vier von Råbergas sieben weiblichen Abiturienten glühende Liebeserklärungen an Magister Holm in ihre seidengebundenen Tagebücher. Auch einer der männlichen Abiturienten tat dies, doch als er sich das Geschriebene durchlas, wurde ihm schlecht, und er zerriss entschlossen das Blatt. In der folgenden Woche schickten zwei Mädchen, Sandra Tallqvist und Sussi Mitts, eigenhändig verfasste Gedichtsuiten an Riggert Holms Adresse in Helsingfors. Sie schickten die Gedichte anonym und paraphrasierten beide eine bekannte Strophe Edith Södergrans: *Du suchtest eine Frau, doch aus der Frauenschale entstieg eine Seele, und du schlossest die Augen*, schrieb Sandra, während Sussi ermahnte: *Sag, dass du dich nicht betrogen fühlst, wenn du einen Menschen unter meiner brennenden Haut findest*.

In völliger Unkenntnis der Tatsache, wie sehr Riggert Råbergas literarisches Leben elektrisiert hatte, empfing Pastor Rosenquist gut eine Woche nach der nächtlichen Schulstunde eine Delegation besorgter Råbergaeltern der konservativen Fraktion. Der Pastor und die beunruhigten Eltern setzten an diesem Abend ein weiteres Gesuch auf – das dritte in diesem Schuljahr –, in dem die Absetzung Holms gefordert wurde. Am nächsten Morgen überbrachte Rosenquist das Schriftstück Rektor Lindell, allerdings vergebens, denn Lindell hatte nach gewissen anfänglichen Zweifeln Gefallen an Riggerts Methoden gefunden.

Mitte Mai lieh sich Riggert Holm sechs der sieben Kleinboote, die bereits zu Wasser gelassen worden waren und am Dampfschiffanleger vertäut lagen.

Er hatte die Absicht, eine Biologiestunde der Klasse 4b auf Alskär abzuhalten. Eigentlich hatte er sich alle sieben Boote ausleihen wollen, um sie nicht zu voll laden zu müssen und so die Gesundheit und das Leben seiner Schüler zu riskieren. Doch das siebte Boot gehörte Werner, und aus Gründen, die eventuell noch deutlich werden könnten, weigerte sich mein Vater, Riggert sein Boot zu leihen.

Auch bei dieser Gelegenheit sagte Riggert seinen Schülern nicht die Wahrheit, nämlich dass es Werner gewesen war, der ihm während einer gemeinsamen Kaffeepause im November Alskär beschrieben hatte, dass Werner ihm erzählt hatte, ein Uhu lebe auf dem Eiland, und ein Fischadlerpaar niste nahe des nordwestlichen Ufers, und im Innern der Insel liege im Frühjahr sowohl ein märchenhaft schöner Leberblümchenhang als auch ein tiefer Tümpel verborgen, in dem sich Hunderte von Fröschen paarten, was sie auch an jenem Tag taten, an dem Riggert Holm und die Klasse 4b zu Besuch kamen.

* * *

Ich weiß mittlerweile, dass Vera schon gegen Ende des Herbstes der Neuankömmlinge von innerer Schwäche erfasst worden war und dass es ihr nicht gelungen war, diese Schwäche vor Werner verborgen zu halten.

Vielleicht war die Bekanntschaft mit der schicken und selbstsicheren Nette Muhrman der Grund für Veras Wanken. Vielleicht fand sie aber auch einfach – und zwar trotz Birre Muhrmans schmachtender Blicke! –, dass die Männer sie nicht mehr auf die gleiche Art sahen wie früher; wir alle, Männer wie Frauen, haben ein Jahr in unserem Leben, in dem wir plötzlich erkennen, dass wir bereits einen Großteil unserer Anziehungskraft verloren haben.

Eines Abends im Dezember fragte Vera Werner: »Schmerzt es dich nicht, mich vor deinen Augen täglich älter werden zu sehen?«

Es war eine scheinbar unmotivierte Frage. Meine Mutter war dreieinhalb Jahre jünger als mein Vater, aber viele glaubten, der Altersunterschied zwischen ihnen wäre größer. Denn Vera war nach wie vor schön und wirkte jugendlich, während Werner bereits begann, auf seine groß gewachsene und kräftig gebaute Art wie ein Mann mittleren Alters auszusehen.

Werner antwortete zunächst nicht, und dann sagte er, was von ihm erwartet wurde: Vera sei schön und sehe noch genauso aus wie an dem Tag, an dem sie sich kennen gelernt hätten, und ähnliche Dinge.

Aber ich weiß, dass es in seinem Inneren hellauf brannte. Denn mein Vater spiegelte sich stets in meiner Mutter, und solange sie jung aussah, konnte er sich einbilden, das Gleiche gelte auch für ihn, obwohl er auf seinem linken Handrücken Leberflecken bekommen hatte und seine Schläfen allmählich ergrauten.

Als Vera ihre Frage stellte, war sie offen und verletzlich in ihrer Sehnsucht nach Liebe und Aufmerksamkeit.

Aber Werner war genauso verletzlich. Als er ihr gesagt hatte, dass sie noch genauso schön war wie an jenen Tagen im Stadion von Stockholm vor fast neun Jahren, wollte er selbst getröstet und bestätigt werden, und er zeigte ihr deshalb die Leberflecken des linken Handrückens und das Grau an den Schläfen und fragte, ob diese Veränderungen sehr sichtbar seien.

Und Vera strich mit ihrer Handfläche über seinen Handrücken und streichelte seine Schläfen und meinte, die Veränderungen seien ganz und gar nicht sichtbar.

Doch sie sprach die Worte nicht mit dem gebührenden Nachdruck, denn durch ihr Herz wehte der gleiche kalte Wind wie durch Werners.

* * *

Im März wartete Werner bereits auf die Eisschmelze.

Doch in diesem Jahr musste er lange warten, denn der Winter war streng gewesen, und der Frühling ließ auf sich warten. Auch am Monatsende lag noch eine dicke und von einer funkelnd weißen Schneedecke bedeckte Eisschicht, die keinerlei schwarze Flecken aufwies.

Werner wurde ungeduldig. Oder vielmehr: Er *war* ungeduldig, und seine Ungeduld steigerte sich von nun an täglich. Er hatte den ganzen Winter über mit einer Hand voll Erzählungen gerungen, die alle von den Silberfischen handelten und von ihm selbst. Doch sein Kampf war vergebens gewesen. Die Silberfische wehrten sich unbändig dagegen, in Schrift verwandelt zu werden, und bereits an einem Sonntagabend Mitte Februar hatte Werner in sein Notizbuch geschrieben:

Welch ein Winter der Verzweiflung! Ich habe seit Wochen kein wahres Wort mehr geschrieben, und als wollte sie alles noch schlimmer machen, saß die ach so vornehme Schabracke Muhrman in unserer Küche und quatschte den ganzen Nachmittag. Ich warte einzig und allein darauf, dass der Frühling und der Sommer kommen. Ich will Zeichen lesen, die zum Handeln auffordern, nicht zum Grübeln. **Wenn Veras Eisenhut im August erblüht, sammeln sich die schweren Barsche in Schwärmen am Steilhang westlich von Hästkobben.** *Solch unformuliertes Leben kann ich ablesen und habe es immer gekonnt. Seine Sprache ist anders und schöner als die, welche wir in unseren Zeitungen und Büchern lesen.*

Unser ständiges Formulieren raubt uns das Leben.

Den ganzen Monat März schaute Werner auf die beharrlich eisbedeckte Råbergabucht hinaus. Manchmal ersetzte er seine Laufrunde durch eine Skitour da draußen, aber er hatte Angst vor dem Frühjahrseis und traute sich nie weiter als Tistelskär, deren nördliche Landspitze dem Ufer Råbergas am nächsten lag.

Gegen Ende des Monats holte er täglich sein Fernglas heraus und spähte auf die offenen Weiten jenseits der Kette kleiner Inseln, von der die heimatliche Bucht umzäunt war. Aber der Horizont blieb unveränderlich weiß; den dunklen Strich, der das Schwappen von Wellen und lebendiges Wasser verhieß, gab es nur in seiner Fantasie, und seine Ungeduld steigerte sich, bis sie ihm nicht länger erlaubte, am Billnäs-Schreibtisch in der Garage sitzen zu bleiben.

Stattdessen marschierte er rastlos im Garten auf und ab, ging in die Küche, machte sich unzählige mit Schinken und Käse belegte Brote und nahm zu. Er trank eimerweise Kaffee, sodass sein Magen streikte, er spazierte durch ganz Råberga und über die Landstraße und in den Wald hinein und streifte dort stundenlang umher. Dennoch nagte die Unruhe weiter an ihm, und wenn er zurückkehrte, zog er oft den alten blauweißen Trainingsanzug an und brach zu einer Laufrunde auf.

In sein Notizbuch schrieb er, es war der 27. März 1968:

Ich würde gerne nicht über Fische, sondern über seltsame Dinge und die seltsamen Menschen, die in mir wohnen, Geschichten schreiben. Doch mir fehlen auch dafür die richtigen Worte. Immer öfter denke ich, dass ich in meinem Leben den fatalsten aller Fehler begangen habe, ich habe eine Lebensbahn gewählt, deren Anforderungen meinem innersten Wesen zuwider laufen. **Ich glaube nicht mehr, dass ich ein Mensch bin, der nach Worten für Dinge sucht.**

Es ist so verzweifelt schön, nur zu **tun**, *im Leben aufzugehen und sich selbst während des Tuns sowohl zu verbergen als auch zu vergessen. Darüber möchte ich mit Leo sprechen, denn ich frage mich manchmal, ob wir nicht das Dilemma und die Trauer gemeinsam haben: den Gedanken und die Worte so angebetet zu haben.*

Wenige Tage, nachdem er dies notiert hatte, las Werner im *Hufvudstadsbladet*, dass der Kosmonaut Jurij Gagarin verunglückt war.

Es war auch das Frühjahr, in dem Robert Kennedy, Hubert Humphrey, Richard Nixon und andere darum konkurrierten, zum nächsten Präsidenten der Vereinigten Staaten gewählt zu werden, es war das Frühjahr, in dem alle möglichen Radikalen planten, ihnen Knüppel zwischen die Beine zu werfen, es war das Frühjahr, in dem amerikanische Soldaten in einem vietnamesischen Dorf namens My Lai Amok liefen … die Welt kochte, die Welt brodelte, die Welt litt.

Zwei Stunden, nachdem er die Nachricht von Gagarins Tod gelesen hatte, als die Uhr des Doms von Åbo zwölf schlug und Vera und ich uns noch in der Schule befanden, erhob sich Werner von seinem dunkel gebeizten Schreibtisch. Und diesmal reichten keine Streifzüge durch den Wald oder ein Lauftraining auf den Nebenstraßen Råbergas – mein Vater setzte sich in unseren Anglia und fuhr davon, ohne auch nur den kleinsten Zettel zu hinterlassen.

Fünf Tage war er fort. Es waren sonnige, helle, hohe Frühlingstage. An einem dieser Tage bekam Vera eine Postkarte, auf der Vorderseite waren der weiße Stadionturm und ein knallblauer Himmel zu sehen, der Poststempel war Helsingfors 50, und auf der Rückseite standen die Worte gekritzelt: *Es wurde einfach zu viel. Komme bald zurück. Dein Werner.*

Während dieser ersten Abwesenheit Werners in jenem Jahr kam Vera eines Nachmittags viel später nach Hause als sonst. Ich erinnere mich, dass es schon spät war, denn die Sonne stand tiefer als sonst, das Licht in der Küche war anders als das übliche Vera-kommt-nach-Hause-Licht. Sie trat in die Küche, sie hatte kleine rote Flecken auf den Wangen, sie zerzauste mir die Haare, ehe sie die Treppe in die obere Etage hinaufeilte. Ich hörte sie dort oben duschen, und als sie wieder herunterkam, hatte sie den hellgrünen flusigen Pullover gegen einen dunkelblauen eingetauscht, der überhaupt nicht flusig war. Ich zeigte ihr Werners Karte, denn ich hatte die Erlaubnis, die Vormittagspost aus dem Briefkasten zu holen, wenn ich als Erster nach Hause kam. Vera las die Karte und warf sie anschließend auf den Küchentisch, als hätte sie sich die Fingerspitzen daran verbrannt.

Als mein Vater zurückkehrte, kam er mit dem Bus. Er hatte einen Fünftagebart und dunkle Ringe unter den Augen, sah aber ansonsten aus, wie ein Papa aussehen soll. Er hatte, wie üblich, etwas zu erledigen gehabt. Er hatte keine Geschenke für mich, nur einen Strauß zerrupfter Tulpen für Vera. Den Anglia hatte er gleich am ersten Tag falsch geparkt, wo, weiß ich nicht, nur dass das Straßenverkehrsamt ihn abschleppen ließ: Werner musste nach Helsingfors zurückfahren und sich zum Depot bei Tatarmossen begeben, wo er sechzig Mark bezahlte, um unser Auto zurückzubekommen.

Am folgenden Sonntag gingen Werner und ich nach Råbergastrand hinab und inspizierten das Boot, das an der üblichen Stelle aufgebockt lag, unter einer Persenning am westlichen Giebel von Östermans Sauna. Werner meinte, er beabsichtige, das Boot zu teeren, obwohl seit dem letzten Mal erst zwei Jahre verstrichen waren, er brauchte etwas Handfestes, womit er sich beschäftigen konnte, während er darauf wartete, dass das Eis brach.

Als wir so dastanden, rief ein Kuckuck. Werner lauschte aufmerksam, seine Miene verdüsterte sich, und er sagte: »So ein Mist! Die sind aber auch nie mehr im Westen oder Osten!«

* * *

Anfang April wurde es schließlich wärmer. Die warmen Temperaturen brachten unbeständiges Wetter mit sich, sodass lauwarme Platzregen und Tage strahlenden Sonnenscheins bei fünfzehn Grad einander ablösten, und nun ging alles sehr schnell. Die Schneedecke schmolz innerhalb von zwei, drei Tagen, und danach lag das Frühjahrseis nackt und porös. Noch ein paar Tage, und Werner sah durch sein Fernglas die ersehnte dunkle Linie am Horizont: offenes Wasser!

Am nächsten Tag kam starker Wind aus nördlicher Richtung auf. Das Eis knackte und bog sich, große Eisrinnen wurden in der Råbergabucht aufgerissen, und am folgenden Morgen lag das Wasser frei, das Eis war weit aufs offene Meer hinausgetrieben worden.

Werner änderte unverzüglich seine Pläne. Er verschwendete keinen Gedanken mehr daran, das Boot zu teeren, stattdessen trugen mein Vater und Laden-Österman und Aka Lindbergs älterer Bruder Gusse es zum Ufer hinab und drehten es um. Anschließend testete Werner den Motor und vertäute das Boot am Dampfschiffanleger an den beiden rostigen Ringen, die ihm traditionell zustanden.

Dies geschah um den 20. April herum, zwei Wochen, nachdem Martin Luther King in Memphis ermordet worden war, und Werner hatte sich halbwegs von diesem neuerlichen Schock erholt, der so dicht auf die Nachricht von Jurij Gagarins Tod folgte.

Nicht verkraften konnte Werner jedoch: dass die Silberfische nicht waren, wo sie sein sollten, dass sie sich in diesem unruhigen Frühjahr in Luft aufgelöst zu haben schienen und nicht an den Ufersteinen und an den Landzungen standen und auch nicht in den tangüberwucherten Sandgruben etwas weiter draußen.

* * *

Der Jahresrhythmus der Silberfische sieht in etwa so aus:

Im September oder Anfang Oktober beginnen sie, sich den Ufern zu nähern, nachdem sie den Sommer damit verbracht haben, auf offener See Heringsschwärme zu jagen. Mitte bis Ende Oktober sind sie an kahlen und freiliegenden, kleinen Felseilanden und an Untiefen bei den äußersten Schären vor dem offenen Meer anzutreffen. Während der Herbst fortschreitet und die Farben verblassen und die Dunkelheit tiefer wird, nähern sie sich dann immer mehr der Küste. Anfang November, um Allerheiligen herum, kann man bereits Silberfische auf der Südseite großer, bewaldeter Inseln in den äußeren und mittleren Schären entdecken. Zu diesem Zeitpunkt stehen sie schon nahe am Ufer, manchmal in weniger als einem halben Meter Tiefe. Wenn der Dezember naht, findet man sie auch an seichten Festlandufern mit geeigneten Biotopen; man sagt, dass die Silberfische zum Festland kommen, um dort den ersten Schnee zu bewundern.

An diesen Ufern – möglichst mit sandigem Boden und vielen Steinen und Tang, in dem sich kleine Krabben, Stichlinge und Aalmuttern verstecken – überwintern die Silberfische dann.

Nach der Eisschmelze pflegt man sie deshalb dort wiederzufinden, wo man sie im Spätherbst verlassen hat. Unmittelbar nach der Eisschmelze sind sie noch sehr kältestarr und störrisch; in der ersten Woche folgen sie meistens dem Blinker und drehen dann auf gemächlichste und aufreizendste Weise an der Bootkante oder zu Füßen des Fischers wieder ab. Aber sie sind da, und selbst wenn sie erst anbeißen, sobald die Wassertemperatur ein paar Grad gestiegen ist, so sieht man sie doch von Anfang an, man sieht sie als dunkle Schatten im Wasser oder als silbrige Blitze, wenn sie plötzlich kehrt machen und fliehen.

Durch emsiges Fischen und fleißige Lektüre hatte mein Vater während der gerade einmal achtzehn Monate, die vergangen waren, seit er seinen ersten Silberfisch fand, dieses Lebensmuster erlernt.

Aber in diesem Frühjahr… in diesem Frühjahr, als die ganze Welt aus den Fugen zu sein schien, in diesem Frühjahr, als Werner ungeduldig darauf wartete, seine verlorene Ruhe und seine verschwundene Schaffenskraft suchen zu dürfen, indem er den von ihm bewunderten Silberfischen hinterher jagte, in diesem Frühjahr beteiligten sich auch sie, seine Vertrauten, am Aufruhr der Welt, und zwar, indem sie sich an einem unbekannten Ort aufhielten.

In der Woche nach der Eisschmelze saß Werner keine Minute am Billnäs-Schreibtisch. Stattdessen fischte er tagaus, tagein, und er fischte von morgens bis abends.

Doch kein einziger Silberfisch ging ihm an den Haken, und keinen einzigen Silberfisch sah er auch nur dem Blinker folgen, den er nach unzähligen wohl gezielten, sanften Würfen durch das Wasser schlängeln ließ.

Es gab damals einen frei erfundenen Fernsehspion, der Maxwell Smart hieß, aber alles andere war als das. Wo immer Maxwell Smart hinging, schlossen sich automatische Türen vor ihm, welche Aufträge er auch übernahm, er scheiterte immer. Maxwell

Smart war ein Mann, der einen fortlaufenden Kampf gegen die abweisende und feindliche Welt der Dinge austrug.

Als Vera und ich in diesem Frühjahr Abend für Abend einen niedergeschlagenen Werner mit leeren Händen vom Ufer heraufkommen sahen, glich er besagtem Maxwell Smart: Auch mein Vater war ein Mann in einem Zweikampf mit der Welt und der Zeit.

Und er hielt es natürlich nicht aus. Er floh erneut. Doch diesmal stand der Anglia noch in unserer Auffahrt; durch den Schaden beim letzten Mal klug geworden, hatte Werner den von Hermansson gefahrenen Vormittagsbus in die Stadt genommen.

Diesmal blieb er lange fort, neun Tage war er weg.

Während Werners zweiter Abwesenheit hatte Vera eine ihrer weichen Phasen, eine dieser Phasen, in denen sie ein bisschen neu war. Dabei hatte sie Onkel Heikki und Tante Aune schon sehr lange nicht mehr besucht, diesmal lag es an etwas anderem – was ich wusste, weil sie nicht nach dem finnischen Radiosender und seinen eigenartigen Liedern suchte, sondern den schwedischen bevorzugte. Jeden Nachmittag und Abend hörten wir uns *Hootenanny Singer* und *Lyckliga Gatan* und Ähnliches an, und Vera sah aus, als hätten das helle Frühjahr und seine brennenden Abende etwas seit langem Vergessenes in ihrem Inneren zu neuem Leben erweckt.

Mehrere Male während dieser neun Tage machten Vera und ich einen Abendspaziergang über die Anhöhe zum Markt- und Wendeplatz. Dort standen wir dann und warteten auf den Abendbus und hofften, dass einer der Fahrgäste über 190 Zentimeter lang und kräftig gebaut war und den Anflug eines schiefen Lächelns zeigte, wenigstens hoffte ich das.

An einem dieser Abende, es war ein sehr stiller und schöner Abend, an dem die Stämme der noch nackten Laubbäume mager und bibbernd im roten Abendlicht standen, parkte Riggert

Holms Taunus, der eine dunklere blaue Farbe hatte als unser Anglia, scheinbar zufällig auf dem Wendeplatz, als Vera und ich uns näherten. Riggert stieg aus dem Wagen, kam auf uns zu und strich mir über den Kopf. Eine Kamera in einem schwarzen Lederfutteral hing vor seinem Bauch, er sei oben auf dem Platz der vier Himmelsrichtungen gewesen und habe fotografiert, sagte er.

Er stand dann lange bei uns und unterhielt sich mit Vera. Ich stand ein Stück entfernt, schaute unablässig zur Straßenkrümmung und lauschte in der Hoffnung, das Brummen des Motors hören zu können, wenn der Bus auf der langen Geraden vorbei an Råberga Gård und der Schule beschleunigte. Als sich der Bus schließlich näherte, stieg Riggert Holm in seinen Taunus und fuhr in die Stadt. Doch auch an diesem Abend kam kein Werner, und kurz darauf marschierten Vera und ich über die Anhöhe zurück, und ich erinnere mich noch, dass ich vor ihr ins Haus lief, weil ich fernsehen wollte.

Später am gleichen Abend, als Vera dachte, dass ich schon schlief, saß sie nur in Unterhose und Bluse am Panoramafenster. Auf dem Tisch vor ihr stand eine Tasse Tee, aber ich sah sie nicht daraus trinken. Sie saß regungslos und ganz still, dann strich sie sich sanft mit einem Finger der linken Hand zunächst über die Unterlippe, dann über die Oberlippe. Ihr Mund stand halb offen, und ihre Augen waren geschlossen, und auf ihrem Gesicht lag ein beinahe erstaunter Ausdruck.

Zwei Abende später, als sie erneut glaubte, dass ich schlief, trank Vera ihren Abendtee in der Küche. Schräg gegenüber saß Riggert Holm. Er saß lange bei ihr, er blieb sitzen, bis der Frühlingshimmel fast schwarz war. Als er gehen wollte, lag der Eingangsflur im Dunkeln, aber im schwachen Mondlicht sah ich zwei Silhouetten, die gleichsam zu einer verflochten waren.

* * *

Als Werner zurückkam, roch er süßlich und beißend und war unrasiert und blass und schämte sich sehr. Er und Vera sprachen kaum miteinander, stattdessen fischte er die meiste Zeit, und wenn er nicht fischen ging, blieb er vorzugsweise in der Garage, wo er mehr Zigaretten rauchte, als ich ihn je zuvor hatte rauchen sehen, die ganze Garage und mein Vater und all seine Kleider rochen in diesem Frühling und Vorsommer nach einem alten Aschenbecher.

Aber er hatte die Superbälle dabei, die er zu kaufen versprochen hatte, und ausnahmsweise vergaßen Bjöna Muhrman und ich unseren Hass auf Bälle. Wir spielten jeden Tag mit ihnen, wir warfen sie, so fest wir konnten, auf den Asphalt des Schulhofs und des Råbergavägs und stellten uns vor, wie das unmenschlich heftige Abprallen der Superbälle einen nichts Böses ahnenden Totti Tallqvist oder Jerkka Haglund oder Klade Korpinen oder einen der anderen Balljongleure der Schule völlig überrumpeln und düpieren würde. Doch Totti und Jerkka und Klade und die anderen waren immer auf dem Sportplatz und spielten Fußball, sie fanden sich niemals ein, um sich düpieren zu lassen.

Als der Sommer nahte, muss sich eine Art modus vivendi entwickelt haben, denn soweit ich mich erinnern kann, beruhigte sich die Lage. Das Schuljahr ging zu Ende, und Riggert Holms Taunus parkte nicht mehr in der Parkbucht, die den Fenstern des Werkraums am nächsten lag. Vera und Werner begannen wieder, miteinander zu sprechen, und Werner hörte auf, Zigaretten zu rauchen, und ging wieder laufen.

Eines Abends Ende Mai holte er seine Hämmer heraus und tauschte die Verbindungsdrähte aus, er werde noch einmal diese verflixte 60-Meter-Marke angreifen, sagte er Vera und mir, bis zu den Olympischen Spielen in Mexico City im Oktober werde er sich in die Gewalt des Hammerwerfens begeben, und ebenso lange werde er sich seinem Buch über die Silberfische widmen. Hatte er bis dahin seine Ziele nicht erreicht, würde er es gut sein lassen, das Hammerwerfen für immer aufgeben und darüber hinaus akzeptieren, dass er dafür geschaffen war, Erzählungen über Hechte und Barsche und Zander zu schreiben, mehr jedoch nicht.

Am siebten Juni dieses Jahres gab ich mein Debüt als Fischer von Silberfischen.

Werner meinte, es sei an der Zeit. Ich stand im Garten und übte das Auswerfen mit seiner kurzen Zoomrute und einem Gummigewicht, als er zu mir sagte: »Wird es nicht langsam Zeit für einen richtigen Blinker, einen mit Haken und so?«

Am gleichen Abend gegen halb sieben fuhren wir über die Råbergabucht bis nach Ytterharun und Hästkobben hinaus. Es war ein warmer und windstiller Abend, und Werner erklärte, wir müssten weit hinaus. Das Wasser sei schon fast zehn Grad warm, also werde man nur an den äußersten Felseilanden noch Silberfische finden können, sagte er und fügte hinzu: »Wenn es denn überhaupt noch Silberfische gibt, das scheint ja nicht unbedingt der Fall zu sein.«

Heute weiß ich, dass nur wenige Tage zuvor ein weiterer Mord begangen worden war. Robert Kennedy war im Ambassador Hotel in Los Angeles erschossen worden. Aber Werner war an diesem Abend gut gelaunt, es schien, als hätte er die Fähigkeit verloren, sich über den Gang der Welt aufzuregen, als hätte er einfach nicht mehr die Kraft, sich Gedanken über die Gegenwart zu machen, als wäre er stattdessen in sich selbst zurückgekehrt, zu der Welt, die seine war und die er beherrschte. Er schien vollkommen zufrieden damit zu sein, das schwere Holzboot über die spiegelblanke Bucht zu steuern, in der Schachtel mit den Blinkern zu stochern und darüber nachzugrübeln, welchen Blinker er an meiner Leine befestigen sollte; die Wahl fiel auf einen Toby in Silber und Blau mit einem besonders großen Drilling.

Wir lagen erst draußen bei Hästkobben und Ryssgrynnan, aber nach einer guten Stunde wurde mir kalt. Daraufhin schlug Werner vor, auf Ytterharun an Land zu gehen. Ein kurzes Stück vor dem Südstrand der Insel wankten dichte Tangwälder, und dort zwischen dem Tang hätten die Silberfische im Juni des Vorjahrs gestanden, sagte er, sie hätten dort gestanden, kurz bevor sie aufs offene Meer hinauszogen.

Ich war noch keine acht, ich war nur ein Dreikäsehoch, und meine Würfe trugen den Blinker höchstens fünfzehn Meter weit. Dennoch geschah das Wunder. Ein ziemlich großer Silberfisch biss am Ufer von Ytterharun bei meinem Blinker an, und ich hatte das Gefühl, über die Rute einen Stromstoß bekommen zu haben, und schrie auf und hätte das Angelgerät beinahe fallen gelassen, und im nächsten Moment war der Fisch auch schon in der Luft und sauste anschließend wie ein Verrückter im knapp knietiefen Uferwasser hin und her, während mein Vater schrie:

»Die Bremse! Die Bremse! Du musst die Bremse schleifen lassen, Viki, du musst sie kommen lassen!«

In der nächsten Sekunde war er bei mir, er stand hinter mir und griff nach der Spinnrolle und drehte an der Bremse, sodass der Fisch Leine bekam.

Als der Silberfisch spürte, dass der Widerstand nachließ, schoss er sofort und mit ungeheurer Entschlossenheit in tieferes Wasser. Er zog mit zehn Metern Leine davon, während ich mit zitternden Beinen und geblendet von der sinkenden Sonne versuchte, die Anweisungen meines Vaters zu befolgen. Werner stand hinter mir und hielt mich fest, damit ich nicht ins Wasser fiel, und von Zeit zu Zeit spannte und löste er die Bremse, je nach den Bewegungen und Reaktionen des Fisches.

Dennoch kam es, wie es so oft kommt. Werner zischte: »Jetzt wird er langsam müde! Er wird allmählich müde!«, aber genau in diesem Moment sauste der Fisch gewaltig los und machte dann einen noch gewaltigeren Sprung, und im Springen schüttelte er den Kopf, sodass der Haken sich aus seinem Mundwinkel löste. Noch heute sehe ich vor mir, wie der Blinker in der Sonne funkelte, als er aus dem Maul des Fischs zurück ins Wasser fiel und die Wasserfläche sich anschließend wieder über dem Fisch schloss und die Wellen und die Ringe sich legten und alles stumm und still wurde, so als hätte niemals ein Kampf stattgefunden.

Ich begann natürlich zu weinen, es gibt erwachsene Männer, die in Tränen ausbrechen, wenn ihnen Silberfische durch die Lappen gehen, und ich war trotz allem nur ein Junge von sieben Jahren. Aber Werner tröstete mich. Er sagte: »Wenn du als 7-Jähriger so gut mit ihnen zurechtkommst, glaube mir, dann wirst du in deinem Leben noch viele Silberfische herausziehen!«

Und als wir nach Hause kamen, sagte er zu Vera: »Viki hatte einen am Haken. Einen ordentlichen Burschen, vielleicht zwei Kilo schwer, und er ist mit ihm umgegangen wie ein ganzer Mann, wir hätten ihn fast rausgezogen.«

Mein Fisch war der einzige Silberfisch dieses Frühjahrs an den Ufern Råbergas.

Der Fisch und die gute Laune meines Vaters ließen mir ganz warm ums Herz werden. Ich hatte das Gefühl, all das Seltsame wäre nun vorüber, Werners Unruhe und sein Verschwinden überstanden und alles auf dem besten Weg, wieder in normale Bahnen zu kommen.

Auch ein freier Mann kann Nieten ziehen

Im Juli dieses Jahres verbrachte ich zwei kühle und verregnete Wochen auf Familie Enerots westlich von Helsingfors gelegener Schäreninsel Alholmen. Ich war dort zusammen mit Maggie und Tante Mary und Cousin und Cousine von Herring und jeder Menge Enerots, die ich nicht kannte. Unterdessen besuchte Vera Onkel Heikki und Tante Aune an ihrem Sinijärvisee, während Werner hier in Råberga hockte und vormittags seine halbfertigen Silberfischgeschichten drehte und wendete, nachmittags Hämmer warf und abends mit Ukeleien als Köder Barsche angelte, zumindest stelle ich mir vor, dass seine Tage so aussahen.

Zu meinem Geburtstag bekam ich in diesem Jahr eine Stoppuhr geschenkt. Ich erinnere mich noch, dass ich morgens um sechs mit klopfendem Herzen aufstand. Nach den Stubenhockerwochen auf der unwegsamen Insel der Enerots strotzte ich noch immer vor Energie. Ich fand das kleine, in grünes Geschenkpapier eingeschlagene Paket auf dem Küchentisch, riss das Papier ab und lief in den sonnigen und taufeuchten Morgen hinaus, und dann lief ich immer wieder um das Haus herum, anfangs brauchte ich für die Runde glatte fünfzehn Sekunden, doch mit der Zeit verbesserte ich den Rekord auf zunächst vierzehn und dann dreizehn Sekunden, und in der kühlen Morgenluft und während die Feuchtigkeit des Erdbodens um meine nackten Beine hing, hatte ich das Gefühl, über allem zu stehen, was Müdigkeit hieß, es war mir, als schwebte ich und als atmete ich überhaupt nicht schwerer, obwohl ich einfach nur lief und lief und lief. Dennoch muss ich den Boden berührt oder schwer geatmet oder andere Laute von mir gegeben haben, denn plötzlich stand das Fenster zu Werners und Veras Schlafzimmer im ersten Stock offen, und in der Fensteröffnung tauchte mein Vater auf. Ich habe keine Ahnung, wie lange er dort schon stand, aber sein Gesichtsausdruck war gleichzeitig belustigt und streng, und er meinte: »Zum Henker, weißt du eigentlich, wie viel Uhr es ist? Du wirst damit doch wenigstens noch bis nach dem Frühstück warten können.«

Mein achter Geburtstag entwickelte sich in vieler Hinsicht zu einem denkwürdigen Tag.

Veras Eisenhut war in der Nacht erblüht und stand tiefblau und hübsch anzusehen am westlichen Hausgiebel.

Gegen zwölf kamen sowohl Maggie als auch Leo und Siru mit dem Auto aus Helsingfors. Leo behauptete, Maggies Reifen hätten gequietscht, als ihr Saab seinen Käfer in einer Kurve kurz hinter der Stadtgrenze überholte. Alle drei blieben dann den ganzen Nachmittag.

Am Abend trafen zudem noch Deputationen der Familien von Herring und Muhrman ein. Tante Mary rauschte mit Cousin Christopher im Schlepptau herein. Nette Muhrman kam zusammen mit Bjöna und Sabba und ihrem üblichen platten Paket, das in diesem Jahr das Werk *Krümel im Ferienlager* enthielt. Dann ging sie wieder und ließ mich mit der Herausforderung allein, dafür zu sorgen, dass Bjöna, Sabba und Cousin Christopher sich vertrugen.

Cousin Chrisse tat, was er immer tat, wenn er bei mir zu Besuch war. Er setzte sich in einer Art improvisiertem Lotussitz mitten auf mein Bett und machte sich unheimlich breit und begann daraufhin, Vorträge über die Reichtümer seiner Familie und seine eigene Vortrefflichkeit zu halten. So war unser Kontakt angelegt: Meine Rolle bestand darin, dünn und klein zu sein und still zu sitzen und zu nicken und kurze, bewundernde Laute auszustoßen.

Bjöna Muhrman saß neben mir auf dem Fußboden, er schien zu leiden, schwieg jedoch gehorsam. Sabba saß auf meinem Schreibtischstuhl und wand sich, lauschte anfangs aber dennoch geduldig, als Cousin Chrisse von der Frühjahrsreise seiner Familie in die Sierra Nevada erzählte, und von Papa Lukas' dreißig Fuß langem Segelboot, das Mary II hieß und die Neuerwerbung dieses Sommers war.

Dann, als er gerade Luft holte, um zu einer neuen Geschichte anzusetzen, ergriff Sabba das Wort und erklärte Cousin Chrisse in sachlichem Ton, Muhrmans hätten ein Familienmitglied, das haargenau so aussehe wie er.

»Ach wirklich«, sagte Cousin Chrisse mit boshaft spitzer Stimme. »Du oder dein Bruder sind es jedenfalls nicht, denn so hässlich bin ich nun wirklich nicht.«

»Ich habe ein Aquarium in meinem Zimmer«, sagte Sabba Muhrman ungerührt. »Und mein Goldfisch sieht haargenau so aus wie du, genauso großkotzig und hirntot. Ich denke, ich werde ihn von Herring taufen.«

Cousin Chrisse saß mit gekreuzten Beinen auf dem Bett und schnappte nach Luft. Es war das erste Mal, dass ich ihn sprachlos sah, und er sah tatsächlich wie ein aufgeblasener Aquarienfisch aus.

»Ich hoffe, du hast nichts dagegen«, fuhr Sabba fort, »ich meine, deine Familie hat doch nicht etwa ein Patent auf euren Namen oder so was.«

»Ja, stell dir vor, das hätten wir«, erwiderte Cousin Chrisse eifrig, und seine Miene hellte sich wieder auf. »Was machst du denn dann mit deinem verdammten Goldfisch, häh?!«

»Ich taufe ihn trotzdem von Herring, und du kriegst eine in die Fresse, wenn ich dich das nächste Mal sehe«, erklärte Sabba ruhig und lächelte mit ihrer ganzen furchtlosen Erscheinung meinen für sein Alter eher klein geratenen Cousin an. Anschließend lehnte sie sich zu ihm vor und flüsterte ihm so laut ins Ohr, dass wir es auch hören konnten, er dürfe ihre Ritze sehen, wenn sie sich auch den Bandwurm angucken dürfe, den er zwischen den Beinen habe. Da schluchzte Cousin Chrisse auf und lief aus dem Zimmer, und ich sah Sabba Muhrman an und wurde zum ersten Mal in meinem Leben von der vagen Ahnung erfasst, dass ihr offenkundiger Wahnsinn möglicherweise doch Sinn und Methode hatte.

* * *

So, wie mir dieser Sommer und Frühherbst in Erinnerung geblieben sind, ging es meinem Vater und meiner Mutter recht gut, und Gleiches galt für ihre Beziehung.

Die beiden erklärten Ziele Werners, das Buch über die Silberfische und die erneuten Attacken auf die 60-Meter-Marke, schienen ihm gut zu tun; in den Sommermonaten war von der Unruhe und Niedergeschlagenheit des vergangenen Winters und Frühjahrs nichts mehr zu merken. Er absolvierte minutiös sein Trainingsprogramm, aß viel, ernährte sich jedoch gesund. Praktisch täglich lief er und trainierte auf dem Sportplatz und wurde nicht ungehalten, obwohl der Hammer sich trotz seines Eifers weigerte, weiter als die üblichen 55 bis 57 Meter zu fliegen. Und seine Laune wurde weiß Gott nicht dadurch getrübt, dass es endlich wärmer wurde und das Fischen von Barschen im August deshalb ganz ausgezeichnet lief. Regelrechte Schwärme von Halbkilofischen und einzelne Exemplare, die mehr als ein Kilo wogen, zogen entlang der Steilküsten bei Hästkobben und Ryssgrynnan.

Dennoch muss erwähnt werden, dass er nur wenig schrieb. Er hatte die Arbeit an seinen Silberfischnovellen an Mittsommer abgebrochen und Vera mitgeteilt, er werde erst im September wieder ernsthaft schreiben, wenn die Barschsaison vorüber war.

Vera war länger als sonst bei Heikki und Aune geblieben, und den ganzen August über war unser Radio auf die finnischen Sender eingestellt und spielte diese Lieder, die alle von *traurigen*

Wassern und *fernen Ufern* zu handeln schienen. Manchmal saß Vera in der Abenddämmerung auf meiner Bettkante. Sie hatte die Gitarre von der Wohnzimmerwand genommen, das Instrument lag auf ihrem Schoß, und ihr Daumen zupfte vorsichtige Akkorde. Dann summte sie die Refrains der finnischen Lieder für mich, aber ich bat sie, mir stattdessen *Der Bettler von Luossa* vorzusingen, denn das Lied mochte ich so gern.

Vera spielte auch anderes. Mehrfach saß sie in diesem August am Klavier und spielte die Melodien der Milchstraße, obwohl es noch Hochsommer war. Ich hätte mir wegen dieses Bruchs mit dem Jahresrhythmus vielleicht Sorgen machen müssen, aber ich war nicht im Geringsten beunruhigt, denn in meiner Mutter wohnte die Musik mehr als je zuvor, und mein Vater las die Gedanken der Barsche wie nie zuvor, und jeden Moment würde der Hammer über die 60-Meter-Marke fliegen und Werner einer plötzlichen Erleuchtung folgend erkennen, wie sich die ungestümen Luftsprünge der Silberfische in Worte kleiden ließen, und kein dunkelblauer Taunus würde jemals wieder wie zufällig längs der Wege parken, auf denen wir Skrakes wandelten.

An einem dieser Augusttage marschierten Soldaten und Panzer in die Stadt Prag in der Tschechoslowakei ein. Werner ließ ein oder zwei bittere Kommentare fallen, als er die Nachricht hörte, reagierte jedoch ansonsten nicht weiter, sondern fuhr aufs Meer hinaus und kehrte mit zwei Blecheimern voller fetter Barsche zurück.

Wer hingegen reagierte, war Onkel Leo. Auf den Fernseh- und Zeitungsbildern der Demonstrationen vor der Sowjetischen Botschaft in der Fabriksgata stand er ganz vorne, zusammen mit Tuomioja und Taipale und Torvalds und von Bonsdorff und den anderen Radikalen, er sah grimmig und jung aus, und die Haare im Nacken waren nun länger als je zuvor.

* * *

Es wurde September, und die Schule begann, und Riggert Holms Taunus parkte wieder auf seinem angestammten Platz an den Fenstern des Werkraums.

Doch der Sommer wollte kein Ende nehmen. Tag für Tag zeigte das Thermometer nun zwischen 25 und 30 Grad an, der Schweiß lief mir den Rücken hinab, obwohl ich völlig regungslos an meinem Pult saß, und ich dachte an Werner, der einerseits hart trainierte – ihm waren einige Würfe von fast 58 Metern gelungen – und andererseits im brütenden Sonnenschein draußen bei Ryssgrynnan hockte und Barsche angelte; er muss vor Hitze zerflossen sein.

Maggie, die uns am Sonntag, dem achten, besuchte, meinte, es sei genauso heiß wie in den Sommern kurz vor dem Ausbruch des Winterkriegs. So hatte Bruno beispielsweise am 14. September 1938 auf dem Hof ihres Onkels Casimir in Sjundeå bei der Ernte geholfen und trotz Maggies Ermahnungen den ganzen Tag über mit nacktem Oberkörper gearbeitet; er hatte sich einen richtig üblen Sonnenbrand geholt, erinnerte sie sich.

Und vielleicht lag es ja daran, dass der Sommer sich weigerte, aufzugeben und die Septembermorgen so heiß und trocken waren und das Wasser selbst draußen am offenen Meer noch pisswarm war, sodass die Barschschwärme nicht im tieferen Wasser verschwanden, sondern an der Oberfläche blieben und zum Fischen verlockten: Werner versuchte durchaus, sich auf seine Silberfischerzählungen zu konzentrieren, an manchen schwülen Tagen verbarrikadierte er sich entschlossen in der Garage, und wenn ich aus der Schule nach Hause kam, hörte ich ihn da drinnen umherstiefeln oder fand ihn im Garten, wo er frenetisch das Gras mähte oder mit der gleichen Energie abgestorbene Äste entfernte. Gegen drei nahm er dann seine Hämmer und begab sich auf den Sportplatz, und sobald ich meine Hausarbeiten gemacht hatte, fuhr ich fast immer mit dem Fahrrad dorthin und leistete ihm Gesellschaft. Nach dem Abendessen nahmen wir das Paket mit Köderukeleien, das er am Morgen aus der Gefriertruhe geholt hatte, und fuhren nach Ryssgrynnan hinaus und angelten und kamen mit noch mehr Barschen nach Hause. Inzwischen hatten wir so viele Barschfilets angehäuft, dass sich unsere Gefriertruhe kaum noch schließen ließ, dagegen glaube ich nicht, dass seine Silberfischerzählungen auch nur die geringsten Fortschritte machten.

Aber natürlich wurde es auch in diesem Jahr Herbst in Råberga.

Es kam ein Abend, an dem das Meer vollkommen still lag. Die Luft war schwer und gesättigt, die Insekten surrten ungewöhnlich schrill, und die Barsche waren wie verrückt, sie bissen direkt an der Oberfläche an, sie sprangen sogar aus dem Wasser und schnappten sich Fliegen und Libellen, die schwerbäuchigen Barsche benahmen sich plötzlich wie schlanke Silberfische, und Werner meinte, so etwas habe er noch nie erlebt.

Eine gute Stunde vor Sonnenuntergang trieb dann eine seltsame Wolkenbank vom Meer heran. Anfangs bestand sie nur aus dünnen aschgrauen Schleiern und Wolkenwirbeln, die den Himmel im Westen hellgelb färbten. Als die Schleier dann dicker und zahlreicher geworden waren, ringelten sie sich über Helsingfors wie Stiftstriche eines Wahnsinnigen, wie Bleistiftgirlanden, die den Sonnenuntergang künstlich und beängstigend aussehen ließen. Dann verdichteten sich die Wolkenmassen schnell, und als es dämmerte, schienen sie mehr Nuancen aus Grau und Violett und Blauschwarz zu enthalten, als die Welt je zuvor gesehen hatte. Doch in Bodennähe, in niedriger Höhe, wirbelten immer noch diese dünnen, aschgrauen Schleier umher und ließen die Luft vor Feuchtigkeit triefen, und im Boot vor Hästkobben schweifte Werners Blick nach Süden, und er nahm gleichsam nachdenklich Witterung auf und sprach daraufhin fünf Worte, nicht mehr: »Jetzt aber schnell nach Hause.«

Das Unwetter, das losbrach, als wir gerade an Land gegangen waren, knickte im Laufe der Nacht drei große Kiefern auf der Anhöhe um. Es regnete 47 Millimeter in neun Stunden, und als der Sturm sich legte, war die Temperatur um sechzehn Grad gefallen. Werner fuhr am folgenden Abend nach Hästkobben hinaus, und als er zurückkam, berichtete er, die Barschschwärme seien zerstreut worden, und die wenigen Barsche, die er noch vorgefunden habe, stünden in fünfzehn Meter Tiefe.

Mir war das gleich, denn die Luft war nun auf die Art kühl und klar und weit geworden, nach der ich mich bereits als Kind zu sehnen lernte.

Als sich die Kühle und die weite Herbstluft endlich eingestellt hatten, nahm mein Vater Anlauf wie nie zuvor.

Er erklärte Vera, er habe nunmehr die Absicht, sich den harten Kern aus Selbstsucht zunutze zu machen, der notwendig sei, um Talent und Potenzial zu handfesten Resultaten zu veredeln: Er werde alles, was ihm an Stärke und Schaffenskraft zur Verfügung stand, für die Ziele einsetzen, die ihm vorschwebten.

Ohne es offen auszusprechen, bat er Vera so bereits im Voraus um Entschuldigung. Was er sagte, sollte ankündigen, dass er schwierig, schlecht gelaunt, wortkarg bis hin zum völligen Verstummen und praktisch unerreichbar sein würde.

Zu seiner gewaltigen Kraftanstrengung gehörte unter anderem auch eine hundertprozentige Fernsehverweigerung.

Er guckte nicht mehr *Mini-Max – Die unglaublichen Abenteuer des Maxwell Smart* mit mir, er schaute nicht mehr *Die Forsyte Saga* mit Vera. Nicht einmal Leichtathletikübertragungen wollte er noch sehen.

Zu Vera meinte er: »Ein freier Mann lässt sich nicht vereinnahmen. Und es gibt viel zu viele Bilder in der Welt. Wenn meine Fantasie sich an ihnen labt, wird sie gesättigt und gemästet. Aber ich will, dass meine Fantasie hungrig bleibt, sie soll so hungrig sein, dass sie anfängt, ihre eigene Nahrung zu produzieren.«

Werners Enthaltsamkeit galt nicht nur dem Fernsehen.

Ebenso enthielt er sich jeglicher Fischerei, erst am 1. November würde er wieder aufs Meer hinausfahren und bis dahin nicht einmal ein Felchennetz auslegen.

Und Vera hat mich zwischen den Zeilen wissen lassen, dass sein Zölibat in jenem Herbst zahlreiche Formen annahm.

Es sollte in diesen fünfundvierzig Tagen nichts anderes in Werners Leben geben als die Garage mit dem Billnäs-Schreibtisch und der Adler-Schreibmaschine, und des Weiteren das Lauftraining und die üppig bemessene, jedoch fettarme Kost und schließlich mindestens fünfzehn Hammerwürfe mit vollem Krafteinsatz pro Tag.

Seine strenge Askese währte zwei Wochen.

Am Montag, dem 30. September, kam ich aus der Schule nach Hause und fand das Haus leer. Auch im Garten und in der Garage war es still. Werners Trainingsanzug hing an seinem Platz im Flur, so wie auch seine Lauf- und Wurfschuhe dort standen, alle fünf Paar. Ich ging zur Garage. Die Türen waren verschlossen, und ich schaute durch das Fenster hinein. Niemand da. Aber die Adler-Maschine war auf dem Betonboden gelandet und sah ramponiert aus.

Ich lief zum Dampfschiffanleger hinab und sah, dass unser Boot fort war.

* * *

Nach dem plötzlichen Bruch des Fischereizölibats war Werners Entschlossenheit wie weggeblasen, und seine Unruhe meldete sich mit frischer Kraft.

Denn es stellte sich heraus, dass die Silberfische bereits an den Ufern eingetroffen waren.

Und es stellte sich weiterhin heraus, dass diese Silberfische beißfreudig, aber auch ungewöhnlich stark und geschmeidig waren; in der folgenden Woche verlor Werner sechs prächtig gewachsene Exemplare und zog nur zwei kleinere aus dem Wasser, einen von genau einem Kilo, den er Laden-Österman schenkte, und einen von sieben Hektogramm, den er Rektor Lindell verehrte, der Junggeselle war und schlecht aß.

Auch am Wochenende setzte sich das Pech meines Vaters fort. Am Samstag gab es sowohl bei Skådaharun als auch bei Alskär reichlich Fische, aber sie schwammen nur träge dem Blinker hinterher und machten dann am Boot kehrt. Und am Sonntag verlor Werner einen Zweikilofisch bei Björnholm und einen Mordskerl von fünf bis sechs Kilo bei einer Untiefe westlich von Hästkobben.

Montag, den 7. Oktober, während Vera und ich in der Schule waren, verschwand Werner nach Helsingfors. Den Anglia ließ er stehen. Als Vera nach Haus kam und begriff, dass er verschwunden war, setzte sie sich auf die zweitunterste Stufe der Treppe zum oberen Stockwerk und begann zu weinen. Ich kauerte mich neben sie, legte den Kopf in ihren Schoß, rieb mein Gesicht an ihrem weichen grünen Pullover und sagte: »Weine nicht, Mama. Er kommt doch immer zurück.«

»Sicher, er kommt immer zurück«, sagte Vera, doch ihre Stimme klang mechanisch, es lag keine Kraft und auch nichts Bestätigendes mehr in ihr: Sie klang einfach nur müde, und ihre Tränen, die auf meine Wange tropften, schmeckten salzig.

Noch am gleichen Abend rief sie Onkel Leo an, denn es fiel ihr nach wie vor leichter, ihn anzurufen als Maggie, und ich hörte, wie sie zu Leo sagte, er müsse herkommen und ein ernstes Wort mit Werner reden, »er verrennt sich mal wieder«, sagte Vera, und dann hörte ich sie etwas flüstern, in dem das Wort »Junge« vorkam, womit vermutlich ich gemeint war.

Am Mittwoch standen wir Grundschulkinder, will sagen die Klassen eins bis vier, im Musikraum, um die geistlichen und vaterländischen Lieder zu proben, die wir beim Besuch des Bischofs eine gute Woche später vortragen sollten.

Riggert Holm, der Gitarre und Klavier spielen konnte, war die Aufgabe übertragen worden, uns zu drillen. Er führte seinen Auftrag mit großer Entschlossenheit und noch größerer Tatkraft aus, mal saß er am Klavier und dirigierte uns mit dem rechten

Arm, während seine linke Hand Akkorde anschlug, mal stand er mit seiner Gitarre an einem Band um den Hals vor uns, und als er das tat, sah ich, dass kleine grüne Stofffasern auf seinem Revers und auch auf den Ärmeln glänzten.

Als Werner zurückkehrte, war es Freitag, und er hatte Comics für mich und einen großen Blumenstrauß für Vera dabei. Sich selbst hatte er eine Platte von John Lee Hooker gekauft, er behauptete, die Scheibe sei eine Rarität, und vor dem Abendessen saß er im Wohnzimmer und ließ sie immer und immer wieder laufen.

Wie nach seinen früheren Abwesenheiten war Werner unrasiert, diesmal jedoch nicht ganz so hohläugig wie sonst, und als ich abends ins Bett ging, fand ich ein Markstück unter meinem Kopfkissen.

* * *

Am folgenden Wochenende kam der Zirkus Sariola nach Råberga, angelockt von Nette Muhrman, die in ihrer Jugend mit dem Bruder eines der Zirkusclowns liiert gewesen war.

Am Samstag war das Wetter bleigrau, bullig schwarze Wolken trieben schwerfällig über die Anhöhe heran, und die Blätter klammerten sich verzweifelt an Bäume, die in Windböen schwankten.

Nette Muhrman hatte alle zu einem gemeinsamen Arbeitseinsatz mobilisiert, und die Einwohner Råbergas hatten die bereits herbstbraune Wiese hinter der Kirche und dem Friedhof geräumt. Dort erhob sich nun das große grauweiße Zirkuszelt gen Himmel, dort drängten sich die bunten Buden und Schießstände um den Herzpunkt, den das Zelt bildete, dort würden am Sonntag zwei Vorstellungen gegeben werden.

Der Sonntagmorgen war windig, aber sonnig, und ich erinnere mich, dass ich draußen war und mit meiner Stoppuhr in der Hand lief, ich erinnere mich, dass ich wieder einmal eine Runde nach der anderen um unser Haus rannte, um Werners und Veras Haus, auf Erde, auf der ich jede Grassode, jedes Loch, jeden Stein kannte. Und ich glaube, es war der Morgen, an dem mir zum ersten Mal bewusst wurde, wie sehr ich es liebte zu laufen, wie sehr ich den Moment liebte, in dem Schwere und Atemlosigkeit von einem wichen und durch Leichtigkeit und Flug ersetzt wurden, ich glaube, es war der Morgen, an dem ich erkannte, dass ich ein Schwebender werden wollte, im Gegensatz zu Werner, der riesenhaft und schwer und an Erde und Wasser gebunden war.

Seltsamerweise blieb mir von der eigentlichen Zirkusvorstellung nachher nichts in Erinnerung, nicht die Tiere, nicht die Trapezartisten, nicht die Feuerschlucker und auch nicht die Clowns, die Nette Muhrman fast kannte.

Ich erinnerte mich ausschließlich an die Lose, die wir hinterher kauften, an die Lose und daran, dass sich Sabba Muhrman wenige Minuten zuvor Werner, Vera und mir angeschlossen hatte, und darüber hinaus an den unbarmherzig schneidenden Wind, der an Werners nassen Haarlocken zerrte, als er dort im Regen stand und stur ein Los nach dem anderen kaufte.

Alles fing damit an, dass Werner gute Laune hatte, er war in vieler Hinsicht eine kindische Person, und in seinen Augen spielte ein ungezogenes und beinahe verliebtes Funkeln, als wir nach der Vorstellung über das Zirkusgelände bummelten und Zuckerwatte aßen.

»Wollt ihr Lose ziehen, Kinder?«, rief er Sabba Muhrman und mir zu, als wir in der Nähe eines der zahlreichen bunten Stände waren.

Dann kaufte er vier Lose, zwei für Sabba und zwei für mich. Die Lose kosteten zwanzig Penni pro Stück. Eins von Sabbas Losen war ein Gewinn. Meine Lose waren Nieten. Und so begann es, und ich fürchte, es war zum Teil mein Fehler.

Sabba gewann eine altmodische schwarze Herrenbadehose aus Frotteestoff, hergestellt von der Finnischen Trikotwarenfabrik.

»Nein, wie toll«, sagte Werner mit einem ironischen Lächeln, als er den Gewinn sah.

»Oh, mein Gott, wie hässlich!«, meinte Vera, die hinter uns stand und bibberte, obwohl sie ihren schwarzen Wintermantel trug. »Jetzt kommt aber.«

Doch die vernichtende Kritik an der ästhetischen Ausführung der Badehose konnte Sabba Muhrmans Siegesjubel nicht dämpfen. Sie holte alles aus ihrem Gewinn heraus, sie lächelte mich höhnisch an und drehte mir eine lange Nase, und ich wurde sauer, blieb an der Lotteriebude stehen und weigerte mich weiterzugehen, obwohl es inzwischen regnete und obwohl der Regen immer stärker wurde.

»Aber meine Güte, das war doch nun wirklich kein toller Gewinn«, flüsterte Vera mir zu und zog ihr Tuch dichter um den Kopf, »komm jetzt, Viki, es gießt in Strömen!«

Ich weigerte mich. Ich hatte vor lauter Ärger einen Kloß im Hals und blieb stehen und betrachtete die Preise auf dem Tisch. Das Angebot war bereits ausgedünnt, es gab nur noch vier Preise: einen elektrischen Handmixer, einen Modellbausatz, ein Buch, das laut Schutzumschlag *Der stumme Frühling* hieß, und eine Familienpackung Zwieback. Mein Blick verharrte bei dem Modellbausatz, das Bild auf der Verpackung zeigte eine Messerschmitt aus dem Zweiten Weltkrieg.

Werner stand noch neben mir, sah den Losverkäufer unsicher an, zögerte. Ich sah ihn an und hoffte.

»Ach, was soll's!«, sagte er schließlich und nickte dem Verkäufer zu: »Noch zwei.«

Der Verkäufer hinter dem Tisch streckte uns den dünnen Metallring mit den Losen entgegen, an dem noch etwa dreißig, vielleicht auch vierzig Lose hingen. Werner zupfte willkürlich zwei von ihnen ab und reichte sie mir. Ich öffnete sie und gab sie dem Verkäufer. Er schaute in seinem Block nach und schüttelte anschließend den Kopf.

»Noch vier!«, sagte Werner, und diesmal zupfte er sie nicht mehr beliebig ab. Er stand da, überlegte, zog dann zwei nebeneinander hängende Lose ab und wählte die beiden anderen so aus, dass ein größtmöglicher Abstand zwischen ihnen lag. Als er auch diese abgezogen hatte, streckte er seine große Hand aus und ließ alle vier Lose in meinen Handteller fallen.

Ich gab sie dem Verkäufer. Die gleiche Prozedur wie zuvor, das gleiche Ergebnis. Es regnete immer heftiger. Aus dem Zirkuszelt erscholl eine Trompetenfanfare, die zweite Vorstellung hatte begonnen.

»Noch mal acht!«, sagte Werner schneidend.

In diesem Moment begegnete ich zufällig Veras Blick, in den etwas Neues getreten war. Sie war nicht mehr gereizt, jedenfalls nicht nur. Sie sah Werner unverwandt an, und in ihrem Gesicht waren jetzt außerdem Wachsamkeit und Furcht zu erkennen.

Auch ich schaute Werner an. Und ich sah: Es ging nicht länger um Sabba Muhrman und mich und darum, für Gerechtigkeit zu sorgen. Ein neuer Glanz war in die Augen meines Vaters getreten, und dieser Glanz war dunkel und intensiv. Sein Gesicht zeugte von Willenskraft und Konzentration, und seine Handbewegungen waren auf einmal quecksilbrig schnell, fast schon nervös.

Wie er dort stand, erinnerte er ein wenig an Hammer-Werner, er ähnelte dem Werner, der mit dem Rücken zum Sportplatz und dem Hammer am Ende des Verbindungsdrahts auf dem Erdboden im Schutzkäfig stand, er erinnerte an den Werner, der mit himmelwärts und auf ein fernes Ziel gerichtetem Blick im Schutzkäfig stand.

Aber gleichzeitig: die nervösen, schmetterlingshaften Hände, diese neuen Werner-Hände, die ich nie zuvor gesehen hatte, diese Hände, die vollkommen fehl am Platz an einem so schweren und großen Menschen waren und von einem Gleichgewichtsproblem zeugten, einem Schwanken inmitten aller Stärke und Intensität.

Diesmal überließ Werner mir nicht alle Lose, er behielt die Hälfte und rollte sie selber auf. Ich öffnete meine vier Lose, wobei ich mich immer unwohler fühlte und immer stärker von dem Gefühl erfüllt wurde, dass sich etwas äußerst Unerwünschtes anbahnte. Gleichzeitig betrachtete ich die großen Finger meines Vaters, der ungeschickt, aber fieberhaft seine Lose aufrollte und anschließend dem Verkäufer reichte.

»Werner!«, sagte Vera warnend.

Werner sagte nichts. Ich auch nicht.

Jedes einzelne war eine Niete.

»Du versuchst, mich reinzulegen!«, fuhr Werner bei diesem Bescheid den Losverkäufer an. »Darf ich mal sehen?« Mit wenigen schnellen Schritten war er um den Tisch herum, streckte die Hand aus, um unsere Lose zurückzubekommen, und stellte sich daraufhin dicht neben den Verkäufer, der einen Kopf kürzer war als Werner und bereits ängstlich wirkte.

Mein Vater bekam die Lose zurück und begann, ihre Zahlen mit den Zahlen und Markierungen auf dem Block des Losverkäufers zu vergleichen.

Während er dies tat, tauchten Råbergas größter Ballfanatiker Totti Tallqvist und sein Vater Johan auf. Johan Tallqvist gehörte zu den Pendlern, er war Prokurist und arbeitete in einem Unternehmen im weit entfernten Sockenbacka auf der anderen Seite von Helsingfors. Nun grüßte er Werner höflich, aber abgeklärt und bat anschließend den Verkäufer, ihm zwei Lose zu geben.

Der Losverkäufer schaute unruhig Werner an, der noch immer dicht neben ihm stand. Werner verließ seinen Platz hinter dem Tisch und stellte sich neben mich, während Totti Tallqvist seine Lose öffnete und dem Verkäufer reichte. Der Verkäufer ließ einen Finger über den Block gleiten, sah Werner verängstigt an und überreichte anschließend Totti die Verpackung mit dem Messerschmittflugzeug. Totti nahm seinen Preis in Empfang und nickte Sabba und mir kurz zu, bevor er und sein Vater davongingen.

»Lass uns gehen, Papa«, sagte ich, »es war das Flugzeug, das ich haben wollte.«

Aber Werner wollte nicht hören.

»Zehn… nein, zwölf!«, sagte er und stierte den Mann hinter dem Tisch wütend an.

Der Verkäufer tastete nervös nach dem Metallring und streckte ihn vor. Der Regen hatte sich mittlerweile zu einem regelrechten Wolkenbruch gesteigert, und Werners volle Stirnlocke hing ihm nass und formlos in die Augen. Vera schien den Tränen nahe.

»Ich gehe jetzt«, sagte sie, »ich gehe jetzt nach Hause.«

Und dann ging sie.

Ich hätte sie nur zu gerne begleitet, aber ich konnte nicht, meine Füße waren wie angewurzelt in dem lehmigen Boden. Auch Sabba Muhrman blieb stehen, aber sie lächelte nicht mehr höhnisch, sondern sah vielmehr ernst und verblüfft aus.

Werner rollte alle Lose selber auf. Als der Verkäufer sie bekommen und seinen Block konsultiert hatte, sah er aus, als hätte er sich am liebsten an jedem anderen Ort auf dem Erdball befunden. Dann sagte er mit halb erstickter Stimme:

»Es tut mir Leid… der Herr hat wirklich Pech.«

»Komm jetzt, Papa«, versuchte ich es noch einmal.

»Acht!«, sagte Werner, betrachtete drohend den Metallring mit den Losen und begann zu ziehen.

Und das Unwahrscheinliche geschah: immer noch kein Gewinn.

Nun waren nur noch drei Lose übrig an dem Ring. Die Minuten waren vergangen, der Regen hatte aufgehört. Eine bleiche Herbstsonne lugte aus einer Lücke zwischen den Wolken hervor. Werner fixierte den Verkäufer und sah fuchsteufelswild aus. *Gefährlich*, schoss es mir durch den Kopf, *gefährlich*. Ich wusste, dass etwas Katastrophales geschehen war, aber ich verstand nicht, was, und wusste auch nicht, ob es Regentropfen oder Schweißperlen waren, die an den Schläfen meines Vaters herabliefen.

»Teufel noch mal!«, zischte er und zeigte auf die drei verbliebenen Papierröllchen. Der Verkäufer riss sie rasch ab und gab sie Werner, der sie unverzüglich zurückgab und sagte: »Roll du sie auf!«

Der Verkäufer folgte Werners Aufforderung, verglich die Zahlen der Lose mit den Zahlen auf seinem Block und wurde leichenblass.

Aber er war ein ehrlicher und mutiger Mann. Er hätte Werner und mir jederzeit die übrig gebliebenen Preise überreichen können, doch er tat es nicht. Stattdessen sagte er mit zittriger Stimme:

»Es tut mir aufrichtig Leid ... aber offenbar sind sie noch nicht eingelöst worden. Manche Leute machen das, sie kaufen die Lose und gehen dann rein und schauen sich die Vorstellung an und kommen erst später zurück, um sie mir zu zeigen.«

Ich betrachtete den elektrischen Handmixer, das Buch und die Packung Zwieback und erkannte plötzlich: Das Leben ist traurig, hier hilft kein Laufen, kein Zirkus und keine Feststimmung.

Etwas, das an Panik erinnerte, wallte in mir auf, und ich ruckte an Werners nassem Hemdsärmel.

»Lass uns gehen, Papa«, sagte ich, »komm jetzt.«

»Halt's Maul!«, sagte Werner und sah sich hilflos um. »Hör auf, so an mir herumzurucken!«

In dem Moment kam Birre Muhrman auf uns zu; schon von fern winkte er Sabba zu, die seinen Gruß erwiderte, indem sie ihre Hand widerwillig zehn Zentimeter hob.

»Lass uns jetzt gehen, Papa«, wiederholte ich hartnäckig und fuhr fort, an Werner zu rucken. Doch Werner rührte sich nicht vom Fleck, er fuhr sich nur mit der Hand durch seine nasse Tolle und wartete.

»Hallo«, sagte Birre Muhrman kurz angebunden und nickte Werner zu, der zurücknickte. Wir sahen alle, dass Birre zwei vollständig aufgerollte Lose in der rechten Hand hielt.

»Darf ich einen Vorschlag machen«, meinte mein Vater zu Birre Muhrman, zog ihn ein wenig beiseite und sagte etwas, jedoch so leise, dass weder Sabba noch ich seine Worte verstehen konnten.

»Aha, so ist das also«, sagte Birre und sah zuerst mich und

dann seine Tochter an. Anschließend wandte er sich an den Verkäufer und fragte: »Was ist der teuerste Preis, und wie viel ist er wert?«

Der Verkäufer zeigte auf den elektrischen Handmixer des Modells Siemens Hollywood. »Der hier kostet im Geschäft neunundzwanzigfünfzig.«

»Zwanzig Mark?«, sagte Birre Muhrman und sah Werner an. Mein Vater nickte und hielt ihm zwei Zehnmarkscheine hin. Birre gab ihm die beiden Lose, ergriff die widerwillige Hand seiner Tochter und ging mit ihr davon.

Auf dem Heimweg saß ich auf der Rückbank und betrachtete den kräftigen Nacken meines Vaters.

Werner war zerknirscht und stumm. Ich begann, den Text auf der Verpackung in meinem Schoß zu lesen. Ich konnte bereits ein wenig Finnisch, immerhin hatte Vera mir etwas beigebracht, und außerdem hatte ich auch noch das eine oder andere bei Klade Korpinen aufgeschnappt, der einen finnischsprachigen Vater hatte. Ich las laut und rollte traurig, aber fasziniert die kraftvollen Konsonanten in den fremden und exotischen Worten: *sse rrappean rrukkinen makku … sse rrappean rrukkinen makku.*

Als wir über den Scheitelpunkt der Anhöhe fuhren, schaute ich zum Fenster hinaus und sah das schäumende Meer und die Wolken, die rastlos am Himmel trieben.

Und ich glaube, irgendwo in der Tiefe meiner noch wortarmen Seele begriff ich, dass ich an diesem Tag ein Auflodern jenes Werners gesehen hatte, der des Öfteren nach Helsingfors floh, eines Werners, der sich auf dunklen und einsamen Pfaden bewegte.

»Entschuldige, Papa«, sagte ich.

»Es war nicht dein Fehler«, erwiderte Werner leise. »Wenn sich hier jemand entschuldigen muss, dann ich. Aber manchmal passiert so was eben.«

»Jaa«, sagte ich, obwohl ich absolut nicht wollte, dass *so was* noch einmal passierte.

Werner lenkte den Anglia durch die schmale Toreinfahrt, fuhr die kiesbedeckte Auffahrt hinauf und hielt einen Meter vor der Treppe zum Haus, wie er es immer tat. Er blieb am Steuer sitzen und schaltete den Motor aus, wandte mir jedoch weiterhin den Rücken zu, sodass ich sein Gesicht nicht sehen konnte. Fünf, vielleicht auch zehn Sekunden lang waren nur seine tiefen und meine leichten Atemzüge zu hören. Dann drehte er sich zu mir um, lächelte vorsichtig und sagte:

»Die Hauptsache ist, dass man lebt.«

Der Riesenwurf

Am Montag, dem 14. Oktober, als die Zirkusartisten ihr großes, grauweißes Zelt abgebaut und Råberga verlassen hatten, verbrannte mein Vater nachmittags Laub in unserem Garten. Bei der Gelegenheit verbrannte er auch seine Silberfischgeschichten. Alles, was ihm in die Hände fiel, jede Skizze, jeder Entwurf, wurde ein Raub der Flammen, nur die Blätter, die er an seltsamen Stellen abgelegt und anschließend vergessen hatte, entgingen dem Schicksal, in Asche verwandelt zu werden.

* * *

Als Onkel Leo endlich Veras Flehen erhörte und nach Råberga hinauskam, war es bereits Mittwochabend. Leo und Werner saßen dann lange am Küchentisch zusammen und unterhielten sich, sie blieben bis weit in die dunkle Nacht hinein sitzen, und Leo versuchte Werner zu trösten und ihm Mut einzuflößen, indem er in Bildern sprach.

Leo sprach von der Buslinie Nummer 14 in Helsingfors, die durch das Stadtzentrum fuhr und ein Trolleybus war. Hielt man den Blick auf Bodenhöhe gerichtet, schien der Fahrer mit dem Bus zu fahren, wohin er wollte, hob man jedoch den Blick, sah man, dass der Bus an Drähten und Leitungen hing, die bestimmten, wohin die Reise ging.

Und so verhalte es sich auch mit uns Menschen, meinte Leo. Wir seien wie dieser Trolleybusfahrer, wir bildeten uns ein, freie

Wesen zu sein, die machten, was ihnen gerade in den Sinn kam, wir bildeten uns ein, genau dorthin zu schwenken, wo wir hin wollten. Doch unsere Sichtweise basiere darauf, dass wir stur auf die Erde starrten, denn wenn wir nur ein bisschen weitsichtig wären, wenn wir nur fähig wären, uns umzuschauen und nach oben zu sehen, hätten wir bereits vor einer Ewigkeit die unsichtbaren Drähte und Leitungen wahrgenommen, die unser tägliches Leben lenkten.

Und dies gelte auch für Werner, fuhr Leo fort: Es sei die verbohrte Art meines Vaters, immer nur auf die Erde zu schauen – und dort namentlich auf sein eigenes Bild –, die ihn dazu getrieben habe, über die eigene Unfähigkeit, die Silberfische zu schildern, zu rasen und zu verzweifeln, über die eigene Unfähigkeit, die 60-Meter-Marke zu überwinden, über die eigene Unfähigkeit, Vera zu erreichen. Weil Werner sich weigere zu glauben, dass seine Prüfungen einen Sinn hatten, folgerte Onkel Leo, gebe er sich für alle Unzulänglichkeiten halsstarrig selber die Schuld und steigere seine Verzweiflung so nur noch mehr.

»Ich dachte, du hättest diese Grillen von einem höheren Sinn endlich ad acta gelegt«, murmelte Werner, als Leo verstummte.

»Das sind keine Grillen«, entgegnete Leo daraufhin. »Ich versuche mich in einer Welt zurechtzufinden, die nicht für mich gemacht ist. Und dabei sind mir meine Gedanken eine große Hilfe.«

* * *

Anschließend erzählte Onkel Leo Werner eine Geschichte.

Sechs Jahre waren seit dem Bürgerkrieg vergangen.

Helsingfors war noch immer eine verletzte und geteilte Stadt, und Onkel Leo und Großvater Bruno waren zwei sehr junge Männer. Leo studierte Humaniora und wohnte zur Untermiete in einem Steinhaus am Tavastväg. Bruno war der Meinung, Leo habe sich im falschen Teil der Stadt niedergelassen, und wenn er einmal mit seinem Ford über die Långa-Brücke fuhr – Bruno wohnte zu jener Zeit in einer Dreizimmerwohnung am Kaserntorg, er war ein eifriges Schutzkorpsmitglied und hatte bereits seine ersten guten Geschäfte gemacht –, trug er stets eine Browning in der Brusttasche seines Überrocks.

In diesem Frühjahr schrieb Elin, die Mutter der beiden Brüder, in einem Brief an Bruno zufällig, der Garten in Permo vor den Toren der Tabakstadt sei seit Leos Fortgehen nicht mehr das, was er einmal war, denn Leo habe ein solches Gespür für die Erde und ihre Früchte gehabt.

In der vorhergehenden Woche hatte Leo sich von seinem Bruder Geld für Miete und Essen erbettelt. Bruno hatte bei der Gelegenheit darauf hingewisen, dass Leo sich den ganzen Winter über im Bronda und Gradins und Opris an Schmuggelware gelabt hatte und folglich allein sich selbst und seinem Lebenswandel die Schuld für seine Misere geben konnte. Der junge Leo hatte daraufhin erwidert, er sei in einer misslichen Lage und habe sich auf zahllose Stellen beworben, die Zeiten seien jedoch sehr hart. Da hatte Bruno mit schroffer Stimme – und es war dieser karge Ton, den er später bereuen sollte – geantwortet, Leo habe nunmehr seinen letzten brüderlichen Kredit in diesem Jahr bekommen und solle sich nicht zu fein sein, sich um die schwersten und schmutzigsten Jobs zu bemühen, wenn es nun einmal Arbeit und Geld waren, was er benötigte.

Als Bruno nach der Lektüre des Briefs seiner Mutter an seinem dunkel gebeizten Schreibtisch saß und sich für die Härte schämte, mit der er seinen jüngeren Bruder behandelt hatte, klingelte es an der Tür, und auf der Treppe stand sein Freund und Saufkumpan, der Schriftsteller Hemmer.

Der Schriftsteller Hemmer war damals etwa dreißig Jahre alt, er wurde geliebt und gefeiert wie wenige, doch hatte er zugleich ein empfindsames Nervenkostüm und neigte zu Exzessen aller Art. Und ausgerechnet an diesem Nachmittag schien Hemmer sowohl an einem schweren Kater als auch an schweren Neurosen zu leiden. Er beklagte sich umständlich bei Bruno, sein ganzes

Leben sei verfehlt, er habe schwierige und anspruchsvolle literarische Pläne, bekomme sich selbst jedoch nicht in den Griff, Ideen und Träume tollten wie rastlose und fiebrige Kinder in seinem Kopf herum, aber nichts von all dem werde aufs Papier gebannt. Und außerdem, fuhr Hemmer mit quengelnder Stimme fort, sei ein deutscher Bildhauer mit der M/S Ariane unterwegs, um seinen Kopf in Bronze abzubilden, und obendrein habe er kürzlich sein unschätzbares Faktotum Björkqvist verloren und müsse nun auf schnellstem Wege eine Person finden, die seinen wildwüchsigen Garten draußen auf Brändö aufräume und stutze: Kannte Bruno vieleicht zufällig jemanden, der für dieses Unterfangen geeignet erschien?

Und so kam es, erzählte Onkel Leo Werner, dass er als gerade mal 19-jähriger Student und Aushilfsgärtner eines Abends im April in das Arbeitszimmer des Poeten Hemmer gebeten wurde.

Es war, erinnerte sich Leo, ein flirrend kühler Frühlingsabend, es war in der Abenddämmerung, und er stand im Garten und beschnitt einige verwachsene Rosenstöcke und wollte gerade seine Arbeit beenden und sich aufs Rad schwingen und nach Hause strampeln, als der Dichter sich mit einer Hausjacke bekleidet aus der Fensteröffnung im oberen Stock lehnte und rief: »Der Herr Student möchte wohl nicht heraufkommen und ein Glas Tee nehmen?«

In dem schönen büchergespickten Raum saß dann Hemmer und nippte an einem Whisky, während der Bildhauer Otto – *aber Herrr Schrake darf mich sehr gerne Lothar nennen* – seine Physiognomie aus einem großen Gipsblock herausmeißelte.

Doch trotz all seines Ruhms, sagte Leo zu Werner, war der Schriftsteller Hemmer nicht glücklich. Er plante zu jener Zeit einen umfangreichen Roman, der den Arbeitstitel *Das Gewissen* trug. Hemmers Plan lief darauf hinaus, in der Gestalt eines Priesters die komplette Schuld für den entsetzlichen Bürgerkrieg, zu dem es gekommen war, auf sich zu nehmen, und ganz besonderes Gewicht beabsichtigte er dabei auf die Nachwehen des Krieges zu legen. Er hatte kurz nach Kriegsende, während die Besiegten noch in den Lagern hungerten und starben, ein Heft mit martialischen Siegergedichten veröffentlicht, und dieses Gedichtheft hatte ihm in den Jahren, die seither vergangen waren, viel Verdruss bereitet.

Aber Hemmer war wie gesagt ein sensibler Mann, und an diesem kühlen Aprilabend gestand er den Anwesenden, dem Bildhauer Lothar Otto und dem stellvertretenden Gärtner Kuno Leonard Skrake, dass er deprimiert und müde war und der Traum vom *Gewissen* ihn seelisch in den Schwitzkasten genommen hatte und er sich nicht in der Lage sah, sich aus diesem Griff zu befreien. Ihm fehlten, gestand er, angesichts seiner gewaltigen Aufgabe die Worte, und im Grunde wollte er im Moment nichts anderes, als sich mit Alkohol betäuben, ganz gleich, ob es sich um ausgesuchteste schottische oder giftigste selbstgebrannte Ware handelte.

»Schreiben zu wollen«, bemerkte Hemmer auf Deutsch und seufzte schwer, »ja, etwas erschaffen zu wollen, was darauf abzielt, im tiefsten Sinne des Wortes wahr zu sein, das bedeutet, sein ganzes Leben zu verpfänden, ohne einer Erlösung sicher zu sein.«

Angesichts dieser gewichtigen Worte schwieg der junge Leo, aber der Bildhauer Lothar nickte gedankenvoll und sagte: »Das ist richtig, genauso ist unser Leben.«

Und da ergriff Hemmer erneut das Wort, diesmal jedoch auf Schwedisch. Er war wieder an das offene Fenster getreten, wo er mit einem Glas umbrafarbenen Whiskys in der Hand stand, er nieste zwei Mal und sprach daraufhin mit leiser Stimme die Worte, die Onkel Leo noch fast fünfundvierzig Jahre später wortwörtlich meinem Vater wiedergeben konnte:

Wir Künstler sind wie der Meeresraubvogel, der zunächst rüttelt, still droben am Himmel hängt. Wir spähen, wir wachen. Wenn wir dann gefunden haben, wonach wir suchten, müssen wir pfeilschnell und mit Todesverachtung zur Meeresoberfläche hi-

nabtauchen, um unsere Beute zu ergreifen. Doch zuweilen geschieht, was nicht geschehen darf; die Beute ist zu groß und zu stark; sie wehrt sich, sie zieht den Raubvogel mit in die Tiefe. Und seht, der Raubvogel ist so beschaffen, dass er in diesem Moment nichts tun kann. »Jetzt lass los, lass doch einfach los!«, ruft das Leben in ihm, aber vergebens. Denn der Raubvogel ist stolz und hochmütig und dazu erschaffen, zu spähen, zu jagen, zu fangen. Wenn sein Jagdinstinkt einmal ausgelöst wurde, vermag er den Griff nicht mehr zu lösen. Seine Klauen werden im Fischrücken begraben bleiben, bis die Beute tot, ungefährlich, eingeholt ist – und so wird der Vogel immer tiefer ins Wasser hinabgezogen. Krampfhaft hält er sich fest und packt immer kraftvoller zu, bis das Rückgrat des Fisches endlich bricht, aber zu spät, denn im gleichen Moment werden die Lungen des Vogels vom fremden Element gesprengt, und er ist verloren.

»Und die gleichen Gesetze gelten auch für dich, mein lieber Neffe«, sagte Onkel Leo in jener Oktobernacht zu Werner. »Jeder, der es auf sich nimmt, abzubilden und zu schildern, geht das Risiko ein, in die Tiefe gezogen zu werden. Die Welt setzt sich immer zur Wehr, sie ist nie eine leichte Beute.«

»Aber ich versuche doch nicht, die Schuld für irgendeinen verdammten Krieg auf mich zu nehmen«, murmelte mein Vater daraufhin, »ich möchte doch nur die Schönheit und das Rätsel der Lachsforellen schildern, warum ist das so vermessen?«

»Ich glaube nicht, dass die Risiken immer durch die Ausmaße des Vorhabens bestimmt werden«, antwortete Leo. »Aber mehr kann ich dazu nicht sagen. Denn im Gegensatz zu dir gelüstet es mich nicht, etwas zu schildern: Ich bin nur ein Leser.«

* * *

Am folgenden Morgen saß ich mit meinem Ranzen auf dem Rücken vor dem Fernseher und sah mir die Olympischen Leichtathletikwettkämpfe an. Auf der Couch neben dem Fernsehapparat schnarchte Onkel Leo. Es war der Morgen, an dem Tommie Smith die 200 Meter in neuer Weltrekordzeit gewann und Jorma Kinnunen mit 88,58 Silber im Speerwerfen holte.

Werner war draußen und lief, aber während ich im Wohnzimmer saß, tauchte er verschwitzt und erhitzt auf, legte den Arm um meine Schultern und meinte, ich bräuchte nicht zur Schule gehen und solle den Tag stattdessen mit Leo verbringen.

Als Werner geduscht hatte, zog er sich warm an und machte sich bereit, zum Ufer und zum Boot hinabzugehen: Er wolle seine Kräfte mit den Silberfischen messen, sagte er, er habe so ein Gefühl, dass das Pech, das ihm frech ins Gesicht gegrinst hatte, sich verzogen habe und er nun einen der Großen in seinem geräumigen Käscher fangen werde.

Es war ein windiger Tag. Schon auf der Råbergabucht brachen sich die Wellen zu Hunderten weißer Schaumkronen, und weiter südlich, jenseits von Ytterharun, schien das offene Meer förmlich zu kochen. Ich bat Werner, vorsichtig zu sein, und er versprach, bei Lingonskär und Tistelskär zu bleiben, die weiter landeinwärts und somit halbwegs windgeschützt lagen.

Onkel Leo und ich machten dann einen langen Spaziergang, wir wanderten durch ganz Råberga und sogar über die Landstraße und weit in den Wald hinein, wo Leo mir einen kleinen schwarzen Waldsee zeigte.

Am Nachmittag, als Werner bereits mit einem Silberfisch von gut zweieinhalb Kilo zurückgekehrt war, dem bislang größten in diesem Jahr, setzte sich Leo in seinen Käfer und fuhr in die Stadt zurück, winkend verabschiedet von meinem Vater und mir.

Von da an ist mir von diesem Nachmittag und Abend nichts mehr in Erinnerung geblieben.

Am nächsten Morgen saß ich wieder vor dem Fernseher. Auch Werner hatte mittlerweile seinen Boykott aufgegeben und saß mit mir auf der Couch. Es war der Morgen, an dem Tommie Smith und John Carlos mit schwarzen Handschuhen auf dem Siegerpodest standen und die geballte Faust himmelwärts streckten, als man die amerikanische Nationalhymne für sie spielte. Es war auch der Morgen, an dem Gyula Zsivotzky das Finale des Hammerwerfens mit 73,36 gewann, nur acht Zentimeter vor seinem ewigen Kontrahenten Romuald Klim.

Als es zwanzig vor neun war und ich mich von der Couch erhoben und von Werner verabschiedet und er mir einen guten Schultag gewünscht hatte, hörte ich ihn zu Vera sagen, er wolle zwei, drei Stunden schreiben und anschließend zum Sportplatz gehen, es würden ihm noch vierzehn Tage bleiben, um die 60-Meter-Marke zu attackieren, dann laufe seine Frist ab.

* * *

Es war die letzte Schulstunde vor dem Mittagessen, und wir hatten Rechnen. In den Morgenstunden hatte die Volks- und Gemeinschaftsschule Råbergas den Bischof als Gast begrüßt, einen Ehrfurcht gebietenden Mann, der Achrén hieß und eine kerzengerade Körperhaltung und dichtes silberweißes Haar hatte, so wie es sich für einen Bischof gehört. Auch wir, die Allerkleinsten des Höchsten, hatten wirklich schön gesungen, hatte Rektor Lindell erklärt und dabei Riggert Holm anerkennend zugenickt, der uns gedrillt hatte (eine Aufgabe, der er sicher nur zähneknirschend nachgekommen war, denn weder *Das Lied der Muttersprache* noch *Gottes Liebe ist wie das Ufer und das Gras* dürften damals zu Riggerts Lieblingsstücken gehört haben).

Ich saß an meinem Pult in der Fensterreihe, und ich sah es geschehen.

Es fiel mir schwer, mich auf den Monolog des Lehrers zu konzentrieren, denn auf dem Sportplatz stand mein Vater und warf, und ich sah, dass er in besserer Form war als seit sehr langer Zeit. Er hatte drei Hämmer und warf folglich drei Mal hintereinander in ziemlich schneller Folge. Anschließend marschierte er über den Sportplatz, hob die Hämmer auf, marschierte wieder zurück und warf weitere drei Mal. Und seine Hämmer flogen weit. Kein einziger Wurf blieb unter 55 Meter, und zwei Mal war der Hammer bereits äußerst nahe an der 60-Meter-Markierung gelandet.

Und Werner war voller Eifer, das sah man seinen entschlossenen und kraftvollen Schritten an, wenn er die Hämmer in den Schutzkäfig zurückschleppte.

Als die halbe Schulstunde vergangen war, marschierte er einmal mehr über den Sportplatz zu seinen Wurfgeräten. Diesmal war einer der Hämmer weniger als einen halben Meter vor dem Markierungsband gelandet. Das muss der weiteste Wurf sein, den er je gemacht hat, dachte ich und bewunderte ihn dafür, dass er mit seinen 37 Jahren noch in so bestechender Form war.

Der Herbstvormittag war schön und klar, und ich sah, dass Werner im Gehen schützend die Hand über die Augen hielt. Obwohl der Tag schon ein paar Stunden alt war, stand die Sonne noch tief über dem Schulhügel, sie blendete ihn.

Ungefähr zu der Zeit, als Werner die Hämmer erreichte und sah, wie weit sein weitester Wurf geflogen war, traten Rektor Lindell und Bischof Achrén auf den Schulhof hinaus. Lindell trug noch immer ein weißes Hemd und einen strengen schwarzen Anzug. Achrén trug eine Priesterrobe und hatte trotz der rauen Herbstkälte keinen Mantel an. Die beiden diskutierten lebhaft, und während sie in ihr Gespräch vertieft waren, gingen sie über den Schulhof und dann die Steintreppe hinab, die zum Sportplatz und zum Råbergaväg führte; die hoch gewachsene Gestalt mitten auf dem Sportplatz schienen sie nicht zu bemerken.

Als Werner zum Schutzkäfig zurückgekehrt war, flog sein erster Wurf erneut ungefähr neunundfünzigeinhalb Meter weit. Und wieder sah ich ihn in die Sonne blinzeln. Er beschirmte die Augen mit der Hand und versuchte zu schätzen, wie weit der Hammer geflogen war, dann zuckte er mit den Schultern und legte die Hand an den Hammergriff des nächsten Wurfgeräts, ließ den Hammerkopf auf der Erde ruhen und stand lange vollkommen still und konzentrierte sich. Und still standen auch Lindell und Achrén. Sie waren mitten auf der Steintreppe stehen geblieben und standen dort und unterhielten sich und gestikulierten noch lebhafter als bisher. Vielleicht diskutierten sie das Teodizeeproblem oder eine andere theologische Ewigkeitsfrage.

Werner drehte sich kraftvoll drei Mal um die eigene Achse und schleuderte den Hammer.

Es wurde ein sehr weiter Wurf. Von meinem Aussichtsposten aus konnte ich deutlich erkennen, dass der Hammer jenseits der 60-Meter-Marke landete, der Abstand war zwar nicht groß, aber doch eindeutig, es lagen mindestens 30–40 Zentimeter Boden zwischen dem Band und der Kuhle, in der die Kugel lag – also bei etwa sechzigeinhalb Meter.

Doch Werner merkte nicht, was geschehen war. Ich wollte es ihm zurufen. »Du hast es geschafft!«, wollte ich rufen, denn auf Grund des grellen Gegenlichts begriff mein Vater nicht, dass es vollbracht war und zehn Jahre Plackerei belohnt worden waren und er erleben durfte, dass sein Traum auf eine Weise in Erfüllung ging, wie es Pfarrer King in diesem Leben nicht vergönnt gewesen war.

Aber im Klassenzimmer redete ein monoton leiernder Rechenlehrer namens Starck, und zwischen mir und Werner lagen außerdem eine Fensterscheibe und zweihundert Meter herbstlichen Raums, ich konnte ihm nicht beistehen.

Werner blinzelte in die Sonne und schüttelte irritiert den Kopf. Dann bückte er sich und griff nach dem dritten Hammer, es war der mit dem kleinen Hammerkopf und einem Inneren aus Blei, es war der Hammer, den er ganz besonders mochte, und auch der Hammer, der von den dreien jedes Mal am weitesten geflogen war.

Während Werner dort stand und Hammer Nummer zwei hinterherblinzelte, hatten sich Rektor Lindell und Bischof Achrén wieder in Bewegung gesetzt. Als Werner von Neuem regungslos im Wurfkreis stand und tief durchatmete, überquerten Lindell und Achrén, immer noch in ein lebhaftes Gespräch vertieft und fernab vom Lärm und Streben der Umwelt, den asphaltierten Korbballplatz und erreichten die so genannte Schulkurve der Laufbahn.

In diesem Moment setzte Werner zum Wurf an. Ich sah ihn noch einmal tief durchatmen, und dann schwang er den Hammer in die Luft und begann zu rotieren, er rotierte mit unerhörter Schnelligkeit und Kraft, in seinen Bewegungen lag nun ein völlig neuer Schwung, und diesmal machte er alles richtig – nein, *fast* alles, denn dieser vermaledeite linke Fuß, der immer ein wenig schräg aufsetzte und niemals zur richtigen Zeit, ließ ihn auch jetzt im Stich –, er hielt die Arme ordentlich gestreckt und machte beim Abwurf die korrekte fortschiebende Bewegung mit der Hüftpartie, und ich sah, dass er aufschrie, als er die mehr als sieben Kilo schwere Kugel davonschleuderte.

Und er drehte sich vier Mal.

Ohne es selber zu merken, drehte er sich vier Mal um die eigene Achse, so sagt es der Film in meinem Kopf, so hat er es mehr als dreißig Jahre lang gesagt.

Von meiner heutigen Warte aus betrachtet, enthielt dieser Wurf *alles*.

In der Kraftexplosion des Riesenwurfs lag die Liebe meines Vaters zu meiner Mutter, die er nicht mehr erreichte, und seine Liebe zu mir, dem Sohn, den er noch erreichte.

In diesem Wurf lag der eigentümliche Respekt vor Maggie und sein etwas hilfloses »Bitte, Mama …«, jedes Mal, wenn sie eine unverblümte Geschichte erzählte und ihr kollerndes Lachen hören ließ.

In ihm lag die Mischung aus Zuversicht und Verzweiflung, die Onkel Leos Geschichte über den Schriftsteller Hemmer ihm eingeflößt hatte, und in ihm lag darüber hinaus seine starke Bindung zu Leo.

Und in ihm lag auch die Abgewandtheit, die einmal zu Vater Bruno gehört und den jungen Werner so geschmerzt hatte.

Und es lag noch mehr in ihm. In diesem Wurf lag die verwirrte Zeit, in die mein Vater hineingeboren wurde und in der er leben musste, in ihm lag die Gewissheit, dass er nicht in die Gegenwart und die Gesellschaft passte, in ihm lag der Schmerz darüber, dass die Zeit der Dilettanten Vergangenheit war und die Welt von menschlichen Maschinen wie Klim und Zsivotzky beherrscht wurde.

Und in diesem Riesenwurf lag auch die eingelagerte Scham des Sommers zweiundfünfzig, in ihm lag die Trauer über Gagarins und Martin Luther Kings Tod, und in ihm lag die Wut über die Schmach, die der König der weißhäutigen Sänger erlitten hatte. In ihm lag Werners Bewunderung für die Wildheit der Silberfische und die Erkenntnis, dass ihre *Sprache* seine abstrakten Kritzeleien besiegt hatte. Und irgendwo dort, tief verborgen in seinem Innersten, lag wohl auch die in ihm aufkeimende Ahnung, dass das, was zwischen Vera und Riggert Holm im Frühling vorgegangen war, auch jetzt im Herbst weiterhin vorging.

Doch ich darf Folgendes nicht vergessen: Im Riesenwurf lag auch meines Vaters große Liebe zum Dasein und dazu, einfach nur zu leben und zu atmen.

Als Rektor Lindell und Bischof Achrén den Korbballplatz überquert hatten, entschlossen sie sich, nicht der Kurve der Laufbahn zu folgen. Stattdessen überquerten sie die Laufbahn und befanden sich schon bald in der nordöstlichen Ecke des Fußballplatzes. Und sie redeten weiter und marschierten weiter und bemerkten Werner nicht, und Werner schien die Sonne in die Augen, und darüber hinaus war er in seine eigenen Angelegenheiten vertieft.

Und dann war da noch sein Fußfehler, der beschloss, wie ein zweiter deus ex machina zuzuschlagen. Als mein Vater sich das vierte und letzte Mal drehte, setzte sein linker Fuß viel zu spät auf, sodass der Wurf sich weit aus dem Wurfsektor hinausdrehte.

Ich saß an meinem Pult und wollte schreien. »Passt auf! Passt auf, seliger Bischof!«, hätte ich schreien wollen. »Passt auf! Denn ein kleiner freischwebender Planet, losgeschleudert von einem freien Mann, ist unterwegs!« Doch ich war völlig hilflos, ich sah alles wie in Zeitlupe, ich sah, wie Werner nach der unerhörten Entladung wankte, sich jedoch im Kreis hielt, ich sah ihn blinzeln, ich sah den Hammer fliegen und fliegen und fliegen, als wolle er nie mehr landen, als habe er sich tatsächlich in jenen Himmelskörper verwandelt, den Werner mir einmal beschrieben hatte, und während der Hammer noch flog, sah ich mit der unerhörten Schärfe des Unausweichlichen, wo er landen würde.

Wenn diese Erzählung den grausamen Gesetzen des Märchens folgen würde, hätte der Hammer meines Vaters Rektor Lindell oder Bischof Achrén genau am Kopf getroffen, sodass der Schädel in der Mitte gespalten worden wäre.

Aber Bischof Achréns Intuition rettete ihn. Obwohl er natürlich – unter anderem in der ersten Predigt, die er als ehemaliger Bischof hielt – von der Vorsehung sprechen sollte. Denn so sprechen eben die Gläubigen, während wir Heiden genötigt sind, andere Erklärungen zu suchen, womit wir dann unser ganzes Leben beschäftigt sind.

Jedenfalls fuhr Achrén erschrocken zusammen und konnte den Kopf gerade so weit wegziehen, dass der Hammer nicht dort landete, wo er sonst gelandet wäre. Stattdessen landete der Hammerkopf nun haargenau auf Achréns rechtem Fuß, und gleichzeitig schlug der dünne Stahldraht zu und wickelte sich blitzschnell wie ein ungewöhnlich geschickter, sadistischer Peitschenhieb um seinen Schenkel.

Ich sah, dass Achrén aufschrie. Und dass mein Vater aufschrie. Und man sagte mir später, ich selber hätte auch geschrien.

* * *

Als die geschockte Masse aus Kindern und Erwachsenen sich endlich zerstreut hatte und der Krankenwagen mit blinkenden Lichtern und heulenden Sirenen samt Bischof Achrén davongefahren war, und als Werner sich in einen schwarzen Streifenwagen gesetzt hatte und zum Verhör nach Helsingfors gebracht worden war, konnte es sich Gustafsson, der Turn- und Sportlehrer der Schule von Råberga, nicht verkneifen, die Weite von Werners Wurf zu messen: Er maß 72 Meter und 84 Zentimeter, und mit diesem Resultat hätte mein Vater in der vorherigen Nacht eine Olympische Bronzemedaille gewonnen, knapp geschlagen von Zsivotzky und Klim, jedoch deutlich vor Zsivotzkys Landsmann Lóvasz.

Am gleichen Freitagnachmittag, um 15.46 Ortszeit, als es hier in Finnland bereits Nacht war und Werner immer noch verhört und Bischof Achrén auf der Intensivstation der Universitätsklinik von Helsingfors gepflegt wurde, sprang der langbeinige Amerikaner Robert Beamon zuerst 8 Meter und 4 Zentimeter und anschließend unfassbare 8 Meter und 90 Zentimeter im Olympischen Weitsprungfinale von Mexico City. Danach sprang Beamon nicht mehr, nicht bei diesem Wettbewerb und im Grund auch später nicht, denn er hatte gesagt, was er in diesem Leben zu sagen hatte.

Dieser Weltrekord, bei dem der alte Rekord um 55 Zentimeter übertroffen wurde, galt lange als unschlagbar und wurde erst dreiundzwanzig Jahre später verbessert, als Beamons Landsmann Mike Powell bei den Weltmeisterschaften in Tokio 8 Meter und 95 Zentimeter sprang.

Bob Beamons Rekord gilt nach wie vor als eine der mirakulösesten Leichtathletikleistungen, die je gezeigt wurden. Doch manchmal, wenn ich darüber nachdenke, was mein Vater in der Anonymität Råbergas fast zur gleichen Zeit leistete, als Beamon seinen Sprung vor den Augen der ganzen Welt machte, ist mir der ketzerische Gedanke gekommen, dass es in unserem Erdenleben einzig und allein um Glück und Timing geht. Es geht darum, der richtige Mann oder die richtige Frau am richtigen Ort zur richtigen Zeit zu sein. Und hat man dieses Glück nicht und ist dennoch eine starke Persönlichkeit und besessen davon, Grenzen zu sprengen und sich selbst zu übertreffen, dann kann man, und dies schreibe ich in meiner Eigenschaft als Nachfahre, mit den Jahren das eine oder andere vom Risiko erzählen, ein Skrake zu sein.

* * *

In meinem späteren Leben bin ich bisweilen gefragt worden: »Als es passierte und in den Wochen danach, was hast du da gefühlt, was hast du erlebt, was hat sich in dir festgesetzt?«

Und ich habe geantwortet: »Ich fühlte fast nichts, ich erlebte fast nichts, äußerst wenige Dinge haben sich in mir festgesetzt.«

Denn es passierte allzu viel, alles war verdreht, und alle waren wie ausgewechselt.

Werner war mal zu Hause, mal fort, und wenn er zu Hause war, hatte er tote Augen, saß zusammengekauert da und sagte kein Wort. Vera weinte und beherbergte keine Musik mehr. Manchmal wohnte Maggie bei uns und manchmal Leo und Siru, und manchmal war es an mir, eine kleine Tasche zu packen und das Wochenende in der Stadt zu verbringen. Und als es Winter wurde, saßen Vera und ich in Maggies Saab oder in Leos Käfer, es war Sonntag, und wir fuhren auf der Autobahn westlich von Helsingfors, weil wir Werner besuchen wollten, der mit einer Bewährungsstrafe und hohen Schmerzensgeldzahlungen davongekommen und unmittelbar nach dem Gerichtsverfahren in einem Sanatorium gelandet war. Dort saß er nun eingemummelt und mit Zipfelmütze in einem Liegestuhl an einer Wand vor einem großen weißen Steingebäude mit gewaltigen achtgeteilten Fenstern, noch als der Frühling und der Sommer kamen, saß er in diesem Liegestuhl und trug diese verdammte Zipfelmütze und hatte vollkommen tote Augen, und nichts war mehr, wie es sein sollte, absolut nichts.

Aus dem Teil von Kenneth Achrén, den Werners Hammer zertrümmert hatte, wurde nie mehr ein richtiger Fuß. Nach zahlreichen und langen chirurgischen Eingriffen sah sich der Bischof deshalb gezwungen, krankheitshalber wegen anhaltender Schmerzen in den Ruhestand zu treten.

Aus jenem Herbst und Winter ist mir weiterhin in Erinnerung geblieben, dass Sabba Muhrman mir einmal gestand, sie hätte sich gewünscht, der Hammer hätte den Schädel des Bischofs gespalten, denn Sabba war überzeugt, dass der Glaube an Gott in seinem Inneren zu erkennen gewesen wäre, und sie hätte ihn sich gerne anschauen wollen, er sei als ein violetter Ton in der Hirnsubstanz des Menschen zu sehen, behauptete sie.

Und dann erinnere ich mich noch, dass die Zeitungen die alte Geschichte aus dem Sommer zweiundfünfzig wieder ausgruben. Ich weiß, dass Vera und Maggie und Leo und Siru diese Zeitungen vor mir zu verbergen suchten, aber es gelang ihnen nicht, denn ich war ein lesehungriges Kind, und in diesem Herbst erfuhr ich, dass mein Vater außer *Der Skrake, der den Bischof zum Invaliden machte* auch *Der Skrake, der den Colalaster gegen einen Baum setzte* war.

Und ich erfuhr Folgendes: Im Dezember, als der Prozess gegen Werner lief, kehrte Elvis jugendlich und gefährlich und vom Scheitel bis zur Sohle in schwarzes Leder gehüllt zurück. Die Zeitungen schrieben, er sei wie Bob Beamon der richtige Mann am richtigen Ort zur richtigen Zeit gewesen, es stand geschrieben, er habe auf einer kleinen runden Bühne mit einem kleinen Publikum direkt zu seinen Füßen gestanden. Es war ein Fernseh-Special, und er hatte die wilden Lieder seiner Jugend mit einer Glut und Verletzlichkeit und einem Schmerz gesungen wie nie zuvor.

Doch da lief ich bereits. Wann immer ich konnte, lief ich, ich lief, bis die Müdigkeit von mir wich, ich lief, bis ich schwebte, sodass Werner und Råberga und die Welt und ihre grausamen Wunder verschwanden.

Zweites Buch

Erster Teil

1

An einem Spätwintertag wenige Wochen nach den Olympischen Spielen von Sapporo sitzt ein 11-jähriger Junge auf dem Platz der vier Himmelsrichtungen und wartet auf die Abenddämmerung.

Die gesamte Kuppe der Anhöhe ist mit Baustellengerümpel übersät, der Erdboden von Dielenenden, Stücken von Eisenbalken und Eisenstangen, halbvollen Zementsäcken und aufgeweichten Pappscheiben bedeckt.

Der Junge thront auf einem Stein, er sitzt im gewaltigen Betonschatten des erst halbfertigen Wasserturms, er sitzt regungslos im funkelnd weißen Nachmittag und schaut auf die Landschaft, die er so gut kennt.

Zu seinen Füßen liegt der Südhang mit seinen Holz- und Backsteinhäusern. Auf den Hang folgt das flache, lang gestreckte Meeresufer, und am Ufersaum ragen aus der Eisdecke wie stumme Proteste scharfkantige Steine heraus. Dann folgt die Råbergabucht, manchmal blau schimmernd, manchmal grau stürmend, jetzt jedoch stumm und geknebelt, mit grünblauen Flecken Frühjahrseis dort, wo die Schneedecke bereits weggeschmolzen ist.

Manchmal, wenn die Herbst- und Winternächte so richtig pechschwarz werden, kann man im Osten, hinter den Baumwipfeln, in zwanzig Kilometer Entfernung, kleine Flammen auflodern und gleich darauf wieder erlöschen sehen, wie wenn ein nervöser Gott Streichholz auf Streichholz anreißt, um sich eine Zigarette anzustecken: Es ist die Sköldvikraffinerie mit ihrem Chaos aus metallglänzenden Schornsteinen und Rohren, die diese Flammen ausspeit.

Die Sonne sinkt jetzt immer schneller. Das Nachmittagslicht wird röter, sanfte bläuliche Schatten schleichen über den Schnee. Der Junge kramt in seiner Anoraktasche und fischt ein flaches, silbriges Paket heraus. Er wickelt erst den Stanniolumschlag und dann das Butterbrotpapier ab und betrachtet zufrieden die Brote. Er hat sie selbst belegt, sie bestehen aus dunklem Roggenbrot mit einer dünnen Schicht Butter und Leberwurst und zwei Scheiben Pfirsich aus der Dose. Das Petersiliensträußchen, das seine Mutter immer zuoberst legt, fehlt, doch dafür muss man wohl der Jahreszeit die Schuld geben.

Sobald der Junge gegessen hat, klettert er von dem großen Stein hinab und stapft etwa dreißig Meter durch den tiefen Schnee. Dann steht er auf einer Lichtung und lässt den Blick über das Dorf schweifen.

Dort im Norden sind die Veränderungen zu sehen. Der Wendeplatz in der Dorfmitte ist seit zwei Jahren asphaltiert, und es gibt mehr Straßenlaternen als früher. An den Giebel des Bankgebäudes ist eine große Tissot-Uhr montiert worden, die daran erinnert, dass die Zeit immer gegenwärtig ist und gerne die Gestalt von Geld und Macht annimmt. Und im gleichen Gebäude gibt es zudem ein nagelneues Lebensmittelgeschäft, das zur Tuko-Kette gehört und auf dem besten Wege ist, Reidar Österman die Kunden abspenstig zu machen, sodass er immer abhängiger von den Einnahmen seines Sommerkiosks wird.

Auch noch die letzte rote Bauernkate mit weißen Giebeln ist inzwischen abgerissen worden, und hinter der Kirche und dem Friedhof gibt es keine unberührte Wiese mit Disteln und Glockenblumen und Wiesenkerbel mehr, dort liegen jetzt eine asphaltierte Straße und ein Neubaugebiet, adrette, identische

btb
TASCHENBÜCHER - UNSERE AUSWAHL

Das vollständige btb-Taschenbuch-programm aller lieferbaren Bücher erhalten Sie bei Ihrem Buchhändler.

Aus Freude am Lesen

www.btb-verlag.de

Reihenhäuser mit Flachdächern. Und draußen an der Landstraße, westlich der Essotankstelle, gibt es ein paar riesige Baugruben und in diesen Gruben Betonfundamente und dicke Pfeiler und seltsame Holzkonstruktionen, und dort steht ein Schild, auf dem die Firma des mächtigen Gründers Rauno Virstanpylväs mitteilt, dass hier Hochhäuser errichtet werden, fünf Häuser mit insgesamt 250 Wohnungen sollen es werden.

Es wird jetzt schnell dunkel, als der Junge zu seinem Stein zurückkehrt.

Er schaut nach Westen, kann jedoch noch nicht sehen, worauf er wartet. Stattdessen sieht er dichten dunkelgrünen Nadelwald, der immer schwärzer wird, und hinter dem Wald lugen einige hohe Kräne der Nordsjöwerft heraus; im glühend roten Licht sehen sie aus wie gigantische Urtiere, wie schmalhalsige Diplodocusse.

Die Verwandlung vollzieht sich während einiger schnell verstreichender Minuten. Die nahe gelegenen Baumstämme, der Wasserturm, der hoch über ihm brütet, die entfernten Wälder, die Inselchen am Rande des offenen Meers, sie alle verwandeln sich zunächst in Silhouetten mit immer undeutlicheren Konturen und danach in Dunkelheit.

Und dann erscheint endlich, worauf er gewartet hat. Am Himmel im Westen verbreitet sich ein rötlicher Schein. Dieser Lichtschein ist für den Jungen wie ein Fiebertraum, und dieser Traum heißt Helsingfors.

Lange sitzt er regungslos da und betrachtet diesen Lichtschein. Dann schaltet er seine Taschenlampe an und lässt sie über den Schnee gleiten, bis der Lichtkegel die Skier und die Stäbe trifft. Er schnallt sich die Skier an, schlingt die Lederriemen der Stäbe um die Handgelenke, richtet die Taschenlampe nach vorn und fährt vorsichtig pflügend die Anhöhe hinab zu dem Haus, in dem er wohnt und in das sein Vater erst kürzlich zurückgekehrt ist.

Ich war einmal dieser Junge, und ich kann mich noch gut erinnern, wie meine Gedanken an jenem Nachmittag und Abend hin und her wankten, rastlos und rhapsodisch.

Und rhapsodisch ist auch der zweite Teil meiner Erzählung, denn aus bunt umherwirbelnden Fragmenten baut sich unser Leben auf, sobald wir unsere Nester verlassen und begonnen haben, uns umzuschauen.

2

Mehr als drei Jahre lang landete mein Vater immer wieder in dem Sanatorium westlich von Helsingfors. Er war nie eine Gefahr, weder für sich noch für andere, er hielt nur einfach nicht zusammen. Wenn er nach Hause kam, war er anfangs recht gesprächig und wieder fast der Alte, aber nach ein paar Wochen oder höchstens einem Monat war er dann wieder indisponiert, wie es hieß, er bekam diesen toten schwarzen Blick und hörte auf zu essen und saß dann tagaus, tagein auf der Couch und trank Bier und las alte Nummern von *Sport-Pressen* und tat rein gar nichts, und schon bald saßen meine Mutter und ich wieder in Maggies oder Leos Auto und waren unterwegs zum Sonntagsbesuch in dem strengen Haus mit dem schönen Park, in dem mein Vater auf einer Bank saß und schwieg. Beim allerletzten Mal fuhren wir allerdings in unserem nun schon recht altmodischen Anglia, denn Vera machte in Werners letztem Krisenjahr den Führerschein, und so war es ihr zu verdanken, dass an diesem sonnigen Tag Anfang Februar 1972 mein Vater am Steuer seines eigenen Wagens saß, als er zum letzten Mal aus dem Sanatorium entlassen wurde.

* * *

In den Jahren, die vergangen waren, hatte Vera die Zähne zusammengebissen und geackert und geschuftet, damit unser Leben funktionierte. Sie war im Schulsekretariat geblieben, scheinbar blind für alle vielsagenden Blicke und taub für das, was hinter ihrem Rücken getuschelt wurde; sie hatte in diesen Jahren eine große Stütze in Großmutter Maggie, die meine Mutter auf ihre schroffe Art ermahnte, sich den Teufel um den Tratsch toter Krämerseelen zu scheren.

Riggert Holm arbeitete nicht mehr an der Schule von Råberga. Er hatte im März 1970 um seine Entlassung gebeten, und seiner Bitte war entsprochen worden. Die offizielle Erklärung lautete, dass er die lange Anfahrt leid sei und es vorziehe, in Helsingfors zu arbeiten, aber hartnäckige Gerüchte wussten zu berichten, dass Rektor Lindell und die Schuldirektion ihn gezwungen hatten, um seine Entlassung zu bitten. Es hieß, Riggert und Gunilla Rothovius seien bei der Abiturfeier von Råbergas Abschlussklasse im Haiko gård in flagranti ertappt worden.

Indizien dafür, dass Riggert während Werners jahrelanger Krankheit im Leben meiner Mutter eine Rolle gespielt hätte, tauchten niemals auf.

* * *

Im Herbst 1971 war mein Freund Björn Muhrman elf Jahre alt geworden. Er hatte sich zu diesem Zeitpunkt durch das gesamte Werk von Mozart und Beethoven gehört, woraufhin er beide verstoßen und zu Ravel und Strawinskij übergegangen war. Als Bjöna in diesem Herbst ein Referat zu einem selbst gewählten Thema halten sollte, fiel seine Wahl auf die pathologische Sauberkeit in Mozarts Musik, und er vergaß dabei auch nicht, darauf hinzuweisen, welch einen starken Kontrast diese Sauberkeit zur Analfixierung in den Briefen des Komponisten an seine Cousine, das Bäsle bildete.

Kantor Rabb wurde zunächst blass und schickte Bjöna dann in Rektor Lindells Büro, überlegte es sich später jedoch anders und gab Bjöna auf dem Halbjahreszeugnis die Bestnote. In geschlossenen Gesellschaften ließ er jedoch des Öfteren die Bemerkung fallen, dass Björn Herman Muhrman der mit Abstand unangenehmste Schüler sei, den er jemals im Fach Musik unterrichtet habe.

Die Wahrheit war, dass Björn Muhrman zwar verrückt, aber nett war. Ganz und gar nicht nett war hingegen seine Schwester Sabba, die im Laufe von Werners langer Krankheit zu Råbergas unbestritten am meisten gefürchteten pubertierenden Teenager aufgestiegen war.

Sabba Muhrmans lokaler Ruhm basierte auf einer ganzen Reihe von Ruhmestaten. Zu den sagenumwobensten gehörte der Streich, ihr Exemplar des Deutschbuchs *Bitte schön* mitten im Unterricht zu verbrennen. Sie ging damals in die dritte Klasse der Gemeinschaftsschule, und als der Deutschlehrer, ein sanftmütiger, grauhaariger Humanist, der Ålander hieß und Goethes und Georg Trakls Lyrik liebte, sie daraufhin fragte, warum sie das tue, antwortete Sabba, die deutsche Sprache sei für alle Zeit vom Nationalsozialismus besudelt worden. Ålander brach daraufhin in Tränen aus und schickte Sabba zu Rektor Lindell. Als Folge wurde Sabba für zwei Wochen des Unterrichts verwiesen, während Ålander den Lehrerberuf aufgab und sich stattdessen darauf verlegte, Lyrik zu übersetzen.

Ich selbst lief in diesen Jahren herum und summte *Dirlandaa* und mit der Zeit dann den ersten Synthesizerschlager der Weltgeschichte, der *Pop Corn* hieß, und musste mich ständig von meinem Freund Bjöna rügen lassen, der meinen Musikgeschmack äußerst banal fand. Um die Wahrheit zu sagen, konnte Bjöna ziemlich ermüdend sein, und das meiste, was er von sich gab, blieb mir schlichtweg unbegreiflich. Ich begann zu ahnen, dass Bjöna und Sabba ungefähr gleich intelligent waren, ihre Intelligenz jedoch völlig verschieden und mit ausgesprochen unterschiedlichen Zielen vor Augen einsetzten. Und ich merkte zu meiner eigenen Verblüffung – denn ich hatte immer noch Angst vor ihr –, dass ich es immer öfter vorzog, Sabbas beunruhigenden Geschichten zu lauschen, statt mich mit ihrem Bruder zu unterhalten.

* * *

Während Werners letztem Aufenthalt in dem strengen Sanatorium legte sich der Goldfisch von Herring auf die Seite und starb. Sabba schien um den Verstorbenen nicht nennenswert zu trauern, und als Nette und Birre sich beharrlich weigerten, die Möglichkeit zu untersuchen, von Herring durch ein paar Piranhas zu ersetzen, hatte sie das ganze Aquarium satt; an einem Mittwochabend kurz nach Neujahr fand Bjöna die sterblichen Überreste von drei Guppys und einem Zebrafisch unter seinem Kissen.

Die übrigen von Herrings erfreuten sich hingegen bester Gesundheit, aber wir Skrakes draußen in Råberga bekamen sie nie zu Gesicht. Christopher und Christina wohnten damals in New York, wo ihr Vater Lukas für die UNO arbeitete, während meine Tante Mary Kulturreportagen für den finnlandschwedischen Rundfunk beisteuerte, und während ihrer seltenen Besuche in Finnland weigerten sich die von Herrings beharrlich, sich der neuerlichen Schande, die Werner über die Familie gebracht hatte, zu stellen.

Einmal bekam ich als Weihnachtsgeschenk ein Atelierfoto meines Cousins und meiner Cousine. Christina hatte gerade ihre Zahnspange bekommen, während Christopher einen Cowboyhut trug und ein Cowboyhemd mit fantasievollen Mustern, die mit dickem Goldgarn gestickt waren. Ich überbrachte das Bild augenblicklich Sabba Muhrman, die begeistert lächelte und murmelte, sie freue sich schon darauf, Cousin Chrisse eines Tages kastrieren zu dürfen.

* * *

Im Frühjahr 1972 schaffte es die Schule von Råberga, will sagen Bjöna Muhrman, Cita Rothovius und ich, bis in das live übertragene Finale der Fernsehquizsendung *Wir im Ersten.* Wir saßen in einem klotzförmigen Wasserturm am Stadtrand von Helsingfors und sagten begabte Dinge wie zum Beispiel: *Auf Frage A antworten wir »Ameisenbär« und auf Frage B »wissen wir nicht«.* Unsere Arbeitsverteilung lief darauf hinaus, dass Bjöna fast alles wusste, während Cita Rothovius wahnsinnig süß und ich komplett überflüssig war, weil ich weder pfiffig noch hübsch war. Im Finale traten wir gegen ein Team an, das aus einer käsigen Gestalt bestand, die genau wie Bjöna aussah, plus zwei Mädchen, die *sowohl* wahnsinnig süß *als auch* pfiffig waren. Dass es dennoch ein enges Match wurde, lag allein an der Tatsache, dass unser Bjöna nicht pfiffig, sondern ein regelrechtes Genie war, und dass wir trotz der Genialität meines Freundes den Kampf verloren, lag wiederum daran, dass ich so ungebildet war, nicht einmal von den Großtaten meiner eigenen Vorfahren zu wissen. Siebzehn beide stand es vor der letzten Frage, und der Studiopianist spielte eine zuckersüße Melodie, woraufhin die konkurrierenden Mannschaften ersucht wurden, das fragliche Stück zu identifizieren. Wir schlugen auf meinen Rat hin *Kleiner, kleiner Lasse* vor, während unsere Gegner antworteten, es handele sich um *Pflücken will ich die Lippen des Mädchens, denn sie sind Beeren so rot,* was richtig war. Nach der schmählichen Niederlage fuhr Birre Muhrman uns in seinem neu erworbenen Mercedes nach Råberga zurück, und beim Abendessen erzählte Werner mir dann, dass *Pflücken will ich die Lippen des Mädchens* vor etwa hundert Jahren von einem musikalisch begabten Bauern aufgezeichnet worden war, der Ossian Skrake hieß und der Bruder meines Ururgroßvaters gewesen war.

Nicht, dass mich das sonderlich interessiert hätte. Denn es wurde Sommer, und ich war allein in Råberga. Totti Tallqvist und Klade Korpinen und Aka Lindberg und die Schwestern Rothovius und all die anderen waren in ihre Sommerhäuser gefahren, sogar Bjöna und Sabba hielten sich auf einer Insel in den Schären von Pellinge auf, und ich konnte ausnahmsweise als unumstrittener Herrscher des Dorfs umherstolzieren, ohne ein einziges Schimpfwort zu hören, und hatte außerdem 200 Mark in der Tasche, denn darauf belief sich der zweite Preis bei *Wir im Ersten*. Ich investierte die gesamte Summe in Lipsi-Stieleis, das ich in dem neuen T-Geschäft kaufte, acht oder zehn oder zwölf Stück pro Tag, so lange das Geld reichte.

* * *

Ansonsten machte ich während dieser Jahre Folgendes: Ich lief.

Ich war kein Sprinter, ich war nicht einmal ein Mittelstreckenläufer, ich wollte ruhig und lange und weit laufen, erst dann begannen meine Schritte und meine Atmung zu funktionieren.

Außerdem weigerte ich mich, für andere als mich selbst zu laufen. Schon während des letzten Grundschuljahrs bat mich Sportlehrer Gustafsson, der zugleich eine der treibenden Kräfte in Råbergas Leichtathletikverein war, beim so genannten Staffelkarneval, der im Olympiastadion von Helsinki veranstaltet wurde, auf diversen Langstrecken anzutreten. Der Staffelkarneval, das größte Leichtathletikereignis der finnlandschwedischen Schulen, wurde jedes Jahr gelaufen, und zwar immer an einem sonnigen, jedoch windigen Samstag im Mai, und ich trat niemals an. In den ersten Jahren auf der Gemeinschaftsschule kam Gustafsson stets zu mir, sobald die Schneeschmelze in Schwung gekommen war, klopfte mir auf die Schulter und erklärte, auch wenn mein Vater in seinem Leben Pech gehabt habe, so hätte ich doch gutes Leichtathletikerblut in meinen Adern, ich sei ganz offensichtlich ein talentierter Läufer, und wenn ich nur wolle, dann werde zunächst die Gemeinschaftsschule von Råberga und später der RIF mich zu einem verlässlichen Langstreckenläufer schulen. Ich nickte stets brav, aber wenn der Staffelkarneval näher rückte, schob ich ausnahmslos Staupe oder eine Zerrung im hinteren Oberschenkel vor.

Sobald der Samstag der Staffelläufe überstanden war, pflegte ich meine »Verletzung« dann zu vergessen und hörte auf zu humpeln, und Gustafsson wurde mit der Zeit ziemlich sauer. In einem

Frühjahr gab er mir mit der Begründung, dass mir jegliches Ballgefühl abgehe und die Mannschaftssportarten und nicht die individuellen Sportarten die Zukunft seien, eine deutlich schlechtere Sportnote als sonst.

Also lief ich allein. Ich lief durch die eisige Kälte der Winter, in denen mein Atem wie dicker Schornsteinrauch aus dem Mund quoll, ich lief durch das nackte weiße Licht des Frühlings, ich lief durch das dunkler werdende Grün und die klebrige Hitze der Sommer. Und ich lief durch die Herbste, durch die Herbste, die ich so liebte, ich lief bei kühlem Regen und in dem sanften Dämmerungslicht der klaren Tage, das die Gesichter der Menschen, denen ich begegnete, rot leuchten ließ, ich lief, so schnell ich konnte und so weit meine Kräfte reichten, und das Getuschel der Einwohner Råbergas hinter meinem Rücken wurde immer schwächer, sie erreichten meine fliehende Gestalt nicht mehr und verstummten bald völlig, und ich schwebte dahin, und es gab keinen Menschen in der ganzen weiten Welt, es gab nur mich und die Straße, die ich hinablief, und das Geräusch meiner Schritte und meiner Atemzüge, die regelmäßig und leicht blieben.

Doch wenn ich dann kehrtmachte und wieder auf Råberga und all die wohlbekannten Plätze zulief, kehrten das Getuschel und die halb spöttischen, halb bedauernden Blicke zurück, und das Getuschel verstärkte sich zu einem intensiven Gemurmel und danach zu einem lautstarken Stimmengewirr und schließlich zu einem Ohren betäubenden Lärm. Und es lässt sich nicht leugnen, jetzt, da ich an diesem Billnäs-Schreibtisch sitze und versuche, mich an die Jahre nach dem Riesenwurf zu erinnern, gibt es zwei Buchtitel, bei denen ich damit hadere, dass sie bereits vergeben sind: *Hundert Jahre Einsamkeit* sowie *Ignaz oder Die Verschwörung der Idioten*.

3

Es hat immer recht unterschiedliche Meinungen über das Ergebnis des Gerichtsverfahrens gegen meinen Vater gegeben.

Damals, als der Fall verhandelt wurde, war man allgemein der Auffassung, sein Verteidiger, ein gewisser Doktor jur. Guwenius, habe großartige Arbeit geleistet, und Werner sei glimpflich davongekommen. Doch später, während meiner Jahre in Helsingfors, haben Juristen in meinem Bekanntenkreis wiederholte Male behauptet, Werner hätte nie zu einer Bewährungsstrafe verurteilt werden dürfen, ein Bußgeld und Schmerzensgeld hätten ausreichen müssen.

Guwenius' Argumentation basierte zum einen darauf, dass kein Vorsatz vorgelegen habe, Schaden zu verursachen, zum anderen auf dem exzeptionellen Charakter des Riesenwurfs – er erläuterte dem Richter, niemand und am allerwenigsten Werner selbst, habe ahnen können, dass er in der Lage war, den Hammer 73 Meter weit zu werfen. So wurde mein Vater schließlich für ein Verbrechen verurteilt, dessen endgültige Bezeichnung »grobe Fahrlässigkeit sowie Verursachung bestehender körperlicher Schäden« lautete. Er kam mit einer eher symbolisch zu nennenden Bewährungsstrafe davon, schwerwiegender war jedoch, dass ihm darüber hinaus auferlegt wurde, Bischof Achréns Verfahrenskosten zu tragen sowie eine ansehnliche Summe Schmerzensgeld zu zahlen. Da außerdem Guwenius' Honorar für die damalige Zeit horrend war und die wiederholten Sanatoriumsaufenthalte ebenfalls viel Geld verschlangen, half es nichts, dass

Maggie zwei, drei Mal ein stattliches Trinkgeld beisteuerte; als alles vorbei war, gab es kein Bruno-Geld mehr, und wir waren eine ziemlich arme Familie, die anfangs nur von Veras Gehalt lebte.

Es gibt eine seelische Analogie zu den Schlägen, die ein Boxer Jahr für Jahr, Kampf für Kampf, Runde für Runde einstecken muss. Der Pugilist mag zwar unberührt erscheinen, er mag unverändert jung und schnell und stark wirken, aber die Schläge nagen an ihm, zersetzen unmerklich seine Kraft und enthüllen ihre furchtbare Wirkung schließlich, wenn der Schläger sich in verhältnismäßig jungen Jahren in ein undeutlich nuschelndes, kraftlos schlurfendes Wrack verwandelt. Und den Menschen, die das Dasein als einen fortwährenden Kampf gegen mächtige Kräfte betrachten, erscheint das ganze Leben so. Scheinbar ruhig und gefasst reagieren sie auf Niederlagen und Rückschläge, ohne mit der Wimper zu zucken, nehmen sie Sticheleien und Beschimpfungen entgegen. Doch dann kommt der Moment, in dem ihre Kräfte schwinden, in dem die Summe der Niederlagen und Gemeinheiten, die sie auf Distanz gehalten haben, zu groß wird, und sie stürzen in die Finsternis des Misstrauens und der Kraftlosigkeit.

Mein Vater galt jetzt zwar als gesund, aber die Jahre hatten ihn zu einem solchen Ex-Pugilisten des Lebens gemacht. In den ersten Monaten tat er schlichtweg nichts. Langsam und stolpernd begann er dann wieder auf die Beine zu kommen, und als der Sommer nahte, leistete er bereits seinen Beitrag zur Haushaltskasse. Er war zwar nicht mehr der Kraftprotz, der er einmal gewesen war, jedoch immer noch stark genug, um Bäume zu fällen und zu zersägen und sie zu Brennholz zu zerhacken, und er gehörte auch zu den Arbeitern, die im Juli dieses Jahres den alten Dampfschiffanleger in Råbergastrand abrissen und die Reste fortschafften.

Als ein gutes halbes Jahr vergangen war, im Spätsommer, trugen meine Mutter und mein Vater gemeinsam und mit großer

Mühe den Billnäs-Schreibtisch aus der Garage ins Wohnzimmer zurück, an seinen alten Platz am Panoramafenster. Die Adler wurde auf ein mehrfach gefaltetes Laken gestellt, das die Tastengeräusche dämpfte, und dann begann Werner ganz vorsichtig, ein wenig zu schreiben. Noch im Herbst veröffentlichte er ein paar sportgeschichtliche Glossen in *Sport-Pressen,* und im Winter brachte er zwei Artikel über das Fischen von Lachsforellen respektive Barschen in einer finnischsprachigen Anglerzeitschrift unter.

Mit der Zeit nahm mein Vater auch seine Gewohnheit wieder auf, ab und an nach Helsingfors zu verschwinden und wenige Tage später zurückzukehren. Während eines solchen Helsingforsaufenthalts traf er in einem Kellerlokal am Kaserntorg einige stadtbekannte Jazzjournalisten und rezensierte fortan gelegentlich Bluesplatten in der Zeitschrift *Rytmi.*

Aber alles, war er schrieb, veröffentlichte er unter anderen Namen und Pseudonymen.

Und die Kraft, Erzählungen zu schreiben, gewann er nie mehr zurück.

* * *

Als endgültig feststand, dass Werner endlich wieder zusammen hielt, kündigte Vera stehenden Fußes ihre Stelle im Schulsekretariat. Ohne Werner etwas davon mitzuteilen, bewarb sie sich anschließend um eine Stelle bei einer Sprachenschule in der Hauptstadt, die sie dann auch bekam: Ab dem Spätsommer 1972 setzte sich meine Mutter jeden Morgen in den veralteten Anglia und fuhr nach Helsingfors.

Anfangs war ich beunruhigt. Ich fürchtete, dass sie wie mein Vater in der Stadt hängen bleiben würde, dass sie viele Tag fortbleiben und hohläugig und müde zurückkehren und anschließend gezwungen sein würde, zum Depot des Straßenverkehrsamts in Tattarmossen zu fahren und unseren Wagen auszulösen.

Doch Vera kam immer zurück. Und Werner gab an den Nachmittagen, die er zu Hause war, wirklich sein Bestes, er saß an seinem Schreibtisch und dachte nach, oder er saß auf der Couch und blätterte in alten Jahrgängen von *Sport-Pressen*, aber wenn ich aus der Schule kam, ging er in die Küche und machte mir einen Kakao und Brote und tat, was er konnte, um wie ein vernünftiger und Vertrauen einflößender Vater zu wirken.

Dennoch müsste ich lügen, wenn ich behaupten wollte, dass alles zum Besten stand.

Denn der zurechtgestauchte Boxer hauste auch an Tagen in Werners Augen, an denen er frohen Mutes war.

Und obwohl Werner zurückgekehrt war, weigerte sich die Musik, in Veras Innerem zu neuem Leben zu erwachen, stattdessen gab es da etwas in ihrem Gesicht und ihren Gesten, was meine Seele »Geh bitte nicht!« summen ließ, obwohl Vera doch allzeit zur Stelle war.

4

Doch es gab eine Umgebung, ein Revier, in dem mein Vater wieder fast der Alte war. Dieses Revier lag südlich der Råbergabucht und hörte bei uns auf die Sammelbezeichnung »Südinseln«, obwohl sein Revier im Grunde eine größere Ausdehnung hatte, es erstreckte sich in südlicher Richtung an Hästkobben und Ryssgrynnan vorbei und weiter hinaus bis zu den letzten Untiefen, ehe die großen Tiefen begannen.

Und im Laufe einiger weniger Jahre unmittelbar nach Werners endgültiger Heimkehr aus dem Sanatorium und dem seelischen Exil, in das er gehetzt worden war, lernte ich alles, was ich weiß, über Fische und das Fischen: Es waren diese Jahre, die mich zu einem Fischer machten.

* * *

In den schweren Jahren war mein Vater kein einziges Mal zum Fischen ausgefahren. Es ist verständlich, dass er beschloss, nie mehr einen Hammer anzurühren, doch warum er das Fischen verschmähte, begriff kein Mensch. Vielleicht führte seine tiefe Apathie schlichtweg dazu, dass ihm seine früheren Lebenselixiere allesamt unnötig und gleichgültig erschienen.

Die Tatsache, dass Werner nicht fischen ging, hatte zudem auch Auswirkungen auf mich. Während der Krisenjahre weigerte sich Vera, mich das Boot alleine benutzen zu lassen, das schwer zu rudernde und nach Teer riechende Holzboot machte ihr Angst, sodass ich nicht einmal zu den ufernächsten Röhrichten in der Råbergabucht hinausrudern durfte. Ich, der ich immerhin meinen ersten Silberfisch im Frühjahr vor dem Riesenwurf am Haken gehabt hatte, musste mich jahrelang damit zufrieden geben, in den heißesten Wochen des Sommers auf dem bereits dem Tode geweihten Dampfschiffanleger zu stehen und den kleinen und mittelgroßen Barschen, die in dem brackigen Wasser standen und dösten, einen Droppen-Blinker vors Maul zu werfen (und zwar in dem Wissen um die Tatsache, dass an den Steilhängen vor Hästkobben Barsche von bis zu anderthalb Kilo standen, Prachtexemplare, die begierig auf einen Drilling gespießte Ukeleien schluckten!).

Als Werner dann endlich wieder fischen ging, hatten die Krankheit und die lange Enthaltsamkeit aus ihm einen fertigen Fischer gemacht. Er war ruhig, gelassen, scheu und nachdenklich geworden, ebenso scheu und nachdenklich, wie die begehrtesten und am schwersten zu fangenden Beutefische zu sein pflegen.

Ein großes und nur mühsam unterdrücktes hitziges Gemüt hatte in meinem Vater gehaust. Er hatte es, so gut es eben ging, verborgen (und heute weiß ich, dass auch sein Vater, mein Großvater Bruno, ein ähnlich hitziges Gemüt vor seiner Umwelt verbarg), aber es war da gewesen, tief unter Werners wortkarger Freundlichkeit hatte es eine nervenschwache und aufbrausende und dünnhäutig-feinfühlige Person gegeben. Ich hatte diese fremde Person in den Jahren vor dem Riesenwurf aufblitzen sehen, dieser Mann hatte sich gezeigt, als der rasch aufgenommene Kontakt zu den Eltern Muhrman ebenso hastig wieder in die Binsen gegangen war, er hatte sich gezeigt, als die Silberfische widerspenstig waren und sein Schreiben ins Stocken geriet.

Jetzt war dieser hitzige Junge verschwunden. Und der Grund für seine Abwesenheit war natürlich, dass die Kraft meines Vaters gebrochen war. Dennoch weigere ich mich zu glauben, dass die Gleichung so einfach und düster ausfiel, denn ich war es, der zusammen mit Werner an den Ufern der Südinseln umherstreifte, und ich war es, der in der Meeresdünung vor Ryssgrynnan im gleichen Boot saß wie er. Ich allein sah den Werner, der sich endlich an einem Ort befand, den er liebte, in weiter Ferne von der Welt der Menschen, an einem Ort, an dem seine Intuition und seine Fähigkeit zu tiefer Konzentration von großem Nutzen und ein Quell großer Freude waren.

Er konnte ein ums andere Mal perfekt auswerfen, es sah so mühelos aus, so sanft und millimetergenau, er ließ den Blinker haargenau dort landen, wo er hin sollte, unmittelbar hinter einem üppig wuchernden Tangbusch oder in der Kuhle neben einem aus dem Wasser ragenden Stein.

Ich sah zu und lernte und bewunderte ihn, und manchmal dachte ich daran, welch eine große, nein, welch eine gewaltige Rolle dieses Werfen in seinem Leben gespielt hatte, ich dachte, das war es, was mein Vater war und blieb: ein Werfer.

Er trug keine Armbanduhr, wir hatten im Boot nie eine Uhr dabei. Es spielte keine Rolle, ob es Frühling oder Sommer oder Spätherbst war, es spielte keine Rolle, ob es Morgen, Nachmittag oder Abend war. Mein Vater beobachtete die Sonne oder den Mond, und wenn der Himmel einmal grau und wolkenverhangen war, saß er schweigend und regungslos da und horchte in sich hinein und maß das Licht mit seinem Blick, und nach einer Weile sagte er mir dann, wie viel Uhr es war.

Ich stellte ihn oft auf die Probe. Wenn er den Motor ausgehen ließ und das unförmige Boot sachte auf Östermans Bootssteg zuglitt, den wir nun, da es den Dampfschiffanleger nicht mehr gab, benutzten, fragte ich ihn regelmäßig: »Na, wie viel Uhr ist es jetzt?« Daraufhin nannte er mir eine Uhrzeit, und ich sprang flink an Land und nahm mein Fahrrad und radelte, so schnell ich konnte, den Råbergaväg hinauf und bog links ab, und einmal zu Hause zog ich dann zwei oder drei Minuten ab. Er verschätzte sich nie um mehr als zehn Minuten, nicht einmal nach den zehn oder zwölf Stunden langen Ganztagesausflügen verschätzte er sich um mehr. Und oft genug verschätzte er sich überhaupt nicht.

Es ist dies eine Frage, die mich mit den Jahren immer stärker beschäftigt: Was tut man mit einem Wissen, das überholt, überflüssig, atavistisch geworden ist?

Kann ein solches Wissen überhaupt noch Wissen genannt werden?

* * *

Werner wollte unseren in die Jahre gekommenen Evinrude durch einen neuen Bootsmotor ersetzen.

Aber es war kein Geld da, jetzt nicht mehr.

Stattdessen kaufte er mir eine Abumaticspinnrolle mit rotem Gehäuse, und dann erstand er noch eine riesige orangefarbene Thermosflasche mit Plastikhülle. Der Thermosbehälter hieß *Super Space Explorer Food Flasche* und sollte eine Stunde vor Gebrauch erhitzt werden. Im Oktober und November, wenn unsere Samstags- und Sonntagstouren den ganzen Tag in Anspruch nahmen und Vera sich regelmäßig Sorgen machte, wir könnten Schiffbruch erlitten haben und ertrunken sein, saßen Werner und ich in irgendeiner windgeschützten Felsspalte auf Ytterharun oder Tistelskär und aßen Knackwürste oder kleine Cocktailfleischklößchen, und es gab meiner Meinung nach kein Essen, das so schmackhaft war wie eine Mahlzeit, die in der *Super Space Explorer Food Flasche* gelegen hatte.

Ich habe später nie jemanden um Rat fragen müssen, niemals habe ich Tipps in Angelzeitschriften oder anderer Fachliteratur suchen müssen.

Werner lehrte mich, dass es möglich war, auch einen von Haken schwer gezeichneten Hecht aufs Neue zum Anbeißen zu bewegen, man musste nur die eigene Position ändern und seinen Standplatz aus diametral entgegengesetzter Richtung bombardieren.

Und er lehrte mich, dass Barschschwärme aus menschenähnlich neidischen Individuen bestehen, die es in einen Zustand hysterischer Raubgier zu versetzen galt. Spielte man seine Karten klug aus, konnte man den ganzen Schwarm herausziehen, ohne dass die Barsche darauf reagierten, dass ihre Kameraden einer nach dem anderen im Boot verschwanden. Oft folgten die anderen aufgepeitscht bis zuletzt dem Köder und machten erst widerwillig kehrt, wenn der gefangene Fisch zappelnd in der Luft verschwand. Aber der Clou bestand darin, dass man keinen einzigen Fisch verlieren durfte, denn sobald sich einer der Barsche vom Haken losriss, bissen die anderen nicht mehr an.

Doch in den meisten Lehren meines Vaters ging es trotz allem um das Fischen von Lachsforellen. Auf diesem Spezialgebiet werde das Wissen des Anfängers und schlampiger Fischer gewogen und zu leicht befunden, sagte er, denn die Lachsforelle war ein schwieriger Gegner, es erforderte Überlegung und List und darüber hinaus noch eine gehörige Portion Glück, damit sie sich täuschen und besiegen ließ.

Also lernte ich so zu kurbeln, dass der Löffelblinker oder der Wobbler auf dem Wellenkamm surfte, wenn ich bei steifem Landwind vom Ufer aus fischte.

Und ich lernte, beim Kurbeln Pausen einzulegen und den Blinker zum Grund sinken zu lassen, wenn das Wasser richtig kalt war, und ich lernte, im Mai und im September, wenn das Wasser warm war, Blinker zu benutzen, die in Gold- und Rottönen changierten.

Und weiter:

Blinker, die violett changierten, eigneten sich gut, wenn die Wolkendecke eine gewisse rauchgraue Nuance hatte.

Im März und April war der verhasste Nordwind besser als sein Ruf, denn er zwang das eiskalte Oberflächenwasser fort von den Südufern, sodass etwas wärmeres Wasser aus der Tiefe hoch wallte.

Fing man eine Lachsforelle an einem bestimmten Stein oder einer Landzunge, sollte man das Wasser eine knappe halbe

Stunde ruhen lassen und dann an der gleichen Stelle nochmals auswerfen, denn vor allem bei kaltem Wasser bewegten sich die Lachsforellen immer in Gruppen.

Im April und Mai sollte man nach flachen, sonnenerwärmten Buchten suchen, im Oktober und bis Allerheiligen jedoch zusehen, dass man luvwärts fischte.

Sobald die Wassertemperatur über zehn Grad stieg, sollte man so frenetisch und ruckhaft kurbeln, wie man nur konnte, sodass der Lachsforelle keine Zeit blieb, den Köder zu prüfen.

Und die vielleicht wertvollste Lehre von allen:

Ich lernte, Anfang des Frühjahrs und im Spätherbst etwa zwanzig Meter vom Ufersaum zu knien, mich zusammenzukauern und von dort aus beim ersten Mal so auszuwerfen, dass der Blinker nur einen Meter weit im Wasser landete. Schon in den ersten Jahren fing ich auf diese Art mehrere Fische, noch dazu große, so große, dass ich beinahe glaubte, sie wären mit dem Bauch auf dem Kiesgrund gestrandet.

* * *

Im Herbst 1972 besuchten Werner und ich ein regennasses Olympiastadion in Helsingfors und sahen Lasse Viren die 5000 Meter in der neuen Weltrekordzeit von 13,16,4 laufen. Am gleichen Abend lief Pekka Vasala die 800 Meter in einer Zeit, die klar unter Dave *Die Mütze* Wottles Siegerzeit bei den Olympischen Spielen von München einige Wochen zuvor blieb.

»Das habe ich doch die ganze Zeit gesagt«, murmelte Werner zufrieden an unserem Platz hoch oben auf der einen Längsseite an diesem sauerstoffreichen Abend. »Vasala hätte die 1500 und die 800 laufen sollen. Wenn man in so einer Form ist, muss man alles aus seinem Körper herausholen.«

Ich betrachtete die feuchte rote Tartanbahn und dachte daran, dass ich mich in den beiden letzten Frühjahren geweigert hatte, die Gemeinschaftsschule von Råberga dort unten zu vertreten. Werner riss mich aus meinen Gedanken, indem er mir die Tribüne zeigte, auf der Großvater Bruno im Sommer 1952 zwei reservierte Plätze gehabt hatte. »Obwohl ich selber nur das Hammerwerfen sah…«, setzte er an, doch dann holten ihn die Erinnerungen ein, seine Miene verdüsterte sich bedenklich, und auf der ganzen Heimfahrt nach Råberga blieb er stumm.

Einige Tage später fing ich an Alskärs südöstlicher Landzunge die erste Lachsforelle meines Lebens. Der Fisch war nicht sonderlich groß, sauste jedoch wild umher und machte hohe Sprünge, denn das Wasser war noch sehr warm. Er folgte einem blau lackierten Krokodil-Blinker, der zwölf Gramm wog. Später in diesem Herbst fing ich drei weitere Lachsforellen, die größte von ihnen wog fast zweieinhalb Kilo.

Werner fing in diesem Herbst zehn Fische, und den größten und letzten holte er an einem Tag Ende November heraus, als die Windstärke bei fast sechs Beaufort lag und Vera ihm verboten hatte, mich mitzunehmen. Diese Lachsforelle wog 4,2 Kilo und war geschmeidig und muskulös wie ein Mittelgewichtsboxer.

Ich erinnere mich noch sehr gut an diesen Tag und den Fisch, denn Werner war an dem Morgen zurückgekehrt, nachdem er fast eine Woche in Helsingfors verschwunden gewesen war. Er war unrasiert und hohläugig und roch, und Vera war dagegen, dass er überhaupt aufs Meer hinausfuhr, *sie keinut kuule jo ihna tarpeeks – du schwankst selber schon genug*, meckerte sie ihn verbissen an, aber er wollte nicht auf sie hören.

In jener Herumtreiberwoche lernte Werner die Jazzjournalisten der Zeitschrift *Rytmi* kennen.

Schon im folgenden Winter rezensierte er Platten von John Lee Hooker und Albert King und B. B. King und Freddie King, aber er tat es mit einem unguten Gefühl. »Ich hätte nie gedacht, dass ich so tief sinken würde, ein Kritiker zu werden«, hörte ich ihn einmal zu Vera sagen. Mein Vater gab es niemandem gegenüber zu, aber die ironische Rezension von »Langleinen bei Lingonskär« durch das Pseudonym Angler juckte und brannte Jahr um Jahr in seinem Inneren.

* * *

Im folgenden Frühjahr wurden die Erwartungen, die mein Vater und ich in die Lachsforellenfischerei gesetzt hatten, bei weitem übertroffen.

Die Eisschmelze ließ zwar lange auf sich warten, sodass wir erst fischen konnten, als schon ein Teil des Monats Mai verstrichen war, doch dafür standen bis Mittsommer viele und große Lachsforellen an den Ufern der Südinseln.

In dieser Frühjahrssaison fingen wir dreißig Lachsforellen, Werner einundzwanzig und ich neun. Maggie in der Fabriksgata und Leo und Siru in der Sturegata und Onkel Heikki und Tante Aune in Hagalund bekamen allesamt Lachsforellenfilets überbracht. In der letzten Maiwoche lief es am besten. Ich rannte mit ein paar Filets und einem ganzen Zweikilofisch zu Muhrmans, und am nächsten Tag hatte ich sogar ein fettes, in Zeitungspapier eingeschlagenes Filet in meinem Ranzen, als ich zur Schule ging. Ich erinnere mich, dass ich sehr nervös war, als ich an die Tür des Rektorzimmers klopfte, und ich erinnere mich auch, wie sehr ich betonte, dass mein Vater den Fisch gefangen hatte und ihn nun Rektor Lindell als Opfergabe schenkte (obwohl, das mit der Opfergabe sagte ich natürlich nicht). Doch Lindell ließ sich nicht erweichen, er dankte mir nur gemessen und meinte: »Grüße deine Mutter und richte ihr aus, dass wir sie in der Schule sehr vermissen.«

Als einige Junitage vergangen waren und die größten Lachsforellen von den Ufern Tistelskärs und Lingonskärs in die Gewässer vor Ytterharun und Hästkobben hinauszogen, wurde mit Pauken und Trompeten die Diskothek *Glam Manor* eröffnet.

Sabba Muhrman und Aka Lindberg begannen unverzüglich, vor dem *Glam Manor* herumzulungern, jeden Freitag- und Samstagabend hingen sie dort.

Sabba und Aka waren damals fünfzehn. Sie gingen nicht miteinander, sie waren nur gute Freunde. Aka war groß und kräftig gebaut, seine Oberlippe wurde von einem spärlich sprießenden Schnurrbart geziert, seine dunkelbraunen Haare waren sehr lang, er sah aus wie der junge Ian Gillan. Sabba war gertenschlank und hatte kleine Brüste, dafür aber ein freches und hartes, fast schon erwachsenes Gesicht, und ihre Stimme war tief, und ihr und Aka gelang es bereits in diesem ersten Sommer, in das *Glam Manor* hineingelassen zu werden.

Ich selbst war fast dreizehn und noch sehr unschuldig. Ich ging davon aus, dass mein Leben für alle überschaubare Zeit daraus bestehen würde, dass ich lief, mit Werner zum Fischen ging und mich fragte, ob Vera nach dem Ende ihres Arbeitstags aus Helsingfors nach Råberga zurückkehren würde, dass ich mir Bjöna Muhrmans unverständliche Ausführungen über Strawinskijs Musik und Kafkas und Hesses Romane anhörte und den wesentlich interessanteren Erläuterungen seiner Schwester lauschte, was sie mit den Männern tun würde, die sie im *Glam Manor* und an ähnlichen Orten in der weiten Welt getroffen hatte oder zu treffen beabsichtigte.

Erst heute, fast siebenundzwanzig Jahre später, wird mir die Gleichzeitigkeit bewusst, die darin bestand, dass mein Vater und ich einen Lachsforellenfrühling ohnegleichen erlebten – wie in dem Gleichnis vom Apfelbaum, der schöner blüht als je zuvor, um dann zu sterben –, während gleichzeitig das *Glam Manor* nach Råberga kam und Sabba und Aka mit Haut und Haaren verschluckte, und mit der Zeit dann auch mich.

* * *

Schon im September hing ich widerwillig, aber neugierig vor der Diskothek herum.

Die Herbstabende waren kalt. Ich fror wie ein Straßenköter, trug jedoch stur nur ein T-Shirt und eine enge Jeansjacke und nahm bibbernd die Vino-Tinto- oder Aperita-Schlucke entgegen, die Klade Korpinen und Jerkka Haglund und andere minderjährige Leidensgenossen mir anboten.

Einmal beobachtete ich Sabba Muhrman.

Ich hatte mich auf den breiten Fenstersims gehievt, saß da und beglotzte alles, was sich in der Diskothek abspielte.

Es war ein Abend, an dem Sabba in dem Wäldchen hinter dem Hauptgebäude des Gutshofs eine Championflasche versteckt hatte. Sie war bereits mehrmals draußen gewesen, hatte aus der Flasche getrunken und schwankte jetzt unmittelbar vor der Bühne, sie trug Schuhe mit Plateausohlen und eine weinrote Samtjeans, und das Lied, das da drinnen hämmerte, hieß *The Jean Genie*, es war hypnotisch und schwer, und Sabbas ärmellose, orangefarbene Bluse schmiegte sich eng an ihren Bauch und ihre Brüste.

Nie zuvor war mir der Gedanke gekommen, dass Sabba Muhrman hübsch sein könnte, aber an diesem Abend dachte ich es. Ich saß da oben auf dem Fenstersims und lauschte der Musik und betrachtete Sabbas dünnen Körper in der ärmellosen Bluse und der eng anliegenden Jeans, und ich dachte, dass sie auf ihre freche und verdrehte und hässliche Art wirklich ziemlich hübsch war.

Und nach diesem Abend wurde mir erstmals bewusst, dass ich von meinem Fenster aus in ihr Schlafzimmer sehen konnte. Ich hatte dies natürlich gewusst, aber nie daran *gedacht*, denn wenn ich an Mädchen und Schlafzimmer dachte, dann an Cita Rothovius und Modesty Blaise und an die Mädchen in den Zeitungsannoncen des Cabaret Espilä, aber nicht an Sabba Muhrman. Doch nun wurde mein Blick immer öfter von dem erleuchteten Fenster vierzig Meter weiter unten am Südhang angezogen, immer öfter achtete ich darauf, wie sich Sabba abends wie ein Schatten hinter den dünnen, zugezogenen Vorhängen bewegte.

5

Ich glaube, Werner erkannte ziemlich schnell, dass ich dabei war, in eine andere Welt abzudriften, eine Welt, die mich schon bald wesentlich mehr locken würde als die Lachsforellen an den Landzungen und Untiefen der Südinseln, eine Welt, die ich mir mit Menschen wie Sabba Muhrman und Aka Lindberg teilen würde und in der wir uns um eine hitzig peitschende Musik scharen würden, die das Herz kleine Extraschläge schlagen ließ und sich im Körper abzulagern schien, während man schlief.

Im Herbst nach dem ersten Glam-Manor-Sommer waren Lachsforellen in den Gewässern um Råberga Mangelware. Ich saß jeden Nachmittag in der Essobar, wollte genauso blasiert und lebensüberdrüssig sein wie Sabba und Aka und hatte meinen Kontakt zu Bjöna deshalb auf ein Minimum reduziert und ging nur noch drei Mal in der Woche laufen. Aber die Wochenenden waren noch immer dem Fischen gewidmet, und da die Tage des Fischens zumeist ereignislos verliefen, unterhielten sich Werner und ich in diesem Herbst mehr, als wir es sonst taten.

Dennoch war ich erstaunt, als Werner an einem schönen Oktobersamstag – wir saßen in einer Felsspalte auf Lingonskär und aßen kleine karelische Piroggen aus der *Super Space Explorer Food Flasche*, der Wind blies frisch aus Südwest, und das aufgewühlte Meer hatte eine tiefblaue Farbe – plötzlich fast eine halbe Stunde darauf verwandte, mir die schier unglaubliche Geschichte zu erzählen, wie er im März 1952 in Cleveland auf *The Moondog Coronation Ball* gelandet war.

Er beschrieb, dass er an einem Winterabend zufällig auf Alan Freeds *The Moondog House Show* auf WJW gestoßen war: Das Programm begann um 23.15, erinnerte er sich, gleich nach den Sportnachrichten, und er wusste noch, das erste Lied, das er Alan Freed ansagen hörte, war *Sixty Minute Man* mit *The Dominoes*, gefolgt von Jackie Brenstons *Rocket 88*.

Grace McNab hatte dann versucht, Werner zur Vernunft zu bringen, sie hatte gesagt, obwohl Alan Freed ein Weißer sei, sei die Musik, die er spielte, doch für die Schwarzen bestimmt, und sie hatte auch gesagt, Freed sei ein Prediger des Bösen, der Sünde und Verdammnis statt der Erlösung durch den Herrn verkünde. Doch Werner hatte Frau McNabs Warnungen in den Wind geschlagen, er hatte der schaukelnden, stampfenden, krängenden Musik nicht widerstehen können und weiterhin Alan Freed gehört. Mit der Zeit hatte er das Interesse an seinem Studium verloren und war stattdessen dazu übergegangen, lange Spaziergänge durch Cleveland zu machen, immer weitläufiger waren seine Spaziergänge geworden, und sie hatten ihn immer öfter aus der behüteten Elm Street mit ihren adretten Häusern in die rußigen und rauen Eingeweide der Stadt geführt, und eines Tages war er dann – wie von der Vorsehung geleitet – die Prospect Avenue hinunter gegangen und am Record Rendezvous vorbeigekommen, was zufällig der Hauptsponsor von Alan Freed und *The Moondog House Show* war.

Im Schaufenster des Plattengeschäfts hatte er Fotografien all der Künstler gesehen, deren Namen Freed im Radio erwähnt hatte, und dort im Schaufenster hatte zudem ein riesiges gelbes Plakat gehangen, auf dem schwarze und rote Großbuchstaben verkündeten, dass Freitag, den 21. März, in der Cleveland Arena *The Moondog Coronation Ball* stattfinden würde; zu den angekündigten Künstlern gehörten The Dominoes und Hucklebuck Williams und Tiny Grimes mit Screamin' Jay Hawkins am Klavier und viele, viele andere, die er von seinen späten Abenden mit WJW kannte.

Werner hatte seinen ganzen Mut zusammengenommen, Leo Mintz' Plattenladen betreten, in dem die Verkäufer weiß waren, der aber ansonsten voller junger schwarzer Männer war, er hatte um eine Eintrittskarte für *The Moondog Ball* gebeten und gehört, wie die jungen Männer auflachten und einer von ihnen etwas sagte, in dem das Wort *whitey* vorkam.

Drei Wochen und zwei Tage später sagte Werner zu Grace und Joe McNab, dass er sich *All About Eve* ansehen wolle, der noch in einem kleinen Kino wenige Straßenblocks von der Cleveland Arena entfernt lief. Es war ein wolkenverhangener und grauer Freitagabend, und Werner ging, nein, er legte den Weg in die Stadt im Laufschritt zurück, manchmal nieselte es ein wenig, es war ein beißender und kühler Frühlingsregen, doch er ließ sich nicht beirren, er war voller Vorfreude, und erst als er auf die Euclid Avenue bog und der Menschenmenge begegnete, begriff er, wie die Dinge lagen: Er war die einzige weiße Person auf der ganzen breiten Avenue, und mehrere der jungen schwarzen Männer mit den breitkrempigen Hüten und elegant geschnittenen Jacketts sahen ihn träge und – wie er fand – drohend an.

Erst Jahre später, gestand Werner, war ihm klar geworden, dass er an jenem Freitagabend die Zukunft gesehen hatte. Denn die schwarzen Männer und Frauen dort auf der Euclid Avenue waren die Kinder der Baumwollpflücker und Bediensteten, die eine Generation zuvor den Süden verlassen hatten, um in die Großstädte und Industriegebiete des Nordens zu gehen, und nun gingen diese Kinder Seite an Seite, fast Schulter an Schulter gingen sie und füllten die ganze breite Avenue und zwangen die Autos zum Anhalten. Und es lag, sagte Werner, etwas Ernsthaftes und Glühendes auf ihren Gesichtern, als sie zur Arena hinaufmarschierten, es war, als lauschten sie einer fernen Musik, die nur sie hören konnten. Sie waren auf die gleiche Art beseelt wie die Männer und Frauen, die einige Jahre später unter der Leitung von Martin Luther King und anderen für volle Bürgerrechte marschieren und singen sollten.

Aber, fuhr Werner fort, in der Arena war die Stimmung dann eher fiebrig-fleischlich als beseelt.

The Moondog Himself, Alan Freed, stand in einem weißen Hemd und mit Krawatte auf der Bühne und plapperte frenetisch und unaufhörlich und überließ die Bühne dann Hucklebuck Williams und seinem Orchester. Die Cleveland Arena war mehr als ausverkauft, sie war randvoll mit jungen schwarzen Mädchen in langen Kleidern und mit Billie-Holiday-Frisuren und jungen Männern mit breitkrempigen Hüten auf dem Kopf und Whiskyflaschen und schmal klingigen Stiletten in den Brusttaschen.

Hucklebuck Williams und seine Band begannen zu spielen, Hucklebuck blies fest in sein Baritonsaxofon, und die Musik kam auf Touren wie ein Zug, der den Bahnhof verlässt und allmählich anfängt, in immer schnellerem Tempo zu rattern. Plötzlich gaben die Eingangstüren nach, man hörte ein Krachen, gefolgt von dem scharfen Laut von Glas, das zersplittert, und danach strömten die Leute ohne Eintrittskarte wie eine unaufhaltsame Flut herein und mischten sich unter die Menge. Die gewaltige Menschenmenge begann sich nun wie ein einziger Körper zu bewegen, der sich in einer wogenden rhythmischen Welle hin und her neigte. Und schon bald begann eine Schlägerei hier, eine andere da, irgendwo blitzte eine Stilettklinge auf, und Werner sah, dass die Älteren im Publikum, unter ihnen ein weißer Mann mit einer Kamera um den Hals, sich mehr und mehr zurückzogen und ins Foyer verschwanden. *Call for help, someone has been stabbed!*, rief ein Mann, und im gleichen Moment verstummte die Musik, als hätte sie jemand mit einem Messer abgeschnitten. Doch die Schlägereien gingen einfach weiter, und Werner sah Hucklebuck Williams und seine Männer hinter dem Vorhang verschwinden und dreißig, vielleicht vierzig junge Männer gleichzeitig die Bühne stürmen, und er sah einen der jungen Männer einfach so ins Publikum hinaustreten und auf den dicht gedrängten, hutversehenen Köpfen unmittelbar vor der Bühne umhergehen.

Dann begannen einige der Männer mit ihren Stiletten Leitungen und Drähte zu zerschneiden, und als das riesige glitzernde MOONDOGGERS-Schild sich aus seinen Vertäuungen löste und auf die Bühne herabstürzte, erkannte Werner endlich, dass er die Halle verlassen musste. Er war nicht der Einzige, der floh, die meisten Frauen verließen mit ihm die Arena, denn sie alle hatten begriffen, dass nun die Hooligans das Kommando übernehmen würden und es keine Musik mehr geben würde, weder die Dominoes noch Tiny Grimes mit Screamin' Jay Hawkins am Piano würden an diesem Abend auftreten. Und in dem Moment, bekannte Werner, hatte er wirklich Angst gehabt, denn er war zwar ein naiver und ungebildeter Europäer, doch gänzlich in Unkenntnis der Rassenkonflikte in den Vereinigten Staaten von Amerika war er nun auch wieder nicht. Aber er kam unverletzt davon und kehrte nach Hause in die Elm Street und zu Joe und Grace McNab zurück, und als er schließlich dort ankam, beschloss er, ihnen zu gestehen, wo er gewesen war.

Am folgenden Morgen las Werner im *Cleveland Plain Dealer*, in der Arena sei ein *race concert* ausgeartet und abgebrochen worden und dass Berichte über eine Messerstecherei und diverse leichtere Blessuren eingegangen seien, jedoch keiner der Verletzten in Lebensgefahr schwebe.

Und, betonte er mir gegenüber, er hatte weiter *The Moondog House Show* auf WJW verfolgt, bis er von einem aufgebrachten Bruno in die Heimat zurückbeordert worden war, jedoch erst einige Jahre später begriffen, dass er tatsächlich Zeuge des Moments gewesen war, in dem der Rock'n'Roll geboren wurde.

Als Werner seine Geschichte beendet hatte, starrte ich ihn verblüfft an, blind für das sonnenglitzernde Meer um mich herum und taub für das Pfeifen des Windes.

Ich hatte ihn noch nie so lange ohne Pause reden hören, nicht einmal an jenem Märzabend, an dem er Nette Muhrman in unserem Wohnzimmer eine Lektion erteilte, hatte er so lange gesprochen.

Aber hinzu kam, dass es ihm einmal mehr geglückt war, mich zu überraschen. Ich wusste mittlerweile, dass mein Vater nicht irgendwer war, ich wusste, er war ein Mann mit einer unglückseligen Begabung, sich selbst in Schwierigkeiten zu bringen, ich wusste, er war *Der Skrake, der den Colalaster gegen einen Baum gesetzt und des Weiteren Bischof Achrén zum Invaliden gemacht hat* und einiges mehr. Aber von dort aus war es dennoch ein großer Schritt, ihn sich unter 10 000, vielleicht sogar 15 000 aufrührerischen Afroamerikanern vorzustellen, und zwar im gleichen Frühjahr, in dem die garantiert lilienweiße Armi Kuusela zur ersten Schönheitskönigin des Universums gewählt worden war und die notorisch blasshäutige Stadt Helsingfors sich darauf vorbereitete, die Sport treibende Jugend der Welt in Empfang zu nehmen.

* * *

Er verlief in vieler Hinsicht ziemlich gut, dieser Herbst, obwohl es nur wenige Lachsforellen gab.

Ich war seit Jahresbeginn sieben Zentimeter gewachsen und endlich auf dem besten Wege, groß zu werden, wie es sich für einen richtigen Skrake gehörte.

Obwohl ich nicht mehr so häufig lief, waren meine Schultern und Waden und Schenkel kräftiger geworden, und obwohl ich an den Nachmittagen in der Essobar hockte und mich an manchen Freitagen mit billigen Weinen betrank, rauchte ich doch wenigstens noch nicht; dieser Herbst war meine beste Zeit als Läufer, während einiger magischer Monate fand ich den Rhythmus und das Schweben jedes Mal, wenn ich auf den Straßen lief, so leicht waren meine Schritte noch nie gewesen, und so leicht sollten sie nie mehr sein.

Auch Vera erwachte wieder ein wenig zum Leben. An manchen Abenden, wenn der westliche Himmel loderte, setzte sie sich auf den Klavierhocker, hob den Klavierdeckel, stand wieder auf, holte die Noten aus der Schublade im Büffet links vom Klavier und begann nach den Melodien zu tasten, die sie in den Jahren vor dem Riesenwurf gespielt hatte. Die Pause war lang gewesen, und sie unterbrach sich oft, doch allein, dass sie es versuchte, war schon ein Fortschritt. Und ich glaubte auch Lebhaftigkeit und Entschlossenheit an ihr wahrzunehmen, Verazüge, an die ich mich noch aus meiner frühen Kindheit erinnern konnte, die jedoch lange verschwunden gewesen waren.

Es war das Jahr, in dem die ersten vierstöckigen Häuser an der Landstraße zum Einzug bereitstanden und man bereits die Baugruben für die achtstöckigen Häuser aushob, die in den folgenden Jahren errichtet werden sollten.

Jerkka Haglund und seine Eltern zogen aus dem Dorf in eine helle Dreizimmerwohnung im obersten Stockwerk eines dieser Hochhäuser, ihr Holzhaus am Marktplatz wurde unmittelbar darauf abgerissen, und Frau Haglund gab ihren Salon auf und war folglich keine Skalpiertante mehr. Sowohl Jerkka Haglund als auch Bjöna Muhrman saßen jetzt immer häufiger an Sabbas und Akas und meinem Stammtisch in der Essobar.

In der Ecke unmittelbar hinter unserem Tisch stand ein 50-Penni-Pajazzo; hartnäckigen Gerüchten zufolge war mein Vater der Einzige, dem es jemals gelungen war, ihn zu leeren. Es hieß, dies sei im Spätsommer siebenundsechzig geschehen, als der Spielautomat frisch installiert und Riggert Holm neu angestellt und die Muhrmans gerade in ihr Haus eingezogen waren. Nun verbrachten Jerkka und Bjöna und Sabba und Aka und ich die langen und ereignislosen Nachmittage mit Kaffeetrinken und Tabakkonsum und so end- wie fruchtlosen Versuchen, mit unseren Münzen das Loch in der Mitte und das hintere R zu treffen, das als Gewinn ebenfalls 3 finnische Mark und 50 Penni abwarf.

An einem dieser graumelierten Nachmittage standen Aka Lindberg und ich zufällig zusammen am Spielautomaten, und ich erzählte Aka die Geschichte von Werner und Alan Freed und

Hucklebuck Williams und *The Moondog Coronation Ball.* Aber an die Details erinnerte ich mich natürlich nur vage, und Aka, der zu jener Zeit bereits über ein umfangreiches Musikwissen verfügte, verlangte Präzisierungen und Fakten über Details, die ich ihm nicht geben konnte; deshalb kam Aka einige Tage später zu uns nach Hause, woraufhin ich Werner bat, Aka die Geschichte so zu erzählen, wie er sie mir erzählt hatte.

Und Werner erzählte, und Aka bekam den Mund nicht mehr zu, und anschließend vertieften die beiden sich in ein lebhaftes Gespräch über alle möglichen Musikkuriositäten. Sie stritten sich darüber, in welchem Jahr Jimi Hendrix in Little Richards Begleitband gespielt hatte, und sie verglichen Creedence Clearwaters Aufnahme von *I Put A Spell On You* mit Screamin' Jay Hawkins' Originalversion, und ich weiß nicht, was alles. Und im Verlauf dieser Diskussion hörte ich Werner die Phrase vorbringen, zu der er stets griff, wenn vom *Glam Manor* die Rede war, nun jedoch so, dass ich begriff, was er sagen wollte: dass er in der Musik, bei deren Geburt er Zeuge gewesen war, einen Übergang von den fröhlichen Streichen und der Lebensbejahung eines Huckleberry Finn zur krampfhaften und angsterfüllten Jagd nach Erlösung sah, die ihm zufolge das Grundthema in Melvilles Moby Dick war. Es wurde deutlich, dass Aka Lindberg in diesem Punkt anderer Meinung war als mein Vater, aber ich sah auch, dass er Werners Erkenntnisse bewunderte, und ich sah, dass die Bewunderung des frühreifen und schon halb erwachsenen Aka meinem Vater ausgesprochen gut tat.

* * *

Anfang Dezember, um genau zu sein, war es ein Sonntag und der erste Advent, fing ich bei einer Untiefe südlich von Kalvholmen eine unglaublich große Lachsforelle, die sich auf Östermans Ladenwaage als 10,3 Kilogramm schwer erwies.

Es war sehr kalt an diesem Tag, eine dünne Schneeschicht bedeckte die Ufer der Südinseln, und ich weiß noch, als Werner und ich über die Råbergabucht und durch den Sund zwischen Kalvholmen und Björnholm hinausfuhren, knirschte und klirrte es wie in einem Cocktailglas, als das Boot die hauchdünne Eisdecke durchbrach.

Es soll nicht verschwiegen werden: Mit den allergrößten Lachsforellen hatte Werner immer Probleme.

Er hatte ein feines Gespür dafür, wo die großen Fische standen, und bereits in den Sechzigerjahren Lachsforellen herausgezogen, deren Gewicht seiner Schätzung nach zwischen acht und zwölf Kilo lag. Auch in den Jahren, nachdem ich Råberga verlassen hatte, bissen mehrere solcher Fische an. Aber ausgerechnet diese Riesen verlor er immer wieder, er verlor sie auf rätselhafteste Weise, es war ein Bestandteil seines Super-Metjty; er rutschte auf einem glatten Stein aus und stürzte so, dass die Leine erschlaffte und der Fisch sich losreißen konnte, oder aber der todmüde Fisch schoss ein letztes Mal davon und löste sich genau in dem Moment vom Haken, in dem Werner zum Käscher greifen wollte, oder aber ihm brach einfach der Stiel des Käschers ab.

Auch das muss gesagt werden: Als ich diese Riesenlachsforelle fing, begriff ich nicht einmal ansatzweise die Dimension des Vorgefallenen.

Das Wasser vor Kalvholmen war an der Oberfläche nur drei Grad warm und die Riesenlachsforelle deshalb vor Kälte starr wie ein Weihnachtshecht, sie tauchte nur zum Meeresgrund und gab relativ schnell auf. Außerdem war ich damals dreizehn Jahre alt und glaubte mit dem Recht des Jugendlichen, mein Leben werde bis in alle Ewigkeit eine ansteigende Kurve beschreiben, die aus immer größeren und größeren Fischen und immer schwebenderen Laufschritten und immer schöneren und schöneren Frauen und überhaupt immer grandioseren Erfolgen bestehen würde.

6

There was a band playing
in my head
and I felt like I could cry
– Neil Young

Im folgenden Frühjahr packte Birre Muhrman seine Koffer – laut Sabba waren es drei an der Zahl –, setzte sich in seinen Benz und fuhr nach Helsingfors. Dort zog er mit einer jüngeren Frau zusammen, die Misan genannt wurde und Innenarchitektin war, sie wohnten in einer großen Atelierwohnung in Ulrikasborg.

Nette Muhrman, die seit *Krümels Geheimnis* kein neues Buch mehr veröffentlicht hatte, blieb zusammen mit Sabba und Bjöna in dem Haus in Råberga. Sie begann, beachtliche Mengen Sherry und Cointreau zu trinken, und das Muhrmansche Haus entwickelte sich in der Folge zu einem Ort, an dem man tun und lassen konnte, was man wollte. Sabba, gerade 16 geworden, und ich, knapp 14, saßen bei Muhrmans am Küchentisch und tranken Champion, diesen finnischen Campari-Verschnitt, mit Orangensaft, während ich ihren Geschichten über all das Merkwürdige lauschte, das sich bei den Wochenendfeten im östlichen Helsingfors ereignete. In der Regel war ich zu Muhrmans gegangen, weil ich Probleme mit den Mathematikhausaufgaben hatte und Bjönas Hilfe benötigte, doch angesichts von Sabbas Anekdoten und ihrer unerschrockenen Art, sie zu erzählen, vergaß ich alles, was den Namen Mengenlehre und Gleichungen trug, und manchmal vergaß ich sogar, dass ich wahnsinnig und unglücklich in die blonde und bezaubernde Cita Rothovius verliebt war.

* * *

Im Herbst vierundsiebzig war der erste Wohnturm fertig, und Aka Lindberg zog mit seiner allein erziehenden Mutter in eine Zweizimmerwohnung mit Südbalkon im achten Stock. Schon als ich das erste Mal auf ihrem Balkon stand und den Blick über Råberga schweifen ließ und das Meer hinter Anhöhe und Wasserturm erblickte, wurde mir bewusst, dass der Platz der vier Himmelsrichtungen einiges von seiner Magie verloren hatte, und diese Erkenntnis habe ich seither nie mehr abschütteln können.

Ich lief zu der Zeit immer seltener, und wenn ich es tat, dann heimlich, denn Sabba und Aka waren sich einig, wenn es um Sport ging: *Weißte, man fängt davon doch nur an zu müffeln,* war ihr stehender Kommentar zu jedweder Leibesertüchtigung. Es war auch der erste Herbst, in dem Werner und ich überhaupt nicht gemeinsam fischen gingen, denn ich war beschäftigt, und Werner war, um die Wahrheit zu sagen, ziemlich oft verschwunden. Manchmal blieb er eine ganze Woche fort, und ich war kein Unschuldslamm mehr, ich hatte gelernt, seine Hohläugigkeit und den süßen Gestank zu deuten, der ihn umgab, wenn er zurückkehrte.

Ich hatte also meine gesunden Interessen ad acta gelegt und die Ausübung der ungesunden intensiviert und war deshalb bereits völlig aus dem Gleichgewicht, als Vera eines Tages mitteilte, dass sie es endgültig leid sei und sich von Neujahr an eine Wohnung in Helsingfors gemietet habe.

Sie verkündete die Neuigkeit während einer von Werners Zechtouren, er war seit drei Tagen verschwunden, als sie sagte, was sie zu sagen hatte, und am deutlichsten ist mir der Satz im Gedächtnis geblieben, der alles zusammenfasste, ihren ganzen Überdruss und ihre Leiden: »Nicht noch ein Winter hier in

Råberga! Nicht noch ein verdammter Winter hier draußen, *te saatte uskoa et tää loppuu nyt – jetzt ist weiß Gott Schluss damit!*«

Und so begann unser großer Streit. Vera legte zwar Wert darauf zu betonen, dass sie auf jeden Fall wollte, ja geradezu verlangte, dass ich mit ihr in die Stadt zog, die Wohnung, die sie gemietet hatte, liege in der Linnankoskigata und sei richtig geräumig, sagte sie, und außerdem gebe es schöne Schulen in Tölö, Lönkan und Zillen und wie sie alle hießen. Aber ich glaubte ihr nicht, kein Wort glaubte ich ihr, denn ich war bis in die Wurzeln meines Herzens verletzt, ich war meinet- und Werners wegen verletzt, und ich schrie sie an, ich habe es immer zutiefst bereut, aber ich schrie: »Hure!« und andere schreckliche Dinge, und wir standen uns gegenüber und atmeten schwer, und einmal versuchte sie mich in ihrer Verzweiflung zu schlagen, aber ich duckte mich weg.

Der Streit wollte nicht enden. Am nächsten Morgen ging er nach einer unruhigen Nacht weiter, in der ich Vera erst unten in der Küche und später im Schlafzimmer weinen gehört hatte. Es gibt einen Moment im Leben jedes heranwachsenden Jungen, in dem ihm klar wird, dass er es ist, der die Schönheit seiner Mutter aufgezehrt hat, und das war dieser Moment, aber ich weigerte mich, ihm ins Auge zu sehen, ich beschimpfte Vera und starrte stur die Wand über ihrem Kopf an oder schaute aus dem Panoramafenster, um nicht sehen zu müssen, was ich sah. Und wir schrien uns an, bis ich zur Schule gehen und sie zur Arbeit fahren musste, und beim Abendessen brausten wir von Neuem auf, und daraufhin tat sie etwas, das sie lieber gelassen hätte. Als ich auf mein Zimmer gerannt war und die Tür hinter mir zugeschlagen hatte, hörte ich immer und immer wieder die Wählscheibe des Telefons surren, anfangs erreichte sie niemanden, doch dann hörte ich sie sprechen und schlich mich leise aus meinem Zimmer und hörte sie sagen: *Bitte, du musst einfach kommen, ich habe Leo angerufen, aber er und Siru sind nicht zu Hause, du musst herkommen und ihn zur Vernunft bringen, er muss mit einem MANN sprechen, verstehst du denn nicht?*, und natürlich kam er, noch am gleichen Abend tauchte er in einem Simca bei uns auf, und während der Herbstregen auf das Dach trommelte, stand dann Riggert Holm, nach einer Pause von mehr als sechs Jahren, wieder in unserem Haus, und ich wurde mehr als rasend wütend, ich wurde gleichsam *rabiat*, und so war es dieser Abend, der alles entschied. Nachdem ich Riggert Holm in unserem Wohnzimmer stehen gesehen und ihn mit seiner ruhigen und samtenen Stimme sprechen gehört hatte, gab es nicht den Hauch einer Chance, dass ich mit Vera nach Helsingfors ziehen würde. Und was er damals sagte und ich erst viel später verstand, war mir an jenem Abend wirklich scheißegal, *wo die Liebe an Bedingungen geknüpft wird, gibt es sie nicht*, das klang, als wäre es aus so einem verdammten Schlager, es klang wie ein Satz aus einem der Bücher, die Cita Rothovius und Malla Ekholm und die anderen Bräute in der Klasse lasen, and I bloody couldn't care less.

Der Rest des Jahres verging dann verblüffend ruhig.

Werner verschwand in diesem Herbst nicht mehr, und abends saßen er und Vera zusammen und führten lange Gespräche im Flüsterton, sie waren ernst, aber gefasst, und Werner schien Veras Entschluss erstaunlicherweise weder zu überraschen noch sonderlich mitzunehmen, obwohl er immerhin de facto die Scheidung bedeutete, auch wenn ich nie jemanden das Wort in den Mund nehmen hörte.

Heiligabend feierten wir wie üblich bei Maggie, und unmittelbar nach Neujahr zog Vera, wie ich glaubte, mit Riggert Holm zusammen, was ich Werner jedoch niemals sagte, der bei ihrem Auszug nicht dabei sein wollte, sondern spazieren ging, als sie in einem Kleintransporter davonfuhr, der von einem der Lehrer ihrer Sprachenschule gefahren wurde.

Bis zuletzt weinte und bettelte und flehte Vera, ich solle doch mit ihr kommen, ich würde ein eigenes Zimmer bekommen, und sie habe überhaupt keinen Kontakt mehr zu Riggert, er sei an jenem Abend nur als ein alter Freund vorbeigekommen, und ich weiß nicht, was sie noch alles sagte. Doch ich hielt halsstarrig und kamikazeartig daran fest, in Råberga bleiben zu wollen, und an den letzten Abenden hörte ich sie und Werner in der Küche über mich sprechen, ich hörte meinen Vater niedergeschlagen, aber wahrheitsgemäß abstreiten, dass er versucht hätte, mich zu beeinflussen, und ich hörte meine Mutter sagen, dass ich sicherlich selbständig und tüchtig sei und probehalber erst einmal bleiben dürfe, doch dann müsse Werner sich vom Alkohol fern- und das Haus in Schuss halten, sie werde uns schon finanziell unterstützen, wenn er sich nur *umalan tähden – um Himmels willen,* zusammenreiße, denn sonst werde sie ihm in Null komma nichts das Jugendamt auf den Hals hetzen.

Und Werner riss sich tatsächlich zusammen. Eine Zeit lang. Anfangs. Da verschwand er überhaupt nicht. Dann begann, was man mit einer Prise guten Willens unser gemeinsames Boheme-Leben nennen könnte. Doch davon später mehr.

* * *

Nur ein paar Wochen, nachdem Vera ausgezogen war, geschah etwas. Es hatte damit zu tun, dass sie ein paar Sachen vergessen hatte, einige Bücher und Kleidungsstücke, es fällt mir ziemlich schwer, davon zu erzählen.

Es war ein Morgen, an dem Werner nach Helsingfors fuhr, um ein paar Artikel abzuliefern, er nahm den Anglia, weshalb ich wusste, dass er noch am gleichen Tag zurückkehren würde, aber ich wusste gleichzeitig auch, dass er viele Stunden fortbleiben würde.

Ich hatte damals begonnen, meine Schullaufbahn zu vernachlässigen, und gegen halb neun – Werner war gerade gefahren – rief ich Rektor Lindell an und versuchte verschnupft und kränklich zu klingen.

Als ich aufgelegt hatte, sah ich zum Fenster hinaus, wo der Morgen graute: Es schien ein klarer und kalter Wintertag zu werden. Ich ging in mein Zimmer hinauf und stöberte in meinen wenigen LPs, griff drei oder vier heraus, stieg wieder die Treppe hinab, legte im Wohnzimmer eine Platte von Neil Young auf und ging anschließend in die Küche, wo ich mir eine Zigarette ansteckte und die Kaffeemaschine einschaltete, die uns Vera nach gewissen Verhandlungen überlassen hatte.

Ich weiß nicht, was in mich fuhr, nachdem ich zwei Tassen Kaffee getrunken und drei Zigaretten geraucht und zwei Mal *After The Gold Rush* gehört hatte. Ich legte die Platte ein weiteres Mal auf, drehte die Lautstärke ein oder zwei Markierungen höher, ging anschließend die Treppe hinauf und begann hektisch, aber planlos Werner und Veras Zimmer zu durchforsten. Ich stand nur mit Unterhose und T-Shirt bekleidet im Raum und blätterte zerstreut in den Büchern, die auf dem kleinen Wandregal standen, ich zog die Nachttischschubladen auf, die jedoch beide leer waren, ich fand den Kondomvorrat auf dem obersten Regalbrett im Wäscheschrank und durchsuchte die hohen Kleiderschränke, um… ja, warum? Ich weiß es nicht. Ich weiß nur, was ich fand und was ich dann tat.

In einem der Kleiderschränke hing ein grauer Rock. Er sah aussortiert und vergessen aus, er war kariert gemustert, und ich erkannte ihn wieder, es war einer jener Röcke, die Vera während ihres ersten Jahrs als Schulsekretärin getragen hatte.

Neben dem Rock hing eine leuchtend blaue, dünne Bluse, die mir in etwa aus der gleichen Zeit in Erinnerung war. Und neben der Bluse hingen drei dieser flusigen Pullover, die Vera so liebte, ein schwarzer, ein grellroter und dann noch der hellgrüne.

Ich weiß nicht, was in mich fuhr, aber ich nahm den Rock und zog ihn an und versuchte ihn zuzuknöpfen. An Vera hatte der Rock wie angegossen gesessen, obwohl sie so schmal war, aber von meinen knochigen Jungenhüften wollte er immer nur herabrutschen. Aber ich versuchte es mit dem nächsten Knopf und danach mit dem letzten, und schließlich hielt der Rock notdürftig.

Ich nahm die leuchtend blaue Bluse und zog sie über das T-Shirt. Sicherheitshalber hielt ich den Rockbund mit einer Hand fest. Ich schaute mich um und suchte den kleinen Tisch, der rechts vom Fenster gestanden hatte, den Tisch mit dem Schminkspiegel. Fort. Ich fühlte mich, als hätte ich Fieber, meine Wangen waren erhitzt, und das Blut pulsierte in meinem Glied. Ich wollte den hellgrünen Pullover anziehen, aber etwas hielt mich zurück, *den nicht!*, sagte eine Stimme in meinem Inneren. Stattdessen entschied ich mich für den leuchtend roten und klemmte den unteren Saum unter den Rockbund, was einigermaßen dämlich aussah, aber auf diese Art wurde der Rock recht gut oben gehalten. Ich suchte im Kleiderschrank nach Schuhen, Veras Schuhen, irgendeinem ihrer hochhackigen Paare. Nichts. Mittlerweile war ich schon ganz zittrig, stieg die Treppe hinab und suchte in dem Schuhschrank im Flur nach Veras Schuhen. Auch dort Fehlanzeige. Ich stellte mich vor den großen Spiegel. Das helle Sonnenlicht fiel nicht bis in den Flur, er war in ein angenehmes Zwielicht getaucht, und ich musterte mich im Spiegel, betrachtete den roten Pullover, der plump in den Rock gesteckt war, und meine schon behaarten Beine, die unten herausragten, und in mir war keine Scham. Ich zog die Unterhose aus, damit mein Glied mehr Spielraum bekam. Es pochte sofort gegen den Rock. Das T-Shirt, das ich zuunterst trug, war eng und kurz, wie es damals der Mode entsprach; ich spürte die kühle Samtigkeit der Bluse und das Kratzige des Pullovers an meinem Bauch. Ich zog den Rock hoch und fing an, mich selbst zu liebkosen, und tat dies, bis der Samen sehr schnell aus mir herausgepumpt wurde und ich aufstöhnte und zuckte und zitterte und mich dann so weit beruhigte, dass ich plötzlich hinter mir jemanden schwer atmen hörte und Sabba Muhrman wahrnahm, die im Türrahmen stand, und ich erkannte, dass Werner die Tür nicht abgeschlossen hatte, als er wegfuhr, und ich für den Rest meines Lebens wissen würde, was für ein Gefühl es war, im Erdboden versinken zu wollen, jedoch feststellen zu müssen, dass man auf einer harten und unnachgiebigen Fläche steht.

Diese Geschichte hat eine Fortsetzung und ein Ende, und auch davon muss ich erzählen.

In dem Moment, als es passierte, war ich völlig am Boden zerstört, überspielte das jedoch, indem ich mir Veras Kleider vom Leib riss und daraufhin nur im T-Shirt dastand und fluchte und brüllte, ich schrie Sabba an, sie sei eine dreckige alte Fotze und solle verschwinden, und ich sah meine Laufschuhe auf dem Flurboden liegen und hob einen von ihnen auf und warf mit aller Kraft nach ihr und traf sie, und sie ging. Als sie fort war, brach ich in Tränen aus, und als meine Tränen versiegt waren, hängte ich Veras Kleider weg, verwischte meine Spuren und ging laufen, ich lief an diesem Nachmittag fast dreizehn Kilometer.

Am folgenden Tag und am nächsten und übernächsten ging ich Sabba Muhrman während des Schultags aus dem Weg, einmal sah ich sie auf mich zukommen, suchte daraufhin jedoch schnell das Weite. Ich ging auch nicht in die Essobar, denn Sabba hatte die spitzeste Zunge in ganz Råberga und Umgebung, sie hatte noch nie eine saftige Anekdote für sich behalten können, und so wartete ich nur darauf, dass es mit den abgespreizten kleinen Fingern und den Zurufen schwul und Tunte und New York Dolls losgehen würde.

Aber es passierte nichts.

Und am Donnerstagabend, mehr als drei Tage später, stand ich an meinem Schlafzimmerfenster. Der Mond schien hell, ich stand da und schaute auf den winterweißen Südhang hinaus, und plötzlich wurde mir bewusst, dass die Vorhänge zu Sabbas Zimmer aufgezogen waren, obwohl es schon fast zehn war, und ich sah sie dort in dem hell erleuchteten Fenster stehen und mich ansehen. Ich gefror förmlich zu Eis, ich wandte schamerfüllt den Kopf ab und wollte meinen Fensterplatz verlassen. Aber irgendetwas ließ mich sie noch einmal ansehen und ihrem Blick begegnen, und da ließ sie den Bademantel fallen, den sie anhatte, und darunter trug sie nur einen Slip, und ihre Brüste waren klein und ihre Schultern schmal, und ohne mich aus den Augen zu lassen, ging sie langsam rückwärts und legte sich auf ihr Bett und zog das letzte Kleidungsstück aus und ließ mich sehen, was sie mit sich selber machte.

Am Freitagmorgen gingen wir zusammen zur Schule, wir sprachen auf dem ganzen Weg kein Wort, aber als wir uns trennten, zwinkerte sie mir zu, nur einmal, aus den Augenwinkeln, fast unmerklich. Und es ist wohl so, dass Sabba Muhrman und ich von dieser Woche an, ich weiß nicht, wie ich es nennen soll, vielleicht könnte man sagen, eine Art Verschworene waren.

7

Sub luna sinus cunnilingus,
amo vagina algebra
fellatio derivatio ergo sum

– Aus einem Nonsensgedicht
aus der Feder von
Wiktor Skrake, Mai 1977

Ich erinnere mich noch an das Weihnachtsfest nach Veras Auszug. Obwohl mir im Grunde nur der zweite Weihnachtstag deutlich in Erinnerung geblieben ist, denn an Heiligabend saßen Werner und ich wie üblich bei Maggie, und es passierte nichts Besonderes, auch Leo und Siru waren in dem Jahr eingeladen, aber ich erinnere mich vage, dass eine ziemlich abgestandene Stimmung herrschte, und wir alle wussten, woran dies lag: daran, dass Vera nicht da war, dass sie nach Stockholm gefahren war, um Heiligabend bei ihren Pflegeeltern zu verbringen.

Sie kehrte schon am Nachmittag des zweiten Weihnachtstages mit dem Flugzeug zurück, und am Abend aßen sie und ich bei Heikki und Aune in Hagalund. Heikki und Aune hatten mehr Gäste eingeladen als sonst, Heikkis älteren Bruder, der Voitto hieß und Ingenieur war und in zweiter Ehe mit einer Polin namens Ewa verheiratet war, saß genauso am Tisch wie Voittos erwachsener Sohn Martti und seine Frau Merja und ihre drei Söhne, die alle jünger waren als ich. Auch Werner hatte eine Einladung bekommen, jedoch abgesagt.

Heikki und Aune wohnten in einem der Hochhäuser nahe Kägelviken, und von ihrem Küchenfenster aus sah man einen Zipfel des bereits eisbedeckten Meers. Das staatliche Fernsehen zeigte an diesem zweiten Weihnachtstag *Der unbekannte Soldat,* und ich erinnere mich noch heute, wie einem Erwachsenen nach dem anderen die Tränen kamen. Vera und Aune begannen schon nach einer halben Stunde zu schluchzen und sich zu schnäuzen, bald weinten Martti und Merja, und daraufhin begann schließlich auch Ewa zu weinen, denn auch die Polen sind ein Volk, das viel gelitten hat, und am Ende des Films, als Hietanen blind wird und Koskela fällt, weinte auch der schroffe Voitto. Aber keiner von Marttis drei Söhnen weinte und ich auch nicht. Als meine Schultern sich spannten und ich einen Kloß im Hals bekam, wandte ich den Blick vom Film ab, denn ich wollte keine Menschen beweinen, die lange vor meiner Geburt gestorben waren, stattdessen schaute ich aus dem Wohnzimmerfenster und sah den kurzen Dezembertag durch einige kalte rote Augenblicke hindurch in die tiefe Dunkelheit der Winternacht fallen.

Ich übernachtete bei Vera in der Linnankoskigata. Ich schlief schlecht und wälzte mich ruhelos in ihrem knarrenden Gästebett.

Am folgenden Nachmittag nahm ich den Bus nach Råberga. Werner saß auf der Couch, trank ein Bier und las eine amerikanische Zeitschrift, die *Contemporary Male* hieß; *Johnny Moss Keeps The Most Steadfast Poker-Face In The World* behauptete eine Schlagzeile auf dem Umschlag. Ich nickte ihm kurz zu, ging die Treppe hinauf und in mein Zimmer und schob eine Kassette in den Rekorder und drehte die Lautstärke höher und ließ immer wieder *Teenage Depression* mit Eddie & The Hot Rods laufen, bis ich polternde Schritte auf der Treppe hörte und Werner gegen meine Tür hämmerte und brüllte: »Bist du taub geworden, du Idiot?!«

* * *

Es war wohl doch nicht so leicht, sich zu befreien, wie Vera geglaubt hatte. Sie wohnte in ihrer geräumigen Wohnung in Tölö, hatte eine Gehaltserhöhung bekommen und kam sehr gut zurecht. Dennoch fuhr sie andauernd nach Råberga hinaus und putzte und fegte. Oft rief sie am Freitagmorgen an und fragte: »Was werdet ihr am Wochenende essen?« Manchmal antwortete ich: »Am Samstag sind wir bei Leo und Siru eingeladen und am Sonntag bei Maggie.«

Aber manchmal zuckte ich auch nur mit den Schultern (obwohl Vera das ja nicht sehen konnte) und antwortete: »Keine Ahnung«, und dann seufzte Vera und meinte, falls Werner so gut sein könne, die Zutaten im T-Laden einzukaufen, und verspreche, sie hinterher wieder heimzufahren, könne sie nach Råberga kommen und am Sonntag kochen, und dann las sie mir die Zutaten vor, die für Schweinebraten oder Specksauce oder Hühnereintopf benötigt wurden, und ich gab die Einkaufsliste an Werner weiter, und am Sonntag saßen wir dann wie so oft zuvor schweigend an unserem Küchentisch. Es war schon eine ziemlich seltsame Trennung, die meine Eltern da durchführten.

Ich erkannte schnell, dass ich mich furchtbar getäuscht hatte, als ich Vera verdächtigte, die Liebesbeziehung zu Riggert Holm in den Jahren seit dem Riesenwurf aufrecht erhalten zu haben. In meinen letzten Råbergajahren übernachtete ich recht häufig bei Vera in der Linnankoskigata und sah niemals eine Spur von Riggert oder überhaupt einem Mann (obwohl ich heute glaube, dass der Sprachlehrerkollege, der den Kleintransporter fuhr, als sie umzog, ihr Geliebter war, die beiden es jedoch so geschickt anstellten, dass ich nichts davon merkte; Vera hat allerdings nie das kleinste Geständnis in dieser Richtung gemacht, wenn ich diese Möglichkeit einmal andeutete).

Ich müsste lügen, wenn ich behaupten wollte, dass Werner überhaupt nicht mehr verschwand. Anfangs verschwand er jedoch tatsächlich ziemlich selten und kehrte bereits nach ein oder zwei Tagen wieder zurück. Es blieb im Rahmen, sodass ich bei Muhrmans wohnen konnte, während er fort war, ich schlief auf einer Matratze in Bjönas Zimmer oder auf ihrer Wohnzimmercouch, und Nette schien der Ansicht zu sein, dass alles so war, wie es sein sollte.

Eigentlich kamen wir ganz ordentlich zurecht, Werner und ich. Doch er war nicht gerade der häusliche Typ, und unser gemeinsames Zuhause hatte schon bald diverse Insignien vorzuweisen, die ausplauderten, dass hier zwei richtige Männer wohnten, es gab Wollmäuse in den Ecken und Bartstoppeln im Waschbecken und andere Kleinigkeiten. Am widerlichsten war die Fleischwurst. Wir hatten immer einen Teller Fleischwurstscheiben im Kühlschrank, aber da weder Werner noch ich daran dachten, den Teller mit Frischhaltefolie abzudecken, bekamen unsere Wurstscheiben traurig trockene und hochgebogene Ränder. Ich erinnere mich auch, dass Werner häufig Kartoffelpüree aus einem Pulver zubereitete, das *Pommern* hieß, und dass dieses Pommernpüree unglaublich ekelhaft schmeckte. Er hatte auch die ausgesprochen lästige schlechte Angewohnheit, statt Kakao Ovomaltine zu kaufen. Laut Werner hatten die finnischen Soldaten, auch höhere Offiziere wie Großvater Bruno, Ovomaltine während des Kriegs als Nahrungsergänzung bekommen. Mein Vater war der festen Überzeugung, dass in heißer Milch verrührtes Ovomaltinepulver ein Hammergetränk ergab, eine richtige Energiebombe. Das Problem war nur, dass Ovomaltine noch ekelhafter schmeckte als das Pommernpüree, weshalb ich mich schließlich gezwungen sah, Werner darüber aufzuklären, dass im Moment kein Krieg herrschte und ich eher für Frieden ohne Nahrungsergänzung als für Heldentaten mit Ovomaltine zu begeistern war.

* * *

Meine Probleme in Mathematik und Physik wurden immer größer, es waren Fächer, die nicht meinem Wesen entsprachen, und ich wurde immer abhängiger von Bjöna Muhrmans Hilfe. Bjöna war mittlerweile intelligenter als je zuvor, er war der *Professor in der Backsteinvilla, The Björn Genie, Råbergas Einstein,* man hätte ihn bitten können, die Lehren des Kirchenvaters Augustinus zusammenzufassen oder den Begriff Raumzeit zu erklären, aber über Mädchen und Sex und Pop wusste er nur wenig zu berichten.

Das erste Jahr nach Veras Auszug war gleichzeitig das letzte Jahr, in dem Sabba Muhrman ununterbrochen hier draußen wohnte. Obwohl »ununterbrochen« im Grunde zu viel gesagt ist, denn schon jetzt hielt sich Sabba oft bei Birre und Misan am Jungfrustig oder bei diversen Freunden in den Vororten von Helsingfors auf. Im nächsten Jahr, als sie Abiturientin war, wohnte sie de facto in Helsingfors und machte ihr Abitur – mit Rektor Lindells geneigter Zustimmung – als Privatistin.

Aber noch saßen sie und ich mit unserer Flasche Champion, diesem widerlichen finnischen Campari-Ersatz, und unserem Orangensaft an Muhrmans Küchentisch: Sobald Bjöna mir die letzten Mathematikformeln mitgeteilt und vergeblich versucht hatte, mir begreiflich zu machen, was sie bedeuteten und wozu man sie verwandte, klopfte ich bei Sabba an, und dann gingen wir in die Küche und saßen dort und rauchten und quatschten und tranken. Eine Zeit lang schmiedeten wir Pläne, die Einsamen in den Häusern zu verkuppeln, will sagen, Nette (die immer irgendwo in den dunklen Eingeweiden des Muhrmanschen Hauses verschwand) und Werner. Doch wir erkannten rasch, wie unmöglich unser Plan war, und kicherten stattdessen schon bei dem bloßen Gedanken daran.

Darüber hinaus sprachen wir ausschließlich über Sex, und es lag eine Spannung zwischen uns, vor der ich die Augen zu verschließen suchte – denn ich redete mir nach wie vor ein, Sabba sei hässlich, und hatte auch noch nicht meinen Traum aufgegeben, dass Cita Rothovius eines Tages Cita Skrake sein würde –, die sich jedoch nicht verdrängen ließ. Meine Abende bei Muhrmans entwickelten sich zu einer immer eigenartigeren Mischung aus Mathematik, Erotik und pubertärer Panik, und wenn ich das Haus verließ, schwirrte mir der Kopf, und der Nachthimmel war schwarz, und die Sterne funkelten in weiter Ferne, und nicht selten musste ich zu Hause sofort onanieren.

Aka Lindberg war zum zweiten Mal sitzen geblieben und jetzt mein Klassenkamerad, doch das nutzte mir nicht viel. Ähnlich wie Sabba Muhrman hatte sich Aka bereits ein neues Revier in Helsingfors erschlossen, er spielte Keyboard in einer Band, die im fernen Malm probte, die Band hieß Ras Kolnikoff, sie schrieben ihre eigene Musik, und das kürzeste ihrer Lieder war elf Minuten lang, wie Aka mir erzählte. Außerdem besuchte er Konzerte – *Gigs* nannte er sie – in der Stadt, verbrachte seine Abende im alten Studentenhaus und im Tavastia und anderen Lokalen, die ich nur von außen und bei Tageslicht kannte, und als ich ihn fragte, ob ich denn mal mitkommen dürfe – ich war inzwischen groß geworden, hatte den gleichen spärlich sprießenden Schnurrbart wie Aka, und meine Stimme war brüchig –, schüttelte er nur den Kopf.

Und es lässt sich nicht leugnen, als Aka und Sabba keine Zeit mehr hatten, in der Essobar zu hocken, reichten weder mein eigenes noch Bjönas oder Jerkka Haglunds Charisma aus, um diese Tradition am Leben zu erhalten: Bald war unser Stammtisch im Café an der Landstraße nur noch eine Erinnerung.

* * *

Eines Abends im kalten Frühsommer 1976 wartete ich auf Sabba Muhrman. Sabba hatte während des Winters eine Fahrschule besucht und im April den Führerschein gemacht, nur wenige Wochen nach ihrem achtzehnten Geburtstag. Sie jobbte in diesem Sommer in Helsingfors und wohnte bei Papa Birre und hatte sich seinen nagelneuen BMW ausleihen dürfen; sie wollte nach Råberga hinauskommen, um Nette zu besuchen, und dann wollten Sabba und ich nach Helsingfors hineinfahren und ins Kino gehen, das hatte sie mir versprochen.

Ich würde direkt nach Mittsommer als Aushilfe im T-Geschäft anfangen, aber in diesen ersten Juniwochen war ich frei und hatte nichts zu tun, ich räkelte mich die meiste Zeit auf der Wohnzimmercouch und hörte Platten.

Auch Werner war zu Hause. Er war in einer seiner nüchternen Phasen und schlecht gelaunt, denn er arbeitete an einer Artikelserie über die großen Gestalten der Leichtathletik für *Sport-Pressen* und hatte darüber hinaus versprochen, noch vor Mittsommer einen Artikel über das Angeln von Barschen und eine Rezension einer Lightnin'-Hopkins-Rarität abzuliefern. Mein Vater stand folglich unter hohem Druck, saß die meiste Zeit da und seufzte und kaute auf einem Bleistift herum und war einfach nur schroff und grantig.

An diesem kalten Abend hatte er mir verboten, Platten laufen zu lassen. Er wolle arbeiten und müsse sich außerdem die Hopkins-Platte anhören, um sie zu rezensieren, sagte er, und ich ging deshalb schon vor der Zeit zu Muhrmans hinüber.

Es stand kein BMW vor Muhrmans Garage, nur Nettes gelber Fiat.

Ich klingelte, aber es tat sich nichts. Lange blieb ich neben ihren üppigen Rhododendronsträuchern stehen und wartete. Schließlich klingelte ich noch mal, und daraufhin öffnete mir Nette die Tür. Sie sah verschlafen aus.

»Janna ist noch nicht da«, sagte sie und trat zur Seite, »aber komm ruhig rein.«

Sie roch süßlich, nicht so scharfsüß, wie Werner immer roch, wenn er nach seinem Verschwinden zurückkehrte, eher wie Malla Ekholms Mund gerochen hatte, als ich sie während des letzten Sommers der Diskothek ein einziges Mal vor dem *Glam Manor* hatte küssen dürfen.

Ich ließ mich auf der weißen Couch im Wohnzimmer nieder. Nette setzte sich mir gegenüber auf einen Sessel. Sie trug Slacks und ein langes und weites Hemd, das über die Hose hing. Sie hatte keine Strümpfe an. Ich schaute durch ihr Panoramafenster, das größer war als unseres, aufs Meer hinab. Ich spürte, dass ich etwas sagen sollte. Ich hatte viele Male auf dieser Couch geschlafen und fühlte mich bei Muhrmans fast wie zu Hause. Dennoch bekam ich eigenartigerweise kein Wort heraus; ich blieb stumm wie ein Fisch.

»Möchtest du etwas trinken?«, fragte Nette.

»Nein, danke«, antwortete ich.

»Sicher?«, fragte sie.

»Sicher«, sagte ich.

»Ich glaube, ich werde mir einen Drink mixen«, sagte Nette schwebend und gleichsam in den Raum hinein, »es macht dir doch nichts aus, wenn ich einen Drink nehme?«

»Nein«, sagte ich, »warum sollte es.« Aber ich dachte: *noch* einen, du nimmst definitiv *noch* einen. Als sie aufstand und in die Küche ging, betrachtete ich ihre hellen Haare, die sich tief den Rücken hinab lockten, sich lockten, wie sie es seit jenem Sommer getan hatten, in dem die Muhrmans hier eingezogen waren.

Ich saß lange auf der Couch, Nette klapperte in der Küche und kehrte schließlich zurück, setzte sich mit ihrem Drink auf den Ledersessel, und dann saßen wir dort so lange, dass wir am Ende einfach reden mussten. Und als wir einmal angefangen hatten, uns zu unterhalten, sagte Nette Dinge, von denen ich nie im Leben geglaubt hätte, Nette würde sie zu mir sagen, und ich begriff plötzlich, dass sie mich nicht mehr anschaute und ein Kind sah, ich begriff, die Zeit, in der sie mir ein Krümelbuch pro Jahr verehrt hatte, verschwand allmählich in einem prähistorischen Nebel.

Nette fragte mich, ob Werner überhaupt noch etwas schreibe. Ich sagte ihr, wie es war, dass er Artikel für diverse Fachzeitschriften schrieb, jedoch immer unter einem Pseudonym. Dann fragte sie mich, ob ich glaubte, dass er noch mehr Bücher veröffentlichen würde, und ich war gezwungen zu antworten, so wie die Dinge im Moment lägen, glaubte ich das nicht. Da begegnete Nette Muhrman meinem Blick und sagte verbittert:

»Älter zu werden und plötzlich zu merken, dass man nicht mehr so viel Kraft hat wie früher ... davon hast du keine Ahnung und Janna auch nicht, noch nicht.«

Ich rutschte verlegen auf der Couch hin und her.

»Aber du bist doch noch gar nicht so alt«, sagte ich hölzern.

Nette Muhrman sah mich an. Sie strich eine Haarsträhne zurück, die ihr in die Augen gefallen war, und lächelte müde. Wir schwiegen eine Weile, und dann sagte sie, und zwar wieder auf diese abwesende, schwebende Art:

»All die Bücher, die ich eigentlich schreiben wollte ... aber ich schob sie auf, es gab immer Wichtigeres ... und dann, eines Tages, merkt man, dass die Ideen und die Gedanken, die man hatte ... verdorrt sind. Sicher, die Gedanken sind immer noch da, aber sie sind irgendwie bedeutungslos geworden.«

Ich sagte nichts. Und was hätte ich auch sagen können? Ich saß stocksteif auf meiner Couch.

Nette wachte gleichsam auf und schüttelte ein wenig den Kopf, als wollte sie ihre Schläfrigkeit verscheuchen, sah mich dann forschend an und fuhr mit harter Stimme fort:

»Die Einsamkeit verzehrt die Kraft eines Menschen. Sie nimmt ihm die Lust, zu *machen*, zu erschaffen ... zumindest hat sie mir meine genommen. Aber weißt du, was geblieben ist?«

Sie wartete darauf, dass ich etwas sagte. Aber ich schüttelte nur den Kopf und schwieg, und Nette fuhr fort:

»Die Lust, *zu leben* bleibt. Aber ihr, die ihr blutjung seid, begreift das nicht. Ihr seht nur, dass wir müde sind und allmählich gebeugt werden und Falten bekommen, und deshalb glaubt ihr, wir wären zufrieden, solange wir nur unseren tristen, aber geborgenen Alltag haben. Doch das Blut schießt genauso durch unsere Adern wie durch eure. Die Lust zu leben verschwindet nirgendwohin. Sie ist verdammt noch mal *größer*, wenn man dreiundvierzig ist, als im Alter von zwanzig, denn jetzt weiß man, dass so vieles ungelebt bleiben wird, verstehst du, Viki, wir Menschen sind verbraucht, ehe wir überhaupt begonnen haben, voll und ganz zu leben, verstehst du?«

»Doch, ich verstehe«, sagte ich, obwohl ich ganz und gar nicht verstand, was sie meinte, ich saß nur da und hoffte, Sabba würde kommen, war aber gleichzeitig aufgedreht und exaltiert darüber, dass ihre Mutter dort auf ihrem Sessel saß und mir in die Augen sah und diese seltsamen Dinge ausgerechnet zu mir sagte.

Nettes Glas war leer. Sie stand auf und ging auf unsicheren Beinen Richtung Küche. Sie verschwand hinter meinem Rücken, dann hörte ich sie umkehren und zurückkommen, sie ging auf leisen Sohlen, ihre nackten Füße waren auf dem Parkettboden kaum zu hören, sie lehnte sich vor und legte ihre Hand auf meine linke Schulter, »Bist du ganz sicher, dass du nichts trinken willst?«, fragte sie unmittelbar neben meinem Ohr.

»Ganz sicher«, erwiderte ich und räusperte mich und erkannte, dass ich bei ihrer Berührung zusammengezuckt war. Sie blieb über mich gebeugt stehen, ihre eine Brust streifte meine Schulter, ein oder zwei Sekunden vergingen, dann richtete sie sich auf und ging in die Küche, und während sie dort stand und mit Flaschen und dem Glas und Eisstücken klirrte, hörte ich das knirschende Geräusch von Autoreifen auf grobem Kies und sah einen schwarzen BMW auf das Haus zurollen und hinter dem gelben Fiat parken.

Wir sahen an diesem Abend keinen Film, Sabba Muhrman und ich. Stattdessen fuhren wir durch die Gegend, Stunde um Stunde fuhren wir ziellos durch ein Helsingfors, dessen Straßen mit der Zeit menschenleer und verlassen wurden, obwohl die blaue Stunde einfach nicht enden wollte und der Himmel sich weigerte, dunkel zu werden.

Schon zu Beginn des Abends wies Sabba mich an, das Handschuhfach zu öffnen. Eine kleine Flasche Champion lag darin, aber kein Orangensaft, und sie trank dann vorsichtige Schlucke, während ich wesentlich größere nahm.

Wir fuhren kreuz und quer durch Ulrikasborg, wo Sabba mit Birre und Misan und beider einjährigem Sohn Stefan wohnte, und ich begaffte und bewunderte die hohen Kirchtürme und die schönen Jugendstilhäuser und die engen tunnelartigen Straßen. Wir fuhren nach Malm hinaus, wo Sabba mir das Holzhaus zeigte, in dem Ras Kolnikoff probte. Wir fuhren durch Vallgård, und dort zeigte sie auf ein tristes, freistehendes Mietshaus; es sei ein Studentenwohnheim, sagte sie, ihr letzter Freund habe dort gewohnt, und sie hätten es sich zur Gewohnheit gemacht, im Fahrradkeller zu vögeln, weil man in diesen Gemeinschaftswohnungen nie seine Ruhe hatte.

Während wir durch die Gegend fuhren, saß ich auf dem Beifahrersitz, wurde langsam betrunken und bewunderte Sabba, weil sie die große Stadt so gut kannte und so viel erlebt hatte, und ich überließ es ihr, mich dorthin zu führen, wohin es sie zog. Und als wir dann gegen zwei vorbei an Brändö und Hertonäs und durch Botby und weiter hinaus Richtung Råberga fuhren, machte mich das gleichmäßige Schnurren des Automotors schläfrig, sodass ich nicht reagierte, als Sabba einen guten Kilometer hinter der Stadtgrenze auf eine kleine Sandpiste bog.

Sie fuhr fünfhundert Meter oder vielleicht auch etwas mehr und bog dann links auf einen noch schmaleren Weg ab, der fast zugewachsen war und direkt in den Wald hinein führte. Sie fuhr fünfzig Meter den Waldweg hinab, und dann hielt der Wagen mit einem Ruck, und ich war schlagartig hellwach. Sie lehnte sich zu meiner Seite hinüber und küsste mich auf den Hals und muss gleichzeitig die Sitzregulierung berührt haben, denn ich fiel nach hinten und fragte im Fallen: »Was zum Teufel machst du da?«

»Jetzt ist es so weit, Skrake«, sagte Sabba ruhig. »Ich halte es einfach nicht aus, noch länger in diese ausgehungerten Augen zu schauen.«

Damit sah ich auch schon, dass die Welt links von mir dabei war, zart und nackt zu werden. Und ich sah ihre Lederjacke und ihren Pullover und ihr T-Shirt auf dem Rücksitz landen, und von da an dauerte es nur ein paar Atemzüge bis zu dem Moment, in dem sie auf mir saß und das ganze Auto sanft schaukelte.

»Was ist, wenn uns einer sieht?«, sagte ich ängstlich, aber dann vergaß ich alle Furcht. Ich betrachtete Sabbas schmalen Körper über mir, und ich sah in ihre grauen Augen, und dann schloss ich für längere Zeit meine Augen und lauschte den Geräuschen, die wir machten, und als ich die Augen wieder öffnete, starrte ich direkt in ihren Nabel und das Haarige darunter, und darauf wurde der Kitzel stärker und der Blitz der Verzückung nahm Anlauf und fuhr in mich.

Wir fuhren noch ein oder zwei Stunden durch die Gegend, wir fuhren völlig planlos und redeten nicht viel, und als wir von der Landstraße abbogen und durch das neue Hochhausgebiet und an Råberga Gård und der Schule vorbeifuhren und anschließend durch das Dorf und über die Anhöhe, war es schon fast sechs. Die Råbergabucht lag still und sommerblank, die Laubbäume standen dünn und zart, und die Welt schrie ihre Schönheit heraus. Ich schmeckte bitteres Champion und Sabbas Mund und Zunge in meinem Mund. Ich stieg aus dem Auto, ohne sie zu berühren, und ging die letzten fünfzig Meter nach Hause.

Am Küchentisch saß Werner und las. Vor ihm auf dem Tisch lagen ein paar voll geschriebene Blätter, und während er las, machte er sich mit einem zerkauten Bleistift Notizen am Rand.

»Bist du die ganze Nacht auf gewesen?«, fragte ich erstaunt und ein wenig lallend.

Werner sah mich lange an. »Nein«, sagte er mit rauer Stimme, »ich konnte nicht schlafen, also bin ich gegen fünf aufgestanden und habe da weitergemacht, wo ich aufgehört hatte. Und wo bist du gewesen?«

»Nur was Auto fahren«, sagte ich leichthin und ergänzte schnell, »mit Sabba. Sie ist gefahren.«

Werner sah mich an und schien gleichsam zu wittern.

»Ich will hoffen, dass sie gefahren ist«, sagte er langsam, »vor allem, da du erst fünfzehn Jahre alt bist und außerdem nach Schnaps riechst.«

»Ich bin fast sechzehn«, erwiderte ich. »Ist das der Artikel über Jesse Owens oder die Hopkins-Rezension?«

»Das ist Owens«, sagte Werner müde und sah zum Küchenfenster hinaus, »geh jetzt ins Bett.«

8

Werners nüchterne Phase ging zu Ende, und die Phasen seiner Abwesenheit wurden immer häufiger und immer länger.

Aber er schien eine Art sechsten Sinn zu haben, was Vera betraf. Mehrmals kehrte er hohläugig und müde nach einigen Tagen Abwesenheit nach Råberga zurück, und nur eine Stunde später rief Vera an und schlug vor, dass sie kommen und die Fenster putzen oder am nächsten Tag kochen könne. Werner schaffte es immer, sich auszuschlafen, zu rasieren und frische Kleider anzuziehen, ehe sie ihn sah, und ich verriet ihn nie.

Natürlich fühlte ich mich manchmal auch einsam. Doch dann verbrachte ich eine Nacht oder einen ganzen Tag bei Muhrmans. Sabba wohnte zu der Zeit schon nicht mehr in Råberga, aber Bjöna war natürlich noch da. Und Nette hatte in diesem Jahr tatsächlich eine ihrer besseren Phasen, sie roch nur selten süß und kochte fast jeden Tag richtiges, selbst zubereitetes Essen, Makkaroniauflauf und Spaghetti mit Hackfleischsauce und solche Dinge.

Aber ich kam auch ansonsten ganz gut zurecht. Ich pflegte *Jalostajas Fleischklößchen aus dunkelblauer Konserve* oder eine Dose Ravioli zuzubereiten, denn wenn sowohl Werner als auch ich zu Hause aßen, kochte meistens ich.

* * *

Aka Lindberg und seine Mutter zogen aus der Zweizimmerwohnung im Hochhaus an der Landstraße nach Helsingfors und ließen sich im Stadtteil Månsas im Norden der Stadt nieder. Aka rief manchmal an und ich ihn bedeutend öfter, und im Laufe des Winters schickten wir uns gelegentlich ironisch formulierte Postkarten. Aber in Wahrheit war es wohl so, dass Aka langsam, aber sicher aus meinem Leben verschwand.

* * *

Den Herbst und Winter über wohnte Sabba Muhrman noch bei Birre und Misan, die wieder Nachwuchs erwarteten. Aber sobald die Abiturklausuren vorbei waren, zog Sabba in ein Holzhaus in der Indiagata, nahe der Arabiafabrik. Das Haus gehörte Freunden von Misan, sie waren Entwicklungshelfer und würden die nächsten zwei Jahre im südlichen Afrika verbringen. Sabba war eine Art inoffizielle Haushüterin und zahlte eine lächerlich niedrige Miete; es war kein großes Haus, aber es war möbliert, und sie hatte diesen ganzen verdammten Kasten für sich allein, es war ein einmaliger Glücksfall.

In Råberga hatte Sabba niemals Freunde gehabt, aber in Helsingfors schienen andere Bedingungen zu herrschen. Sie traf ständig neue Leute, und in den folgenden Jahren bewegte sie sich in den Zirkeln um die Band Briard in Nordsjö und lernte praktisch alle finnischsprachigen Musiker und Lyriker und Anarchisten kennen, die erst in einem zum Abriss verurteilten Holzhaus in Berghäll herumhingen und anschließend das alte Alkoholikerheim Lepakko an der Auffahrt zur westlichen Ausfallstraße besetzten.

In diesen Kreisen gab es Menschen, die Markku und Antti und Pekka und Pirjo und Kaija getauft waren, im Laufe der Zeit jedoch Namen wie Mike Monroe und Andy McCoy und Randy Superstar und Mirabelle und Sister De Sade annahmen. Und Janina Sabina Elisabet Muhrman wollte sich nicht lumpen lassen: In diese Zeit fiel es, dass sie mich bat, sie nicht länger Sabba zu nennen, sondern Jinx, denn so lautete ihr Künstlername in Helsingfors.

Jinx ist ein englisches Wort, das *Pechvogel* bedeutet oder schlichtweg *Unglück, Malheur*. Doch es kann auch heißen, *jemanden verhexen, sich eines Menschen bemächtigen*, und ich glaube, Janina kam es auf diese Bedeutung an, sie wollte sich für alte Demütigungen rächen, indem sie die Menschen mit ihrem Charisma bezwang, sie wollte die ganze Welt zu ihrem hörigen Sklaven machen.

Neun Jahre zuvor hatte Janina Muhrman in meinem Kinderzimmer gesessen und ihre Verwandlung von Janna zu Sabba bekannt gegeben. Damals versetzte sie Bjöna und mich in Angst und Schrecken. Diesmal jedoch kam sie mir mit keinen Ukassen. Ich gehörte nicht zum engeren Zirkel und konnte sie deshalb auch nicht schikanieren, ich hätte sie Sabba oder sogar Janna nennen dürfen, wenn ich gewollt hätte.

Doch ich mochte den neuen Kosenamen, und mit der Zeit verwandelte sich Sabba Muhrman in meinem Bewusstsein in Jinx, und zwar so nachhaltig, dass ich selbst heute noch zusammenzucke, wenn jemand über sie spricht und sie bei einem anderen Namen nennt.

* * *

Einige Tage vor dem Mittsommerwochenende 1977 nahmen Bjöna Muhrman und ich den ersten Bus nach Helsingfors.

Der Bus fuhr um 05.45 in Råberga ab, und einmal in der Stadt machte er den Umweg über Vallgård und Alphyddan, fuhr dann die Helsingegata hinab, sodass die Häuser von Fågelsång und Tölöviken linker Hand lagen, um anschließend dem Mannerheimväg zu folgen und kurz vor halb sieben im Stadtzentrum einzutreffen. Es gab, wie ich zu jener Zeit fand, keinen schöneren Anblick auf der Welt als das Bild, das sich einem bot, wenn man das Finlandiahaus und das Nationalmuseum hinter sich gelassen hatte und die massiven Kaufhäuser und Bürogebäude bis Skillnaden hinauf aufgereiht sah, während sich gleichzeitig im Osten die Sonne langsam über die Häuserdächer mit ihren flatternden und schlagenden Unternehmensfahnen kämpfte.

Bjöna und ich verfolgten kein bestimmtes Ziel mit unserem Unterfangen. Wir wollten nur mal eine Weile raus aus Råberga, ich, weil Werner den dritten Tag verschwunden war und ich mich in unserem Haus allein fühlte, Bjöna, weil Nette wieder angefangen hatte, Cointreau zu trinken, und er es vorgezogen hätte, in ihrem Haus allein zu sein.

Es war ein warmer, bereits hochsommerlicher Morgen. Wir nahmen die Passage durch das Forum, und als wir über den offenen Platz gingen, legten wir die Köpfe in den Nacken und schauten zum weißblauen Morgenhimmel hinauf. Wir kreuzten den Mannerheimväg und schlenderten an der *Die drei Schmiede* genannten Skulptur vorbei. An der Centralgata bogen wir rechts ab, während im gleichen Moment die Straßenbahnlinie 5 vorbeirasselte. Wir kratzten zusammen, was wir an Geldstücken dabei hatten, und kauften uns dann Kaffee in Pappbechern und eine Schachtel Armiro in einem Kiosk in der Holzbaracke neben Stockmanns, gegenüber der Universitätsbuchhandlung.

Wir setzten uns vor dem Kiosk auf eine Bank, rauchten eine Zigarette und tranken von dem heißen Kaffee. Bjöna musste husten, er hatte erst im vergangenen Winter angefangen zu rauchen und war noch nicht richtig daran gewöhnt. Die Stadt war noch menschenleer, und es war sehr still, das Einzige, was man hörte, waren die Schreie der Möwen und das Gurren von Tauben und die vereinzelten entfernten Motorengeräusche der Busse und zeitigen Lieferwagen.

Da tauchte wie aus dem Nichts eine lange und kräftige Männergestalt an der Ecke Norra Esplanaden und Centralgatan auf. Der Mann wollte gerade die Centralgata überqueren, als er sich zufällig umdrehte und Bjöna und mich erblickte. Er sah uns kurz an und wollte schon wieder wegschauen, als seine Augen auf einmal vor Erstaunen ganz groß wurden. Er blieb stehen. Er sah noch einmal hin. Er blinzelte im scharfen Morgenlicht und hob eine Hand, sodass sie als Sonnenschirm diente, und dann hob er die andere Hand zum Gruß.

Bjöna grüßte zurück, aber ich war völlig versteinert.

Er kam auf uns zu. Er trug eine glatte schwarze Hose und seine rostbraune Lederjacke, Modell Lumberjack. Seine Schritte waren fest, seine Haare dagegen wirr, einige Strähnen mitten auf dem Scheitel standen hoch, und die Stirnlocke hing ihm in die Augen.

Aber er war nicht hohläugig, wie er es zu sein pflegte, wenn er nach Råberga zurückkehrte, im Grunde ähnelte er einigermaßen seinem nüchternen Ich, nur das ungewaschene und ungebändigte Haar verriet ihn, das Haar und was er in der linken Hand trug: eine weiße Plastiktüte mit einem stabilen Griff, eine Plastiktüte, die voll gepackt aussah und deren Inhalt rasselte und klirrte, wenn er ging.

Ich sah weg. Ich wollte nicht. Nicht jetzt und nicht hier.

Mein Vater blieb einen Meter vor uns stehen, war aber dennoch so nah, dass ich den süßlich-scharfen Geruch erahnen konnte. Er schien nicht zu wissen, was er sagen sollte.

»Guten Morgen«, sagte er schließlich. »Guten Morgen, Jungs… ich muss schon sagen, das ist wirklich eine Überraschung.« Er sprach leise und fast schüchtern, doch es schwang ein munterer Ton mit, er war gut gelaunt.

»Danke, gleichfalls«, zischte ich. »Was zum Teufel machst du hier um diese Zeit?!«

Werner ließ sich auf der Bank nieder und sah mich an.

»Ich mag jetzt nicht wieder damit anfangen«, sagte er sanft. Wir hatten uns in diesem Frühjahr ziemlich oft gestritten. Ich hatte ihn gebeten, in Zukunft nicht mehr spurlos zu verschwinden, und er hatte mich daran erinnert, dass es meine eigene Entscheidung gewesen war, in Råberga zu bleiben, statt mit Vera nach Tölö zu ziehen.

»Ich will wissen, was du hier machst«, beharrte ich im gleichen feindseligen Ton. »Ich will wissen, was zum Teufel du hier treibst!«

»Ich warte darauf, dass die Banken aufmachen«, sagte Werner, »und dann mache ich mich auf den Heimweg.« Er hielt die Griffe auseinander, sodass wir in die ausgebeulte Plastiktüte sehen konnten.

Dort lagen Markstücke. Dort lagen neue und silbrig glänzende Markstücke und ältere und mattere Markstücke, aber Markstücke waren sie alle, hunderte von ihnen, vielleicht sogar tausend oder fünfzehnhundert Stück, wie sollte ich das wissen, und ich wusste auch nicht, wie und wo er an sie gekommen war, ich wusste nur, dass mein Vater kein Mann war, der aufdringliche Fragen beantwortete.

Werner kaufte sich für drei der Münzen aus der Tüte eine Tasse Kaffee und ein Käsebrot. Während er aß und trank, zündeten sich Bjöna und ich eine Zigarette an, und zwischen den Bissen bat Werner uns, sorgfältig abzuwägen, ob es sich wirklich lohne, Raucher zu werden. Als er sein Brot gegessen und seinen Kaffee getrunken hatte, murmelte er etwas von »Erledigungen«, doch bevor er ging, bat er Bjöna und mich, uns so viele Markstücke zu nehmen, wie in unsere Portmonees und Taschen gingen, er meinte, dass er die Befürchtung hege, die Plastiktüte könne reißen. Weder Bjöna noch ich hatten unsere Sommerjobs aufgenommen – ich sollte in diesem Sommer als Möbelpacker bei Viktor Ek arbeiten, Großmutter Maggie hatte mir die Stelle über einen entfernten Verwandten besorgt –, sodass wir beide pleite waren und anfingen, eifrig Münzen aus der Tüte zu schöpfen.

Während wir dort auf unserer Bank saßen, erwachte die Stadt um uns herum langsam zum Leben. Es war jetzt fast halb acht, die Sonne stand hoch, und Männer in Anzügen und Frauen in Kostümen bewegten sich mit schnellen und zielstrebigen Schritten durch das Viertel, sie kamen vom Järnvägstorg und zogen an uns vorüber und verschwanden im üppigen Grün des Esplanadenparks, sie kamen von Wulffska hörnet und zogen an uns vorüber und verschwanden hinter dem Domus Litonii und wurden von den Bankpalästen der Alexandersgata verschluckt, und auf einmal erkannte ich, dass Werner und Bjöna und ich mitten im morgendlich munteren, wirtschaftlichen Herz der Republik Finnland saßen und Markstücke aus einer weißen Plastiktüte holten, und ich erkannte auch, dass ich mich schämte. Ich schämte mich, weil wir auf einer Holzbank in der Centralgata saßen wie drei heruntergekommene und verloren gegangene Landeier, und während eines hastig vorüberziehenden Augenblicks begriff ich, wie sehr ich mich danach sehnte, Werner Fragen zu stellen und direkte Antworten von ihm zu bekommen, Antworten, in denen es darum ging, wo er schlief, wenn er verschwand, und mit wem er sich in der Stadt traf und warum er nicht in der Lage war, nüchtern zu bleiben, und Ähnliches.

Wie auch immer, ich stellte wie üblich keine Fragen, vielleicht, weil ich nicht wollte, dass Bjöna Muhrman mehr über die Schwächen meiner Familie erfuhr, als er im Laufe der Jahre sowieso schon erfahren hatte.

Stattdessen trennten wir uns ohne größere Umstände. Werner und ich versprachen einander, den 17.30-Bus nach Råberga zu nehmen und zu Hause gemeinsam zu Abend zu essen, dann ging er Richtung Alexandersgata und verschwand um die Ecke des Kaufhauses Stockmann, und Bjöna und ich schlenderten durch den Esplanadenpark zum Marktplatz hinab, um uns dort jeder eine große und fettige Fleischpirogge zu kaufen.

Es war der Vormittag, an dem ich meinen Entschluss fasste. Ich sagte Bjöna nichts davon, denn ich wusste, dass es ihn traurig machen würde; er hatte mir einmal gesagt, wenn ich aus Råberga fortzöge und er zurückbliebe, würde er sich wie einer dieser japanischen Krieger vorkommen, die man noch dreißig Jahre nach Ende des Zweiten Weltkriegs auf diversen Pazifikinseln antreffen konnte.

Werner und ich kehrten wie geplant um 18.17 mit dem Bus nach Råberga zurück. Sein Portmonee war voller Geldscheine, und als wir unsere Ravioli aßen, summte er leise vor sich hin.

Aber ich erzählte auch ihm noch nichts, da ich erst das Terrain sondieren wollte.

Auch Vera sagte ich nichts, denn ich wollte sie nicht verletzen. Aber ich würde in diesem Sommer siebzehn werden, und in dem Alter hat man keine Lust mehr, zu seiner Mutter zu ziehen.

Als Jugendlicher genoss ich nicht unbedingt den Ruf, besonders tatkräftig zu sein. Jinx Muhrman war eine Macherin, auch Aka Lindberg war trotz seiner Trägheit ein Macher, und sogar Jerkka Haglund stellte das eine oder andere auf die Beine, ich dagegen war unsicher und unentschlossen.

Doch in diesem Sommer wurde ich von einem starken Willen angetrieben. Ich bekam von Maggie die Nummer der von Herrings und rief an einem heißen Julitag in Paris an, als Werner vor Ryssgrynnan lag und Barsche angelte. Und als Tante Marys erste Reaktion kühl – um nicht zu sagen frostig – ausfiel, gab ich nicht gleich auf, sondern rief sie bei passenden Gelegenheiten und mit immer geschliffeneren Argumenten von neuem an.

Lukas von Herring bekleidete zu jener Zeit einen hohen Posten innerhalb der Unesco, deshalb war die Familie nach Paris gezogen. Tante Mary steuerte mehr Kulturberichte denn je zu den finnlandschwedischen Rundfunknachrichten bei. Cousin Christopher studierte Jura in London, während Cousine Christina die letzte Klasse einer Pariser Internatsschule besuchte, in der frankophile Mädchen erzogen wurden, die in Zukunft Kulturberichte für die Rundfunknachrichten verschiedener europäischer Kleinstaaten liefern würden.

Während der Jahre in New York waren die von Herrings auf Kollisionskurs mit den Menschen geraten, die ihre Wohnung in Helsingfors bewohnten. Außerdem wurden die Mieten so streng reguliert und die Mieteinkünfte so hoch besteuert, dass es sich nicht mehr lohnte zu vermieten, das hatte Tante Mary jedenfalls in diesem Frühjahr beim Osterschmaus bei Maggie gesagt, und ihren Worten wurde nicht unbedingt davon widersprochen, dass sowohl die Siebenzimmerwohnung in der Havsgata als auch die kleinere Zweitwohnung in der Främlingsgata leer standen.

Ich erzählte Tante Mary von meiner guten Freundin Janina Muhrman – übrigens die Tochter des berühmten Architekten Birger T. Muhrman, wie ich ergänzte –, die für ein Ehepaar das Haus hütete, das im Ausland lebte, und die gleichzeitig eine zwar vorteilhafte, aber dennoch angemessene Miete entrichtete. Ich sprach die Tatsache an, dass das Gymnasium Norsen gleich hinter dem Observatorium lag, nur einen Katzensprung von der Främlingsgata entfernt. Ich wies darauf hin, dass Großmutter Maggie nur drei Häuserblocks weiter weg lebte, meine Mutter in Tölö wohnte und auch Onkel Leo einen festen Wohnsitz in der Stadt hatte. Ich hob weiterhin hervor, dass ich in einem Jahr volljährig sein würde, und betonte, es gewohnt zu sein, selbständig und verantwortungsvoll zu leben, und zu guter Letzt drehte ich an der Gefühlsschraube; ich sagte Tante Mary, wir seien verwandt, noch dazu eng verwandt, ich sei immerhin ihr geliebter Neffe, der Sohn ihres Bruders.

»Das ist es ja gerade, was mir Sorgen macht«, antwortete Tante Mary mit ihrer kühlsten und trockensten Stimme. »Falls du bei uns das Haus hütest und sich herausstellt, dass du ganz der Vater bist, werde ich gezwungen sein, jemanden anzustellen, der den hütet, der unser Haus hütet.«

Aber es klappte dann doch. Tante Mary telefonierte mit einem erstaunten Werner und mit einer noch erstaunteren und darüber hinaus ziemlich verletzten Vera, und ich durfte unter der Bedingung einziehen, dass ich kontinuierlich Kontakt zu Maggie hielt. Zu den Einzugsbedingungen gehörte weiterhin, dass Cousin Christopher an den Wochenenden, an denen er nach Finnland flog, um seine Verlobte zu besuchen, ein bleichsüchtiges Mädchen, das an der Universität von Helsingfors Geschichte studierte, sich für Heraldik interessierte und Mitglied in der Jugendorganisation der konservativen Schwedischen Volkspartei war, in der Wohnung übernachten durfte. Letzteres war eine

Bedingung, die mir im Prinzip missfiel, aber ich machte mir keine Sorgen, denn ich wusste, dass Cousin Christopher mich und die Wohnung, so gut es ging, meiden würde. Und falls er doch einmal lästig würde, brauchte ich bloß mit Janna Muhrman zu drohen. Noch als Erwachsener begann sich Cousin Christopher unruhig zu winden, sobald Jinx' Name fiel.

* * *

Durch meinen Job bei der Möbelspedition wurde es ein zerfahrener Sommer. Ich hatte nur selten die Energie, mich nach dem Ende des Arbeitstags nach Råberga zu begeben, und übernachtete oft bei Vera oder Maggie oder Jinx in der Indiagata. Bei Onkel Leo übernachtete ich hingegen nicht, da Siru bereits schwerkrank war und in ihrer Wohnung in der Sturegata gepflegt wurde.

Meine Anstellung bei Viktor Ek endete am 31. Juli. Mitte August zog ich in die Wohnung der von Herrings, und die letzten Wochen vor dem Umzug wohnte ich permanent draußen in Råberga.

Eines Morgens, eine gute Woche vor meinem Umzug, klopfte Werner schon gegen halb sieben an meine Tür.

Es war ein sehr heißer August, und ich erinnere mich, dass ich nur mit einem Laken bedeckt schlief und dennoch schwitzte. Ich hörte ihn mit leiser Stimme meinen Namen aussprechen und anschließend halblaut fragen: »Hallo, bist du wach?«

Werner war seit Mittsommer nüchtern geblieben, im Gegensatz zu mir. Den gestrigen Abend hatte ich bei Jinx verbracht, wir hatten gevögelt und Champion und Rotwein getrunken und wieder gevögelt, und ich war am frühen Morgen mit dem Taxi nach Hause gekommen und jetzt noch sehr müde.

»Was für eine verdammt dämliche Frage«, antwortete ich. »Jetzt hast du mich jedenfalls geweckt. Was ist?«

Ich hörte an der Tür etwas rascheln. Erst sagte mir der Laut nichts, doch dann wurden alte Erinnerungen wach: Es war das Geräusch von Metallblinkern, die in einer Schachtel aus hartem Plastik umherrutschen.

»Ich dachte …«, setzte er zögernd an, nahm dann jedoch all seinen Mut zusammen: »Ich habe Ukeleien aufgetaut und auch noch ein paar Blinker dabei. Ich dache, wir könnten nach Hästkobben hinausfahren und den großen Barschen auf den Zahn fühlen.«

»Ich bin müde«, murmelte ich, »muss man denn schon so verdammt früh rausfahren?«

Er blieb an der Tür stehen und raschelte ein wenig mit der Blinkerlade, das Geräusch klang verlegen, beinahe entschuldigend.

»Wenn es so heiß und windstill ist, beißen sie nur morgens an, das weißt du doch«, sagte er dann.

Ich blieb liegen, noch immer zur Wand gedreht. Für Sekunden sah ich Bilder von warmen Sommermorgen und gewitterschwangeren Abenden draußen bei Hästkobben und Ryssgrynnan vor mir, ich sah herbstgraue und aufgewühlte Wellen gegen Ytterharuns flache und glatt geschliffene Uferfelsen schlagen, und ich sah Bilder von kühlen, aber sonnigen Frühjahrstagen an den Ufern Tistelskärs und Alskärs.

Und gleichzeitig wurden andere Erinnerungen lebendig, ich sah Werners Hammer in der blauen Stunde durch die Luft segeln, und ich sah uns vom Sportplatz aus nach Hause gehen, wenn die Dunkelheit sich bereits herabgesenkt hatte und die Scheinwerfer der Autos Schlangenaugen waren, die so nah, so nah vorbeistrichen, und für wenige Sekunden fühlte ich das Kind in mir lebendig werden, all das Alte sprudelte hoch und war dabei, Oberhand zu gewinnen, ich hörte meinen Vater an der Tür atmen, und in seinen Atemzügen lag Erwartung, und ich war nahe daran, mich umzudrehen und mit einem »Okay, dann mal los!« aus dem Bett zu stemmen, doch stattdessen stählte ich mich und sagte: »Ich glaube, ich habe heute keine Lust, Papa.«

Werner blieb noch eine Sekunde im Türrahmen stehen, dann

war ein schabendes Geräusch zu hören, das waren die Spitzen der Spinnruten, die über die Wand strichen, als er sie durch den Flur und die Treppe hinab und ins Freie manövrierte.

Ich schluckte etwas herunter, das mir im Hals saß, beruhigte mich dann jedoch und schlief wieder ein. Erst als ich gegen zwölf aufwachte, fiel mir ein, dass es mein Geburtstag war.

* * *

Am Tag meines Umzugs kam der Regen. Es goss schon morgens, es regnete den ganzen Vormittag, und es regnete auch noch am Nachmittag, als ich mich auf den Weg machen wollte.

Ich nahm nicht viel mit, nur etwas Kleidung und Bettzeug und die wichtigsten Bücher und Platten. Ich meinte zu Werner, die restlichen Sachen könnte ich später noch holen oder er sie in den Anglia packen und in die Stadt fahren, und dann könnten wir eine Tasse Kaffee in der Wohnung seiner Schwester trinken, ich zöge ja nicht gerade in die Antarktis.

Ich hatte ihm gesagt, dass ich den Bus nehmen wollte, da ich dachte, dass es mir nicht wie ein richtiger Umzug vorkommen würde, wenn mein Vater mich bis zur Främlingsgata fuhr. Daraufhin schlug Werner mir vor, statt am Marktplatz draußen an der Landstraße in den Bus zu steigen. Er wolle mich zu einer Tasse Kaffee und einem Teilchen in die Essobar einladen, ehe ich fuhr.

Und so kam es auch, wir saßen an Sabbas und Akas und meinem (und ein wenig auch Jerkkas und Bjönas) früheren Stammtisch, wir saßen da und rührten in unseren Kaffeetassen und aßen unsere trockenen Butterteilchen und sagten nicht viel.

»Es ist vielleicht nicht immer…«, setzte Werner an, als ich mein Teilchen gegessen und meinen Kaffee getrunken hatte und Anstalten machte, meine Taschen zu nehmen und zu gehen.

»Ja?«, sagte ich und wartete auf eine Fortsetzung.

»Nun ja… ich meine nur, dass es vielleicht nicht immer war, wie man… wie du das Recht gehabt hättest, dass…«, versuchte er es noch einmal, verlor jedoch erneut den Faden.

»Das macht nichts«, sagte ich, »es ist gar nicht so übel gewesen.«

Ich sah den Bus hinten am Dorf aus der Kurve kommen und die lange Gerade herabfahren.

»Da kommt er«, meinte ich, und dann sagten wir nichts mehr.

Der Zufall wollte es, dass der unglückliche Elvis Presley nur zwei Tage später in seinem gigantischen Schlafzimmer in Graceland leblos aufgefunden wurde, es war der Tag, an dem die Schule wieder anfing. Seinen Leibärzten und Leibwächtern gelang es nicht, ihn zu retten, und sobald ich die Nachricht gehört hatte, rief ich meinen Vater an, um ihm mein Beileid auszusprechen. Aber Werner schien nicht sonderlich erschüttert zu sein, sondern sagte nur leise: »Er war schon lange tot.«

Zweites Buch

Zweiter Teil

1

Als Oskar Johannes Skrake, der Onkel meines Großvaters, in Helsingfors eintraf, flimmerte die Luft vor Hitze, und über den Häuserblocks um den Bahnhof hing – behauptete jedenfalls Onkel Leo, als er mir die Geschichte erzählte – ein beißender Geruch von Verwesung und Morast, so als wollte die ausgetrocknete Klobucht die Stadtbewohner an ihre Existenz erinnern.

Dies war im Juli 1890. Oskar Johannes war damals achtzehn Jahre alt und kam mit dem Zug aus Tammerfors, wo er in einer Dachpappenfabrik gearbeitet hatte. Er trug eine Kalbsledertasche auf der einen Schulter und hatte sich einen Seesack über die andere geworfen, er war ein hoch aufgeschossener Jüngling in einer schwarzen Hose und einem kragenlosen Arbeitshemd und trug trotz der Hitze hohe Stiefel, seine schwarzen Haare waren nach hinten gekämmt und ziemlich lang, und laut Onkel Leo hatte er die Hauptstadt bereits einige Jahre zuvor besucht. Oskar und sein Vater Frans Wiktor hatten damals einem Verwandten namens Hedlund geholfen, den Hof Ås Nummer 11 zu erbauen, und sie hatten sich auch den funkelnagelneuen Geschäftspalast des alten Grönqvist im Herzen der Stadt angesehen und gebührend bewundert und gleichzeitig das Musikkorps der Finnischen Garde im Esplanadenpark spielen hören.

Nun war Frans Wiktor tot und begraben, und als Oskar den langen Weg über Broholmen vorbei an Linjerna und Surutoin in die Vorstadt Ås gegangen war, erfuhr er, dass der Angehörige

Hedlund in Trauer nach Ostbottnien zurückgekehrt war, nachdem die Masern ihm seine Frau genommen hatten.

Enttäuscht machte sich Oskar auf den Rückweg in die Stadt. An der Östra Chaussé, auf einem flachen und unebenen Hügel gegenüber der Arbeiterquartiere in Surutoin, saß eine junge Frau. Sie hatte die Knie angezogen, ihre Haare waren lang und ziemlich strähnig und ihr Gesicht sonnengebräunt und voller Sommersprossen, und als Oskar auf der anderen Seite der Chaussé vorbeiging, rief sie ihm, nicht ohne Frechheit in der Stimme, zu: »Hallo da, der Herr, was suchen Sie eigentlich?« Oskar betrachtete argwöhnisch die nackten braunen Füße des Mädchens, die unter ihren Röcken hervorlugten. Er begegnete ihrem Blick: Er war ausweichend, und Oskar beabsichtigte, seinen Weg in die Stadt fortzusetzen, ohne das Mädchen auch nur eines Wortes zu würdigen. Aber irgendetwas ließ ihn dann doch auf ihren Zuruf antworten und sagen, er suche ein Zimmer in der Stadt. Daraufhin wechselten die beiden ein paar Fragen und Antworten, und Oskar nestelte Streichhölzer und eine große, dicke Kaukasia aus seiner Kalbsledertasche und zündete sie an und rauchte tiefe Züge von seiner Zigarette. Das Mädchen hieß Edla und begann ihn schon bald zu necken, sie duzte ihn ungeniert und gab vor, seinen Namen falsch zu verstehen, sie nannte ihn Oskar Krake.

»Ssskrake. Skrake mit S!«, erwiderte Oskar daraufhin wütend.

»Solltest du dir nicht einen Hut besorgen, Oskar Krake?«, sagte Edla leichthin, »du bekommst sonst noch einen Hitzschlag.«

»Ich habe einen Hut«, sagte Oskar säuerlich. »In der Tasche. Aber er scheuert, wenn ich schwitze.«

»Vielleicht ist dein Kopf ja zu groß«, meinte Edla da, »vielleicht ist er durch die Hitze angeschwollen.«

An diesem Julinachmittag hing eine dichte Staubwolke über der Östra Chaussé, und aus dieser Wolke näherten sich die Bauernfuhren aus der Stadt kommend in höchstem Tempo, die durstigen Pferde keuchten, und ihre Augen glänzten dunkel und traurig, und hinten auf den Karren saßen betrunkene Bauern und schlugen mit der Peitsche und fluchten, dass es nur so qualmte.

Oskar und Edla ließen sich von dem Spektakel nicht weiter beeindrucken, sie blieben einfach stehen und unterhielten sich, und Oskar erfuhr auf diesem Weg, dass im Arbeiterhaus Nr. 5 am gleichen Morgen ein Zimmer frei geworden war, und dieses Zimmer mietete er dann für siebzehn Mark im Monat.

Sein Abendessen nahm er bei der Familie des Asphaltlegers Rönnberg ein, die im Erdgeschoss wohnte, und das kostete ihn drei Mark und fünfzig Penni extra im Monat.

Er arbeitete zunächst als Tagelöhner im Hafen, geriet jedoch in Streit mit dem Stauer der Arbeitsgruppe, einem früheren Dampfmaschinisten namens Kuosmanen. Dieser Kuosmanen versuchte Oskar zu schelten und zu schikanieren, und da ein Skrake es nicht duldet, gescholten und schikaniert zu werden, schlug Oskar ihn nieder und sah sich gezwungen, seine Arbeit als Schauermann zu beenden; er fand allerdings einen neuen Broterwerb als Zimmermann bei einem Kolonialwarenhändler Ervast, der unten bei II Linjen Nr. 7 Häuser baute.

* * *

Siebenundachtzig Jahre später wurde ich zu einem in der Reihe der Skrakes, die sich nach Oskar Johannes mit der Absicht in Helsingfors anmeldeten, sich die Hauptstadt zu Füßen zu legen: Großvater Bruno, Onkel Leo, dann Werner, der in der Stadt geboren wurde, aber Reißaus nahm, und nun ich.

Ich nahm keine Arbeit im Hafen an und auch nicht auf dem Bau. Doch da Tante Mary eine niedrige, jedoch belastende Miete für die Wohnung bezog, und weil sowohl Werner als auch Vera zu der Zeit knapp bei Kasse waren (während Tante Mary es aus prinzipiellen Erwägungen nicht akzeptieren mochte, dass Großmutter Maggie meine Miete zahlte), war ich gezwungen, mich nach einer Teilzeitarbeit umzusehen, und fand dank Aka Lindbergs Kontaktnetz eine Stelle als Abend- und Samstagsverkäufer in einem kleinen Geschäft, das unten in der urinstinkenden Bahnhofsunterführung Popmemorabilien verkaufte.

Das Gymnasium Norsen war ein in meinen Augen zutiefst fremdartiger Ort, ebenso fremd, wie es die Finnische Dachpappenfabrik für Oskar gewesen sein muss. Im Norsen wurde ein mal schleppender, mal blökender Helsingforsdialekt gesprochen, und binnen kürzester Zeit erhielten die Blöker Informationen über die speziellen Ereignisse, die mit meinem Nachnamen verknüpft waren. An einem Montagmorgen Anfang September kam ein großspuriger und hoch aufgeschossener Idiot, der von Bygelhök oder so ähnlich hieß, in die Schule und erzählte – woher er die Information hatte, weiß ich nicht – den anderen, wer mein Vater war, oder besser gesagt: was mein Vater getan hatte. Ich war nach Helsingfors gezogen, um Freiheit und Anonymität zu finden, nicht um in den Sumpf meiner Familiengeschichte hineingezogen zu werden, und noch am gleichen Nachmittag begann ich die Möglichkeit zu untersuchen, die letzten Klassen des Gymnasiums als Privatist zu absolvieren.

Doch da war mir bereits ein großes und blondes Mädchen aufgefallen, das weite Röcke trug und sich die Fingernägel lila lackierte, in Französisch und Englisch Klassenbeste war und sich weigerte, den Mund zu verziehen, wenn die anderen Jungen riefen: *Duckt euch, duckt euch, der kleine Skrake kommt!*, und andere Dinge, die sie geistreich fanden.

Vera traute mir nicht.

Anfangs schien sie zu glauben, dass ich eine Neuauflage Werners war, dass sein Super-Metjty nur auf eine Chance gewartet hatte, sich aus der Deckung zu wagen, und dass diese Chance jetzt gekommen war, als ich allein gelassen wurde. Ich offenbarte Vera nicht, wie allein ich bereits in Råberga gewesen war, ich wies sie lediglich darauf hin, dass meine momentane Einsamkeit selbst gewählt war. Dennoch beharrte sie auf ihrer Fürsorglichkeit, und am Ende musste ich ihr deutlich machen, dass sie nicht jeden zweiten Tag unangemeldet an meiner Tür auftauchen sollte.

An einem Sonntag Mitte September fuhr Werner nach Helsingfors, er hatte meinen Kassettenrekorder und meine Kleider und ein paar Kisten mit LPs auf dem Rücksitz des Anglia.

Außerdem hatte er drei gelbe Nylonhemden dabei und fragte, ob ich sie haben wolle, und ich nahm sie an. Er lehnte den Kaffee ab, den ich ihm anbieten wollte, und betrat nicht einmal die Wohnung, denn sein Verhältnis zu Tante Mary war nie das Beste gewesen. Danach traf ich ihn nur, wenn wir sonntags bei Maggie aßen oder ich ihn draußen in Råberga besuchte, was selten genug vorkam.

Es wird mir jetzt bewusst, dass Werner und ich uns nach jenem Sommermorgen in der Centralgata nie wieder in Helsingfors begegnet sind, doch auch dafür gibt es eine Erklärung. Als Onkel Leo im Jahre neunundsiebzig starb, wurde Werner das Oberhaupt des südfinnischen Zweigs der Familie Skrake – ein Zweig, der aus ihm und mir bestand – und bekam sich endlich in den Griff, woraufhin er seine Abstecher nach Helsingfors endgültig einstellte.

Maggie und ich sahen uns recht häufig. Ich schaute oft bei ihr vorbei und trank abends ein Glas Tee mit ihr, und manchmal aßen wir sonntags an dem großen schwarzen Tisch, nur wir zwei, ohne Werner.

Maggie war damals fünfundsiebzig, sah jedoch zwanzig Jahre jünger aus. Die alte Klara war einige Jahre zuvor gestorben, und Maggie kochte nun selbst. Manchmal waren die Gerichte recht originell: Einmal aßen wir im Backofen gekochten Zander in Orangensauce, ein Gericht, das Maggie mit einem schiefen Lächeln Zander Vinogradowska nannte.

Onkel Leo traf ich anfangs ziemlich selten. Siru ging es schlecht, die Wohnung in der Sturegata roch nach bevorstehendem Tod, und im Alter von siebzehn Jahren empfand ich zwar keine Angst, jedoch unerhörte Scheu vor dem Tod.

Meine einzige Freundin in Helsingfors, die nicht zur Familie gehörte, war Jinx Muhrman; ich kann an diesen ersten Stadtherbst nicht denken, ohne an Jinx und das Holzhaus im dunklen und zugigen Stadtteil Arabia zu denken. Doch davon später mehr.

* * *

Den ganzen ersten Sommer über wohnte Oskar Johannes Skrake Wand an Wand mit dem Mädchen Edla in dem Haus in Surutoin. Doch er versuchte, keine Notiz von ihr zu nehmen, denn alles, was er sah, und alles, was er hörte, bestätigte den Verdacht, den er von Anfang an gehegt hatte: dass Edla eine Dirne war.

Stattdessen freundete sich Oskar mit zwei anderen Neuankömmlingen in der Stadt an, beide Untermieter in Surutoin. Zusammen mit dem Maurerlehrling Strang aus Jeppo und dem Ziegelträger Michelsson aus Böle by in Korpo lernte er an den Wochenenden und späten Abenden seine Stadt kennen.

Skrake, Strang und Michelsson saßen im Svalboet, und in der zweiten Flüsterkneipe des Sörnäshafens, dem Brudsläpet, im gutturalen Volapük des Branntweins grölten sie und zankten sich mit Huren und mit Finnen und mit dänischen und englischen und deutschen Seemännern. Sie saßen in der Bierschenke Sjunde Himlen auf Broholmen und in einer Gaststätte in der Stora Robertsgata und in der Kneipe der hinkenden Marjatta am unteren Ende der Eriksgata. Sie mieteten für zehn Pfennig ein Ruderboot und fuhren zu der schönen Insel Sumparn hinaus, saßen dort mit mitgeführten alkoholischen Getränken auf einer Uferlichtung, zechten und sahen die Sonne hinter Berghälls unbebauten Höhen untergehen. Sie flanierten über die Kopfsteinpflasterstraßen der Innenstadt und ließen dreiste und lautstarke Kommentare sowohl über bürgerliche Fräulein wie auch Straßenmädchen fallen. Und sie folgten der singenden und spielenden Schar der Heilsarmee bis zum Ufer unterhalb von Linjerna, blieben anschließend ein Stück entfernt stehen und spürten den Alkohol im Schädel moussieren und meckerten auf eine Weise über die Heilsarmisten, die den Kindern, die in den Ufereberschen hingen, in nichts nachstand.

Anfang August gingen sie zum Flohmarkt an der Simonsgata und kauften sich jeder einen losen Kragen und einen abgewetzten und gebrauchten Anzug bei einem Juden namens Kafka. Derart geschmückt promenierten sie dann an den dunkler werdenden Abenden durch das tiefer werdende Spätsommergrün der Esplanade und betraten anschließend auf steifen Beinen und mit übertrieben zugeknöpften Gesten herrschaftliche Gaststätten wie das Opris und das Gambrini. Aber dort mussten sie erfahren, dass ihre kleinen Ersparnisse so schnell schmolzen wie Butter in der Sonne, und sie mussten erkennen, wie grausig schnell Oberkellner und Wachtmeister herbeieilten, sobald ihre groben und sonnengebräunten Hände auf den Tisch hämmerten, um den unnachgiebigen Worten des Betrunkenen Nachdruck zu verleihen; es geschah so leicht, dass der wild gesinnte Zugezogene, der freie Geselle den Kopf aus dem notdürftig gestärkten Kragen reckte.

Und in das elegante Kämp wagten sie sich erst gar nicht hinein, sondern begnügten sich damit, auf dem Bürgersteig vorbeizustreichen und scheue und wachsame Blicke in das elegante Vestibül und das Restaurant zu werfen, in dem die Tischdecken blendend weiß waren und die feinen Herren mit Zigarren im Mund und hübsch geschwungenen, kristallschimmernden Gläsern in der Hand saßen.

Der August neigte sich bereits dem Ende zu, als Skrake, Strang und Michelsson den Zirkus Ciniselli in Rieks alter Tapetenfabrik auf Broholmen besuchten. Dort lachten sie über die Clowns und bestaunten die fünfzig Vollblüter und die sagenhaft schönen Kunstreiterinnen und wanderten anschließend heim zu dem

Haus in Surutoin, schaudernd angesichts der Mirakel des Lebens und der Stadt.

Am folgenden Abend besuchten sie ein Etablissement in Tölö: Es war ein Etablissement vom alten Schlag, ein verfallenes Holzhaus noch hinter Berga, ein Haus des Vergessens, wo nur die kostbaren farbigen Mosaike der Veranda an eine Zeit erinnerten, in der die Freudenhäuser noch den stillschweigenden Segen der Machthaber genossen hatten.

Die Madame kam ihnen entgegen, schaukelnd, mit wabernder Fleischigkeit und rot gefärbten Haaren und einem heilbringenden Kreuz, das in der Spalte ihres Dekolletés auf und ab hüpfte. Sie war umhüllt von einer Wolke aus Moschusparfüm und Sherry und gekochtem Kohl und darunter einem Hauch getrockneten Schweißes, und hinter ihr sah Oskar für einen Moment die Mädchen im Salon, sie saßen auf einem abgewetzten Plüschdiwan, sie trugen dünne Sommerblusen mit Puffärmeln und plauderten angeregt und scherzten so, dass ihre Zähne im warmen Schein der Petroleumlampe weiß glänzten. Oskar spürte die Lust in seinem Körper pochen, sie hatte den ganzen Sommer über gepocht. Doch der Geruch aus Moschus, Sherry, Kohl und Schweiß und verschiedene andere, undefinierbare Düfte machten ihm Angst, und er starrte das Kreuz auf dem gewaltigen Busen der Gastgeberin an und erinnerte sich an den Skandal, als Eirikas-Matt von der Sommerarbeit in der Hauptstadt zurückkehrte und einen Vorschuss auf seine Hochzeitsnacht kassierte und seiner Verlobten dabei einen Tripper verehrte.

Dann stand Oskar im Garten, während Strang und Michelsson im Haus ihren Spaß hatten. Er stand zwischen verwilderten Johannisbeersträuchern und knorrigen Apfelbäumen, er rauchte eine Kaukasia nach der anderen und trank Schluck um Schluck von der süßlichen Mischung aus Limonade und Bier und Punsch in der braunen Flasche. Er hörte den Abendwind in den Bäumen säuseln, er hörte irgendwo Richtung Edesviken eine Eule rufen, er hörte die wilden Katzen im Gebüsch jaulen, er hörte

Michelssons heiseres und verzücktes Lachen durch ein offenes Fenster in der oberen Etage, und er zerbrach sich den Kopf über dieses herrliche und schreckliche Helsingfors, in dem die Augustluft stillstand und Flüche in unzähligen Sprachen krakeelt wurden und Trunksucht herrschte und eine Dirne an jeder Straßenecke stand. Doch nach einer Weile war er das Warten leid und suchte sich auf schmalen und verschlungenen Sandpfaden einen Weg zur Västra Chaussé und ging Richtung Stadt, ging an den Tallgrenschen Villen und am Arkadiatheater und an Gaswerk und Bahnhof vorbei und durch Kajsaniemi nach Hause. Denn so war es: Das Zimmer oben im dritten Stock in dem Haus in Surutoin war zu seinem ersten eigenen Zuhause geworden.

* * *

Es war Jinx Muhrman, die mich lehrte, mich in Helsingfors zurechtzufinden. Die von Herringsche Wohnung nahe der Sowjetischen Botschaft war mein erstes Zuhause, so wie es das Haus draußen in Arabia für Jinx und das vor langer Zeit abgerissene Haus in Surutoin für Oskar war. Aber ich fühlte mich dort nicht zu Hause, ich hatte nicht einmal eine Reislampe aufgehängt und schlief in dem schmalen Bett in Lukas von Herrings Arbeitszimmer, nur das Bettzeug gehörte mir. Wenn ich also ehrlich sein soll, war wohl Jinx' geliehenes, aber breites Bett in Arabia im gleichen Maße mein erstes Zuhause wie die Främlingsgata. Oder eher noch: Mein Zuhause war im Iso Ankkuri und Elite und Holvari und Sikala und wie sie alle hießen, es war in den Kneipen, die Jinx und ich frequentierten, seit sie mir auf unbekannten Wegen einen Ausweis besorgt hatte, in dem das Foto mich zeigte, während der Name John Stefan Skrake – sie hatte mir in einer typischen Jinxgeste die beiden Vornamen ihres Halbbruders verehrt – und als Geburtsdatum der 6. August 1957 eingetragen waren.

Der kleine Memorabilienshop, in dem ich arbeitete, hieß Soundtown und lag an einer Ecke der Bahnhofsunterführung, in der die Penner und die damals noch recht wenigen Fixer sich zum Pinkeln hinzustellen pflegten.

Der Besitzer des Soundtown war ein Mann namens Lukander. Er war um die dreißig und trug immer helle Cowboystiefel, eine verblichene Jeans, ein schwarzes T-Shirt und einen dito Ledermantel. Seine Haare waren lang, hinten jedoch zu einem Pferdeschwanz zusammengebunden, und er hatte ein hartes, bereits zerfurchtes Gesicht.

Das Geschäft wurde für Lukander von einer zierlichen und dunkelhaarigen Frau namens Mirjami geführt. Sie war fünfundzwanzig bis dreißig Jahre alt – ihr genaues Alter habe ich nie erfahren – und trug immer dunkle Cowboystiefel, verblichene und sehr enge Jeans, ein weißes T-Shirt und einen schwarzen Ledermantel. Lukander nannte sie Mirri, aber Mirjami meinte zu mir, sie ziehe es vor, bei ihrem richtigen Namen gerufen zu werden. Es dauerte zwei Abende und einen Samstagnachmittag, bis ich über beide Ohren in diese Mirjami verliebt war.

Ich arbeitete schwarz. Ich hatte sowohl Lukander als auch Mirjami gegenüber ein falsches Alter angegeben, und sie wollten nie einen Ausweis sehen. Aber meine Arbeit machte ich gut. Das fiel mir nicht sonderlich schwer, ich hatte den Kopf voller Pop- und Bohemekuriosa und konnte die Waren des Soundtown eloquent empfehlen.

Meinen Lohn bekam ich jeden zweiten Samstag in zerknitterten Geldscheinen in einem braunen Briefumschlag ausbezahlt. An jedem Arbeitstag beobachtete ich heimlich Mirjami, die in dem kleinen Büro hinter dem Laden saß und Rechnungen durchging und telefonisch Waren orderte.

Während so die Wochen vergingen und die Herbstdunkelheit sich vertiefte und der Regen in monotonen Strömen über die Straßen von Helsingfors lief, wurden Mirjami und ich beinahe Freunde. Sie begann mich zu fragen, ob ich abends mal mit ihr essen oder sie in einen der Nachtclubs begleiten wolle, die sie und Lukander besuchten, bei Letzterem war sie seltsam hartnäckig.

Es gab zu der Zeit in der Eriksgata einen Club, der Safari hieß, er hatte zebragestreifte Sofas, und an den Wänden hingen falsche Leopardenfelle, und dort verbrachte ich nun die Stunden nach Mitternacht zusammen mit den Stammgästen Lukander und Mirjami. Manchmal entschieden wir uns auch gegen das Safari und gingen stattdessen in den Helsinki Club, der in der Regeringsgata nur einen Katzensprung von der Unterführung und dem Soundtown entfernt lag. Ich war naiv und unerfahren, doch gleichzeitig schärfte die Verliebtheit mein Wahrnehmungsvermögen, und ich begriff, dass zwischen Mirjami und Lukander eine starke Spannung herrschte. Mehrmals standen sie spätnachts vor dem Safari und dem Helsinki und unterhielten sich leise, aber beinahe zornig und schienen nicht zu wissen, ob sie sich für die Nacht trennen sollten oder nicht.

Eines Freitags, als Lukander das Geschäft viele Tage nicht mehr besucht hatte, gingen Mirjami und ich nach der Arbeit in ein Restaurant in der Elisabetsgata und aßen und tranken Rotwein, viel Rotwein. In dieser Nacht schlief ich bei ihr, sie bewohnte oben in Alphyddan ein Einzimmerappartement in einem siebenstöckigen Haus am hinteren Ende einer langen Straße. Wir schliefen nicht miteinander, wir lagen nur nebeneinander, und ich erfuhr, dass sie keinen Hardrock mochte, sondern Sänger wie Joni Mitchell und Al Stewart. Immer wieder bat sie mich, aufzustehen und die Platte umzudrehen, die wir laufen ließen (wie fern erscheint einem doch heute die Zeit, als man Platten *umdrehte*!), sie lag im Bett und kicherte, und als ich fragte, worüber sie lache, meinte sie, die Silhouette eines Mannes mit einem Ständer sei so unbeschreiblich komisch. Als ich aufwachte, lag sie neben mir und sah mich an und küsste mich dann auf den Mund und lag eine Weile in dem grauen Morgenlicht dicht neben mir, und als ich später entlang Tredje linjen zum Tavastväg hinabging, fühlte ich mich stark und war von dem Willen erfüllt, zu beschützen.

Einige Wochen später schlief ich erneut bei Mirjami. Wir ließen immer wieder *The Year of the Cat* laufen, *she comes in incense and patchouli,* und wieder durfte ich als eine komische Silhouette zwischen Bett und Plattenspieler hin und her laufen. In dieser Nacht erfuhr ich wesentlich mehr über sie. Ich erfuhr, dass Mirri *Katze* bedeutete, aber auch eines der unzähligen finnischen Kosewörter für das Geschlecht der Frau war, und ich erfuhr, dass ihre Wohnung Lukander gehörte, und obwohl sie kein weiteres Wort darüber verlor, verstand ich, dass sie nicht die ganze Miete mit Geld bezahlte.

Sie war die zweite Frau, mit der ich schlief. Es war kein geglückter Liebesakt, denn als wir uns endlich liebten, schoss der Blitz fast augenblicklich durch meinen Körper, der bloße Anblick ihrer schattenhaften Nacktheit in der Dunkelheit reichte aus. Zum Morgen hin schliefen wir ein zweites Mal miteinander, und hinterher legte sie den Kopf auf meine Schulter und weinte still. Als ich ihre Wohnung verließ, war es bereits Vormittag, es nieselte, und ich nahm den Weg über Tölö, ich ging am westlichen Ufer von Tölöviken ins Stadtzentrum, ich ging mit entschlossenen, aber katzenhaften Schritten, *like Peter Lorre contemplating a crime*.

Eines Nachts in der darauffolgenden Woche schlug ich Lukander im Safari einen leeren Bierseidel der alten Art mit Handgriff gegen den Schädel. Er musste mit achtzehn Stichen genäht werden, und das Soundtown hatte sich für mich erledigt. Wenige Tage später rief mich eine wutschnaubende Mirjami an. Sie sagte, Lukander gehe davon aus, sie habe ihn verpfiffen, und dass er nun die Daumenschrauben noch weiter angezogen habe. Anschließend ließ sie noch einige bissige Worte über Kinder fallen, die Ritter spielen wollen, erklärte, sie wolle mich nie mehr sehen, und legte auf. Und es ist wohl so, wenn meine Mutter Vera von dieser Episode gewusst hätte, als sie sich damals ereignete, dann hätte sie ihre Prophezeiung als erfüllt betrachtet. Sie hätte gesagt, dass *meine* Variante von Werners – und auch Leos, pflegte sie hinzuzufügen – eigenartiger Fähigkeit, sich alles selber zu vermasseln, mich eingeholt hatte.

* * *

An einem der letzten Tage im August kam der große Sturm.

Oskar Johannes Skrake saß an diesem Abend in seinem Zimmer und las eine mehrere Tage alte Zeitung. Einer Annonce entnahm er, auf welche Weise das kaiserlich patentierte Voltakreuz den Kranken heilte und den Leidenden stärkte, und er las eine weitere, in der die Elektrische Beleuchtungsaktiengesellschaft Hausbesitzer und Geschäftsleute um ihre geschätzte Aufmerksamkeit bat und sie aufforderte, die Vorzüge der elektrischen Beleuchtung in Betracht zu ziehen. Er erschloss sich weiterhin, dass Schliemann immer noch zu Ausgrabungen in Troja weilte, dass der Weinhändler Hjelt eine Partie des Dessertweins Lacrimae Christi importiert und Konsul Karl Stockmann Fräulein Ester Grönqvist geehelicht hatte. »Geld gesellt sich zu Geld«, murmelte Oskar, streckte die Beine und ging anschließend die Treppen hinab und auf die Straße hinaus, um frische Luft zu schnappen.

Bereits am Nachmittag hatten sich südlich von Sveaborg schwere schwarzblaue Wolken zusammengeballt. Doch nun war es fast elf und noch alles still: Es gab nur eine schwache südöstliche Brise und den kärglichen Lichtschein der einsamen Straßenlaterne ein Stück die Chaussé hinab. Oskar kehrte in sein Zimmer zurück, ließ sich an dem zerschrammten und wackeligen Klapptisch nieder und fuhr fort, im flatternden Licht der Petroleumlampe zu lesen. Er erfuhr nun, dass der Herr Polytechniker Ernst Enerot beabsichtigte, mit der s/s Wäkevä eine Lustfahrt nach Degerö zu veranstalten, dass die Herren Brooks et Duncan mit Neger Exentrique im Brunnshus auftraten und dass dort auch die Sängerin Vera Vanoni bewundert werden konnte. Dann fiel sein Blick auf einen längeren Artikel:

las er.

In diesem Moment brach das Unwetter los. Es war halb zwölf, und der elektrische Sturm warf sich ohne Vorwarnung auf die schlafende Stadt. Von einer Minute zur nächsten wechselte Helsingfors die Gestalt, Donner grollten, und Blitzstrahlen flammten auf, und schon bald zuckten die Blitze so kurz hintereinander, dass das Himmelsgewölbe in einen Feuerschein gehüllt war und es auf der Erde so hell war wie am helllichten Tag.

Oskar bemerkte das Schauspiel kaum. Er las:

»... der Mörder Remmler setzte sich ohne fremde Hilfe auf den Stuhl und unterhielt sich in fast scherzhaftem Tonfall mit seinen Henkern. Dr. Jennings gab grünes Licht ›all right‹, und die Elektrotechniker im Nebenraum setzten den elektrischen Strom in Gang. Augenblicklich war zu sehen, dass Remmler von Kopf bis Fuß von einem heftigen Krampf geschüttelt wurde, sein Gesicht verzerrte sich in konvulsivischen Zuckungen, ein furchtbarer Anblick. Die Kontraktion der Gesichtsmuskeln schien die heftigsten Schmerzen anzuzeigen. Der Patient stieß gleichwohl keinen Schrei aus, und der Körper wurde steif...«

Draußen nahm der Sturm immer weiter an Stärke und Entsetzlichkeit zu. Im Nebenzimmer lief das Mädchen Edla auf knarrenden Bodendielen ängstlich auf und ab, und wenn Oskar während der vereinzelten stillen Sekunden zwischen den Donnerschlägen wenigstens ansatzweise aufmerksam gewesen wäre, hätte er sie hinter der Wand schluchzen hören. Dicht, dicht hintereinander rollten die Donner, und in die Schläge mischten sich die ängstlich läutenden Glocken der Nikolajkirche, das Plätschern des Regens, die gespenstische Dampffeife der Eisenbahn und die durchdringende Musik der Feuerwehrsirenen, als die Wagen ausrückten, dass die Kopfsteinpflasterstraßen unter ihrer Fahrt nur so donnerten. Es brannte bereits in Brunnsparken, es brannte in einem Haus am Sandvikstorg, es brannte in einem Arbeitermietshaus an der Lappviksgata und einem verwilderten Garten hinter Berga in Tölö. In den Villen am östlichen Brunnsparkufer drangen wütend zischende Kugelblitze in die verdunkelten Salons ein, und in den Häusern, in denen bereits ein Telefon installiert war, sprühten feurige Funken aus den ramponierten Apparaten.

Doch Oskar war taub und blind für seine Umgebung:

»... Plötzlich lief ein schmaler Strahl Speichel über die Lippen des Unglücklichen, seine Brust hob sich, und ein Röcheln erklang. Verschiedene der Personen, die bei der Hinrichtung zugegen waren, fielen vor Entsetzen in Ohnmacht. Die Elektriker setzten erneut den Strom in Gang, dessen Stärke sie nun auf 2000 Volt hochtrieben und erst wieder abschalteten, als sich ein weißer Dampf, begleitet vom Geruch gebratenen Fleischs, im Raum verbreitete ...«

In einer sekundenkurzen Pause zwischen zwei Donnerschlägen klopfte es an die Tür, beharrlich, fast hämmernd, als habe der Anklopfende schon eine ganze Weile versucht, sich bemerkbar zu machen. Oskar stöhnte auf, und ihm entfuhr ein grunzender Laut, der jedoch im nächsten Donnerschlag unterging. Er öffnete die Tür, als gerade eine Serie von Blitzen das Zimmer erleuchtete und von draußen ein zischendes Geräusch zu vernehmen war.

»Oskar ist doch noch wach, ich störe doch nicht?«, sagte Edla kläglich.

Sie trug ein Nachthemd und eine Strickjacke, nur Nachthemd und Strickjacke.

»Ich lese«, erwiderte Oskar ruhig, die Haare, die ihm bei ihrem Anklopfen zu Berge gestanden hatten, legten sich bereits wieder.

»Es ist so ein elendes Unwetter«, sagte Edla, und Oskar sah, dass sie zitterte.

»Hast du Angst?«, fragte er geradeheraus.

»Ja«, gestand sie, »ich habe Angst. Hast du was zu trinken?« Sie dachte an die Donner und den Feuersturm, sicher war das Unwetter eine Strafe für ihren Lebenswandel, sicher würde sie noch vor Ende der Nacht vom Blitz durchbohrt werden, das alles ging ihr durch den Kopf, ohne dass sie es gesagt hätte.

Oskar warf einen Blick auf die beiden Flaschen, die auf dem Fußboden neben der Matratze standen, die er hochkant an die Wand gelehnt hatte.

»Ich habe noch ein bisschen Bier, aber nichts zu essen«, sagte er, und dann kam ihm eine Idee, und er sagte mit klopfendem Herzen: »Möchtest du diese Nacht bei mir schlafen?«

Sie setzten sich auf wackligen Stühlen an den Klapptisch am Fenster. Oskar hatte beide in seinem Besitz befindlichen Gläser geholt, von denen das eine Glas einen Sprung hatte, sie schenkten sich ein und schenkten sich nochmals ein, sie sprachen, er einsilbig und sie etwas mehr, sie war erleichtert, obwohl draußen nach wie vor die Blitze flammten und die Dampfpfeife heulte und in weiter Ferne die Kirchenglocken schlugen. Dann kippte er die Matratze herab, löschte die Petroleumlampe, zog die fleckige Arbeitshose und die stinkenden Strümpfe aus, legte sich auf den Rücken und deckte sich mit der Pferdedecke zu. Edla blieb noch ein wenig am Tisch sitzen, die Donnerschläge krachten jetzt etwas seltener, doch dann kam ein gewaltiger Donner, der die Fensterscheiben in ganz Surutoin klirren ließ, und sie schauderte und legte sich neben ihn, sie lag ganz nah, so nah, dass ihre Hand seine Seite berührte. »Du bist ja hoffentlich nicht so ein Jack the Ripper«, versuchte sie zu scherzen, und er wusste, wen sie meinte, und lächelte in der Dunkelheit, ihm war plötzlich warm ums Herz, ohne zu wissen, wieso, vielleicht war es das Bier, vielleicht der Sturm, vielleicht auch sie, er wusste ja, was sie war, er hatte es schon an jenem ersten Tag geahnt, und später hatten die Kameraden seine Ahnung bestätigt. Doch das machte nichts, lieber so als in einem Etablissement mit einer Madame, die ein Kreuz trug und nach Moschus und Kohl und Schweiß und Sherry roch; er spürte Edlas Wärme neben sich, er drehte sich auf die Seite, sah sie an und betrachtete ihr Gesicht, das weiß aufleuchtete, wenn die Blitze das Zimmer erhellten.

Ihre Lust war stumm, Edla stöhnte ein wenig, und Oskar gab leise und fast erstaunte Laute von sich, als seine Hände ihren Körper spürten und er sich in ihr ergoss. Er tat es immer wieder, die Ermahnungen seiner Mutter ebenso vergessend wie Edla alle Vorsätze von Buße und Besserung.

Dazwischen schwiegen sie.

Dabei hätte Oskar im Grunde sprechen wollen, denn er war jung und hatte so viel Sehnsucht in sich, während das Leben in der wachsenden Stadt hart war und keinen Raum für Vertraulichkeiten ließ.

Er hätte von Ostbottnien und vom Hof Skraknäs erzählen wollen, vom Ackerboden, der nicht mehr ausreichte, und von den Schiffen, die nicht mehr gebaut wurden. Er hätte von seinen vier Jahren an der höheren Schule und Lektor Slotte erzählen wollen, der gesagt hatte, Oskar habe einen guten Kopf und solle weiter zur Schule gehen. Er hätte von seinem Vater erzählen wollen, der kurz nach ihrer Rückkehr aus der Hauptstadt vier Jahre zuvor zu husten begonnen hatte und dann nie wieder gesund geworden war und sich stattdessen dürr und tot gehustet hatte, sodass Oskar seine Schullaufbahn in der Tabakstadt abbrechen und auf den Hof zurückkehren musste. Und auch von der Trauer seiner Mutter hätte er erzählen mögen und von seinem ältesten Bruder Sigfrid, der aus Amerika zurückgekehrt war und den Hof übernommen hatte, und von Joel, dem jüngsten Bruder, der nun wiederum sein Glück dort jenseits des gewaltigen Ozeans versuchen wollte.

Und sicher, erklärte Onkel Leo in jener lauen Sommernacht, in der er auf der abgewetzten grünen Couch in seinem Wohnzimmer in der Sturegata saß und mir vom jungen Oskar erzählte, sicher hätte auch das Mädchen Edla eine Geschichte zu erzählen gehabt, möglicherweise eine Geschichte darüber, wie sie in die Stadt gekommen war und Arbeit in einer Fabrik gefunden hatte; eine Geschichte darüber, wie sie sich dann beispielsweise vom stellvertretenden Direktor den Hof machen ließ, einem jungen Springinsfeld aus gutem Haus; eine Geschichte davon, wie der Herr Direktor zum Essen mit Wein in einem chambre séparée in das hochherrschaftliche Restaurant Alphyddan eingeladen hatte, darüber, wie er sie nachher in ein Wäldchen an Tölövikens Ufer gelockt und dort seine Hand unter ihren Rock geschoben hatte, darüber, wie sie es benebelt vom Wein geschehen ließ, alles mit sich geschehen ließ, darüber, wie er sie später entlassen hatte, ohne sie eines Blickes zu würdigen; darüber, wie sie sich auf anderen Stellen versucht, dann jedoch nachgegeben hatte und den Weg ins Svalboet unterhalb von Hörneberg gefunden und ihren Körper verkauft hatte; darüber, dass einer ihrer Freier aus ihrer Heimatregion gekommen war und ihr Vater dann alles erfahren hatte; und über den Brief vom Vater, in dem er mit kraftvoll kantigen Buchstaben schrieb, dass er sie nie mehr sehen wolle und sie auf der Straße bleiben solle, wo sie auch hingehöre, aber vielleicht, sagte Onkel Leo, vielleicht hätte ihre Geschichte dennoch damit geendet, dass sie zwar wusste, was sie war, aber dennoch die Hoffnung auf ein anderes Leben noch nicht aufgegeben hatte.

Doch es wurden keine Geschichten erzählt. Edla und Oskar lagen stumm Seite an Seite, bis ihr Hunger wieder erwachte und ihre Hände einander suchten, und so verging eine Stunde, so vergingen zwei und drei, bis der Sturm allmählich nachließ und ein schwaches, grau getöntes Licht begann, sich einen Weg in die Dunkelheit des Zimmers zu bahnen, und Oskar gleichsam aus einem Rausch erwachte, zu seiner Schüchternheit und dem Wissen um einen Arbeitstag erwachte, der bereits in ein, zwei Stunden begann. Da zog er mit einem Ruck die Decke an sich, drehte sich auf die Seite, wandte ihr den Rücken zu und sagte: »Willst du nicht langsam mal gehen, es stürmt nicht mehr.« Dann blieb er still liegen und hörte ihre flachen Atemzüge hinter sich, und nach einer Weile ließ sie ein kurzes Seufzen vernehmen und stand auf. Er hörte sie über den knarrenden Fußboden gehen, nach der Türklinke greifen und in ihr Zimmer tapsen, dann dämmerte er ein und schlief unruhig.

Am Morgen herrschte mildes Wetter, nur eine schwache südliche Brise und ein grau verhangener, jedoch ganz und gar nicht Furcht einflößender Himmel war geblieben. Hätte die Erde nach dem peitschenden Regen und den tausendfachen Blitzeinschlägen nicht noch gedampft, hätte man meinen können, es hätte nie ein Sturm gewütet.

Oskar stand im Morgengrauen auf. Er fühlte sich eigenartig frisch, obwohl er nur wenig geschlafen hatte, er fühlte sich wie ein vollkommen neuer Oskar Skrake, mit einem weichen Körper, verwirrt und schwindlig, möglicherweise eine Spur beschämt, gleichzeitig jedoch glücklich.

Es war still im Haus. Er presste ein Ohr an Edlas Tür und glaubte in ihrem Zimmer die ruhigen Atemzüge einer Schlafenden zu hören. Dann ging er die Treppe hinab und hinaus, atmete die immer noch schwüle Luft ein und marschierte Richtung Broholmen, wo das Café Sjunde Himlen schon früh öffnete.

Im Sjunde Himlen bestellte er Kaffee und Brote und ein randvoll mit Selbstgebranntem gefülltes Glas Schnaps. Er biss in das erste Brot und kippte seinen Schnaps hinunter und lächelte vor sich hin, ein schiefes und etwas abwesendes Lächeln.

An diesem Punkt unterbrach Leo erneut seine Erzählung und sagte zu mir:

Als all dies passierte, war Oskar noch ein Jüngling. Aber er dachte, er wäre ein Mann. Er hatte sich geprügelt und gesiegt. Er kannte nun die Geheimnisse des Fleisches. Er lebte allein und war nur für sich selbst verantwortlich. Er war frei und wagemutig, und an diesem Morgen war er glücklich.

Aber, fuhr Onkel Leo fort, im Grunde war Oskar dazu verurteilt, in dem Lebenssumpf zu versinken, der zu jener Zeit so viele der neuen Einwohner von Helsingfors erstickte. Dass er bereits ein tüchtiger Zimmermann mit einem offenkundigen Talent zum Baumeister war, spielte keine Rolle; er war dazu verdammt, in einem Strudel aus versoffenen Löhnen und Ausschweifungen und Schlägereien hängen zu bleiben, weil der Weg nach oben ein schmaler Grat und schwer zu gehen war, weil die Versuchungen allerorten gegenwärtig waren und sein eigener Wille nicht stark genug war.

Doch dann, sagte Leo und senkte die Stimme, dann kehrte der Sturm zurück. Der Südsturm, der an diesem Nachmittag über Helsingfors hinwegfegte, war von gewaltiger Wucht. Er tobte drei Stunden, und während dieser Stunden wuchs und wuchs seine Kraft. Man maß elf Beaufort, man maß zwölf, dann ging die Messapparatur der Meteorologischen Zentralanstalt kaputt, aber der Sturm heulte und pfiff immer weiter. Bei den schlimmsten Böen hing eine Art weißer Brautschleier aus Schaum über dem gesamten aufgewühlten Finnischen Meerbusen, Millionen Wellenkämme wurden gebrochen und wie ein Perlenregen verstreut, und die Schärendampfer Thor und Wäkevä mussten wenden und in den Hafen umkehren. In der Stadt pressten sich verängstigte Nachmittagsspaziergänger an die Häuserwände, während im Brunnspark, entlang der Henriksesplanade, der Boulevardgata und in Kajsaniemi Hunderte dicker Baumstämme in der Mitte abgeknickt wurden. Von der halb fertiggestellten Neuen Kirche auf dem Johannesberg wurden die Dachziegel herabgerissen und segelten davon wie riesige schwarze Fledermäuse. Der Regen fiel jetzt waagerecht, und wer keinen Schutz mehr gefunden hatte, wurde geblendet und jammerte, wenn die Peitschenhiebe das Gesicht trafen. Und der Sturm raste weiter, er ramponierte Schornsteine, er zerrte die Ziffern II, IV, V, IX und XII von der Süduhr der Nikolajkirche, er schnitzte den Putz von den Grönqvistschen und Kämpschen Palästen, sodass scharfe Brocken Richtung Theater davonwirbelten.

Bei Linjerna duckte sich Oskar Skrake hinter einem erst halb fertigen Stall, er hörte das Hauptgebäude des Hofs unter dem unbarmherzigen Druck des Sturms klagen, und von seinem wohligen, morgendlichen Gemütszustand war nichts mehr geblieben. Der peitschende Regen und das Tosen des Windes lockten all sein Heimweh und alles, was es noch an Kind in seinem Inneren gab, hervor, und plötzlich sah er sich als der Mensch, der er in Wirklichkeit war: ein verwirrter Fremdling an einem launischen und unbarmherzigen Ort. Und während er sich vor dem Sturm zusammenkauerte, sah er wie in einem illustrierten Buch die Ereignisse des Sommers vor sich, er hörte sich die Heilsarmisten verspotten, die tapfer weiter sangen, er hörte sich Frechheiten zu vorbeigehenden Frauen in der Elisabetsgata und der Andrégata und unten am Sandvikstorg sagen, er sah die rothaarige Madame und das Kreuz in ihrem Ausschnitt, er sah sich selbst im Garten des Freudenhauses stehen und große Schlucke aus der braunen Flasche trinken, er sah sich nach Edlas Fleisch greifen und hörte seine eigenen erstaunten Laute aus der vergangenen Nacht, und er fühlte die gesammelten Kater des Sommers in seinem Kopf hämmern, und mitten in diesem Hämmern hörte er die ängstliche Stimme seiner Mutter Saga und sah sie die Wegzehrung in seine Kalbsledertasche legen, und in dem Moment, in dem er das alles sah, war die Stadt Helsingfors für Oskar Skrake eine Hölle auf Erden.

Und er murmelte: Sollte ich diesen Tag lebendig überstehen, werde ich Besserung geloben.

So kam es, sagte Onkel Leo, dass der große Auguststurm, der den Einwohnern von Helsingfors jahrzehntelang in Erinnerung bleiben und ihr Gesprächsstoff sein sollte, einen Zugezogenen, fast noch ein Kind, vor dem Schicksal bewahrte, das die Stadt für ihn bereitgehalten hatte.

Denn der Mensch ist ein Schilfrohr, doch manchmal, wenn er genügend geängstigt oder genügend ermuntert wird, wächst wie durch einen Zauberschlag eine Fiber in ihm, die zäh und standhaft in jeder Faser ist.

Im November dieses Jahres, als die Stürme vorbeigerast und einer Reihe einförmiger diesiger Tage mit still rieselndem Regen gewichen waren, schrieb Oskar Johannes Skrake einen Brief nach Hause in Skraknäs. Die letzten Zeilen seines Briefs lauteten wie folgt:

... In diesem Monat bin ich ein wenig unpässlich gewesen, mit Schnupfen und anderem, bin ansonsten jedoch guten Mutes. Die Zeitungen schreiben wohl von sinkender Konjunktur und dass schlechtere Zeiten zu erwarten sind. Und Baumeister Ervasts Verhältnisse sind wohl auch nicht völlig geordnet, Gerüchte vermelden, dass seine Häuser vielleicht unter den Hammer kommen, und ich habe noch ausstehende Zahlungen von der Arbeit an II Linjen Nr. 7 zu bekommen. Der Winter verspricht folglich, recht schwer zu werden, insbesondere, da ich nichts im Hafen zu schaffen habe. Wenn sich kein anderer Rat findet, werde ich mich wohl bei der Maschinenfabrik umhören müssen.

Mutter und Sigfrid sollen sich dennoch keine Sorgen machen, denn nicht alles ist düster. Blomberg, der auf Ervasts Baustellen Baumeister gewesen ist, hat Gefallen an mir gefunden. Gestern ließ er vernehmen, ein Baumeister Levola habe Kontakt zu ihm aufgenommen, der in naher Zukunft im Auftrag einer Familie Enerot ein großes Steinhaus errichten soll, und Blomberg ließ daraufhin durchblicken, dass er dann möglicherweise Arbeit für mich habe. Blomberg meinte des Weiteren, falls meine finanziellen Verhältnisse es erlaubten, könnte ich seiner Meinung nach durchaus Kurse an der hiesigen Industrieschule besuchen und so meine Kenntnisse verbessern. Und deshalb, selbst wenn ich weiß, dass auch zu Hause das Geld nicht eben auf der Straße liegt, nehme ich mir die Freiheit, Mutter und Sigfrid zu fragen, ob ihr mir in diesem Winter mit etwas beistehen könntet. Dann wäre ich später ein studierter Kopf und gereichte Euch allen zu Stolz und Freude. Auf meinen Fleiß könnt ihr jedenfalls allzeit zählen, ebenso wie auf meine Liebe zu Euch und zu allen anderen daheim.

Gezeichnet mit der Ehrerbietung eines Sohns und Bruders,
Osk. Joh. Skrake

* * *

Nun möchte ich von der Dunkelheit im Stadtteil Arabia erzählen, ich möchte davon erzählen, wie ich sie während meines ersten Helsingforsherbsts im Jahre Neunzehnhundertsiebenundsiebzig empfand:

Es war eine Dunkelheit, die nicht im Mindesten der Dunkelheit am Südhang der Råbergaanhöhe glich, wo die Nacht schwarz und kompakt war wie die Dunkelheit unter einer Decke.

Diese neue Dunkelheit war von einer Art, wie man sie dort findet, wo die Großstadt ans Land grenzt, der Kampf jedoch bereits zugunsten der Stadt entschieden wurde.

Es war eine Dunkelheit, die weder Sicherheit ausstrahlte, noch bedrohlich wirkte, es war eine Dunkelheit voller keimender Hoffnungen und ihrer Schatten.

Zu Anfang, bei der ersten Begegnung, ist der Mensch immer des Menschen Wolf. Ehe das Gesicht des anderen sich zu einem Lächeln verzogen hat, ehe man es in einem geborgenen und wehrlosen Schlaf versunken gesehen und ehe man gesehen hat, wie es sich aus Trauer zerfurcht oder im Genuss öffnet, ehe man etwas von all dem gesehen hat, ist das Gesicht des anderen das Gesicht eines Wolfs.

Langsam, sehr langsam, hatten Jinx Muhrman und ich erkannt, wie übereinstimmend wir beschaffen waren.

Vielleicht beruhte die Verzögerung darauf, dass ich meiner Umwelt ein zwar abwesendes, jedoch verbindliches Gesicht zeigte, während Jinx widerborstig und dickköpfig wirkte.

Erst im Laufe meines ersten Herbsts in der Stadt begriffen wir.

Unsere Seelen schimmerten in den gleichen Farben.

Ihre Haut hatte den gleichen dunklen Glanz wie meine.

Oft öffneten wir den Mund, um etwas zu sagen, verstummten jedoch, als wir den anderen ansetzen sahen und erkannten, dass wir das Gleiche hatten sagen wollen.

Kein Mensch weiß mehr über mich als Jinx. Dennoch fürchtete ich mich nie. Ich wusste, dass sie Geheimnisse lieber für sich behielt, als sie in der Gegend herumzuposaunen.

Sie sagte mir mal, wer alles über einen anderen Menschen wissen möchte, will ihn im Grunde töten.

Ich konnte durchaus nachvollziehen, warum manche Menschen Angst vor ihr hatten. Ich hatte das schlaksige Mädchen noch nicht vergessen, das mir mit seiner heiseren Stimme verkündet hatte, ich würde auf den Steinfisch treten, mein Fuß würde schwarz werden und ich sterben. Und ich hatte die Janna nicht vergessen, die in meinem Kinderzimmer ihrem Bruder und mir den Tod für den Fall angedroht hatte, dass wir ihr nicht halfen, eine neue Identität anzunehmen.

Aber es gibt so viele Menschen, die nur vorgeben, sanft und verbindlich zu sein – und ich bin ein solcher Mensch gewesen –, dies jedoch mit dem Ziel tun, jemanden zu fangen … und später, in den nahen Momenten, sind sie dann kantig und kühl und gleichsam ohne Gefühl in der Haut.

Bei Jinx Muhrman war es umgekehrt. Das Harte und Kantige in ihr war da, um ihre große und nervöse Liebe zu übertünchen, zu leben und gelebt zu werden.

In jenem Herbst kleidete ich mich in einen Protest aus Nylon. Ich trug die unmodischen gelben Hemden Werners, ich hasste die Zeit, in der ich lebte, und die Schule, die ich besuchte, und die Stadt, in die ich gezogen war.

Das Haus in der Indiagata war mein Zufluchtsort. Dort saßen

Jinx und ich und tranken Wein und Champion und manchmal auch Whisky, wir rauchten Kette und hörten Musik und unterhielten uns über Bücher und Kunst.

Jinx hatte damals einen großen, grauen und kastrierten Kater, den sie nach ihrem verstorbenen Großvater *Oberst* getauft hatte. Eines Nachts wachte ich auf, es war dunkel, und ich spürte ein Gewicht auf meinem Schritt und stellte fest, dass dort regungslos der Oberst stand und mich musterte. Es war nur ein dünnes Laken zwischen ihm und mir, und ich spürte seine eingezogenen Klauen als leichten Druck auf meinem schlafenden Geschlecht.

In den ersten zwei, drei Helsingforsjahren hielten Jinx und ich uns an gewisse Regeln. Wir entschieden, sobald einer von uns mit einem anderen ging, durften wir nicht mehr miteinander schlafen, nur Mund und Hände benutzen. Wozu diese Regel gut sein sollte, wusste ich nicht recht, vielleicht brachte sie auch nur unser schlechtes Gewissen zum Schweigen. Später sollten wir dann von dieser Regel Abstand nehmen – mit komplizierten Folgen.

Anfang November begleitete ich Jinx zu einem Fest irgendwo in den nordwestlichen Vororten. Es war ein Samstagabend, und in dieser Nacht nahmen wir den letzten 42er in die Stadt, stiegen vor dem Schwedischen Theater aus und beschlossen, bei mir zu übernachten.

Jinx wusste, dass Cousin Christopher am gleichen Abend aus London gekommen war und mit dem Vorrecht des zukünftigen Erben im großen Schlafzimmer neben dem Arbeitszimmer von Lukas schlief, das ich auf Tante Marys Rat hin zu meinem gemacht hatte.

Als Jinx und ich in das schmale Bett krochen, waren wir betrunken und müde und wollten im Grunde nur pennen. Außerdem schliefen wir gerade nicht miteinander, denn Jinx hatte drei Wochen zuvor einen Rockmusiker aus Åbo kennen gelernt, sie hatte ein Wochenende in seiner Wohnung in einem Betonklotz in Ilpois verbracht und war daher der Auffassung, dass sie miteinander gingen.

Doch plötzlich begann sie, neben mir vorsichtig zu murmeln und schwerer zu atmen. Dann flüsterte sie mir Sachen in mein linkes Ohr, Sachen, die ich machen sollte. Und als ich ihren Anweisungen Folge leistete, wurde sie rasch sehr laut, sie stöhnte und rief, sie rief auf Schwedisch und Finnisch, sie rief sowohl sanfte Worte als auch ketzerische Worte, und das alles sah ihr ganz und gar nicht ähnlich, denn normalerweise war die Sprache ihrer Liebe eher still. Doch dann, kurz bevor sie erzitterte und ihre Bauchmuskeln sich im Krampf spannten, lächelte sie kurz, und mir wurde klar, dass dies eine Spezialvorstellung für Cousin Chrisse war.

Am Morgen nahm Jinx mein Badehandtuch, schlang es sich um die Taille und ging geradewegs in die Küche, wo Cousin Chrisse sich einen Tee kochte. Als der müde und käsige Chrisse erkannte, wer dort mit entblößten Brüsten in der Küche – in *seiner* Küche, wie er mir hinterher aufgebracht verdeutlichte – aufgetaucht war, machte er abrupt kehrt und ging in sein Zimmer, und in all den Jahren, die ich dort wohnte, übernachtete er nie wieder in der Främlingsgata.

Am folgenden Freitag reiste Jinx zu ihrem Musiker in Ilpois, und ich war auf eine Fete bei einem Klassenkameraden eingeladen, der in einer riesigen Wohnung in der Havsgata wohnte und zu den gleichen Zirkeln gehörte wie das Mädchen, das weite Röcke trug und lilafarbene Fingernägel hatte und Clarissa hieß.

Es waren Kreise, in denen man wie ein Bohemien lebte, jedoch ein Sicherheitsnetz in Form von Familiennamen besaß, die ein kräftiges, aber exklusives Aroma aus Villen und exquisit kalligraphierten Aktien und einer Mitgliedschaft in der Schwedischen Literaturgesellschaft und Ähnlichem verströmten, es waren Kreise, in denen selbst gediegene bürgerliche Familiennamen wie Muhrman einen vage plebejischen Klang bekamen; Jinx tauchte denn auch nie auf diesen Feten auf, sie war ein Bohemien von einem völlig anderen Schlag.

Zu fortgeschrittener Stunde stand ich auf dieser Fete an einem offenen Fenster und sah auf den Hafen und Ungsholmen und Stora Räntan hinaus. Die Meeresbrise war schwach und die Luft warm und feucht, und unten am Ufer standen die nackten und verzweigten Bäume in Regendunst gehüllt. Lachsforellenwetter, schoss es mir durch den Kopf, und ich weiß noch, dass ich dachte, Werner ist tagsüber sicher draußen bei den Südinseln gewesen.

Dann drehte ich mich um, und schräg hinter mir stand Clarissa.

»Und wovon träumst du?«, fragte sie.

Ich hatte meinen Hunger auf Hände und Blicke und Haut.

Ich hatte meinen großen Durst auf das Leben, und ich hatte früh gelernt, dass der Mensch oft und lange und weit laufen muss, damit das leichte Schweben sich einstellt.

All diese Dinge hatte ich, und es fand sich kein Sturm ein, um mich in die Knie zu zwingen.

Kurz vor Weihnachten dieses Jahres bat Jinx Muhrman mich, sie in ihrem Haus in der Indiagata in die obere Etage zu begleiten. Dort holte sie einen Schlüssel heraus und öffnete die Tür zu dem Raum, der am weitesten von der Treppe entfernt lag.

Es war ein ziemlich kleines Zimmer mit einem großen Fenster zum Hof. Jinx hatte die Teppiche zusammengerollt und die Möbel weggetragen. Mitten im Zimmer stand eine Staffelei, und neben der Staffelei befand sich ein kleiner Tisch mit Pinseln und Farbtuben und Spachteln und Ähnlichem, und entlang der Wände standen die Bilder, die sie gemalt hatte.

Mir war durchaus bewusst gewesen, dass sie malte. Ich hatte Farbflecken auf ihren Händen und Pullovern gesehen und ausgemusterte Pinsel in ihrem Haushaltsmüll entdeckt.

Auf Jinx' Bildern sah man deformierte, magere Gestalten

mit karikierten Gesichtern, es waren sowohl Männer als auch Frauen, und sie bewegten sich in einer düsteren Stadtlandschaft, in der die Häuser modern aussahen, jedoch gleichzeitig Ruinen waren.

Damals, als ich siebzehn war, blieb mir die Luft weg. Ich hatte keinen Filter, den ich zwischen Jinx' Bilder und mein Herz schieben konnte. Ihre Bilder trafen mich deshalb mit voller Wucht und machten mir Angst.

Heute, nachdem ich mir den schützenden Firnis zugelegt habe, den man Kultur nennt, erinnere ich mich an sie als inspiriert von Giacomettis Skulpturen, von Grosz' Karikaturen, von de Chiricos Spuklandschaften und Bacons gemarterten Wesen.

In der gleichen Nacht saß ich in ihrer Küche und schaute aus dem Fenster auf die Indiagata hinab. Es hatte angefangen zu schneien, große feuchte Flocken fielen. Jinx fragte, ob ich nicht ins Bett gehen wolle, aber ich blieb am Küchentisch sitzen und antwortete nicht. Ich sah in einem Zimmer nach dem anderen in der gewaltigen Mietskaserne am Tavastväg das Licht ausgehen. Und draußen im Schnee, an die Steintreppe zu einem Haus auf der anderen Straßenseite gelehnt, stand ein Kinderfahrrad, das blau und weiß war, genau wie mein eigenes erstes Fahrrad.

Jinx setzte sich mir gegenüber und sagte: »Ich hätte sie dir nicht zeigen sollen.«

»Wieso?«, fragte ich.

»Weil du jetzt wieder Angst vor mir bekommen hast.«

»Hab ich nicht«, erwiderte ich.

»Ich versuche nicht zu verbergen, dass ich seltsam bin«, sagte Jinx leise. »Du bist auch seltsam, Viki, du versuchst es möglichst zu verbergen, aber du bist verdammt noch mal ein genauso seltsamer Mensch wie ich.«

»Okay«, sagte ich gereizt, »von mir aus, wenn du dich dann besser fühlst.«

»Manche von uns lieben sie erst, wenn wir tot sind«, sagte Jinx gleichsam in den Raum hinein.

»Wie meinst du das?«, zischte ich (denn ich musste wütend und kurz angebunden sein, damit sie nicht sah, dass die Bilder mir tatsächlich Angst eingejagt hatten), »wer sind *sie*?«

»Die Spießbürger«, sagte Jinx, »die Krämer. Es gibt eine ganze verdammte Industrie, die um verstorbene seltsame Menschen kreist. Aber wir misfits, die leben ... uns verschmähen und fürchten sie.«

Ich nickte und ließ die Sache auf sich beruhen. Fasziniert saß ich da und betrachtete den wirbelnden Schnee im Lichtkegel der nächsten Straßenlaterne, und ich betrachtete das Haus gegenüber und die Steintreppe und das Kinderfahrrad, das sich in meiner Erinnerung in einen Fisch verwandelte.

»Nun komm schon ins Bett«, sagte Jinx wieder, »ich will nicht, dass du Angst vor mir hast.«

»Ich habe keine Angst vor dir«, sagte ich, »ich möchte nur noch ein wenig hier sitzen.«

Als sie gegangen war, schaltete ich die Küchenlampe aus. Ich wollte den Schnee fallen sehen. Ich wollte die Dunkelheit runder, weicher, heller werden sehen. Ich wollte sehen, wie das kleine Fahrrad langsam vom Schnee bedeckt wurden und die Straße langsam vom Schnee bedeckt wurde und die Gärten vom Schnee bedeckt wurden, sehen, wie Helsingfors und Råberga und die ganze Welt vom Schnee bedeckt wurden, während ich dort saß und mich erinnerte, wie früher immer die Musik erklang.

2

Zu Beginn meines zweiten Halbjahrs am Gymnasium Norsen kam es zu einem Todesfall im Lehrerkollegium der Schule: Der ältere Lektor in Schwedisch und Geschichte Hans Cerwin erlitt mitten im Unterricht eine Herzattacke und starb.

Sein Nachfolger war ein Lizentiat der Philosophie, der noch einige Jahre hatte, bis er vierzig wurde. Er war schlank und nur an den Schläfen ein wenig ergraut. Seine Haare waren im Nacken immer noch lang, und sein Name war Riggert Holm.

Riggert Holm und ich gingen uns, so gut es ging, aus dem Weg.

Das war nicht sonderlich schwer; ab Februar 1978 lernte ich als Privatist, was bedeutete, dass ich zum einen zu Prüfungen in die Schule ging, zum anderen, um den Lernstoff mit meinen jeweiligen Lehrern abzusprechen, und vor allem, um Clarissa zu treffen.

Das Gymnasium Norsen war eine Schule von ansehnlicher Größe, an dem zwei Lehrer in Schwedisch unterrichteten, sodass ich bei Riggert keine Aufsätze schreiben musste. Ich schrieb sie stattdessen bei Magister Alopaeus, der mich dafür tadelte, dass es mir schwer fiel, Wahrheit und Lüge auseinander zu halten, jedoch meinte, mein Sprachgebrauch sei gut, wenn auch über Gebühr nachlässig.

Ehe ich aufhörte, den Unterricht zu besuchen, saß ich in einigen von Riggerts Stunden, unter anderem in seiner allerersten

Stunde am Gymnasium Norsen. Als er sich vorgestellt und uns gebeten hatte, unsere Namen zu nennen, ließ er langsam den Blick von Schüler zu Schüler schweifen. Als er mich sah, zuckte er zusammen, und seine Augen begannen, unruhig zu flackern.

Ich weiß nicht, ob es an mir lag oder daran, dass es Winter war und kein Gewitter in der Luft lag, oder auch daran, dass Riggert älter geworden war und sein Feuer verloren hatte; jedenfalls gab es keine Wiederholung der Fenstervorstellung, über die ganz Råberga sprach, als ich ein Kind war.

Im Verlauf des Frühjahrs und während des Abiturherbstes fragte ich Clarissa manchmal, wie Riggert denn so als Lehrer sei. Ihre Antworten vermittelten mir den Eindruck, dass er nach wie vor versuchte, die Kluft zwischen Lehrling und Mentor zu überbrücken, seine Methoden mittlerweile jedoch weniger farbenprächtig waren.

Zu jener Zeit war es noch allgemein üblich, dass die Lehrer sich ihren Schülern gegenüber autoritär und kühl gaben. Es bedeutete deshalb eine große Rehabilitierung, als auch noch die arrogantesten Lehrer im letzten Schuljahr darauf verzichteten, die Nachnamen ihrer Schüler auf diese peitschenhiebartige, erniedrigende Weise zu verwenden. Sie schleuderten nicht länger ein »Skrake!« oder »Widing!« oder »von Bygelhöök!« heraus, sondern begannen stattdessen, ihre Schüler Wiktor und Clarissa und Henrik zu nennen. Das war befreiend, denn man fühlte sich plötzlich wie ein Mensch in ihrer Nähe.

Riggert Holm war kein arroganter Lehrer, er sprach seine Schüler immer mit ihrem Vornamen an. Mich nannte er vom ersten Tag an Wiktor, er sprach mich nie mit jenem *Viki* an, das er benutzt hatte, als er einige Jahre zuvor in unserem Wohnzimmer in Råberga versucht hatte, mich zur Vernunft zu bringen.

Riggert prüfte mich in Geschichte. Wir behandelten einander sachlich und zuvorkommend, doch hinter dieser Höflichkeit lag etwas Unausgesprochenes, ein gegenseitiges Belauern, so als ahnten wir, dass wir der entstandenen Situation nicht entkommen können würden, ohne an das Vergangene zu rühren.

Dann kamen ein neuer Winter und die Abiturfeier und die nachfolgende Nacht. An der traditionellen Stadtrundfahrt der Abiturienten auf der offenen Ladefläche eines Lastwagens nahm ich nicht teil, doch zu dem Fest mit Übernachtung in einem Konferenzhotel einige Kilometer von Helsingfors entfernt fuhr ich mit, vor allem, weil Clarissa es wollte.

Riggert Holm hatte seine Gitarre mitgenommen und trank ziemlich tapfer. Zu später Stunde saßen Clarissa und ich in dem engen Kreis aus Refrainsängern in Riggerts Zimmer. Wir sangen »Proud Mary« und »Tom Dooley«, und während Riggert spielte und sang, sah er mit glänzenden Augen Clarissa an.

Er war nicht der Einzige, der in dieser Nacht viel trank, und gegen drei musste ich Clarissa in dem Zimmer zu Bett bringen, das uns gemeinsam zur Verfügung stand.

Als ich etwas später wieder zu der Sangesgemeinde stieß, warf Riggert mir einen langen Blick zu, als ich die Tür öffnete. Damals verschlang ich Gedichtsammlungen und übersetzte alles, was ich sah, in Metaphern, und Riggerts Blick ließ mich an die Worte in Björlings Gedicht über Charlie Chaplin denken: *niemandes Augen, die große Trauer*.

Erst da begriff ich, dass er in Clarissa verliebt war.

Die anderen trollten sich allmählich einer nach dem anderen. Der Gesang verstummte.

Bald war nur noch eine Hand voll Menschen in dem Zimmer, sie saßen in Zweiergruppen zusammen und führten leise lallende Gespräche.

Dann verschwanden auch sie. Doch ich blieb in Riggert Holms Zimmer, ich weiß nicht, warum.

Ich war wohl auch ziemlich betrunken.

Riggert Holm saß noch auf seinem Stuhl, hatte die Gitarre jedoch aufs Bett gelegt. Er schwankte ein wenig im Sitzen und sah mich mit seinen glänzenden Augen an. Ich weiß noch, dass ich anfangs dachte, er sehe lächerlich aus, denn die grauen Haarsträhnen an den Schläfen waren im Laufe des vergangenen Jahres zahlreicher geworden, aber gleichzeitig hatte er einen großen roten Pickel am Kinn, so als hätte sich sein Körper nicht entscheiden können, ob er in die mittleren Jahre oder in die Pubertät unterwegs war.

»Möchtest du noch einen Schlummertrunk?«, fragte er dann. »Es ist noch Wodka und Ginger Ale da… oder Ruska, falls du das vorziehen solltest.«

»Nein, danke«, antwortete ich knapp, »ich habe genug.«

Riggert stand auf schweren Beinen von seinem Stuhl auf, ging zum Fenster und stand da und schaute in die schwarze Winternacht hinaus. Eine Minute lang, vielleicht auch zwei, wandte er mir den Rücken zu, und als er sich umdrehte, hatte sein Blick fast seine normale Schärfe zurückgewonnen.

»Ich habe gedacht…«, begann er, verlor jedoch den Faden und setzte noch einmal neu an: »Ich habe lange gedacht, dass du und ich reden sollten. Aber ich weiß nicht, wo ich…«

Er verstummte und wirkte verlegen.

»… anfangen soll?«, schlug ich vor.

»Ja genau, wo ich anfangen soll«, sagte Riggert. »Weißt du zum Beispiel, dass ich… deinem Vater begegnet bin, als ich einige Jahre jünger war, als du es jetzt bist? Sein Onkel, Magister Koskelo, war mein Lehrer. Dein Vater versuchte damals, Popcorn zu importieren, und Magister Koskelo ließ ihn seine Ware in unserer Schule demonstrieren. Aber das klappte nicht so…«

»Ich weiß«, unterbrach ich ihn. »Leo hat mir die Geschichte erzählt.«

»Dann lebt er noch?«

»Ja, er lebt«, sagte ich. »Aber seine Frau ist letztes Jahr gestorben.«

Riggert sah mich nachdenklich an.

»Wenn er diese Geschichte erzählt hat, dann hat er vielleicht auch erwähnt, dass er es war, der mich dazu brachte, Lehrer werden zu wollen«, sagte er dann.

»Nein, das hat er nicht erzählt«, sagte ich erstaunt.

»Er war lange Jahre mein Klassenlehrer«, erklärte Riggert. »Er war es, der mich lehrte, dass die Seele in einem Zimmer mit offenen Fenstern wohnen will.«

»Man hat ihn gefeuert«, sagte ich.

»Ja«, sagte Riggert, »man hat ihn gefeuert. Das war, nachdem ich mein Abitur gemacht hatte.«

»Er hat danach nie mehr eine Stelle als Lehrer bekommen«, sagte ich.

»Er war schon fast sechzig«, erwiderte Riggert. »Und die Welt ist nun einmal so, Viki. Sie weiß deinen Eigensinn erst dann zu schätzen, wenn du sehr berühmt oder sehr reich bist.«

»Ich möchte nicht, dass du mich Viki nennst«, sagte ich.

»Du bist immer noch wütend auf mich«, meinte Riggert und begegnete ruhig meinem Blick. »Und das ist dein gutes Recht. Aber es gibt da ein paar Dinge, die ich dir sagen möchte ... wenn ich darf?«

»Du darfst alles sagen, was du willst, das dürfen alte Leute doch immer«, rutschte es mir heraus. Ich spürte, dass mich ein Gefühl von Macht und Furcht zugleich durchzuckte, es war das gleiche Zucken, das ich anderthalb Jahre zuvor empfunden hatte, als Werner fischen gehen wollte, ich ihm jedoch den Rücken zukehrte und ihn abwimmelte.

Riggert sah mich müde an. Dann sagte er:

»Ich bin achtunddreißig Jahre alt. Findest du, damit ist man alt?«

»Vielleicht nicht«, murmelte ich.

»Findest du, dass ich ein Clown bin, Wiktor?«, fragte er plötzlich. »Ein lächerlicher Clown?«

In meinem Kopf machte es Klick. Diese Björlingzeilen tauchten wieder auf und begannen in meinem Kopf zu leiern wie eine Platte, die hängt. Ich erkannte, dass es mir schwer fiel, Riggert nicht zu mögen, und diese Entdeckung ärgerte mich.

Riggert sagte:

»Du glaubst vielleicht, dass du lernen musst, grausam zu sein. Du denkst vielleicht, wenn wir Männer es nicht schaffen, grausam zu sein, sind wir nur traurige Clowns.«

Ich wusste nicht, was ich erwidern sollte, und sagte deshalb nichts.

»Was wolltest du mir sagen?«, fragte ich dann.

Riggert sah zu Boden, dann blickte er wieder auf und antwortete: »Das, was zwischen deiner Mut… zwischen Vera und mir gewesen ist, hörte auf, als dein Vater krank wurde. An dem Abend, als Vera mich anrief und ich rauskam und versuchte, mit dir zu reden, hatten sie und ich uns fast fünf Jahre lang nicht mehr gesehen. Wir hatten nur ein paar Mal telefoniert und uns Weihnachtsgrüße und ein paar Briefe geschickt.«

Ich sah ihn an, sagte jedoch nichts.

»Glaubst du mir nicht?«, fragte Riggert.

»Who cares?«, sagte ich.

»You do«, erwiderte Riggert kurz. »Ich möchte dir nur verdeutlichen, ich hatte nichts damit zu tun, dass Vera in die Stadt zog.«

»Ich dachte, ihr würdet zusammenziehen«, sagte ich.

»Wir hatten nichts mehr miteinander zu tun«, sagte Riggert. »Dein Vater machte den Vorschlag, dass sie umziehen sollte.«

»Du lügst!«, zischte ich.

»Warum sollte ich dich anlügen?«, fragte er.

Plötzlich fiel mir ein, was die neunjährige Janina Muhrman über Riggert gesagt hatte, als er gerade nach Råberga gekommen war.

»Weil du bluffst und ein verdammter Idiot bist«, antwortete ich bitter. »Warum zum Teufel sollte er sie bitten, auszuziehen? Er liebte sie doch!«

»Um diese Dinge zu verstehen, bist du noch zu jung«, sagte Riggert. »Ich *weiß*, dass er sie liebte. Aber ich glaube, er erkannte, dass er für sie zu einer Bürde geworden war. Ich denke, er glaubte, die Musik würde wieder in ihr erwachen, wenn sie ihn nur verließe.«

»Nichts als Vermutungen!«, sagte ich höhnisch.

Er sah mich an, und jetzt lag bereits Wut in seinem Blick.

»Du bist doch mit Clarissa zusammen, nicht wahr?«, sagte er dann mühsam beherrscht.

»Das weißt du doch ganz genau«, sagte ich.

»Sie ist sehr schön«, stellte Riggert sachlich fest.

»Das ist sie«, sagte ich.

»Hast du schon mal Probleme mit Pickeln gehabt?«, fragte er. »Ich meine ernsthafte Probleme, sodass dein ganzes Gesicht voller Mitesser war.«

»Das ist wohl schon vorgekommen«, gab ich widerstrebend zu, »wieso?«

»Dann stell dir vor, es ist Morgen«, sagte Riggert. »Stell dir vor, du stehst vor dem Badezimmerspiegel und hast soeben entdeckt, dass dein Gesicht voller Pickel ist. Und stell dir weiter vor, dass Clarissa in diesem Moment anruft und sagt, dass sie sich nach dir sehnt und auf der Stelle mit dir schlafen will. Was ist dein erster Gedanke?«

»Warum ausgerechnet jetzt?«, rutschte es mir heraus, ehe ich den Hinterhalt bemerkte und es mir anders überlegen konnte.

»Und warum reagierst du so?«, fuhr Riggert unbarmherzig fort.

»Weil ich nicht will, dass sie mich… so sieht, wie ich gerade aussehe«, sagte ich widerwillig.

»Gut«, sagte Riggert. »Jetzt stell dir vor, wie es ist, älter zu werden. Stell dir eine Welt vor, in der alle Probleme dutzendfach, hundertfach, tausendfach schlimmer sind als ein paar Pickel im Gesicht.«

Ich schwieg. Ich bewegte mich auf dünnem Eis, und zwar nicht nur, weil mir keine Gegenargumente einfielen.

Ich saß unter vier Augen mit einem Mann zusammen, von dem ich mir eingeredet hatte, ich würde ihn hassen. Ich betrachtete ihn und erkannte, wie verbraucht er im Vergleich zu mir aussah. Ich spürte, dass es mir gut tun würde, ihn hassen zu dürfen. Aber ich hasste ihn nicht, und plötzlich erschienen mir die alten Råbergaerinnerungen weit weg und gleichgültig.

Wir sagten nichts mehr. Als ich ging, streckte ich die rechte Hand aus, und dann gaben wir uns die Hand, und ich sagte: »Gute Nacht«, und Riggert Holm sagte:

»Gute Nacht, Viki. Und weiterhin viel Glück.«

Am nächsten Vormittag, nachdem der Bus uns in die Stadt zurückgebracht hatte und Clarissa und ich die Straßenbahn vom Glaspalast zur Katholischen Kirche genommen und uns an der Ecke zur Fabriksgata getrennt hatten, betrat ich die Wohnung in der Främlingsgata.

Ich hatte die Absicht, lange und gut zu schlafen, doch bevor ich mich hinlegte, leerte ich die Umhängetasche, die ich dabei gehabt hatte.

In meiner Tasche fand ich eine Fotografie.

Sie war schwarzweiß und gerahmt, der Rahmen war schlicht, aber schön. Das Licht, das auf der Fotografie lag, vermittelte ein Gefühl von Abend. Der nackte und struppige Baum – ich wusste, dass es eine Eberesche war – im Hintergrund verriet, dass es entweder Spätherbst oder Anfang des Frühjahrs sein musste.

Vera trug einen dunklen Mantel mit Pelzkragen. Sie war sehr schön. Ihre Füße steckten in einem Paar heller Schuhe mit ziemlich hohen Absätzen.

Ich stand neben ihr und hielt ihre Hand, ich trug eine hässliche und ziemlich lange Jacke, und auf dem Kopf saß eine Zipfelmütze mit Puschel.

Vera sah mit ernster Miene direkt in die Kamera, aber ich schaute über die Schulter nach hinten, so als wartete ich auf etwas.

* * *

Onkel Leo starb Mitte April, er sah mich nie mit Abiturmütze.

Riggert Holm kam nicht zur Beerdigung, schickte jedoch eine Beileidskarte. Er sandte sie nicht an Werner, sondern an mich.

Bei der Beerdigung wurde der Sarg von Werner und mir und einigen ehemaligen Lehrerkollegen getragen und von Leos und Sirus Pflegesohn, den ich nie zuvor gesehen hatte.

Zu meinem Erstaunen erkannte ich in dem Pflegesohn einen jüngeren linken Politiker des gemäßigteren Flügels, einen Mann, den ich hier P. nennen möchte, ohne näher darauf einzugehen, ob der Buchstabe für seinen Vor- oder Nachnamen steht. Und ich erinnere mich, dass mir eine Frage durch den Kopf schoss, als P. bei der Sargniederlegung vor mir stand: Warum haben wir ihn niemals treffen dürfen?

Und mit »wir« meinte ich uns Skrakes, ich meinte Werner und mich.

Als wir den Sarg abfierten, dachte ich an Onkel Leo und an all die Schriftsteller und Universitätsprofessoren und Zeitungsredakteure, die er so sehr bewundert hatte. Und ich fragte mich, ob Leo jemals zu denken gewagt hatte, dass er mehr Bücher als sie gelesen hatte, dass er über ein umfassenderes Wissen als sie verfügte, dass seine Liebe zum Wort und zum Gedanken wahrscheinlich passionierter war als die ihre.

Aber es lässt sich andererseits nicht leugnen: auch verwirrter, gebrochener.

Ich dachte an eine Nacht im letzten Sommer, in der Onkel Leo mir die Geschichte vom jungen Oskar Johannes erzählt und ich ihn nachher gefragt hatte: »Leo, was tut man, wenn man ein Mensch ist, der die Gabe der Erzählungen hat, jedoch nicht in der Lage ist, sie aufzuzeichnen oder weiterzugeben? Wird man dann von innen gesprengt?«

Und Leo hatte geantwortet: »Erzählen ist nicht alles. Es gibt andere Wege, sich auszudrücken.«

Woraufhin ich: »Und welche Wege sind das?«

Woraufhin Leo: »Man kann zum Beispiel lieben, falls einem dies vergönnt sein sollte.«

* * *

Nach der Beerdigung begleitete ich meinen Vater nach Råberga.

Den Anglia hatte er inzwischen gegen einen Opel Kadett Baujahr 1974 eingetauscht, und ich schloss daraus, dass die Lage unter Kontrolle war.

Wir tranken an dem Abend ein paar Bier, und ohne Riggert als Quelle zu nennen, versuchte ich Werner zu entlocken, ob er Vera tatsächlich gebeten hatte, auszuziehen, weil er seine Demütigung nicht mit ihr teilen wollte.

Werner schwieg lange und sagte dann leise, dass der Mensch die tieferen Beweggründe seiner Handlungen nicht kenne. Als ich meine Frage wiederholte, wechselte er das Thema, und danach sprachen wir nicht weiter darüber.

Am nächsten Morgen suchten wir meine Rute und meine Rolle heraus, fuhren hinaus und angelten ein paar Stunden bei Tistelskär, Ytterharun und Hästkobben. Der Himmel war halb klar, eine warme Brise kam aus Südwest, es war Flut, und die Ufer rochen würzig nach Tang, die Bedingungen waren perfekt.

Aber wir fingen keinen Fisch.

3

Ich kann die maßlose Begierde nach Revanche nicht bestreiten, die ich lange schürte und deren Ziel die Stadt Helsingfors war.

Das Gefühl entstammte meinem tiefsten Inneren, verwandelte sich jedoch nie in Gedanken, denn mir mangelte es an der Fähigkeit, mir selbst gegenüber offen zu sein. Aber ich kochte innerlich, und vor meinem inneren Auge sah ich die Hauptstadt als Heimstatt des Hinterhalts und der subtilen Demütigungen und der falschen Vorspiegelungen auf Erden.

Als ich als 21-jähriger Student eine Stelle bei *Hufvudstadsbladet* bekam, war ich wie ein Lenkflugkörper, der auf ein bestimmtes Ziel abgefeuert worden war.

Ich holte Werners Mappe aus dem Zeitungsarchiv und geißelte mich damit, die Artikel aus dem Sommer 1952 zu lesen. Ich lernte sogar einzelne Sätze auswendig, in denen der herablassende Tonfall unüberhörbar war, in denen offen zu Tage trat, dass man sich über meinen Vater lustig machte.

Ich arbeitete unglaublich hart. Ich schwor mir, mit vierzig Besitzer der Zeitung zu sein oder zumindest ihr Chefredakteur. Ich galt als kompetent, aber völlig unfähig, mit anderen zusammenzuarbeiten.

Großmutter Maggie sah oder ahnte, dass ich mit einer ganzen Stadt und ihren Institutionen und Menschen im Streit lag. Ich war nach wie vor ein treuer Gast in ihrem Haus, ich traf sie öfter als Vera und Werner, und einmal erzählte sie mir eine alte Geschichte:

Es muss, sagte Maggie, im Jahre 1909 oder vielleicht auch 1910 gewesen sein.

Das Zarenreich, das 1905 durch den Generalstreik und den Revolutionsversuch in seinen Grundfesten erschüttert worden war, hatte neues Selbstvertrauen geschöpft und im Großfürstentum Finnland die Zügel angezogen; der Russifizierungsprozess hatte von Neuem begonnen.

Maggies Vater, der Architekt Ernst Johan, hatte in seiner Jugend mit Eugen Schauman im Opris und im Gropen zusammengesessen und stand bei der Obrigkeit nicht sonderlich hoch im Kurs. Außerdem arbeitete Ernst Johan mit Georg Schauman und einer Hand voll anderer Liberaler zusammen, um eine Aussöhnung zwischen Schweden und Finnen zu erreichen.

Ernst Johan wurde, sagte Maggie, zu jener Zeit von praktisch allen angefeindet und in den Dreck gezogen. Einer seiner Brüder legte sogar seinen Familiennamen ab und nannte sich fortan Katajisto, und Ernst Johan und der Bruder sprachen fortan nie mehr miteinander, obwohl beide noch mehr als zwanzig Jahre leben sollten.

Es waren, meinte Maggie zusammenfassend, schwere Jahre, und Ernst Johan und seine Frau Julia Marisa waren erschöpft und hatten Angst.

Dann stand Weihnachten vor der Tür.

Familie Enerot, bestehend aus den Eltern und der ältesten Tochter Helena Elisabet und den Söhnen Carl Wilhelm und Robert Julius, dem Nesthäkchen Maggie und den Bediensteten, wohnte in der Västra Henriksgata.

Ernst Johan und Julia Marisa luden ihre Freunde am ersten Weihnachtstag traditionell zu sich nach Hause ein, und zwar immer die gleichen Menschen, den alten Doktor Widing und den stellvertretenden Amtsrichter Palm und ein paar mehr, und dann musizierten sie gemeinsam, Julia Marisa spielte Klavier, und Ernst Johan und seine Freunde versuchten sich an einem Quartettsatz, den sie inmitten der hektischen Weihnachtsvorbereitungen geprobt hatten.

In besagtem Jahr zog sich das Weihnachtsessen in die Länge. sodass erst spät musiziert wurde. Aber Maggie weigerte sich, ins Bett zu gehen. Sie wollte die Musik hören, sie quengelte und quengelte und durfte schließlich aufbleiben.

Dann saß sie da und schaute aus dem Fenster, sie saß mit angezogenen Knien im Fenstersturz und schaute auf die Henriksesplanade hinaus, während Ernst Johan und seine Freunde spielten.

Es war sehr kalt, aber es lag recht wenig Schnee, die Erde und die Bäume waren von einer dünnen Schicht Raureif bedeckt, und wo die Gaslaternen die nähere Umgebung erleuchteten, schimmerte und glitzerte der Frost auch auf den Häuserwänden.

Und ausgerechnet an diesem Weihnachtsfest, sagte Maggie, spielten Ernst Johan und die anderen so wunderschön, sie spielten ein spätes Quartett von Dvořák, einen langsamen Satz, düster und sensibel und unverkennbar slawisch.

Und seltsamerweise war während der vielleicht zehn Minuten, die sie spielten, da draußen kein Mensch zu sehen. Kein Istwostjik stand bei Skillnaden Wache, kein abendlicher Flaneur ließ sich sehen, niemand ging mit dem Hund spazieren.

Nichts.

Nur die Straßenlaternen und die Häuser und die Bäume und der Raureif, der so glitzerte, dass es Maggie die Kehle zuschnürte: Es schien einem, als säße man da und blickte auf eine Märchenstadt, eine Stadt, die in der ganzen Welt liegen konnte, eine Stadt, deren Name Petersburg oder Samarkand oder Paris oder Prag hätte sein können. Und dann diese Musik, der es glückte, immer tiefer und tiefer in sie einzudringen, sodass sie plötzlich fühlte, wie sehr sie doch all die Menschen liebte, die sich in diesem Moment in der Wohnung aufhielten… und mehr als das, sie fühlte, dass sie durch die Musik auch mit den Menschen in all den anderen Märchenstädten verbunden war, mit den Menschen in Samarkand und Paris und Prag, ja sogar den Menschen in Petersburg fühlte sie sich verbunden, obwohl sie und ihre Geschwister in schwedische Schulen gingen und ihr ältester Bruder Calle sich dauernd mit den russischen Gymnasiasten prügelte, die in die Nachbarschule gingen. Und während Maggie dort im Fenstersturz saß, hörte sie, dass die Musik sich dem Ende zuneigte, das Cello spielte einige tiefe, langsame Töne, Doktor Widings ältester Sohn spielte sie, er hatte an diesem Weihnachtsfest die Cellostimme von seinem Vater übernommen, die dunklen Töne wurden wiederholt, immer langsamer, immer lang gezogener, dann verklang der darunter liegende Violinakkord, und auch das Cello verstummte. Als Maggie sich umwandte, sah sie, dass Ernst Johan weinte, sie sah die Tränen auf die rotlackierte Fläche der Geige tropfen. Und sie sah, dass Julia Marisa weinte und der alte Doktor Widing, der in einem Stuhl vor dem offenen Kamin saß… es war, sagte Maggie, ein wenig Furcht einflößend, aber auch eigentümlich schön, und ihr Gefühl, mit allen Menschen in der ganzen Welt verbunden zu sein, hielt sich weiter, als sie zu Bett ging, und auch noch am folgenden Morgen, als sie aufwachte und vor dem Fenster des Kinderzimmers große Schneeflocken herabschweben sah.

In Maggies Augen vereinte Musik die Menschen mehr, als Krieg und Konkurrenz sie trennten.

Bestimmt wollte sie, dass ich wieder den Weg zu Dingen einschlug, die mich innerlich befreiten. Ob es nun zur Musik oder zum Laufen oder zum Fischen mit Werner bei den Südinseln war, spielte dabei wohl keine Rolle.

Doch ich war einfach nicht in der Lage, auf sie zu hören. Ich vermochte mich nicht zu befreien, ich ging Clarissa Widings Zirkel und Jinx Muhrmans Zirkel in die Falle, ich lernte die Frauen und Männer kennen, die in den nachfolgenden Jahrzehnten Zeitungen herausgeben und Unternehmen gründen und Werbekampagnen gestalten und Bücher und Theaterstücke schreiben sollten, ich wurde nie ihr Freund, aber ich schwamm in ihrem Strom, und ich tat es lange.

Manchmal dachte ich an Oskar Johannes Skrake.

Er war ein Mann, der hielt, was er versprach; mit der Zeit wurde er Baumeister, und ein erfolgreicher noch dazu.

Im Auftrag Ernst Enerots und anderer baute er schöne Jugendstilhäuser und protzige Villen in der Stadt Helsingfors. Aber er begnügte sich damit, auf Rechnung anderer zu arbeiten, er erwarb niemals Bauland, um auf eigenes Risiko zu bauen.

Im reiferen Alter heiratete er und bekam vier Kinder, drei Söhne und eine Tochter.

Er wurde ein Patriarch, doch richtig heimisch wurde er nie in Helsingfors. Unmittelbar nach dem Bürgerkrieg nahm er Frau und Kinder und Vermögen und zog in die Tabakstadt zurück, und dort leben seine Nachfahren noch heute.

Ich pflegte zu denken: Wenn Oskar Johannes hier geblieben wäre, wenn es in Helsingfors von seinen Nachfahren nur so gewimmelt hätte, von meinen Cousins zweiten Grades und anderen entfernten Verwandten. Wenn der Name Skrake in dieser Stadt tief verankert gewesen wäre, wenn er nicht mit den verblassenden Erinnerungen der ältesten Generationen an meinen Großvater Bruno und seine glänzenden Geschäfte und schillernden Konkurse verknüpft gewesen wäre, wenn er nicht mit den ebenso verblassenden Erinnerungen an Onkel Leos umstrittene Lehrtätigkeit verknüpft, und vor allem: wenn er nicht so eng mit Werner und seinen ebenso unglücklichen wie unfreiwilligen Taten verknüpft gewesen wäre.

Wäre dann alles anders gewesen?

Wäre *ich* dann ein anderer gewesen?

Aber es kam, wie es kam.

Es kam so, dass ausgerechnet der Familienzweig des Heißsporns und Spielers Bruno hier im Süden blieb.

Und ich, der Sohn des Hammerwerfers, sah mich gezwungen, eine Stadt zurückzuerobern, die von Anfang an die meine hätte sein sollen.

Es spielt keine Rolle.

Es ist ja doch alles nur geliehen.

* * *

Damals, vor mehr als zwanzig Jahren, war nichts geliehen.

In meinem Hunger und meinem Durst wollte ich, dass alles mir gehörte, mir allein.

Und nie war meine Begierde so offensichtlich wie in meiner Beziehung zu Clarissa Widing.

Clarissas Vater hieß Stig-Olof und leitete das Familienunternehmen Widing, Palm & Löfgren, das Stoffe und Lebensmittel importierte. Stig-Olof Widing war ein gehetzter Mann, und obwohl Clarissa und ich viele Jahre ein Paar waren, begegnete ich ihm nur äußerst selten.

Er hatte jedoch eine ganz eigene Art, einfach durch mich hindurch zu sehen, wenn er mich in ihrer Wohnung an der Parkgata begrüßte.

Clarissas Mutter hieß Katarina. Sie war eine geborene Lewenskiöld-Brautel und somit im Prinzip eine Mésalliance eingegangen, als sie Stig-Olof Widing heiratete.

Sie war eine große und kräftig gebaute Frau mit blonden Haaren und leicht vorquellenden Augen.

Ich nannte Clarissas Mutter immer »Frau Widing«, doch das nutzte mir nichts. Anfangs beschränkte sie sich darauf, mir kühl und distanziert zu begegnen. Sie bekämpfte mich niemals offen, dennoch wurde es mit der Zeit unübersehbar, dass sie sich nichts sehnlicher wünschte als das Ende meiner Beziehung zu Clarissa.

Ihre ablehnende Haltung wurde schließlich so offensichtlich, dass ich Clarissa fragte: »Was hat deine Mutter eigentlich gegen mich?«

Clarissa wurde sehr verlegen. Sie streckte ihre apart geformte Hand aus und strich mir nervös und flatterig über den Unterarm. Dann sagte sie:

»Mama sagt, dass dein Großvater meinen ruiniert hat.«

»Dass mein Großvater deinen Großvater ruiniert hat?«, sagte ich. »Wann denn, wenn ich fragen darf? Und wie?«

»Ich weiß nicht genau«, meinte Clarissa unglücklich. »Für diese Dinge habe ich mich noch nie sonderlich interessiert.«

»Du meinst für Geld?«, sagte ich bissig. »Nur wer zu viel davon hat, kann es sich leisten, so etwas zu sagen.«

»Schnauz mich gefälligst nicht so an!«, fauchte Clarissa.

Ich unterdrückte meine Wut.

»Kannst du nicht wenigstens versuchen, dich zu erinnern, was sie gesagt hat?«, setzte ich anschließend nochmals an.

»Worüber? Über meinen Großvater und deinen?«

»Ja.«

»Ich glaube, sie hat gesagt, dass sie … dass sie eine gemeinsame Firma hatten und dann in Konkurs gegangen sind«, begann Clarissa zögernd. »Sie waren damals beide noch ziemlich jung … es war irgendwann in den Zwanzigerjahren, glaube ich. Dein Großvater fand ein Schlupfloch und konnte sich aus der Affäre ziehen, während mein Großvater auf den ganzen Schulden sitzen blieb. So ungefähr.«

»Aber mein Großvater ist doch längst tot!«, sagte ich. »Genau wie deiner. Sie kann uns doch nicht wegen etwas, was mein Großvater getan hat, daran hindern, zusammen zu sein … das ist doch grotesk!«

Clarissa sah mich eigenartig an, sagte jedoch nichts.

»Was?«, fragte ich. »Gibt es noch etwas? Gibt es noch was, wofür ich verantwortlich gemacht werde?«

Clarissa sah wenn möglich noch unglücklicher aus als zuvor. Dann meinte sie:

»Mama sagt, dein Vater ist ein Verrückter.«

»So, so«, sagte ich. »Und was noch?«

»Sie sagt, dass du die Art von Mann bist, die von einer Blume zur nächsten fliegt wie ein Schmetterling. Sie sagt, sie erkennt den Typ Mann auf hundert Meter Entfernung.«

»Aber das ist doch völliger Blödsinn«, sagte ich. »Ich liebe dich! Und mein Vater ist kein Verrückter. Er hat ein bisschen Pech gehabt, das ist alles.«

Ich hätte Katarina Widings Maulwurftätigkeit ernster nehmen sollen, aber ich tat es nicht. Ich war noch sehr jung und glaubte, Clarissa und ich würden Frau Widings Attacken widerstehen.

Ich erinnere mich an einen vollendeten Augenblick im zweiten Jahr unserer Beziehung.

Familie Widings Sommerresidenz, Katarineholm, war eine Insel in den äußersten Schären, einige Zehnkilometer westlich von Helsingfors. Stig-Olof Widing hatte die kleine Insel in den Sechzigerjahren für einen Spottpreis erstanden. Anschließend hatte er die Gemeindeverwaltung und die Seefahrtsbehörden bearbeitet und dazu überredet, die Insel nach seiner Frau umzubenennen; ehe Katarineholm auf den Seekarten zu Katarineholm wurde, hieß die Insel Murklan. Heute, da die Finnischsprachigen das Meer ihr eigen nennen wollen, heißt sie Katansaari.

Während unseres zweiten gemeinsamen Jahrs verbrachten Clarissa und ich Anfang Juni eine Woche auf Katarineholm. Ein Fischer von der Nachbarinsel Bässön brachte uns in seinem Kutter hin. Wir hatten Proviant für mehr als eine Woche und Rotwein, und darüber hinaus legten wir Netze aus und fingen Felchen und Flundern und sogar eine winzigkleine Lachsforelle.

Eine Hitzewelle zog heran, und wir liefen ohne einen Faden am Leib auf der Insel herum.

Ich hatte nicht gewusst, dass man sich so oft lieben kann und so träge, jedoch gleichzeitig so heißblütig, als wäre jeder einzelne Nerv im Körper aktiviert worden, als kämen wir der Vollendung immer näher, je öfter wir es taten, sodass wir schließlich wie im

Schüttelfrost zitterten, wenn die Verzückung nahte und durch unsere Körper schoss.

Als ich viele Jahre später in *The Scientific Journal* las, dass Ratten in Laborexperimenten so lange auf einen Knopf drücken, der ihnen einen Orgasmus beschert, bis sie sterben, musste ich augenblicklich an diese Woche auf Katarineholm denken.

Am letzten Morgen dort draußen erwachte ich beim Duft von frisch gebratenem Speck und geröstetem Brot und frisch aufgebrühtem Kaffee. Ein schmaler Sonnenstreifen bahnte sich einen Weg durch das Fenster und traf die Holzwand. Das Radio in der Küche lief, und jemand sang die Worte: *When you smile, I can see, you were born, born for me.*

Als Clarissa das kleine Schlafzimmer betrat, trug sie nur ein großes weißes Hemd. Ihre Augen waren dunkelblau wie das Meer draußen, ihre Beine sonnengebräunt. Ihre Brustwarzen zeichneten sich wie zwei dunkle Knöpfe unter dem dünnen Stoff ab. Als sie sich auf mich legte, wurden ihre Lippen zu meinen und meine zu ihren, wurden ihre Lenden meine und meine ihre, wurde sie ich und ich sie.

Zu der Zeit hatte ich das Kamasutra noch nicht gelesen, in dem der Mann davor gewarnt wird, eine Verbindung mit einer Frau aus einer höheren Kaste auch nur in Erwägung zu ziehen.

Aber ich erinnere mich an den Tag, an dem Clarissa mich verließ, mich verließ, obwohl unsere Beziehung noch eine ganze Zeit weiterging und obwohl mein Glied mit der Halsstarrigkeit eines Esels fortfuhr, mein Begehren zu bezeugen.

Tante Mary und ihr Mann Lukas kehrten nach Finnland zurück, und ich musste umziehen.

Fünf Jahre hatte ich in einer Wohnung in unmittelbarer Nähe des Brunnsparks gelebt, eines vornehmen Viertels, in einer Wohnung, an der von Herring an der Tür stand; ich kam nie auf die Idee, einen Zettel mit meinem eigenen Namen anzubringen. Nun zog ich in eine Einzimmerwohnung in der siebten Etage eines Hauses bei Tullbommen, an der Tür stand Skrake, und tief unter mir rauschte der rastlose Berufsverkehr auf dem Mannerheimväg vorbei.

Auch diesmal zog ich im Spätsommer um. Ich holte mein altes Bett aus Råberga und nahm für meine zahlreichen Platten und Bücher außerdem noch die braunen Plastikregale aus dem Kinderzimmer mit, ich kaufte große weiße Reislampenschirme für die nackten Glühbirnen im Flur und meinem einzigen Zimmer, es war eine Niederlage von historischen Ausmaßen.

An einem verregneten Nachmittag im September lag Clarissa Widing in meinem Bett. Sie war eine große Frau und konnte sich in diesem Bett kaum ausstrecken. Sie war nackt. Ich ging zum Fenster und ließ die Jalousie herab, obwohl wir so hoch waren, dass nur der Himmel uns sah.

Als wir uns liebten, lag sie auf dem Rücken und blieb ganz still. Normalerweise schliefen wir nicht so miteinander, doch diesmal taten wir es. Das Zimmer lag im Halbdunkel. Clarissa blieb stumm, außer als sie mir ins Ohr flüsterte, ich solle nicht vergessen, dass sie die Pille abgesetzt hatte.

Ich erinnere mich noch gut an den Moment, in dem ich aufhörte, mich über ihr zu bewegen, und mein Samen auf ihren Bauch geschleudert wurde. Ihre Augen standen weit offen, und ich sah, dass sie die abblätternde Farbe an der Decke und die abgewetzte grüne Couch, die Onkel Leo gehört hatte, und die Reislampe und das Plattenregal aus Plastik betrachtete. Es war der Augenblick, in dem ihr klar wurde, dass Armut ein real existierendes Risiko war, wenn sie mich heiratete und sich dadurch mit ihren Eltern überwarf. Und ich sah die Pein in ihren Augen, denn sie wollte nicht so denken, sie war kein schlechter Mensch, sie war nur eine Gefangene ihrer Verhältnisse genau wie ich.

Was mich anbelangt, erinnere ich mich nur, wie unglaublich dumm ich mir vorkam.

Clarissas Schweigen, das Nachmittagszwielicht im Zimmer, die helle Samenflüssigkeit auf ihrem noch sonnengebräunten

Bauch; ich sollte später maßlos werden, was Frauen betraf, aber über das Bild dieses Nachmittags von der Einfalt der Geilheit bin ich niemals hinweggekommen, ich stehe letztlich immer ein wenig neben mir.

4

Während der ganzen Zeit, die ich mit Clarissa zusammen war, fuhr ich fort, heimlich Jinx Muhrman zu treffen und manchmal auch bei ihr zu schlafen.

Als meine Verlobung mit Clarissa gelöst wurde und sie aus meinem Leben verschwand, zeigte sich langsam, aber sicher, dass auch ich gegen Maßlosigkeit nicht immun war und es in meinem Fall die Frauen waren, die sie zum Leben erweckten, so wie Großvater Brunos Maßlosigkeit vom Leben und die Onkel Leos von den Büchern und die Werners von der 60-Meter-Marke und den Silberfischen geweckt worden war.

Doch auch in dieser Zeit war Jinx immer da. Die anderen Frauen kamen und gingen, sie aber blieb.

Unsere goldene Regel, nicht miteinander zu schlafen, wenn der andere in einer festen Beziehung lebte, hatten wir schon vor Jahren aufgegeben.

Jinx wohnte damals draußen in Kvarnbäcken, sie hatte aus der Indiagata ausziehen müssen wie ich aus der Främlingsgata und wohnte jetzt am Understensväg in einem Hochhaus, das kein geringerer als Birger T. Muhrman entworfen hatte.

Ich selbst war aus der Demütigung am Tullbommen in eine Zweizimmerwohnung in der Döbelnsgata nahe Tölö torg gezogen. Ich arbeitete nach wie vor beim *Hufvudstadsbladet* und war zum Chef vom Dienst aufgestiegen, dem jüngsten aller Zeiten. Mir lagen Angebote mehrerer großer Werbeagenturen, des staatlichen Fernsehens sowie eines Pressemoguls in Stockholm vor. Ich war ein angesehener Publizist, der nebenher noch Texte für bissige Kabarettvorstellungen schrieb, die in den großen Theatern von Helsingfors aufgeführt wurden.

Ich liebte es, den Applaus des Helsingforser Publikums zu hören und zu wissen, dass er mir galt.

Ich war noch keine fünfundzwanzig, aber die Welt gehörte mir.

Ich wusste damals noch nicht, dass die Welt immer dann, wenn man sie am sehnlichsten besiegen will, ihre Macht zeigt, einen auslacht und einen zwingt, ihr Tribut zu zollen.

* * *

Eines Vormittags Anfang März klingelte jemand an meiner Tür. Ich hatte einen freien Tag, und draußen war das Frühjahrslicht weiß und klar.

Als ich die Tür öffnete, stand Jinx davor. Sie war schwarz gekleidet, wie so oft zu jener Zeit; eine schwarze, eng anliegende Jeans, ein schwarzer, grob gestrickter Pullover, durch den ein weißes T-Shirt hindurchschimmerte, schwarze Stiefeletten. Sie war blass und hatte dunkle Ringe unter den Augen. Ihre Haare waren ungewaschen, und um den Mund lag ein strenger Zug.

Sie hatte eine Nachtwache in der Psychiatrie übernommen, wo sie nebenher jobbte, während sie auf eine eigene Ausstellung und den Durchbruch und Ähnliches wartete. Ich war derart erstaunt über ihren Besuch, dass ich wie ein Idiot im Türrahmen stehen blieb und ihr den Weg versperrte.

»Darf ich reinkommen?«, fragte Jinx und lächelte ein wenig müde.

»Natürlich«, sagte ich und trat zur Seite. »Stimmt was nicht? Ist was passiert?«

Sie antwortete nicht, sondern löste nur die Schnürsenkel ihrer Stiefeletten und warf sie auf den Boden, legte sich auf Onkel

Leos alte Couch und schloss die Augen. Zu jener Zeit verärgerte es mich immer, wenn jemand Anzeichen von Müdigkeit zeigte. Ich selbst wusste nicht, was richtige Müdigkeit war. Zwar glaubte ich manchmal, müde zu sein, und es war sogar vorgekommen, dass ich die Zeitung angerufen und eine Grippe vorgeschoben hatte, obwohl ich mich nur ein wenig schlapp fühlte. Doch das war im Grunde keine Müdigkeit, sondern eine gewaltige rastlose Energie, für die ich manchmal keine Zielrichtung finden konnte, sodass ich sie stattdessen in mich selbst zurücksandte, wo sie umherwirbelte und sich in den Schwanz biss, bis ich mich kraftlos fühlte.

Ich setzte Kaffee auf, denn das war praktisch das Einzige, was ich an Ess- oder Trinkbarem im Haus hatte, echten italienischen Kaffee, Lavazza.

Als ich Jinx ihren Kaffee reichte, hielt sie die Tasse in ihren gewölbten Händen und kauerte sich zusammen, und es sah aus, als hätte sie sich an dem heißen Kaffee gewärmt, und vielleicht war es auch so, denn dann sah sie mich ernst an und sagte:

»Ich erwarte ein Kind.«

»Was?«, sagte ich.

»Ich bin schwanger«, wiederholte sie.

Wir sprachen an diesem Vormittag nicht viel.

Jinx war seit fast achtundvierzig Stunden auf den Beinen und fragte mich, ob sie ein paar Stunden bei mir schlafen könne.

Ich sagte: »Sicher« und dachte, sie würde sich in mein Bett legen. Doch ehe ich mich versah, war sie auch schon auf der Couch eingeschlafen, ihr Kopf lag unbequem angewinkelt, und ihre langen verfilzten Haare hingen über den Couchrand halbwegs zum Boden herab. Sie hatte sich vorher noch eine Zigarette angesteckt, die nun im Aschenbecher schwelte. Ein schräger Sonnenstrahl traf ihren schwarzen Pullover in Brusthöhe, ihr dünner Brustkorb hob und senkte sich im Vormittagslicht. Ihr Gesicht lag im Schatten, und in diesem Moment, mit weit aufstehendem Mund und eingefallenen Wangen, sah sie nicht schön aus.

Sie ähnelte einem erschöpften Kind, einem Kind, das von manisch lärmenden Erwachsenen viel zu lange durch einen hundsmiserablen Vergnügungspark geschleift worden war, umhergeschleift und gezwungen worden war, alles auszuprobieren und sich in alle Attraktionen zu setzen, obwohl das Kind im Grunde nichts anderes wollte, als sich in einer Ecke zu verkriechen und endlich geborgen einzuschlafen, sich wegzuschlafen von dem Tempo und dem manischen Lärm.

Ich holte eine fadenscheinige blaue Decke und breitete sie über Jinx aus, zog sie bis zum Kinn hinauf. Ich strich mit gespreizten Fingern durch ihr Haar, ich tat es, so sanft ich nur konnte. Jinx reagierte mit der schwachen Andeutung eines Lächelns, murmelte ein schläfriges »Das ist schön« und wickelte die Decke enger um sich.

Ich zog die Vorhänge zu und verließ anschließend die Wohnung und das Haus und ging zum Tölö torg hinauf. Ich kaufte Brot, Marmelade, Milch und ein Paket tiefgefrorene Spinatsuppe in einem Lebensmittelgeschäft. Dann ging ich in einen Blumenladen und kaufte eine rote Rose und eine gelbe.

Als ich in die Wohnung zurückkehrte, hatte Jinx sich ausgezogen und in mein Bett gelegt. Ein schmales Bein, das in einem knochigen Fuß endete, lugte unter der Decke hervor. Die Jeans und der Pullover und das T-Shirt lagen in einem Haufen auf dem Fußboden. Sie schlief tief und fest.

Ich legte die Rosen auf den Kleiderhaufen, stellte das Brot in die Speisekammer und die restlichen Lebensmittel in den Kühlschrank und schrieb einen Zettel, auf dem geschrieben stand, sie könne so lange bleiben, wie sie wolle, und dass sie sich etwas zu essen nehmen solle.

Daraufhin ging ich zur Zeitung, begann, einen Arbeitsplan für den Monat April zu erstellen, und arbeitete sieben Stunden, ohne an etwas anderes zu denken.

Als ich in meine Wohnung zurückkehrte, war es schon fast neun. Alle Lampen waren gelöscht. Nachdem ich Licht gemacht und eine Runde durch die Wohnung gedreht hatte, sah ich, dass die Suppe aufgegessen und Jinx verschwunden war, sie hatte das

Bett gemacht und gespült und nicht die geringste Spur von sich hinterlassen.

* * *

Jinx war immer ehrlich zu mir, so auch damals.

Sie versuchte nicht, sich herauszureden. Sie versuchte nicht, mich zu manipulieren. Mit großer Geduld gab sie alles wieder, was sie über die biologischen Bedingungen der Befruchtung wusste, erklärte mir, wie lange das Ei befruchtet werden konnte und wie lange die Spermien lebten, und rief sich in Erinnerung, wann sie und ich miteinander geschlafen hatten und wann sie mit dem anderen geschlafen hatte, einem Künstler, mit dem sie im vergangenen Winter zusammen gewesen war, der jetzt jedoch keine Rolle mehr spielte.

Wenn wir über dieses Thema sprachen, kamen wir stets zu der einigermaßen teuflischen Schlussfolgerung, dass es recht nahe lag, mich als Vater anzunehmen, jedoch ebenso wahrscheinlich erschien, dass es der Künstler war: So sehr wir die Fakten auch drehten und wendeten, kamen wir doch immer auf fifty/fifty. Und ich muss gestehen, dass ich die in mich gesteckten Erwartungen nicht ganz erfüllte, ich ließ das *logos*-Prinzip Oberhand gewinnen und begann, immer eifersüchtiger kleinliche und schmierig explizite Fragen zu stellen.

Da lächelte Jinx ein wenig traurig und sagte:

»Ich bin keine Mathematikerin, Viki. Wenn du exaktere Antworten haben willst, musst du Bjöna anrufen und ihm alle Daten durchgeben, er kann bestimmt für alles die Wahrscheinlichkeit errechnen.«

In einem Punkt war Jinx sehr deutlich.

Der Künstler komme als Vater nicht in Frage, sagte sie. Entweder ich oder sie alleine.

Und sie sagte auch: »Du bist immer mein Freund gewesen, Viki. Es tut mir Leid, dass ich dir nicht mehr anbieten kann.«

Ich kämpfte lange mit mir, ich versuchte meinen Stolz zu besiegen: Als sieben Monate vergangen waren, war ich immer noch unsicher. Ich erwog, bei der Geburt anwesend zu sein, ich wollte wie ein Dieb in der Nacht durch die Entbindungsstation schleichen, in einem grünen Kittel und in Schlappen und mit einer Plastikhaube auf den Haaren wie die anderen Väter.

Doch daraus wurde nichts.

Stattdessen blieb es einer von Jinx' Freundinnen, einer Performance-Künstlerin, die sich La Furiosa nannte, überlassen, ihr während der Entbindung zur Seite zu stehen.

* * *

Wo die Liebe an Bedingungen geknüpft wird, gibt es sie nicht.

Wenn die Kinder zur Welt kommen, sind sie etwas bläulich und fettig und glatt wie Fische.

Im letzten chaotischen Stadium, unmittelbar bevor sie ins nackte Licht herausgezogen werden, kann es passieren, dass ihre Mütter aufgeschnitten werden.

Irgendwo am Kopfende des Betts steht heutzutage dann ein hilfloser Mann, und das schabende Geräusch der Schere, mit der die Scham aufgeschnitten wird, und der Anblick des Bluts, das fließt, vergisst dieser Mann niemals.

Das haben andere Männer mir erzählt, Männer, die getan haben, was ich nicht tat, Männer, die in einem grünen Kittel und in Schlappen und mit einer Haube auf dem Kopf dort gestanden haben.

Aber sie haben mir auch von einem Moment kurz danach erzählt, wenn die Nabelschnur durchtrennt und das Kind in Decken gehüllt worden ist und noch ein wenig verschrumpelt aussieht und an ihrer Brust schläft und die Mutter daneben müde und still in den Kissen ruht und keiner etwas sagt, sondern alle drei einfach nur *sind*.

Und wenn sie von diesem Augenblick erzählten, wurde das hellste Licht, das ich je gesehen habe, in ihren Augen entfacht, und sie schüttelten den Kopf und verstummten, und ohne dass es gefallen wäre, habe ich begriffen, das richtige Wort ist: Mirakel.

Jinx Muhrman ließ ihren Sohn Jonatan taufen. Im Laufe ihres Zigeunerlebens wurde er dann Joni oder Johnny oder Joa genannt, je nachdem, an welchem Ort sie gerade wohnte.

Jinx und Jonatan verschwanden ziemlich schnell aus meinem Blickfeld, seit Jonatans zweitem Geburtstag habe ich ihn nicht mehr gesehen.

Ich habe mich damals gegen mein Leben entschieden, gegen eines meiner möglichen Leben.

5

Während so die Jahre ins Land gingen, wollte mir nie der Gedanke aus dem Kopf, dass Werner und ich uns eines Tages über alles aussprechen würden. Ich würde Fragen über die Menschen und Ereignisse stellen, die ein Mysterium geblieben waren, vor allem würde ich ihn nach Großvater Bruno fragen, und Werner würde mir antworten.

Also fuhr ich regelmäßig hinaus, angemeldet oder unangemeldet, um eine Tasse Kaffee oder auch zwei mit ihm zu trinken. Manchmal an einem normalen Wochenabend, meistens jedoch an einem Samstag oder Sonntag. Ich brachte ihm immer eine Tüte Mandelteilchen von einer Sorte mit, die Werner gerne mochte.

Während wir unseren Kaffee tranken, unterhielten wir uns schüchtern und verzagt und sprachen nie über alte Zeiten. Meistens kreisten unsere Gespräche um meine Karriereaussichten, manchmal diskutierten wir auch einen Artikel, an dem er gerade arbeitete.

Dieses klärende Gespräch aber wollte sich einfach nicht einstellen.

An einem Freitag Mitte April 1986 rief mich Werner mitten in der Vormittagsbesprechung an. Es waren meine letzten Wochen bei *Hufvudstadsbladet*, ich hatte gekündigt und sollte Anfang Mai eine Stelle als stellvertretender Direktor bei einer großen Werbeagentur antreten.

Ich sagte ihm, dass ich leider gerade nicht sprechen könne, rief ihn dann aber an, sobald die Besprechung vorbei und die Arbeitsaufgaben des Tages verteilt waren.

Er hatte mich angerufen, um mir zu erzählen, dass Anfang der Woche die letzten Eisschollen aufs Meer hinausgetrieben waren und die warme östliche Luftströmung bereits begonnen hatte, das Wasser an den Südufern der Inseln zu erwärmen. Am Ufer von Tistelskär war das Wasser schon fünf Grad warm, und dort hatte er am Mittwochabend die erste Lachsforelle des Jahres gefangen, einen kleinen Racker von 700 Gramm, der seine Freiheit zurückerhalten hatte. Doch ein wesentlich größerer Fisch war dem Blinker gefolgt, ohne anzubeißen, und darüber hinaus hatte er im Windschatten südlich von Lingonskär mehrere Lachsforellen an die Wasseroberfläche kommen sehen und wollte nun wissen: Hatte ich Lust, nach Råberga hinauszukommen und einen schönen Aprilsamstag mit fischen zu verbringen?

Ich hatte seit fast sieben Jahren nicht mehr gefischt, seit dem Tag nach Onkel Leos Beerdigung.

Deshalb war ich überrascht, so überrascht, dass ich ja sagte.

Zu der Zeit lebte mein Vater sehr zurückgezogen.

Er trank keinen Alkohol mehr. Seinen letzten Rückfall hatte er im Frühjahr 1983 gehabt. Damals starb der ehemalige Bischof Kenneth Achrén im Alter von 69 Jahren, und die alte Geschichte vom Hammerwurfunfall wurde noch einmal aufgewärmt, diesmal in den Nachrufen. Daraufhin griff Werner wieder zur Flasche, und während einiger Frühjahrswochen trank er kräftig, wurde dann jedoch ohne Einmischung von außen wieder nüchtern, so wie er es immer getan hatte.

Er rezensierte auch keine Bluesplatten mehr. Dagegen veröffentlichte er nach wie vor Artikel in *Sport-Pressen* und verschiedenen Anglerzeitschriften. In *Sport-Pressen* war er unermüdlich auf der Suche nach der verlorenen Zeit, seine Betrachtungen handelten von Sportlern, die nicht-aerodynamische, flatternde

Trikots getragen und nie etwas von Reebok, Adidas oder Nike gehört hatten.

Er hatte eine Frau gefunden, sie stammte aus Helsingfors, war etwa fünfundvierzig Jahre alt, hieß Ritva, war geschieden und arbeitete als Restaurantleiterin in einer Vorortgaststätte. Manchmal übernachtete sie in Råberga, manchmal wohnte er ein paar Tage bei ihr in Bocksbacka, viel mehr wusste ich darüber nicht.

Noch etwas muss erzählt werden: Werner hatte angefangen, Albert Goldmans unappetitliche Elvisbiografie im Original zu lesen, sie jedoch ungefähr in der Mitte weggelegt. Kurz darauf hatte er mich aufgebracht gefragt, ob ich in meiner Eigenschaft als Journalist überhaupt den Unterschied zwischen Menschen verstand, die eine einmalige Gabe hatten und ihr Leben der Vollendung dieser Gabe weihten, und Menschen, die nichts anderes konnten, als in den Mülltüten dieser Sonderlinge zu wühlen.

Ich hatte die Biografie gelesen und wusste, dass sie tatsächlich so niederträchtig war, wie Werners Zorn vermuten ließ. Ich konnte nur erwidern, dass nicht alle Journalisten so waren wie Albert Goldman.

* * *

Ich fuhr im Morgengrauen. Es war ein schöner Samstagmorgen, fast sommerwarm, obwohl alle Bäume und Sträucher noch nackt und die Äcker hinter der Stadtgrenze braun und ohne die geringste Spur von Grün waren.

In Råberga wurde meine Freude durch zwei Dinge getrübt:

Man hatte den Wald abgeholzt, man hatte Bäume gefällt und den Boden eingeebnet. Die Stadt Helsingfors hatte das Areal erworben und plante hier, im äußersten Osten, den Bau einer weiteren Satellitenstadt.

Und im Dorf erhob sich ein halbfertiger Bürokomplex aus Glas und Metall auf dem Grundstück der Freiwilligen Feuerwehr, die Bauherren waren ein paar junge und neureiche Männer aus Helsingfors, es waren die gleichen, die gut zehn Jahre zuvor das *Glam Manor* eröffnet und betrieben hatten.

Aber die Råbergabucht sah aus wie immer, blau und funkelnd, und die Ufer der Südinseln waren auf der Meerseite so steinig und tangbewachsen wie eh und je.

Wir fuhren zunächst nach Tistelskär hinaus und gingen dann den ganzen Vormittag den Südstrand auf und ab, denn Tistelskär ist Anfang des Frühjahrs in der Regel der beste Platz zum Fischen.

Anschließend fischten wir vom Boot aus hinter Lingonskär und Björnholm und Kalvholmen. Doch erst als wir in Alskär an Land gegangen waren, fanden wir die Lachsforellen; dort fing jeder von uns einen kiloschweren Fisch, und ein paar größere Exemplare schwammen träge zu unseren Blinkern und drehten am Ufer wie dunkle Schatten wieder ab.

Ich fuhr erst gegen Mitternacht nach Helsingfors zurück.

Nach dem Abendessen – ich hatte eine der Lachsforellen im Ofen zubereitet, mit Sahne und Lauch und zwei Prisen Thymian in ihrem Bauch – tranken wir mehrere Tassen Kaffee, und ich stellte einige vorsichtige Fragen zu meinem Großvater, über seine Jugend und seine Geschäfte und seine Karriere beim Militär.

Aber Werner war so wortkarg wie immer, er schwieg oder antwortete nur nichts sagend. Ich erinnere mich nur, dass er zu später Stunde meinte: »Dein Großvater war im Grunde in Ordnung. Aber nach dem Krieg war er nie mehr derselbe.«

Doch da stand ich schon an der Tür und hatte meinen Mantel an. Und als ich Werner fragte, wie er das meine, wich er mir aus und bestand stattdessen darauf, dass ich die zweite Lachsforelle mitnahm und Vera gab.

Und so kam es denn auch. Ich fuhr mit einer sorgfältig in Zeitungspapier eingeschlagenen Lachsforelle statt Antworten auf meine Fragen nach Tölö zurück.

Sechs Tage später, am Freitag, fuhr Werner am späten Nachmittag aufs Meer hinaus, um zu fischen.

Er arbeitete gerade an einem Artikel über Gyula Zsivotzkys langen und letztendlich erfolgreichen Kampf um eine Olympische Goldmedaille im Hammerwurf.

Es war ein Thema, von dem mein Vater besser die Finger gelassen hätte; als er mit dem Boot hinausfuhr, hatte er Kognak getrunken, nicht viel, aber immerhin.

An welchen Inseln Werner an diesem Nachmittag fischte, weiß kein Mensch. Aber ich weiß, dass er auf Tistelskär an Land ging und dort eine sehr große Lachsforelle – aller Wahrscheinlichkeit nach die größte, die er seit vielen Jahren gesehen hatte – dazu verleitete, anzubeißen.

Als er dann den großen Fisch einholte, sah er sich vermutlich gezwungen, Tistelskärs unwegsames steiniges Ufer entlangzulaufen. Ich weiß aus eigener Erfahrung, dass man sich in einer solchen Situation nicht vorsieht, man ist allzu konzentriert auf den Fisch und seine Bewegungen. Außerdem hatten die östlichen Winde das Wasser aufs Meer hinaus gedrückt, was zu einem ungewöhnlich niedrigen Wasserstand geführt hatte, und die Ufersteine waren noch schlüpfriger als sonst.

Irgendwann stolperte Werner und fiel blindlings nach hinten. Im Fallen schlug er mit Hinterkopf und Nacken auf einen großen und scharfkantigen Stein.

Am nächsten Morgen fiel dem alten Reidar Österman auf, dass unser Boot am exakt gleichen Punkt auf Tistelskärs Nordufer lag, an dem er es auch schon in der Abenddämmerung gesehen hatte.

Österman fuhr mit seinem Boot über die Råbergabucht und fand Werner, der blau und steif war. Der herbeigerufene Arzt erklärte mir später, der Tod sei augenblicklich oder doch zumindest sehr schnell eingetreten.

* * *

Am Tag der Beerdigung sprachen Vera und ich nicht viel miteinander, weder während der Bestattung draußen auf dem Friedhof Furumo noch während der Gedenkfeier im Gemeindezentrum von Råberga. Großmutter Maggie war genauso schweigsam, und sogar Tante Mary starrte zu Boden und sagte kein Wort.

Stattdessen sahen Vera und Maggie und ich einander in die Augen und erkannten, dass wir alle drei die Tragik, aber auch die fast schon ironisch zu nennende Unerbittlichkeit in diesem abschließenden Beispiel für das unvorhersehbar auftauchende und erschreckend kraftvolle Pech meines Vaters Werner Joel Ossian Skrake erfassten.

Doch wir schwiegen, denn unser Verlust wog schwer.

Während der Gedenkfeier, als die wenigen Reden gehalten worden waren und wir mit unseren Kaffeetassen und Kekstellern in der Hand herumstanden, kam Reidar Österman zu mir. Er schielte ein wenig ängstlich zu Maggie und Vera hinüber, die in der Nähe standen und sich mit ein paar anderen Beerdigungsgästen über das Unglück in Tschernobyl unterhielten, und sagte dann:

»Es gibt… ich weiß, dass du ein viel beschäftigter junger Mann bist. Aber es gibt da ein paar Dinge, die ich mir von der Seele reden muss. Aber das, was ich zu erzählen habe, ist nichts für weibliche Ohren… du kommst nicht zufällig demnächst mal raus, um aufzuräumen und so?«

Ich sagte Österman, dass ich bereits an einem der nächsten Tage nach Råberga hinauskommen würde, um Ordnung in Werners Papiere zu bringen und den Strom abzuschalten und das Haus zu verriegeln, bis mir klar geworden war, was ich damit anfangen sollte: Ich sagte ihm, dass wir uns dann unterhalten könnten.

* * *

Laden-Österman war schon immer eine furchtsame und abergläubische Person gewesen, und sein Köhlerglaube war mit fortschreitendem Alter nicht schwächer geworden. Es waren daher diverse Tassen Kaffee und zwei große Gläser Kognak erforderlich, ehe er seine Geschichte herausbrachte, die ich nicht mit seinen Worten wiedergeben kann, denn dann wäre sie zu lang und zu zäh. Doch der langen Rede kurzer Sinn war folgender:

An jenem warmen, aber bewölkten Samstagmorgen, an dem er Werners toten Körper fand, kehrte Österman sofort aufs Festland zurück, wo er Polizei und Arzt alarmierte. Anschließend rief er Jerkka Haglund an, der bereits sein großes Vator-Boot zu Wasser gelassen hatte. Österman berichtete, was passiert war, und bat Jerkka, den Arzt und die Rettungssanitäter nach Tistelskär überzusetzen. Daraufhin fuhr er auf die Schäreninsel zurück, um dort auf die Polizisten zu warten, die mit dem Boot aus Helsingfors kommen sollten.

Als Österman nun über Tistelskär zurück zu der Leiche spazierte, entdeckte er, dass Werners Spinnrute sich fast zehn Meter entfernt zwischen zwei Steinen verkeilt hatte.

Und er hörte ein Geräusch und begriff, dass es Werners alte Cardinalrolle sein musste, die da knarrte, als hätte jemand Leine herausgezogen.

Und so war es auch: Am anderen Ende, gefangen an dem Haken, der an dem Metallring hing, der am Blinker befestigt war, der mit der Leine verknotet war, die sich in Hunderten von Umdrehungen um die Spule wickelte, die zu der Rolle gehörte, die an die Rute geschraubt war, saß die verwirrte und abgekämpfte Großlachsforelle.

Im Laufe der Nacht – so argumentierte Österman – musste die Lachsforelle wiederholt geglaubt haben, sie sei frei, obwohl das irritierende und stechende Gefühl im Mundwinkel immer noch da war. Wahrscheinlich war sie zunächst hin und her gesaust, und als sie Richtung Land schoss, sodass die Leine erschlaffte und der Widerstand aufhörte, war sie zum Grund geschwommen und hatte sich mit dem Kopf in den Tang gestellt: So machen es Fische, die sich freigekämpft haben, immer. Doch dann, nach einer Weile, hatte sie beschlossen, der Gegend den Rücken zu kehren und war hinaus oder parallel zum Ufer geschwommen und wieder auf diesen Widerstand gestoßen, der das stechende Gefühl intensiver werden ließ, und daraufhin hatte sie von Neuem begonnen, zu wühlen und loszuschwimmen, jedoch nie so weit hinaus, dass keine Leine mehr auf der Rolle gewesen wäre, und immer so, dass die Leine irgendwann schlaff wurde, woraufhin der Fisch sich wieder beruhigt hatte.

Österman erzählte, dass er mit der Rute in der Hand auf einem Stein gesessen hatte, während die Ärzte und die Rettungssanitäter ihre Arbeit machten und die Polizei ihm ein paar Routinefragen stellte.

Die Lachsforelle hing an der schlaffen Leine und stand vollkommen still am Grund, aber Österman hatte dennoch im Gefühl, dass sie noch da war, dass sie immer noch am Haken hing.

Er hatte den Polizisten dann versprochen, unser Boot nach Råberga zurückzuschleppen. Er hatte erklärt, noch ein wenig sitzen bleiben zu wollen, da er den Verstorbenen bereits gekannt habe, als dieser noch ein kleiner Knirps war.

Sobald Werners Leiche an Bord des Polizeiboots gebracht worden war und alle davongefahren waren, hatte Österman den erschöpften Fisch ohne größere Probleme ans Ufer gezwungen. Er sagte mir, dass der Fisch sehr groß war, jedoch nicht so groß wie die Lachsforelle, die ich vor Kalvholmen gefangen hatte, als ich noch ein Kind war.

Sachte hatte er den Haken gelöst, der tief im Mundwinkel des Fisches vergraben hing. Anschließend hatte er die Lachsforelle freigelassen.

Zu mir meinte er:

»Man isst keinen Fisch, der einen Mann getötet hat, erst recht nicht, wenn dieser Fisch einen Mann wie deinen Vater getötet hat.«

Die Lachsforelle hatte regungslos im Uferwasser gestanden und müde mit dem Schwanz geschlagen.

Dann war sie ganz langsam hinaus in tieferes Wasser geschwommen.

* * *

Als Österman sein Kognakglas geleert hatte und gegangen war, stand mir plötzlich ein Bild vor Augen.

Es muss 1966 oder 1967 sein.

Es ist Sommer, es ist einer dieser Tage Ende Juli, an denen der Sommer stillsteht und zögert, an denen er in seiner schönsten Blüte steht, gleichzeitig jedoch ahnt, dass der Herbst näher rückt; an solchen Tagen läuft gleichsam ein Schaudern durch den Sommer, und auch wir Menschen werden von der Ahnung erfasst, dass bald etwas unwiderruflich vorüber sein wird.

Es ist einer dieser späten Julitage, und es ist Abend.

Werner und Onkel Leo und ich stehen oben auf dem Platz der vier Himmelsrichtungen.

Rot: Das Feuerkraut blüht.

Weiß: Die Wolken über dem offenen Meer.

Goldgelb: Die Wolken, die von Zeit zu Zeit die sinkende Sonne am westlichen Himmel verbergen.

Und blau: Der Himmel direkt über uns.

Es ist der Abend, an dem ich sie erstmals entdecke, die bauschigen weißen Striche am blauen Himmel, die Jet-Spuren, die auch über Råberga immer häufiger werden und das Bild der immer rastloseren Reisen zwischen den Ländern, zwischen den Kontinenten, zwischen den Welten zeichnen.

Ich stelle eine Frage zu diesen strichartigen Wolken, die kein Ende zu nehmen scheinen. Werner erklärt, und Onkel Leo steht neben uns und schmunzelt.

Während wir so dastehen, nähert sich ein Flugzeug aus nordwestlicher Richtung, es ist auf dem Weg nach Osten, dreht dann jedoch abrupt ab und fliegt anschließend Richtung Süden, übers Meer.

Die Strahlen der sinkenden Sonne treffen den Flugzeugrumpf. Es leuchtet auf, ein Mal, zwei Mal, zehn Mal. Die Abendsonne lässt das Flugzeug aufflammen, es verwandelt sich in einen Feuervogel.

Der Feuervogel ist vollkommen still, als würde er dort oben in acht oder zehn Kilometern Höhe vom Wind getragen.

Ich versuche mir vorzustellen, dass mehrere hundert Menschen in dem Feuervogel eingeschlossen sitzen wie Sardinen in einer Konservendose oder Jona im Bauch des Walfischs.

Es geht nicht.

Ich sehe meinen Vater und seinen Onkel an. Auch sie haben die Köpfe in den Nacken gelegt und bewundern den Feuervogel. Plötzlich ahne ich, dass sie sich das Gleiche vorzustellen versuchen.

6

Der Lichter wären wohl weniger dann,
der Sterne jedoch sicherlich mehr.

– Zitat aus einem Gedicht,
notiert in Margareta Eleonora Enerots Tagebuch
während ihrer Schulzeit,
wiedergefunden vom Enkelkind
Wiktor Skrake nach ihrem Ableben.

Es gab Erzählungen, die ein Teil dessen waren, was ich mit der Zeit die *Geschichte dahinter* taufen sollte.

Die *Geschichte dahinter* war die Geschichte des Lebens vor mir und sogar vor Werner und Vera.

Die *Geschichte dahinter* enthielt Erzählungen über junge Menschen, die Maggie und Leo und Bruno hießen und mit Sicherheit keinen Gedanken daran verschwendeten, dass sie eines Tages Großmütter und alte Onkel und Großväter sein würden.

Ich hatte die *Geschichte dahinter* während meiner ersten Jahre in Helsingfors flüchtig aufblitzen sehen, als der Pflegesohn P. auf Onkel Leos Beerdigung auftauchte und Katarina Widing sich weigerte, mich als Clarissas Freund zu akzeptieren.

Und ich hatte sie in vielen der Erzählungen Form annehmen sehen, die Onkel Leo mir geschenkt hatte.

Nach Werners Tod verstärkte sich mein Gefühl, dass das Rätsel, das mein Vater gewesen war, über das Rätsel gelöst werden musste, das mein Großvater gewesen war, es kam folglich nur darauf an, das ältere der beiden Rätsel zuerst zu lösen.

Ich begann, mir Bücher über die Kriege und die Jahrzehnte vor ihnen auszuleihen und durchzuackern, ich wurde immer besessener von der Vergangenheit. Und je mehr ich las, desto mehr wollte ich wissen, desto mehr Fragen wollte ich stellen.

Aber es gab kaum noch Menschen, die ich fragen konnte.

* * *

Im Jahr nach Werners Tod zog Vera nach Stockholm und wohnte neun Jahre lang in einer Mietswohnung im Vorort Solna. Sie lebte davon, dass sie Finnisch unterrichtete, vor allem finnische Auswanderer der zweiten Generation, die bereits dabei waren, ihre finnische Identität zu verlieren.

Als ich sie einmal besuchte, tranken wir ziemlich viel Portwein. Da zeigte sie mir die Briefe, die ein nur unzulänglich gehütetes Geheimnis gewesen waren, als ich aufwuchs, sie löste die rote Schleife, und dann durfte ich den blauen Brief lesen, der mit den Worten begann: *Es ist als Armeegeistlicher meine traurige Pflicht, Ihnen mitzuteilen, dass Ihr Väinö Leppä...*

Ich hatte größte Mühe, mir nicht anmerken zu lassen, dass ich diese Briefe schon heimlich gelesen hatte, als ich zwölf war.

Vera zog erst Mitte der Neunzigerjahre wieder nach Finnland, als sie schon sechzig war.

Über Großvater Bruno hat sie nie viel zu erzählen gehabt, denn Vera ist kein Mensch, der gerne in der Vergangenheit lebt. Außerdem war sie ihm nur vier, fünf Mal begegnet, dann rafften ihn die Infarkte dahin. Aber sie pflegte zu sagen: »Er schien ein harter und ernster Mann zu sein.«

* * *

Doch dann gab es ja auch noch Maggie, lange, sehr lange gab es Großmutter Maggie, runzliger und gebeugter als früher, mit silberweißen Haaren und einem trotz scharfer Proteste ihrerseits eingezogenen Führerschein, zwar halb blind, aber immer noch mit einer spitzen Zunge und einem Gedächtnis ausgestattet, das zwar ein wenig eingerostet, in Anbetracht ihres Alters jedoch auf jeden Fall gut zu nennen war.

Und deshalb möchte ich euch eine weitere Geschichte erzählen, die von dem Gespräch, das Maggie und ich an einem stürmischen Dezembertag des Jahres 1990 führten, nachdem sie angerufen und mich gebeten hatte, auf ein Glas Tee vorbeizuschauen. Sie wolle ein paar ernste Worte mit mir reden, sagte sie, und ich konterte mit der Bemerkung, dass ich ihr auch etwas zu erzählen hätte.

* * *

An diesem Tag wütete wie gesagt ein Schneesturm, kleine scharfe Flocken wirbelten umher, und der Wind biss im Gesicht, als ich mich vorgebeugt die fünfzig Meter von der Straßenbahnhaltestelle zu ihrem Haus kämpfte.

Als ich aus dem Aufzug ins Treppenhaus trat, hörte ich spröde Töne aus ihrer Wohnung: Sie saß am Klavier, spielte mit einem Finger oder vielleicht auch zweien, zögernd, mit sekundenlangen Unterbrechungen. Ich lauschte einen Moment, dann klingelte ich. Es erklangen noch zwei Töne, danach quietschte der Klavierschemel über den Boden, und ich hörte, dass sich langsame Schritte näherten.

Sie bat mich nicht, auf der Couch Platz zu nehmen, wie sie es sonst immer tat. Stattdessen führte sie mich in den Salon, ließ sich auf einem Stuhl am Kopfende des gewaltigen schwarzen Esstisches nieder und zeigte mit einer Handbewegung an, dass ich mich setzen durfte, wo ich wollte. Tee und Zucker und Marmelade und Honig und Kekse warteten auf dem Tisch.

»Hier ist es ein bisschen dunkel«, sagte ich, »darf ich das Licht anmachen?«

Maggie nickte. Ich schaltete den Kronleuchter ein, der über dem Tisch hing, setzte mich in ihre Nähe und wartete darauf, dass sie die Initiative ergriff.

Maggie war wie immer, zumindest anfangs. Wir unterhielten uns zivilisiert, wenn auch etwas zerstreut, wie wir es immer taten, über die plötzliche Winterkälte, über die neue Oper, die drüben in Tölö gebaut wurde, und über die Wahrscheinlichkeit, dass sich die Sowjetunion auflösen und das alte Russland wiederauferstehen würde: »Ich hätte nie gedacht, dass es mir vergönnt sein könnte, diesen Tag zu erleben, doch jetzt hege ich eine gewisse Hoffnung«, sagte Maggie mit einer Stimme, die immer noch kultiviert und klar und nicht im mindesten brüchig war.

Dann schwenkte sie plötzlich um. Sie sah mich forschend an und sagte nach einer Weile nachdenklich:

»Du hast nicht geheiratet.«

»Nein«, antwortete ich, »das habe ich nicht. Du würdest sicher zu den Ersten gehören, die es erfahren, wenn …«

Ihr fester Blick begegnete meinem.

»Ich weiß im Grunde nicht viel über dein Leben«, sagte sie. »Du bist dein eigener Herr gewesen, seit du siebzehn warst, und ich habe mich nie eingemischt, nicht einmal als du noch jünger warst. Ich bin immer davon ausgegangen, dass du zurechtkommst, ich erkenne so viel von deinem Großvater in dir.« Sie verstummte für einen Moment, dann fügte sie hinzu: »Und von mir selbst, das will ich nicht leugnen.«

Es wurde still, und ich hörte die Wanduhr im Flur drei Mal schlagen.

»Es gibt da ein *Aber*«, sagte ich, »in deinen Worten steckt eine unausgesprochene Frage.«

Maggie lächelte. Gleichzeitig hob sie den Arm und ließ die gespreizten Finger ihrer rechten Hand langsam durch die Haare über dem Ohr gleiten, sie strich die Haare nach hinten und streichelte gleichzeitig ihre Schläfe. Es war eine Geste, die ich erkannte, denn ich hatte sie übernommen, schon Clarissa Widing hatte mich darauf hingewiesen, dass diese Geste unsere Verwandtschaft verriet.

Ich hatte Maggie niemals erzählt, dass Clarissa unsere Geste entdeckt hatte. Ich tat es auch jetzt nicht. Ich betrachtete nur Maggies Hand, als sie ihre weißen Haare nach hinten strich, und wartete darauf, dass sie mir erläuterte, worauf sie hinaus wollte.

Nach einer langen Pause ergriff sie wieder das Wort:

»Dieses finnische Mädchen, mit dem du gegangen bist... die ein paar Mal zum Essen hier war... ihr seid nicht mehr zusammen?«

»An wen denkst du? Riina?«

»Ich kann mich nicht erinnern, dass jemand dieses Namens an meinem Tisch gegessen hätte«, sagte Maggie.

Ich durchforstete weiter mein Gedächtnis.

»Marjut?«, schlug ich vor.

»Marjut, genau«, sagte Maggie. »Aber ich habe bereits eingesehen, dass meine Frage überflüssig war.«

»Sie wohnt mittlerweile in Paris«, sagte ich. »Wir sind gute Freunde, jedenfalls bilde ich mir das ein. Wir gehen essen, wenn sie mal hier ist. Und sie ist kein Mädchen, sie ist zweiunddreißig.«

Maggie sah mich an, als hätte sie mir gerne eine Frage gestellt, ohne jedoch den rechten Mut dazu zu finden.

»Es geht ihr gut«, sagte ich beruhigend. »Sie lebt mit einem Franzosen zusammen, sie haben ein gemeinsames Kind.«

»Vergiss sie«, sagte Maggie brutal, »du bist es, um den ich mir Sorgen mache.«

Sie zögerte, dann fuhr sie fort:

»Du sollst wissen, wenn es so ist, dass du... umgesattelt hast, dann brauchst du keine Angst zu haben, dass ich... ich habe mich in meiner Jugend des Öfteren in Künstlerkreisen bewegt und...«

Erst verstand ich nicht. Dann fing ich an zu lachen.

»Also, da drückt der Schuh«, sagte ich.

Maggie sah verlegen aus, sagte jedoch nichts.

»Ein eingefleischter Junggeselle, allerdings unempfänglich für weiblichen Charme«, fuhr ich fort. »Hieß es in früheren Zeiten nicht so?«

»Na ja, in Büchern vielleicht. Obwohl, wenn ich es recht bedenke, benutzte man seinerzeit genau diese Worte, wenn man über Mauritz Stiller sprach«, sagte Maggie ruhig. »Die Leute behandelten ihn rücksichtsvoll, weil er ein Gentleman war. Ansonsten gab es wohl auch damals schon brutalere Bezeichnungen.«

Ich wurde wieder ernst.

»Das ist es nicht«, sagte ich. »Ich habe nur eine langsame Seele. Manchmal glaube ich, dass ich nie über Clarissa Widing hinweggekommen bin.«

Maggie schüttelte langsam den Kopf.

»Wie viele Jahre sind jetzt vergangen?«, fragte sie dann. »Seit ihr die Verlobung gelöst habt, meine ich.«

»Acht.«

Maggie seufzte, sagte aber nichts mehr. Ich schlürfte den heißen Tee, strich Marmelade auf einen Butterkeks und fragte:

»Warum machst du dir Sorgen um mein Privatleben, Großmutter?«

Ich schaute aus dem Fenster und sah, dass der Schnee noch immer herabwirbelte und es bereits dämmerte, obwohl es erst kurz nach drei war. Ich dachte daran, dass ich Maggie nie von Jinx Muhrmans Sohn und den Wahrscheinlichkeitsrechnungen erzählt hatte, die Jinx und ich angestellt hatten.

Als sie nicht antwortete, fragte ich weiter. »Fehlt es dir an Nachfahren? Grübelst du über das Aussterben der Familie nach?«

»Stoj!«, schnitt Maggie mir das Wort ab. »*Meine* Familie, die Familie, zu der ich gehöre, leidet keine Not. Und das haben wir meinen Brüdern Calle und Julius zu verdanken, die sich wie die Karnickel vermehrt haben, und ihre Söhne und Enkel sind genauso. Wenn jemand einen Wettbewerb ausschreiben würde, welche Familie die vortrefflichsten Samenschleudern aller Zeiten in Eira aufgezogen hat …«

»Großmutter!«, sagte ich und bekam einen Lachanfall. Ich hatte in den ernsten und rundum netten Enerots, welche die Villen in Eira und Granö und die Direktionsetagen von Banken und Industrieunternehmen bevölkerten, niemals Samenschleudern und Meisterbefruchter gesehen.

»Aber was euch Skrakes betrifft …«, ergriff Maggie wieder das Wort. »Es gibt zwar jede Menge von euch da oben im Flachland. Und eigentlich sollte ich mich den Teufel darum scheren, denn ihr seid alle miteinander Dorftrottel und Soziopathen. Aber ihr setzt euch in einem fest. Ich wünschte, es wäre anders, aber kein anderer Mann hat einen solchen Eindruck auf mich gemacht wie Bruno. Und am nächsten kam ihm wohl noch Leo. Du hättest sie sehen sollen, als sie jung waren … sie sahen aus wie diese armen Teufel auf Simbergs Bildern, du weißt schon, verfilzte schwarze Haare, eine widerspenstige Tolle, kräftige Augenbrauen, ziemlich schmale Augen, etwas Verschmitztes im Blick …«

»Ich habe Bilder gesehen«, sagte ich, »bei Leo.«

»Und du«, fuhr Maggie fort, »du hast zwar auch kein bemerkenswert besseres Händchen für das Leben oder Geld oder Frauen als dein Vater. Aber es bereitet mir trotz allem mehr Freude, mit dir zu reden, als mit Marys Kindern. Und du bist im Moment …«

»… der letzte Skrake in Nyland«, unterbrach ich sie. »Ich weiß. Und ich kann in diesem Punkt keine baldige Veränderung versprechen. Mein Privatleben ist in den letzten Jahren … etwas in Unordnung gewesen. Und die Gegenwart bildet da leider keine Ausnahme. Ich fand, dass du nicht unbedingt alles wissen musst …«

»Du hast Recht. Ich will es gar nicht wissen. Ich will nur, dass es dir gut geht.«

Die letzten Worte sprach sie mit solchem Nachdruck, dass ich begriff, das Thema war abgehakt. Dann zog etwas durch sie hindurch, ein Windstoß, ein Schauer oder ein kleiner elektrischer Schlag, und sie fragte:

»Vermisst du deinen Vater?«

Ihre Frage brachte mich aus der Fassung. Fünfeinhalb Jahre waren seit seinem Tod vergangen, aber nach wie vor sprachen Maggie und ich nur sehr selten über Werner, und wenn, dann immer so flüchtig wie irgend möglich.

Und nun diese plötzliche Frage, am gleichen Tag gestellt, an dem auch ich etwas über meinen Vater zu erzählen hatte.

»Gelegentlich schon«, sagte ich nach einer Weile, »aber dann denke ich auch manchmal, es war gut, dass er Frieden fand. Er war kein glücklicher Mensch.«

In Maggies Augen blitzte etwas auf, als ich das sagte, und sie sah schnell weg. Ich biss mir auf die Lippe und überlegte, ob ich zu viel gesagt hatte. Dann beugte ich mich vor und wollte noch etwas Tee in mein Glas gießen, aber die Kanne war leer.

»Soll ich noch etwas Tee besorgen?«, fragte ich.

»Besorg du mal«, sagte Maggie und versuchte spöttisch zu lächeln, aber ich sah, dass die Trauer sie noch fest im Griff hatte.

Es war eigentümlich still in der großen Wohnung, nur die Wanduhr im Flur tickte verlassen.

Drüben, beim Krankenhaus von Eira, hörte man eine Straßenbahn kältekreischend in die Fabriksgata einbiegen, und irgendwo, vielleicht in einer anderen Wohnung, saß jemand und sang, ich konnte eine einsame, helle Jungenstimme trällern hören.

In der Küche füllte ich den Wasserkessel, schaltete eine Gasplatte an und holte eine hübsch gemusterte Blechdose mit Darjeelingtee aus der Speisekammer. Während ich darauf wartete, dass das Wasser kochte, ging ich in den Flur hinaus und betrachtete eine schöne Miniatur von Matisse und eine gerahmte Schwarweißfotografie der Jazzbigband *The Helsinki Ramblers*, die Anno 1928 hinter ihren Notenständern saßen: Ich wusste, dass der Klarinettist vorne links Maggies erster Mann gewesen war.

Ich kehrte in die Küche zurück und goss den Tee auf. Ich schnitt ein paar Scheiben Brot ab, holte Butter und Käse heraus, nahm die Teekanne und stellte das Ganze auf ein Tablett.

Die helle Jungenstimme war jetzt deutlicher zu hören, und plötzlich verstand ich, was sie sang. Ich ging zum Küchenfester und schaute in den Hinterhof hinab.

Der Junge saß trotz des Schneetreibens auf der Hofschaukel. Er hatte ordentlich Schwung genommen, schaukelte vor und zurück und schmetterte jetzt mit lauter Stimme:

Niin kaunis on kuolla joukkosi eessä.

Herrlich ist der Tod, wenn mutig man vor seinen Truppen stirbt. Ich dachte: Wer um Himmels Willen hat ihm denn dieses Lied von Sibelius beigebracht? Die Worte klangen anachronistisch, jedoch gleichzeitig auch seltsam bedrohlich, vielleicht weil die Stimme, die sie sang, so augenfällig rein und unschuldig war, vielleicht auf Grund des ständigen Geredes im vergangenen Herbst über eine bevorstehende Masseninvasion von Russen aus der Region um Leningrad, wo Krise und Zerfall herrschten.

Ich rang meinen Missmut nieder, nahm das Teetablett und trug es in den Salon.

»Ich bin froh, dass ihr in den letzten Jahren einen so guten Kontakt zueinander hattet, Werner und du«, sagte Maggie leise und nippte vorsichtig an dem dampfenden Tee, »ich bin froh, dass du so oft rausgefahren bist, wie du es getan hast.«

»So oft war es nun auch wieder nicht«, meinte ich, »und einen sonderlich guten Kontakt hatten wir auch nicht. Wir saßen meistens da und schwiegen.«

»Man muss nicht immer reden«, sagte Maggie und wechselte das Thema: »Du bist in letzter Zeit nicht gerne da draußen.«

»Nein«, erwiderte ich. »Für mich ist Råberga voller Bilder von meinem eigenartigen Vater im Clinch mit … ach, ich weiß nicht. Ich weiß nicht, wogegen er kämpfte. Gegen unsere Zeit vielleicht. Oder gegen diese ganze verdammte Welt … es gibt da übrigens etwas, was ich dich immer schon fragen wollte.«

»Dann frag doch.«

»Weißt du, wo er übernachtete … wo er schlief, wenn er in die Stadt abhaute?«

»Nein«, sagte Maggie. »Sonst hätte ich es Vera gesagt. Aber ich weiß, dass er noch ein paar Freunde hatte, aus … aus den Jahren kurz bevor er deine Mutter kennen lernte.«

»Frauen oder Männer?«

»Sowohl als auch, denke ich. Und ich meine mich zu erinnern, dass es sich um ziemlich windige Existenzen handelte. Aber mehr weiß ich wirklich nicht. Seine Ausflüge waren nicht so geartet, dass man seiner alten Mama Bericht über sie erstattet hätte, das wirst du ja wohl verstehen.«

Ich schwieg und erinnerte mich auf einmal an die unbefriedigenden Erklärungen aus meiner frühen Kindheit. *Erledigungen*. Und dann erinnerte ich mich an die Superbälle, die ich bekam, und daran, wie Bjöna Muhrman und ich oben auf dem Schulhof standen und sie mit aller Kraft auf den Asphalt schleuderten.

»In welchem Zustand ist das Haus?«, fragte Maggie abrupt.

Ich zuckte zusammen.

»Keinem besonders guten«, gestand ich. »Aber ich überlege, es in Stand setzen zu lassen und zu verkaufen.«

»Verkaufen?«, sagte Maggie erstaunt. »Warum solltest du verkaufen?«

»Um mir eine Wohnung in der Stadt kaufen zu können«, sagte ich. »Ich verdiene zwar ganz ordentlich, aber ich will nicht zum Sklaven eines Bankkredits werden.«

»Übe dich in Geduld«, sagte Maggie trocken, »verkauf nicht. Ich werde noch früh genug dieses Leben verlassen, und dann bekommst du so viel, dass es für eine Wohnung reicht. Wenn auch für keine große, Mary und ihre Kinder sollen ja auch die Hälfte …«

»Stopp, Großmutter!«, sagte ich. »Ich verbiete dir, so zu reden.«

»Toitoitoi, gnädige Frau«, murmelte Maggie auf Deutsch und sah auf einmal müde und abwesend aus.

»Was?«, sagte ich einfältig.

»Toitoitoi … das riefen die Kleiderhändler in der Västra Henriksgata meiner Mutter und mir hinterher, als ich klein war. Sie wollten, dass sie stehen blieb und Stoffe kaufte.«

»Bist du müde?«, fragte ich, plötzlich von schlechtem Gewissen geplagt. Maggie war immer noch so hellwach und intellektuell beweglich, sie hatte noch ihre kräftigen Farben und ihre scharfen Kontraste, man konnte all diese Farben in ihr sehen, schwarz und rot und weiß und violett, freimütiges Auftreten und Strenge, hitziges Temperament und Kühle rieben sich auf eine Art aneinander, die faszinierend war und mich immer wieder vergessen ließ, dass sie fast neunundachtzig war.

»Nicht müder als sonst auch«, sagte sie ruhig. »Und meine Krankengymnastin kommt um halb sechs, ihre Behandlung wirkt im Allgemeinen Wunder.«

»Es war nicht meine Absicht, dich aufzuregen«, sagte ich reuig.

»Ich rege mich nicht auf«, sagte Maggie. »Außerdem kann es mir gar nicht schaden, wenn mein Blut gelegentlich ein wenig schneller zirkuliert, darauf habe ich das Wort von Doktor Roschier persönlich... Übrigens, sagtest du nicht am Telefon, du hättest mir etwas zu erzählen?«

»Ja«, erwiderte ich, »ich bin draußen im Haus gewesen, habe ein bisschen aufgeräumt und bei der Gelegenheit ein paar Sachen gefunden, die Papa geschrieben hat... vermutlich in dem Sommer, bevor... nun ja, bevor das alles passiert ist.«

»Er hat immer behauptet, er hätte alles verbrannt«, sagte Maggie.

»Das dachte er sicher auch. Diese Blätter lagen zuunterst in einer Plastikmappe mit ausgeschnittenen Sportartikeln aus dem Sommer achtundsechzig, er muss sie schlichtweg vergessen haben.«

»Ist etwas dabei, was man veröffentlichen könnte?« Maggie stellte ihre Frage mit vorsichtiger, fast zerbrechlicher Stimme.

»Wenn du eine ehrliche Antwort hören möchtest, dann lautet sie: nein«, antwortete ich. »Und trotzdem... manche von diesen Texten sind sehr gut. Er benutzte weniger Worte als je zuvor. Die Geschichten sind kurz. Sie erinnern an Kohlezeichnungen. Nur ein paar Striche, aber schwarz und tief. Ich glaube, eine von ihnen handelt von Großvater. Sie heißt *Mein Vater, die Lachsforelle.*«

»Du meine Güte«, sagte Maggie. »*Ich* bin hoffentlich nicht vertreten?«

»Nein.«

»Na, Gott sei Dank! Mich hätte er bestimmt zu einem Seeteufel oder einem Stachelrochen gemacht.«

»Warum sagst du so etwas? Papa hat dich doch verehrt.«

»So mag es vielleicht ausgesehen haben«, sagte Maggie. »Aber er hat mir nie verziehen, dass ich Bruno verließ. Werner war schon fast erwachsen, als wir uns scheiden ließen, und er glaubte wohl selbst, es spiele keine Rolle, aber in seinem tiefsten Inneren hat er mir nie verziehen.«

»Ich glaube, du irrst dich«, entgegnete ich.

»Ich war niemals fähig, es Werner zu erklären«, sagte Maggie leise, »aber es ist unmöglich, mit einem Menschen zusammenzuleben, der sein Gesicht abgewandt hat. Es geht einfach nicht. Man kann es versuchen und versuchen – und weiß Gott, ich habe es versucht –, aber es ist unmöglich.«

Ich öffnete den Mund, um eine Frage zu stellen, aber Maggie war jetzt zum Leben erwacht, ihr altes energisches Ich blitzte auf, und sie kam mir zuvor:

»Warum lassen sich diese Geschichten denn nicht veröffentlichen, wenn sie doch angeblich so gut sind?«

»Weil Werner in einer vergangenen Zeit zu Hause war«, sagte ich. »Die Leute, die heute Fischergeschichten lesen, wollen keine wunderlichen Fabeln, in denen die Fische menschliche Eigenschaften haben, während die Menschen sich wie Fische benehmen. Sie wollen wissen, welcher Motor am wenigsten Benzin verbraucht und wie sie möglichst viel fangen, und damit basta.«

»Jetzt redest du wie dein Großvater«, bemerkte Maggie trocken. »Ungefähr das Gleiche hat Bruno vor mehr als dreißig Jahren über Werners erstes Buch gesagt. Aber mir wird wohl nichts anderes übrig bleiben, als mich deiner Expertise zu beugen.«

Die letzten Worte sprach sie mit Enttäuschung und Trauer in der Stimme.

»Erzähle von Großvater«, sagte ich, »erzähl mir von Bruno.«

Maggie antwortete nicht sofort. Ich hörte es in den Leitungen in der Wand rauschen, als jemand in der Etage über uns Wasser laufen ließ. Es war zwanzig nach vier, und draußen war die Dämmerung der Winterdunkelheit gewichen. Es schneite nicht mehr, aber vor dem Fenster pfiff und heulte der Wind nach wie vor unselig, und die Straßenlaternen verströmten gelblich fahles Licht.

»Was willst du wissen?«, fragte sie dann.

»Die Kriege«, sagte ich. »Wo er war und was er tat.«

Maggie antwortete nicht.

»Ich weiß, dass er im Winter neunzehnhundertvierzig bei Summa war«, sagte ich. »Das hat Leo mir erzählt.«

Maggie sah mich prüfend an und meinte dann:

»Ja, er war dort. Er war zu der Zeit Leutnant und Zugführer, wenn ich mich recht erinnere. Leo war auch dort, aber nicht an der Front, sondern ein ganzes Stück hinter den Linien. Er war wohl nicht aus dem Holz geschnitzt, aus dem Soldaten sind, unser Leo… hat er dir erzählt, dass er während des gesamten Fortsetzungskriegs für das Propagandaministerium gearbeitet hat?«

»Das hat er«, sagte ich. »Aber wir sprachen nicht oft über die Kriege. Leo meinte, es sei eine düstere Zeit gewesen und dass er sich nicht an sie erinnern wolle.«

»Es *war* eine düstere Zeit«, sagte Maggie. »Die nächtliche Dunkelheit während der Kriegswinter… manchmal ist mir, als wäre ich nie aus ihr herausgekommen, als wäre es nie mehr heller geworden. Das schwache bläuliche Scheinwerferlicht der wenigen Autos. Alle Fenster schwarz durch die Verdunkelung. Und die Menschen schlichen genauso dunkel gekleidet durch die Straßen und paarten sich und heirateten in Panik, denn jeden Tag konnte das Leben vorbei sein… zum Teufel, was für Jahre!«

Ich sagte nichts. Ich schloss die Augen und versuchte mir die

Welt vorzustellen, die Maggie beschrieb, musste jedoch erkennen, dass es mir nicht gelang.

»Und deshalb frage ich mich«, fuhr sie fort, »warum du diese Kriege unbedingt wieder dem Vergessen entreißen willst.«

»Weil es so vieles gibt, das ich nicht weiß«, sagte ich. »Um der Wahrheit willen.«

»Um der Wahrheit willen?«, sagte Maggie und hob die Augenbrauen auf eine Art, die mit den Jahren nichts von ihrer Wirkung verloren hatte. »Hast du denn nicht begriffen, dass Wahrheit ohne Liebe eine Art Lüge ist?«

»Ich will dich nicht quälen, Großmutter«, sagte ich. »Wir können über etwas anderes sprechen.«

Maggie hob ihr Teeglas und trank. Dann stellte sie die Tasse wieder ab und strich die Haare über ihrer rechten Schläfe nach hinten.

»Nein, frag ruhig«, sagte sie, »wenn wir schon mal reden.«

»Wo kämpfte Bruno im Sommer vierundvierzig?«, fragte ich schnell.

»Er war bei Tienhaara«, sagte Maggie kurz angebunden. »Er war zum Hauptmann befördert worden, er war Kompaniechef.«

»Bei Tienhaara?«, sagte ich. »Das war mit Sicherheit kein Zuckerschlecken.«

»Bruno gehörte zu den ältesten Offizieren an der Front«, sagte Maggie. »Aber er war in ausgezeichneter körperlicher Verfassung und soll… nun ja, er soll gut darin gewesen sein, die Disziplin aufrechtzuerhalten. Und außerdem war er bestimmt viel zu hitzig, um in die Rolle eines Strategen hinter den Linien zu schlüpfen.«

»Hat er dir jemals von Summa und Tienhaara erzählt… darüber, wie es dort war, meine ich?«

»Er erzählte mir im Grunde nichts«, antwortete Maggie und fügte hinzu: »Du musst verstehen, dass Bruno ein Mensch war, der alles für sich behielt. Ich glaube nicht, dass er sich jemals einem anderen anvertraute… Ich war fast zwanzig Jahre mit ihm verheiratet und habe ihm zwei Kinder geboren, mich im Nachhinein aber oft gefragt, ob ich ihn überhaupt gekannt habe.«

»Papa wusste etwas über Großvater, das er mir nie erzählt hat«, sagte ich, »und jetzt machst du das Gleiche.«

»Ich kann dir nichts erzählen, was ich nicht selber weiß«, sagte Maggie, »ganz gleich, welche Ahnungen und Vermutungen ich auch haben mag.«

»Schon möglich. Aber ich möchte, dass du mir alles erzählst, was du wirklich weißt.«

Ich hörte selbst, wie unbarmherzig ich klang.

Maggie sah zu Boden und schwieg. Ich begriff, dass sie über meine Worte nachdachte. Die Wanduhr im Flur schlug ein einziges Mal: halb fünf. Dann schaute Maggie auf, sah mich mit einer Mischung aus Wärme und Wut und Trauer im Blick an und sagte:

»Na schön. Ich werde dir zwei Geschichten erzählen. Aber danach sprechen wir nie mehr über die Vergangenheit. Hast du mich verstanden?«

Ich nickte stumm.

»Aber vorher will ich rauchen«, fuhr sie fort. »Du darfst mir eine Zigarette anbieten. Und mein Mundstück holen, es liegt in der obersten Schublade links im Sekretär des Gästezimmers.«

»Du hast doch seit mindestens zwanzig Jahren nicht mehr geraucht«, sagte ich.

»Fünfzehn«, erwiderte Maggie. »Aber jetzt möchte ich eine rauchen. Wenn man in mein Alter kommt, ist es einem egal, ob man sein Leben um ein oder zwei Tage verkürzt.«

»Im ersten Friedensfrühling«, begann Maggie, als sie ihre Zigarette zu Ende geraucht hatte, »saßen wir in unserem Isotta auf dem Weg von Helsingfors zu unserem Haus in Råberga. Wir hatten einen Chauffeur und alles, Mielonen hieß er, aber er trug keine Livree und hatte auch keine Schirmmütze, falls du dich das fragen solltest. Es war Mitte Mai, die Bäume schlugen gerade überall aus. Bruno saß neben Mielonen auf dem Beifahrersitz, und ich saß hinten und plauderte mit Mary und Werner. Und draußen war der schönste, wunderbarste Frühling, die Sonne schien, die Felder sprießten, die Wiesen waren saftig grün und der Himmel blau. Aber Bruno, der saß da vorne und schwieg, nicht ein Wort kam über seine Lippen, während wir aus der Stadt hinausfuhren. Und plötzlich begann er zu zittern. Erst sachte, nur ein paar unmerkliche Zuckungen, dann immer mehr… ich sah ihn mit der Rechten die linke Hand festhalten, um sie zum Stillhalten zu bringen. Doch es half nichts, und bald zitterte der ganze große Mann unkontrolliert und am ganzen Körper, und ich hatte alle Hände voll zu tun, die Kinder abzulenken, damit sie nicht sahen, was da vorging und wie es in Brunos Gesicht zuckte. Aber Mielonen merkte natürlich, was los war. ›*Johtaja, pysähdytäänkö – Sollen wir anhalten, Herr Direktor?*‹, fragte er, aber Bruno schüttelte nur wütend den Kopf und saß da und zitterte, bis wir Råberga schon fast erreicht hatten. Und während der ganzen Zeit drang nicht ein Laut über seine Lippen. Aber Werner und Mary merkten natürlich trotzdem, dass etwas nicht in Ordnung war.«

»Hörte er von alleine wieder auf zu zittern?«, fragte ich.

»Ja. Als wir durch das Dorf fuhren, bekam er sich wieder in den Griff. Und als wir beim Haus ankamen, war er ganz ruhig, so als wäre nichts geschehen.«

»Suchte er später einen Arzt auf… nach diesem Anfall?«

»Nein«, sagte Maggie kurz. »Ich glaube, du verstehst nicht ganz. Dieser Anfall, wie du es nennst, war nicht das Einzige… als Bruno aus der Armee entlassen wurde, verströmte er einen durchdringenden und beißenden Geruch, der ihn ständig umgab, dieser Geruch, und er hielt sich über Jahre hinweg, ja, bis zu unserer Scheidung. Und er hatte nichts mit Schweiß oder anderen Körperausdünstungen zu tun, sondern kam aus seiner Seele… Er legte sich immer für ein Nickerchen auf die Wohnzimmercouch, wenn er aus dem Büro heimkam. Er lag auf der Seite, den Rücken nach außen gewandt. Er schlief unruhig. Er schwitzte und murmelte und krakeelte im Schlaf. Manchmal konnte man verstehen, was er sagte, manchmal nicht. Und ungefähr ein Jahr nach Kriegsende begann er nachts aus dem Schlaf hochzuschrecken. Er hatte schon vor dem Krieg mit Schlafstörungen zu kämpfen gehabt, wenn er geschäftliche Probleme hatte. Doch jetzt wurde es immer schlimmer. Er wachte jede Nacht auf. Und jedes Mal war er in Schweiß gebadet, und jedes verdammte Mal schrie er im Moment vor dem Aufwachen das Gleiche, und zwar auf Schwedisch, obwohl die offizielle Kommandosprache in der Armee Finnisch war, und immer im Dialekt seiner Kindheit. Und das war ein Dialekt, den er sonst nie sprach, denn als ich Bruno kennen lernte, war er siebzehn Jahre alt und hatte erst ein knappes Jahr in Helsingfors gewohnt, aber seinen Dialekt hatte er damals schon gänzlich abgelegt.«

»Und was schrie er?«, fragte ich atemlos, denn mit solcher Intensität hatte ich Maggie nicht mehr sprechen hören, seit ich klein war und auf der Couch saß, während sie Vera von den Grausamkeiten erzählte, die sich zugetragen hatten, als sie sechzehn war, und die ich damals einfach nur als ein Märchen unter anderen Märchen aufgefasst hatte.

»Ich kann diesen Dialekt nicht nachahmen«, sagte Maggie.

»Nein, aber du hast doch sicher verstanden, was er sagte«, erwiderte ich ungeduldig.

»Ja, das habe ich«, sagte Maggie.

»Und?«

Sie wollte es nicht sagen, ich sah, dass sie es nicht sagen wollte. Ich hörte draußen eine Straßenbahn vorbeirattern, ich hörte die Uhr im Flur ticken, ich wartete.

»Ich will es wissen, Großmutter«, sagte ich. »Ich will es wirklich wissen.«

»Zwing mich nicht, dir in den Rücken zu schießen, du verdammter Deserteur«, sagte Maggie leise.

Ich sagte nichts. Ich streckte mich nur nach der Teekanne und schenkte nach. Anschließend tunkte ich einen Löffel in das Honigglas und dann ins Teeglas und sah den Honig schmelzen.

»Ich glaube nicht, dass du …«, begann Maggie tastend, »dass ihr euch heute noch vorstellen könnt, wie es ist … wenn ein ganzes Land an den Rand des tiefsten Abgrunds gepresst wird … unter welch einem grausamen Druck all diejenigen dann stehen, denen Verantwortung aufgebürdet wird. Denn eins sollst du wissen, als Bruno in den zweiten Krieg aufbrach, den Fortsetzungskrieg, zog er für eine Sache in den Kampf, an die er nicht glaubte.«

»Ich verstehe besser, als du denkst«, murmelte ich, denn irgendetwas wollte ich sagen.

»Das Einzige, was ich mit Sicherheit weiß«, sagte Maggie, »ist, dass dein Großvater eine Überdosis von diesen verdammten Kriegen bekam. Aber wenn es darum geht, was passiert ist … irgendwann kommt der Tag, an dem es einen nicht mehr interessiert, an dem die Vergangenheit in weite Ferne gerückt zu sein scheint und es einem sinnlos vorkommt, weiter in ihr zu wühlen. Die Dinge kamen, wie sie kamen. Manche Menschen müssen schwerere Bürden schultern, andere leichtere. Manche Menschen kommen besser mit dem Leben zurecht, andere schlechter. Und das Gedächtnis … es verändert sich. Die Jahre und Jahrzehnte vergehen, und plötzlich sind es nicht mehr die großen Entscheidungen und dramatischen Ereignisse, die einem in Erinnerung bleiben, sondern all das, was euch jungen Menschen eher nebensächlich erscheint. Die Farben, die Düfte, die Musik, das Licht … Es ist eigenartig, aber ich erinnere mich kaum an die Streiks und die Vorschläge und Manifeste von 1917, alle Worte sind verschwunden. Aber an den Sommer erinnere ich mich noch haargenau. Ich erinnere mich, dass es keine Ordnungsmacht mehr gab und ein Mann von Wendells Detektei rund um die Uhr vor unserem Haus Wache stand. Ich erinnere mich, dass die Randalierer jede Nacht die Schaufenster von *Hufvudstadsbladet* zuteerten … und am allerbesten ist mir in Erinnerung geblieben, wie der Sommer selbst war: sonnig, gewiss, aber kalt und trocken und windig und mit einem trostlosen Licht behaftet, das etwas anzukündigen schien und nur immer noch trostloser wurde dadurch, dass die Menschen solche Angst hatten und hungerten und wütend waren… Könnte ich bitte ein Glas Wasser bekommen?«

»Sekunde«, sagte ich und stand von meinem Stuhl auf.

»Im Kühlschrank steht eine Karaffe mit kaltem Wasser«, sagte Maggie und hustete kurz, »ich bin es anscheinend doch nicht mehr gewöhnt zu rauchen.«

Ich ging in die Küche, und es war immer noch so merkwürdig still im Haus; es war, als hätten Maggie und ich den Nachmittag über in einer Kapsel aus verschwiegener und eingefrorener Geschichte gehockt und nicht in einem schönen Wohnhaus in der Fabriksgata.

Als ich in den Salon zurückkehrte, schlug es fünf. Ich stellte das Wasserglas vor Maggie ab und spürte, dass sich in mir zwei widerstreitende Impulse regten. Ich wollte behutsam mit ihr umgehen, denn ich wusste, dass sie mir schon mehr gegeben hatte, als ich von ihr verlangen konnte. Aber gleichzeitig spürte ich, dass ich noch eine weitere Frage stellen musste und sich vielleicht nie mehr die Gelegenheit dazu ergeben würde.

Ich ließ Egoismus und Neugierde die Oberhand gewinnen und erwähnte zum ersten Mal überhaupt Onkel Leos Pflegesohn P. Maggie gegenüber. Ich erinnerte sie an sein Auftauchen bei Leos Beerdigung vor mehr als zehn Jahren, ich sagte, kürzlich habe in der Zeitung gestanden, er sei zum Botschafter irgendwo in Südostasien ernannt worden, und dann fragte ich:

»Warum hat er keinen Kontakt zu uns gehalten? Und warum bin ich ihm nie begegnet, als ich ein Kind war, ich war doch oft bei Leo und Siru?«

»Den Kontakt zu Leo und Siru hat er immer gehalten«, sagte Maggie. »Er hielt sich schon in jungen Jahren viel im Ausland auf, er schrieb ihnen lange Briefe und rief an ihren Geburtstagen immer an. Als er im Parlament saß, besuchte er sie oft zusammen mit seiner Frau und den Kindern. Aber vor uns anderen schreckte er zurück, vor Leos Verwandten, er wollte nichts mit uns zu tun haben.«

»Aber warum denn nicht?«, fragte ich.

»Weil er genau wusste, Bruno hatte es missbilligt, dass Leo sich seiner annahm. Und als Mary erwachsen wurde, machte sie sich Brunos Haltung zu Eigen. Deshalb wollte er mit dem Namen Skrake nichts zu tun haben.«

Auf einmal sah ich, dass der lange Nachmittag seinen Tribut forderte: Maggie sah müde aus, ihre Haut war ganz grau und bleich.

»Ich werde jetzt gehen«, sagte ich, »aber ich räume erst noch alles weg.«

»Dann hole ich etwas aus dem Sekretär, während du aufräumst«, sagte Maggie, »es ist etwas, das ich dir schenken möchte.«

* * *

Im Taxi spielten meine Finger mit dem Geschenk, das ich von ihr bekommen hatte, einer schönen, vergoldeten Taschenuhr mit einem verzierten Gehäuse, das eine wahre Filigranarbeit war. Auf der Innenseite des Deckels waren in kyrillischen Buchstaben die Initialen der Mutter meiner Großmutter eingraviert, und auf dem Gehäuse stand ein Firmenname – Maggie hatte ihn als Bure & Popoff dechiffriert – und die Jahreszahl 1891.

Der Sturm hatte sich gelegt. Ich wurde durch die südlichen Stadtteile von Helsingfors gefahren, die in eine unfassbare, sternenklare Stille gebettet waren. Schwarz und weiß. Der Samthimmel und die weichen Schneedünen. Der Schnee bedeckte geparkte Autos, Häuserdächer, Baumkronen, Felsenvorsprünge, Parks, alles. Draußen die nackte Straßenbeleuchtung, drinnen in den Jugendstilhäusern geschmackvolle Lampen, die in Erkerfenstern standen und wärmendes Licht verbreiteten.

Es war einem, als führe man durch eine fremde Stadt. Oder durch eine fremde Zeit, denn ich war noch so erfüllt von dem, was Maggie mir erzählt hatte, und von dem eigentümlichen Geschenk in meiner Hand, dass mir für Momente vorschwebte, ich führe durch ein anderes Helsingfors, durch die Stadt, in der Maggie Kind gewesen war, durch die Stadt, in die Großvater Bruno in seiner Eigenschaft als aufmüpfiger Kleinstadtjunge geschickt wurde und in der Leo Anfang der Zwanzigerjahre eintraf. Und während ich dies alles dachte, sah ich vielleicht ein wenig traurig aus, vielleicht schimmerte Schwäche in meinem Blick durch. Denn die Taxifahrerin – es war eine junge Frau in einem Lederrock, erinnere ich mich, breitschultrig und mit einem durchtrainierten, harten Gesicht – tastete mit der Hand nach dem Autoradio, und gleich darauf war der Musiksender da: *welcome to your local rock'n'roll dealer at ninetysix point two*, dann eine Nachrichtensendung im Eiltempo, ein ironischer Kommentar über Saddam Hussein und George Bush – es war zur Zeit der Kuwaitkrise – ein paar Eishockeyergebnisse und das Versprechen von mehr Schnee, woraufhin eine andere Stimme übernahm und die neu aufgenommene Hi-tech-Version eines alten finnischen Schlagers ankündigte.

Wunschbild.

Es war wohl
ein Wunschbild bloß.

»Was ist eigentlich Zeit?«, fragte ich, abrupt und in den Raum hinein und auf Finnisch.

Die Fahrerin antwortete nicht, sondern schielte nur misstrauisch zu mir herüber, bog dann in die Döbelnsgata und bremste vor meinem Hauseingang scharf ab.

Ich bezahlte und verließ den Wagen, stieg über einen Schneewall und war bereits halbwegs im Haus, als ich mich doch für einen Abendspaziergang entschied. Ich überquerte die Runebergsgata, ging zum Hesperiapark hinab und dann nach rechts.

Ich ging zu Edesviken, und während ich ging, spielten meine Finger mit der Uhr in meiner Manteltasche, und ich betrachtete die Häuser auf der Södra Hesperiagata und sah zu dem schwarzen Himmel auf, der niemals Antworten hat.

7

Mein Vater Bruno war ein intelligentes und raubgieriges Wesen. Er war zudem scheu, doch als die Welt stürmte, stand er mitten in einem Strom aus Feuer, scheinbar ohne zu zittern.

Er war wie die Lachsforelle des Meeres. Als der Sturm sich gelegt hatte, suchte er sich einen passenden Standplatz. Er wollte Speck ansetzen, und er wollte vergessen. Er stellte sich zwischen die Blöcke Holz und Metall, und seine Wahl war gut: Denn mit den Strömen der Nachkriegszeit und Reparationsforderungen trieben fette Industrieaktien heran und landeten in seinem Schlund.

Doch im dunklen Gewässer des Schlafs lauerte sein Gewissen.

– Aus »Mein Vater, die Lachsforelle« von Werner Skrake.

Ich habe einige Frühjahrswochen darauf verwandt, letzte Hand an diese Erzählung zu legen.

In dieser Zeit verbrachte ich auch einige Tage in meiner Wohnung in der Bergmansgata in Helsingfors. Sobald ich mein Tagespensum geschrieben hatte, flanierte ich durch die Stadt und sah all das Neue: die neuen Hotels, das neue Zeitungsgebäude aus Glas und Metall, das neue Museum für moderne Kunst, die neuen kompakten Stadtteile, die sich dort erheben, wo die Aussicht früher frei war.

Auf einmal begriff ich, dass nicht nur Råberga sich von Grund auf verändert hat. Auch die Stadt, in die ich vor dreiundzwanzig Jahren gezogen bin, ist eine andere geworden.

An einem dieser Tage, es war ein kalter und windiger Samstag, stand ich auf einer Straße im Stadtzentrum und sah eine kurzhaarige und immer noch sehr schlanke Jinx Muhrman an einem Fenstertisch in einem dieser neuen mondänen Cafés sitzen, die keinen Kaffee, sondern *Caffé latte* kredenzen. Am gleichen Tisch saß auch ein Junge, oder besser gesagt ein junger Mann, der einen riesigen Collegesweater und eine ausgebeulte Hose trug. Seine langen schwarzen Haare waren hinten zu einem Pferdeschwanz gebunden, und in beiden Ohren steckten doppelte Ringe.

Mir war sofort klar, dass dieser junge Mann Jonatan Muhrman war: Er sah sowohl Jinx als auch Birre ähnlich. Während einiger Momente glaubte ich zu sehen, dass er nicht mir, aber doch Onkel Leo und Großvater Bruno ähnelte, und zwar so, wie sie als junge Männer ausgesehen hatten. Doch dann war mir, als bildete ich mir das nur ein, als wäre der Wunsch Vater des Gedankens.

Jedenfalls wollte ich spontan das Café betreten und zu Jinx gehen und ihr sagen, dass es mir wegen all der Jahre, die vergangen sind, Leid tut, ich aber inzwischen gelernt habe, dass Liebe und Freundschaft größer sind als Eitelkeit und Biologie und dass ich außerdem erkannt habe, wo die Liebe an Bedingungen geknüpft wird, gibt es sie nicht.

Doch ich tat es nicht. Stattdessen blieb ich eine ganze Weile auf der Straße stehen und genoss den Anblick von Jinx und ihrem Sohn, ich sah sie dort sitzen, die Köpfe eng zusammengesteckt, und ich sah, dass sie sich nahe standen, und dann ging ich davon.

* * *

»Die Geschichte ist nur ein grausames und verantwortungsloses Märchen«, pflegte Onkel Leo zu sagen, »wir sind es, die ihr Bedeutung und Inhalt geben müssen.«

Er pflegte auch zu sagen, fast alle Menschen litten an Brüchen, die sie hart und verschlossen machten, und dass dies schade sei.

In ihren letzten Lebensjahren beklagte sich Maggie manchmal, ich und meinesgleichen verstünden nicht, wie kurz der Abstand zu den grausamen Ereignissen sei, die auf Gedeih und Verderb unser Land geformt hätten.

Ich antwortete ihr, dass man bei uns immer versucht habe, die Menschen zu zwingen, die Geschichte in Form eines Klumpens durchgekauter Wahrheiten zu erben, nur dass der Farbton dieses Wahrheitsklumpens variierte. Ich sagte, nur indem man sich Schritt für Schritt von der Geschichte befreie, lerne man, sie mit klaren Augen zu betrachten.

Einmal gestand ich ihr, dass ich sowohl meinen Vater als auch Onkel Leo in diesem Licht sah. Wenn ich an die beiden dachte, sah ich zwei lebenslange Versuche vor mir, einer Unterdrückung zu entkommen, die sie nicht einmal definieren wollten, weil ihre Intuition ihnen sagte, dass bereits das Definieren eine Form der Unterwerfung war.

Da schmunzelte Maggie und meinte, ich sei ein aufmüpfiger kleiner Teufel, der Gedanke an sich sei jedoch durchaus richtig: Manchmal muss man es sich versagen, die Unterdrückung zu definieren, um erfolgreich gegen sie ankämpfen zu können.

* * *

In meinen Augen ist die Geschichte heikel, magisch, amüsant, erschreckend.

Im August 1890 ging der Onkel meines Großvaters Oskar Johannes Skrake auf Broholmen in Helsingfors in den Zirkus. Der gastierende Zirkus wurde von einem Italiener namens Scipione Ciniselli geleitet. Meine ehemalige Klassenkameradin Cita Rothovius, von der ich mir jahrelang meine Entjungferung erhoffte, ist heute verheiratet, lebt in Verona und trägt den gleichen Nachnamen.

In der weißen Stadt Helsingfors wurde im Frühjahr 1918 ein Ball zu Ehren des Befreiers von der Goltz und seiner Truppen gegeben. Veranstaltungsort war das Schwedische Theater, und im Laufe des Abends tanzte Großmutter Maggies ältere Schwester Helene Elisabet mehrere Tänze mit einem grobstimmigen jungen Deutschen namens Sauckel.

Gut fünfundzwanzig Jahre später, als Adolf Hitlers mächtiger Rüstungsminister Albert Speer schwer erkrankte, tauchte ein Mann namens Fritz Sauckel als einer der vielversprechendsten Thronfolger des Rüstungsministeriums auf. Wiederum ein paar Jahre später wurde er in Nürnberg gehängt. Ich habe keinerlei Beweise dafür, dass dieser Sauckel identisch war mit Helene Elisabet Enerots früherem Kavalier, aber bei dem Gedanken wird einem schwindlig.

Als Onkel Leo im August 1968 vor der Sowjetischen Botschaft in der Fabriksgata in Helsingfors gegen den sowjetischen Einmarsch in Prag demonstrierte, wurde er unter anderem von Tuomioja und Torvalds flankiert. Heute, während ich dies schreibe, ist Tuomioja Finnlands Außenminister, während Torvalds vor allem dafür bekannt ist, ein Kind gezeugt zu haben, das zu einem Computergenie wurde und mit der Zeit Bill Gates herausforderte, den reichsten Mann der Welt.

Ich möchte betonen: Nichts von all dem bedeutet etwas.

Ich bin nur amüsiert, erschreckt und amüsiert.

Wir Menschen werden in der Welt umhergewürfelt wie die unwissenden Spielsteine hasardspielender Götter.

Mein Vater war der Hammerwerfer Werner Joel Ossian Skrake.

Er hätte genauso gut fünfzehn Jahre jünger und schwarz sein können, ein langbeiniger, aber mittelmäßiger Weitspringer, der sich mit Ach und Krach für die amerikanische Mannschaft qualifizierte, die zu den Olympischen Spielen von Mexico City reiste.

* * *

Der Mensch ist ein elektrisches Kaninchen, das vor seiner Vergangenheit davonläuft.

Ich bin ein Mensch. Reflexion ist für mich gleichbedeutend mit Schmerz.

Es war einmal eine Welt aus Spionen und einem Wettlauf ins All und Elvis und Marilyn und den Beatles und Ähnlichem.

In diese Welt wurde ich hineingeboren.

Nach 1989 verschwand sie in einer Wolke aus staubigem Mörtel und ist heute eine lang vergangene Sage.

Es ist eine trügerische Sage, eine Sage über die Epoche, in der sich Illusionistentricks und manipulierte Bilder durchsetzten.

Ich bin mein Leben lang unterhalten und informiert worden, habe jedoch niemals sicher sein können, dass ich wirklich sah, was ich sah, hörte, was ich hörte, erlebte, was ich erlebte.

Flog Jurij Gagarin in den Weltraum?

War Marilyn Monroe schön?

Hat Elvis gelebt?

Gibt es Wahrheit?

Ich weiß es nicht.

* * *

Maggie sagte mir einmal, ich und meine ganze Generation schienen keine Leidenschaften mehr zu kennen. Sie sagte, vielleicht sei die Menge der Leidenschaften in der Welt konstant, und nun gebe es so viele von uns Menschen, dass jeder Einzelne eine kleinere Ration zugeteilt bekomme als in ihrer Jugend, worauf sie nüchtern ergänzte: »Obwohl, mein Gott, wenn dadurch auch nur ein einziger Krieg verhindert wird, ist es ja gut so.«

Kurz darauf starb Maggie, und schon bald war wieder Krieg auf europäischem Boden, zum ersten Mal seit Jahrzehnten.

* * *

Zwölf Monate lang bin ich einer Leidenschaft erlegen: Ich habe euch diese Geschichten erzählt.

Ich habe sie, so gut ich konnte, in all ihrer Schönheit und Wehmut und Grausamkeit übermittelt, ich wollte, dass ihr sie wie eine Hand auf eurer Haut fühlt.

Dennoch hält sich hartnäckig der Verdacht in mir, dass sowohl Leo als auch Werner sie besser erzählt hätten.

* * *

Es war Werner, der mich lehrte, den Frühling und den Herbst zu lieben, die Grenzjahreszeiten.

Er liebte den Monat April wegen seiner Launenhaftigkeit, seines blauen Wassers und der grellen Sonnenstrahlen, die plötzlich von Sturm und peitschenden, nadelspitzen Stacheln aus Schnee abgelöst werden konnten. Ebenso schwärmerisch sprach er jedoch über die ersten Oktobertage, an denen der graue Regen plötzlich einem Widerschein jenes Sommers weicht, der endgültig resigniert hat und seine Farben noch einmal aufleuchten lässt, um anschließend zu sterben.

Meinem Vater gefiel die Art der Grenzmonate, Absprachen aller Art zu brechen und sich stattdessen zwischen den Extremen hin und her zu werfen, so wie es das Leben auch tut. Im Jahr nach meinem Umzug nach Helsingfors sagte er mir einmal, wir Menschen seien genauso, auch wir wollten uns im Grunde nur hin und her werfen, zwischen unseren Polen pendeln, unsere Grenzen suchen und sie überschreiten; im Innersten sind wir wie die Natur, wir sind ein Chaos, das ein strenger Gott mit der

Miene eines Technokraten in ein gut verstecktes Geheimfach gezwungen hat, wir sind gefährliche Kunst, von der die Zensurbehörden in uns selbst nicht wollen, dass sie betrachtet wird.

* * *

Ein Jahr ist vergangen, ein Jahr, in dem nach christlicher Zeitrechnung auch das Jahrzehnt und das Jahrtausend gegen ein anderes ausgetauscht wurden.

Es ist Mai wie zu Beginn meines Schreibens, es ist Abend, und der Himmel ist klar.

Die Sonne steht bereits tief, die wenigen Abendwolken haben goldgelbe Ränder. Den ganzen Tag über ist Wind gegangen, eine stete Brise vom Meer.

Von meinem Fenster aus sehe ich die wenigen Laubbäume der Südinseln hellgrün stehen.

Das Meerwasser ist kalt, so kalt, dass die Silberfische sicher noch an den Ufern der Inseln stehen.

Ehe die Dunkelheit hereinbricht, werde ich hinausfahren und mein Glück versuchen.

Nachwort

Vom Risiko, ein Skrake zu sein ist eine fiktive Erzählung, bevölkert von fiktiven Personen. In manchen Abschnitten berührt die Erzählung bekannte Geschehnisse und Episoden aus der finnischen Geschichte des 20. Jahrhunderts, doch auch dann erhebt sie nicht den Anspruch, von dokumentarischem Wert zu sein; ich habe mir Freiheiten genommen.

Greil Marcus veröffentlichte in den fernen Siebzigerjahren des vorigen Jahrhunderts ein Buch mit dem Titel *Mystery Train,* und ich bin Marcus für einige von Werner Skrakes Gedanken über Elvis, Huck Finn und Kapitän Ahab zu Dank verpflichtet. Die Literaturzeitschrift *Pequod* gab 1996 eine Sondernummer über das Fischen heraus, in der mich insbesondere Gunnar Nirstedts Artikel »Warum man lügt« sehr inspiriert hat. Die Schilderung »Im Innern der Raumschiffe« des verstorbenen George Adamski war wichtig für die Entstehung des Kapitels *Elvis, Firkon & Ilmuth.* Die Forschungsarbeiten Lars Westerlunds und anderer zu den Ereignissen und Stimmungen im schwedischsprachigen Ostbottnien im Winter 1918 sind von unschätzbarer Hilfe gewesen, aber die Verantwortung für die fiktive Darstellung in dem Kapitel *Interludium mit Thema, eingraviert in Kuno Leonard Skrake* trage ich allein.

Ich möchte allen Menschen danken, die mir während der Arbeit an diesem Buch beigestanden haben. Leider seid ihr so zahlreich, dass ich nicht allen namentlich danken kann. Meine Familie hat mich ermuntert und mir darüber hinaus – bei Bedarf – Abgeschiedenheit zugebilligt. Gute Freunde haben sich bereit erklärt, die esoterischsten Dinge mit mir zu diskutieren. Bekannte und Unbekannte haben mir per Post interessantes Material zukommen lassen, gehetzte Berufstätige mir am Telefon geduldig bei Details geholfen.

Ein besonderer Dank gilt dem Autoren- und Übersetzerzentrum in Visby, Gotland, sowie der Sigtunastiftung: Ohne ihre Großzügigkeit wäre dieses Buch vielleicht niemals entstanden.

Abschließend möchte ich Jorge Luis Borges zitieren, der einmal schrieb, die Literatur sei nichts als ein dirigierter Traum.

Helsingfors, am 29. Juli 2000
K.W.

Anmerkung des Übersetzers

Finnland ist ein zweisprachiges Land, in dem neben Finnisch auch Schwedisch gesprochen wird. Da der vorliegende Roman in schwedischer Sprache verfasst wurde, sind in der Übersetzung die schwedischen Ortsbezeichnungen beibehalten worden, zum Beispiel Helsingfors statt Helsinki, Tammerfors statt Tampere.

Dieter Kronzucker / Klaus Emmerich
Das amerikanische Jahrhundert

Dieter Kronzucker
Klaus Emmerich

Das amerikanische Jahrhundert

ECON Verlag
Düsseldorf · Wien · New York

Bildnachweis

Archiv für Kunst und Geschichte, Berlin (S. 37 oben, S. 61 links unten, S. 113 rechts oben, S. 157 oben, S. 175 links unten, S. 180 unten, S. 185 unten, S. 217, S. 220 oben, S. 233 unten, S. 239 unten, S. 263, S. 274, S. 304 unten, S. 305, S. 311, S. 319, S. 343 oben); dpa, Düsseldorf (S. 351); Keystone Pressedienst, Hamburg (S. 19 oben, S. 37 unten, S. 150 oben, S. 175 oben, S. 210, S. 220 unten, S. 286 oben, S. 304 oben); Ullstein Bilderdienst, Berlin (S. 32 unten, S. 61 oben und rechts unten, S. 76, S. 95, S. 107, S. 113 links oben, S. 119 unten, S. 150 unten, S. 175 rechts unten, S. 185 oben, S. 205, S. 233 oben, S. 238, S. 239 oben, S. 292); United States Information Service, Bonn (S. 19 unten, S. 32 oben, S. 113 unten, S. 119 oben, S. 157 unten, S. 180 oben, S. 286 unten, S. 343 unten).

CIP-Titelaufnahme der Deutschen Bibliothek
Kronzucker, Dieter:
Das amerikanische Jahrhundert / Dieter Kronzucker; Klaus Emmerich.
2. Aufl., Düsseldorf; Wien; New York: ECON Verl., 1989
ISBN 3-430-15701-3
NE: Emmerich, Klaus:

2. Auflage 1989

Gesetzt aus der Times, Linotype
Satz: Lichtsatz Heinrich Fanslau, Düsseldorf
Papier: Papierfabrik Schleipen GmbH, Bad Dürkheim
Druck und Bindearbeiten: Bercker Kevelaer
Printed in Germany
ISBN 3-430-15701-3

Inhalt

Vorwort 7

The American way of life 11
»Wir sind keine Nation, wir sind eine Welt« 12
Das Streben nach Glückseligkeit 17
Die Komfortgesellschaft 30
Die »waste-society« –
Vom Wegwerfen und Verschwenden 46
Traum und Alptraum . . . 52
Die amerikanische Geisteshaltung 58
Kapitalismus und Mäzenatentum 72
Kirchen und Kulte 81
Schmelztiegel USA? 92
Die schwarz-rote Minderheit 104
Neue Frauen in der Neuen Welt 122
Der amerikanische Volksheld 130

Die Geburt einer Supermacht 137
Die »Maine« war ihr Schicksal 138
In Europa gehen die Lichter aus 144
»Das Land wünscht, daß nichts geschieht« 152
Das noble Experiment 158
Hitler und Roosevelt 165
Ein Gigant zeigt, was er kann 173

Triumph und kalter Krieg 189
Demokratie auf amerikanisch 201

Antikommunismus, Antiamerikanismus und das neue Denken 215
Kommunisten im State Department 216
Die goldenen Fünfziger 226
Kennedy, Nixon, Carter 232
Ein Platz im Buch der Geschichte 249

USA & Company 259
»The roaring twenties«: Anfang und Ende der Gründerzeit 260
Marx gegen Ford 266
Geld folgt Interesse 272
Bananen, Dollars und der Imperialismus 277
Die Lehren der Krise 285
»A New Deal for the forgotten man« 298
Noch nie war Konsum so schön 309
Herausforderung: Amerikanisch? Europäisch? Japanisch? 321
Von der Volkszählung zum Supercomputer 335
»The last frontier« 341

Amerikanisches Jahrhundert – amerikanisches Zeitalter 348

Die Amerikanisierung Amerikas 354

Zeittafel 357

Personen- und Sachregister 361

Vorwort

Eigentlich ist der Titel dieses Buches eine Behauptung, die erst bewiesen werden muß, und eine Festlegung dazu auf eine ziemlich genau umrissene Zeitspanne. Wir halten 1893 für ein Jahr der Entscheidungen, Ereignisse, Entwicklungen, Errungenschaften und Erfindungen, die Amerika von der Binnen- zur Weltmacht treiben, und sehen im Jahr 1992 einen kalendarischen Einschnitt in der Geschichte der Neuen Welt. Denn dann ist ein halbes Jahrtausend vergangen seit der Landung des Christoph Kolumbus. Fürwahr ein Jubiläum, das die Bewohner der Vereinigten Staaten vor allen anderen Amerikanern feiern können. Sie sind den Verheißungen und Herausforderungen der Neuen Welt viel stärker gerecht geworden als die Argentinier oder Mexikaner, als die Kolumbianer oder Kubaner. Wenn die Welt heute von Amerika spricht, es bewundert oder fürchtet, dann ist das Territorium der USA gemeint und keines der anderen dreißig und mehr Staatengebilde jenseits des Atlantiks. Dabei haben sie beinahe alle etwa gleichzeitig das Joch der Kolonialherrschaft abgeschüttelt, hatte eigentlich der Befreier Südamerikas, Simón Bolívar, die größere Vision von einem Staatenbund der Neuen Welt mit einem panamerikanischen Parlament auf der mittelamerikanischen Landbrücke. Von der Idee blieb der Name, Panama. Es sind die USA, die Panama zu einem Ministaat machen, damit sie dort ihren Kanal bauen können. Ansonsten hat Bolívar, wie er auf dem Sterbebett stöhnte, »ein Meer gepflügt«. Es war sein

Zeitgenosse und Bruder im Unabhängigkeitskampf, George Washington, der aus ein paar befreiten Kolonien eine Nation auf Dauer schmieden konnte, getragen von einer Menschenrechtserklärung, die in der Welt bis heute widerhallt. Viele führen den Beginn des amerikanischen Zeitalters denn auch auf das Jahr 1776 zurück. Am 4. Juli jenes Jahres verabschiedet der Kontinentalkongreß zu Philadelphia eine Unabhängigkeitserklärung, die sich auf das allgemeine Menschenrecht gründet. Fünf Tage später wird sie auf deutsch im *Pennsylvanischen Staatsboten* nachgedruckt:

»Wir halten diese Wahrheiten für ausgemacht, daß alle Menschen gleich erschaffen wurden, daß sie von ihrem Schöpfer mit gewissen unveräußerlichen Rechten begabt wurden, worunter sind Leben, Freiheit und das Bestreben nach Glückseligkeit.«

Die Gleichheit, das Recht und die Freiheit tauchen dreizehn Jahre später auch in der Französischen Revolution auf und beeinflussen 1848 die verfassunggebende Versammlung in der Frankfurter Paulskirche. Eigentlich schon mit ihrer Menschenrechtserklärung haben die Vereinigten Staaten bereits die größte Vorleistung für das amerikanische Zeitalter erbracht. Dabei blieb der Passus vom Streben nach Glückseligkeit, ›the pursuit of happiness‹, eine amerikanische Eigenart, sozusagen die Grundlage für den American way of life.

Die Vereinigten Staaten mußten aber nach dem Unabhängigkeitskrieg ein gewaltiges Ringen um die nationale Einheit bestehen. Dieser Bürgerkrieg hat zwar zur Sklavenbefreiung geführt und damit die Schwarzen in die Erklärung der Menschenrechte eingeschlossen, aber doch die Nation und ihre Lebenskräfte geschwächt. Erst nach einer Erholungspause setzten die Amerikaner zur Eroberung ihres Landes an. Im ausgehenden 19. Jahrhundert verstärken Idaho und Montana, North und South Dakota, Utah und Wyoming die Nation.

1898 entsteht Greater New York, die Ausdehnung der Metropole auf ihre heutigen Grenzen, eine Welt für sich. Bei aller stürmischen Entwicklung war doch der Expansionsdrang nach innen gerichtet und noch nicht in die Welt hinaus. Naturkatastrophen suchen Amerika heim. 1886 sterben riesige Rinderherden in gewaltigen Schneestürmen. 1887 läßt eine große Dürre die Äcker verdorren. Verarmte Rinderbarone und bankrotte Bauern strömen zurück an die Ostküsten und stoßen dort auf eine ungezügelte Sturmflut der Einwanderung aus Osteuropa. 1893 wird zum Jahr der großen Panik. An einem schwarzen Freitag stürzt das Finanzgebäude zusammen. Millionen sind arbeitslos. Banken und Bergwerke schließen die Pforten, ein Viertel der Eisenbahngesellschaften geht in Konkurs.

Die Gesellschaft erzittert, wie auch in Europa, in ihren Grundfesten. Das traditionelle Zweiparteiensystem wird von einer Populismus-Bewegung unterspült. Hundert Jahre nach der Unabhängigkeit und der Schöpfung der ersten großen Verfassung der Neuzeit scheint das amerikanische Zeitalter bereits ausgelebt.

Im Rückblick verdüstert sich dieses Bild erst recht durch eine Schmach, die den Amerikanern erst später als solche voll bewußt wird, der Mord an Sitting Bull und das Massaker am »Wounded Knee«, mit dem 1890 der Stolz und der Widerstand der amerikanischen Ureinwohner endgültig gebrochen wurde. Im harten Überlebenskampf gehen auch amerikanische Kavalierstugenden verloren, die selbst den blutigen Bürgerkrieg überdauert hatten. Bei den Wahlen von 1896 ringen Großindustrielle und Konzernherren mit ihrem Schmiergeld Bauern und Pioniere nieder. Die Brutalität des Yankee-Kapitalismus wird auch in Europa sprichwörtlich.

Gleichzeitig aber lösen sich amerikanische Schriftsteller von französischen und englischen Vorbildern und Denkmustern, engagieren sich in der Sozialkritik, schildern das Schicksal der Armen und geißeln den einsetzenden Klassenkampf. Im gesellschaftlichen Gärungsprozeß entsteht Amerika als eigenständige Zivilisation. Ein erstes Mal bewährt sich die enorme Erneuerungskraft der Neuen Welt: 1883 entsteht, nach Plänen des Architekten Le Baron Jenney, in Chicago der erste Wolkenkratzer der Welt. William Randolph Hearst und Joseph Pulitzer schaffen eine neue Art von Presse, die sich als

Meinungsmacher der Massen entpuppt. Diese »Yellow Press« sollte später in Europa viele Nachahmer finden. Am 4. Oktober 1887 erhält die *New York Herald Tribune* einen Ableger in Paris – bis heute mehr eine Druckfahne des American way of life in Europa. 1893 staunen 27 Millionen Besucher aus aller Welt über das Wunderland Amerika auf der großen Ausstellung in Chicago, die zum 400jährigen Jubiläum des Christoph Kolumbus eröffnet wird. Im selben Jahr bringt der Baedeker-Verlag ein erstes Reisebuch über Nordamerika heraus. Auch landschaftlich werden die USA zum achten Weltwunder. Im selben Jahr erkennen amerikanische Historiker in der Eroberung des Wilden Westens auch die Amerikanisierung ihres Landes, die Loslösung von Europa. In New York baut Thomas Edison 1892 der Welt erstes Kraftwerk für die Gewinnung von elektrischem Strom. Nach historisch eher kurzer Verschnaufpause lassen die Vereinigten Staaten schließlich auch ihre Muskeln spielen. Der Kreuzzug für den American way of life beginnt.

The American way of life

»Wir sind keine Nation, wir sind eine Welt«

Der Schriftsteller Harold Brodkey, von dem das literarische New York behauptet, er sei ein Genie, widmet sein Leben einem Roman über das amerikanische Jahrhundert. Das Werk hat 6000 Seiten und bleibt wohl trotz Veröffentlichung unvollendet. Der Gründer der Zeitschrift *Time,* Henry Booth Luce, nannte das zwanzigste Jahrhundert »The American century«. Aber er hat sich weder in der Zeitspanne genau festgelegt, noch hat er die Begründung für seinen stolzen Anspruch nachgeliefert. Amerika hat die größten Datenbanken der Welt, und die Nation erfaßt sich täglich neu in Statistiken und Meinungsumfragen, in Prognosen und Analysen. Aber die Definition des amerikanischen Zeitalters zerrinnt den Berichterstattern noch im Moment der Niederschrift, Begriffsbestimmungen verwehen im Wechselwind des Zeitgeistes. Die Amerikanistik, der wissenschaftliche Versuch, die Vereinigten Staaten in den Griff zu bekommen, hinkt den aktuellen Entwicklungen hoffnungslos hinterher. Weil die Nation keine graue Vorzeit hat, sondern bereits in das Informationszeitalter hineingeboren wurde, erlebt sie von vornherein eine begleitende Geschichtsschreibung. Es ist ein Mammutwerk daraus geworden, unübersichtlich, vielfältig, widersprüchlich.

Wo kommen die Amerikaner her? Von überall ... unter anderem auch aus ihrem eigenen Land. Was sind die Amerikaner? Jene tun sich leicht, die es das Volk ohne Eigenschaften nennen. Dabei hat gerade der amerikanische Charakter ein Heer von Literaten herausgefordert. Unterliegt die Nation einer gesetzmäßigen historischen Entwicklung? Der Historiker Schlesinger etwa meint, daß die Reagan-Jahre eine Wiederholung der »goldenen Fünfziger« unter Eisenhower waren, die wiederum anknüpfen an die »roaring twenties«, die verrückten zwanziger Jahre.

Immer wenn Amerika glänzend, schnellebig, oberflächlich, robust, brutal, vital und optimistisch wirkt, taucht der Name Darwin auf. Der Sozialdarwinismus, das Überleben des Stärkeren, läßt sich auf den Klassenkampf im ausgehenden 19. Jahrhundert zurückführen. Erwiesen ist, daß 90 Prozent der eigentlich Betroffenen von Darwin nie etwas gehört haben. Dafür hat sich Pragmatismus eingebürgert, nicht nur als Schlagwort, sondern als Denk- und Lebensweise: die Dinge und Ideen nicht nach ihrer Herkunft deuten, sondern auf ihre Anwendbarkeit in der Gegenwart überprüfen. William James veröffentlicht 1897 sein berühmtes Buch »Der Wille zu glauben«. Danach ist eine Behauptung dann richtig, wenn sie wirksam wird. Oft unterliegt das Große und Ganze dem Detail, dem Augenblick und der lokalen Ortsbestimmung. Steinbeck, der in »Travels with Charley« der Spürnase seines Hundes folgt, und Hemingway, dem es das Fischen angetan hat, machten aus der Liebe zum Detail große Literatur.

Immer wenn Amerika selbstkritisch, nachdenklich, selbstzweifelnd, moralisch kränkelnd daherkommt, melden sich Freud und Adler. Im Jahre 1900 hat der Österreicher Sigmund Freud mit seiner »Traumdeutung« das Unbewußte auf die Welt losgelassen und besonders in Amerika fruchtbaren Boden gefunden. Wie keine andere Nation wurden die Vereinigten Staaten vor ihrer Gründung »erdacht«. Aber um die Jahrhundertwende weichen die Denker den Seelenärzten und die Philosophen den Psychoanalytikern. Sie dringen in die Geschichtsschreibung, die Literatur und die Anthropologie ein. Mit der Psychoanalyse werden die Boheme (»bohemia«) und die Selbstironie Wiens nach New York exportiert.

Keine Nation weist so viele »shrinks«, Psychoanalytiker,

auf. Nirgendwo sonst wird soviel mit »Selbsterfahrung«, alternativem Leben und unvergorener Mystik experimentiert. Der Existentialismus des Jean-Paul Sartre erfaßt New Yorks Greenwich Village und vermengt sich mit Cool Jazz und Rauschgift zu einem Großstadtflair, das durch das System der kommunizierenden Röhren nach Europa zurückfließt. Viele Amerikaner lassen sich mittreiben. Eine »lost generation« von jungen Künstlern läßt sich in Paris nieder. 1922 schreibt T. S. Eliot mit »The Waste Land« ihre Stimmung nieder. Amerika nimmt sich selbst unter die Lupe und findet vor allem die Keime des Bösen. Bis in das ausgehende 20. Jahrhundert hinein kümmern sich Literaten mehr um Mord und Totschlag als um Hochhäuser, Lebensstandard und Mittelstand.

Mit der amerikanischen Völkerwanderung vom Atlantik zum Pazifik bestimmt die kalifornische Lebensart zeitweise den Rhythmus der Nation. Herbert Marcuse stellt die Sinnfrage des Lebens, und eine ganze Generation setzt diese Frage in eine praktische Forderung um: »Make love not war.« Auf den »Ashbury Haights« in San Francisco feiern die Blumenkinder. An den Universitäten demonstrieren die »peaceniks«. In Londons Carnaby Street und in Münchens Schwabing werden sie nachgeahmt. »Sit-ins«, Jesussandalen, Hot pants, »Trau keinem über 30«, »Ho-Ho-Ho-Tschi-Minh«, Marihuana, Gurus, Katmandu – das Zeitalter des Wassermanns. Die Rebellen der sechziger Jahre ziehen in den siebziger Jahren Jackett und Schlips, Flanellrock und Turnschuhe an. Die Individualisten reihen sich ein, Hippies werden Yuppies. Aber auch das löst wieder Bewegungen aus: »Me-generation«, Aerobics, Egomania und Größenwahn. Die Zahl der Seelenärzte bleibt gleich hoch.

Im Pendelschlag zwischen Selbstvertrauen und Selbstkritik schwingt sich Amerika in die Jahrtausendwende. Zwischen den Polen pendelt nicht nur die Gesellschaft, sondern auch ihre Organisationsform. Politik setzt zu Höhenflügen an und erleidet Bauchlandungen. Wirtschaft pumpt auf und nieder: »boom and bust«. Noch gibt es keine Anzeichen, daß in einer enger verflochtenen Welt Gewinne niedriger, Pleiten sanfter,

Politik pragmatischer werden wird. Atem- und Denkpausen stellen sich dann ein, wenn die Nation irgendwo Schläge bekommt. Das passiert selten genug: In Vietnam verbrannte eine gehörige Portion Optimismus; an Japan verbrannte sich die Exportwirtschaft die Finger. Die Reaktion erfolgt in Phasen: Rückzug, Isolationismus, Protektionismus, Selbsterneuerung, Aufschwung, neuerliche Expansion.

Herman Melville meinte philosophisch: »Wir sind keine Nation, wir sind eine Welt.« In New York bleiben die Völkerschaften so getrennt, daß sie auch auf verschiedenen Erdteilen hausen könnten. Aber jede Gruppe entscheidet sich unabhängig voneinander für Amerika. Jede ist stolz auf die neue Heimat und argumentiert nach draußen patriotisch. Keine entwickelt Fliehkräfte, die zu einer Sezession führen könnten. In Kriegen gar stellt sich auch die Mafia als Hilfstruppe zur Verfügung, und in der Krise bequemt sich Wall Street zu Spenden für die armen Leute in der Bowery.

1986 wird die Renovierung der Freiheitsstatue mit Grandeur gefeiert. »We are the World«, wir sind die Welt, singen die versammelten Popstars. Gleichzeitig beginnt ein Wahlkampf, der an die niedersten Instinkte der Rassengegnerschaft appelliert und den die schmutzigere Partei gewinnt. Nach dem Sieg gibt der neue Präsident George Bush die Parole von einer »freundlicheren und sanfteren« Nation aus, und diese glaubt ihm aufs Wort.

George Bush will zum Oktober 1992 das Weiße Haus in altem Glanz restauriert sehen – zum 500jährigen Jubiläum der Entdeckungsfahrt des Christoph Kolumbus, der 41. Präsident der USA will den Faden zurückrollen zu den europäischen Anfängen. Die Columbia Road jedoch, die sich zwei Meilen hinter dem Weißen Haus erstreckt, ist zu einer Straße der Dritten Welt geworden. Dort haben sich politische Flüchtlinge aus Afghanistan, Vietnam und dem Iran niedergelassen. 10 000 Äthiopier betreiben Restaurants, Geschäfte und Taxis. Wirtschaftsflüchtlinge aus Guayana, El Salvador und Nicaragua machen im Dienstleistungsgewerbe den Schwarzen Konkurrenz, die die Mehrheit bilden.

Das bunte Völkergemisch hat in den USA zu einer Bereicherung der Speisekarte beigetragen. Gleichzeitig spekulieren die großen Lebensmittelketten mit der Geschmacksangleichung in aller Welt. 1988 haben Maxwell und Philip Morris die Firma Kraft für 13 Milliarden Dollar gekauft. Die Konzernbildung soll zu einem globalen Supermarkt führen. Quaker Oats, Heinz' Ketchup und Kellogg's Corn-flakes sollen in Zukunft überall in Grocery Stores, Bodegas, Marchés und Kolonialwarenhandlungen erhältlich sein.

1945 reiste der Russe Ilja Ehrenburg in die USA. In vielen Städten fiel ihm eine Reklame der Ketchup-Firma Heinz auf: »500 Millionen Menschen hungern in aller Welt. Seid wirtschaftlich – greift zu Heinz' 57 Soßen«. Kommentiert Ehrenburg: »Ich war erstaunt, warum über die menschliche Solidarität nicht die Regierung, sondern eine Firma spricht, die 57 gepriesene Soßen herstellt.« Die Regierung, so wurde Ilja Ehrenburg aufgeklärt, habe weder die Mittel noch die Glaubwürdigkeit, um einen solchen Aufruf unter die Leute zu bringen. – Tatsächlich verliert Washington mit wachsender Entfernung an Bedeutung für das Hinterland. Andererseits möchte fast jeder Amerikaner einmal das »house of the president« sehen, aus Respekt vor dem höchsten Amt im Staate.

Das Geheimnis der amerikanischen Erneuerungskraft liegt wohl in der »Arbeitsteilung« zwischen Regierung und Parlament, Konzernen und Kirchen, Literaten und Professoren, Alteingesessenen und Neuzuwanderern. Sie alle sind keineswegs gleich, haben aber ein Gleichwertigkeitsgefühl. Im Prinzip ist keiner geringer als der andere. Deshalb kann sich der Arme Respekt ohne Neid gegenüber dem Reichen erlauben. Deshalb ist es auch keine gesellschaftliche Katastrophe, wenn ein Unternehmer oder gar eine Sparkasse Pleite machen. Der Amerikaner muß sich seine Rechte nicht erkämpfen. Er ist in sie hineingeboren oder hat sie mit der Einwanderung erworben. Aus diesem Selbstwertgefühl entspringt auch der Wille zur Dienstbarkeit ohne Scham. Der Bürger ist sich für keine Arbeit zu schade. Eines wird ihm allerdings übel angekreidet: Müßiggang oder Arbeitslosigkeit.

Das Streben nach Glückseligkeit

Mai 1988 in Moskau, Tauwetter und Frühlingsstürme, Perestroika und ein weiteres Gipfeltreffen zwischen dem sowjetischen Generalsekretär und dem amerikanischen Präsidenten. Hart an der Kremlmauer hat ein amerikanischer Kleinunternehmer eine Imbißbude, eine »snack bar«, aufgebaut. Wie er die Genehmigung von den Moskauer Behörden erhielt, gibt er nicht preis. Bezahlt wird nur in Auslandswährung, aber auch die Russen stehen Schlange. Der Verkaufsschlager heißt »original amerikanische Pizza«. Aus diesem Vorgang lassen sich eine Lehre und eine Frage ableiten. Die Lehre: Rußland hat einen großen Nachholbedarf an American way of life. Der Absatz von ›fast food‹ und Bluejeans, von ›rock music‹ und ›video games‹ scheint auf Jahre gesichert. Die Frage: Ist Pizza überhaupt eine amerikanische Erfindung? Wurde dieser Teigteller aus der mexikanischen Tortilla entwickelt und zuerst in einem Backofen in Little Italy zu Boston hergestellt, oder gehört das Patent Bäckern aus der Vorgeschichte Palermos oder Neapels?

Auch wenn die Herkunftsfrage im dunkeln bleibt, hat die Pizza einen Amerikanisierungsprozeß durchlaufen – so wie einst die Bulette oder das Fleischpflanzl erst über den Hamburger internationalen Standard erreicht hat. Jedenfalls stellt sich die Welt für viele Amerikaner als Selbstbedienungsladen dar, in dem man »shopping« geht und die Ingredienzien im heimischen Schmelztiegel neu zusammenkocht oder -braut.

»Weiter«entwicklungen in Amerika verzerren Originale aus Europa dabei oft bis zur Unkenntlichkeit. In Amerika gebrautes Bier schmeckt anders als in Pilsen, Ottakring oder Dortmund. Während des Alkoholverbotes, der Prohibition, blieb vom Bier oft nur der Name übrig ... wie bei »root beer« oder bei »ginger-ale«. Schon Mitte des 19. Jahrhunderts hat eine deutsche Arzneimittelfirma Kokain auf den Markt gebracht. Zum Volksnahrungsmittel verarbeitet, kam Coca-Cola aber in den USA auf den Markt. Ein Drogist namens John Pemberton erfand 1886 das Sirupgetränk als Mittel gegen Kopfweh. Auch wenn später das Kokain durch Koffein ersetzt wurde, blieb »Coke« geradezu ein Symbol des American way of life, stilbildend für jugendliche Lebensart und ›gesunde‹ Lebensweise. (Ende der achtziger Jahre unseres Jahrhunderts erfuhr ein Coca-Cola-Werbesong in München hohe Anerkennung: die goldene Schallplatte – für »First time, first love«.) – Ähnliche Wege gingen ›instant coffee‹, ›ice-cream‹ und ›apple-pie‹.

Über die Idee, die Verarbeitung und die Verbreitung amerikanisieren sich auch Produkte, die nachweislich aus Europa stammen. Ein Beispiel ist der »Teddybär«. Um 1880 stellt Margarete Steiff in Giengen auf der Schwäbischen Alb Nadelkissen aus Wollfilz her. Die Nadelkissen nehmen Tierformen an. 1885 verkauft Margarete Steiff 5066 »Filzelefäntle«. 1897 versucht sich die Firma in Giengen an Mohair und an Bären. Kopf, Arme und Beine des Bären sind drehbar. Die Neuheit wird 1903 auf der Leipziger Messe ausgestellt; ein amerikanischer Aufkäufer nimmt 3000 Stück mit nach New York. Beim Ausrichten der Hochzeitstafel für die Tochter des amerikanischen Präsidenten Theodore Roosevelt zieren Mohairbären aus Giengen das Gedeck, weil der Präsident doch so gerne auf Bärenjagd geht. »Teddy« Roosevelt ist begeistert, und das deutsche Stofftier bekommt einen Namen fürs Leben: Teddybär. Nach einer anderen Überlieferung hat man dem begeisterten Bärenjäger in Louisiana ein Jungtier angekettet vor die Flinte geholt. Das soll Roosevelt entrüstet zurückgewiesen haben – dieses somit gerettete Tier soll der erste »Teddybär« gewesen sein.

Einer der ersten Züge, der mit der Luftdruckbremse von George Westinghouse ausgerüstet war *(oben)*.
Die »Black Mary«, das erste Filmatelier der Welt, das im Laborhof Thomas A. Edisons 1892 entstand: ein innen und außen mit schwarzer Dachpappe verkleideter Schuppen mit verstellbarem Dach, das in Richtung der Sonne gedreht werden konnte.

1907 verkauft Margarete Steiff 974 000 Exemplare, ein Großteil geht nach Amerika. Dort erhält der Teddybär eine große Zahl von Geschwistern, Kermit, den Frosch; Donald Duck, die Ente; Rudolf, das Rentier. Zunehmend ersetzt das Tierreich die Menschenwelt, wobei die Tiere menschliche Züge und Eigenschaften tragen. Thomas Nast aus Landau in der Pfalz kreiert in Amerika den Elefanten als Wappentier der Republikaner und den Esel als Maskottchen der Demokraten. Für die Firma Coca-Cola entwirft Thomas Nast auch einen amerikanischen Weihnachtsmann, in dem sich Kardinal und Nikolaus zum Santa Claus vermischen. Im Jahre 1928 erblickt die Mickey Mouse das Licht der Zeichentrickwelt. Die Phantasie des Walt Disney sprengt alle nationalen Grenzen. Sein deutschstämmiger Freund Hall errichtet ein Glückwunschkarten-Imperium unter dem Namen Hallmark. Die beiden Grafiker entdecken das Harmoniebedürfnis der Menschen und ihre Ideenlosigkeit als Marktlücken.

Die Kinder von Japan bis Frankreich verfallen Bambi, später der Barbie-Puppe und dem Superman, aber vor allem der Mickey Mouse – sie heißt in Japan »Miki Mousu« und in Lateinamerika »Raton Miguelito«. Die Politiker von Tokio über Buenos Aires bis Paris warnen vor kultureller Überfremdung. In Orlando im Bundesstaat Florida schließlich bauen die Erben Disneys eine europäische Phantasiewelt von Neuschwanstein über Versailles bis zum Prater, die europäische Besucher magisch anzieht, so als ob sie um die Originale zu Hause nicht wüßten. Ausgerechnet in diesem Disneyland begannen die Feiern zum 200jährigen Jubiläum der amerikanischen Verfassung. Da sah man 1987 Mickey Mouse und den obersten Richter Warren Arm in Arm.

Die Verniedlichung der Welt hat nicht nur von Amerikanern auf die Europäer übergegriffen, sondern auch von den Kindern auf die Erwachsenen. In den achtziger Jahren erobert eine ungewöhnlich scheußliche Puppe die amerikanischen Wohnzimmer. Es ist die »cabbage patch doll« – ein Kohlkopfwesen. Es appelliert an das Mitleid der Menschen. Nach dem Willen der Erfinder wird die »cabbage patch doll« in die Familie aufgenommen. Dieses Prinzip machte auch ein Fabelwesen aus dem Weltraum zum Liebling aller Fernsehzuschauer, ALF, ein häßlicher Gnom, der als »Außerirdischer« von einer Menschenfamilie adoptiert wird und in einer Mischung aus Einfalt und Überlegenheit seinen Gastgebern stets den Spiegel ihrer eigenen Unzulänglichkeit vorhält. ALF hat den Siegeszug um den Erdball angetreten wie vor ihm E.T., der ›extraterrestrial‹. In einem anderen Erfolgsfilm des gleichen Produzenten tauchen auch die guten alten Teddybären wieder auf, als »Ewoks« im Sternenkrieg.

Eigentlich sind alle diese Fabelwesen, ob nun kuschelig oder exotisch, nur Masken oder Tarnkappen für menschliche Eigenheiten, allerdings auf ein kindliches Gemüt reduziert. Die Amerikaner sind schon früh in ihrer Geschichte von der Erzählung zur Story und von der Information zur Show übergegangen. Sie haben sich schon um die Jahrhundertwende daran gewöhnt, das Bild für die Wirklichkeit zu nehmen und das Image der leibhaftigen Person vorzuziehen. Willig und freudig hat der Rest der Welt diese amerikanische Lebensart übernommen, die sich ganz besonders im Medium Film äußert.

Es war Thomas Edison, der im Jahre 1893 so nebenbei das erste Aufnahmestudio schuf. Er nannte es »Black Mary«. Damals war Edison bereits berühmt und reich geworden mit der Einrichtung erster Elektrizitätswerke und der Erfindung des Phonographen, eine Art Vorläufer des Plattenspielers. 1893 entstand mit der »Black Mary« das Fundament für die Amerikanisierung eines Teils der Welt durch die Filmindustrie. Thomas Alva Edison war nicht nur erfindungsreich, sondern auch eifersüchtig auf die kommerzielle Ausbeutung seiner Erfindungen bedacht. Er sah im Film auch keine kommende Kunstform, sondern ein technisches Mirakel. Als ihm ein Gericht 1907 das Patentrecht auf Film zuspricht, gründet er die Motion Picture Patent Company, und alle, die mit Film zu tun haben, müssen ihm Lizenzgebühren zahlen, sich nach seinen Auflagen richten. Beeindruckt von der Einführung des Fließbandes durch Henry Ford und fasziniert von der Massenproduktion, läßt Edison schnell und billig Bewegungsabläufe auf Zelluloid bannen. Die Produkte werden damals schon auch ins Ausland exportiert. In Deutschland gründet Edison eine Zweigniederlassung.

Der Schwabe Karl Lämmle und die k.u.k. Österreicher Samuel Goldwyn und Adolph Zukor suchten einen Weg an der Konzerngewalt Edisons vorbei und finden in einem Stechpalmenwäldchen über Los Angeles Unterschlupf. Dieser »Hollywood« wird zur Produktionsstätte der ersten Handlungsfilme und ›action movies‹. Aber auch Lämmle, Goldwyn, Zukor, Warner und andere frühe Filmunternehmer sahen nur das Geschäft, das im Film steckt. Das zeigen ihre Lebensbeschreibungen. Karl Lämmle läßt sich zunächst als Kleiderhändler in Wisconsin nieder, in ebenjenem Oshkosh, das heute noch die Strampelhosen modebewußter Eltern in alle Welt liefert. Dann zählt er eines Tages die Leute, die sich um die Kinetoskop-Buden drängen, und wird dem Kleiderhandel für immer untreu. Adolph Zukor war Pelzhändler in Chicago, macht in New York eine Penny Arcade auf, die Frühform der Peep-Show, und verwandelt sie in ein Filmtheater.

Samuel Goldfish arbeitete als Handlungsreisender in Handschuhen, bevor er eine kleine Kinobude aufmacht und daran viel Geld verdient. Da waren die vier Warner-Brüder, die einen Sodawasserstand, eine Schuhreparatur und einen Fahrradverleih verkaufen, um ins Filmgeschäft gehen zu können. Metro-Goldwyn-Mayer, Warner Bros., Universal City und andere Produktionsfirmen mieten in Hollywood zunächst Scheunen und statten sie für ein paar hundert Dollar mit ausrangierten Theaterkulissen aus. Aber diese zumeist jüdischen Produzenten sind nicht nur risikofreudig und unternehmenslustig, sondern auch gute Soziologen. Sie machen aus den primitiven Aufnahmestudios Komödienstadl und amerikanische Traumfabriken. Spaßmacher wie Charlie Chaplin-Tonstein und Harold Lloyd füllen die Kinos. Der Vamp entsteht als Schöpfung der Hollywoodmoral. Den Sex-Appeal holen sich die Produzenten aus Europa mit Stars wie Marlene Dietrich und Greta Garbo. Stewart Granger sagte rückblickend: »Sie wollten nicht Kunst machen, sondern Geld.«

In Europa wächst ebenfalls eine Filmindustrie heran. Es war schließlich ein Franzose, Louis Lumière, der als erster Filme für zahlendes Publikum auf dem Boulevard des Capucines in Paris zeigte. Die französische »Pathe-Cinema« und die deutsche UFA werden im Ersten Weltkrieg aber für Propagandazwecke eingespannt. Nach dem Krieg haben sie nicht mehr die Stärke, um die Brandung aus Hollywood zu stoppen. Die UFA, die immerhin die »Kunst« in den Spielfilm einbrachte mit »Varieté« und »Das Kabinett des Dr. Caligari«, wird von ebenjenem Herrn Goldfish geschluckt, der sich später Goldwyn nannte. Mit dem Einzug des amerikanischen Films in die deutschen Filmtheater suchen im Gegenzug deutsche und österreichische Schauspieler und Regisseure ihr Glück in Hollywood. Ernst Lubitsch und Fritz Lang, Pola Negri und Josef von Sternberg folgen dem Lockruf aus Hollywood. Die Emigration wird mit der Morgendämmerung des Nationalsozialismus zur Fluchtbewegung. Fritz Lang weist in die Zukunft mit »Metropolis«, und der Flüchtling aus Ungarn Michael Curtiz verfilmt den amerikanischen Traum. 1934 wird auch die amerikanische Filmindustrie zum Propagandainstrument.

Der Hays-Code wird eingerichtet, eine Zensurbehörde, die den »sauberen« Film und das Happy-End garantieren sollen. Die Bilder von einem heilen Amerika hinterlassen ihre Spuren bei der Jugend im kriegsverwüsteten Europa. Sie tragen mehr zur Popularisierung des amerikanischen Lebensstils in den besiegten Nationen bei als selbst der Marshallplan, der den Unterlegenen wirtschaftlich wieder auf die Beine helfen wird.

Erst nach den Kriegen finanzieren Produzenten in Amerika auch Filme, die etwas mit dem wirklichen Leben zu tun haben, und erst nach dem Vietnamkrieg, der Amerika selbst gedemütigt hat, läßt die Traumfabrik auch böse Träume zu.

Je authentischer Filme jedoch wirken, desto glaubhafter und nachahmenswerter werden sie. Der »Star« wird geboren. Er wächst aus dem Nichts. Er wird in Drugstores entdeckt oder im Studio gezüchtet. Der Star spiegelt Amerika wider. Issur Danielowitsch wird Kirk Douglas, Virginia Katherine McMath wird Ginger Rogers. Marion Michael Morrison alias

John Wayne beeinflußt amerikanische Außenpolitik. Eine ganze Generation von jungen Europäern und Amerikanern wollte so lässig sein wie James Dean, so verführerisch wie Rita Hayworth, so mannhaft wie Burt Lancaster, so souverän wie Gary Cooper. Jean Seberg führte das T-Shirt ein, Humphrey Bogart den Trenchcoat (das Klavier aus dem Bogart-Film »Casablanca« von 1943 hat übrigens ein japanischer Kaffeehausbesitzer für 150 000 Dollar gekauft), Detektive tragen die Krawatte unter offenem Kragenknopf oder lutschen Lollies. »Der Mann im grauen Flanell« schreibt die Kleidung für Handelsvertreter vor. Marilyn Monroe und Robert Redford symbolisieren das menschliche Schönheitsideal. Umgekehrt fühlt Hollywood den Puls der Nation: Gewalttätig wie »Rambo«, skurril wie »Manhattan«, in der Familienkrise wie »Kramer gegen Kramer«, im Freizeitfieber wie »Flashdance«.

Über das Kino dringen die Veränderungen im American way of life in alle Welt. Und es ist nicht abzusehen, wann die Amerikaner im Gegenzug etwas über den europäischen Lebensstil erfahren, solange der europäische Film nur tröpfchenweise in den US-Markt einsickert. (Wegen des nur sehr einseitigen Erfolges japanischer Filme in den USA ist dort ein japanisches Personenprofil entstanden, das den unerbittlichen Autoverkäufer und den Karateschläger mischt.)

Umfassender noch als der Kinofilm propagiert sein elektronischer Stiefbruder, das Fernsehen, den amerikanischen Lebensstil. »Dynasty« (bei uns »Denver«) und »Dallas« mögen den Amerikanern selbst Ersatz bieten für die Sittengemälde des europäischen Hochadels, bei den gierigen Abnehmern in Übersee appellieren sie an den Instinkt der Schadenfreude und verzerren außerdem das Amerikabild.

Für das Fernsehen werden Stoffe früher Filmklassiker neu und ärmlich aufbereitet. So folgte dem großen Heimatepos »Vom Winde verweht« nach 40 Jahren die lauwarme Serie »Fackeln im Sturm«. Andererseits hat die Fernsehserie »Roots« von Alexander Haley mehr zur Aufklärung über die Geschichte des amerikanischen Sklaventums beigetragen als die Hollywoodproduktion von 80 Jahren. Der unwahrscheinlich gestiegene Bedarf an »Drama« auf Leinwand und Bildschirm läßt jedoch Hollywood eine neue Blüte erleben und kein Ende sehen.

Die neuerliche Produktionsflut durchläuft die Filmtheater allerdings sehr viel spärlicher als in den goldenen fünfziger Jahren. Das hat weniger mit dem Fernsehen zu tun, sondern mit einer anderen amerikanischen Erfindung, der Videokassette. Was sich früher nur die Filmzaren in Hollywood, die Geldadeligen in New York und der Präsident im Weißen Haus erlauben konnten, das Heimkino, wird Mitte der achtziger Jahre zum allgemein erschwinglichen Privatvergnügen. Diese Verlagerung des Zuschauerraums verlegt den Zustrom an American way of life, läßt ihn nicht versiegen.

Wie sich der Film des Dramas angenommen hat, so wird die Schallplatte zum Transport der Musik. Wieder war es der geniale Thomas Edison, der die Technik dafür schuf. Ende des 19. Jahrhunderts ließ er dem Sprechapparat, den Graham Bell zum Telefon perfektioniert hatte, den Phonographen folgen. Die deutsche Grammophongesellschaft hat Edisons Klangwiedergabeapparat zu technischer Reife gebracht. In den Schatzkammern der »Grammophon« musiziert der Hofoperndirektor zu Wien, Gustav Mahler, weiter und singt der einmalige Enrico Caruso fort. Je mehr Haushalte sich aber Plattenspieler und Radioapparate leisten können, um so volkstümlicher wird das Programm.

Und Volksmusik in Amerika, das sind Blues und Jazz, Rock und Pop, wobei der Übergang von der Unterhaltungsbranche zur konzertanten Musik in Amerika fließend ist. Der Blues kam aus den Sklavenhütten, ging dann in die Kirchen und eroberte schließlich die Konzertsäle. Louis Armstrong, der etwas vulgäre Sohn der liederlichen Stadt New Orleans, blies die Trompete bei Begräbnissen und im Karneval, sang für Straßenjungs und auf Präsidentengalas. Ein jüdischer Junge aus einer Vorstadt von Chicago, der Sohn eines kleinen Schneiders aus Warschau, machte mit der Klarinette Hausmusik. Später spielte er nur noch im Smoking vor ausverkauften Häusern. Sein Name: Benny Goodman, der Promotor des Swing –

seine Einkünfte im Jahre 1937 betrugen 125 000 Dollar, während sich Präsident Franklin Delano Roosevelt mit 50 000 Dollar zufriedengeben mußte. Benny Goodman hat auch die Carnegie Hall für den Jazz geöffnet. Seit dem Eröffnungskonzert 1891 hatte die Carnegie Hall Peter Tschaikowski und Arthur Rubinstein, Toscanini und Horowitz erlebt. Mitte der dreißiger Jahre beginnen sich die Grenzen zu verwischen zwischen volkstümlicher und konzertanter Musik. Komponisten und Musikanten wollte nicht mehr einleuchten, daß der Pionierstaat Amerika ausgerechnet vor musikalischen Grenzen halt machen sollte.

Der Komponist des amerikanischen Völkergemischs George Gershwin hat Gassenhauer geschrieben und die »Rhapsody in Blue«, hat den Rumba in den Konzertsaal gebracht und mit »Porgy and Bess« das erste den Schwarzen gewidmete Musical geschaffen. Als Vater des kommerzialisierten Jazz aber gilt Irving Berlin, wie Gershwin russischer und jüdischer Abstammung. Beide wuchsen in den Armenvierteln von New York auf, und beide waren Lohnschreiber in der »Tin Pan Alley«, wo sie für ein paar Dollar die Musik zu Schlagern komponierten, die in den Vorstadttanzdielen gespielt wurden. Schon 1911 gelang Irving Berlin mit »Alexander's rag time band« der Durchbruch. Und noch vor dem Ersten Weltkrieg gingen Bands mit dieser neuen Musik auf Tournee nach Europa. In ihrem Sog folgte die amerikanische Schallplattenindustrie. Ragtime und Cakewalk, Shimmy und Charleston eroberten Revuen und Tanzpaläste. Musicals und Klavierkonzerte wurden in Europa erst später als klassische amerikanische Musikgattung angenommen. Die »roaring twenties«, die verrückten zwanziger Jahre, standen in Paris und London, in Wien und besonders in Berlin unter dem Eindruck des amerikanischen Geschmacks. Irving Berlin sagt 1925: »Es muß was dran sein an unserer Musik, wenn sich 90 Prozent der Welt danach bewegt.«

Louis Armstrong, Duke Ellington und Count Basie führten ihre Orchester nach Europa. Der Trompeter Chet Baker war die Kultfigur einer ganzen Generation. Josephine Baker tanzte in ihrem berühmten Bananenkostüm über die europäischen Bühnen, und die Operette wurde vom Musical verdrängt. Statt an der schönen blauen Donau Walzer zu tanzen, folgte man dem »Ol' man river« zum Mississippi. Das Musical »Mahagonny« litt in Amerika darunter, daß deutsche Namen wie Brecht, Weill und Lotte Lenya damit verbunden waren; ab 1930 sind »Deutsche« tabu. Max Menz schreibt in den *Musikblättern des Anbruch* über den »volkstumzersetzenden Einfluß« des Jazz, über die Entstellung »unseres weißrassigen Musikgutes« und die »Schändung heiligsten Kulturgutes«. Aber der »verbotene Jazz« spielte im Berliner Untergrund weiter – eine Guerilla des American way of life.

Nach der Niederlage Hitlers setzte sich Jazz mit Macht in Europa durch, vor allem, weil diese heitere Musik von einer nachwachsenden Generation als Befreiungssignal aus deprimierender Zeit aufgefaßt wurde. Die Musiksendungen der amerikanischen Soldatensender versammelten junge Leute vor den Radioapparaten. Frank Sinatra und Ella Fitzgerald, Glenn Miller und Benny Goodman schmeichelten sich leicht in Ohren ein, die der deutschen Marschmusik überdrüssig waren. Von Mahalia Jackson bis Michael Jackson, von Elvis Presley bis Barbra Streisand, von Leonard Bernstein bis Prince konnte sich der amerikanische Musikexport auf gleicher Höhe halten, und eine Flaute ist nicht in Sicht.

Sicherlich stand der American way of life in Frankfurt, München und Wien am höchsten im Kurs, als der Unterschied im Lebensstandard hüben und drüben am größten war. Nach dem Kriege hatte es Amerika ganz einfach so viel besser. Während die Amerikaner am Ziel der Wünsche angekommen waren, nahmen junge Deutsche, Österreicher und Italiener erst die Jagd nach dem Glück, ›the pursuit of happiness‹, auf . . . und die Wünsche dieser lebenshungrigen Jugend waren handfest materiell. Sie machten sich an Dingen mehr noch fest als an Ideen. Die eisernen Rationen der GIs, Schokolade, Kaugummi, Cracker, Jam und Doughnuts, gezuckerte Hefekringel, Offiziersmäntel, Bluejeans, Petticoats, Lucky Strike und Camel und vor allem Nylonstrümpfe und das A2-Jackett. Die

A2-Fliegerjacke war aus Pferdeleder mit braunem Innenfutter. Sie wurde mit einem Schal aus Fallschirmseide und mit ungeheurem Stolz getragen. Der Schauspieler Spencer Tracy machte sie als General Doolittle in dem Film »30 Sekunden über Tokio« berühmt. Als die A2 nach dem Kriege ausgemustert wurde, stieg sie noch im Wert. Sie fand viele Nachahmer und wurde 1987 wieder in der US-Luftwaffe eingeführt, um die Moral der Truppe zu stärken.

Was die A2 für die Jungen, war der Nylonstrumpf für die Mädchen. Im Januar 1937 gelang dem Chemiker Wallace Carothers in Wilmington, North Carolina, die Produktion einer Faser, die »so hart wie Stahl und so dünn wie eine Spinnwebe« war. Nylon war auf Anhieb ein Verkaufserfolg, Nylonstrümpfe wurden ein Weltschlager. Kurz nach der Präsentation auf der Weltausstellung in New York 1939 wurde die Produktion von Nylonstrümpfen eingestellt. Im Kriege wurden Fallschirme und Zelte aus Nylon dringender gebraucht. Um so höher ging der Schwarzmarktpreis für Strümpfe. Wo sie nicht zu bekommen waren, färbten sich junge Frauen die Beine braun und zogen mit dem Augenbrauenstift die Nähte nach. Noch heute sind Nylonstrümpfe begehrte Mangelware – in Warschau und Moskau, in Prag und Bukarest.

Der amerikanische Lebensstil hat auch in der Freizeitgestaltung unauslöschliche Spuren hinterlassen mit der Cocktailparty oder dem Grillfest, mit den ›conventions‹, die sich als Arbeitstagungen tarnen, und den Spielautomaten, die nur dem Zeitvertrieb dienen. Es war der Deutsche Ludwig Stollwerck, der zusammen mit seinem Freund Edison 1880 die ersten Automaten gebaut hat, damals noch als Süßwarenspender. Flipper und einarmiger Bandit kamen als nächstes. Dann folgten das Nickelodeon und der Musikautomat von Wurlitzer, und 1971 erfand Nolan U. Bushnell den »Joystick«, die Popularisierung der Videospiele.

Wir haben das Windsurfing, das Skateboard und Hula-Hoop übernommen. (Hula-Hoop kam eigentlich aus Australien, aber das Reifenspiel wurde in den USA populär und begann von dort aus den Siegeszug um die Welt: Dreißigmillionenmal wurden Hula-Hoop-Reifen verkauft.) Auch die amerikanische Vorliebe für den Breitensport. Aber Baseball und Rugby blieben uns fremd. Wenn die Amerikaner ihre »worldseries«, die Endausscheidungskämpfe im Baseball, abhalten, dann bleibt das Interesse auf die Staaten der Neuen Welt begrenzt.

Mit dem steigenden Lebensstandard und Selbstwertgefühl in Europa geht der Einfluß des American way of life ein wenig zurück. Aber der Sunset Strip in Los Angeles mit seinen Lichtern und Lichtreklamen und der Broadway in Manhattan mit seinen Showbühnen und Striptease-Bars sind immer noch Magnet und Symbol zugleich für eine bewundernde Welt. Striptease und Pin-up, Diskjockey und Hitparade, Bodybuilding und Miss-Wahl, Science-fiction und Autokino, Shimmy und Jitterbug – ›the pursuit of happiness‹ und das schiere Vergnügen der Amerikaner am Leben bleiben ansteckend über den Tag hinaus. Diese Daseinsfreude wird aber auch von einem Netz des Komforts gehalten, das sich die Amerikaner über ein Jahrhundert lang gewoben haben.

Die Komfortgesellschaft

Viele Amerikaner glauben, daß sie bereits ein gehöriges Stück auf dem Weg zur Glückseligkeit zurückgelegt haben und daß sie in jedem Falle allen anderen Völkern vorausmarschieren. Was sie in kurzer Zeit und auf riesigem Raum zuwege gebracht haben, muß allerdings alle Welt zum Staunen bringen: das Überleben in der Wildnis, der Kampf um die Unabhängigkeit, der fanatisch geführte Bürgerkrieg, die Anbrandung der Völkerscharen aus aller Welt und der gewaltige Sprung nach vorn mit der Jahrhundertwende. Der gebürtige Spanier George Santayana sieht diese unvergleichliche Entwicklung nicht so sehr in den Umständen begründet – die waren im südlichen Teil der Neuen Welt ähnlich widrig –, sondern im amerikanischen Charakter: »Der Amerikaner ist einfallsreich. Denn wo das Leben intensiv ist, ist auch die Vorstellungskraft intensiv. Wäre der Amerikaner nicht einfallsreich, würde er nicht so sehr in der Zukunft leben. Aber seine Vorstellungskraft ist praktisch, und seine Zukunft steht unmittelbar bevor. Er arbeitet sich so klar und so direkt wie möglich vor, in Form von Zahlen, Maßeinheiten, Plänen, Wirtschaftlichkeit und Geschwindigkeit. Er steckt seinen Idealismus in handfeste Dinge. Da er die latenten Kräfte in den Dingen begreift, ist er erfolgreich in der Erfindung, konservativ bei Reformen und schnell bei der Hand in Notfällen. Sein ganzes Leben lang springt er auf Züge auf, die schon abgefahren sind, und springt ab, bevor sie anhalten. Niemals bricht er sich dabei ein Bein oder verpaßt einen Zug.«

Der Enthusiasmus, den der Amerikaner in die Beschäftigung mit rein materiellen Dingen steckt, hat sein Land logistisch erschlossen und seine Gesellschaft organisiert. Die brutale Kraft dieses Vorstoßes in die Zukunft hat eine Mehrheit mitgezogen, eine Minderheit allerdings zurückgelassen. Der steile Aufstieg aus der rauhen Pionierzeit in die Komfortgesellschaft geschah in wenigen Jahrzehnten und ist von den Meilensteinen der Erfindungen gepflastert. Dies Bild vom leistungsstarken und rücksichtslosen Amerikaner hat die Welt angezogen und abgestoßen, auf jeden Fall fasziniert.

Der Inbegriff dieser Erscheinung ist der Yankee – ein Name, den die Holländer für ihre englischen Gegner erfanden. Sie nannten ihn »John Käs«, den Spitznamen haben die »Yankees« angenommen. Neuengland war die große Lehrwerkstatt der USA. So schrieb der Arzt Thomas Low Nichols aus New Hampshire: »Der Yankee lernte, bei allem Hand anzulegen, bis dies zur Gewohnheit seiner Rasse wurde. Er ist ständig am Tüfteln, Planen, Schnitzen – mit dem Kopf herauszufinden, was die Muskeln schont oder einen Mann die Arbeit von zwanzig verrichten läßt.« Und das Journalistenidol der siebziger Jahre, James Reston, sagte: »Wir sind eine Nation von Klempnern, die so nebenbei ihre täglichen Erfahrungen und Erfindungen machen.«

Die Neuengländer erfinden den Blitzableiter und das Dampfboot, den Elektromotor und die Nähmaschine. Samuel Colt läßt sich einen neuen Revolver patentieren, und Charles Goodyear vulkanisiert als erster Kautschuk, die Voraussetzung für den Autoreifen. Der Sicherheitsfahrstuhl des Elisha Otis aus Vermont macht Häuser möglich, die in die Höhe wachsen. Die Wolkenkratzer und das Automobil kommen aber erst zum Ende des 19. Jahrhunderts.

Mit dem Home Insurance Company Building (Architekt war W. Le Baron Jenney) in Chicago setzten die Amerikaner 1885 zur Erstürmung des Himmels an. Sie haben die Vorreiterrolle im Wolkenkratzerbau nie abgegeben. Chicago stand am

Das Hollyhock-Haus in Los Angeles, das Frank Lloyd Wright im Jahre 1920 für Aline Barnsdall entwarf *(oben)*.
Guggenheim-Museum in New York, erbaut von Frank Lloyd Wright.

Anfang, weil eine große Feuersbrunst 1871 die Stadt dem Erdboden gleichgemacht hatte, ein Experimentierfeld für große Architekten wie John W. Root (der bereits 1883 das 17stöckige Monadnock Building errichtet hatte) und Louis Sullivan. Bis zum Jahre 1893 konstruiert Sullivan ein Dutzend Wolkenkratzer in der »Mile high city«, wie Chicago genannt wird. Die Form soll der Funktion folgen, meinte Sullivan und entwarf seine Vorstellung von einer modernen und demokratischen Architektur, die nicht in der Vergangenheit borgt, sondern in die Zukunft sieht. Das war eine Abkehr vom schwülstigen europäischen Hotelstil, wie er sich etwa im »Panhans« am Semmering bei Wien und im »Ritz« in Paris in den achtziger Jahren des 19. Jahrhunderts gebildet hatte und in Amerika nachgebaut wurde.

Was da im kleinsten amerikanischen Bundesstaat Rhode Island und in Manhattan an Palästen und Herrenhäusern entstand, brachte die neue Architektengeneration zur Verzweiflung. So unterschied der junge John Root zynisch in viktorianische Abführarchitektur, Tuberkulose-, Starrkrampf- und Wassersuchtstil. Aber der Klassizismus und die Anlehnung an die Epoche der Königin Viktoria in England konnte sich 1893 noch einmal durchsetzen bei der Gestaltung der Weltausstellung, die aus Anlaß der 400jährigen Wiederkehr der Reise des Christoph Kolumbus in allem Pomp gebaut wurde. »Auf eine solche Ausstellung in dauernder Form wären die Römer stolz gewesen«, hieß es im Weltausstellungskatalog. Die Gründergeneration der amerikanischen Demokratie um Washington hatte sich ja zur Klassik bekannt, und im Plan der Hauptstadt sind nicht nur Anlehnungen an Paris, sondern auch an das kaiserliche Rom enthalten. Ein triumphales Ende fand diese Nachahmungsarchitektur im Jahre 1894. Da nahmen nämlich amerikanische Architekten das, was sie für Klassik hielten, mit nach Rom und bauten dort eine amerikanische Akademie – ein Monstrum, das nur noch übertroffen wurde vom pompösen Bau des New York Yacht Club, den Eisenbahnmagnat J. Pierpont Morgan 1898 gestiftet hat.

Den Anhängern der Klassik und des Klassizismus ging aber

nicht alles nach Wunsch. Kirchen und Bibliotheken wurden nach wie vor im neuromanischen oder neogotischen Stil gebaut, und die extravaganten Millionäre und Milliardäre zogen bunte Mischungen aus Neuschwanstein und französischen Loire-Schlössern vor. Auf der Weltausstellung 1893 durfte aus der jungen Architektengeneration nur Louis Sullivan einen Pavillon bauen. Sein Transportgebäude wurde zur großen Attraktion für die Besucher aus Kontinentaleuropa. Er verurteilte die zeitgenössische amerikanische Architektur als »Zweck ohne Form, Form ohne Zweck, Denkmäler für die schwachsinnigen und anfälligen Herzen«.

Mit dem schwarzen Freitag von 1893 und der folgenden Depression endet Sullivans Laufbahn, aber er gibt den Stab weiter an seinen Schüler Frank Lloyd Wright, der die moderne Architektur in die Prärie hinausträgt. Chicago blieb eine Hochburg der amerikanischen Architektur, ihr herausragender Vertreter in die Gegenwart hinein ist Helmut Jahn aus Deutschland. Für das Jahr 2000 hat er als ehrgeiziges Projekt ein »Illinois-Centre« geplant, 110 Meter hoch, von einer Glaskuppel gekrönt. Der New Yorker Immobilienkrösus Donald Trump will Jahn mit einem Zwei-Milliarden-Dollar-Projekt am Hudson River beauftragen. Für die Fluggesellschaft United Airlines hat Jahn ein neues Flughafengebäude gebaut. Es soll die Gäste an die großen Bahnhöfe von einst erinnern. Helmut Jahn baut in Granit, Stein und Glas, in Pyramidenform und in Pfeilern, inzwischen auch für Auftraggeber in Deutschland. Für das Konferenzzentrum auf der Frankfurter Messe mußte er in die geduckte Länge und in die lichte Höhe bauen. Seine Bauweise wird als Überwindung der Architektenkrise deutscher Nachkriegszeit gefeiert. Jahn ist aus Nürnberg, aber ein Amerikaner im Sinne Santayanas, fleißig, erfindungsreich, schnell und voller anwendbarer Phantasie. Er sagt: »Dein Geburtsort hängt vom Zufall ab, aber es liegt in deiner Verantwortung, den Platz zu finden, wo du hingehörst.« Der Amerikaner fühlt sich im Wolkenkratzer zu Hause wie im Eigenheim, und mit der zunehmenden Flexibilität des Materials baut er auch sein Eigenheim in oder auf einem Wolkenkratzer. Der Central Park in New York ist umsäumt von Hochhäusern, die auf ihren Dächern Villen tragen.

Die »lobby«, Empfangsraum und Treffpunkt zugleich, beeindruckt europäische Besucher schon zu Beginn unseres Jahrhunderts. Im Langenscheidt-Sachwörterbuch über Land und Leute in Amerika von 1906 heißt es: »Die Amerikaner lieben es vor dem Essen an *das* bar (Schanktisch) zu gehen und den Appetit mit Branntwein anzuregen. Für den gesellschaftlichen Verkehr der Gäste sind das Parlor und das Barroom vorhanden. Diese Räume werden nach Landesbrauch als öffentliche Plätze betrachtet und von allen vornehmen Müßiggängern, welche den neuesten Stadtklatsch hören wollen, besucht. Die amerikanischen Gasthöfe übertreffen in ihren Einrichtungen und Ausstattungen unzweifelhaft die europäischen.« Diesen Vorsprung haben die USA nicht nur gehalten, sondern noch ausgebaut. Das Juwel unter den Hotelpalästen heute steht in Atlanta und heißt Regency Hyatt House Hotel. John C. Portman hat es gebaut. Zu seinem Konzept gehört es, die Freizeit ins Hotel zu holen und nicht mehr das Hotel an Strände und auf Berge zu setzen. Das Hyatt in Atlanta könnte auch eine schwimmende Insel in Zeit und Raum sein mit Wasserfällen, Gondeln und Weltraumatmosphäre. Glas und Marmor, Wasser und Konzert, Piazza und ›plaza‹, Atrium und Arkade kennzeichnen die Luxuswelle in den Vereinigten Staaten. Der Hang des Amerikaners zum Hotelkomfort führt zu immer neuen Hochleistungen in Architektur und Dekoration. In den achtziger Jahren des 20. Jahrhunderts überziehen die Hotelgesellschaften mit ihrem Komfort die ganze Welt wie ein Netz.

Die amerikanischen Touristen folgen auf dem Fuße. Sie finden überall auf dem Erdball Hotelbetten, sanitäre Anlagen und Wandschränke wie zu Hause. Alles von gleicher Güte und immer am selben Platz. Selbst in billigen Motels konnte Amerika schon mehr Komfort aufweisen als Europa. Das Etagenbad, die Zimmer mit fließendem Kalt- und Warmwasser gehören in den USA in die Pionierzeit. 1907 entsteht in Buffalo ein erstes Hotel, in dem alle Zimmer Bad haben. Und der Amerikaner geht auch mal mit seiner Familie am Wochenende einfach so ins Hotel zur Abwechslung.

Der Sprung in diesen Lebensstandard erfolgte in den sogenannten goldenen fünfziger Jahren unter der Präsidentschaft Eisenhower. Und die Weiterentwicklung in der zweiten goldenen Ära unter der Präsidentschaft Reagan. Das Hotelzimmer wird zur Luxussuite, und das Hotel selber wird zum Palast. Diese Paläste wiederum werden von den besten Architekten und Designern geplant. Sie sperren auch die Hitze oder die Kälte aus, überwölben Marktplätze mit Hotelhallen oder unterhöhlen ganze Innenstädte. Die sterile Klimazone entsteht. Die wurde möglich durch die Erfindung des Air-conditioning-Systems, das mit der Zeit ganz Amerika mit gleichbleibender Temperatur versorgt hat. Im Winter immer ein wenig zu heiß, im Sommer immer ein wenig zu kalt. Zentraler Platz der Wolkenkratzer und Hotelpaläste ist die Lobby geblieben.

In den neuesten architektonischen Schöpfungen hat diese Lobby mit »*das* Barroom« aber nichts mehr zu tun, sondern hat eher den Charakter einer Kathedrale, die aber von gläsernen Aufzügen durchquert wird. Was als Befriedigung der Komfortgesellschaft begann, artet in Luxus aus. Und das Denken in höheren Dimensionen geht über das 20. Jahrhundert hinaus. So plant der Italoamerikaner Paolo Soleri Weltraumstädte, die die Erde im Orbit umkreisen. Und eine Marketinggruppe aus New York hat das größte Hotelschiff der Welt entworfen, eine schwimmende Insel namens »Phoenix«.

Mit den Wolkenkratzern erstürmen die Amerikaner den Himmel, und zuerst mit den Eisenbahnen, dann mit den Autobahnen nehmen sie ihre Erde in Besitz. Das Automobil wurde nicht in Amerika geboren, aber es entsprach der individuellen Bewegungsfreiheit natürlich sehr viel mehr als die Eisenbahn. Zum Massenverkehrsmittel jedoch wurde das Automobil erst 1908 durch die Erfindung des T-Modells des Unternehmers Henry Ford. Bis zu diesem Datum konnten sich das Auto nur einige Privilegierte leisten, war es exklusiv. Ein inklusiver Beitrag zur allgemeinen Komfortgesellschaft wurde es eben durch das T-Modell, das sich bald ein jeder Mittelständler lei-

Bei einem Versuch, seinen Wagen auszufahren, wird Boxweltmeister Jack Johnson von einer Fahrradpatrouille eingeholt und gestoppt *(oben)*.

»Das Modell T fährt überall«, hieß 1922 ein Werbeslogan; irgend jemand zweifelte daran. Zur Gerichtsverhandlung fuhr ein Ford-Mitarbeiter die »Tin Lizzy« bis vor den Haupteingang des Justizgebäudes. Der Richter ließ sich überzeugen.

sten konnte. Es war die Firma General Motors, die dann Masse und exklusive Klasse zu einem neuen Erfolgsprinzip vereinigte. General Motors hat nicht ein bestimmtes Modell herausgebracht, sondern eine ganze Palette. In den zwanziger Jahren gab es bereits 20 Millionen Autos in Amerika; der Markt für das Transportmittel Auto schien saturiert. General Motors wollte dem Auto Status und Symbolkraft verleihen. Während das T-Modell über Jahre hindurch gleich blieb und nur gelegentlich verbessert wurde, brachte General Motors jedes Jahr neue Wagen heraus. Henry Ford machte das Auto zum Massentransportmittel; Harley Earl machte es zu einem Modeobjekt. Earl kam aus Hollywood, und er versuchte, in das Auto den amerikanischen Traum einzubauen, und zwar zu zivilen Preisen. Nicht Geschwindigkeit oder Straßenlage waren ausschlaggebend, sondern das Design. Noch vor dem Zweiten Weltkrieg eroberten die Formen von Harley Earl die Märkte.

Das Traumauto hatte elektrische Fensterheber, in die Karosserie eingelassene Scheinwerfer, elektrisch versenkbares Verdeck, Weißwandreifen, einen Kühlergrill und verschwenderisch viel Platz. Erst nach dem Krieg aber entfaltete sich der künstlerische Genius des Harley Earl. Er machte aus Karossen Skulpturen. Tatsächlich wurden die Modelle zunächst in Lehm modelliert. Zwillingsflossen am Hinterteil, Tropfenform, Torpedoschnauze, Chromleisten an allen Ecken und Enden und das Panoramafenster. Als amerikanische Offiziere in solchen Autos nach dem Zweiten Weltkrieg über Europas Straßen paradierten, galt dies als Inbegriff amerikanischen Überflusses. Daß solche Autos mindestens auch fliegen könnten, suggerierte die Innenausstattung, die einem Flugzeugcockpit immer ähnlicher wurde, und zeigte sich auch in den begleitenden Comic-strip-Reihen, in denen Autos nach und nach die Funktion von denkenden Wesen übernahmen. 1956 ließ General Motors für 125 Millionen Dollar nordöstlich von Detroit ein Technologiezentrum erbauen, das genauso futuristisch anmutete wie die Modelle der Autofirma. Ein Symbol des amerikanischen Selbstbewußtseins und Optimismus.

Doch mit den goldenen Eisenhower-Jahren ging auch die Zeit der Harley-Earl-Automobile zu Ende, des dynamischen Überflusses, wie der Karosseriebauer sein eigenes Werk nannte. Seine letzte Erfindung war die Verbindung von Auto und Frau. Earl wurde sowieso vorgehalten, daß er sexuelle Elemente in seine Formgebung einbaute. Nun setzte er bei großen Automobilausstellungen auf jedes seiner Autos ein Mannequin. Endgültig wurde das Auto vom Transportmittel zu einem Ausdruck amerikanischen Lebensstils. Sein letzter Auftrag war die Innenausstattung eines Großraumflugzeuges, der Convair 880 der Firma General Dynamics, die aber unterging im Konkurrenzkampf mit der Boeing 707 und der Douglas DC8.

Eigentlich entspricht es dem amerikanischen Sinn für Komfort, daß die Form der Funktion folgen soll. Dieser Devise folgten die großen amerikanischen Architekten. Aber der Überfluß hat auch immer wieder unglaubliche und unglaublich schwülstige architektonische Ergüsse hervorgebracht. Die Multimillionäre der Jahrhundertwende etwa haben Schlösser und Burgen aus Europa über den Ozean transportieren oder einfach nachbauen lassen. Ganz treffend heißen diese Produkte der Imitation und Phantasie auch »Bastard spanisch« oder »Bastard französisch«. So haben auch amerikanische Automobilbauer lange der Phantasieform den Vorzug gegeben.

Mit dem Auto hat sich auch die amerikanische Gesellschaft verändert. Wer in amerikanische Großstädte einfährt, muß den Eindruck haben, daß Kolumbus vor fast 500 Jahren einen gigantischen Parkplatz entdeckt hat. In den fünfziger Jahren wurde dem Auto noch in den letzten Winkel der Weg gebahnt, Straßen für zehn Milliarden Dollar wurden gebaut. Diese Autobahnen entlang entwickelte sich eine neue Freizeit- und Wohnkultur. Vor die Entscheidung gestellt: »Hütten oder Paläste«, hat sich Amerika für beides entschieden. Die Veterans Administration machte nach dem Weltkrieg allen Heimkehrern Hausbau ohne Eigenkapital möglich. Und die Regierung räumte baufreudigen Familien ungewöhnlich günstige

Kredite ein. Die Überschwemmung mit kleinen Einfamilienhäusern am Rande der Autobahnen und Großstädte begann.

Findige Unternehmer machten sich das zunutze. Der größte unter ihnen war William Levitt. Der baute sozusagen Häuser von der Stange. Levitt fabrizierte sie zwar nicht in einem Werk, aber er tat das nächstbeste: Er machte aus einem Baugrundstück eine Fabrik. Levitt-Towns wuchsen wie Pilze aus dem Boden. Über 100 000 Eigenheime hat William Levitt im Schnellverfahren erstellt. Eisschrank- und Waschmaschinenhersteller machten im Trend mit, und als das Fernsehen kam, bescherten die Produzenten dem amerikanischen Volk innerhalb von vier Jahren 200 Millionen Geräte. Die Quantität blieb bis heute dabei wichtiger als die Qualität. Mit einem amerikanischen Fernsehbild würde sich ein deutscher Konsument nicht abfinden. Und Maschinen, die nur lauwarm waschen, Geschirrspüler, die nicht gründlich sind, haben im Export keine Chance. Hingegen hat die dem Eiswasser verfallene Gesellschaft entsprechende Kühlschränke geschaffen, die in der Welt nicht ihresgleichen finden. Procter & Gamble schufen »Ivory«-Seife vom Fließband, und Diamond Inc. überschwemmte das Land mit Billig-Streichhölzern. Wie immer entwickelt sich auch in puncto Komfort eine Politik der zwei Linien. Die eine ist die strenge Funktionalität, die andere ist die Extravaganz.

Als der Mensch sich zum erstenmal in die Lüfte erhob, dachte er sicherlich noch nicht an fliegende Jumbopaläste. Natürlich war bei der Luftfahrt Sicherheit und Funktionstüchtigkeit zunächst vorrangig, seit die Gebrüder Wright 1903 den ersten Hopser im Bundesstaat North Carolina gewagt hatten. Mit dem Transatlantikflug von Charles Lindbergh bekam die Luftfahrt dann Dimension. Und es war der deutschstämmige Flieger, der schon 1929 die Druckkabine und das Großraumflugzeug voraussah. Er schrieb: »Ich fühle mich wie der Pionier im Wilden Westen, als er das erstemal durch Stacheldraht eingezogene Grenzen auf der offenen Prärie sah. Die ungebrochene Einsamkeit des Himmels wird vor Fahrzeugen schwirren, so wie die Straßen vollgestopft mit Autos sind.« Auch das Flugzeug hat nach Erfüllung der reinen Komfortwünsche seine Luxusphase gehabt: Dem deutschstämmigen Flugzeughersteller Boeing schwebte eine Art zweistöckiger Luftomnibus vor. Die Vision wurde dann vom Jumbo, von der 747, eingeholt. Zunächst war das Oberdeck nur als Lounge, als Bar, gedacht mit Zeitungen, Filmvorführungen, Galadiners und einem leibhaftigen Klavierspieler. Später haben wirtschaftliche Zwänge den Luxus wieder in den allgemeinen Komfort eingeebnet.

Gerade in der Eroberung des Luftraumes hat sich die Welt dem amerikanischen Komfortgedanken angeschlossen. Vom regelmäßigen Shuttle, dem Nahverkehr über eine Luftbrücke, der ja als Konzept in die Raumfahrt übernommen wurde mit dem Space Shuttle, bis zum Hubschrauberlandeplatz auf dem höchsten der Hochhäuser, von der »economy class« zur »business class« – eine Entwicklung, die mit der Ausweitung des Individualverkehrs zum Pauschaltourismus teilweise wieder zurückgenommen wurde. Als die Europäer mit der Concorde, mit dem Überschallflugzeug der Luxusklasse, selber einen Vorstoß wagten, blieb der nur Episode. Das reibungslose Ineinandergreifen der Transportmittel einer mobilen Gesellschaft blieb in der Welt unerreicht. Flug, Ankunft, Automiete, Telefonkontakt, Hotelbuchung, Sitzung und Rückflug funktionieren in Amerika wie nirgendwo sonst. Doch die Welt hat nicht nur die Vorteile, sondern auch die Nachteile der mobilen Gesellschaft kennengelernt. Mit dem Auto konnte man die Innenstädte fliehen, die dementsprechend verfielen, entstand die ›suburbia‹, die Vorstadtgesellschaft mit Eigenheim, Golfclub und vor allem den Supermarkets, den zentralen Einkaufsstellen, die dem Einzelhandel und den Tante-Emma-Läden den Garaus machten.

Vorreiter dieser Supermarkets war Woolworth, eine Firma, die im Jahre 1900 bereits 200 Zweigstellen hatte. Mittlerweile hat sich der Supermarket zu einer solch zentralen Institution entwickelt, daß er zum Nukleus neuer Städte wurde. Er hat nicht nur Lebensmittelläden aufgesogen, sondern sich auch zur Servicestation für das Dienstleistungsgewerbe gemausert.

Ärzte und Anwälte haben sich am Supermarket niedergelassen. Wobei Ärzte nicht Renaissancemenschen sind, Ratgeber in allen Lebenslagen, sondern Spezialisten, die sich nur für Teilbereiche des menschlichen Körpers als zuständig erklären. Ihre Vorsorge ist aber oft so weit gediehen, daß sie sich fast selber überflüssig machen. Anwälte hingegen haben immer noch weiter Auftrieb, weil Schadensersatzklagen immer erfolgreicher werden. Sie erreichen oft astronomische Höhen. San Francisco nimmt mit einem Anwalt pro 110 Personen dabei einen Spitzenplatz ein.

Nobelpreisfabrik Amerika – Beispiel Medizin

Tschernobyl, die bisher weitreichendste Atomkatastrophe, ausgelöst in einem der vier Graphitkerne in der Kernanlage bei Kiew, war in seinen verheerenden Ausmaßen noch gar nicht voll erkannt, als eine Boeing 737 auf dem Prominentenflughafen Wnukowo bei Moskau landete. Armand Hammer, der amerikanische Ölmilliardär und zugleich Vertraute des Kreml, wußte wieder einmal ganz genau, was er tat – amerikanische Medizin in ihrer höchsten Vollendung einzusetzen, um die ärgste Not der betroffenen Sowjetbürger zu mildern. Prof. Gale, weltberühmter Spezialist für Knochenmarktransplantationen, nutzte seine Erfahrungen mit Strahlungsschäden auf so überzeugende Weise, daß er in Rußland zu einem Helden wurde. Durch Transplantationen rettete der Amerikaner mehrere Dutzend Menschen vor dem Strahlentod. Amerikanische Hilfsbereitschaft hatte sich durch wissenschaftlichen Fortschritt ein weiteres Mal als überzeugend erwiesen.

»Wenn wir wollen, machen wir jeden Nobelpreis.« Diese selbstsichere Behauptung eines Washingtoner Wissenschaftspolitikers läßt sich leicht belegen. Amerikanische Mediziner bestimmen seit den vierziger Jahren des 20. Jahrhunderts diese Ehrenliste wissenschaftlichen Fortschritts. Seit den fünfziger Jahren bilden amerikanische Nobelpreisträger für Medizin die Regel, solche anderer Nationalität die Ausnahme.

Was mit Emil von Behring 1901 in der Gruppe der Nobelpreise für Medizin oder Psychologie begann und mit Iwan Pawlow, Robert Koch, Paul Ehrlich, Robert Barany oder Julius Wagner-Jauregg im ersten Drittel des 20. Jahrhunderts als europäische Großtaten in das Geschichtsbuch der Medizin eingetragen wurde, begann auf dem Niveau der Nobelpreise für die USA erst 1930. Karl Landsteiner wurde für die Entdekkung der Blutgruppen geehrt. Nach dem Zweiten Weltkrieg sicherten sich Amerikaner in 42 Jahren 32 Nobelpreise in der Gruppe Medizin und Psychologie. Erfolgreicher Forschertrieb beeindruckt die Stockholmer Nobelpreis-Jury bei amerikanischen Wissenschaftlern in Einzelfällen derartig nachhaltig, daß die traditionellen Vorbehalte gegen die Auszeichnung von Firmenforschung angesichts persönlicher Leistungen zurückgestellt werden. Grund: Die Zielforschung in einer aufgeklärten wissenschaftlichen Atmosphäre und der gebündelte Geldeinsatz überzeugen. In wachsendem Maße gilt das auch für andere Disziplinen.

Spitzenleistungen der amerikanischen Medizin versetzen die Welt immer wieder in Erstaunen. Gestandene Mediziner aus aller Herren Länder pilgern zu den großen Pragmatikern, die mit ihrer Zielforschung alle anderen hinter sich lassen, wie Prof. Dr. Michael De Bakey, Herzchirurg in Houston, Texas; Prof. Dr. Thomas E. Starzl, Universität Pittsburgh, Spezialist für Lebertransplantationen; Prof. Dr. James D. Watson, Harvard, Genforscher am National Institute for Health; Prof. Dr. Arnall Platz, Augenspezialist am Wilmer-Institut der Johns-Hopkins-Universität in Baltimore; Prof. Dr. Steven Rosenberg am National Cancer Institute für Krebsforschung.

Wo liegt das Geheimnis der medizinischen Erfolge der Amerikaner? Beim Geld? In der Universitätsstruktur? Im geistigen Klima? Von jedem etwas. Die amerikanische Forschungsstruktur ist – übrigens nicht nur in der Medizin – von der flächigen Breite und dem Humboldtschen Universalbegriff längst abgegangen und abgekommen. Gegenüber traditionellen Disziplinen mit theoretischer Systematik und streng gegliedertem akademischem Betrieb überwiegt der Pragmatismus. Zentrale und drängende Fragen werden in Projekten planerisch, finanziell, personell und wissenschaftlich aufgearbeitet. Man hält sich dabei nicht lange beim Sammeln und Beschreiben dessen auf, was war oder ist. Die Vorgabe lautet, unkonventionell und pragmatisch durch gewagte Experimente und neue Techniken möglichst rasch zu verwertbaren Zusatzerkenntnissen zu gelangen. Mediziner versammeln dabei die besten Kollegen ihres jeweiligen Fachs um sich, was den Wettbewerb nicht nur nicht behindert, sondern sogar durch Austausch von Wissen und Information fördert. Geld zu beschaffen fällt unter diesen Umständen leicht. Dazu kommen unkonventionelle Formen des geistigen Austauschs, der sich freilich im konventionellen Rahmen abspielt.

Wissenschaftler sind gehalten, projektbezogen zu arbeiten, also entsprechend zu publizieren. Ohne Publikation kein Fortkommen. Da die meisten nicht fest angestellt sind, hängt es von ihrer Leistung ab, wie sie bewertet, beauftragt und für einzelne Vorhaben finanziert werden. Der hohe wissenschaftliche Standard ist freilich durch Einwanderung immer wieder untermauert worden. Im Zweiten Weltkrieg und danach sorgte der Zuzug von Intelligenz, etwa durch die jüdische Emigration aus Europa, für mächtige Schubkraft. Seitdem zählt es zum Streben ganzer Generationen begabter Mediziner, am Fortschritt ihres Fachs in Amerika mitzuwirken. Dabei machen sich auch hier die Verlagerungen der Intelligenzströme bemerkbar – weniger Europäer, mehr Asiaten.

Zukunftsträchtige Projekte auf höchstem Niveau halten zwar die amerikanische Nobelpreisfabrik in Gang, doch die Breite der medizinischen Versorgung der Bevölkerung – auch ein Aspekt der Komfortgesellschaft – ist eine andere Frage, 37 Millionen Amerikaner sind (statistisch) gänzlich ohne Versicherungsschutz im Krankheitsfall. Und die, die versichert sind, müssen mit immer höheren Kosten rechnen. Der Anteil der medizinischen Versorgung am Bruttosozialprodukt ist in einem Vierteljahrhundert von 5,9 auf 11 Prozent gestiegen, Ende der achtziger Jahre erreichten die Gesundheitskosten die Summe von 500 Milliarden Dollar – ein Weltrekord.

Immer weniger zahlen immer mehr für immer bessere Versorgung. »Wenn das so weitergeht, wird im Jahr 2000 die einzige Person, die sich Krankenversorgung noch leisten kann, Donald Trump heißen«, so der ehemalige Gesundheitsminister Joseph Califano. Er meinte den New Yorker Immobilien-Milliardär.

Der Ruf nach Reform für das nächste Jahrhundert will nicht mehr verstummen: Selbstbeteiligung; sparsamere, wenn auch qualitativ gleichbleibende Versorgung; Reform der privaten Krankenversicherungen und Mischfinanzierung aus Steuergeldern. Am Beispiel der medizinischen Versorgung weiß man in der reichsten Volkswirtschaft der Welt, was man sich selber schuldig ist: die Spitzenerkenntnisse amerikanischer Medizin der eigenen Bevölkerung mehr als bisher zugänglich zu machen. Für den »Rest der Welt« besteht weniger Sorge um die Breitenwirkung. Hier wie dort geht es aber um Spitzenerkenntnisse, die seit Jahrzehnten nirgendwo so reichlich fließen wie in Amerika, dem Mekka moderner Medizin.

Die »waste-society« – Vom Wegwerfen und Verschwenden

Die Amerikaner sind ungemein stolz auf ihr Vaterland. Lange sahen sie den Schutz dieses Vaterlandes aber vornehmlich in der territorialen Verteidigung und in einer Gesetzgebung, die möglichen antiamerikanischen Elementen den Boden entzieht. Daß die Amerikaner selbst zur Zerstörung ihres Landes beitragen würden, kam ihnen erst spät in den Sinn. Dabei haben sie im Verlauf der Eroberung ihres riesigen Landes alle jene Sünden begangen, die im Katalog des heutigen Umweltschutzes stehen. Sie haben neun Zehntel ihres Baumbestandes gefällt. Sie haben ganze Tierarten fast ausgelöscht, wie den Büffel oder den weißen Adler oder den Condor. Planlose Landnahme führte zu Erosionen des Bodens. Experten glauben, daß ein Drittel des Humus seit der Eroberung der Neuen Welt vom Winde verweht worden ist. Schatzsucher unterminierten ganze Berge, ließen sie nach der Ausbeutung zusammenbrechen, Pioniere bauten kleine Städtchen und ließen sie zu riesigen Ansiedlungen zerfließen. Großgrundbesitzer zäunten ihr Land ein, ihre Viehherden weideten es ab, bis kein Halm mehr wuchs. Baugesellschaften und Immobilienfirmen schnitten immer neue Teile aus dem jungfräulichen Land ohne Rücksicht auf Fauna und Flora. Die Industriebarone schließlich verseuchten Seen und Flüsse. Der Cujahoga in Cleveland war einst so mit Chemie angefüllt, daß er einmal sogar in Flammen aufging, und der Eriesee im Gebiet der Großen Seen war eine Zeitlang umgekippt.

Dennoch sind die Bewohner der Vereinigten Staaten mit ihrem Land anscheinend nicht schlechter umgesprungen als andere Industrievölker auch – mit einer Ausnahme: Sie haben sich zur größten Wegwerfgesellschaft der Welt entwickelt. Ob Haushaltmüll oder Industrieabfall, kein Volk hat für mehr Zivilisationsschutt gesorgt als die Amerikaner. Die Weite ihres Landes, die scheinbare Unendlichkeit der natürlichen Ressourcen und auch die Abneigung gegen einengende Gesetze trugen zum Phänomen der »waste-society« bei.

Es gab aber immer auch schon Gegenbewegungen. Zur Jahrhundertwende war es Theodore Roosevelt – im Ansehen der Welt eher ein ›rough rider‹ und der erste Großmachtpolitiker –, der ein Gesetz zur Erhaltung der Natur durch den Kongreß paukte. Damals entstanden die Nationalparks. Sie haben heute den Charakter von geweihtem Boden. Diesen Eindruck muß jeder Besucher aus dem Ausland gewinnen, der die Amerikaner gesittet und gehorsam durch die Reste ihrer ursprünglichen Landschaft wandern sieht. Die Parole »See America first« – schau dir zunächst Amerika an – hat weite Teile der Gesellschaft erfaßt. Eingeständnis auch der Verwüstung, die ihre Vorväter angerichtet haben, und Sehnsucht, das Verbliebene zu erhalten.

In den beiden Weltkriegen verlor der Naturschutz an Priorität. Aber in den sechziger Jahren entstand eine neue Ökologiebewegung. Sie erfaßte eine ganze Studentengeneration und hatte mit »Silent Spring«, 1962 von Rachel Carson geschrieben, ihr Kultbuch. Die Gesetzgebung ritt diese Umweltschutzwelle mit. Verschmutzung der Luft, des Wassers und der Erde wurden mit einem ganzen Netzwerk von Maßregeln und Strafen versehen. Die Bewegung hat große Siege errungen. Das Pflanzenschutzmittel DDT wurde verbannt. Der Eriesee wurde zu neuem Leben erweckt, auf dem Cujahoga-Fluß bei Cleveland kann man Boot fahren. Über 200 000 Meilen verseuchten Wassers sind wieder fischreich und zum Baden freigegeben.

Eine dritte Welle der Gesetzgebung richtet sich heute eben gegen die »waste-society«. Ein Einwohner der Stadt New York produziert viermal mehr an Abfall als ein Bewohner von Rom, zwölfmal mehr als ein Einwohner von Mali in Afrika. Die riesigen mit Abfall beladenen Schiffe, die täglich New York verlassen, um ihre Last 100 Kilometer weiter draußen in den Ozean abzulassen, gelten als Symbol dieser Abfallgesellschaft, eben weil sie so spektakulär aussehen. Doch Charles Ehler, Direktor des Nationalen Ozeanographischen Instituts, sieht die wirkliche Wasserverseuchung in den Düngemitteln, die in die Ozeane gelangen, und in ungenügend geklärtem Abwasser. Die allgemeine Sensibilisierung für den Umweltschutz führt aber auch dazu, daß immer weniger Gemeinden sich bereit erklären, einen neuen »landfill«, einen neuen Platz zur Abfall-Lagerung, aufzunehmen. Der langjährige Chef der staatlichen Umweltschutzagentur, William Ruckelshaus, sagt zynisch: »Die Leute handeln eben nach dem Paragraphen 1 des Müllgrundgesetzes, d. h., jeder will, daß sein Abfall abgeholt wird, und keiner will, daß er bei ihm abgeladen wird.« 1980, noch unter der Regierung Jimmy Carter, entstand ein Gesetz zur Vernichtung gefährlichen Abfalls. Seitdem ist Abfallbeseitigung durch die entsprechenden Firmen um das 50fache gestiegen. Manche machten dabei bankrott.

In den sechziger Jahren galt Umweltschutz als ein Anliegen der Linken. Aber Theodore Roosevelt, der Präsident, der die Idee der Nationalparks schuf, war Republikaner, und George Bush, der 1988 die Präsidentschaft übernahm, ist ebenfalls ein Konservativer. Er hat seinen Präsidentschaftswahlkampf auch mit dem Slogan von der Verunreinigung des Hafens von Boston geführt. Boston ist die Hauptstadt von Massachusetts, und der Gouverneur von Massachusetts, Mike Dukakis, war sein demokratischer Gegenspieler.

Umweltschutz wird auch in Amerika zunehmend zu einer nationalen und überparteilichen Sache. Und Ende der achtziger Jahre geht es vor allem der amerikanischen Sucht zum Wegwerfen, die wiederum eine Schwester der Verschwendungssucht ist, an den Kragen. Unter der Regierung Bush wird im Kongreß ein neues Gesetzesbündel geschnürt, das sehr viel mehr Wiederverwertung, Recycling, vorschreibt und noch viel strengere Auflagen für die Industrie bedeutet. Einige Senatoren stemmen sich allerdings gegen diese Vielzahl von neuen Regulierungen. Timothy Wirth aus Colorado und John Heinz aus Pennsylvania glauben, daß mit jeder Regulierung eine neue Behörde entsteht, und sehen den Kampf um eine bessere Umwelt in zusätzlichen Initiativen für die freie Wirtschaft. Wenn zum Beispiel eine Fabrik mehr an Reinhaltung betreibt, als das Gesetz es fordert, sollen hier Steuererleichterungen gewährt werden. Weitergehende Vorschläge zur Verbesserung des Umweltschutzes beinhalten eine drastische Erhöhung des Ölpreises.

Im 20. Jahrhundert starben in den Kriegen der Nation, von Kuba über den Ersten und Zweiten Weltkrieg bis Korea und Vietnam, etwa 500 000 Amerikaner, ca. 800 000 wurden Opfer von Mord und Totschlag, und an die eineinhalb Millionen kamen bis 1981 auf den Autobahnen und Straßen um. Es war der unbequeme Ökologe und Warentester Ralph Nader, der die öffentliche Aufmerksamkeit auf Fragen der Sicherheit rund ums Auto, wie schon vorher der Sicherheit am Arbeitsplatz, gelenkt hatte. Und schon bald mußten die Autohersteller sich danach richten, wurden auch die Höchstgeschwindigkeiten drastisch gesenkt. In den späten sechziger Jahren fand die Wissenschaft heraus, daß 60 Prozent der Luftverschmutzung aus Autoabgasen besteht. Die Autoindustrie wurde gezwungen, bis 1975 mit einem Katalysator auf den Markt zu kommen, der 90 Prozent der Abgase herausfiltert. Heute sterben weniger Menschen im Autoverkehr, verpesten weniger Schadstoffe die Luft. Von der Radioaktivität bis zum sauren Regen, von der Einführung der Vollwertkost bis zur Verbannung des Alkohols in immer mehr »dry counties« bewegen sich die Amerikaner auf ein völliges Umdenken der Werte zu. Das Ende der »waste-society« bahnt sich an, der Wegwerfgesellschaft, und Überdruß am Überfluß stellt sich ein. Im rigorosen Pendelschlag der Nation kann aber die Beschränkung der Freiheit und des ›pursuit of happiness‹ zu ihrer Drosselung führen. Bezeichnend dafür ist ein Warenkatalog des einflußreichen Rates für ökonomische Prioritäten, CEP. Darin werden die Produkte von 138 Firmen genannt, die man bedenkenlos kaufen könne.

Von Campbell's Soup über Kodak Film bis Quaker Müsli erfüllen diese Firmen zehn Kriterien, die dem »shopping for a better world« dienen. Dazu gehören die Förderung von Frauen und ethnischen Minderheiten, der Umweltschutz, die Absage an Südafrika, reichhaltige Spendenfreude, Investitionen im sozialen Bereich, der Boykott der Kernkraft, eine Erklärung gegen Tierversuche und die Ablehnung von militärischen Aufträgen.

Die Gesellschaft hat aber auch freiwillig den Kampf gegen ihre eigene Verschwendungssucht aufgenommen. Im Bundesstaat New Jersey zum Beispiel beteiligten sich schon über 50 Prozent der Bevölkerung am Recycling, also dem Aussortieren des Haushaltmülls nach unterschiedlichen Kategorien, und das ohne jede Gesetzesvorlage.

Osage ist eine Stadt von 3600 Einwohnern im Mittleren Westen. Seit 1974 hat die Gemeinde ihren Energieverbrauch um 55 Prozent gesenkt durch zusätzliche Isolierung, Sparsamkeit und lokale Energiequellen wie Sonnenenergie. In Iowa gehen die Frauen wieder dazu über, Windeln zu waschen wie in alten Zeiten, seit sich herausgestellt hat, daß die Pampers, die Wegwerfwindeln, einen zu hohen Prozentsatz des Haushaltmülls ausmachen und außerdem nicht in den Recyclingprozeß gehen können. 1967 wurden erst für 90 Millionen Dollar Wegwerfwindeln verkauft, 1987 für 33 Milliarden Dollar, was 16 Milliarden Windeln entspricht.

Zur Jahreswende 1988/89 hat die renommierte Zeitschrift *Time* ausnahmsweise keinen Mann des Jahres gewählt, sondern den Planet des Jahres gekürt, nämlich die gefährdete Erde. »Die ganze Welt gehört eigentlich in eine Intensivstation«, sagt John Eddy von der Universität Boulder in Colorado. Die frühere Astronautin Sally Ride hat eine »Mission to Planet Earth« gegründet, »Auftrag Planet Erde«. Dabei sollen die Möglichkeiten der Raumfahrtbehörde NASA genutzt werden, um die Erde ständig vom Weltraum aus zu kontrollieren. Eine internationale und kontinuierliche Beobachtung der

Entwicklung auf der Erde soll dann die Voraussetzung bilden für die Opfer und die Änderungen im Lebensstil, die der Menschheit abverlangt werden. Schließlich macht die Zeitschrift *Time* den Vorschlag, eine weitere Sparte des Friedensnobelpreises einzuführen, nämlich für Verdienste um den Umweltschutz.

Das Ozonloch und die globale Erwärmung, die Verschwendungssucht und das Aussterben vieler Tierarten, die dem genetischen Pool der Erde vollends verlorengehen, machen aber noch nicht das ganze Problem aus. Der Bevölkerungsdruck in der Dritten Welt wird zum Amoklauf der Umweltzerstörung, führt zur weiteren Vernichtung der Wälder, zu extensiver Bodennutzung, zum globalen Verwüstungsprozeß. Soweit die Länder der Dritten Welt überhaupt zur Industrialisierung in der Lage sind, gehört für sie Umweltschutz nicht zu den Prioritäten. Noch gleicht jede Rauchfahne einer Entwicklungsflagge.

Die Weltmächte, die USA voran, müssen also auch internationale Aufgaben übernehmen. Wenn zum Beispiel im Rahmen der Entspannung weniger Geld in die Militärhaushalte geht, könnte einiges abgezweigt werden zur Erleichterung der Schuldenlast in der Dritten Welt. Wiederum können die USA eine Vorreiterrolle in der Welt übernehmen, die weit über dieses Jahrhundert hinausreicht. Ronald Reagan, der den Patriotismus im Lande neu erweckt hat und unter dessen Regierung besonders wenig für den Umweltschutz geschah, hat einmal geäußert: »We are the last best hope of mankind«, wir sind die letzte große Hoffnung der Menschheit. Aber schon Häuptling Seattle sagte 1855 zum Präsidenten der USA: »Wir sind ein Teil der Erde, und sie ist ein Teil von uns. Der Mensch ist nur eine Faser im Muster des Lebens und der Natur. Was dem Muster angetan wird, tut ihr euch selbst an.«

Traum und Alptraum...

Die Amerikaner geraten leicht ins Schwärmen, wenn sie von ihren Idealen reden: Freiheit und Gerechtigkeit, Gleichheit und »the pursuit of happiness«, die freie Entfaltung der Persönlichkeit. Sie sind die Ingredienzien des amerikanischen Traums. Dabei meinen die Amerikaner nie graue Theorie, sondern Glück zum Anfassen. Gerechtigkeit ist gute Gesetzgebung. Gleichheit ist identisch mit Chancengleichheit, und Freiheit Leben ohne Einengung. Wenn alle diese Grundsätze eingehalten und eifrig genug angestrebt werden, stellt sich der amerikanische Traum von selber ein... ohne Zutun der Philosophen oder der staatlichen Obrigkeit. »Let's do like our athletes do«, sagte Ronald Reagan bei den Olympischen Spielen von Los Angeles 1984, »let's go for the gold.« Auch ohne diesen Rat jagten die Amerikaner immer dem Golde hinterher, ob im Goldrausch, der 80000 nach Kalifornien und Alaska trieb, oder in der »Can-do«-Mentalität, die alles für umsetzbar hält, was technisch möglich erscheint, ob ein Mann im Mond oder ein künstliches Herz oder ein undurchdringlicher Strahlenschutzschirm über der Heimat.

Immer aber auch zeigten die Amerikaner Angst, daß dunkle Kräfte und Mächte von außerhalb diesen Traum zerstören könnten. Gegen diese dunklen Kräfte setzten sie oft selbst das Böse: den Ku-Klux-Klan, der einmal 5 Millionen Mitglieder zählte und vor allem die Schwarzen schlachtete, die Hexenjagd des Senators McCarthy, der nach dem Zweiten Weltkrieg unter andersdenkenden Intellektuellen und Künstlern wütete, oder der Argwohn, daß die Einwanderung auch den Willen zum Bösen mit importieren würde ... sei es den Sozialismus oder Faschismus aus Europa, die Revolution aus Lateinamerika oder die Überfremdung aus Asien.

In Wirklichkeit hat Amerika unter der Einwirkung von außen nie gelitten, sind die Probleme meist hausgemacht, ist der Feind des amerikanischen Traums im Inneren zu suchen, »the enemy within«. Und wenn die Welt bewundernd auf Amerikas Erfolge und Modewellen blickt, sie übernehmen oder nachahmen will, muß sie sich auch stets mit den Anschlägen des Bösen auf die Gesellschaft auseinandersetzen. Licht und Schatten kommen in den USA meist als Zwillingspaar daher: der ›outlaw‹ und der Sheriff, der gewissenlose Gewinnler und der brüderliche Spender, das Gangstersyndikat und die ›neighbourhood-watch‹, der ›maniac‹ und der Wohltäter.

Mit Ausnahmen ist die Entwicklung des Verbrechens und der Asozialität, des Außenseitertums, auch amerikatypisch. Es gibt keine Geisterfahrer, Telefonvandalen und Geiselnehmer und bis dato jedenfalls keine Terroristen, dafür Amokläufer, Frauenschänder, Sektierer, Computerhacker und Verbalerotiker, die ihre obszöne Neigung vor allem in »crank calls«, anonymen Telefonanrufen, abreagieren. Kriminelle oder psychopathische Taten dienen in den USA mehr der persönlichen Bereicherung und Befriedigung, sind mehr gegen die Gesellschaft als gegen den Staat gerichtet. Um so verständnisloser und verschreckter reagieren Amerikaner auf Geiselnahmen und Terrorakte in Europa und dem Nahen Osten.

Die weitaus größte Zahl der Todesopfer in Amerika geht auf das angestammte oder angemaßte Recht auf Selbstverteidigung zurück. Der allgemeine Waffenbesitz und der leichtfertige Umgang mit dem Schießeisen haben zu der ungewöhnlich hohen Zahl von 800 000 Toten im 20. Jahrhundert beigetragen – obwohl die mächtige »Rifle Association« immer wieder betont, daß nicht die Waffe, sondern der Mensch tötet. Über das amerikanische Jahrhundert hinweg blieb die Opferrate konstant, etwa 8000 im Jahr. Bei den Politikern liegt sie weit höher. Präsident zu sein ist besonders lebensgefährlich. Das Jahrhundert begann mit dem Mord an William McKinley. Nach nur sechs Monaten Amtszeit wurde er 1901 in Buffalo von einem Neueinwanderer namens Leon Czolgosz hingestreckt. Sein Nachfolger, Theodore Roosevelt, wurde bei der Wiederwahlkampagne von einem Fanatiker angeschossen, was ihn nicht daran hinderte, mit blutverschmiertem Hemd in Milwaukee vor seinen Anhängern zu sprechen. John F. Kennedy wurde in Dallas Opfer eines Anschlages, und Ronald Reagan kam zu Anfang seiner Amtszeit nur knapp am Tod vorbei. Der Attentäter, John Hinckley, dichtet später im Gefängnis: »Das Schießeisen gibt mir pornographische Gewalt. Wenn ich will, daß ein Präsident fällt und die Welt ungläubig auf mich schaut, dann das alles, weil ich einen preiswerten Revolver besitze.«

Es gibt keine Anzeichen, daß hinter allen diesen Attentaten ein politisches System steckt oder eine Organisation von Hintermännern. Auch Präsident Abraham Lincoln wurde nach dem Bürgerkrieg im Ford-Theater zu Washington von einem Einzelgänger umgelegt. Bei John Hinckley entsprang die Tat zweifelsfrei der Geltungssucht. »To go with a bang«, im Tod und mit dem Tod Aufmerksamkeit erregen, gehört zur kriminellen Motivation genauso wie das »Durchdrehen«. 1966 schießt ein 24jähriger Student in Texas wild um sich, tötet 15 Menschen, darunter seine Frau und sein Kind. 1984 stellt ein Amokläufer in Kalifornien einen neuen Rekord auf mit 21 Todesopfern. Auch Ritualmorde durchziehen die jüngere Geschichte der Nation, wie das Wüten von Charles Manson oder das Jonestown-Massaker, das Amerikaner im fernen British-Guayana anrichten. Mord aus Wut über die Gesellschaft oder aus ruinierter Psyche heraus breitet sich unter den Vietnamveteranen aus. Und die Fälle von Totschlag im Familienzwist wachsen alarmierend besonders bei den schwarzen Amerikanern. 1987 sind in den USA 1100 Kinder – nicht nur schwarze – an den Folgen von Mißhandlungen gestorben.

Auch das organisierte Verbrechen sucht Amerika in rhythmischem Wellenschlag heim. Noch zur Jahrhundertwende sind es die Eisenbahnräuber; in den 14 Jahren des Alkoholverbotes, der Prohibition, wächst die italienische Mafia heran. Zwanzig Jahre lang verdient der Gangsterboss Al Capone eine Million Dollar pro Woche, muß aber dafür über 400 Konkurrenten mit dem Maschinengewehr aus dem Wege räumen lassen. In der Zeit der großen Depression verdingen sich Hunderttausende von Arbeitslosen als Handlanger in der Unterwelt, im »gang land«. Später wird nicht etwa der Kriegsgegner zum Staatsfeind Nummer eins, sondern ein »enemy within« namens John Dillinger. Wie schon zu Zeiten des »outlaw« im Wilden Westen genießen die Verbrecher oft auch Bewunderung. So schrieb man John Dillinger »Robin-Hood«-Qualitäten zu, er habe jene Nabobs bestohlen, die sich auf Kosten der Armen bereichert haben. Überhaupt wird Gewalttätigkeit in Amerika oft als Durchsetzungsvermögen bewundert.

Als in den fünfziger Jahren ›suburbia‹ entdeckt wurde, der Zug in die neugebauten Vorstädte, nistete sich in den verlassenen Citys das Verbrechen ein. Es wurde ratsam, bei Dämmerung schützende Mauern aufzusuchen. Demokratische Präsidenten wie Kennedy und Johnson versuchten das Übel an der Wurzel zu packen mit Hilfspaketen und Gesetzesbündeln für die Armen, sozial Schwachen und Arbeitslosen. Aber erst die nicht subventionierte Vollbeschäftigung unter Ronald Reagan hat die herkömmliche Kriminalität etwas eingedämmt. Dafür suchte Amerika ein neuer Alptraum heim: Rauschgift mit seiner blutigen Fährte von Raubmord und Selbstmord.

Kokain wurde schon im ausgehenden 19. Jahrhundert populär. Der Pharmahersteller Parke Davis brachte ein Dutzend Produkte auf den Markt, die Kokain enthielten, darunter Zigaretten und Gesichtssalbe. 1910 stellte eine Untersuchungskommission fest, daß der Genuß von Kokain und Opium mit der Zunahme der Vergewaltigungen direkt zusammenhängt. In der Gegenreaktion zog Parke Davis seine Produkte zurück, wurde das Kokain in Coca-Cola durch Koffein ersetzt, verdammte man die Chinesen als Opiumhändler. In den zwanziger Jahren brachten mexikanische Schwarzarbeiter Marihuana mit. 1940 kam LSD auf den Markt. In den sechziger Jahren war Rauschgift bei der Hippiegeneration in Mode. Filme wie »Easy Rider« und »Hair« trugen zur Verherrlichung der »Bewußtseinserweiterung« bei. In den siebziger Jahren erlebt Kokain eine Renaissance. Es wird zum Aufputschmittel der jungen egozentrischen, erfolgsorientierten »Me«-Generation. Es dringt aber auch in die Schulen ein. Drogensyndikate lancieren eine gezielte Kampagne der »Kundenwerbung« schon unter Kindern. Um den »Stoff« bezahlen zu können, werden Jugendliche zu Dieben und Mördern. Die Gangstersyndikate tragen Schießkriege untereinander aus. New York, Chicago, Washington oder Los Angeles ertrinken unter einer neuen Welle der Kriminalität. 1988 werden in Los Angeles 600 Banden gezählt, 257 Tote gehen auf ihr Konto. Miami in Florida wird zum Drogenumschlagplatz. Im Jahre 1980 verzeichnet Miami 582 Morde im Drogenmilieu, dazu 2000 Einbrüche auf 100 000 Einwohner pro Jahr. In der Selbstverteidigung schließen sich einige Gruppen sogar zu paramilitärischen Einheiten zusammen.

Es kommt auch zu einer Verflechtung von politischen Exilorganisationen, Flüchtlingen aus Mittelamerika und Rauschgiftschmugglern. Im Mai 1980 entlädt sich die Spannung in bürgerkriegsähnlichen Unruhen. Aufgeschreckt erklärt der Staat dem Drogenhandel den Krieg – »war on drugs« ist ein Programm, das die USA bis ans Ende des Jahrtausends begleiten wird. Denn die Behörden können nur versuchen, die möglichen Konsumenten vom Rauschgift abzuhalten oder abzubringen; die Produzenten sitzen im Ausland. Das Kartell von Medellin in Kolumbien versteckt sich zudem hinter Partisanen und Guerilleros; US-Agenten, die sich einschleichen, werden bei der Entdeckung zu Tode gefoltert. Drogenhändler aus Kolumbien und Mexiko, die man in Miami fassen kann, werden durch Geiselnahmen freigepreßt. Der Kokainstaub rieselt wie durch ein Sieb weiter ins Land. Die Drogenabhängigkeit hat als Teil des American way of life auch in Europa Eingang gefunden. Im verarmten Afghanistan entstehen sogar zusätzliche Anbauflächen. Russische Soldaten verfielen der Droge wie vor ihnen die GIs in Vietnam. Die amerikanische Nation aber, die so sehr auf Selbstvertrauen und Selbsterneuerung setzt, fürchtet die Verdunklung des amerikanischen Traumes durch die Drogensucht und andere Krankheiten der Gesellschaft wie Aids.

Die ansteckende Immunschwächekrankheit, Anfang der achtziger Jahre entdeckt, kam zwar wahrscheinlich aus Afrika, hat aber in den USA einen erschreckend fruchtbaren Humus gefunden und besonders unter den Homosexuellen gewütet. Diese Verheerung gab jenen Moralisten Auftrieb, die jede Abweichung von der Gesellschaftsnorm als eine Bedrohung des amerikanischen Traumes ansehen. Der ›backlash‹, die Gegenbewegung, folgte auf dem Fuße. Schon am 1. September 1986 erließ Texas ein Verbot der homosexuellen Betätigung und schuf damit eine Million potentielle Kriminelle. Texas hält auch einen Hinrichtungsrekord – 29 Hinrichtungen (durch Todesspritzen) von 1976 bis 1988. Dabei läßt sich die Gesellschaft von der Zunahme der Gewalttätigkeit auch zunehmend faszinieren. Über den Killer Ted Bundy, der 50 Frauen auf dem Gewissen hat, wurden fünf Bücher und eine Fernsehserie geschrieben.

Der Ruf nach Vergeltung führt zur seltsamen Paarung von fanatischer Frömmigkeit und Wiedereinführung bzw. Ausübung der Todesstrafe bei Kapitalverbrechen. Selbst kleine Vergehen werden drakonisch geahndet. Längst ist auch Nikotin als Gesellschaftskrankheit erkannt. 1988 erhielt ein Raucher in einem Nichtraucherflugzeug eine Strafe von 15 Tagen Gefängnis, 500 Dollar Strafe und 100 Stunden »community service«. Wegen des Verdachtes von zu hohem Alkoholkonsum konnte der Politiker John Tower nicht Verteidigungsminister werden. – Konformität mit der Gemeinschaft einerseits und Gedankenfreiheit andererseits sind ein Gegensatzpaar der amerikanischen Geisteshaltung.

Die amerikanische Geisteshaltung

Zitat aus einem deutschen Auswandererbrief von 1893: »Hier ist gut leben, hier mußt du nicht vor einer Obrigkeit den Hut ziehen und bist, wer du sein möchtest: arm oder reich, freundlich oder mürrisch, gescheit oder dumm. Und keiner erwartet von dir, daß du den Mund hältst, sondern ganz im Gegenteil, daß du dich bemerkbar machst.«

Unter allen Freiheiten, die sich Amerika erkämpfte oder ganz einfach nahm, war und ist die Freiheit der Rede ohne Furcht wohl die von den Unterdrückten in aller Welt am meisten bewunderte.

Dieses selbstverständliche Recht auf freie Meinungsäußerung machte aus den Amerikanern schlechte Diplomaten und gute Journalisten. Was die Außenpolitik an Vorsicht mangeln ließ, führte bei Journalisten und Literaten zu oft unerbittlicher Kritik. Die zweite industrielle Revolution mit ihren sozialen Ungerechtigkeiten, die geradezu chaotische Vermengung der Sturzfluten aus Immigration und Arbeitslosigkeit, der Gegensatz zwischen Isolationisten und Expansionisten bildeten den Nährboden für diese Kritik. Dazu kamen die Landflucht und die Ballung in den Großstädten, die Emanzipation der Frau und die gesellschaftliche Umschichtung. Schriftsteller lösten sich aus den europäischen Traditionen und widmeten sich nationalen Problemen. Wendige Geschäftsleute witterten in der Veröffentlichung der aufgestauten amerikanischen Gefühle eine zusätzliche Gewinnchance. Hearst und

Pulitzer, Ochs und Bennett wetteiferten mit ihren Zeitungen um die Gunst eines verunsicherten Publikums. Die einen stellten sich in den Dienst dessen, was sie als Fortschritt ansahen: den Bau des Panamakanals, die Verherrlichung von Hochhäusern und Schnellbahnen, die Rolle Amerikas in der Welt. Die anderen beklagten den Niedergang der alten Ordnung und die Zerstörung der amerikanischen Harmonie. Hamlin Garland gehörte zu den Wortführern der Populisten. 1894 gab er ein Manifest heraus über die »zerbröckelnden Idole«, klagte die reichen Nimmersatte an, forderte einen bremsenden Eingriff des Staates. In der Zeitschrift *Arena* forderten die Gerechtigkeitsapostel ein humaneres Amerika, und der berühmte Edwin Aldrich schrieb: »Der Alten Anmut und ihr Feuer, sind heut versunken und verloren. Uns gellt der Fortschritt öde Leier und Zank und Hader in den Ohren.«

Gegen die Fortschrittsideologie schrieb schon Mark Twain 1880 an. Ihm gelang auch mit den »Abenteuern des Huckleberry Finn« ein erster großer »amerikanischer« Roman, der in der Literatenwelt draußen aufhorchen ließ. Der Naturbursche Huckleberry Finn vermag instinktiv zwischen schlechten und guten Menschen und Dingen zu unterscheiden. Er tut das mit viel Selbstvertrauen und Gelassenheit. Weniger literarisch, aber dafür selbstkritisch geht Helen Hunt Jackson schon 1881 mit den USA ins Gericht. In »A Century of Dishonor« schildert sie die Verbrechen an den Indianern. Im Schlüsseljahr 1893 veröffentlicht Stephen Crane eine Erzählung über das Schicksal eines armen Mädchens, das der Prostitution verfällt: »Maggie: A Girl of the Streets«. Die Verleger konnten mit einem so deprimierendem »Stoff« zunächst nichts anfangen. Noch im ausgehenden 19. Jahrhundert erzielten sie Massenauflagen mit den Erfolgsgeschichten, die Horatio Alger für junge aufstrebende Amerikaner schrieb. Sie nahmen sich etwa Andrew Carnegie zum Vorbild, der mit dreizehn in einer Baumwollspinnerei für 1,20 Dollar pro Woche arbeitete und mit dreißig auf dem Weg zu seiner ersten Million war. 1892 wird »Pushing to the front«, eine Hymne an den Erfolgsmenschen, zum nationalen Bestseller.

Aber die demonstrative Machtentfaltung der Reichen wurde den Literaten im Lande immer mehr bewußt, und mit Upton Sinclair konnte sich ein Schriftsteller Gehör verschaffen, der das Leben der Mächtigen mit dem Elend der Lohnarbeiter kontrastierte. Das war weniger Aufruf zum Klassenhaß als der Versuch, die anderen, die benachteiligten Amerikaner ins Geschichtsbild der Nation zu rücken. Bis heute hat die Literatur nicht mehr aufgehört, auch ein Gewissen der Gesellschaft zu sein. Immer mehr werden Romane dabei zu Bildern der Wirklichkeit. Theodore Dreiser nimmt mit »Eine amerikanische Tragödie« die Todesstrafe aufs Korn. Der »Babbitt« von Sinclair Lewis ist der große Anpasser. Thornton Wilder meint schon 1942: »Wir sind noch einmal davongekommen.« Graham Greene geißelt den Vietnamkrieg mit dem »Stillen Amerikaner«. Eugene O'Neill schreibt »Eines langen Tages Reise in die Nacht« und Arthur Miller den »Tod eines Handlungsreisenden«. Truman Capote macht sich über die bessere Gesellschaft der siebziger Jahre lustig, und Harold Brodkey kommt 1989 mit dem amerikanischen Jahrhundertroman heraus, der in seiner Urfassung mehr als 6000 Seiten umfaßt. Aber die Wende zur Sozialkritik und in den Amerikanismus war schon bald hundert Jahre zuvor erfolgt. Da schon wurden Schriftsteller zu Nachrichtengebern aus den vernachlässigten Winkeln der Gesellschaft ... unabhängig vom Verkaufserfolg.

Hearst und Pulitzer aber lobten das heroische Amerika, ließen in ihren Beilagen »positive« Literaten schreiben, schürten den Umbruch in der Werteordnung. Diese Pressefürsten hatten zwar eine Vision von der kommenden Macht Amerikas, aber mehr noch ließen sie sich von der Verkäuflichkeit ihrer Produkte leiten. Nicht so sehr, »worauf es ankommt«, interessierte sie, sondern »was ankommt«. Sie nutzten die Pressefreiheit auch zur dreisten Lüge, wenn es denn der Auflage diente. Richard Outcault gab dieser Presse einen Namen, der haftenblieb, nachdem er eine ganz unwahrscheinliche Geschichte über das »gelbe Kind« geschrieben hatte – »Yellow Press«, gelbe Presse, machte Schule auch in Übersee. Die Vulgarisierung der Kultur ging einher mit der ständig steigenden Auflage, die

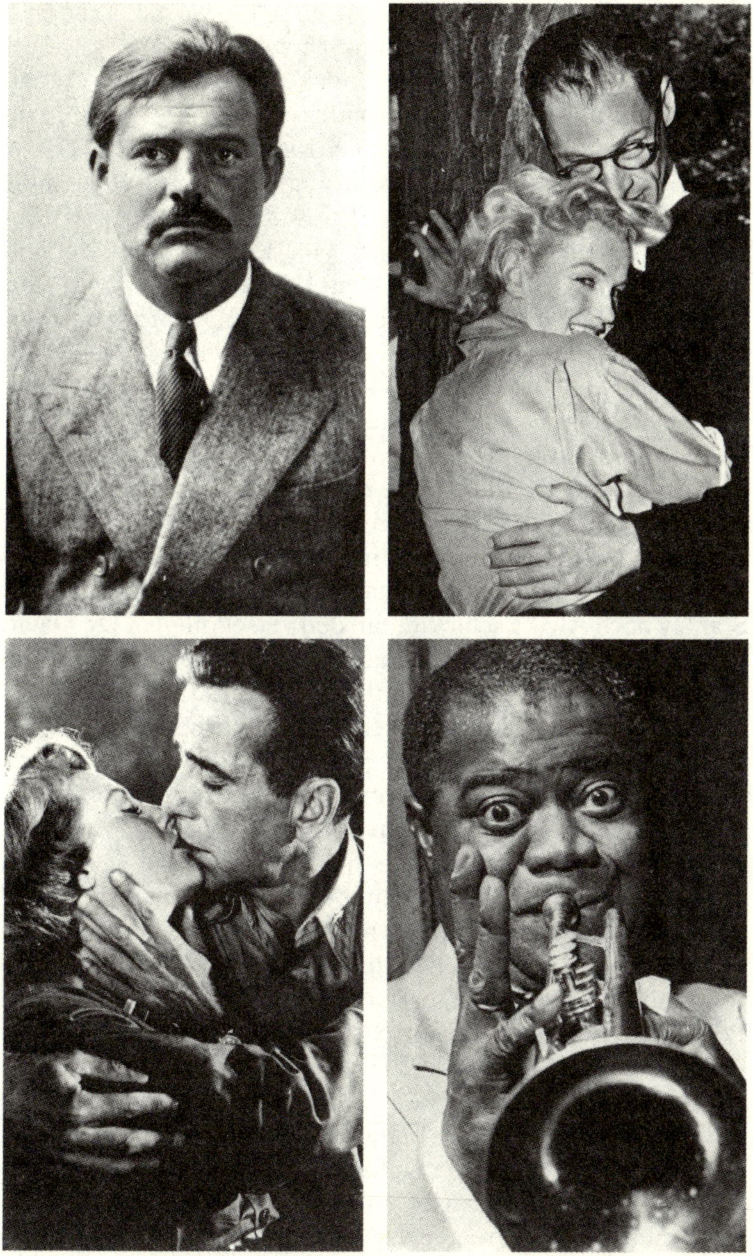

Ernest Hemingway, um 1931 *(oben links);*
Arthur Miller mit Ehefrau Marilyn Monroe, 1956 *(oben rechts);*
Humphrey Bogart in dem Film »Arzt im Zwielicht« *(unten links);*
Louis Armstrong, 1960

durch die Perfektion der Technik möglich wurde. Linotype und Faltmaschine, Acht-Seiten-Schnellpresse und Funkberichterstattung, Sonderserien und Vertriebskosten verteuerten die Zeitungen enorm. Sie mußten durch Anzeigen finanziert werden. Damit verdrängte der Kaufmann den Redakteur vom Chefsessel, und die Verflechtung von Annoncengeschäft und Verkaufserfolg stopften der Pressefreiheit den Mund oder vergewaltigten die Seelen und das Gewissen der Berichterstatter. Aber es gab neben Hearst und Pulitzer auch Ochs und Bennett, neben dem Sensationsblatt *New York Morning Journal* auch die *New York Times*. Adolph S. Ochs schaute nicht auf den schnellen Gewinn, »the quick buck«, sondern auf genaue Recherche und unvoreingenommenes Urteil. James Gordon Bennett jr. erbte die *New York Herald Tribune* von seinem Vater und verpflanzte sie nach Paris. Dort war die *International Herald Tribune* schon 1898 die Lektüre der oberen Zehntausend. Der Zarenhof in St. Petersburg bestellte 200 Nummern pro Tag. Bennett machte Geschichte, als er Henry Stanley nach Afrika schickte, um den verschollenen Dr. David Livingstone zu suchen. Die Nachrichten kamen über modernste Geräte und das Transatlantikkabel. Der Stil war handfest, knapp, dennoch farbig, und der Inhalt wahrheitsnah.

Im Jahre 1904 galt die *International Herald Tribune* als das meistkopierte Blatt in Frankreich. Und es transportierte den American way of life nach Europa. Da die Zeitung ihre Wurzeln in Amerika hatte und bis heute hat, war sie weder den lokalen Nachrichten verpflichtet noch dem örtlichen Druck ausgesetzt. Neben der präzisen politischen Berichterstattung waren Sport, Börse und Feuilleton vorzüglich gestaltet. Sparrow Robertson gilt als Vater der Sportreportage, und von Ezra Pound bis Isadora Duncan schrieben sich Rang und Namen der Literatur in die *Herald Tribune* ein.

In den zwanziger Jahren – der Zeit des wunderbaren Unsinns, wie Redakteur Laney sie nannte – sammelte sich eine große amerikanische Kolonie in Paris um die *Herald Tribune* und ein anderes amerikanisches Exportblatt, die *Chicago Tribune*. Sie hatten meist vor der Prohibition Reißaus genommen und fühlten sich von der französischen Lebensart angezogen. Gertrude Stein war ihre Zentralfigur. Sie führte auch den literarischen Salon für Ernest Hemingway und F. Scott Fitzgerald, beides Schriftsteller, die in Europa viele Anhänger und noch mehr Nachahmer finden sollten. In den dreißiger Jahren aber verfällt der Journalismus, wird auch die *Herald Tribune* ein trauriges Spiegelbild ihrer Zeit. Mitarbeiter Eric Sevareid erinnert sich: »Unscr täglicher Leitartikel sah viele Tugenden in den Werken von Hitler und Mussolini, schon aus Selbsterhaltungstrieb.« Viele Mitglieder der amerikanischen Intellektuellenkolonie in Paris gingen in den spanischen Bürgerkrieg. Hemingways »Wem die Stunde schlägt« ist sicher das Standardwerk über diese erste Schlacht zwischen Revolution und Reaktion, zwischen Sozialisten und Faschisten, geblieben. Zwei Tage vor dem Einmarsch der Deutschen in Paris muß die *Tribune* als letzte unabhängige Tageszeitung den Betrieb einstellen. Nach der Wiedereröffnung 1944 beugt sich die Zeitung zunächst der amerikanischen Klientel und ihren Interessen. Aber bald schon stellt sich der überregionale Charakter wieder ein, an dem nur der Akzent amerikanisch ist. Und die Satire, die oft mit der Souveränität im Bunde steht, findet mit Art Buchwald einen Meister bis ans Ende des Jahrhunderts.

Zeitungen wie die *International Herald Tribune,* die *New York Times,* die *Washington Post* und die *Los Angeles Times* sind aber die Ausnahme und nicht die Regel. In den Vereinigten Staaten herrscht weiterhin die »Yellow Press«. Sie wird an Vulgarität und Auflage nur noch von ihren Ziehkindern in Deutschland und Österreich übertroffen.

Während aber in Europa immerhin noch fast ein jeder zum Zeitungsleser wird, geht in den Vereinigten Staaten das Lesen insgesamt zurück. 1985 sind nach einer Erhebung 25 Millionen Amerikaner Analphabeten, und die ständige Nachwanderung aus Staaten der Dritten Welt senkt den Bildungsstandard weiter. Naturgemäß nutzt sich in diesem Prozeß auch die Sprache ab. Night wird »nite«, through wird »thru«, »for sale« schreibt sich »4 sale«, und Fußgängerübergang heißt »Ped X-ing«.

Flugzeuggesellschaften verpacken ihre Sicherheitsvorschriften in Comic strips, überhaupt ersetzt die Bildersprache das Alphabet. Die Geschichten in Bildern treten wiederum einen Siegeszug um die Welt an. Nirgends werden die Comic strips, vor allem erotischen Inhalts, so verschlungen wie in Japan. Aber Superman und Batman übertreffen an Bekanntheitsgrad bald Tom Sawyer und Huckleberry Finn.

Diese »Wende« von Mark Twain zu Walt Disney bahnt sich auch schon zur Jahrhundertwende an. Vorher gab es noch im entlegensten Bergdorf eine »library« und in jedem Wildwestkaff ein Schulfräulein. Bei Neugründungen von Städten des 20. Jahrhunderts muß oft der Staat oder das Land mit Schulpflicht und Bibliothekbau nachhelfen. Seit Jefferson, einer der Verfassungsväter, seine Bücherei an den Kongreß veräußert hatte, entwickelte sich die »library of congress« zur größten Bibliothek der Welt. Weil nach dem Bürgerkrieg keine größere Zerstörung mehr die Nation heimgesucht hat, bergen vor allem die älteren Städte an der Ostküste private Bibliotheken und Antiquariate in großer Zahl. Die Sammlung von Erstausgaben der Schriftsteller der Jahrhundertwende führte zu exorbitanten Preisen, die Lesung und der Vortrag erleben enormen Zulauf. Populäre Schriftsteller und Politiker verdienen Tagessätze von 20 000 Dollar und darüber, sie alle übertrumpft allerdings ein Expräsident: Ronald Reagan wird auf 75 000 Dollar pro Vortrag taxiert, seine Nancy immerhin noch auf 30 000.

Sicher zieht das bekannte Gesicht, die berühmte randlose Brille, der Star zum Anfassen viele Menschen an. Dennoch ist das vorherrschende Motiv der Bildungshunger, der eine Hälfte der amerikanischen Gesellschaft motiviert. Die andere Hälfte allerdings versinkt um so mehr im Sumpf der Halbbildung, des Unwissens und des Desinteresses. Diese Zweiteilung läßt sich an den Schulen der Nation ablesen. Mit Ausnahmen wie Texas, Kalifornien und Neuengland verkommen die staatlichen und städtischen Schulen zusehends, während die privaten und kommerziell geführten Lehrinstitute wie Harvard, Princeton, Stanford oder das Massachusetts Institute of

Technology gleich zu den besten der Welt gehören. Aber auch unter den Gelehrten und Gebildeten hat sich eine Art Expertentum breitgemacht, das keinen Raum läßt für Allgemeinbildung. So sind zum Beispiel das Wissen und das Interesse an der Welt so gering, daß der demokratische Präsidentschaftsbewerber 1988 Paul Simon vom »tongue tied American« sprach, vom »sprachbehinderten Amerikaner«, und die mangelnden Geographiekenntnisse der Studenten beklagte. »Wer nichts von der Welt weiß und wissen will, der kann auch keinen Anspruch auf die Weltmacht mehr anmelden.« Paul Simon sinnierte: »Ein Japaner, der in Kalifornien ein Geschäft machen will, lernt Englisch. Ein Amerikaner, der nach Japan geht, sucht einen Eingeborenen, der das Englische beherrscht.« Paul Simon schied schon bald aus dem Präsidenten-Rennen aus.

Umfragen und Tests an Mittelschulen ergaben, daß bis zu 80 Prozent der Schüler kaum eine lateinamerikanische Hauptstadt beim Namen nennen können, West-Berlin in der Nähe von Bonn und Vietnam nicht in Asien vermuten. Klagt der belesene Choctaw-Indianer William Boone: »Hoffentlich wird der amerikanischen Öffentlichkeit die Tatsache bewußt, daß die USA ihren Status in der komplizierter und konkurrenzfähiger werdenden Welt nur halten können, wenn sie sich aus der zufriedenen Ignoranz befreien. Nur wenn unsere Jugend ihr geographisches Analphabetentum abschüttelt, wird sie erkennen, wie vielseitig und wichtig das Universum der Völker für unsere Gesellschaft ist.«

Der Choctaw William Boone hat jedenfalls durchgesetzt, daß in seinem Reservat die Kinder einen gründlichen Unterricht in Geographie erhalten. In Oklahoma fragen die Indianer den Besucher aus Deutschland denn auch: »Ost oder West?« Im Auftrag der Regierung hat 1986 eine Kommission unter Frau Lynne V. Cheney 8000 Teenager im Alter von 17 Jahren auf ihr Wissen um Amerika und die Welt getestet. Das erschütternde Ergebnis: 68 Prozent wußten nicht, wann der Bürgerkrieg stattgefunden hat. Ein Drittel der Befragten glaubte, daß Kolumbus im 18. Jahrhundert die Neue Welt entdeckte, und 60 Prozent wußten mit dem berühmten amerikanischen Schriftsteller Walt Whitman nichts anzufangen. Dazu kommentiert Lynne Cheney: »Durch die Erosion unseres historischen Bewußtseins laufen wir Gefahr, unsere eigene Vergangenheit zu verdrängen.« Frau Cheney glaubt, daß das Problem mit den Hauptschulen beginnt. Der Standard ist zu niedrig. Das Bestreben, niemanden durchfallen zu lassen, führt zu einem Fall der Unkenntnis ins Bodenlose. An manchen Hochschulen kann man mit Themen promovieren wie »Einführung in die Buchhaltung« und »Spanisch für Hotelmanager«. Der Direktor des Goethe-Institutes in New York sagte auf die Frage, wie viele Amerikaner Deutsch lernen, im Juni 1983: »Etwa 330 000 Oberschüler haben sich für Deutsch eingeschrieben, und etwa 120 000 erwerben einige Kenntnisse, und das bei einem Volk von 250 Millionen.« Cheney stellt aber fest, daß der Tiefpunkt des Unwissens bereits durchschritten ist. Im Jahre 1978 lernten nur 21 Prozent der Studenten eine Fremdsprache. Heute sind es bereits 28 Prozent.

Die Regierung Bush, die 1989 ans Ruder kam, hat sich zu mehr staatlicher Unterstützung in der Lehrerausbildung verpflichtet. Arbeitslose Lehrer aus Frankreich und Deutschland gehen mittlerweile für einige Jahre in den Süden der USA. Und an der Westküste helfen Japaner und sogar Koreaner aus. Das schon zum Museum deklassierte Europa schafft von neuem Vorbilder und Wunschbilder. Deutsche und Franzosen erkennen, daß die Straßen Amerikas nicht mit Gold, sondern mit Schlaglöchern gepflastert sind. Französische Familien fahren oft nur ein Auto, nehmen dafür zwei Monate Ferien. Deutsche verdienen oft weniger Geld, dafür ist die Ausbildung an den Schulen kostenfrei.

Amerika erregt nicht mehr den »Neid der ganzen Welt«, wie Dan Quayle, Vizepräsident seit 1989, ausrief – und beim internationalen Patentamt haben mittlerweile die Japaner die Nase vorn. Immer noch aber strömen Wissenschaft und Künstlerschaft, Architektur und Literatur an die Lehrstätten und Labors Amerikas. Die Nobelpreise für Chemie und Physik gingen 1988 an sechs Wissenschaftler, fünf davon tragen deutsche Namen, vier davon forschen in den Vereinigten Staaten. Das 20. Jahrhundert wurde von der Genialität und Phantasie der Intellektuellen aus Nordamerika geprägt. Auch wenn oft der Anstoß aus Europa kam. Darwin und Freud haben in New York und San Francisco Verbreitung und Förderung erlebt. Die neue Volkswirtschaftslehre ist mit Thorsten Veblen verknüpft, die Gesellschaftswissenschaft mit Lester Ward, die Evolutionslehre mit John Fiske und die Erneuerung des Geschichtsbildes mit Turner und Beard.

Auf der Flucht vor dem Faschismus strömte Amerika eine geballte Ladung Intellekt aus Europa zu, während Wien und Berlin einen Aderlaß ohnegleichen erleben mußten. Besonders die jüdische Intelligenzija, die sich bereits in Europa aus der rein religiösen Konzentration gelöst hatte, wurde in den USA endgültig säkularisiert. Carl Landauer und Emil Lederer, Otto Nathan, Max Horkheimer, Nationalökonomen und Psychologen, Historiker und Soziologen gaben dem American way of life eine europäische Konjunkturspritze. Edward Teller und Karl Vietor, Walter Gropius und Theodor W. Adorno, Manfred George und Oskar Maria Graf, Thomas Mann und Ludwig Mies van der Rohe, Franz Oppenheimer und Max Reinhardt, Max Warburg und Ludwig Marcuse, Albert Einstein und Carl Zuckmayer, jeder Name ein Programm, eine Schule, eine Lehre . . . Sie alle unterzogen sich in den Staaten der praktischen Anwendung ihrer Theorien und Künste, machten aus dem Besonderen das Allgemeine, aus der Spitzfindigkeit die Didaktik. In den USA kann nur Erfolg haben, wer es versteht, sich der größeren Gruppe mitzuteilen und sie damit zu überzeugen. Intellektueller Hochmut kann nicht entstehen, wenn er kein Publikum findet.

Selbst herausragende Künstler und Wissenschaftler müssen sich Popularisierung gefallen lassen, auch wenn wie bei Andy Warhol Kunst zur Meterware wird und Literatur von vornherein sich dem Gesetz des »bestselling« beugt. Große Autoren entblöden sich nicht, für Popcorn oder United Fruit zu schreiben. Frühere Präsidenten sprechen vor Dentistenkongressen, und große Maler machen sich über sich selber lustig. Der Bildhauer Red Grooms, der mit seinen Werken in Japan und Brasilien Völkerwanderungen auslöst, erklärt seinen Erfolg nicht mit Können allein. Er sagt: »Kunst muß mir und meinen Kunden vor allem Spaß machen.« Wahrscheinlich hat amerikanische Kunstgeschichte Europa so spät erreicht, weil sie drüben immer ein breites Publikum erreichen wollte und den Connaisseurs in Europa zu gegenständlich und handfest war. Grandma Moses mußte Großmutter werden, bis ihre »naiven« Bilder die nationalen Grenzen sprengten und überall in der Welt ihre Nachahmer fanden. Bierstadt und Bingham und Benjamin West haben nicht nur naturalistische Historienschinken gemalt, sondern vor der Erfindung der Fotografie die Amerikaner mit ihren Helden bekannt gemacht. Kunst im Dienst der Öffentlichkeit und nicht der exklusiven Minderheit . . .

Wenn eine *New York Times* oder eine *Washington Post* den Kommentar eines berühmten Autors bringt, dann läßt sie den Leser nicht mit seiner möglichen Unkenntnis allein, sondern stellt den auch noch so renommierten Unterzeichner in Stichworten vor. Didaktik ist auch das Stichwort und das Erfolgsrezept amerikanischer Ausstellungen. Einfache, verständliche Hinführung weckt das Interesse des Besuchers oder entwikkelt es weiter. Diese Didaktik hat im ausgehenden 20. Jahrhundert auch weltweite Resonanz gefunden. »Sound and Light«, Diorama, Schaubild und Hörbild haben aus der Museumsstraße von Washington, der Mall, ihren Ausgang genommen und von dort die Welt erobert. Das Konzept der Volkshochschule wurde im Lande der Öffentlichkeitsarbeit erfunden – auch wenn das Ausmaß der Erläuterung den europäischen Besucher oft verwundert und erheitert. Im Museum ist der Weg zu den Telefonen genauso deutlich ausgeschildert wie der Rundgang durch Rubens und Rembrandt. In den Kirchen ist der Hinweis auf Souvenirshop, Imbißstube und Klo oft neben dem Heiligenbild angebracht. Auf dem Campingplatz wird man gewarnt: »Don't camp in a wash«, zelten Sie nicht in einer feuchten Niederung. Vor Brücken steht die Warnung: »Bridge freezes before road«, bei Kälte ist es auf Brükken eher glatt als sonst. Im Rückspiegel der Autos steht:

»Objects may be nearer than they seem«, Objekte können näher sein, als es den Anschein hat.

Die Information der Gesellschaft ist mit ihrer Anleitung verbunden. Ihre einfache, knappe und eindringliche Sprache ist aber eindeutig der Werbung entsprungen. »Where is the beef?« klagt eine alte Dame in einem Fernsehspot, als sie unter einer butterweichen Semmel nur ein Klümpchen Fleisch entdeckt. Darauf stellt sie fest, daß nur ein bestimmter Hamburger-Hersteller auch genügend Fleisch anbietet. »Where is the beef?« – eine Werbeparole der achtziger Jahre wird sogleich in die Umgangssprache übernommen und zum Beispiel auf die Frage nach der Substanz von Wahlversprechen umgemünzt. »Wo ist das Fleisch?« heißt: Wo ist der Kern, das Eingemachte . . .?

Die Perfektion der amerikanischen Art der Vermarktung hat dazu geführt, daß die Amerikaner ihren Produkten sehr viel schneller nahegebracht werden als in allen anderen Ländern der Welt. Als Richard Nixon in den sechziger Jahren die Entspannung mit China einleitet, freut sich ein Deodorant-Hersteller: 500 Millionen Chinesen, das sind ja eine Milliarde Achselhöhlen . . . Und ein ›adman‹, ein Anzeigenspezialist, formuliert die Aufgabe seiner Zunft wie folgt: »Wir müssen denen, die eigentlich alles haben, klarmachen, daß ihnen etwas fehlt.«

Die Werbemaschine wird in Kriegszeiten von den amerikanischen ›admen‹ nahtlos umfunktioniert in Propaganda, und bei großen Ereignissen ist ihr Marktplatz die ganze Welt. Werbefirmen schließen sich zu Zweckgemeinschaften zusammen, um Weltjugendfeste, Olympische Spiele, Popfestivals und Autorennen zu kaufen und meistbietend weiterzuveräußern. Ein Höhepunkt dieser profitbringenden Vermarktung war sicherlich die Jubiläumsfeier für die Freiheitsstatue in New York.

David L. Wolper, der schon bei den Olympischen Spielen in Los Angeles erfolgreich tätig war und der als Hollywoodproducer »Dornenvögel« und »Roots« weltweit vertrieben hat, nahm die Gestaltung des Jubiläums in die Hand; Lee Iacocca, der Chrysler-Boss, sammelte Spenden. 1886 hatte Frankreich, der Verbündete im Unabhängigkeitskrieg, diese Statue gestiftet. 100 Jahre später muß sich der französische Präsident an der Seite Ronald Reagans in ein Festprogramm einbauen lassen, das alle Rekorde bricht: 4000 Neubürger werden eingeschworen, 25 000 Boote rahmen die Madame Liberty. Ein Mammutchor mit Orchester intoniert »America the beautiful«, und eine patriotische Orgie entlädt sich in einem gigantischen Ausverkauf der Souvenirindustrie. Dabei wurde auch noch die Restaurierung der Freiheitsstatue und der Einwandererinsel Ellis Island durch Werbung mitfinanziert. Ein Gewinn blieb übrig. Meint David L. Wolper, der Nachfahre österreichischer und russischer Ahnen: »Wenn du weißt, was du Amerika zu verdanken hast, dann kannst du ruhig die Ehe zwischen Geschäften und Gefühlen eingehen, solange du weißt, wo die Grenze ist.«

Eigentlich sind alle Amerikaner solche Grenzgänger. Sie gehorchen dem Appell an den Geschäftssinn genauso wie der Aufforderung, Gefühle zu zeigen. Die Veröffentlichung der Gefühle gehört gerade zum amerikanischen Charakter. Als der demokratische Präsidentschaftskandidat Michael Dukakis 1988 zu oft kühlen Kopf bei emotionsgeladenen Fragen bewahrte, kühlte sich auch die Sympathie seiner Parteigänger deutlich ab. Das Weinen vor der Fernsehkamera bei Trauerfällen wird erwartet und die Abwesenheit von Humor bei Fernsehmoderatoren durch niedrige Einschaltquoten bestraft. Seit der Verbreitung des Fernsehens werden Geist und Seele der Amerikaner durch dieses Medium beeinflußt. Das hat John F. Kennedy bewiesen, als er einfach durch die natürliche Kosmetik seiner Person den eigentlich erfahreneren Politiker Richard Nixon aus dem Felde schlug. Der ›consultant‹, der Medienberater, entscheidet seitdem über die Wahlkampftaktik: Halte Augenkontakt, erscheine selbstsicher, lächle unter Druck, übe sparsame Gestik. Aber auch schon weit vor dem Fernsehzeitalter galt in Amerika der Auftritt mindestens soviel wie die Botschaft.

In den Debatten um einen Senatssitz zwischen Abraham

Lincoln und Stephen Douglas ließ Douglas 1858 seine Ankunft bei einer Wahlversammlung durch den Böller aus einer 12-Pfund-Kanone ankündigen. Abraham Lincoln brachte eine Frauenbrigade mit, die Fahnen aus den damals noch 32 Bundesstaaten trug. Der deutschstämmige Lincoln-Anhänger Carl Schurz mobilisierte seine Landsleute mit dem Spruch »Liberty and lagerbeer« – und setzte das Freibierversprechen in die Tat um. Die Public-Relations-Maschine lief in Amerika von Anfang an auf hohen Touren. Aber mit dem Advent des Fernsehzeitalters ersetzt sie immer mehr den Eigengedanken durch die vorgekaute Meinung.

Vor dem 1986er Abschlußjahrgang der Citadel University in Charleston sagte Erziehungsminister William Bennet: »Verschließe deinen Geist nie vor dem Rat und dem Einfluß anderer, aber halte ihn nicht so offen, daß dein Hirn herausfällt.« Amerikanische Denker und Lehrer warnen heute vor dem »Niedergang des amerikanischen Geistes«. Der Soziologe Allan Bloom bedauert die Entfernung der Jugend von der Lektüre, die Abneigung gegenüber dem Buch, die mangelnde Konzentration auf das Wesentliche, und in dem Film »Zelig« zeichnet Regisseur Woody Allen das Porträt eines Mannes, der immer das wird, was die Gesellschaft von ihm erwartet, der selber keine Identität mehr besitzt. Die Bereicherung des amerikanischen Geistes steht in ständigem Kampf mit ihrer Verarmung. Mal triumphiert das eine, mal das andere.

Die Jahrhundertwende sah einen explosiven Aufstieg, die dreißiger Jahre waren vom Abstieg gekennzeichnet, in den sechziger Jahren drängte sich die amerikanische Geisteshaltung der Welt auf, in den achtziger Jahren gerät sie in ein Wellental ... aber die Schaumkronen der nächsten Flut kündigen sich schon an.

Kapitalismus und Mäzenatentum

Im Sommer 1986 wird am eher öden Rand des Geschäftsviertels von Los Angeles ein neues Museum aufgemacht. Es ist das Museum of Contemporary Art, mit der amerikanischen Vorliebe für Abkürzungen, die selber einen scheinbaren Sinn ergeben, kurz Moca genannt. Man kann dieses Haus für zeitgenössische Kunst von außen kaum als solches erkennen, denn die Ausstellungsräume liegen im Untergeschoß. Sie erhalten Licht durch Glaspyramiden, die aus dem Boden aufragen. Den größten Teil der Fläche zu ebener Erde nimmt ein Fußgängerübergang ein. Bei Tagesanbruch und noch einmal bei Geschäftsschluß strömen dann Tausende zur California Plaza, dem Geschäftszentrum von Los Angeles. Das Museum wird dennoch als architektonisches Meisterwerk hochgelobt. Es sei in der Tradition des Frank Lloyd Wright gebaut. Daß die Geschäftsleute, die ins Büro hasten, dennoch Vorrang haben, was den Platz angeht, hat ganz einfach damit zu tun, daß die Leute von der California Plaza das Museum gestiftet haben und bauen ließen. Kultur, abhängig vom guten Willen der Geschäftswelt und damit ihr Untertan?

Die Stifter des neuen Museums für zeitgenössische Kunst in Los Angeles kommen einmal im Jahr zusammen und beraten über Ankäufe und Ausstellungen. Sie beschränken sich streng auf den finanziellen Aspekt. Ausgestaltung und Ausführung überlassen sie den Experten, die sie angeheuert haben. Diese Trennung der Funktionen führt auch dazu, daß die Kunst weitgehend unangetastet von den Vorstellungen der oft doch recht wenig kunstsinnigen Stifter sich entwickeln kann. Der Staatssäckel bleibt weitgehend entlastet von Zuschüssen für Kunst und Kultur. Ein gutes Beispiel für diese reibungslose Ehe zwischen Geld und Geist ist die Verbindung des Verlegers George Weidenfeld mit der Millionenerbin Anne Getty. Die beiden führen in regelmäßigen Abständen Autoren und Schriftsteller aus Ost und West zusammen. Es entstehen dabei Mammutveranstaltungen, die sich Staaten und Institutionen der öffentlichen Hand nur höchst selten erlauben können, weil das Produkt nicht unmittelbar umzusetzen ist, sondern nur der Anregung von Phantasie dient.

Unter der Regierung Reagan von 1980 bis 1988 wird der sowieso schmale Etat für das »Endowment for the Arts« noch einmal gekürzt. Aber Präsidenten und Politiker, große Unternehmer und Bankenchefs, oft auch kleine Gemeinden und Clubs springen für den Staat in die Bresche.

Die einst blühende Industriemetropole Cleveland hat ein recht ramponiertes Aussehen. Aber die Cleveland Opera und auch das Konzerthaus sind im neuen Glanz erstrahlt. Das hat mit der Finanzkraft und dem Finanzierungswillen der Stifter zu tun, aber auch mit der Eigeninitiative etwa der Musiker und Schauspieler, die dann »fund raising dinners« machen, Wohltätigkeitsveranstaltungen, die viel Geld kosten, um die eventuell entstandenen Löcher im Haushalt von Oper und Konzerthaus zu stopfen.

Mit dem Spendenwillen der Bevölkerung und der Risikofreude von finanzkräftigen Unternehmern hatte der deutschstämmige Bürgermeister von Baltimore sein ramponiertes Stadtbild wieder aufgebaut. Sprichwörtlich für den Ideenreichtum des Bürgermeisters William Donald Schaefer, der übrigens in den achtziger Jahren Gouverneur seines Bundesstaates wurde, ist die Sache mit dem ›pothole‹. ›Pothole‹ heißt Schlagloch, und nach einem für diese südlichen Breiten harten Winter zeigten die Straßen von Baltimore Risse und Schlaglöcher. Die Stadt hatte aber kein Geld, sie zu flicken. Also gab der Bürgermeister die Parole aus: »Sponser a pothole«, übernimm die Patenschaft für ein Schlagloch. Die Idee war, daß der Autofahrer auf dem Weg zum Büro Löcher in der Straßendecke, über die er sich besonders ärgert, dem Straßenamt meldet und auf seine Kosten zupflastern läßt. Die Sanierung von ›potholes‹ größeren Ausmaßes wurden dann auch noch mit der Anbringung des Spendernamens neben dem Loch honoriert.

Das System funktioniert im kleinen wie im großen. Die berühmten Universitäten des Landes sind meist von privat gebaut und in privater Hand geblieben. Dabei spielen nicht nur finanzkräftige Stifter eine Rolle, sondern auch die ›alumni‹ und ›alumnae‹, die früheren Studenten und Studentinnen an den Universitäten. Die beraten über das Unterrichtsprogramm, über die Höhe des Beitragssatzes, und sie steuern auch Geld in den großen Topf der Verteilung bei. Weil sie aber ihr Geld nicht verlieren wollen, kommt es zu den enorm hohen Beitragssätzen an Universitäten wie Harvard oder Cambridge. Sie liegen Ende der achtziger Jahre bei 20 000 Dollar pro Student. Da muß sich so manche Familie neu verschulden, die gerade die Kredite für das bei Eheschließung gekaufte Haus abbezahlt hat.

Die größte Museumskette der Welt, die sich entlang der Mall in Washington zieht, wird von der Smithsonian Institution finanziert und verwaltet. James Smithson war ein Sohn des Herzogs von Northumberland, der in Genua starb und einen Teil seines Vermögens den USA vermachte »zur Förderung und Verbreitung wissenschaftlicher Bildung«. Das Stiftungswerk wird seit 1846 vom Präsidenten, dem Kabinett und dem Kongreß betreut und durch einen Vorstand von 15 Mitgliedern verwaltet. Der Eintritt in die vielen Museen des Instituts ist frei. Die Sammlung ist inzwischen auf 50 Millionen Ausstellungsstücke angewachsen, und die Zahl der Spender reißt nicht ab. So hat der in Lettland geborene Uran-Magnat Hirshhorn dem Institut seine Privatsammlung vermacht. Und als der Multimillionär Mellon bei versuchter Steuerhinterziehung erwischt wurde, ließ Präsident Eisenhower ihm die ›option‹, statt Strafe zu zahlen etwas für das Smithsonian Institute zu tun. Mellon baute den berühmt gewordenen »east wing« im Nationalmuseum.

Als Ende des 19. Jahrhunderts die ersten großen Vermögen in den Vereinigten Staaten geschaffen wurden, kam es dort auch zu einem Mäzenatentum, vergleichbar dem der Fürstenhäuser in Europa. Der Erfinder des Telefons, Graham Bell, hat seine verdienten Millionen in vielerlei Unternehmungen und Stiftungen gesteckt. Seine National Geographic Foundation hat 1988 das 100jährige Bestehen gefeiert und 40 Millionen Dollar für die bessere geographische Ausbildung junger Amerikaner gestiftet. Sicherlich geht dieser Bürgersinn auf die Pionierzeit zurück, als das schiere Überleben des einzelnen von der Hilfsbereitschaft des Nachbarn abhing. Sicherlich mag auch manchen Multimillionär in seinen späten Tagen das schlechte Gewissen plagen ob der Reichtümer, die er auch auf Kosten anderer zusammengerafft hat. Ohne private und freiwillige Hilfe aber kann das amerikanische System nicht funktionieren, in dem die Steuern niedriger sind und dementsprechend das Wohlfahrtsnetz dünner gespannt ist als etwa in Westeuropa. Sicherlich aber kann Reichtum in Amerika auch nur deswegen so protzig zur Schau gestellt werden, weil mit Reichtum früher oder später auch die Pflicht zu Mäzenatentum verbunden ist. So haben die Vanderbilts und die Morgans, die Astors und die Rockefellers zwar Wohnpaläste von unbeschreiblicher Pracht gebaut – Dollartempel in der Neuen Welt, die nur mit den Schlössern des Bayernkönigs Ludwig II. zu vergleichen sind oder des Sonnenkönigs in Frankreich. Aber der Geldadel in Amerika hat immer wieder viel Vermögen abgezweigt fürs Allgemeinwohl.

Beispielhaft für diese Entwicklung ist die Geschichte der Rockefeller-Stiftung. John D. Rockefeller wurde 1839 in ein wohlsituiertes Elternhaus hineingeboren. Schon als Junge führte er Buch über Soll und Haben. Als 15jähriger legte er das Hauptbuch A an und begann als kleiner Angestellter in einer Firma in Cleveland für sechs Dollar im Monat. Schon damals gab er 6 Prozent seines Lohnes für die Sonntagsschule aus. Das Hauptbuch A weist für das Jahr 1865 eine Summe von

John D. Rockefeller, Unternehmer und Mäzen, galt als »reichster Mann der Welt«; 1934.

1012,35 Dollar für Schenkungen auf. Vier Jahre später waren es 6000 Dollar.

Bereits Ende des 19. Jahrhunderts fand sich Rockefeller in der Gesellschaft von Männern wie Carnegie, Morgan, Guggenheim, McCormic, Huntington, Duke und anderen. Sie alle hatten ihre Vermögen durch eine Kombination von Erwerbssinn, Unternehmungsgeist, Brutalität und Glück erworben. Sie haben dabei Methoden angewendet, die in der damaligen Zeit des wirtschaftlichen Laisser-faire als erlaubt galten, aber heute keineswegs mit den Gesetzen oder gar dem sozialen Gewissen vereinbar wären. Sie bereicherten sich selbst über die Maßen – aber auch das kulturelle Leben der Vereinigten Staaten mit einem Strom von Universitäten, Stiftungen, Bibliotheken und Instituten. Duke gründete die berühmte Duke University in North Carolina. Nach der Familie Guggenheim ist das gleichnamige Museum in New York benannt. Die Villa Huntington in Los Angeles beherbergt heute eine der größten Gemäldesammlungen der Welt, und Andrew Carnegie schrieb bereits im Jahre 1889 in der *Northamerican Review:* »Wer als reicher Mann stirbt, der stirbt in Schande. Der Tag ist nicht fern, da ein Mann, der bei seinem Tode Millionen hinterläßt, die er während seiner Lebenszeit zum allgemeinen Wohl hätte verteilen können, unbeweint und verachtet hinscheiden wird.«

Die Motive, die die Reichen und Superreichen dazu veranlaßten, ihr Geld unters Volk zu bringen, sind verschiedenartig. Rockefeller selbst meinte: »Ein Mann muß leisten, was er kann, und geben, was er kann.« Wie aber konnte er, dessen Vermögen so schnell anwuchs, sinnvoll und wirksam geben? Zunächst spendete Rockefeller an eine Vielzahl von kleinen Institutionen: Kirchen, Spitäler und andere. Aber der Umfang der Schenkungen blieb weit hinter dem rasch anwachsenden Vermögen zurück. 1892 beschloß er, Organisation in dieses Spenden aufs Geratewohl hineinzubringen, und ließ sich ein wissenschaftliches Prinzip des Spendens ausarbeiten. Er hörte dann ganz auf, im kleinen zu geben, betrieb Wohltätigkeit en gros.

Im Jahre 1903 wurde unter dem sehr allgemeinen Namen General Education Board ein Institut für die Unterrichtung von Schwarzen geschaffen. Rockefeller aber meinte, »daß man die Erziehung von Schwarzen im Süden nur dann erfolgreich fördern kann, wenn man gleichzeitig auch die Erziehung der Weißen fördert«. 1907 erhöhte er seine Stiftung auf über 20 Millionen Dollar. Dann steckte er eine Menge Geld in medizinische Forschungen sowohl in Amerika selbst wie auch im Ausland. Und das Vermögen Rockefellers wuchs unentwegt weiter. Bereits sechs Jahre nach der ersten erfolgreichen Erdölbohrung in Amerika beherrschte seine Standard Oil Company den Energiemarkt. Am 29. Juni 1909 unterschreibt er eine Stiftungsurkunde unter dem Namen Rockefeller Foundation und stattet sie mit 50 Millionen Dollar aus Anteilen der Standard Oil Company aus. Der Zweck der Stiftung sei, »das Wohlergehen und die Kultur der Völker der Vereinigten Staaten, ihrer Territorien und Besitzungen sowie fremder Länder zu fördern durch die Erlangung und Verbreitung von Wissen, durch die Verhütung und Erleichterung des Leidens und durch die Förderung aller Faktoren des menschlichen Fortschritts«.

Als Privatmann hatte Rockefeller natürlich das Recht, von seinem Vermögen Gebrauch zu machen in der Weise, die ihm richtig erschien. Aber er wollte seine Stiftung als Körperschaft vom Senat der Vereinigten Staaten legalisieren lassen. Dies in einem Moment, da seine Standard Oil Company auf solch skandalöse Weise Gewinn machte, daß die Regierung Antrag auf Auflösung seines Konzerns beim Obersten Gerichtshof eingereicht hatte. Dazu schrieb der Generalstaatsanwalt an Präsident Taft: »Ist es angängig, daß in einem Augenblick, da der Staat durch seine Gerichte nach geeigneten Maßnahmen sucht, um die großen Vermögensanhäufungen Rockefellers aufzulösen, der Kongreß der Vereinigten Staaten durch eine gesetzliche Verfügung dazu beiträgt, eine den Namen Rockefeller tragende Institution zu schaffen und zu verewigen, die einen beträchtlichen Anteil dieses Vermögens besitzen und verwalten soll?« Als noch das Für und Wider im Kongreß diskutiert wurde, schlug John D. Rockefeller der Hauptstadt ein

Schnippchen und ließ die Legalisierung durch den Bundesstaat New York durchführen.

Zu Kriegsanfang, 1914, hatte er der Stiftung 100 Millionen Dollar gegeben. Nach Kriegsende, 1919, schob er weitere 50 Millionen Dollar nach, und bis 1929 stieg die Stiftungssumme auf 240 Millionen Dollar. Das Geld ging zunächst vor allem in die Medizin zum Kampf gegen die Elefantiasis und die Malaria. Dann förderte die Stiftung die Ausbildung der Ärzte selbst. Die Auslese der Kandidaten erfolgte nach dem ermittelten Grad der Begabung. Dann ging das Geld in die Forschung für die Landwirtschaft, u. a. zur Schädlingsbekämpfung. Eine Kampfansage gegen den Hunger weltweit. Schließlich in die Sozial- und Gesellschaftswissenschaften. Nach 40 Jahren Tätigkeit hatte die Rockefeller-Stiftung Kontakt mit 93 Ländern in der ganzen Welt aufgenommen.

David Rockefeller setzte die Tradition der Familie fort. Er kaufte der Chase Manhattan Bank Bilder für 25 Millionen Dollar und unterstützt die Gedächtnisstätten, die sich alle amerikanischen Expräsidenten einrichten, mit vielen Millionen. Die »library«, wie diese Gedächtnisstätten heißen, für Ronald Reagan bezahlten 15 seiner Freunde, darunter der Ölmagnat Armand Hammer, mit 100 000 Dollar pro Stifter.

Laut Stiftungsurkunde sollte die Rockefeller Foundation universal und unsterblich sein. Das zweite der beiden Attribute ist schon bald eingeschränkt worden, denn das eigentliche Ziel, bis in eine ferne Zukunft nur die Zinsen des Kapitals zu verwenden, mußte aufgegeben werden. Aber die Universalität, das Wohl der Menschheit der ganzen Welt, blieb ein ständiges Ziel der Stiftung. Vielen Millionen von Amerikanern aber bleibt John D. Rockefeller im Gedächtnis als der Mann, der das koloniale Williamsburg wiederaufbauen ließ. Dafür gab er, so ganz nebenbei, 68 Millionen Dollar aus. Williamsburg gehört heute zu den magnetischen Anziehungspunkten des Tourismus aus aller Welt.

Bis heute wird die Anhäufung von Reichtum in den Vereinigten Staaten eher bewundernd gesehen, solange die Reichen die Ärmeren an ihrem Wohlstand teilhaben lassen. So hat der Schauspieler Paul Newman den Gewinn aus seiner «Saucenproduktion« der Öffentlichkeit gestiftet, und sein Filmpartner Robert Redford baute eine Schauspielschule für begabten Nachwuchs. Bei der Erdbebenkatastrophe im Winter 1988 in Armenien haben viele reiche Amerikaner versucht zu helfen. So flog der Ölindustrielle Armand Hammer mit einer Million Dollar in bar und einem Flugzeug voll Hilfsmittel persönlich nach Eriwan. Die Reverenz vor dem Erfolgreichen geht auf das ausgehende 19. Jahrhundert zurück, als die Industrialisierung schon deshalb sagenhafte Reichtümer schuf, weil die Amerikaner nicht wollten, daß der Staat der Wirtschaft dreinredet. Nach einer Schätzung von 1892 besaßen damals etwas über 9 Prozent der Einwohner etwa 70 Prozent des Volksvermögens. Um den Einfluß, den der Reichtum und die Reichen auf die Gesellschaft ausübten, einzudämmen, erließ der Kongreß 1890 ein erstes Gesetz gegen die Konzernbildung. Aber es wurde häufiger gegen die Zusammenschlüsse von Arbeitnehmern als gegen Arbeitgeber angewandt.

Der anerkannte Jurist William G. Sumner schrieb in seinem Buch »Der absurde Versuch, die Welt neu zu erfinden«, daß die Ansammlung des Kapitals in den Händen weniger eher Gutes bewirke, da der Reiche, der andere unterdrückt, eine Seltenheit sei. Mäzene und Magnaten wie John D. Rockefeller, vor allem aber Andrew Carnegie, haben diese Teilung zwischen Arm und Reich mit dem Hinweis auf eine höhere Ordnung zu rechtfertigen versucht. Und in der Tat wird die Bildung von Reichtum in den Vereinigten Staaten im gesamten amerikanischen Jahrhundert als von Gott gesegnet betrachtet.

Wenn Reichtum also fromm sein kann, darf Religion umgekehrt auch reich sein. Die am schnellsten wachsende Glaubensrichtung in den Vereinigten Staaten in den achtziger Jahren ist gleichzeitig auch die reichste. Es sind die Mormonen oder »Gläubigen der letzten Tage«.

Kirchen und Kulte

Die Amerikaner glaubten nacheinander an den gestrengen Gott, an den gütigen Gott und an gar keinen Gott. Und die amerikanische Verfassung hat ihnen erlaubt oder ausdrücklich garantiert, daß sie alles das tun dürfen, ohne sich gegenseitig zu behelligen oder gar zu erschlagen. Zu Religionskriegen ist es in Amerika nicht gekommen, weil alle Arten von Religionen nebeneinander bestehen dürfen und keine eine Mehrheit besitzt. Jede einzelne genießt Minderheitenschutz. Den gestrengen Gott brachten 1620 die Puritaner aus Plymouth in England nach Plymouth in Neuengland. Noch bevor sie landeten, haben sie auf dem Schiff Mayflower einen Vertrag entworfen, der von 41 Männern unterzeichnet wurde. Die meisten von ihnen waren ihrem König loyal, stammten aus den unteren Ständen. Radikal war nur ihre Sehnsucht, ihre eigene unorthodoxe Form des Glaubens frei ausüben zu dürfen. Die Umstände ihres Lebens aber in der Neuen Welt zwangen sie, sich selber eine demokratischere Fassung zu geben. Ein Mehrheitswahlrecht und eine Absage an die religiöse Intoleranz, vor der sie ja geflohen waren. In diesem »Compact« von 1620, wie der Vertrag der Pilgerväter heißt, steckt zweierlei: sowohl der Keim für einen strengen Moralkodex bis zum religiösen Fanatismus nach innen als auch das Gebot der Toleranz und des gesellschaftlichen Pluralismus nach außen. Beide Linien ziehen sich durch die amerikanische Geschichte bis ins ausgehende 20. Jahrhundert.

Jener Gott, den Jonathan Edwards, ein Religionsphilosoph des 18. Jahrhunderts, kannte, »hält den Sünder über dem Feuerofen an einem dünnen Faden, um den die Flammen des Zornes zucken. Jeden Augenblick können sie den Faden versengen und verbrennen.« Das andere Extrem vertrat Benjamin Franklin. »Das Wesen, das mir Existenz gab, hat mir Gutes erwiesen, und selbst seine Züchtigungen wurden mir zu Segnungen. Kann ich da zweifeln, daß es meiner sich auch künftig nicht nur hier, sondern auch im Jenseits freundlich annehmen wird?« Franklin gehört zu den Gründungsvätern der amerikanischen Nation. Und in der Menschenrechtserklärung von 1776 wird einerseits die Freiheit der Religionsausübung garantiert und andererseits die strikte Trennung von Kirche und Staat proklamiert. Es ist nicht von ungefähr, daß über 50 der 56 Unterzeichner dieser Erklärung wie Franklin Freimaurer waren und sämtliche Gouverneure der 13 Gründungsstaaten dazu. George Washington und 104 seiner 106 Offiziere waren Freimaurer – auch General Lafayette, der an der Seite Washingtons kämpfte und später die amerikanische »Erklärung der Menschenrechte« der französischen Nationalversammlung unterbreitet hat. Die Freiheitshelden in Südamerika glaubten ebenso an die Freimaurerei wie z. B. Simón Bolívar und viele seiner Feldmarschälle.

Freimaurerei geht auf die mittelalterlichen Dombauhütten zurück. Die Steinmetze der Gotik in London waren frei von feudaler Leibeigenschaft, »free masons«. 1717 schlossen sie sich zu einer Großloge zusammen. In ihrem Grundgesetz heißt es: »Ein Maurer ist verpflichtet, dem sittlichen Gesetz zu gehorchen, und wenn er die Baukunst recht versteht, wird er niemals ein gedankenloser Gottesleugner noch ein Freigeist ohne Religion sein.« Die Glaubensrichtung aber überlassen die Freimaurer dem einzelnen. Sie verpflichten sich, gute Menschen zu sein oder Männer von Ehre und gutem Ruf. Die Freimaurerei hat im Zeitalter der Aufklärung überall Wurzeln geschlagen. Das Geheimnis der Logen besteht darin, daß ihre Gespräche und Handlungen der Obrigkeit nicht bekannt werden. Die aber schlug zurück.

Monarchie und Diktatur, Kommunismus und Nationalsozialismus haben die Freimaurerei immer bekämpft, und der Vatikan hat sie sogar verdammt. Der Gott der Freimaurer ist der große Baumeister aller Welten und läßt sie alle nebeneinander bestehen, solange sie dem göttlichen Bauplan entsprechen. Die amerikanischen Verfassungsväter wohnten unter einem gemeinsamen göttlichen Dach; den missionarischen Eiferern aber haben sie eine Absage erteilt. Der religiöse Fundamentalismus wurde damit keineswegs gebrochen. Im »bible belt«, einem territorialen Gürtel, der sich quer durch die Vereinigten Staaten zieht, lebt dieser Fundamentalismus fort, und eine ›moral majority‹, eine selbstproklamierte moralische Mehrheit, versucht immer wieder Einfluß auf die Politik zu nehmen. Aber selbst der konservative Präsident Ronald Reagan ließ sich von ihr nicht vereinnahmen, und einer der Ihren, der Prediger Pat Robertson, unterlag als Präsidentschaftskandidat 1988.

Die USA blieben gleichzeitig ein Musterland der Freimaurerei. Präsidenten wie Theodore Roosevelt, Harry Truman und Gerald Ford waren Logenbrüder, der Flugpionier Charles Lindbergh genauso wie der Astronaut John Glenn, der Schauspieler Clark Gable genauso wie der Admiral Richard Burt. Heute widmet sich die Freimaurerei in Amerika aber mehr karitativen Aufgaben. Jährlich werden Millionen Dollar für Kranke, Alte und sozial Schwache gespendet. Freimaurer betreiben medizinische Forschungsstätten und Krankenhäuser. Ihre Lehre von der Gleichheit des Menschen wird aber immer wieder offensichtlich. Die größte Loge der Vereinigten Staaten, der »Benevolent and Protective Order of Elks«, hat sich im Oktober 1973 mit überwältigender Mehrheit für die Aufnahme von farbigen Amerikanern entschieden. Die Loge der Elks hat 2182 Clubs in sämtlichen amerikanischen Bundesstaaten sowie in Puerto Rico und Manila.

Die Schwarzen haben allerdings auch schon lange für sich selbst die Freimaurerei entdeckt. So entstand kurz nach der Jahrhundertwende die Loge von Boley im Bundesstaat Oklahoma. Ihr Tempel ist das größte Gebäude in dieser ›ghost city‹

des Wilden Westens. Auch die Juden haben mit der B'nai B'rith eine eigene Loge.

Die Freimaurerei hat in der amerikanischen Geschichte deshalb eine so große Rolle gespielt, weil sie jegliche Art von religiösem Hader im Keim erstickt, gleichzeitig jedoch den Glauben an die göttliche Fügung erlaubt. Es ist auch deshalb ein typisch amerikanisches Phänomen, weil dahinter keine große Lehre oder Philosophie steht, sondern eine Anleitung zum täglichen ehrbaren und praktischen Tun. Religion auf handfeste Dinge zurückgeschraubt wie Kelle und Zirkel. Auch der Prediger Billy Graham ist ein Vertreter der »praktischen Anwendung« des Glaubens, wenn auch beileibe kein Freimaurer.

Mit der industriellen Revolution in Amerika und der damit verbundenen Zersetzung des sozialen Gefüges Ende des 19. Jahrhunderts suchten immer mehr Amerikaner Zuflucht in Kirchen, Kulten und Vereinen, um im Strom des Kapitalismus und des brutalen Daseinskampfes den moralischen Halt zu finden und eine Solidarität mit Gleichgesinnten. Henry Steele Commager schreibt in seinem Buch »Der Geist Amerikas«: »Die meisten Amerikaner, ausgenommen die Schwarzen, fanden von Anfang an auf dieser Welt mehr vom Paradies als vom Fegefeuer. Was immer sie auch gesagt und gesungen haben mögen, sie zogen dieses Leben dem im Jenseits vor, und wenn sie an den Himmel dachten, so stellten sie sich vor, daß dort eine amerikanische Verfassung in Kraft sein müsse.«

Die Trennung von Staat und Kirche in den USA verbietet eine statistische Erfassung der Bürger nach ihrer Konfession. Schon bei flüchtiger Bekanntschaft aber stellt sich im Zivilleben die Frage nach der ›denomination‹, nach der Glaubensrichtung. Staatliche Subventionen für Konfessionsschulen sind nicht erlaubt, Versuche in dieser Richtung führen immer wieder zum Parteienstreit. Hingegen ziehen viele Familien in der Erziehung ihrer Kinder solche Privatschulen den »public schools« vor.

Bei seiner Reise durch die Vereinigten Staaten im Jahre 1904 stellt Max Weber fest, daß trotz des ungeheuren Einwandererstroms nur etwa 6 Prozent der Amerikaner konfessionslos sind, und führt dies im wesentlichen auf drei Gründe zurück. Der Beitritt zu einer Religionsgemeinschaft bzw. die eifrige, auch kostenaufwendige Mitarbeit erleichtert den Übergang aus dem streng hierarchischen Gesellschaftsgefüge in der Alten Welt zum System der individuellen Freiheit in der Neuen. In der Sehnsucht, möglichst schnell Wurzeln in neuer Umgebung zu schlagen, »dazuzugehören«, reicht die Kirche eine helfende Hand. Schließlich erhöht die Mitgliedschaft in einer ehrbaren Gemeinde die persönliche Kreditwürdigkeit. Der Religionssoziologe Max Weber erwähnt als Beispiel, daß Patienten beim Arztbesuch die Adresse ihrer Kirchengemeinde angeben als Garantie für Zahlungsfähigkeit. Wenn heutzutage Bauspekulanten ein großes Terrain erschließen, bemühen sie sich meist um die Niederlassung einer in der Gegend vorherrschenden Konfession und errichten ihre Siedlung um eine Kirche herum – als Ausweis ihrer seriösen finanziellen Basis und ehrbaren Planung.

In einem freien, aber ungehobelten Land, das sie als geschichtslos auffassen, suchen Einwanderer oder Aufsteiger die Verankerung in einer Gruppe, sei es die religiöse Gemeinschaft, der Heimatverein, die Loge. Die Sehnsucht nach Zugehörigkeit hat in Amerika zu einer Flut von Gemeinschaften geführt, die mehr oder weniger eng geknüpft sind. Da die Gesellschaft aber offen ist, ja sogar stolz auf ihre Transparenz, gehört man auch ganz öffentlich zu eigentlich geheimen Trutzbünden wie der Freimaurerloge. In einer für das amerikanische Verbandsleben repräsentativen Stadt wie Newbury Port kommen auf 17 000 Einwohner 800 Clubs, Kirchen, Logen und Vereine. Vom Boy's Club auf der Grundschule oder den Boy Scouts über den Sportverein und die Greek Letter Society bis zu den Honoratiorenvereinigungen dient das Verbandsleben dem sozialen und kommerziellen Aufstieg. Um die Jahrhundertwende gehörte man zur Oberschicht, wenn man in den Ballsaal der Madame Astor eingeladen oder in die vornehme Society of Cincinnati aufgenommen wurde. An fast allen Hochschulen gibt es bis heute Wohnheime, die landsmannschaftlich organisiert sind und von Generation zu Generation in ein und derselben Hand bleiben.

Kirchen und Sekten dienen keineswegs nur der religiösen Erbauung und Führung, sondern auch der handfesten Promotion im Berufsleben. Die Kirchen der schwarzen Amerikaner haben dabei eine besondere Kohäsion. Sie dienen allerdings mehr dem geistlichen Trost als dem gesellschaftlichen Aufstieg. In der Gründerzeit waren die meisten Kirchen wegen der angloamerikanischen Übermacht protestantisch, heute hat die katholische Kirche wegen der starken Nachwanderung von Mexikanern eine numerische Mehrheit. In der Ausstrahlung und Wirkung auf Europa und die Außenwelt jedoch ragen jene Sekten und Glaubensrichtungen hervor, die als besonders amerikanisch gelten. Die einzige in den USA selbst geborene Konfession ist dabei die der Mormonen.

Angeblich erschien im Jahre 1823 der Engel Moroni dem Bauernjungen Joseph Smith und geleitete ihn zu einem Versteck mit goldenen Tafeln. Darauf war die Geschichte eines versprengten Stammes aus Israel aufgezeichnet, der schon vor Christi Geburt in Amerika eine große Zivilisation entwickelt hatte. Aus diesem Buch Mormon entnahm Smith auch den Auftrag, »The Church of Jesus Christ of Latter-Day Saints« zu gründen und zu verbreiten.

Joseph Smith wurde 1844 bei der Glaubensausübung gelyncht. Sein Nachfolger Brigham Young führte die verfolgten Anhänger des Engels Moroni in den Wilden Westen. Der Zug der Mormonen in die Wüstenei am Salt Lake gehört heute zum Legendenschatz der Amerikaner. Ihr zähes Ringen mit der widrigen Natur und ihre Ausdauer gelten als beispielhaft für amerikanischen Pioniergeist. Ihre strahlende Stadt aus der Wüste, Salt Lake City, ist ein Symbol für den amerikanischen Traum.

Mit den Indianern haben die Mormonen gute Nachbarschaft gepflegt. In Konflikt mit dem Gesetz kamen die Anhänger des Engels Moroni, weil sie die Polygamie übten, teilweise wurden sie sogar als Gesetzlose von den US-Marshals gejagt. 1896 wurde das Mormonengemeinweisen unter dem Namen

Utah ein Bundesstaat. Bis auf die Vielweiberei haben die Mormonen nicht von ihrem strikten Glauben gelassen. Im Gegenteil: Mit dem politischen Anschluß an die Nation nahm die »Kirche Jesu Christi der Heiligen der Letzten Tage« ihre Missionsarbeit über Utah hinaus auf.

»Der Mormonenglaube ist nicht einfach nur die Hingabe an eine Theologie oder eine Kirchenpraxis, sondern eine Gesellschaftsordnung«, sagt der Mormonenphilosoph Sterling McMurrin. Dieser Glaube verspricht nicht nur ein Leben nach dem Tode, sondern bettet seine Mitglieder in ein soziales Netz mit sehr irdischen Regeln, Vergünstigungen und Verpflichtungen. Unter einem Direktorium von »Zwölf Aposteln« verlangt die Kirche von ihren Gläubigen strenge Moral, große Familien, die Abgabe von mindestens 10 Prozent der Einkünfte und enge kirchliche Mitarbeit. Der Mormone raucht nicht, trinkt weder Alkohol noch Tee oder Kaffee und ist dem Luxus abhold. Dieser puritanische Zug, verbunden mit sehr einfachen Glaubenssätzen, wirkt magnetisch auf viele Menschen in einer stets komplexer und chaotischer werdenden Welt. Ihren größten Erfolg aber zeitigt die Kirche der Heiligen der Letzten Tage mit ihrem göttlich inspirierten, ja verordneten Gewinnstreben und der systematischen Förderung des menschlichen Geschäftssinns. Damit vereint dieser Glaube Kapitalismus und Religion in einer uramerikanischen Mischung, in dem für Lotterleben und Müßiggang kein Platz ist und für staatliche Eingriffe, aber auch gewerkschaftlichen Druck kein Verständnis herrscht.

Die derzeit am stärksten wachsende Hotelkette der Welt gehört der Mormonenfamilie Marriott. Sie zieht ihr Personal selbst heran und beteiligt langjährige Mitarbeiter am Gewinn. Viele deutsche Einwanderer haben es mit ihrer Disziplin bei Marriott weit gebracht. Ein Koch von der Mosel hat sich zum ›Food and Beverage Manager‹ hochgearbeitet und meint: »Man muß nicht Mormone sein, um bei dieser Glaubensgemeinschaft Lebenserfüllung zu finden.«

Erfüllung durch kommerziellen Erfolg: Die Kirchenspitze verwaltet neben dem Besitz ihrer einzelnen Mitglieder ein

Wirtschaftsimperium, das sich inzwischen über 96 Länder der nichtkommunistischen Welt erstreckt. Es wird auf etwa 8 Milliarden Dollar geschätzt. Mit 6 Prozent Wachstum jährlich ist die Kirche auch erfolgreicher als ihre baptistischen und methodistischen Schwestern und attraktiver als die ebenfalls rigorosen Glaubensgemeinschaften der Amish und der Mennoniten.

Politisch schwingen die Mormonen auf der konservativen Welle mit. Sie wirken in den Geheimdiensten der Nation. Sie stellen Senatoren und Abgeordnete. Der Republikaner Orrin Hatch half konservativen Richtern zur Macht. Jake Garn war der erste Politiker, der mit im Space Shuttle flog. Dr. William de Vries hat das erste mechanische Herz eingepflanzt. David P. Gardner wurde Präsident der University of California, und Bruce Christensen übernahm PBS, den öffentlich-rechtlichen Rundfunk.

Mit etwa 2 Prozent der Bevölkerung üben die Mormonen einen über ihre Zahl weit hinausgehenden Einfluß auf die Gesellschaft aus. Ihre Tempel wachsen in aller Herren Ländern, und deren kühner architektonischer Schwung stellt die neogotische Kathedrale in Salt Lake City mittlerweile in den Schatten. Wenn aber ein neuer »Senior« im Rat der Zwölf Apostel bestimmt wird, dann rückt Salt Lake City für die Gläubigen aus aller Welt ins Rampenlicht. Der 350 Stimmen starke »Mormon-Tabernacle«-Chor sang vor 6000 Anhängern im Allerheiligsten der Mormonen und vor noch einmal Millionen Fernsehzuschauern, als Ezra Taft Benson, ein früherer Landwirtschaftsminister in Washington, im November 1985 die absolute Autorität über eine einzigartige Institution erbte – »Gottes Einzige Wahre Kirche«, wie die Mormonen meinen. Das ist das Unamerikanische an ihnen, von Pluralität halten sie nichts.

Die Mormonen sind in der Ära Reagan bis in den Vorhof der Macht vorgestoßen. Der 40. Präsident der USA nahm Sendboten aus Salt Lake City in seinen Stab auf, unter ihnen den Meinungsforscher Richard Wirthlin. Zwei Großhotels der Marriott-Kette stehen fast an den Pforten des Weißen Hauses. Zu gar mancher Veranstaltung kam das Präsidentenpaar auf einen Sprung vorbei. Die Mormonen gehören auch zu den großzügigen ›fund raisers‹ und Stiftern, wenn es um eine moralische oder konservative Sache geht. Schließlich hat ihre Lehre von der Geldvermehrung als Gotteswille einen amerikanischen Nerv getroffen. Aber es liegt nicht in ihrer Doktrin, sich in der Politik in den Vordergrund zu spielen, noch läßt das die amerikanische Verfassung zu. Wenn die vielen und verschiedenartigen Konfessionen Einfluß ausüben, dann auf der eher neutralen Basis der allgemeinen Frömmigkeit über die ›denominations‹ hinweg.

Weil Religion Privatsache ist, wurde das Schulgebet – auch auf freiwilliger Basis – in einem Gerichtsurteil 1966 verboten. Die Gefahr sei zu groß, daß die jeweils vorherrschende Glaubensrichtung dabei den Glauben der Minderheiten majorisiere. Die Wiedereinführung des Schulgebetes ist aber in jedem Wahljahr ein heißes Thema. Die Kirchen der Nation suchen dabei seit langem nach einer »Formel«, die keine Richtung benachteiligt oder bevorzugt und etwa dem Eid auf die Fahne, wie er in allen Schulen üblich ist, nahekommt.

In fast allen Länderparlamenten ist eine solche Formel gefunden worden, und auf dem Kapitol in Washington wirkt ein Pfarrer auf Lebenszeit. Er eröffnet jede Sitzungswoche mit einem Gebet, das sich auch im Protokoll wiederfindet. Einige Auszüge: »Herr, überrasche die Abgeordneten mit einer produktiven Sitzungsperiode.« Oder: »Rette uns, Herr, vor der Unreife, die dem Ansehen des öffentlichen Amtes schadet, vor der Liebe zur Macht, die zu Mißbrauch und Arroganz führt und zu Korruption führen kann.« Der Kapitolgeistliche ist also mehr ein moralischer Mahner als ein Missionar. Er spricht mehr vom Diesseits als vom Jenseits, er hält sich auf dem Capitol Hill an die Bergpredigt.

Einmal in der Woche treffen sich Parlamentarier aller Konfessionen zu einem Gebetsfrühstück, und Präsidenten achten darauf, gelegentlich einem solchen »prayers breakfast« beizuwohnen. Auch beim Präsidentenwechsel 1989 begann die Inaugurationsrede des neuen Mannes im Weißen Haus mit einem Gebet: »Himmlischer Vater, wir neigen unser Haupt und danken dir für deine Liebe. Mache uns stark, dein Werk zu verrichten, und bereit, deinen Willen zu hören. Denn uns wird die Macht weder gegeben, um unsere eigenen Zwecke zu fördern, noch, um uns einen Namen zu machen.«

Religiöse Demut und politische Machtentfaltung sind ein populärer amerikanischer Zwilling. Zur Grenzüberschreitung zwischen Staat und Kirche kommt es aber in der Regel nicht. Die Toleranz gegenüber der Meinungs- und Glaubensvielfalt ist auf beiden Seiten dieser Grenze zwar groß, aber nicht unendlich. Gesetzgeber und Glaubensführer beobachten wachsam die Ränder des Spektrums. Was als ungesetzlich, unmoralisch oder gar unamerikanisch erkannt wird, bekommt die Vergeltung der Gesellschaft zu spüren. Kommunisten im Lande hat man nicht nur ihre Umsturzgelüste, sondern auch ihre Gottlosigkeit vorgeworfen, religiösen Fanatikern nicht nur ihr Antichristentum, sondern auch politische Wühlarbeit. Black Muslims, Church of Scientology, Mun-Sekte und andere religiöse Randgruppen unterliegen konstanter Überwachung; bei Bhagwan Shree Rajneesh hörte die Geduld auf.

Der Sektengründer aus Indien hatte nach einer weltweiten Irrfahrt im amerikanischen Bundesstaat Oregon Fuß gefaßt. 1983 errangen seine Anhänger die Mehrheit im Gemeinderat des Ortes Antelope und tauften ihn um in Rajneeshpuram. In den Bergen von Oregon entstand eine Art Staat im Staate mit Bhagwan an der Spitze. Sein Meditationszentrum zog Jünger aus aller Welt an, die mit ihrem Fleiß und ihrem Geld Wohlstand nach Rajneeshpuram brachten. Meint denn auch Bhagwan: »Gesegnet seien die Reichen, denn ihnen gehört das Himmelreich bereits auf Erden.« Der Guru aus Indien verhöhnte Jesus Christus und Mohammed, verherrlichte die freie Liebe, legte sich eine Sammlung von Rolls-Royce zu und drangsalierte die umliegende amerikanische Nachbarschaft. Diese hatte in ihm längst schon den »Antichrist« erkannt, aber erst einige mysteriöse Todesfälle riefen die Behörden auf den Plan. Zu ihrer Überraschung übernahm Bhagwan die Schuld für Adolf Hitler und Iwan den Schrecklichen mit. Erst ein Paßvergehen diente 1985 als Vorwand für die Ausweisung des

Gurus. Er verwaltet seine 100 Niederlassungen in aller Welt inzwischen von Indien aus.

»Dann werden in Indien also die Freiheit und die Menschenrechte höher geachtet als in den USA«, meinte eine amerikanische Bhagwanjüngerin. Sie ist die Frau des Filmproduzenten Al Ruddy, der den Mafiafilm »Der Pate« gemacht hat. Den Sektengründer aus Indien lassen die Amerikaner jedenfalls nicht einmal als Paradiesvogel am religiösen Himmel fliegen.

Schmelztiegel USA?

Der Amerikaner betrachtet sich als ein absolut unabhängiges, frei entscheidendes Individuum. Und in der Tat gibt es kaum ein Staatswesen, das seinem Bürger nicht nur soviel Freiheit läßt, sondern auch zu soviel Selbstverantwortung verpflichtet wie das amerikanische. »Sowenig Staat wie möglich« war die Parole Washingtons in der Zeit der industriellen Revolution Amerikas – was durchaus zu Darwins Theorie vom Überleben der Stärkeren paßt. Warum sollte man auch die Schwächeren stützen, wenn nur die Starken den Fortschritt garantierten? In der Ära Reagan sollten die Lehren von wenig Staat und möglichst viel Eigenverantwortung wiederaufleben. Deshalb wurde der 40. Präsident der Vereinigten Staaten auch beschuldigt, mit den Methoden von gestern an die Probleme von heute herangegangen zu sein. Offensichtlich hat seine Geisteshaltung eine Mentalität der Mehrheit widergespiegelt, sonst wäre Reagan nicht so populär geworden.

Diesem »rugged individualism« des einzelnen steht die Uniformität gegenüber, mit der sich Amerikaner in der Welt darstellen. Die Anpassung auch der Neuzuwanderer an den amerikanischen Lebensstil ist in Tempo und Umfang gleichermaßen erstaunlich. Auf dem Fließband des American way of life versuchten und versuchen Neuamerikaner, so nahtlos wie möglich sich in den Gesellschaftsstrom einzupassen. Das Gegensatzpaar von Individualismus und Konformismus begleitet die Entwicklung der amerikanischen Gesellschaft bis heute.

Die Parole vom »Schmelztiegel« wurde 1909 in einem kleinen Theaterstück von Israel Zangwill erstmals verwendet. In »Melting pot America« meint Zangwill: »Schmelztiegel ist das erlösende Wort. So kann die Gleichheit erhalten werden, die Demokratie das alleinseligmachende Prinzip bleiben. Alle Menschen, die in die Staaten kommen, sollen ihre schlechten Eigenschaften ablegen, vor allem natürlich den Nationalstolz und die damit verbundene Verachtung anderer Nationalitäten. Nur ihre guten Eigenschaften sollen sie mitbringen, sollen sie einschmelzen, und das daraus Entstehende ist dann eben Amerika.«

Die USA waren und sind ein Einwanderungsland. Aber das Bild von der menschenfreundlichen Nation, die alle Elenden und Unterdrückten, alle Freiheitsuchenden und Verfolgten mit offenen Armen aufnimmt, traf nicht zu, nachdem das Wort vom Schmelztiegel geprägt worden war, und schon gar nicht vorher. Die Pilgerväter haben nach ihrer Landung in Massachusetts ihre Gewehre gegen jeden gerichtet, der ihnen nicht aufs Haar glich. Die Pflanzer im Süden wollten keine freien Arbeitnehmer, sondern Sklaven. Die Engländer wollten Neuengland, die Chinesen wollten Chinatown, die Italiener Little Italy. Die jeweils frisch Angekommenen mußten sich bei den Alteingesessenen einen Platz erkämpfen, nur um den Nachwanderern dann selber feindselig zu begegnen. Nach Nordkalifornien kamen die Russen, im östlichen Oregon blieben die Basken mit ihrer Sprache und ihren Schafen unter sich. Nach St. Augustine, in die älteste nordamerikanische Stadt, zogen die Einwanderer von den Balearen, speziell aus Menorca. Die Schweizer scharten sich in North Carolina um ihr Bern, und die Deutschen schufen sich eine Heimat aus Liederkränzchen, Turnvereinen und Bierhallen.

Wenn die Siedler in Neuland vorstießen, igelten sie sich ein, oft eine Familie gegen die andere, eine Sippe gegen die nächste. Wenn die Siedlungen zu Dörfern wurden, setzte sich eins gegen das andere ab. Wenn aus Provinzen Staaten wurden, grenzten sie sich mit Zöllen und Gesetzen vom Nachbarn ab. In den Arbeitervororten der neuen Industriestädte im Nordosten gaben sich die Immigranten in Schüben die billigsten Plätze wie in einer Stafette ab. Iren an Deutsche, die an Griechen, an Slawen, an Juden – die jeweils aufgestiegene ethnische Gruppe schaute von oben herab auf die Nachrückenden.

Als bis Mitte des 19. Jahrhunderts zwei Millionen Iren vor der Hungersnot zu Hause flohen und 1,5 Millionen Deutsche aus politischen und wirtschaftlichen Gründen nach Amerika strömten, empfing sie auch Abscheu. Philip Hone, Bürgermeister in New York, nannte sie »schmutzig, unbeherrscht und unzivilisiert«. Die nächste Einwanderungswelle zwischen 1860 und 1890 war doppelt so groß und schuf das Arbeitspotential für die amerikanische industrielle Revolution. Die dritte Welle war noch mächtiger und Alteingesessenen verdächtiger.

15 Millionen kamen zwischen 1890 und 1914. Sie wurden von den mittlerweile assimilierten und etablierten Iren und Deutschen mit Verachtung wahrgenommen. 80 Prozent dieser Neuankömmlinge waren nicht mehr Nordeuropäer, sondern Sizilianer und Griechen, Bulgaren und russische Juden, die vor den zaristischen Pogromen flohen; von der renommierten Zeitschrift *Atlantic Monthly* wurden sie als eine wilde Horde von Wolga und Tatarensteppe beschrieben, die ungezügelt in Amerika Einlaß findet. Es war aber auch die Zeit, in der Emma Lazarus den historischen Willkommensgruß für die unterdrückten Menschen aus aller Herren Länder dichtete, der auf der Freiheitsstatue im Hafen von New York geschrieben steht. Das Jahr, das alle Einwanderungsrekorde bisher brach, war 1907. Damals kamen zu den 87 Millionen Einwohnern der Staaten 1,3 Millionen hinzu. Das war wiederum zwei Jahre bevor Israel Zangwill sein Theaterstück vom ›melting pot‹ zur Aufführung brachte.

An den Schmelztiegel Amerika dachte niemand, sondern jeder nur an sich. Daß aus den Rassen, Klassen und Farben aus aller Welt überhaupt eine Nation werden konnte, hatte wohl vor allem damit zu tun, daß keine Minderheit groß genug war, um die andere zu unterjochen. Das Gefühl der gemeinsamen Überlegenheit gegenüber dem Rest der Welt kam mit

Ellis Island, Einwandererprüfstelle der USA, 1930 *(oben)*.
Manhattan mit dem Bankenviertel rund um die Wall Street, 1984.

dem politischen und wirtschaftlichen Erfolg nach dem Ende des Bürgerkrieges und vor dem Eintritt in die europäische Auseinandersetzung.

Israel Zangwill hat das Wort »Schmelztiegel« aber verfrüht und überidealistisch gebraucht, wofür die Minderheit der Juden, der er angehörte, selber Beispiel gab. Zum einen blieben die amerikanischen Juden stärker noch für sich als andere Volksgruppen – zum anderen hatten sie unter jenen zu leiden. Und die schon eingebürgerten Juden, meist deutscher Abkunft, wollten zunächst mit dem jüdischen Zustrom aus Osteuropa nichts zu tun haben. Dieser Abstoßmechanismus innerhalb und außerhalb der ethnischen Gruppen und die nie aussterbende Sorge, einen weiteren Einwandererschub würde die Nation nicht verkraften, sperrte schon 1882 die Chinesen aus und führte 1917 zu einem neuen Einwanderungsgesetz, das allen Analphabeten den Zugang verwehrt, so wie allen Asiaten mit Ausnahme der Filipinos. 1924 kam eine Klausel hinzu, die jedem Land außerhalb der westlichen Hemisphäre eine Menschenquote vorschrieb, über die hinaus keine weitere Immigration erfolgen durfte. Dieser »National Origins Act« richtete sich besonders gegen Ost- und Südeuropa.

Der Zusammenbruch der Wall Street und die nachfolgende Depression machten Amerika vorübergehend unattraktiv für Einwanderer aus aller Welt. Doch trotz Arbeitslosigkeit und wirtschaftlichen Niedergangs war dies eine Zeit der Konsolidierung. Die meisten Immigranten der Jahrhundertwende und vor allem ihre Kinder waren inzwischen amerikanisiert. Ethnische Vorurteile beginnen zu schwinden. 80 Prozent der Amerikaner zweiter Generation heiraten über ethnische Grenzen hinweg. Unter den Asiaten sind es allerdings nur 15 und erst in der dritten Generation 50 Prozent.

1942 werden die Nisei, Amerikaner japanischen Ursprungs, in Lager gesteckt. Um so verbissener schlagen sich jene Nisei, die an die Front durften, für ihre neue Nation. Auf der Flucht vor Hitler-Deutschland und -Österreich verstärkt eine kleine, aber wertvolle Gruppe die geistige und schöpferische Kraft der Nation. Walter Gropius brachte die Bauhausarchitektur,

Arnold Schönberg die Zwölftonmusik, Thomas Mann seine Dichtung, George Grosz seine Malerei; Bruno Walter, Albert Einstein, die Spitzen der Geisteswissenschaften, der Künste und der Technik geben sich in den USA ein Stelldichein. Anders als im Ersten Weltkrieg betrachten die Amerikaner den Aufbruch in den Zweiten Weltkrieg als nationale Sache, und Präsident Franklin Delano Roosevelt beschwört seine Landsleute: »Manchen Generationen wird vieles gegeben. Von anderen Generationen wird vieles erwartet. Unsere Generation hat eine Verabredung mit dem Schicksal.« Tatsächlich wird im Weltkrieg der Vielvölkerstaat zur Schicksalsgemeinschaft. Millionen Menschen mußten aus Europa flüchten, weil die Alte Welt unfähig war, sie zu erhalten. Die schöpferische Kraft dieser Menschen, die in Europa versandet wäre, entfaltet sich in den USA zu höchster Blüte. (Und was manche deutschen Einwanderer anbetrifft, die *nach* dem Ende des Hitlerregimes kamen: Auch Entnazifizierung war eine Art Amerikanisierung.)

Die Begegnung von Bodenschätzen und Geistesgaben verwandelt Amerika in eine Supermacht, und die gemeinsam gesehenen Aufgaben machen aus vielen Minderheiten eine große Mehrheit. Fast hätte sich schon im Krieg und in den goldenen fünfziger Jahren danach der Schmelztiegelprozeß vollenden lassen. Aber im überfallartigen Zustrom aus Lateinamerika erlebt die Nation eine neue Herausforderung. Sie erwehrt sich zunächst mit Gesetzen, die den Zustrom bremsen sollen, dann mit Aktionen wie der »Operation Wetback«. Dabei wurden von 1953 bis 1955 über zwei Millionen illegal zugewanderte Mexikaner über die Grenzen zurückdeportiert.

Im Jahre 1965 jedoch modifiziert Präsident Johnson das Einwanderungsgesetz, das Westeuropäern den Vorzug gab, und öffnet Amerikas Pforte für die Dritte Welt. Auch wenn jedem Land offiziell nur 20000 Einwanderer pro Jahr zugestanden werden, verändert sich die Bevölkerungszusammensetzung in den folgenden 25 Jahren drastisch. Skeptiker sehen darin einen »Drittweltisierungsprozeß« der Nation. Andere erkennen gerade im Zustrom aus dem »anderen Amerika«, von Mexiko, den Westindischen Inseln und den Nationen jenseits der mittelamerikanischen Landbrücke, einen »Amerikanisierungsvorgang«. Die Mexikaner werden zu Chicanos, die Südamerikaner zu Latinos und alle spanisch sprechenden Einwanderer zu Hispanics. Sie machen fast 50 Prozent der Einwanderungsquote aus und folgen den klassischen Regeln der Neuankömmlinge: harte Arbeit für wenig Lohn, Arbeit auch, die andere etablierte Gruppen nicht leisten wollen, dann sozialer Aufstieg und das Nachholen der Familienmitglieder, die zunächst zu Hause geblieben waren, schließlich fühlbarer Einfluß der jeweils heimischen Kultur auf die amerikanische Zivilisation. Heute dominieren die Hispanics gerade in jenen Landesteilen, die einst Spanien und Mexiko gehörten, wie Texas, Arizona, Kalifornien und Florida. Ihre Latin Quarters säumen aber auch so nördliche Städte wie Chicago, Hartford in Connecticut und natürlich New York. In Kalifornien machen die Hispanics Ende der achtziger Jahre 34 Prozent der Bevölkerung aus, in Texas 21 Prozent, in New York 11 und in Florida 8 Prozent.

Viele Anglos, die Nachfahren englischer Einwanderer, sehen in dieser stillen Invasion die Aushöhlung amerikanischer Werte, und viele Konservative halten diesen Zustrom für die Speerspitze der revolutionären Veränderung, die aus dem Süden droht. Aber die Hispanics sind keineswegs eine geschlossene Gruppe. Alteingesessene Latinos aus der Konquistadorenzeit schließen sich von den Chicanos ab, die über den Rio Grande strömen. Flüchtlinge vor Fidel Castro wollen mit der »linken« Landarbeiterbewegung des Cesar Chavez in Kalifornien nichts zu tun haben. Während gegen die Zuwanderung aus Puerto Rico kein Gesetz greifen kann, weil die karibische Insel US-Commonwealth-Status genießt, versuchte das Parlament mit dem »Simpson-Mazzoli Act« dem Strom aus Mexiko einen Riegel vorzuschieben. Danach sollen illegale Grenzgänger, die schon länger in den USA leben, nachträglich die Staatsbürgerschaft erhalten; dafür dürfen Firmen und Farmen bei Strafen keine »Schwarzarbeiter« mehr beschäftigen. Die 3000 Kilometer lange Grenze zu Mexiko bleibt dennoch porös. Zum einen, weil die totale Verriegelung zu aufwendig wäre, zum anderen, weil ein Menschenstau auf der mexikanischen Seite schnell zum revolutionären Potential werden könnte. Um so angelegentlicher ist Washington an der Schaffung von Arbeitsplätzen in Mexiko selbst interessiert. Schließlich gehört Mexiko in den Rahmen eines von vielen Präsidenten während des 20. Jahrhunderts erwogenen Planes, die Nationen Nordamerikas enger zusammenzubinden. Die Arbeitskraft Mexikos, die Seewege der Karibik, der Flankenschutz Mittelamerikas und die Bodenschätze Kanadas zu einem Potential vereint, würde den USA einen weiteren Schub über das Jahr 2000 hinaus verleihen. Die Schaffung eines Binnenmarktes mit Kanada im Jahre 1989 wird sicherlich diese beiden Nationen einander noch näherbringen – auch wenn Kanada ein anderes bevölkerungspolitisches Konzept verfolgt. Dort gilt nicht der Schmelztiegel, sondern das friedliche Nebeneinander der ethnischen Gruppen. Es drückt sich in besonderen Ministerien für die Athapasken und Eskimos, für die französischen und englischen Kanadier und nochmal extra für die französischsprachigen Zuwanderer aus der Dritten Welt aus.

Die von Ronald Reagan propagierte Idee eines »North American Accord«, einer Art nordamerikanischer Zusammengehörigkeit und Zusammenarbeit, wird von der Regierung Bush weiterbetrieben. Während die Amerikaner in ihren kanadischen Nachbarn die engsten Freunde auf der Welt sehen, lehnen sie die Öffnung nach Süden und in den karibischen Archipel ab. Die weitreichende Idee eines »North American Accord« hat natürlich die friedliche Beilegung der Gegensätze in El Salvador und Nicaragua, in Guatemala und Panama, in Haiti und Kuba zur Voraussetzung.

In der Phase der Formierung der Nation wurden gesellschaftliche Konflikte nicht gelöst, sondern vermieden, indem man vor ihnen Reißaus nahm – einfach durch geographische Distanzierung, zunächst in die unbesiedelte Weite, dann durch den Zug in die ›suburbia‹. Jetzt muß Washington über Einwanderungsklauseln für politische Flüchtlinge zum Spannungsabbau beitragen. 1980 kamen 100000 Kubaner, teilweise aus Castros Gefängnissen, nach Florida und zerbrachen zum Teil an der eisernen Abwehr jener Kubaner, die schon in den sechziger Jahren in den USA Zuflucht gesucht hatten. 1988/89 sikkern Tausende von Menschen aus Nicaragua in Florida ein – es sind Contras, die ihren Kampf gegen das sandinistische Regime in ihrer Heimat aufgeben und nichts anderes gelernt haben, als ein Gewehr zu bedienen. In einer Volksabstimmung, die mit den Präsidentschaftswahlen 1988 verbunden war, forderten Mehrheiten in Florida und Arizona das Verbot des Spanischen als zweite Landessprache. In den beiden Bundesstaaten wurde auch eine Sonderhilfe für die neuen Flüchtlinge abgelehnt. Sie sollten sich »the hard way« in die amerikanische Gesellschaft hineinkämpfen, getreu der Parole vom Überleben und Aufstieg der Tüchtigen und einer aktiven Amerikanisierung. – Seit dem Amtsantritt der Bush-Administration 1989 werden Asylanten aus Mittelamerika wieder verstärkt abgeschoben.

Eine Minderheit hat es sich jedoch zur Aufgabe gemacht, die Armen und Unterdrückten jenseits des Rio Grande aufzunehmen – wenn es sein muß, auf illegale Weise. Weil der Führer dieser Amnestiebewegung beim Einschleusen solcher Flüchtlinge gegen Gesetze verstieß, wurde er vor Gericht gestellt. 1983 hatte Jack Elder eine Flüchtlingsorganisation gegründet, die er »Sanctuary Movement« nannte. Sie hat über 200 Stützpunkte und an die 2000 Untergruppen. Die Flüchtlinge, vornehmlich aus Lateinamerika, werden mit Bussen und Untergrundbahnen über das Land verteilt und in Kirchen oder anderen Verstecken untergebracht. Jack Elder konnte für seine Bewegung viele finanzkräftige Gönner finden, er verfügt über einen öffentlichen Fonds, mit dem eingesperrte illegale Einwanderer unterstützt oder vor Gericht verteidigt werden können. Oft werden Einwanderungsbehörden von Jack und den Seinen an der Nase herumgeführt. Der Staat hat sich mit einer saftigen Anklage gerächt, auch wenn die Freiheitsstrafe von bis zu 30 Jahren nur eine Drohung war und Elder mit einer Geldstrafe von 28000 Dollar davonkam.

Aber viele Gemeinden haben sich dieser Amnestiebewegung angeschlossen, und von New York bis New Mexico haben Landesregierungen ihre Staaten zu freien Aufnahmezonen erklärt. Das Bekenntnis zur Bevölkerungsvielfalt einerseits und zum Streben nach Vereinheitlichung andererseits durchzieht weiter die Geschichte der Immigration.

Im Jahre 1982 löste die Aufnahme von 150 000 Vietnamesen, die sich im Krieg zu den amerikanischen Verbündeten bekannt hatten, eine Einwanderungswelle aus. Schon vorher waren Koreaner nach einem anderen amerikanisch geführten Krieg in die USA gewandert. Filipinos genießen sowieso ein Sonderrecht, seit die USA um die Jahrhundertwende das Inselreich den Spaniern abgetrotzt hatten. In den achtziger Jahren werden die Asiaten zur wirtschaftlich am stärksten wachsenden Minderheit in den USA. Ihre technische Fertigkeit und ihre Ingenieursphantasie geben paradoxerweise das massivste Bollwerk ab im Konkurrenzkampf Amerikas mit den Mächten Asiens. Die Nationen am Pazifik oder, wie die Kalifornier sagen, am »pacific rim« setzten zum Sturm auf die amerikanischen Märkte an. Skeptiker malen ein schwarzes Bild vom Ausverkauf Amerikas an Asien. Aber gerade diese pazifische Verflechtung hat das amerikanische Wirtschaftsnetz in Zeiten des Dollarverfalls und des Haushaltsdefizites gehalten. Während der hispanische Einfluß auf den technischen Fortschritt disproportional niedrig ist, nehmen die Amerikaner asiatischer Abkunft einen ungewöhnlich hohen Einfluß auf die künftige wissenschaftliche Entwicklung der USA. An den Spitzenuniversitäten des Landes wuchs die asiatische Studentenschaft von 1976 bis 1986 sprunghaft an, in Harvard von 3,6 auf 10,9 Prozent, in Berkeley von 8 auf 18,6 Prozent. Für die Talentsucher der großen Firmen entpuppt sich gar jeder fünfte Kandidat als Amerikaner asiatischer Herkunft.

Die Koreaner und Chinesen, die Vietnamesen und Filipinos benötigen traditionell eine lange Anlaufzeit vor der Einmündung in den amerikanischen Gesellschaftsstrom. Aber auch hier trägt die junge Generation Jeans und ißt Hamburger, trägt Digitaluhren und fährt General Motors. Nicht über die amerikanische Geisteshaltung, sondern über den American way of live, nicht über die Philosophie, sondern über die täglichen Gebrauchsgegenstände, über materielle Dinge läuft dieser Amerikanisierungsprozeß.

In den siebziger Jahren droht der Schmelztiegel an einer Gegenbewegung zu scheitern. Ihr Stichwort ist »new ethnicity«, die bewußte Rückwendung zu völkischen Traditionen, wie sie die Vorfahren einst nach Amerika mitbrachten. Der Stolz auf die ursprüngliche Herkunft ersetzt die Suche nach möglichst rascher und reibungsloser Integration in die US-Gesellschaft. Die Griechen in Boston, die Polen in Chicago, die Sikhs in Phoenix erwecken alte Tänze zu neuem Leben, bauen Kirchen und Tempel im heimischen Stil und servieren Speisen nach alten Rezepten. Gerade der amerikanischen Küche tut diese Anreicherung durch die Speisezettel aus aller Welt gut.

Im Wahlkampf 1988 spielen die Kontrahenten bewußt ethnische und rassische Werte und Eigenarten gegeneinander aus. Aber die oft militant verfochtenen Theorien vom immerwährenden Bestand sozialer Formen und auch die Ghettoisierung der Volksgruppen, wie sie im Stadtplan von Los Angeles so sichtbar wird, verlieren wieder an Eigenschwere. Ein neuer Prozeß der Amerikanisierung setzt ein, wie ihn der Schriftsteller John Steinbeck einmal mit den Worten beschrieben hat: »Zuerst gab es Amerika nicht. Jahrhunderte der Arbeit, des Blutvergießens, der Einsamkeit und Angst schufen dies Land. Wir bauten Amerika, und der Prozeß machte uns zu Amerikanern, eine neue Züchtung, verwurzelt in allen Rassen, in allen Farben gefleckt, und eine scheinbare ethnische Anarchie. Dann, in ganz kurzer Zeit, war plötzlich unsere Ähnlichkeit größer als unsere Verschiedenheit – eine neue Gesellschaft, nicht groß, aber gerade durch unsere Fehler zur Größe bestimmt . . . pluribus unum.« Wie hart es ist, Amerikaner zu werden, und wie wertvoll, es zu sein, zeigt sich immer wieder.

Der Einwanderungsstrom kommt meist über die großen Städte. Sie sind die Tore ins Land. Aber gerade Los Angeles und New York sind eigentlich am wenigsten amerikanisch. In

New York leben mehr Eremiten und Einzelgänger als in allen Wäldern und auf allen Bergen der Vereinigten Staaten zusammengenommen. In dieser Großstadt des Ostens ist Gastfreundschaft ein Fremdwort. Im Schachbrettmuster von Los Angeles, das die Hochstraßen ziehen, ertrinken Erwartungen an den großen Traum im Chaos des Alltags. Der Einwanderer gilt nichts, bevor er sich nicht Geltung verschaffen kann. Hat er die Staatsbürgerschaft erreicht, schützt kein Staat ihn besser draußen in der Welt als die Vereinigten Staaten von Amerika. Seit Ende des Vietnamkrieges bleibt Washington unerbittlich auf den Spuren der vermißten Soldaten. MIA, »missing in action«, ist nicht nur ein Begriff, sondern eine nationale Bewegung. Noch ein Vierteljahrhundert nach dem Kriege sind die Fährtensucher im staatlichen Auftrag oder auf eigene Faust auf geheimnisvollen Pfaden in Indochina unterwegs, um wenigstens die irdischen Überreste der verschollenen amerikanischen Staatsbürger heimzuholen. Die Nation, die 1776 die Menschenrechte auf ihr Panier geschrieben hat, schützt ihre Bürger bis über den Tod hinaus.

Die Amerikanisierung Amerikas zeigt sich im ausgehenden Jahrhundert allerorten, einzelne Vorläufer hat sie schon im vergangenen Jahrhundert gehabt.

Die schwarz-rote Minderheit

Als nach dem wirtschaftlichen Kahlschlag der neunziger Jahre und unter dem Druck der zugewanderten Massen aus Europa eine zweite Welle der Eroberung in den Wilden Westen brandete, blieben die farbigen Amerikaner dabei auf der Strecke, wurden sie zertrampelt unter den Rädern der Conestoga-Waggons – jener Planwagen, die deutscher Erfindungsgeist einmal in Pennsylvania erzeugt hatte –, mußten sie auch den Eisenbahnen und Autobahnen weichen, die das Land kreuz und quer zu durchziehen begannen. Die Mexikaner, gleich, ob zugewandert oder erstgeboren, wurden in die Hügel zurückgedrängt, siedeln bis heute in den Sangre de Christo Mountains oder gingen in die Plantagen, wo sie die Plätze der ehemaligen schwarzen Sklaven einnahmen. Die Schwarzen wiederum konnten dem Überdruck der weißen Mehrheit nicht standhalten, wechselten oft auf die andere Seite des Gesetzes, unterlagen zu Tausenden der Lynchjustiz der Weißen. Noch 1947 wurde ein Schwarzer von einem weißen Mob gelyncht. Die Indianer schließlich, die im »indian territory« zusammengefaßt waren und versuchten, einen Teil ihrer Kultur und ihres Besitzes zu wahren, wurden noch weiter zusammengedrängt. So entstand der Staat Oklahoma, was in der Sprache der Choctaw-Indianer »Land des Roten Mannes« heißt.

Die Eingliederung und der Wiederaufstieg dieser farbigen Minderheiten in die Gesellschaft geschah nur mühsam und vollzieht sich erst im ausgehenden 20. Jahrhundert. Schon vor der Cowboyzeit spielten Farbige eine Rolle in der Eroberung des Wilden Westens. So führte ein Mohr aus Marokko, ein Sklave namens Estevanico, die ersten Spanier zum Rio Grande zu den sagenhaften sieben Städten von Cibola, wo die Spanier Gold und Edelsteine vermuteten. Daß Kolumbus die Neue Welt entdeckt hat, ist Schulbuchweisheit. Die fünfhundertste Wiederkehr dieses Datums wird 1992 mit großem Pomp gefeiert – zur Empörung der Indianer, denn sie waren vorher da. Daß der erste Nichtindianer im Südwesten ein Schwarzer aus Afrika war, wird von der Geschichte verschwiegen. Ein farbiger Sklave namens York führte die berühmte Lewis-and-Clark-Expedition in damals unbekanntes Indianerland im Norden. Sie nannten York den »black white man«, den schwarzen weißen Mann.

Die Gründerfamilien von Los Angeles waren zum großen Teil schwarz, und auch in Santa Fe ließen sich zunächst Schwarze nieder. Die Vaterfigur jedoch der schwarzen Cowboys von heute, legendenumwoben und hochverehrt, heißt Bill Pickett. Seine Geschichte ist eng verbunden mit dem Schicksal der 101-Ranch. Die »101« schickte 35 000 Rinder pro Jahr auf die Reise, hatte mitunter bis zu 1700 Männer beschäftigt und gab einmal im Jahr die größte Wildwestshow in Amerika, vergleichbar nur mit dem Zirkus des Buffalo Bill, des weißen Büffeljägers Bill Cody. Wenn die »101« zum jährlichen großen Derby rief, kamen die Besucher von weit her, um Bill Pickett zu sehen. Präsident Theodore Roosevelt war auf der »101« zu Gast, Johann Jakob Astor, William Randolph Hearst und John D. Rockefeller. Sie sahen auf der »101« Geronimo, den letzten Häuptling der Apachen-Indianer, und das ›round up‹, bei dem die Cowboys ihre früheren Fertigkeiten noch einmal aufleben ließen. Unter ihnen ist Bill Pickett einzigartig. Er fand nämlich eine Methode, den Stier niederzuringen, die ihm keiner später nachmachen konnte. Er packte ihn nicht bei den Hörnern, sondern biß ihm in die Oberlippe und zwang ihn damit zu Boden. 1908 gelang es ihm sogar, in Mexico City vor einer vollen Arena einen spanischen Kampfstier auf diese Art und Weise zu zähmen. Die weißen Einwohner von Fort Worth in Texas haben Bill Pickett im April 1980 ein Denkmal gesetzt, das einzige Monument für einen schwarzen Wildwesthelden.

Die Geschichten der schwarzen Cowboys sind meist nur in der mündlichen Überlieferung erhalten geblieben, werden von schwarzen Rodeoreitern von heute beim abendlichen ›cook-out‹, einer Art Picknick, erzählt.

Da ist die Geschichte von Arizona-Joe, der sich mit der Waffe immer für die Schwachen einsetzte, oder von Bose Icart, der ein »mustanger« war, ein Cowboy, der schneller als alle anderen einen Mustang zur Raison bringen konnte. Von Mary Fields, die eine Postkutsche chauffierte und so manchem Überfall mit dem Gewehr in der Hand standhielt. Oder von Charly Smith, der erst 1979 starb und damals angeblich 136 Jahre alt war. Charly kam als Kind mit einem der letzten Sklaventrecks aus Afrika, wurde in der texanischen Stadt Galviston bei einer Sklavenauktion verkauft und als Halbwüchsiger in die Freiheit entlassen. Er machte sich einen Namen auf den großen Viehtrecks, wechselte dann in das Lager der Gesetzlosen, ritt an der Seite des berüchtigten Bankräubers Jesse James. Später versuchte er Buße zu tun und trat einer schwarzen Baptistengemeinde bei.

In dem Wildwestfilm »Tomahawk« wird die Geschichte von Jim Beckwourth erzählt. Im April 1850 entdeckte Jim Beckwourth einen Paß durch die Sierra Nevada; er führte auch die erste Siedlerkolonne über diesen Paß, der heute nach ihm benannt ist. Er kämpfte mit der US-Kavallerie gegen die Indianer und an der Seite der Indianer gegen die Siedler. Er ging mit den Viehtrecks, streckte so manchen Widersacher zu Boden. Im Film »Tomahawk« wird Jim Beckwourth von einem Weißen gespielt. In Wahrheit war der Cowboy schwarz. Während die Geschichte der Schwarzen im Westernfilm einfach verschwiegen wurde, hatten die anderen Farbigen kein sehr viel besseres Los. Die Mexikaner wurden grundsätzlich als Großgrundbesitzer oder Banditen dargestellt, die Indianer als Feinde des weißen Mannes.

Um die Jahrhundertwende lebten einige hunderttausend

Goldgräber (mit Jeans von Levi-Strauss), um 1850 *(oben)*.
Massengrab für die Indianer nach der Schlacht am Wounded Knee, 1891.

Schwarze im Wilden Westen. Nach dem Ende der großen Viehtrecks versuchten viele zunächst dort zu siedeln. Boley zum Beispiel, wurde in Oklahoma als schwarze Stadt gegründet. Indianer vom Stamme der Creek stellten das Land zur Verfügung. 1911 zählte die Stadt bereits 4000 Einwohner, gab es Kolonialwarenläden, fünf Hotels, sieben Restaurants, einen Juwelier, vier ›department stores‹, Versicherungen, eine Holzfabrik, eine Baumwollplantage, zahlreiche Kirchen, eine Schule, einen imposanten Freimaurertempel, eine Bank und sogar eine Zeitung. In den zwanziger Jahren wurde noch dazu Öl in der Nähe von Boley gefunden, eines der größten Felder im Bundesstaat Oklahoma.

Als der Boden leer gepumpt war, gingen viele Schwarze in den industrialisierten Norden. In den Jahren der Depression verließ noch einmal ein Schub von Einwohnern Boley. 180 junge Männer folgten dem Ruf von Chief Sam. Er führte an die zehntausend ehemalige Sklaven in den Kontinent ihrer Väter zurück, nach Afrika, in den Staat Liberia, die erste freie Negerrepublik auf dem schwarzen Erdteil. Boley aber verfiel so rasch, wie es besiedelt worden war.

Seit zehn Jahren jedoch erwacht die ›ghosttown‹ einmal im Jahr zu neuem Leben. Die Kinder von Boley kehren zurück. Die Geschäftsleute in New York und Chicago, die es zu etwas gebracht haben, Nachfahren der Cowboys aus Texas, Kansas und Oklahoma, und sogar einige Heimkehrer aus Liberia, die von Afrika enttäuscht sind. Die Leute von Boley, die paar, die dageblieben sind, nennen es das große »homecoming«. Boley und die Reste anderer Siedlungen in Oklahoma erinnern die Schwarzen daran, daß sie hier einmal gleichberechtigt lebten mit den Weißen, mit den anderen Amerikanern. Vor allem beim Rodeo ist Boley Anziehungspunkt für die Schwarzen von überall aus Amerika. Bei diesem sehr nationalen Sport zeigen die Cowboys von heute ihre Fertigkeiten, werfen das Kalb, ringen den Stier nieder oder zähmen den Mustang. Ebendas, was ihre Vorfahren zur Zeit der großen Viehtrecks so gut beherrschten.

Cleo Hearn hat im Jahre 1968 die erste schwarze Cowboy-

Vereinigung gegründet. Hearn arbeitet bei den Ford-Werken in Dallas. Zwischen Dallas und Denver gibt es inzwischen an die 400 schwarze Cowboys, die von Rodeo zu Rodeo ziehen. Die Bewährungsprobe lockt sie und auch das Geld. Aber ihr Hauptmotiv ist der Stolz. So sagt Cleo Hearn: »Wir wollen das schwarze Erbe aufrechterhalten; der schwarze Cowboy hat eine wichtige Rolle gespielt in der Zeit der großen Viehtriebe, in der Geschichte des Wilden Westens. Wir wollen der Welt sagen, daß man uns nicht länger übersehen soll, unseren Anteil an der Geschichte und am Werden der Nation.«

Im Zuschnitt der Nation finden die lange benachteiligten Minderheiten nur in Segmenten, nur in kleinen Nischen ihren Platz. So durften Schwarze bereits ab 1882 als Ärzte praktizieren. Die Fähigkeit »to make the buck«, Geld zu machen, entscheidet mehr über eine erfolgreiche Eingliederung als etwa das angestammte Recht der Eingeborenen oder der nach Amerika Verschleppten. So arbeiten sich schwarze Sportler oder Sänger schneller in die Spitze vor als Handwerker oder Angestellte. Dem Konkurrenzdruck der kapitalistischen Gesellschaft halten sie nicht von selber stand. Geradezu unamerikanisch wirkt deshalb der lange passive Marsch der Bürgerrechtsbewegung unter Martin Luther King. Der Pastor aus Atlanta sagte einmal: »Ich höre viel von diesem sogenannten Schmelztiegel. Ich kann nur sagen, daß wir nicht eingeschmolzen worden sind.«

Aber Ende der achtziger Jahre regieren schwarze Bürgermeister in zehn amerikanischen Großstädten, darunter in Atlanta, einer Hauptstadt des Südens. Die Auburn Street, in der Martin Luther King geboren wurde und in der er gepredigt hat, heißt heute »Sweet Auburn«, nicht nur eine Erinnerungsstätte an die Bürgerrechtsbewegung der sechziger Jahre, sondern die Hauptstraße einer rührigen Gemeinde von schwarzen Mittelständlern. Und in Washington, der Hauptstadt der Vereinigten Staaten, ist die Mehrheit der Regierungsangestellten seit Präsident John F. Kennedy schwarz. Wobei das Wort schwarz eigentlich unzutreffend ist, denn es gibt kaum noch Bürger rein afrikanischer Abstammung. Die meisten sind längst in helleren Tönen gemischt und gefärbt. Aber die Bezeichnung »Negro« ist ihnen zu abfällig, und das Wort »coloured« erinnert sie zu sehr an den Apartheidstaat Südafrika. Aber zum einen gilt ›black‹ als ›beautiful‹, schwarz als schön, zum anderen ist es einfach, jeden schwarz zu nennen, der nicht weiß ist und einen Stich ins Braune hat. Das kann so weit führen, daß ein Sicherheitsberater Ronald Reagans namens Colin Powell als Beispiel für den Aufstieg der Schwarzen gilt, obwohl man die negroiden Züge in seinem Gesicht wahrhaftig suchen muß. Auch Präsident Bush hat einen Schwarzen in sein Kabinett geholt.

Seit dem Sieg der Bürgerrechtsbewegung rühren die Vorurteile gegenüber den Schwarzen weniger aus der anderen Hautfarbe her, sondern aus dem sozialen Umfeld, mit dem viele von ihnen leben. Die Arbeitslosigkeit ist unter jugendlichen Schwarzen besonders groß, auch die Kriminalität. Die Familienverhältnisse sind oft besonders zerrüttet. Auch ist die Zahl der unehelichen Geburten hoch. 1987 ist die Zahl der Schwarzen, die unterhalb der Armutsgrenze leben, auf 30 Prozent angewachsen. 1968 waren es noch 28 Prozent.

Die Abneigung gegenüber Schwarzen ist dort besonders groß, wo sie in der verschwindenden Minderzahl sind, wo man sie so gut wie gar nicht kennt. Und die Gewöhnung an sie ist besonders hoch, wo sie schon seit Jahren die Mehrheit bilden, wie etwa in Washington, der Hauptstadt. Der Vater der Nation hatte einst selbst 300 Sklaven. Aber in seinem Testament hat George Washington ihre Freilassung verordnet. Freigelassene und freigekaufte Sklaven haben sich schon immer von der Hauptstadt angezogen gefühlt, die Regierung lag in der Förderung der Schwarzen immer schon weit vor dem Rest der Gesellschaft. Abraham Lincoln hat einen Krieg unter anderem wegen der Sklavenbefreiung geführt. Präsident Wilson hat die Rassen-Gleichberechtigung in der Armee durchgesetzt, auch ein Gesetz zum gemeinsamen Schulbesuch von weißen und schwarzen Kindern kam aus Washington. Ronald Reagan schließlich hat zum Gedenken an den Mord an Martin Luther King einen Nationalfeiertag eingeführt.

Unter den farbigen Minderheiten haben die Schwarzen das Gewissen der Nation natürlich am meisten belastet, weil sie einst zwangsweise und in Ketten nach Amerika gebracht wurden. Die Schwarzen tauchten auch überall da auf, wo der weiße Mann war. Sie folgten notgedrungen den Spuren ihrer Herren, während man die Ureinwohner, die Roten, einfach in Reservate verwiesen hatte, wo sie möglichst wenig Unruhe stiften sollten. Schon früh in der Geschichte Amerikas ist es zu einer Verflechtung zwischen schwarzen und roten Amerikanern gekommen. Die Seminolen in Florida haben bereits um 1800 entlaufene schwarze Sklaven in die Reihen ihrer Krieger aufgenommen. Sie gaben ihnen einen eigenen Clan-Namen: der »Schlangenclan«.

Weil sie englisch sprechen konnten, wurden sie als Dolmetscher eingesetzt in den Verhandlungen mit den Truppen aus Washington. Als sie Florida nach ihrer Niederlage verlassen mußten, auf dem Marsch der Tränen ins ›indian territory‹, nahmen sie die schwarzen Seminolen mit, um sie vor erneuter Sklaverei zu schützen. Unter der Führung eines schwarzen Häuptlings haben sie 1880 noch einmal versucht, aus dem Indianerterritorium zu fliehen. Sie siedelten am Rio Grande, gründeten eine eigene Republik, kämpften auf der Seite der Mexikaner gegen die Vereinigten Staaten, nur um mit den Mexikanern zusammen geschlagen zu werden.

Andererseits kämpften die Schwarzen nach dem Bürgerkrieg in der 9. und 10. Kavallerie gegen die Apachen unter Geronimo und Victorio, gegen Sitting Bull von den Sioux-Indianern und gegen die Comanchen. Die Indianer nannten ihre schwarzen Gegner respektvoll »buffalo soldiers«, wegen der gekräuselten Haare auf dem Kopf. Bei den Rodeos von heute treten immer mehr schwarze Barden auf, die an die gemeinsame Geschichte erinnern. So singt Pan Handle Slim: »Als der Schwarze in großer Not war, reckte sich ihm eine rote Hand der Freundschaft entgegen. Seitdem verbindet uns der Regenbogen.«

Das ist eine Anspielung auf die Regenbogenkoalition aus farbigen Amerikanern, die dem schwarzen Präsidentschaftskandidaten Jesse Jackson 1988, wenn schon nicht zur Macht, so doch zu großem Einfluß und Ansehen verhelfen sollte. Jackson hat nicht nur die Schwarzen politisch mobilisiert, sondern auch ihre ethnischen Wurzeln betont. Reagan stammt aus Irland, Bush aus England und Dukakis aus Griechenland. Jesse Jackson aber galt als der Mann aus South Carolina. »Wir sind aber aus Afrika. Wir sind African Americans. Wir müssen versuchen, unsere Kinder gesellschaftlich höher zu stellen mit der Kraft ihrer kulturellen Herkunft.«

Zwanzig Jahre nach dem Mord an Martin Luther King konnten sich immerhin 20 Prozent der weißen Amerikaner vorstellen, einen Schwarzen an der Spitze des Staates zu sehen. Dazu sagte Kings Tochter Coretta: »Obwohl Amerika nicht ist, was es sein sollte, so herrscht doch berechtigte Hoffnung, daß die Dinge sich zum Besseren wenden.« Und wie ein Mahnwort aus überwundener Vergangenheit wirkt ein Gedicht, das der schwarze Dichter Langston Hughes im Jahre 1929 schrieb:

»Ich bin schwarz,
Schwarz wie die Nacht in Afrika.
Ich war ein Sklave, habe schon Julius Cäsars Tür gehütet.
Ich putzte die Schuhe von George Washington.
Unter meinen Händen wuchsen die Pyramiden.
Ich rührte den Mörtel für das Woolworth Building.
Ich war ein Sänger, brachte den Blues von Afrika nach Georgia.
Die Belgier haben meine Hände im Kongo abgehackt.
In Texas haben sie mich gelyncht.
Ich bin schwarz und bleibe schwarz wie die Nacht in Afrika.«

Amerika versteht sich selbst als Wahrer der Menschenrechte weit über die nationalen Grenzen hinaus. Bei der Verteilung von guten oder schlechten Noten, von Wirtschaftshilfe oder Handelsboykott legt Amerika oft die moralische Elle an – Einhaltung der Menschenrechte als Maßstab für Politik. Damit hat Washington so manches Willkürregime in die Knie gezwungen. Aber oft fällt diese Politik wie ein Bumerang auf Washing-

»Sitting Bull«, Häuptling der Sioux, um 1890 *(oben links)*.
Der Häuptling der Kwahadi-Comanchen, Quanah Parker, und seine Frau Tonicy auf ihrer Veranda im Oklahoma-Territorium, um 1892 *(oben rechts)*.
Great Bend, Kansas: Santa-Fe-Trail, 1872.

ton zurück. Dann ist es aber weniger der Vorwurf der Rassendiskriminierung schwarzer Amerikaner, sondern der Mißhandlung der roten Ureinwohner. Dies trifft Amerikaner deshalb so schwer und nachhaltig, weil sich Europäer in Dichtung und Dokumentation schon früh der Sache des edlen Wilden angenommen haben. Heute würde man das »Einmischung in die inneren Angelegenheiten einer Nation« nennen. Von Karl Marx bis Karl May haben Ausländer das ungestüme Vordringen der Siedler und Pioniere, die meist selber noch im Ausland geboren waren, in Indianerland angeprangert.

Amerika hat sich aber erst wirklich seiner Ureinwohner angenommen, als auch ihre letzten Reste untertan gemacht waren. Der letzte, von den Weißen besonders unfair geführte Kampf am Wounded Knee im Jahre 1890 markierte denn auch den Wendepunkt in der nationalen Indianerphilosophie. Vorher schon hatten die Apachen und Comanchen, Winnetou und Sitting Bull, die Helden und die Romanhelden die Herzen der Welt bewegt. Nach Wounded Knee begann die Integration der Indianer in die Welt der Weißen oder besser ihr Schutz vor dieser Welt. Die Indianer haben aber nur sehr allmählich selbst eine aktive Rolle in der Gesellschaft übernommen. Ihr Einfluß begann mit der Bewunderung des Siegers gegenüber dem Verlierer. 5000 US-Soldaten waren nötig, um die letzten 17 Krieger des Apachenführers Geronimo im September 1886 zu fangen, und zehn Jahre zuvor hatten Sioux und Cheyenne am Little Big Horn dem General Custer eine vernichtende Niederlage bereitet. Noch in der Schlußphase der Auseinandersetzung bewies der Indianer dem Weißen seine Ebenbürtigkeit auch in hoffnungsloser Lage. Er nötigte dem Weißen Respekt ab. Indianische Tugenden fanden um 1890 vermehrt Platz in der US-Literatur, indianische Symbole wurden auf US-Münzen geprägt.

Die indianische Tragödie nahm Einfluß auf die zeitgenössische Kunst. »Der gebrochene Pfeil«, eine monumentale Skulptur eines weißen Bildhauers, wurde in unendlichen Variationen imitiert für Buchstützen, Briefbeschwerer und Sportpokale. Künstler der Jahrhundertwende wie Frederic

Remington und Charles M. Russell malten nicht mehr das Feindbild des roten Mannes, sondern in sentimentalem Rückblick seine Harmonie mit der Natur und seine Versuche, an der Tradition festzuhalten. Das früheste Beispiel für die Selbstdarstellung des Indianers in seiner mißlichen Lage als Verlierer im eigenen Land geht auf das Jahr 1875 zurück. Etwa siebzig gefangene Cheyenne und Comanchen wurden damals in Ketten von Oklahoma nach Florida gebracht. In der Festung von St. Augustine fanden sie mit dem Kommandanten Richard Pratt einen eher gütigen als strengen Aufseher. Er ließ unter anderem an seine Gefangenen Papier und Feder, Tinte und Farbe verteilen. Sie malten Bilder von Heimweh und Einsamkeit, aber auch von Anklage und Mitteilungsbedürfnis. Sie trennten sich dabei von der zeremoniellen und formalisierten Piktographie ihrer Ahnen.

Aus der Gefangenschaft zurückgekehrt, blieben einige der Indianer künstlerisch aktiv, bemalten »Ghost-dance«-Hemden und Tipis, gaben ihre Fertigkeiten weiter. Schon um die Jahrhundertwende entstanden die ersten Malschulen. Während des Ersten Weltkrieges unterwiesen Walter Ufer und H. Sonnenschein in Taos Pueblo-Indianer, taten sich in Oklahoma einige junge Kiowa-Künstler zusammen, erhielten Navajo-Kinder Unterricht im Zeichnen. Heute gehören Indianer wie Fritz Scholder, Dan Namingha und Allan Houser zu den anerkanntesten und auch teuersten Malern in den USA.

Ansehen weit über die Vereinigten Staaten hinaus hat der Navajo R. C. Gorman erreicht, wobei die Initialen für Rudolf Carl stehen. Indianer haben eigentlich keine Vornamen. Sie haben sie sozusagen für die Weißen erfunden. Wenn Eltern beeindruckt sind von einer Person oder einer Gruppe, lassen sie sich davon in der Namensgebung beeinflussen. So hat das C im Vornamen des Navajo etwas mit Carl Schurz zu tun. Das war ein deutscher Einwanderer, der es in den Vereinigten Staaten bis zum Innenminister brachte und in dieser Funktion auch für Indianerangelegenheiten zuständig war.

Rudolf Carl Gorman übte sich zunächst in der traditionellen Sandmalerei seines Volkes. Schon als Halbwüchsiger ließ er sich von den Mexikanern beeinflussen, von Orozco, Rivera und Alfaro Siqueiros. Er diente später in der amerikanischen Marine und malte pazifische Motive, ging nach dem Wehrdienst nicht zu seiner Familie zurück, sondern machte das Malen zu seinem Beruf. Er gilt inzwischen als der Picasso oder Dalí unter den Indianern und hat in Taos eine ganze Malschule errichtet. Seine »Navajofrauen« werden überall in der Welt zu hohen Preisen gehandelt. 1986 kam er auch nach Deutschland und hat zunehmend Eingang in deutsche Galerien gefunden. Die Galeristin Christa Nuzinger hat ihm das Heidelberger Schloß gezeigt. Er war überhaupt nicht beeindruckt, sondern sagte: »Als dieses Schloß gebaut wurde, ging in meiner Heimat gerade die große Zivilisation meiner Vorfahren, der Anasazi, zu Ende.« Wie viele Indianer verweist er mit dem Recht der Eingeborenen auf das Amerika vor Kolumbus. Stolz, nicht Schmach bestimmt heute das Bewußtsein vieler roter Amerikaner.

Die Eigenleistung der Indianer im künstlerischen Bereich hat sie auch einen gesellschaftlichen Platz erkämpfen lassen. Die Bauweise der Pueblo-Indianer, die sich wiederum auf die Anasazi, die Vorläufer in ihren Steinsiedlungen, beziehen, wird überall im Südwesten von den anderen Amerikanern nachgeahmt. Ihre traditionellen Nahrungsmittel sind längst schon in die amerikanische Speisekarte übernommen worden und erleben in den achtziger Jahren des 20. Jahrhunderts eine eher modische Konsumbereitschaft. Das größte Familienfest in Amerika, »Thanksgiving«, gerät jedes Jahr zu einem indianischen Kochfestival vom Truthahn über das Maisbrot bis zum Kürbiskuchen.

Eine erste politische Integration erfolgte in den dreißiger Jahren mit einer Reihe von Gesetzen, die der Selbstbestimmung des roten Mannes dienten. Das herkömmliche Indianerbild wurde als europäische Erfindung erkannt und durch das Bild des »native American« ersetzt. Die Reservationen werden teilweise zu »Staaten im Staate«, am erfolgreichsten von den Nachbarvölkern der Hopi und Navajo praktiziert, die allerdings untereinander im Dauerstreit liegen.

Politische Tragweite über die USA hinaus erhält das »American Indian Movement«. Diese Abkürzung, AIM, bedeutet außerdem Ziel. Und die langjährigen Führer von AIM versuchen, ihre Mitglieder auf einige gemeinsame Ziele festzulegen, Ansprüche aus der Vergangenheit einzuklagen, weitere Landnahme durch die Weißen zu verhindern und den Indianern mehr politisches Eigengewicht zu verleihen. Häuptling Russell Means hat AIM im Jahre 1973 bekannt gemacht mit einer spektakulären Aktion am Wounded Knee in South Dakota. In Erinnerung an das Massaker von 1890 hielt eine militante Gruppe von Indianern Bundestruppen aus Washington 71 Tage lang in Schach. Im Lichte der internationalen Aufmerksamkeit konnte Means damals die jahrhundertelange Verletzung indianischer Bürgerrechte deutlich machen – eine Art Durchbruch, wie ihn die Schwarzen im Kampf um die »civil rights« unter Martin Luther King erreicht hatten. AIM wurde damals von weißen Gruppen als eine radikal linke Organisation eingestuft oder mißverstanden. Deshalb stiftete eine Reise von Russell Means im Januar 1986 nach Nicaragua einige Verwirrung, wo AIM vehement gegen die Unterdrükkung der mittelamerikanischen Indianer durch die linke Regierung der Sandinisten protestierte.

Mit auf dieser Reise war der kanadische Anwalt Clem Chartier vom »World Council of Indigenous People«. Die weißen Amerikaner mußten erstaunt feststellen, daß von ihnen unbemerkt die politische Organisation der Indianer weiter gediehen war und sich über die nationalen Grenzen der USA erstreckt hatte. Darüber hinaus knüpfen schon längst Vertreter der Ureinwohner in aller Welt Kontakte auf kultureller und humanistischer Ebene. Im Mai 1986 fand am Fuße der Sangre-de-Cristo-Berge eine religiöse Zeremonie statt, die wohl in ihrer Vielfalt einmalig war. Der Häuptling des Pueblo San Juan in New Mexico hatte zu einem Friedensgebet eingeladen. Ort der Zeremonie war ein Tempel der Hopi-Indianer. Etwa 1500 Leute kamen in Anzügen oder Tennisschuhen, mit Turban oder Sari.

Die Sikhs, eine religiöse Gemeinschaft, die sich in Indien

unterdrückt fühlt und in ihrem Fanatismus Gewalttätigkeit übt, kamen mit einer großen Delegation. Dazu buddhistische Mönche aus Vietnam und Kambodscha und die jüdische Kongregation Beth Shalom sowie ein Vertreter des Dalai Lama. Ein Chor aus der islamischen Moschee von Santa Fe und eine Gruppe von Azteken-Tänzern aus Mexiko umrahmten die Gebetsstunde. Der spanischstämmige Gouverneur von New Mexico verurteilte dabei die Anwendung von Gewalt in Zentralamerika. »Wir sollten dort mit Brot und Butter helfen und nicht mit Bomben und Bataillonen.« Häuptling Peter Garcia aus dem Pueblo San Juan beendete die Zeremonie mit der traditionellen Maisgabe in alle vier Winde.

Das Schicksal der Cherokee und Delaware, der Apachen und Comanchen wiederholt sich heute in Süd- und Mittelamerika. Unerbittlich und ungehindert spüren am Amazonas und Orinoko Straßenbauer und Mineralogen, Händler und Journalisten die immer wieder »letzten« Wilden der Neuen Welt auf, zerstören dabei ihren Stammeszusammenhalt unbewußt oder zielstrebig. Seit die Scheinwerfer der Weltöffentlichkeit auf Nicaragua ruhen, bekommen auch die Indianer im Lande der Sandinisten ein Seitenlicht ab. Die Miskitos, Ramas und Sumos sind überhaupt nur wegen ihrer Abgelegenheit in den Sümpfen am Atlantik dem Schicksal der indianischen Hochzivilisationen entronnen. Die Managua-Indianer zum Beispiel, die an den großen Seen von Nicaragua Siedlungen mit 30 000 und mehr Einwohnern gebildet hatten, waren schon von den Spaniern ausgelöscht worden. Gegen die spanische Zentralgewalt setzten die Engländer einen Indianerstaat am Atlantik. Dieses Marionettenkönigreich der Miskitos, Sumos und Ramas ließ sich 1894 nicht mehr halten und fiel an Nicaragua. Das hat ihre Lebensweise zunächst weder berührt noch verändert. Nicaragua, halb so groß wie die Bundesrepublik und kaum besiedelt, konzentrierte sich auf einen Machtkampf im Inland, der im Grunde bis heute andauert, aber erst in den letzten zwanzig Jahren das Hinterland ergreift. In ihrer Suche nach Hilfstruppen haben die Kontrahenten von heute eine blutige Spur durch das Indioland am Atlantik gezogen.

Bürgerrechtsprotest gegen die Rassendiskriminierung, August 1963 *(oben)*.
Rassenunruhen in Newark, New Jersey: Nationalgardisten verhaften jugendliche Plünderer, 16. Juli 1967.

Dabei wurde das kleine Volk der Ramas fast ausradiert, wurde das mit 100 000 Mitgliedern eher kampfstarke Volk der Miskitos dezimiert, wurden die friedlichen Sumos mit ihren 15 000 Stammesangehörigen vertrieben. Von ihren 35 Ortschaften blieben nur drei erhalten. Auf der Flucht vor der Gewalt fanden die anderen Sumos nur vorübergehend eine Heimstatt im Nachbarland Honduras. Eine Verfügung von 1984 zwang sie zur Rückkehr nach Nicaragua. Überall im Lande verteilt, wurden sie zwangsangesiedelt. Der ehemalige deutsche Botschafter in Nicaragua Götz von Houwald hat sich der Sache der Sumos angenommen. Er fürchtet einen kollektiven Selbstmord der entwurzelten Indianer, eine Verkümmerung im Selbstmitleid. Die UNO sieht er gelähmt durch den politischen Opportunismus, der sie lenkt. Von Houwald setzt letzte Hoffnung auf eine internationale Hilfsaktion jenseits der Vereinten Nationen und erhofft sich Anstöße durch AIM, das American Indian Movement.

Russell Means und andere Aktivisten waren schon mehrmals im Tiefland am Atlantik. Bei einer Erkundungsfahrt im Januar 1986, geführt von Brooklyn Rivera, einem Guerillero aus dem Miskitovolk, wurde er von einem Granatsplitter getroffen. Flugzeuge aus Managua hatten die Gruppe angegriffen und mehrere Begleiter getötet. Seitdem ist Russell Means übergegangen von der rein humanitären und finanziellen Hilfe zum Aufruf an seine roten Brüder in den USA, Krieger an der Seite der Miskitos in den Kampf um Nicaragua zu entsenden.

Noch ist nicht abzusehen, ob die Indianer in den USA diesem Appell folgen. Ein Pow Wow in Albuquerque, New Mexico, nannte in diesem Zusammenhang klangvolle Namen aus der Widerstandsgeschichte der nordamerikanischen Indianer wie Sitting Bull und Tecumseh. Die Erinnerung an den Medizinmann Popé ist noch lebendig, der im Jahre 1680 das Joch der Spanier für ein Dutzend Jahre abschütteln konnte. In unserer linearen Geschichtsauffassung mag dies weit zurückliegende Ereignis wenig Sinn machen. Aber für die Indianer treten Zeitbezüge weit hinter symbolischen Werten zurück.

Auf nationaler Ebene erkämpften sich die »native Americans« in den siebziger Jahren Gesetze, in denen die Stammesregierungen das Recht und die Mittel erhielten, ihr Schulwesen selber zu gestalten. Sie fordern auch Land zurück, das ihnen einst vertraglich zugesichert, aber nie zugestanden worden war, obwohl sie qua Gesetz schon seit 1897 Land erwerben durften. Schließlich verlangen sie Wiedergutmachung für erlittenes Unrecht in Form von Unterstützung im Kampf gegen Arbeitslosigkeit und Alkoholismus. Alle großen Universitäten bieten heute begabten jungen Ureinwohnern freie Studienplätze, und an die Stelle der Verachtung des roten Mannes ist ein wenig Scham getreten über das Unrecht, das man ihm angetan hat.

Mit der Tendenz zur Selbstbestimmung des »native American« geht aber auch seine Abkapselung einher. Progressive Kräfte hadern mit den konservativen und ihrer Berührungsangst vor dem weißen Mann. Wie auch bei den schwarzen Amerikanern liegen Selbstbehauptung und Selbstfindung vor der Verflechtung und Verschmelzung mit dem Homo Americanus. Aber gerade im Südwesten, wo die roten Amerikaner alteingesessen sind, bahnt sich ein neues zwangloses Nebeneinander der Rassen an den Studien- und Fabrikationsplätzen an. An der »frontier«, wo sich einst die Nation bewährte, steht vielleicht die Wiege des neuen Amerikaners, der seine Ressourcen und seine Eigenschaften aus dem unerschöpflichen Pool des Vielvölkerstaates bezieht.

Neue Frauen in der Neuen Welt

Wenn die Amerikaner von Minderheiten reden, meinen sie nicht nur Nationalitäten und Rassen, sondern auch ›pressure groups‹, Interessengruppen, oder gesellschaftlich relevante Kräfte. In diesem Sammelsurium tauchen hoch auf der Prioritätenliste neben den Schwarzen immer wieder die Frauen auf. Dabei verfügen sie über eine absolute Mehrheit im Minderheitenstaat Amerika. Über 50 Prozent der Bevölkerung sind Frauen. Diese Mehrheit spiegelt sich aber nicht in der Zahl der politischen Ämter wider. Deshalb sprechen engagierte Frauenorganisationen vom »gender gap«. Das ist die unterschiedliche Behandlung der Geschlechter, die angebliche Mißachtung der weiblichen Selbstbestimmung durch die Männerwelt der Politik. Diesen Vorwurf machten die Feministinnen vor allem republikanischen Präsidenten, wie zuletzt Ronald Reagan. In der Tat haben die Demokraten Frauen in den Parteiorganisationen stärker gefördert. 1988 unterlag zwar eine Frau als Präsidentschaftskandidatin ihren demokratischen Mitbewerbern, das war Patricia Schröder aus dem Bundesstaat Colorado. Aber im Juli 1984 machten die Demokraten bei ihrem Parteikonvent in San Francisco eine Frau zu ihrer Vizepräsidentschaftskandidatin, Geraldine Ferraro. Die Abgeordnete aus Queens in New York wurde am 18. Juli 1984 per Akklamation berufen. In ihrer Dankesrede gibt Frau Ferraro selbst eine Antwort auf die Frage nach der Bedeutung ihrer Berufung: »Das hat mit dem amerikanischen Traum zu tun, so wie einst Kennedy das Zeitalter der Raumfahrt eingeleitet hat, so wie das Datum, an dem mit Sally Ride die erste Frau in das All flog, oder so wie mit Jesse Jackson, der als erster Schwarzer sich um die Präsidentschaft bemüht hat.«

Ohne Zweifel war es Jackson mit seiner Regenbogenkoalition aus Farbigen und Frauen, der für Frau Ferraro den Weg in diese Nominierung mitgebahnt hat. Die Berufung einer Frau markiere einen weiteren Meilenstein auf dem amerikanischen Weg, jetzt gebe es keine Türen mehr, die den Frauen verschlossen bleiben könnten, so meint Geraldine Ferraro. Der Parteikonvent von San Francisco vermittelte mehrfach das Bild weiblichen Aufstiegs. Das Stadtoberhaupt ist eine Frau, allerdings die einzige Bürgermeisterin einer amerikanischen Großstadt. Die Jüdin Diane Feinstein stand übrigens ebenfalls als Vize zur Debatte. Martha Collins fungierte als Vorsitzende des Parteitages. Sie ist Gouverneurin von Kentucky. Außer ihr herrschen nur Männer über die 50 Staaten der USA. Mehr als die Hälfte der 4000 Delegierten auf diesem Parteitag waren Frauen, wenn auch nur 5 Prozent der höheren öffentlichen Ämter im Lande von Frauen bekleidet werden. Das war 1984.

Ebenfalls in San Francisco fand 1920 schon einmal ein Parteitag der Demokraten statt. Damals gab es immerhin schon 58 weibliche Delegierte. Es war auch das Jahr, in dem die Frauen das allgemeine Wahlrecht neu erkämpften, über das sie übrigens vor der Gründung der Vereinigten Staaten einmal verfügt hatten. Als im 17. Jahrhundert das englische Recht von den Kolonisten über den Ozean gebracht wurde, hatten die Frauen nämlich verfassungsmäßiges Stimmrecht und machten auch davon Gebrauch. In der ursprünglichen Erklärung der Menschenrechte 1776 wird die Geschlechterfrage bei der Stimmberechtigung ausgelassen. Zwei Jahre später aber ergänzte der Bundesstaat New York seine Verfassung durch die Zufügung des Wortes männlich. Es folgte ein Staat nach dem anderen. New Jersey war 1844 der letzte, just zu der Zeit, als die Frauen zu einem neuerlichen Ansturm auf die männerbeherrschte politische Welt ansetzten.

In New York tagte 1848 die erste Frauenversammlung und verabschiedete eine »Declaration of Sentimentality«. Von New York aus breitete sich die Frauenbewegung über das ganze Land aus, bis schon 1866 eine nationale Organisation geschaffen war. In einer Petition mit 80 000 Unterschriften verlangten die Frauen die Wiedereinführung des Frauenstimmrechtes. Sie kamen dabei durch alle Instanzen bis zum Obersten Gerichtshof; der aber entschied negativ, was das nationale Wahlrecht anlangt. Das hinderte einzelne Bundesstaaten nicht, das Frauenstimmrecht wiedereinzuführen.

In den bewegten neunziger Jahren des vergangenen Jahrhunderts waren es mit Colorado, Utah, Idaho und Montana Staaten des Westens, die den Frauen das kommunale Stimmrecht zugestanden. Das kommt nicht von ungefähr, denn in den rauhen Pionierstaaten waren die Frauen weit in der Minderzahl und wurden um so höher respektiert. Das galt nicht nur für die Damen aus gutem Hause, sondern auch für jene weiblichen Globetrotter, die es mit der Tugend nicht so ernst nahmen und in den Saloons und auf den kleinen Bühnen den Goldgräbern und Cowboys das Geld aus der Tasche holten. Gar manche Kurtisane ist mit dem erworbenen Reichtum später in einen sogenannten ehrenhaften Beruf gewechselt. Die Tänzerin Lola Montez etwa, nach ihrer Liebschaft mit König Ludwig I. aus Europa verjagt, hatte sich durch Amerikas rauhe Männerwelt getingelt und widmete sich später nur noch sozialen Aufgaben.

Der Kampf um die Gleichberechtigung entbrennt um die Jahrhundertwende vor allem an der Ostküste. Dabei geht es nicht nur um die Beteiligung an der politischen Macht, sondern auch um das Recht auf eigenen Besitz unter eigenem Namen und um den Anspruch auf gleichberechtigte Erziehung. Im Ersten Weltkrieg werden immer mehr Frauen in den Arbeitsprozeß eingegliedert. In den zwanziger Jahren gehen die Suffragetten auf die Straße, erregen ihre Demonstrationsmärsche durch New York, Chicago und Washington das Interesse der Welt. Mit Eleanor Roosevelt tritt im Zweiten Weltkrieg die Präsidentenfrau aus dem Schatten ihres Mannes.

Eleanor Roosevelt war nicht nur First Lady, sondern enge Beraterin im Weißen Haus. Eine Tradition, die über Mamie Eisenhower, Betty Ford und Rosalynn Carter bis Nancy Reagan ungebrochen blieb. Woodrow Wilsons Frau hat zum Schluß sogar für ihn regiert. Jacqueline Kennedy hat Glanz und Kultur in die etwas verschlafene amerikanische Hauptstadt Washington gebracht.

Viel früher jedoch als in der Politik haben sich die Frauen in der Erziehung durchgesetzt. Wo immer sich im Verlauf der amerikanischen Jahrhunderte eine neue Gemeinde etablierte, gab es eine kleine Bibliothek und ein ›one room schoolhouse‹, ein Häuschen für die Kindererziehung, auch wenn es nur aus einem Raum bestand. Mit ganz geringen Ausnahmen waren es nicht Männer, sondern Frauen, die diese Pionierschulen leiteten.

Die erste Hochschule nur für Frauen wurde aber erst 1833 gegründet; es war das Oberlin College in Ohio. Dann folgte die Gründung einiger Frauenuniversitäten, deren Standard bis heute so konstant hoch blieb, daß man sie die sieben Schwestern von der »Ivy League« nennt, den (efeubewachsenen) Eliteuniversitäten. Eine dieser sieben Schwestern ist Wellesley. Die Universität liegt in einer Hügel- und Seenlandschaft eine gute Autostunde von der Hafenstadt Boston entfernt. Die Architektur ist bis ins Detail englischen Vorbildern nachempfunden. Die Idee zu dieser Frauenuniversität kam von einem Mann. Aber Frauen haben Wellesley seit der Gründung im September 1875 gelenkt. Das Prunkstück, die Bibliothek, ist längst aus ihren neogotischen Nähten geplatzt. Ihre 600 000 Bände verhelfen Wellesley zum Ruf eines Lernzentrums mit Ausstrahlung auf ganz Amerika. Der erste Jahrgang von 1875 zählte 314 Mädchen. Aufsehen erregt hat aber damals nicht nur die Strenge und die Qualität ihrer Ausbildung, sondern das Konzept von »mens sana in corpore sano«, der Ausbildung nicht nur des Geistes, sondern auch des Körpers. Rudersport und Tennisspiel, Korbball und Turnen – Wellesley brach mit dem Vorurteil, daß Sport nur etwas für Männer sei. Dafür hat sich eine Tradition eisern bis heute gehalten, obwohl sie der Frauenemanzipation eigentlich zuwiderläuft. Ein gut bestandenes Examen wird auch mit einem »Hoopla« gefeiert, das ist ein Reifenrennen mit folgenschwerer Bedeutung für die Siegerin. Ihr wird nämlich prophezeit, daß sie als erste unter die Haube kommt. Die sieben Schwestern der »Ivy League« sollten beweisen, daß Frauen sehr wohl den Konkurrenzkampf mit Männern auf wissenschaftlichem und geistigem Gebiet aufnehmen können, ihnen sogar überlegen sind. Der feminine Ehrgeiz führte dazu, daß auch alle Lehrkräfte aus Frauen bestanden. Im ausgehenden 20. Jahrhundert haben sich die Vorzeichen geändert. ›Coeducational‹ ist jetzt die Devise, gemischte Klassen. Das Wellesley College war die letzte der sieben Schwestern, die auch Männer zulassen. Umgekehrt hat das Magdalen College in Cambridge als letzte reine Männeruniversität sich jetzt auch Frauen geöffnet. Nach 446 Jahren ist Penelope Bell die erste Frau auf diesem College.

Die lange Trennung in rein weibliche und rein männliche Universitäten hat auch damit zu tun, daß das Zeitalter der Prüderie in den Vereinigten Staaten erst spät zu Ende ging. Im puritanischen Hinterland der Vereinigten Staaten fühlten sich junge Frauen dem strikten Moralkodex der Vorväter verpflichtet. Bis tief ins 20. Jahrhundert hinein verfolgte sie das Scham- und oft das Schuldgefühl verbotener Liebe. Die Gesellschaft fand Mitte des Jahrhunderts einen Weg, die alten Moralvorstellungen beizubehalten und doch mehr Offenheit zwischen den Geschlechtern zuzulassen. ›Dating‹, ›necking‹ und ›petting‹ hießen die neuen Spielregeln. Das ›dating‹ ist die zwanglose Verabredung ohne weitergehende Absichten. Die Grenze liegt beim Schmusen.

Dann begann das intensive Studium des Sexualverhaltens der Geschlechter, kurz Sex genannt. Ein Modewort, das die Welt gierig übernahm. Berühmt wurde in diesem Zusammenhang der Kinsey-Report, eine Analyse der verklemmten Gefühlswelt der jungen Amerikaner. Nach der Sexrevolution beginnt die Auflehnung vieler Frauengruppen gegen die Darstellung der Frau als Lustobjekt. Damit ist nicht nur die Pornographie gemeint, sondern jede Art von Zurschaustellung weiblicher Attribute. Hollywood begann in den zwanziger Jahren mit dem Phantasiebild der Frau Geld zu verdienen. Die Pin-up-Girls, wie sie in jedem Soldatenspind hängen, wurden damals erfunden. Besonders hervorgetan hat sich ein Künstler namens Vargas. Er malte lange Beine, üppige Busen, blonde und brünette Haare und lange Augenwimpern. Er zeichnete damit das Wunschbild vieler junger Männer. 1921 gab es auch die erste Miss-Wahl in den Vereinigten Staaten. Ebenfalls ein erfolgreiches Exportprodukt in alle Welt.

Selbst die Cheerleaders, in Phantasieuniformen gesteckte Revuegirls, besonders bei Sportveranstaltungen, erregen Anstoß bei vielen Frauenverbänden. Sie haben inzwischen erreicht, daß das Wort Fräulein, Miss, aus der Mode gekommen ist. Da aber viele junge Mädchen nicht mit Mrs., nämlich Frau, angesprochen werden wollen, hat sich das Briefkürzel Ms. eingebürgert, statt Mrs. oder Miss.

Der Kampf gegen die Moral von gestern, für die Selbstbestimmung der Frau, war lang. Es ist der Weg vom Krinolinenrock zum Bikini, die Annahme von Gewohnheiten, die früher nur Männern vorbehalten waren, wie das Rauchen oder auch das Trinken in aller Öffentlichkeit und die Einführung der Automatik in die Küche. Gerade diese Veränderung hatte aber einen rein praktischen Hintergrund, nämlich die zunehmende Integration der Frauen in das Berufsleben. Mit der industriellen und mechanischen Entwicklung entstand eine ganze Generation von neuen Berufen, Frauenberufen – die Telefonistin, die Stenotypistin, die Cutterin im Filmschneideraum und ein immens steigender Bedarf an Verkäuferinnen. Die moderne junge Frau hat auch einen neuen Look, ein neues Aussehen. Das fiel im Jahre 1907 bereits dem Engländer Georg Bernard Shaw auf. Er schrieb: »Amerikanische Frauen sehen durchweg gut aus; aber sie sehen auch alle gleich aus.«

Wenn der Europäer um diese Zeit von der Berufstätigkeit der amerikanischen Frau hörte, so dachte er an die Frau im Anwaltstalar, in der Predigerrobe, die Ärztin und die Universitätsprofessorin. Aber wie Hugo Münsterberg in seinem

Buch über die Amerikaner bereits im Jahre 1912 herausfand, gab es damals schon zwischen dem Atlantischen und dem Stillen Ozean 45 Lokomotivführerinnen, 91 Küsterinnen, 31 Liftfrauen, 167 Maurerinnen, 5 weibliche Lotsen, 190 Leihstallbesitzerinnen, 196 weibliche Schmiede, 625 Kohlengräberinnen, 3 Auktionatorinnen und 1320 berufsmäßige Jägerinnen. Dem guten Start folgte bald die Ernüchterung. In beiden Weltkriegen wurde die Frau als Arbeitskraft herangezogen und danach wieder entlassen. Die Arbeitslosenquote bei Frauen ist aber auch deshalb so hoch, weil nur bezahlte Arbeit in die Statistik aufgenommen wird, die Amerikanerin aber gerade in der unbezahlten Arbeit seit den Pioniertagen quantitativ und qualitativ hochstehende Funktionen in der Gesellschaft übernommen hat. Ob in Salons oder Gemäldegalerien, ob in historischen Gesellschaften oder bei den »Daughters of The American Revolution«, den Töchtern der amerikanischen Revolution, ob in der Wohltätigkeit oder in der Organisation von Festtagen, ob im Dienste einer politischen Sache oder eines ökologischen Anliegens – fast immer arbeiten Frauen umsonst. Wenn Sie gar aus den sogenannten Frauenberufen ausbrechen wollten, waren ihnen lange Grenzen gesetzt. Immerhin sind in den späten achtziger Jahren 7 Prozent der Managerpositionen im Lande von Frauen besetzt. Bei Unterhaltung, Film und Fernsehen sind Frauen besonders stark im Vormarsch.

Im Laufe des amerikanischen Jahrhunderts sind die Frauen sicherlich auf der Gewinnerstraße. Zu einem großen Teil hat die amerikanische Frau Freiheit gewonnen, mit Männern auf gleichberechtigter Ebene zu konkurrieren. Aber psychisch und sozial lebt sie immer noch in einer Gesellschaft, die von männlichen Maßstäben dominiert wird. Nachdem Geraldine Ferraro 1984 im Team mit dem Präsidentschaftskandidaten der Demokraten, Walter Mondale, eine politische Niederlage hinnehmen mußte, bleiben Frauen in der Politik des Landes wahrscheinlich noch auf Jahre hinaus im zweiten Glied. Uramerikanische Demokraten sehen mit Verwunderung und Neid, daß ausgerechnet in Ländern der Dritten Welt, wo es mit der Frauenemanzipation noch längst nicht so weit her ist, Frauen die Regierungen übernommen haben, wie Indira Gandhi schon vor Jahren in Indien, Corazon Aquino auf den Philippinen oder Benazir Bhutto in Pakistan.

Viele amerikanische Frauenorganisationen sehen aber noch auf einem anderen Feld den endgültigen Test auf die Frage nach der Gleichheit der Geschlechter und auch auf die Frage nach der Vollendung der Menschenrechte. Die Feministinnen meinen damit das Recht der Frau auf ihren Körper, wie sie es nennen. Eleanor Smeal von der »feminist majority« nennt es sogar ein von der Verfassung garantiertes Recht. Es geht um die Frage der Abtreibung und um die Entscheidung des Obersten Gerichtes, ob Leben bereits mit der Empfängnis beginnt oder erst, wenn sich der Fötus erkennbar gebildet hat.

1973 hatte der Oberste Gerichtshof die Abtreibung legalisiert. Kein Bundesstaat darf seitdem eine Schwangerschaftsunterbrechung bis zum dritten Monat untersagen. Aber inzwischen sind die konservativen Richter in der Mehrheit und werden das Abtreibungsrecht wieder einschränken – unter Führung einer Frau, der Richterin Sandra Day O'Connor. Die endgültige Entscheidung wird Wellen weit über Amerika hinaus schlagen.

Der amerikanische Volksheld

Amerika ist nicht aus einem Volk hervorgegangen, sondern aus einer Vielzahl von Minderheiten. Dementsprechend sind amerikanische Volkshelden nicht tief in der Geschichte oder der Sage verankert, sondern wurden erst um die Jahrhundertwende als solche erkannt oder bestimmt. Sicherlich erinnert sich die Nation an die Pilgerväter und ihre Pioniertaten im 17. Jahrhundert. Washington und Lafayette, die Feldherren, sind eines vornehmen Platzes in der Erinnerung der Amerikaner sicher. Natürlich erfahren die Kinder in den Schulen von den Entdeckern Lewis und Clark, von der heroischen Verteidigung der Mission Alamo gegen die Mexikaner durch David Crockett und James Bowie. Aber nicht die Eroberer und die Entdecker, nicht die Unabhängigkeitskämpfer, Jäger und Fallensteller, nicht die Pioniere des 17. und 18. Jahrhunderts nehmen den ersten Rang in der Heldengalerie ein, sondern der Cowboy wurde zum »all-American hero«, zum nationalen Vorbild.

Er ist der Amerikaner schlechthin. In ihm erkennt sich die Nation wieder. Mit ihm identifiziert der Rest der Welt Amerika. Wer sich mit dem Cowboy-Image schmücken kann, hat bis heute einen höheren Stellenwert in der Gesellschaft. Es gilt für Louis L'Amour, den Schriftsteller, der mit Wildwestgeschichten über 20 Millionen Auflage machte. Das gilt für Ronald Reagan, den Präsidenten, den man als den herausragenden Verfechter alter Pioniertugenden sah, obwohl er selber nur ein Cowboy-Darsteller war. Um die Jahrhundertwende schloß sich Theodore Roosevelt den »Rough Riders« (eigentlich »Zureiter«) an, die als Freischärler in den Krieg auf Kuba gingen, und John F. Kennedy nannte sein neues aufregendes Programm »The new frontier«, die neue Grenze.

»The significance of the frontier in American history«, die Bedeutung des Wilden Westens für die amerikanische Geschichte, wurde als erstes von Frederic Jackson Turner erkannt, einem bedeutenden Historiker, der in der Zeit des Cowboys eine Art Wasserscheide für die amerikanische Entwicklung sah. Er schrieb 1893: »Unsere frühe Geschichte besteht im Studium der europäischen Samen, die sich in einem amerikanischen Umfeld entwickeln. Zuviel Aufmerksamkeit wurde den germanischen Wurzeln gezollt, zuwenig den amerikanischen Faktoren. Dabei hat Amerikanisierung nirgendwo so schnell und effektiv stattgefunden wie im Grenzerleben des Wilden Westens. Die Amerikaner meinen mit Grenze etwas völlig anderes als die Europäer. Dort ist es eine befestigte Linie, die auch durch dichte Wohnviertel führen kann. In Amerika ist ›frontier‹ immer der Vorposten der Zivilisation. Und den Männern, die diese Grenze immer weiter vorwärts treiben, verdankt der amerikanische Intellekt seine besonderen Merkmale. Ungeschliffene Stärke kombiniert mit schlauer Neugier, dem erfinderischen Sinn, dem das Künstlerische komplett abgeht, energiegeladene Heiterkeit, die ungebändigte Kraftfülle, die wiederum Teil des Freiheitswillens sind. Das sind die Eigenschaften der Grenze.«

Der Historiker Frederic Turner hat die Bedeutung der großen Cowboyzeit erkannt, bevor sie zu Ende ging. Der Politiker Theodore Roosevelt verglich die Legenden der Grenze mit den Heldensagen in Deutschland, die Cowboys mit den Kreuzrittern und den Raubrittern. »Die haben sich in den Dienst der guten oder der bösen Sache gestellt mit der gleichen ungebärdigen Intensität. Sie hatten auch diesen Hang zur Grausamkeit, der im grimmigen Kampf gegen die wilde Natur entsteht und der auch immer eine Zwillingsschwester des Heroismus ist.«

Amerikanische Schriftsteller haben sich schon um die Jahrhundertwende auf die noch so frischen Legenden aus dem Wilden Westen gestürzt. Im Westernfilm wurden die Heldensagen von der »frontier« nacherzählt und neu erfunden. Die Weiterentwicklung und Veränderung des Genres ist ein Spiegelbild der amerikanischen Gesellschaft und ihrer jeweiligen Befindlichkeit. The »Great Train Robbery« und der schon 1898 von der Edison-Company gedrehte Streifen »Die Bar von Cripple Creek« waren reine Action in primitiver Kulisse. Das Spektakel stand im Vordergrund. Das Kino nahm Anleihe beim Theater, oft bei der Schmierenkomödie. Tom Mix und Fuzzy entsprechen dem Muster von Held und Clown – sie haben kein Sendungsbewußtsein, sie liefern Kintopp. In den goldenen zwanziger Jahren und erst recht während der Depression suchte das Publikum Amüsement und nicht Problematik.

Mit dem Aufstieg des Westerns zum künstlerischen Film wird das Szenario realistischer und geraten die Helden lebensnäher. Es ist die Zeit der Gary Cooper, Henry Fonda und Montgomery Clift. Aber auch ihre schon etwas gebrochenen Charaktere entstehen auf der Schreibmaschine der Phantasie und nicht im Archiv des Wilden Westens. Im Zweiten Weltkrieg erfüllt der Western eine vaterländische Funktion. Audie Murphy und John Wayne reiten für die USA. Gerade John Wayne wird zur beherrschenden Kultfigur. Im großen Cowboymuseum von Oklahoma City ist ihm ein ganzer Saal gewidmet – als ob der Sattel, auf dem er durch das Kinoleben ritt, und das Schweißband in seinem Hut Westernwirklichkeit gewesen wären. Gerüchte halten sich auch hartnäckig, daß sich sowjetische Machthaber und südamerikanische Caudillos neue John-Wayne-Filme kommen ließen, um daraus Rückschlüsse auf eine mögliche amerikanische Außenpolitik zu ziehen. Die Kulissenstädte des Western sind für das Publikum inner- und außerhalb der USA auch authentischer als die Originale in Kansas und Texas. Erst als die großartige Landschaft der »frontier« selber zum Hauptdarsteller wird, kommt es zu Überschneidungen von Schein und Realität. Nach dem Kriege erhält auch der ›underdog‹ eine Chance.

»Der Mann von Laramie« mit James Stewart ist ein Beispiel dafür. Skeptiker, kaputte Typen, sogar Negativhelden bevölkern die Bühne. Parallel dazu setzt eine kritische Rückbesinnung in der Nation ein, regt sich auch schlechtes Gewissen gegenüber den Unterlegenen und Verdrängten in den Cowboyjahren. Der Spätwestern schließlich setzt sich wieder über die Westernwirklichkeit hinweg, setzt Schwerpunkte an brutaler Gewalt, stiller Romantik und furchterregender Einöde, benutzt nicht einmal mehr die Originalkulisse. Die »frontier« ist plötzlich überall: in den kargen Hügel Spaniens, dem Bergland Jugoslawiens und den italienischen Alpen. Der Wilde Westen geht endgültig in den Besitz der ganzen Welt über. Gleichzeitig aber scheint seine Attraktivität zu verlöschen.

Die junge Filmindustrie hatte nicht nur das Potential erkannt, das in der Eroberung des Wilden Westens steckt, sondern den Cowboy zum amerikanischen Volkshelden stilisiert. Die Überlieferung ist dabei der Dramatisierung zum Opfer gefallen. Die große Zeit des Wilden Westens wurde vom Kino so sehr in Beschlag genommen, daß die gewissenhafte Geschichtsschreibung nur eine geringe Chance dagegen hatte.

Auch haben sich keine großen Schriftsteller der Heldenzeit im Wilden Westen angenommen, sondern es waren Trivialautoren von Zane Grey bis Louis L'Amour, die die Nachfrage des Publikums befriedigt haben. Louis L'Amour hatte bis zu seinem Tode 1987 101 Bücher geschrieben und in 20 Millionen Auflage verkaufen können. Sheriffs wie Bud Masterson und Wyatt Earp wurden in ihren Tugenden und Leidenschaften so überhöht, daß die Wirklichkeit hinter der Fiktion immer weiter zurückblieb. Die Guten wurden edler gemacht und die Bösen grausamer dargestellt, als sie wohl wirklich waren. Die Frage nach Gut und Böse muß sich auch der Frage nach dem Spektakel und dem Erfolg unterordnen. So ist der ›outlaw‹, der Gesetzlose, keineswegs ein verachtenswertes Individuum, sondern er kann auch der einsame Kämpfer für eine moralische Gerechtigkeit sein, die jenseits des Gesetzes angesiedelt ist. Es ist auch deshalb so schwer, zwischen Wahrheit und Legende zu unterscheiden, weil die Helden und großen Gegner in der Zeit des Wilden Westens, nachdem sie ihre Rollen im wirklichen Leben gespielt hatten, diese gleich für ein größeres Publikum noch einmal nachstellten. So hat der Büffeljäger Bill Cody nach dem Feldzug gegen die Sioux-Indianer den großen Häuptling Sitting Bull in eine Show mit übernommen, die auf Tournee durch Amerika ging, später nach Europa, und überall großes Aufsehen erregte. Und als der tüchtige Cowboy Bill Pickett nicht mehr mit den großen Viehtrecks unterwegs war, da begann er seine Künste für ein zahlendes Publikum zu zeigen. Wie der Wilde Westen wirklich war, ist nur noch mühsam nachzuvollziehen.

Ob zwischen 1870 und 1890 wirklich 20 000 Menschen bei Schießereien zwischen Dallas und Denver umgekommen sind, ist genauso unbestätigt wie die gegenteilige Behauptung, daß nämlich in Dodge City und Abilene, dort, wo die Revolvermänner ihr Unwesen trieben, insgesamt nur hundert Duelle ausgetragen worden sind. Und die berühmte Auseinandersetzung am O.K.-Corral in Tombstone – Gegenstand vieler Filme – war nicht etwa die Regel, sondern eine große Ausnahme in der Geschichte des Wilden Westens.

Die Aufmerksamkeit der Amerikaner, mit ihnen der Filmproduzenten, richtet sich dabei auf ein kleines Segment in Zeit und Raum. Nach dem Bürgerkrieg erlebte der Norden der USA eine Hungersnot, waren im Süden große Landgüter verwahrlost und die riesigen Herden verwildert. Die Rinder schlugen sich in die Büsche und vermehrten sich in der Freiheit über die Maßen. Nach dem Bürgerkrieg 1865 gab es schätzungsweise dreieinhalb Millionen Rinder allein in Texas, die berühmten Longhorns. Man findet sie heute nur noch auf ›dude-ranches‹, auf Modellfarmen, die mehr der nostalgischen Erinnerung dienen als dem Lebenserwerb. Damals aber war das Vieh sozusagen Freiwild, gehörte demjenigen, der es einfing und mit seinem Brandzeichen versah. Die Herden wurden im Winter zusammengestellt, Aufbruch war meist im Frühjahr. Zunächst ging es quer durch Texas, und am Red River begann der beschwerliche Treck durch das ›indian territory‹, dem späteren Bundesstaat Oklahoma, bis nach Abilene und Dodge City in Kansas. Das Red-River-Crossing, die Furt über den Roten Fluß, sah die größte Rinderkonzentration aller Zeiten. Bis zu 20 Herden stauten sich hier; 1881 gingen 300 000 Longhorns über den Red River. Unterwegs setzten Viehdiebe, Banditen und Indianer den Cowboys zu. Viele ertranken in den Flüssen, mancher verlor sein Leben unter den Hufen einer wildgewordenen Herde. Nicht Hautfarbe oder Herkunft machte einen Cowboy aus, sondern seine Fähigkeit, mit dem Lasso genauso umzugehen wie mit dem Revolver.

Zum Cowboy gehört die standesgemäße Ausrüstung: der breite Hut, die hochschaftigen Stiefel, die Bandana, das Halstuch, das ausgeblichene Lederwams und natürlich und vor allem der Colt vom Typ Six-Shooter, auch Peacemaker, Friedensstifter, genannt. Der geniale Samuel Colt hatte schon zwei Generationen von Amerikanern mit Revolvern versorgt und war selbst schon gestorben, als der Revolver des Modells Single Action Army 1873 in Produktion ging. Vorher gab es nur Vorderlader, die sehr umständlich zu bedienen waren. Kein Gedanke an das blitzschnelle Ziehen, das nach der Legende von den ›gunmen‹, den Revolverhelden, geübt wurde. Aber auch die wenigen Sechsschüsser, die dann in den Wilden Westen gelangten, mußten hoch an der Hüfte in schützenden Holstern getragen werden. Der Mythos vom Colt hält sich dennoch so hartnäckig, weil er in das Bild vom tapferen Cowboy paßt und weil er eben ein »equalizer« war – ein Mittel, auch den Schwachen stark zu machen.

Die Rassen und Farben hatten keinerlei Vorurteile gegeneinander, und die meisten Männer lebten auf Zeit oder auf Dauer mit Indianerfrauen zusammen. Diese Verbindungen wurden erst als anstößig betrachtet, als weiße Frauen in zunehmender Zahl in den Westen kamen.

Die Zeit der großen Viehtrecks hat nur 25 Jahre gedauert, und es werden nicht mehr als insgesamt 40 000 Viehhirten mit den Trecks unterwegs gewesen sein. Dann schlossen die Eisenbahnen die Lücke zwischen Kansas und Texas. Im Jahre 1886 suchte eine Rinderkrankheit den Westen heim, die den

Bestand etwa um die Hälfte reduzierte. 1887 starben in der großen Dürre wiederum ganze Rinderherden. Dennoch sank der Preis für die Longhorns immer weiter, und nach dem Zusammenbruch des amerikanischen Finanzmarktes 1893 gingen viele Cowboys in den Norden. Doch die Amerikanisierung Amerikas hatte begonnen. Nach dem Ende des Bürgerkriegs 1865 strömten die Millionen von Arbeitslosen und Glücksrittern in die Freiräume des Westens. Beim Viehtrieb und im Eisenbahnbau, im Goldrausch und in der Überlandpost arbeiteten schwarz und weiß und rot, jung und alt, Frau und Mann, Experte und Novize Seite an Seite an der Eroberung des Westens.

In diesem Prozeß waren aus Deutschen und Iren, aus Schwarzen und Weißen Amerikaner geworden. Nachdem die Herausforderung erfüllt, die größte Not überstanden war, zerfiel die Einheit und Brüderlichkeit in der Vielfalt wieder in ihre Einzelbestandteile. 1888 schrieb ein deutscher Einwanderer an seine Verwandten nach Hause: »Man sieht aus allem, aus jedem Stein, jeder Straße, daß die Verhältnisse noch unfertig sind, daß Amerika jetzt noch kein Volk hat, sondern Bewohner, und daß Jahrhunderte dahingehen werden, um ein harmonisches Ganzes zu schaffen.«

Die Geburt einer Supermacht

Die »Maine« war ihr Schicksal

Brot für die Kinder von Santa Maria des Rosario. Es wird das erste Stück, das sie seit Wochen zu sehen bekommen. Jedes greift danach; zum Aufstehen sind sie zu schwach. Abgemagert, mit entstelltem Gesicht und aufgeblähtem Bauch sprechen ihre Augen eine deutlichere Sprache als alle Worte: Verzweiflung, Not und das Flehen um Hilfe. Sie kommt von einer alten Dame mit strengem Blick und ausdrucksvollem Mund. Vor einer Woche war sie nach Havanna gekommen, um zu helfen, getreu einer Organisation, die sie selber 1881 gründen geholfen hat: das Amerikanische Rote Kreuz. Clara Barton kann die flehentlichen Blicke der Kinder von Havanna nicht vergessen. Sie, die an Not gewöhnt war, verzweifelt an der Rücksichtslosigkeit der Mächtigen in Kuba. Im amerikanischen Bürgerkrieg hatte man sie »Engel der Schlachtfelder« genannt. Selbstlos hatte sie Hilfe für die Bedürftigen organisiert, die es bis dahin nicht gab. Nun hilft sie in einem anderen Land, wie selbstverständlich.

Und wie selbstverständlich präsentiert Amerika Hilfe anderer Art. Die »Maine«, modernstes Kriegsschiff der USA, fährt eine Woche später in den Hafen von Havanna ein. Um Amerikaner zu schützen, wie es amtlich heißt. Um Stärke zu zeigen und die Spanier einzuschüchtern, wie es Washington meint.

Spanien steht für Europa. Eine der erblichen Monarchien, die die Alte Welt (noch) beherrschen, kommt mit der Neuen Welt nicht zurecht. In Kuba scheiden sich die Geister. Man schreibt das vorletzte Jahr des 19. Jahrhunderts. Alte Herrschaftsstrukturen werden nicht mehr widerspruchslos hingenommen. In der Aufbruchstimmung einer heranwachsenden Industriegesellschaft begehren die Kolonien auf. Recht und Macht über den Willen der Völker zu stellen funktioniert nicht mehr. Aufklärung und Demokratie drängen nach vorn. Alte Strukturen erblicher oder geliehener Macht zerrinnen. Die Alte Welt verliert in der Neuen durch politische Selbstauflösung, Korruption und Ausbeutung. Das Alte wußte zu wenige Antworten auf Fragen einer anderen, einer neuen Zeit.

Revolution lag in der Luft. Auch auf Kuba. Und das benachbarte Amerika sympathisierte mit jenen, die aufbegehrten, mit den revolutionierenden Kubanern, die auf Selbstbestimmung drängten, gegen die Uneinsichtigen, die Vorgestrigen, als die die Spanier wirkten. Engagierte Amerikaner sorgen erst für Hilfe an die Kinder und dann – gezielt – mit einem Schlachtschiff. Also Hilfe anderer Art, im Kampf gegen die Spanier. Als am 15. Februar 1898 die USS »Maine« im Hafen von Havanna durch eine Explosion zerstört wird und sinkt, ist ein untrügliches Zeichen gegeben: Ein Jahrhundert beginnt, das das amerikanische heißt.

Die »Maine« war ihr Schicksal. 6683 Tonnen schwer, 328 Mann Besatzung, 1888 in New York-Brooklyn als eines der modernsten Kriegsschiffe gebaut. Stahl mit Dampfbetrieb. Das Zeitalter der Segelschiffe war endgültig vorbei. Der Koloß »Maine« sinkt im Flammeninferno von Havanna. 238 Seeleute und 28 Marines sterben. Weil man in Washington einen Kriegsgrund suchte, war von einer Außenbord-Explosion die Rede. Fast 90 Jahre später veröffentlicht Admiral Hyman G. Rickover, der legendäre Marineideologe, ein Untersuchungsergebnis über die Zerstörung der »Maine«. Unter Verschluß gehaltene Akten, Marineberichte, Expertengutachten, Zeugenaussagen und ein erster Geheimbericht lassen den populären Admiral zu dem Schluß gelangen: Die »Maine« wurde nicht durch eine Außenbordexplosion zerstört, sondern durch interne Überhitzung, wahrscheinlich im Kohlenbunker.

1898 will es die öffentliche und veröffentlichte Meinung der USA nicht wissen. Sie ist auf Krieg eingestimmt. Medien machen mobil. William Randolph Hearst und Joseph Pulitzer sind die Macher. Sie verkaufen Sensationen auf Druckpapier. Jeder versucht, den anderen zu übertrumpfen. Auflagen, Umsätze, Einfluß. Jedes Mittel ist recht, auch Kriegshetze. Sie paßt zum Stil der Zeit. Zuerst Säbelrasseln und dann schießen. Europäische Regierungen machen es immer wieder vor. Hart auftrumpfen lohnt sich in einer Zeit, in der die Welt – wie man glaubte – endgültig verteilt wird. Die USA sollten dabei nicht zu kurz kommen. Man fühlt sich nach dem Bürgerkrieg in der Erholungsphase: politisch handlungsfähig, wirtschaftlich nach der ersten Industrialisierungswelle gestärkt und militärisch einsatzbereit. Nach einem Kriegsgrund halten Washingtoner Strategen geradezu Ausschau. Der Zeitgeist gebietet Imperialismus.

Gute und böse Imperialisten

Teddy Roosevelt, der 26. Präsident der USA, will es den Europäern zeigen. Er, der auf Stärke und Einfluß setzt und vor Machtanwendung nicht zurückschreckt, ist nicht mehr bereit, die Überlegenheit der Alten Welt als gottgewollt hinzunehmen. Europäer sind ihm als Einwanderer, die niedrige Arbeiten verrichten, willkommen, nicht als Herrscher. Die nun in der Tat »Vereinigten Staaten von Amerika«, die den Bürgerkrieg und zwei Wirtschaftskrisen hinter sich gebracht hatten, sollen nicht zu kurz kommen, wenn die Welt – wie es scheint – endgültig verteilt wird. Für ihn, dem Kämpfertyp, trägt der weiße Mann keine Bürde, sondern hat eine Chance. Zaudern und Zögern der Europäer kann dieser hartgesottene Präsident nicht verstehen, dekadente Arroganz der Europäer verwirrt Teddy Roosevelt.

Warum spricht der alte Kaiser in Wien davon, daß ihm »nichts erspart bleibt«? Wieso bringt der Kaiser in Berlin mit Säbelrasseln die Weltmeinung gegen sich auf? Mit welcher

Begründung herrscht Großbritannien über ein Fünftel der Erde? Wie kann es geschehen, daß ausgerechnet ein russischer Revolutionär von München aus verbreitet, an die Kraft wissenschaftlicher Entdeckungen und an die Beherrschung der Natur zu glauben? Wladimir Iljitsch Uljanow, der Adelssohn, der sich seit dem Amtsantritt von Theodore (»Teddy«) Roosevelt im bayerischen Exil den Decknamen »Lenin« gab, beschäftigt erstmals aufmerksame Denker in Amerika. Instinktiv wenden sie sich gegen Lenins These, der Kapitalismus erfahre mit dem Imperialismus seine letzte Vollendung, danach sei der Absturz unvermeidlich.

Amerikaner vom Schlage eines Teddy Roosevelt halten sich für »Imperialisten mit Zukunft«, nicht angekränkelt von europäischen Selbstzweifeln. Sie trauen sich zu, den Europäern auch wirtschaftlich den Rang abzulaufen. Großbritannien, Deutschland und Frankreich liefern noch immer weit über die Hälfte der Weltwarenproduktion, während es die USA um die Jahrhundertwende knapp auf ein Viertel bringen. Schon zehn Jahre später zeigt sich: Die unternehmungslustigen Amerikaner konnten gleichziehen. 1913 bestreiten Europa und die USA jeweils gut ein Drittel der Weltproduktion. Stolz heißt es in amerikanischen Kommentaren, der eigene Wirtschaftsimperialismus habe sich ausgezahlt.

Teddy, das Weltwunder

»Wissen Sie, was mich in diesem Land am meisten beeindruckt hat?« berichtet ein europäischer Besucher nach einem Termin bei Präsident Roosevelt. »Die Niagarafälle und der Präsident der USA – beides große Wunder der Natur.« Kraftmensch Roosevelt sprach nicht wie spätere Präsidenten vom »amerikanischen Traum«, sondern von der »amerikanischen Wirklichkeit«. Eine Nation kontinentaler Ausmaße fühlt sich als der Magnet der ganzen Welt – stolz auf die erste Serie wissenschaftlicher Entdeckungen, vertrauend auf deren industrielle Nutzung (und auf die Bändigung der Trusts, die drohten, übermächtig zu werden). Beherrschung der Natur verstand sich von selbst. Um Interessen durchzusetzen, scheuten die USA auch vor Krieg nicht zurück, vor allem wenn sie glaubten, für eine rechte und gerechte Sache einzutreten.

Wie Machtdenken des ersten Roosevelt fortwirkt, ist in der *Washington Post* vom 13. April 1988 nachzulesen. »What Teddy Roosevelt would have done«, läßt das Blatt in Zusammenhang mit der Inhaftierung eines Amerikaners in Spanien einen Leserbriefschreiber fragen. »Es ist unerhört, daß ein amerikanischer Bürger in einem spanischen Gefängnis festgehalten wird und weitere Haft zu erwarten hat, obwohl überwältigende Beweise seine Unschuld zeigen. Teddy Roosevelt würde einen Kreuzer im Hafen von Barcelona vor Anker gehen lassen und ein Bombardement der Stadt ankündigen, wenn die Freilassung nicht sofort vollzogen würde.«

»Wir« schreiben Präsident Monroe und die Expräsidenten Jefferson und Madison anno 1823, also am Beginn des politischen Biedermeier, »haben niemals irgendeinen Anteil an den Kriegen gehabt, die die europäischen Mächte in ihren eigenen Angelegenheiten geführt haben. Und es entspricht nicht unserer Politik, uns daran zu beteiligen.« Mit dieser Doktrin, die den Namen des begabten Monroe trägt, sollen Interessen abgeklärt werden. Seitdem fühlen sich alle 41 Präsidenten der USA mehr oder weniger daran gebunden. Als die Monroe-Doktrin entstand, hielten die Amerikaner, die sich Anfang des 19. Jahrhunderts schließlich noch immer als Revolutionäre betrachteten, von der heiligen Allianz der Monarchen Österreich-Ungarns, Rußlands und Preußens reichlich wenig. Wesentlich mehr beeindruckte die Väter der Monroe-Doktrin jedoch die Konsolidierungsfähigkeit eines Metternich, ein Gleichgewicht der Kräfte mit Geschick herstellen und mit Härte wahren zu können. In seinem Stil und in seiner Systematik wollten sie ähnlich Dauerhaftes begründen. Dabei konnten sie nicht einmal ahnen, daß die Metternichsche Ordnung fast ein Jahrhundert Bestand haben würde.

Als überzeugter Imperialist nahm der erste Roosevelt auf dieser Grundlage den wichtigsten Teil seiner Außenpolitik in

Angriff, den Bau des Panamakanals. Dabei geht er mit aller gebotenen Härte vor. Er – und kein anderer – entscheidet, daß der Kanal durch den Isthmus von Panama gebaut wird und nicht durch Nicaragua. Er sorgt für amerikanische Dominanz. Sieht er doch neben anderem die Chance, den Kauf Alaskas von Rußland, der den amerikanischen Steuerzahler über 7 Millionen Dollar gekostet hat, nach heutiger Sicht eine geradezu lächerlich geringe Summe, erst so recht nutzbar zu machen. Damals war lediglich von Holz und Versorgungsfahrten durch den Kanal die Rede, nicht von Öl. Kolumbien, zu dem die geplante Kanalzone gehörte, trickste Roosevelt aus. Als der Senat von Kolumbien sich weigert, den Überlassungsvertrag zu ratifizieren, den Washington wünscht, sorgt Roosevelt über Vertrauensleute für Revolution am Isthmus. Gleichzeitig veranlaßt er großzügige Investitionen. Er habe Korruption und Machtmißbrauch bekämpft und Wortbruch verhindert. Diese erste Zentralamerikapolitik Washingtons, die auch Rechte der Europäer mißachtete, ist kein Ruhmesblatt. 1903 meinte die *New York Times* zur Kanal-Affäre, die USA hätten den »Pfad des Skandals, der Schande und der Ehrlosigkeit« beschritten.

In Washington, wo nichts so zählt wie Durchsetzungsvermögen, wurde noch zu Theodore Roosevelts Lebzeiten über ihn diese Anekdote herumgereicht: Er betritt den Himmel und geht Petrus mit der Bemerkung an, der Begrüßungschor sei doch wohl etwas schwach geraten. Daraufhin wird ihm der Auftrag zur Reform übertragen. Was er denn so brauche? Tausend Tenöre, tausend Sopranisten, tausend Baritone. »Und was ist mit den Bässen?« Roosevelt: »Die Bässe singe ich.«

In Europa gehen die Lichter aus

Vier Tage nach der Wiederwahl Woodrow Wilsons klingt in der Wiener Hofburg das »Habtachtkommando« des kaiserlichen Wachbataillons dumpf und verhalten. Zum letztenmal grüßen sie ihren Kaiser. Dem Mann, der Österreich-Ungarn 68 Jahre lang regiert und der sich immer als der höchste Beamte seines zerklüfteten Vierzehn-Völker-Staates empfunden hatte, erwies die Welt die letzte Ehre. Der deutsche Kaiser, der sich für das Scheitern der blutigen Offensive von Verdun mitverantwortlich fühlte; der Sultan von Istanbul, der an dem Erfolg der Mittelmächte als Türke zu zweifeln begann, und das letzte aristokratische Aufgebot der Alten Welt.

»Zerstört Österreich-Ungarn«, hatte es fast gleichzeitig auf Flugblättern geheißen, die auch noch nach Ende des amerikanischen Wahlkampfes, also nach dem 8. November 1916, in New York, Washington und San Francisco verteilt wurden. Unter den 435 Abgeordneten des Repräsentantenhauses waren es fast ein Viertel, die sich den 14 Nationalitäten verpflichtet fühlten, die in der Doppelmonarchie lebten. Die Ungarn, die Polen, die Tschechen und die Slowaken bauten darauf, daß der Slogan des Wilson-Lagers »He kept us out of War« die längste Zeit gegolten hatte. Mit dem Sieg des Demokraten Wilson über den Republikaner Charles Evans Hughes verlor die Neutralitätsidee in der amerikanischen Öffentlichkeit zusehends an Einfluß. Als seine Gespräche mit dem Deutschen Reich stockten und unmittelbar nach der Wahl vom

November 1916 scheiterten, geriet der redliche Wilson in eine persönliche Krise. Der Mann, der gottesfürchtig und korrekt handeln wollte und von der unverrückbaren Richtigkeit seiner eigenen Friedensideale überzeugt war, mußte erkennen: Der Krieg ist der Stärkere. Wie Kaiser Franz Joseph in Wien oder der britische Außenminister Sir Edward Gray (»In Europa gehen die Lichter aus«) sah er, der Humanist und frühere Universitätspräsident von Princeton, keine andere Wahl. Er führte sein Land in den Krieg. Wilson, Prototyp des WASP, des »White Anglosaxon Protestant«, sah sich in der Weltpolitik wiederholen, was er, der teils professionell, teils amateurhaft vorging, bei innenpolitischen Widersachern erfahren hatte: »Sie glaubten nicht, daß ich meinte, was ich sagte. Und ich glaubte, sie meinen, was sie sagen.«

Als es dann zu spät war, rutschte Amerika in einen 31 Jahre währenden Krieg in Europa, nämlich von 1914 bis 1945. In den ersten Jahren von Weltkrieg Nummer eins hatte Wilson in bester pazifistischer Tradition geglaubt, sein Land aus dem Waffengang heraushalten zu können. »Die Grundlage der Neutralität ist nicht Indifferenz«, formulierte er, der mit literarischem Ehrgeiz jedes eigene Wort abzuwägen pflegte. Als die Katastrophe in Europa ihren Lauf nahm, hoffte er, den Amerikanern einimpfen zu können, daß »die Basis der Neutralität Verantwortung für die Menschheit ist. Sie steht für Unbestechlichkeit im Geist und in der Beurteilung.« Stärke, so Wilson, der 28. und wohl intellektuellste US-Präsident seit Lincoln, gipfelte in der Selbstverpflichtung, der Welt als Vermittler zu dienen, nicht als Herrscher.

Neutralität ist also nicht Unzuverlässigkeit, Charakterlosigkeit, Zwischenträgerei oder schlicht Feigheit. Was mußte da alles in der Alten und in der Neuen Welt noch geschehen, um überlegte Worte eines amerikanischen Präsidenten, der – wie Wilson – Historiker, Jurist und Nationalökonom war, ein halbes Jahrhundert später in amerikanischen Ohren so anders klingen zu lassen.

In den achtziger Jahren empfinden Amerikaner Neutralität als etwas Zweifelhaftes, wenig Kalkulierbares. Viele Washingtoner Strategen sehen sie eigentlich als etwas Unerwünschtes. Österreich hat dies nach dem Zweiten Weltkrieg erfahren, wie andere neutrale Staaten in kritischen Situationen. Was Wilson als unverrückbares Zeichen der Weltoffenheit ansah, wird Neutralen am Ende des Jahrhunderts als Charakterlumperei angelastet.

Ein Pazifist zieht in den Krieg

An einem kalten Januartag des Jahres 1917 meldet die *Chicago Tribune:* »Deutsche hacken in Flandern Kinderhände ab.« Voll Entsetzen und zutiefst enttäuscht schlägt die Stimmung um. So etwas hatte man den Deutschen, die über Jahrzehnte den Amerikanern Kultur und Zivilisation anboten, nicht zugetraut. Ob es wahr war oder nicht – in der aufgeregten und aufgeladenen Atmosphäre einer amerikanischen Öffentlichkeit, die vom Krieg in Europa überrascht, überfordert, zunächst jedenfalls verwirrt war, blieb zur Prüfung keine Zeit. Der psychologische Schock wurde zur Politik, und viele waren ein weiteres Mal daran interessiert, daß sich die USA engagieren – und sei es mit und im Krieg ...

Alles Deutsche wurde verbannt. Kein Unterricht mehr in Deutsch, kein Gottesdienst. Selbst in Familien, die seit ihrer Einwanderung zu Hause immer nur Deutsch gesprochen hatten, empfahl sich über Nacht Englisch. Aus Vorsicht. Flotte Publizistik erinnerte die Amerikaner, die mehrheitlich immer noch gegen einen Kriegseintritt eingestellt waren, daran, daß zwei deutsche Diplomaten unter Spionageverdacht ausgewiesen wurden und daß es deutsche Saboteure gewesen sein sollten, die »Black Tom«, das Munitionslager im Dock von Jersey City, angeblich hatten hochgehen lassen. Der Schaden wurde auf 40 Millionen Dollar veranschlagt. Dazu kam der totale U-Boot-Krieg mit militärischen und wirtschaftlichen Schwierigkeiten der Engländer und der Franzosen.

Auf Krieg umgestiegen zu sein hat Jahrzehnte des amerikanischen Jahrhunderts bestimmt. Der abrupte, ideologisierte

Wechsel der USA von missionarischer Neutralität zu Selbstdarstellung »durch Krieg« war auch einem Winston Churchill unheimlich: Amerika hätte sich um seine eigenen Dinge kümmern und nicht am Ersten Weltkrieg teilnehmen sollen. Ohne amerikanischen Kriegseintritt hätten die Alliierten im Frühjahr 1917 mit Deutschland Frieden gemacht. »Wenn wir«, so schreibt Churchill, Sohn einer Amerikanerin, »den Krieg hätten beenden können, wäre Rußland nicht zusammengebrochen mit der Folge des Kommunismus, Italien hätte sich den Faschismus gespart, und Deutschland hätte nicht den Vertrag von Versailles zu unterschreiben brauchen, der den Nazismus in Deutschland inthronisiert hat.«

Was hat nun Amerika in das Abenteuer des Ersten Weltkrieges gestürzt? Die abgehackten Kinderhände? Eine Million Tote in der Marneschlacht? Oder der Druck der Rüstungsindustrie? (Daß in einem heißen Krieg mehr verdient wird als zu Zeiten des kalten Krieges, der Neutralität oder des Friedens, wird oft behauptet, wurde aber nie bewiesen.)

Zwanzig Jahre nach dem Eintritt der USA in den Ersten Weltkrieg führte eine Spezialuntersuchung im amerikanischen Kongreß auch nicht weiter. Fünfzig Jahre später zeigt das Beispiel von Japan, Korea, Singapur und vor allem Europa: Krieg ist nicht der Vater aller Dinge, Frieden ist ertragreicher, wenn die Gesamtumstände stimmen, die Stimmung nicht allzusehr manipuliert wird.

Man schreibt das Jahr 1917. Im Raum Nummer 40 der britischen Admiralität zu Whitehall fängt der Dechiffrieroffizier gelangweilt ein Telegramm der Obersten Deutschen Heeresleitung an den Präsidenten von Mexiko, Venustiano Carranza, ab. Der Offizier konnte nicht wissen, daß er ein historisches Dokument verfügbar macht. Mexiko solle im Falle eines Krieges zwischen den USA und Deutschland an die Seite der Mittelmächte treten. Dafür werde das Deutsche Reich Mexiko helfen, Texas, Arizona und New Mexico von den USA zurückzuerhalten.

Das Telegramm, vom deutschen Außenminister Zimmermann entworfen, wurde am 1. März der amerikanischen Presse zugespielt. In Washington schrillten die Alarmglocken. Europäische Mächte vor der eigenen Haustür? Ausgeschlossen. Wilson war ein weiteres Mal von Berlin enttäuscht. Hatten die Deutschen wirklich die Monroe-Doktrin nicht verstanden? Der Präsident traute dem Code-Brecher der britischen Admiralität jedenfalls mehr als ein Vierteljahrhundert später Josef Stalin dem Gesinnungstäter Richard Sorge. Der Zeitungsjournalist (und Spion) hatte im Jahr 1941 von Tokio aus der Sowjetunion Planung und Datum des deutschen Einmarsches in Stalins Reich zugespielt.

Im Land der unbegrenzten Möglichkeiten

Mit der ihm eigenen Energie und Konsequenz überwand Wilson 1917 seine Enttäuschung. Extrem, wie amerikanische Politiker handeln können, stellte er sich und sein Land, das eigentlich unvorbereitet war, total auf Krieg um. Mit Erfolg. Zum erstenmal zeigte Amerika unter Kriegsbedingungen, daß es wirklich ein Land der »unbegrenzten Möglichkeiten« war. Aus dem Stand wurde eine Kriegswirtschaft organisiert, eine Millionenarmee aufgestellt, während Europa überanstrengt, überfordert, ausgepowert und in sich zerstritten in die Katastrophe stürzte.

Am 12. Dezember 1917 erscheint der *Manchester Guardian* mit einer Weltsensation. Er veröffentlicht die geheimen Rückversicherungsverträge, die die europäischen Monarchen in den letzten Jahrzehnten geschlossen hatten. Rußland sollte sich an Polen schadlos halten, das Deutsche Reich durch Landnahme im Osten und im Westen vergrößert werden und Österreich-Ungarn mit kleineren Staaten rund um die Donau unter dem Stichwort Mitteleuropa einen wirtschaftlich-militärisch und außenpolitisch einheitlichen Großraum schaffen. Die Indiskretion stammte aus Rußland, von Lenin. Er, der jahrelang im Café Odeon in Zürich Zeitung gelesen und gelassen beobachtet hatte, mit welchen Ränken die Westeuropäer Politik zu machen belieben und was es mit den Beeinflussungsmethoden in der amerikanischen Politik auf sich hat, zielte mit seiner Indiskretion auf »das Selbstbestimmungsrecht der Völker«.

Lenin und seiner Revolution zutiefst mißtrauend, gab Wilson nach der Zeitungsmeldung den Auftrag, ein eigenes Weltprogramm in vierzehn Punkten aufzulisten. Das Selbstbestimmungsrecht sollte nicht von den Bolschewiken international in Anspruch genommen werden können. Mit der Losung Selbstbestimmung kann sich eine Revolution, so Lenins Berechnung, an den alten Herrschaftsstrukturen weltweit rächen. Wußte doch der Führer der russischen Revolution um den Ausspruch von Kaiser Wilhelm II. gegenüber ratlosen Beratern, wie denn wohl Frieden zu machen sei: »Da muß ich nur mit Vetter Nikolaus und mit Vetter George in Verbindung treten, und Europa ist gerettet.« Der Zar war tot, der König von England machtlos, Europa im Chaos.

Die Batterie B des 129. Artilleriebataillons der National Guard von Missouri zählt zu den ersten amerikanischen Einheiten, die 1917 mit den Deutschen Feindberührung haben. Es war in der Nähe von Camp Coetquidan. Amerikanische Infanterie gräbt sich ein. Artillerieschutz. Der Hauptmann der Batterie behält zunächst für sich, daß er erfolgreich auf dem Gebiet einer alten Basis Napoleons tätig geworden war. Sein Name: Harry S. Truman, 28 Jahre später 33. Präsident der Vereinigten Staaten von Amerika. Europa zu helfen war ihm allezeit ein Anliegen.

1918. Zwei Millionen amerikanische Soldaten sind als Expeditionskorps in Frankreich eingesetzt. Ihr Befehlshaber ist John Pershing, der Haudegen, der noch zwei Jahre vorher mit 5000 Reitern eine Strafaktion gegen Mexiko unter General Pancho Villa für Washington erfolgreich durchgeführt hatte. Es war eine der letzten Kavallerieaktionen der modernen Kriegsgeschichte. Nach Frankreich bringt General Pershing den American way of life mit, den »Komfort«. Er baut ein »little America« hinter der Front, mit Trockenei, Corned beef und Crackers, mit Munition und Kanonen, Flugzeugen und Tanks. Nicht Menschen sollten die Schlachten gewinnen, son-

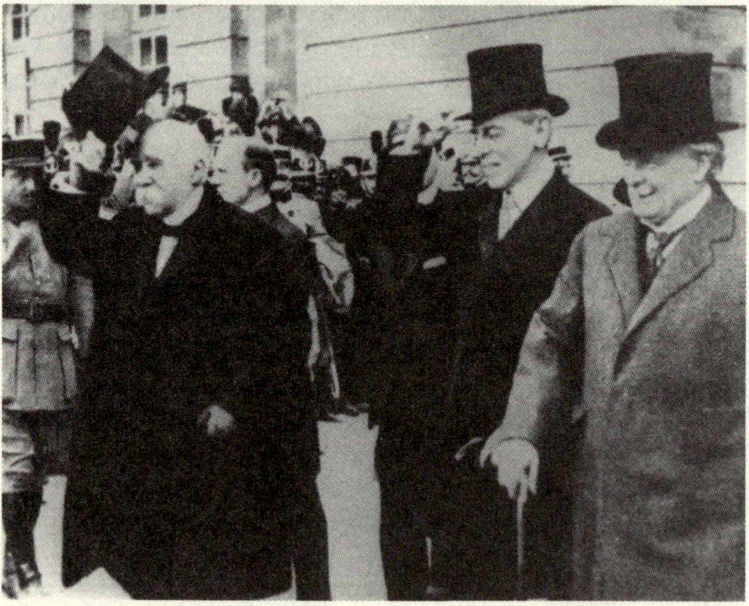

US-Präsident Woodrow Wilson zu Besuch bei den amerikanischen Truppen in Frankreich, hier mit General John J. Pershing, Weihnachten 1918 *(oben)*.
George Clemenceau, Woodrow Wilson und Lloyd George bei den Verhandlungen über den Versailler Vertrag, 1919.

dern das Material. Doch die Soldaten werden auch hier ins Feld geschickt. Unter den frischen, unverbrauchten amerikanischen Einheiten stehen auch Deutschstämmige. Sie kommen aus Wisconsin, vor allem aus Milwaukee. Bei Reims, in einer der Vernichtungsschlachten, liegen sie hessischer Kavallerie gegenüber. Um jeden Fußbreit wird gekämpft. Wochenlang. Tausende Sterben. Sie zählen zu den 20 Millionen Toten des Ersten Weltkriegs. Als er zu Ende ist, registrieren die 29 amerikanischen Divisionen 112 432 Tote und 230 074 Verwundete.

Sechs Jahre später. Alle genießen den Frieden, der für sie mehr ist als die Abwesenheit von Krieg. Verwandte treffen sich aus Milwaukee und aus Hessen. Seit Generationen sind sie eng verbunden. Nur zögernd kommt man auf den Krieg zu sprechen. Schließlich stellen sie fest, 1918 aufeinander geschossen zu haben, am selben Ort, am selben Tag.

»Das Land wünscht, daß nichts geschieht«

Well, little girl«, meinte ein erleichterter Präsident Wilson zu seiner Frau, »es ist erledigt. Obwohl niemand so recht zufrieden ist, möchte ich doch hoffen, daß wir in Versailles einen gerechten Frieden geschaffen haben. Nun ist alles in Gottes Hand.«

440 Artikel, darunter Artikel 231, der die einseitige Kriegsschuld Deutschlands festlegt, umfaßt dieser Versailler Vertrag. Um das Dokument wurde monatelang gerungen. Es wird zum Schema der Behandlung von Deutschland wie von Österreich-Ungarn (im Vertrag von Saint-Germain), und es schafft das Klima, in dem ein Adolf Hitler die Unzufriedenheit nutzen, Haß säen und Gewalt ausüben konnte: Gebietsabtretungen, Reparationen, Armeebeschränkungen, für Rumpfösterreich (Clemenceau: »Autriche, c'est la reste«) nach dem Verlust der Doppelmonarchie in der Folge ein Anschlußverbot an das Deutsche Reich. Dazu die Gründung des Völkerbundes.

Der Versailler Vertrag – ein Dokument der Rache und der Versteinerung. Jedenfalls kein Neuanfang. Gewiß: Frankreich konnte sich gegenüber Deutschland, das zweimal angegriffen hatte, revanchieren. Großbritannien hingegen erfuhr die ersten Demontageversuche seines Weltreiches, vor allem in Indien. In Rußland siegten die Bolschewiken im Bürgerkrieg und bildeten den Nationalitätenstaat Sowjetunion mit dem totalitären Anspruch der Weltherrschaft.

In Deutschland und in Österreich fühlte sich ein verwirrtes Bürgertum nach dem Ende der Monarchien verraten und verkauft, die Arbeiterschaft, die Wilsons Versprechen auf Selbstbestimmung auch für sich wörtlich genommen hatte, hereingelegt, und die Elite ererbter Machtteilnahmen beraubt. Was als Frieden und Befriedung angesehen wurde, erwies sich als trügerisch. Die Welt stand zwar am Ende eines Kriegs, aber erst am Anfang eines Umbruchs. Was Jahrhunderte gegolten hatte oder respektiert worden war, hatte sich überlebt. Wer weiß den Weg aus der Katastrophe eines Weltkrieges?

So bestimmt und zwangsläufig die Entwicklung nach dem Zweiten Weltkrieg im Bewußtsein eines Sieges über die Hitlerdiktatur und bald drauf der unvermeidlichen Spaltung in West und Ost war – nach dem Ersten Weltkrieg fehlten Realitätssinn und Vision. Die USA hätten die Chance gehabt, weltpolitisch einzusteigen. Sie verpaßten sie. Selbst die vierzehn Punkte Woodrow Wilsons entsprangen schließlich einer Reaktion, nicht einer Aktion.

Diplomaten, die in Versailles in Regimentsstärke verhandelt und den Monstervertrag politisch umzusetzen hatten, trösteten sich im Angesicht wachsender Schwierigkeiten mit diesem Witz: Wilson begegnet Petrus im Himmel. Petrus fragt ihn, ob er jener amerikanische Präsident sei, der versucht habe, mit seinen vierzehn Punkten zum Ende des Krieges und zum Beginn »ewigen Friedens« beizutragen? »Ja.« Daraufhin Petrus, ob ihm, Wilson, klar sei, was daraus geworden sei? Wilson erwidert: »Ich würde raten, zur Erde zu gehen und nachzuschauen, was die dort aus den Zehn Geboten gemacht haben.«

Völkerbund als Paradebeispiel

Von der Idee, eine Art Weltregierung samt Weltparlament zu schaffen, in der es nur noch gerecht und mit rechten Dingen zugeht, hielt Wilson zunächst wenig. Schon deshalb, weil sie von England stammte. Trotz kriegsbedingter Partnerschaft spielte auch damals wieder das tiefsitzende Mißtrauen zwischen Amerikanern und Engländern eine Rolle, wie es den Beziehungen unter Verwandten gemäß ist. Als er die Möglichkeit sah, ein Austragungsforum für internationale Streitfragen aller Art zu kreieren, war Wilson unversehens für den Völkerbund Feuer und Flamme. Er wußte zu nutzen, was Experten höchsten Ranges seit Herbst 1917 im Gebäude der Geographic Society von New York in Sachen Friedensordnung hin und her gewälzt hatten. An Analysen, Alternativen und Lösungsvorschlägen für die Beilegung von Krisen war kein Mangel. Das Allheilmittel hieß Kompromiß, die Würze Selbstbestimmung. Durch den Völkerbund wollten die USA auch den Deutschen und Österreichern einen ehrenvollen Frieden bieten.

Ungarn, Tschechen, Kroaten oder Serben meldeten schon gegen diesen Denkansatz Bedenken an. Ihnen ging es weniger um internationale Fairness als darum, ihre Träume von unabhängigen Nationalstaaten Wirklichkeit werden zu lassen, den »Völkerkerker« Österreich-Ungarn endlich zu sprengen. Zunächst übersah Wilson den Einfluß dieser ethnischen Gruppen auf dem Kapitol zu Washington. Von der Friedenskonferenz in Versailles zurückgekehrt, bekam er schließlich die ganze Zähigkeit des Widerstandes zu spüren. Zum Wunsch des Establishments der Neuenglandstaaten, aus internationalen Händeln endlich wieder herausgehalten zu werden, kamen die nationalstaatlichen Forderungen der ethnischen Gruppen. So konnte es nicht mehr wundernehmen, daß der Versailler Vertrag samt Völkerbundidee im Kongreß scheiterte. Auf dem Kapitol scherte man sich nicht darum, daß eine Welt im Umbruch eigentlich auf die Führungsfunktion der USA angewiesen war. Der Rückzug von der Weltpolitik wurde dem kränkelnden Wilson abverlangt. Der Präsident scheiterte außenpolitisch, und die amerikanische Provinz triumphierte.

Zum Pokern ins Weiße Haus

»Das Land wünscht, daß nichts geschieht.« Und es geschah nichts. Nach dem Abenteuer eines großen Krieges fand eine besondere Art der Amerikanisierung Amerikas statt. Nach drei Millionen gefallenen Soldaten allein auf alliierter Seite, direkten Kriegskosten der Alliierten von 145 Milliarden Dollar, säumigen Schuldnern der USA in aller Welt, nach Wilsons redlich gemeintem Kreuzzug für die Demokratie, den viele in der Welt mißverstanden oder mißverstehen wollten, nach Reformen, die viele Amerikaner in den falschen Hals bekamen, und nach all den Einschränkungen des Krieges schien es möglich, mit einem einfachen Slogan amerikanischer Präsident werden zu können: »Back to Normalcy«. Warren Gamaliel Harding und Calvin Coolidge, beide Republikaner, gelang dies. Nach dem Tod des gedankenreichen Woodrow Wilson schaffte mit Harding ein Journalist einer Provinzzeitung aus Ohio den Sprung ins Oval Office. Eigentlich wollte er nie Präsident werden.

Wie ein einseitiges Liebesverhältnis gestalteten sich die Beziehungen zwischen der Alten und der Neuen Welt in den zwanziger Jahren. Deutsche, Österreicher, mit Abstand Engländer und noch weiter distanziert Franzosen sahen in allem Amerikanischen – was Wirtschaft und Lebensstil anbelangt – Garanten eines erfolgversprechenden Wiederaufstiegs aus den Wirren des Krieges. Erst später und als es vielfach zu spät war, erkannten mehr und mehr europäische Politiker, daß der Rückzug der USA in provinziellen Isolationismus einem Pendelschlag entspricht, der regelmäßig eintritt. Mag sein, daß Calvin Coolidge, immerhin Präsident von 1923 bis 1929, dies erkannte – und schwieg.

Des Präsidenten Schweigsamkeit kam nach innen einem Toleranzpatent und nach außen einem Rückzug aus der Weltpolitik gleich. Frieden war erreicht. Amerika schickte sich an, mit sich selber beschäftigt zu sein, das Leben zu genießen und von anderen dabei möglichst in Ruhe gelassen zu werden. Wenige interessierte in der Neuen Welt, daß sich der Völkerbund in Genf an soliden Schweizer Gestaden niederließ, daß die Reparationslast den Deutschen und Österreichern (letzteren wurde sie mangels Masse erlassen) nach der Schmach des verlorenen Krieges die Pein galoppierender Geldentwertung auferlegte, daß sich der Freistaat Irland von Nordirland trennte (und damit das britische Empire weiter schwächte), daß mit Mussolini der erste Faschist losmarschierte und (1923) Hitlers Marsch zur Feldherrnhalle in München scheiterte, daß es einen Generalstreik in Großbritannien und (1927) sozialistisches Aufbegehren mit Bürgerkrieg in Wien gab.

Die Lindbergh-Story

Nur ein einziges Mal während der zwanziger Jahre reichte es zwischen der Alten und der Neuen Welt zu mehr als zu einem »Gleichklang der Seelen« im Wettbewerb um besseres Leben. Ein junger Flieger, der sich als Pilot der Postverwaltung beim damals noch riskanten Transport von Luftpost verdient gemacht hatte, startete vom Roosevelt-Flugfeld auf Long Island in einem kleinen einmotorigen Flugzeug, »The Spirit of St. Louis«, um ohne Instrumente allein Richtung Osten loszufliegen.

33 Stunden und 30 Minuten später landete der Flugpionier in Paris. Charles A. Lindbergh wurde zu einem Helden. Diesseits und jenseits des Atlantiks begriff man nur allmählich, daß die Welt mit dieser Tat etwas näher zusammenrückte. Amerikanisch ist dann die Tragik, daß sein kleines Kind geraubt und ermordet wurde. Bruno Richard Hauptmann wurde als Täter 1936 hingerichtet. Seine Witwe hat jahrzehntelang seine Unschuld beteuert. Und wie vor dem Ersten Weltkrieg, als antideutsche Gefühle geweckt wurden, verhielt es sich vor dem Zweiten Weltkrieg. Der Name Hauptmann und die Assoziation mit allem Deutschen hat das Vorurteil einer ganzen Generation von Amerikanern beeinflußt. Emotionale Duplizität mit katastrophalem Ausgang.

Charles A. Lindbergh vor seinem Start zum Alleinflug über den Atlantik am 20. Mai 1927 auf dem Flugplatz Roosevelt Fields auf Long Island *(oben)*. Ein großer Schritt vorwärts in der Massenproduktion war Henry Fords Fließband 1913. Hier wird die Karosserie auf das Fahrgestell montiert.

Das noble Experiment

Besucher Washingtons können oberhalb von Georgetown einen herrschaftlichen Sitz samt Geschichte besichtigen. Dumbarton Oaks. Ein Dollar Eintritt pro Person. Entgegen landläufiger Meinung zeigt dieser Ort, daß und wie sich historische Vorgänge wiederholen. Am Beispiel von Völkerbund und Vereinten Nationen. Redliche Absicht, saubere Vorgaben von Völkerrechtlern, bemühte Politiker und skrupellose Taktiker. Macht gegen guten Willen. Obwohl der Völkerbund gescheitert ist, wird mitten im Zweiten Weltkrieg etwas Ähnliches gewagt. Zyniker meinen, eine neue Weltorganisation aufbauen hieße, (fast) alles zu vergessen und (fast) nichts dazuzulernen.

In Dumbarton Oaks wurde vom 1. August bis zum 7. Oktober 1944 aus 682 überwiegend amerikanischen Expertisen die Charta der Vereinten Nationen abgeleitet. Fleißarbeit von Experten der USA, der Sowjetunion, Großbritanniens und Chinas. Sie bemühten sich, Denk- und Konstruktionsfehler der Vergangenheit zu vermeiden. Sie waren von der Idee fasziniert, doch noch einmal einen großzügigen Rahmen für eine einzige Welt zu schaffen. Die Stichworte hießen Selbstbestimmung, Ende des Kolonialismus, Management von Krisen zwischen einzelnen Staaten und eine internationale Autorität, die den Ursachen und Spannungen nachgeht, in Krisengebieten für Ordnung sorgt und im Konfliktfall Krieg verläßlich verhindert. Jede Zeile also amerikanischer Idealismus. In Dumbarton Oaks manifestierte er sich so unbefangen und unverbraucht, als ob es die Erfahrung des Völkerbundes nicht gäbe.

Um die Integrationsidee »Völkerbund« zu ruinieren, bedurfte es gar nicht der Selbstdemontage mit Austritten von Costa Rica (1927), Brasilien (1928), Deutschland und Japan (1933), Italien (1937), Chile (1938), Peru (1939) und des Ausschlusses der Sowjetunion wegen ihres Angriffes auf Finnland (1940). Die Zeit war nicht reif für Internationalismus. Man trug Nationalismus wie einen Hosenträger gegen Instabilität in Wirtschaft und Gesellschaft. Bis in die neunziger Jahre währt der Kampf dieser Maxime internationaler Ordnung.

Als es um Krieg und Frieden, um Klassenkampf oder demokratische Zivilisation ging, zeigte sich beim Völkerbund, was es bedeutet, wenn zwei heranwachsende Weltmächte abseits stehen: die USA und die Sowjetunion. Schon im Ansatz mußte der Versuch der als »heimatlos« verdächtigten Genfer Bürokraten, die den Völkerbund betrieben, scheitern, den Krieg als Mittel politischer Auseinandersetzung einfach auszuschalten. Die Welt war weit entfernt von derlei Selbstdisziplin. So wurde der Zweite Weltkrieg auch aus diesen Gründen unvermeidlich, durch die Umstände gleichsam vorprogrammiert.

Als die Waffen schwiegen, schlug Symbolik noch einmal zu. Während sich die neue Weltorganisation Mitte der vierziger Jahre dort einzurichten begann, wo inzwischen die wahren Gewichte der Welt anzutreffen waren, nämlich in der Neuen Welt, in New York, wurden zu Genf, in der Alten Welt, die Agenden des Völkerbundes endgültig geschlossen. Was vom Bund blieb, war ein Marmorpalast. Leer. Da Politiker und Diplomaten nicht zugeben können, abergläubisch zu sein, wird der Genfer Völkerbundpalast seitdem von den Vereinten Nationen benützt.

Mit Präsident Roosevelt legten die Sieger des Zweiten Weltkrieges ihren Ehrgeiz darein, vor der Geschichte verpflichtendere Erblasser zu sein als Woodrow Wilson, der verkannte Idealist. Die Vereinten Nationen sollten über ihre Erstfunktion herauswachsen können, den Sieg über die Achsenmächte Deutschland, Italien, Japan, Ungarn, Rumänien und Bulgarien völkerrechtlich abzusichern. Eine verläßliche Friedensordnung und angewandte Fairness zwischen Staaten und Völkern sollte in ein Schiedsrichtersystem eingebaut werden, dessen Regeln alle Welt anerkennt.

Washington setzte sein ganzes Gewicht für die Erneuerung des noblen Experiments »Weltordnung« ein. Nach außen, um Zänkereien die Spaltungschance zu nehmen, die seinerzeit den Völkerbund ruiniert hatten. Nach innen gegenüber einer mehrheitlich unentschlossenen eigenen Öffentlichkeit ging und geht es darum, durch eine ideelle Neubestimmung herauszustellen, was denn eigentlich unter Isolationismus zu verstehen und dann zurückzudämmen sei.

Den demokratischen Präsidenten Roosevelt und Truman fiel es – wie den meisten Amtsnachfolgern im Oval Office – leichter, negativ als positiv zu definieren. Isolationismus bedeute nicht die Trennung Amerikas von der Welt. Was bedeutet dies positiv? Nach dem Ersten Weltkrieg, nach dem politisierten Rückzug aus völkerrechtlichen Verpflichtungen (nicht jedoch aus der Finanzwelt, die zuerst die »goldenen Zwanziger« zu finanzieren und dann die Reparationen und Kriegsschulden zu regeln hatte), zeigten sich die USA nach dem Zweiten Weltkrieg lernfähig. Auf dem Gipfel der Macht, bravourös erklommen, konnte es keine Rückkehr mehr geben zum Kleinstaatisolationismus, in dem Provinzialismus den Ton angibt. Moderne Zeiten erforderten moderne Methoden des Zusammenlebens. Auch Amerika konnte nicht umhin, sich zu integrieren. Aus den Vereinigten Staaten von Amerika als Verfassungsrahmen wurde eigentlich erst nach dem Zweiten Weltkrieg ein gemeinsamer Markt. Amerikaner zeigten dabei keine Angst vor Größe. »Freiheit« wurde für sie mehr als ein Traumgebilde. Sie begannen zu verstehen, daß darin eine eigenständige Kraft steckt, die moralisch überzeugt, politisch stärkt und wirtschaftlich überlegen macht. Den anderen Nationen lebten die Amerikaner nach den vierziger Jahren gelegentlich kategorisch vor, wie sie ihre Ideale von Staat und Gesellschaft umzusetzen wünschten.

Sie waren Europa voraus – und sie wußten es. Gegenüber

»der« Welt fühlten sie sich moralisch überlegen. Politisch glaubten sie das Recht zu haben, anschaffen zu können. Fast ein Drittel der Kosten der Vereinten Nationen zu bezahlen war in den vierziger Jahren in den USA weitgehend unumstritten. Man konnte es sich leisten, und man wollte es. Anders also als in den achtziger Jahren, wo Washington mit der Zahlung von Hunderten von Millionen Dollar Beitragsleistung im Rückstand blieb. Auch dies geschah absichtlich. Die UN-Hauptquartiere in New York, Genf und Wien sowie die UN-Teilorganisationen in Paris oder Rom erschienen den Amerikanern überbürokratisiert, teilweise korrumpiert, ineffektiv und inflexibel.

Bezeichnend für das Spannungsverhältnis zwischen der westlichen Supermacht und der Weltorganisation: die Bevölkerungspolitik. Den Konservativen von Washington sind Programme der Familienplanung (die die Abtreibung nicht ausschließen), wie sie in den achtziger Jahren vorgegeben werden, zu progressiv. Weil amerikanische UN-Delegierte von Abgesandten der Dritten Welt überstimmt werden, reagiert das Weiße Haus ein weiteres Mal im Stil amerikanischer Innenpolitik. Unbotmäßigen wird der Brotkorb höher gehängt – wie etwa US-Bundesstaaten, die es versäumen, das Alkoholverbot für Jugendliche gesetzlich auf 21 Jahre heraufzusetzen. Bundeszuschüsse für den Straßenbau werden gekürzt oder gestrichen. Erziehung durch Strafe international wie national.

Amerikaner und der Rest der Welt

Die Beziehung USA–UN wirft ein bezeichnendes Schlaglicht auf die Beziehungen der amerikanischen Welt zum »Rest der Welt«. Als der Idealismus des zweiten Anlaufes für eine Weltorganisation erneut im Gestrüpp der Nationalstaaten, des auslaufenden Kolonialismus und des auftrumpfenden Kommunismus hängenblieb, wurde es bald vielen Amerikanern zuviel. In der Außenpolitik reagiert man in der Neuen Welt nur allzuoft kurzfristig und ungeduldig – wie Aktionäre einer Publikumsgesellschaft, die den Vorstand nach Quartalsgewinnen und nicht nach mehrjährigen Konzepten beurteilen. Kurzatmige Reaktionen dieser Art stehen in einem eigenartigen Gegensatz zu der Geduld und Perspektive, mit der die amerikanische Gesellschaft in den Dimensionen ihrer eigenen Geschichte zu denken und im Rhythmus von hundert oder zweihundert Jahren zu argumentieren pflegt.

Im Fall der Vereinten Nationen stellte sich zwar bald die Selbsterkenntnis ein, daß das Ideal von einer einzigen Welt wegen der Ost-West-Spannungen kurzfristig nicht zu verwirklichen ist. Auf lange Sicht schlug die Stimmung in den USA aber erst um, als die Mehrheit der schließlich über 170 Mitgliedsstaaten den Philosophien der Dritten Welt freien Lauf ließen: Antikolonialismus und Verdammung der USA als Hauptmacht des rücksichtslosen Imperialismus. Die Mehrheit der Amerikaner verschloß sich in den sechziger und siebziger Jahren der simplen Formel, die Vereinten Nationen seien zwar keine Idealkonstruktion, aber wenn sie nicht vorhanden wären, müßte man sie als Ausgleichsgetriebe erfinden. Zu groß war das Ausmaß der Enttäuschung über vergessene Hilfsbereitschaft und zu lang die Liste politisierter Einseitigkeiten – etwa in der Menschenrechtsfrage, wo sich die Dritte Welt und zeitweise die sozialistischen Staaten gegen Israel und Südafrika wandten, jedoch Menschenrechtsverletzungen ganz anderer Art übersahen oder in der UN-Maschinerie Wahrheitsfindungen austricksten. Straflager in der Sowjetunion galten vielen Amerikanern, für die Menschenrechtsfragen ein Anliegen sind, als Beweis für die doppelte Moral innerhalb der Vereinten Nationen, ebenso wie das Verhalten gegenüber dem internationalen Terrorismus oder den Massenmorden in Indochina.

Zu Recht oder zu Unrecht machte eine breite US-Öffentlichkeit die Weltorganisation mitverantwortlich dafür, daß zwei Grundprobleme des 20. Jahrhunderts ungelöst und gefährlich blieben – der Ost-West-Konflikt und das Nord-Süd-Verhältnis. Diese Amerikaner fühlten sich einfach verkannt.

Ihr Verständnis für friedenserhaltende Maßnahmen der UN schwand zusehends. Weil sich amerikanische Politik unter dem Aspekt Menschenrechte ungeniert in innere Angelegenheiten anderer Länder einmischt, wurde auch die Selbstbeschränkung der UN auf Beziehungen von Staat zu Staat nicht und immer weniger verstanden. Im Koreakrieg von 1950 bis 1952 war der UN-Auftrag an die amerikanischen Streitkräfte gerade noch recht. Als die UN anderswo schlichtend eingriff, standen die USA abseits: Indonesien 1945 bis 1949, Griechenland 1944 bis 1950, Nahost seit den vierziger Jahren, Kongo 1964, Zypern seit den fünfziger Jahren. Erst Ende der achtziger Jahre, als sich die Supermächte auf eine neue Entspannungsphase geeinigt hatten, war die Weltorganisation auch den Amerikanern wieder willkommen: im Persischen Golf, in Indochina, im südlichen Afrika, im Kampf gegen den Hunger.

Für amerikanische Kinder, die nach New York reisen, zählt ein Besuch des Hauptquartiers der Vereinten Nationen zum Standardprogramm. Daß sie dabei von einer Welt in die andere wechseln, wird ihnen oft erst nachträglich bewußt. Vor dem Wolkenkratzer am East River sorgt die Verkehrsampel Ecke First Avenue und 45. Straße für Übergänge. Draußen Weltstadt, drinnen Abgeschiedenheit. Nachdem die Schulklasse die Sicherheitswache passiert hat, deren Mannschaften sich traditionsgemäß aus vier Dutzend Ländern rekrutieren, erzählen ihnen wohltrainierte Fremdenführer – auf Wunsch in jeder gängigen Sprache – im Untergeschoß des 38stöckigen Verwaltungsgebäudes von der eigenen Welt der Vereinten Nationen: Hungerhilfe, die staunen macht; Erziehungsprogramme, die geräuschlos funktionieren; Entwicklungshilfe im Interesse der Nehmerländer; Abrüstung als ein Traum, der doch noch Wirklichkeit werden könnte. Dazu werbewirksam das Gefühl, daß hier die Großen der Welt zusammenkommen können. Den Kindern wird von trauter Harmonie, von Frieden und Fortschritt erzählt. Tausende Beamte, die wegen Beitragsrückständen mit schöner Regelmäßigkeit um ihr Gehalt fürchten müssen, wissen es besser: Die Weltorganisation steht und fällt mit ihrer Glaubwürdigkeit. Sie muß damit leben, daß einmal das eine Land an ihr zweifelt, einmal das andere, und daß es glücklicher Umstände bedarf, um ihre Möglichkeiten voll wirksam werden zu lassen.

Zweimal haben die USA in Weltorganisationen ihre Hoffnungen investiert. Nach dem Scheitern des Völkerbundes haben sie sich nicht entmutigen lassen. Die Vereinten Nationen, in Amerika erdacht und in die Tat umgesetzt, entwickelten sich zwar anders, als ihre Gründungsväter glaubten und es die jeweilige Washingtoner Politgarnitur für brauchbar hielt. Selbst in Phasen der Selbstabkoppelung der USA von den Händeln anderer reichte jedoch das internationale Potential aus, um den Öffnungsprozeß fortzuführen, die Weltorganisation am Leben zu erhalten. In ihrem weltpolitischen Überlebenstraining waren und sind die Vereinten Nationen von den Pendelschlägen amerikanischer Stimmungen und amerikanischer Interessenswahrnehmung abhängig.

Hitler und Roosevelt

Es sind 27 Millionen Menschen arbeitslos. 15 Millionen in Europa, 12 Millionen in den USA. In Deutschland sind 43 Prozent der arbeitsfähigen Bevölkerung ohne Beschäftigung, noch mehr in Österreich. 1931/32 erlebt die Welt eine Wirtschaftskrise ungeahnten Ausmaßes.

Die Depression wird zu ihrem Schicksal. Sie versuchen es zuerst in der Hauptstraße von Tampico in Illinois, 849 Einwohner – mit einer Gemischtwarenhandlung. Sie scheitern. Die Mutter der Familie, protestantisch, puritanisch, religiös, nimmt in Chicago einen neuen Anlauf. Wieder kein Erfolg. Sie ziehen noch siebenmal um. Dem Vater bleibt der Wunsch verwehrt, Eigentümer eines Schuhgeschäftes zu sein. Er wird Vertreter. Ausgerechnet am Beginn der Depression. Der erschöpfte Familienvater beginnt zu trinken und stirbt. Tod eines Handlungsreisenden. Es ist der Vater von Ronald Reagan.

Ein Leben lang antwortet Reagan auf die Frage, was ihn am meisten beeindruckt habe: »Die Depression, die Verzweiflung eines Landes.«

Mitten in der Krise betreten zwei Akteure die Szene, die sie bald nahezu vollkommen beherrschen. Franklin D. Roosevelt und Adolf Hitler. Am 30. Januar 1933 ernennt Reichspräsident Paul von Hindenburg Adolf Hitler zum Kanzler des Deutschen Reiches. Am 3. März 1933 wird Franklin Delano Roosevelt als 32. Präsident der Vereinigten Staaten von Amerika vereidigt. Beide sterben fast gleichzeitig. Roosevelt am 12. April, Hitler am 1. Mai 1945. Eine der gewaltigsten und gewaltsamsten Auseinandersetzungen der Geschichte liegt dazwischen und die Entfaltung zweier grundverschiedener Politiker: Kräftemessen zwischen Freiheit und Unfreiheit, zwischen Demokratie und Diktatur, zwischen Zivilisation und Unmenschlichkeit. Eine Zeitenwende. 55 Millionen Menschen müssen sterben.

»Wir«, schreibt Hitler in »Mein Kampf«, »wollen Frieden, begründet durch das siegreiche Schwert eines die Welt in den Dienst einer höheren Kultur nehmenden Herrenvolkes.« Hinter diesem Schwulst werden die wahren Absichten des »Führers« bereits deutlich. Das Buch Hitlers hat freilich kaum einer, auf den es ankam, gelesen.

»Wenn ich den Charakter unseres Volkes richtig verstehe«, formuliert Roosevelt in seiner Vereidigungsrede, »so haben wir es jetzt und mehr denn je mit Abhängigkeit voneinander zu tun; wir können nicht einfach nur nehmen, wir müssen auch geben; uns bleibt nichts anderes, als vorwärtszugehen. Wie eine trainierte und loyale Armee haben wir uns diszipliniert der guten Sache zu widmen.« Was er als Gouverneur des damals größten amerikanischen Bundesstaates, New York, innenpolitisch gelernt hatte, wußte Roosevelt in Washington, das von der Weltwirtschaftskrise wie gelähmt war, entschlossen umzusetzen: »Das einzige, was wir nach meiner Meinung wirklich zu fürchten haben, ist die Furcht.«

Washington und Berlin. In den düsteren Tagen des Jahres 1933 trennte sie mehr als die Regie der Machteinführung. Für Hitler wird ein Fackelzug durch das Brandenburger Tor veranstaltet. Oben Siegeszeichen, unten Fackeln, dazwischen ein Spiel, das auf die Hoffnungen vieler Deutscher spekuliert. Verbände der Nationalsozialistischen Deutschen Arbeiterpartei (NSDAP) salutieren dem ehemaligen Gefreiten des Ersten Weltkrieges. Demokratisch gewählt und an die Macht gelangt, hält sich Hitler fürs erste an Spielregeln der (vielen Deutschen zweifelhaften, weil undurchschaubaren) Demokratie. Der Kampf gegen die deutsche Krise beginnt mit einer Koalitionsregierung. In Wirklichkeit geht es um die Alleinherrschaft. Dr. Josef Goebbels, Hitlers begabt-diabolischer Reichspropagandaminister, offenbart wenige Tage vor der sogenannten »Machtergreifung«: »Haben wir die Macht, dann werden wir sie nie wieder aufgeben, es sei denn, man trägt uns als Leichen aus unseren Ämtern heraus.« Zwölf Jahre später geschah es.

Bei seiner Amtseinführung wiederholte Roosevelt den Ehrenkodex verfassungstreuer Präsidenten, bereit zu sein, im Rahmen verfassungsgemäßer Pflichten jene Maßnahmen vorzuschlagen, die für eine »geschlagene Nation in der Mitte einer geschlagenen Welt notwendig sind«. Gewaltmonopol gegen Gewaltenteilung.

Im Weißen Haus, das Roosevelt von dem oft unterschätzten Herbert Hoover (einem an sich begabten Wirtschaftsfachmann) mitten in der Krise übernommen hatte, herrscht erstaunliche Selbstsicherheit. Am Tag der Amtseinführung gönnt sich Roosevelt ein Mittagsschläfchen. Dann sieht er sich vom Portikus des Weißen Hauses aus die Parade an, die üblicherweise für neue Präsidenten veranstaltet wird. 640 geladene Gäste bittet er anschließend zum Tee. Dabei macht eine Anekdote die Runde. Der junge Roosevelt habe mit seinem Vater die Hauptstadt besucht, wie es in guten amerikanischen Familien so üblich ist. Als prominente New Yorker werden sie zu Präsident Cleveland vorgelassen. Im Oval Office legt der Präsident die Hand auf den Kopf des kleinen Franklin: »Junger Mann, ich habe einen ungewöhnlichen Wunsch für dich, den eigentlich kein anderer vorbringen kann. Ich wünsche dir, niemals Präsident der Vereinigten Staaten von Amerika zu werden.« Roosevelt wurde als bisher einziger Präsident dreimal wiedergewählt und hinterließ nach zwölf Amtsjahren tiefe Spuren in der Geschichte.

Der Mann im Rollstuhl verstand es wohl wie kein anderer Präsident, das eigenartige Washingtoner Machtsystem bei der Durchsetzung seiner Politik zu nutzen. »Wenn er mit der Kinderlähmung fertig wurde, wird er auch mit der Präsidentschaft fertig«, hieß es schon in den krisengeschüttelten Anfangstagen im allezeit geschwätzigen Washington. Er stoppte die Bankenkrise und mutete mit dem New Deal – mit mehr Staat und erstmals gewollter Staatsverschuldung zum Zwecke der Arbeitsbeschaffung – dem Land eine wahre Flut von neuartigen Gesetzen und ungewohnten Verwaltungen zu. Für 1,6 Millionen Jugendliche wurden Arbeitslager eingerichtet. Mit dem Civilian Conservation Corps (CCC) wollte man der Jugendarbeitslosigkeit begegnen. Derlei Disziplinierung lag zwar im Zeitgeist, überraschte aber doch viele Amerikaner, die sich gern individualistisch und staatsfern geben und von kollektiven Organisationen wenig halten.

Um das Millionenheer der Arbeitslosen mit Nahrung, Kleidung und Unterkunft zu versorgen, wurde in Washington eine eigene Verwaltung eingerichtet. Diese Civil Works Administration (CWA) beschäftigte zeitweise über vier Millionen Menschen. Die CWA veranlaßte in großem Stil öffentliche Aufträge vor allem beim Bau von Brücken, Bahnen und Staudämmen. Kleinbetriebe wurden aus Steuermitteln subventioniert, um Jobs zu schaffen. Finanziert wurde der New Deal durch Schuldverschreibungen des Staates, die Verringerung des Goldgehaltes des Dollar auf 50 Prozent und schließlich mit Ersatz dieses Goldes durch Silber. Der Goldpreis wurde erstmals gesetzlich festgelegt, und zwar auf 35 Dollar pro Unze. Der ärgsten Not der Bauern und der kleinen Hausbesitzer begegnete die Roosevelt-Administration durch Zinssubventionen. Farmer erhielten Mindesteinkommen garantiert, Umschuldungen erfolgten von Staats wegen. Die Tennessee Valley Authority (TVA) wurde als Paradeunternehmen öffentlicher Gemeinwirtschaft als Gesellschaft für Stromgewinnung, Dammbau, Bewässerung und Umweltschutz aus dem Boden gestampft (fünf Jahrzehnte später mußte dieser Staatsbetrieb mit über 7000 Angestellten und Arbeitern fast ein Drittel der Belegschaft entlassen, die auf die Sicherheit des Gemeineigentums vertraut hatten).

Vom totalen Staat europäischen Zuschnitts waren die USA freilich noch weit entfernt. Hier ein Mann mit den Eigenschaften eines überzeugten Demokraten, dort eine Gesellschaft, die im Elend zu ersticken drohte. Robert Musils Roman »Der

Mann ohne Eigenschaften« wurde zum Zeitzeichen der Instabilität und des verratenen Optimismus. Roosevelt hingegen war sich der wirtschaftspolitischen und gesellschaftspolitischen Verbindungen zu Europa sehr wohl bewußt. Die Neue Welt – so meinte er – werde der Alten Welt zeigen, daß man mit einer Krise auch ohne totalen Staat fertig werden kann – und daß die Amerikaner, die ihre Revolution bewußt hinter sich gebracht hatten, Europa überzeugende Alternativen zu bieten in der Lage sind.

»Guter Nachbar« gegenüber Lateinamerika

Im Gegensatz zu seinem Onkel Teddy Roosevelt setzte Franklin D. Roosevelt auf Respekt vor Nationalstaaten und begnügte sich mit moralischer Führerschaft in der westlichen Hemisphäre. Alle sollten gleich sein – freilich manche »gleicher«, nämlich die Amerikaner.

Immerhin: 1934 verzichteten die USA auf Interventionsrechte in Kuba, wie sie in der kubanischen Verfassung festgehalten worden waren. US-Truppen wurden aus Haiti und 1935 aus Nicaragua zurückgenommen, 1936 das Interventionsrecht in Panama gestrichen und 1938 Mexiko das Recht auf Ölexploration zugestanden, 1940 der Dominikanischen Republik die Zollhoheit übergeben. Die Philippinen, unter Roosevelt dem Ersten im amerikanisch-japanischen Krieg wie Kuba, Puerto Rico und Guam europäischem Einfluß entzogen, erhielten 1934 Unabhängigkeitszusagen (die dann 1946 eingelöst wurden).

Für Politstrategen in Washington vollzog sich diese Großzügigkeit alles andere als selbstlos. Die USA bastelten an einem System von Staaten, um auf deren Loyalität vertrauen zu können. Grund: die Aggressionen in Europa und Asien. Die Invasion der Mandschurei durch Japan (1931) stellte sich als ein Zeitzeichen heraus, das auch auf der amerikanischen Seite alarmierte. Zunächst wurde protestiert und vor weiterer Gewaltanwendung gewarnt. Als Aggression für US-Diplomaten einen scharfen Geschmack erhielt, sorgten sie dafür, daß Japan aus dem Völkerbund ausgeschlossen wurde, obwohl die USA gar nicht Mitglied waren. Als es dann 1937 zu einem zunächst unerklärten Krieg zwischen Japan und China kam, formierte sich in Washington die China-Lobby. Sie signalisierte Gefahr im pazifischen Becken. Schon 1938 versorgten die USA über eine mühselige Landverbindung in Burma China in seinem Kampf gegen Japan.

Aus amerikanischer Sicht hieß die Klammer zu Europa »Aggression«. Hitlers Systematik wurde im Weißen Haus schon Mitte der dreißiger Jahre genauer verfolgt als in der amerikanischen Öffentlichkeit. Die Olympiamannschaft der USA marschierte zwar (wie auch die Sportler anderer Länder) bei der Eröffnung 1936 im Olympiastadion von Berlin am »Führer und Reichskanzler« mit dem Hitlergruß vorbei, und drei Jahre später erklärte *Time Magazine* den deutschen Diktator zum »Mann des Jahres«. Intern jedoch war Roosevelt schon geraume Zeit auf Kollisionskurs zu Hitler. »Die Epidemie der Gesetzlosigkeit breitet sich aus«, meinte er am 5. Oktober in Chicago. »Ich schlage vor, diese Länder unter Quarantäne zu stellen.« Was man sich darunter vorzustellen hatte, ließ Roosevelt in seiner Quarantänerede offen; vielleicht wußte er es selbst noch nicht genau.

Auf dem Weg der Gewalt

Roosevelts Rechnungen gingen auf. Nach vier Jahren zäher Verhandlungen mit dem Kongreß erhielt er erstmals eine Milliarde Dollar zur Modernisierung und Erweiterung der amerikanischen Marine genehmigt. Wußte die Regierung Roosevelt von einer Sitzung in der Reichskanzlei am 5. November 1937? Oberst Hoßbach protokolliert die Anwesenheit der Oberbefehlshaber der einzelnen Waffengattungen und von Reichskriegsminister General von Blomberg: »Der Führer stellte einleitend fest, seine nachfolgenden Ausführungen seien das Ergebnis eingehender Überlegungen und der Erfahrungen seiner viereinhalbjährigen Regierungszeit. Zur Vermehrung der Volksmasse und Vergrößerung des Herrschaftsraumes um einen geschlossenen germanisch-deutschen Rassekern könne es zur Lösung der Raumnot nur den Weg der Gewalt geben. Es sei sein unabänderlicher Entschluß, die Lösung möglichst frühzeitig zu vollziehen; sie solle mit der blitzartigen Zerschlagung Österreichs und der Tschechoslowakei beginnen.«

Die Quarantänerede Roosevelts und das Hoßbach-Protokoll über Hitlers Eroberungsabsichten stellt die Geschichte zwar in einen zeitlichen Zusammenhang. Den Zeitgenossen aber konnten die Konsequenzen erst allmählich bewußt werden.

Bezeichnend war, wie die amerikanische Außenpolitik auf den Fall Österreich reagierte. Gar nicht. Lediglich Mexiko protestierte gegen den Anschluß. Die Sowjetunion folgte einige Monate später. Auch um die Iden des März 1938 war man in der Neuen Welt mit sich selbst beschäftigt. Für Funktion und Möglichkeiten eines unabhängigen Österreich in diesem Teil der Welt fehlten amerikanische Denkansätze. Auch rächte und rächt sich, daß in der typischen Washingtoner Atmosphäre, wo Einfluß und Einflußnahme allezeit legitim sind und Vertrauenswerbung einem langdauernden Aufbauprozeß entspricht, Österreich über keinerlei Rückhalt verfügte. Noch aus der Kaiserzeit stammend, hatten es die Tschechoslowakei und Ungarn besser. Ihr Ansehen Ende der dreißiger Jahre gründete sich also nicht nur darauf, daß die Tschechoslowakei mit 1,5 Millionen Soldaten damals als das am besten gerüstete Land Europas galt.

In Amerika beeindruckte vielmehr die Prager Selbstdarstellung, man habe den »Völkerkerker Österreich-Ungarn« hinter sich gebracht und lasse der »Diktatur der Habsburger« eine wirklich funktionierende Demokratie mit maximalen Menschenrechten folgen. Tschechische Interessen wurden durch Landsleute in New York oder Chicago, slowakische Interessen durch Intellektuelle in Washington und Kalifornien wirksam ausgespielt. Für stimmenwerbende US-Politiker schien es ratsam, auf diese »ethnischen Gruppen« Rücksicht zu nehmen. Spitzenpolitiker wie Eduard Beneš oder Jan Masaryk verstanden es, einen klaren Vorsprung gegenüber anderen Europäern auszunützen. Mit Österreich als Ständestaat konnten amerikanische Demokraten jedenfalls weit weniger anfangen als mit der tschechoslowakischen Spielart von Vorzeigedemokratie. Auch schwang in Washington mit, daß Österreich als alter Kriegsgegner angesehen wurde. Tschechen und Slowaken galten dagegen als »befreit« und die Tschechoslowakei als ein schützenswertes Produkt der Vertragssysteme von Versailles und Saint Germain. So wirkten die vierzehn Punkte von Präsident Wilson noch 20 Jahre später nach. Diesmal auf dem Weg der Gewalt, denn diese Umstände ergaben den Stoff, aus dem Nationalismus gebraut werden kann.

Roosevelt, von isolationistischen Beratern umgeben, folgte dem Rat des britischen Premierministers Neville Chamberlain und appellierte an Hitler, »Gewaltanwendung im Interesse der Menschlichkeit zu unterlassen«. Für die USA bot er einen Nichtangriffspakt über zehn Jahre an. Hitler reagierte nicht einmal. In Washington rätselte man geraume Zeit, was von Hitlers Arroganz zu halten sei. Ob Deutschland auf weitere Aggression verzichtet hätte, wenn die USA und Großbritannien härter, entschlossener und mit militärischer Abschrekkung reagiert hätten? Nach dem Krieg meinte dazu Generalfeldmarschall Keitel im Nürnberger Kriegsverbrecherprozeß: »Das Deutsche Reich wäre nicht nach Prag marschiert. Wir waren militärisch nicht stark genug.«

Ein Gigant zeigt, was er kann

Der Katastrophe zweiter Teil. Ein neuer Weltkrieg. Die USA werden im Spannungsfeld zwischen einer kriegskritischen Bevölkerung und einer ernüchterten Führung weltpolitisch zum zweitenmal gefordert. Unter Roosevelt nehmen sie die Herausforderung an und werden zur Weltmacht.

»In der Menschheitsgeschichte kommen Zeiten, wo man bereit sein muß«, diktiert Präsident Roosevelt seiner Sekretärin. Es ist Sonntag, der 3. September 1939. In diesen Minuten läuft das Ultimatum ab, das Großbritannien und Frankreich dem Deutschen Reich gestellt haben. Drei Tage vorher hatte Adolf Hitler in der Berliner Kroll-Oper unter einem riesenhaften goldenen Reichsadler seinen Einmarsch in Polen proklamiert: »Seit 5 Uhr 45 wird zurückgeschossen.« Aus dem »Fall Weiß«, Deckname für den deutschen Überraschungsangriff auf Polen, wurde der Zweite Weltkrieg. Drei Tage später mußte Hitler erfahren, daß er sich grundlos über den deutschen Kaiser lustig gemacht hatte, weil der Monarch im Ersten Weltkrieg das Entstehen einer zweiten Front nicht verhindern konnte. Nun drohte Hitler ein Zweifrontenkrieg.

Roosevelt läßt sich vom Oval Office in den kleinen Nebenraum der offiziellen Empfangshalle des Weißen Hauses fahren. Man erhebt sich. Er grüßt, plaudert hier, erwidert dort. 22 Uhr 20. Auf einem einfachen Tisch vier Mikrofone, eine Leselampe, ein Krug mit Wasser, ein Glas. An der Wand Radioausrüstungen. Einige Journalisten warten, Freunde des

Hauses, Gäste. Sie nehmen auf unbequemen Klappstühlen Platz. 22 Uhr 25. Dem Präsidenten werden Notizen gereicht. Techniker überprüfen das Mikrofon. 22 Uhr 29. Roosevelt drückt seine Zigarette aus. Nervosität schwindet. Er setzt sich aufrecht. Ein Ansager ruft in die Mikrofone: »Ladies and Gentlemen, the President of the United States.« Roosevelt wendet sich derart 26mal in seinen zwölf Amtsjahren an die Amerikaner. 50 Millionen und mehr hören ihm zu. Ein Rekord an Seelenmassage.

Roosevelts Seelenmassage

»My friends«, pflegt FDR anzuheben. Er spricht gedämpft, eindringlich, direkt – wie mit einem guten Freund. In der Sprache des Mannes von der Straße. Wie auf den Beginn des Krieges reagieren? »Es wird nun allmählich klar, daß kein Frieden einen höheren Wert besitzt als Frieden mit dem Schwert.« Als die Mikrofone abgeschaltet sind und der Präsident mit den Gästen noch über die Gefahren für Amerika plaudert, fragt einer, ob eine Verteidigung des amerikanischen Kontinents notwendig sei? »Lesen Sie die Zeitungen der letzten fünf Jahre.« FDR wollte – wie so oft – seine These gegenständlich machen, daß es jetzt um die Neugestaltung der Welt ging und zugleich um die Abwehr von Aggression durch Diktaturen: die Angriffe Japans auf die Mandschurei und auf China, der Überfall Italiens auf Äthiopien (wo gegen Roosevelts Willen Firmen weiter Treibstoff an das Regime Mussolinis lieferten), der brutale Bürgerkrieg in Spanien, der Anschluß Österreichs, die »Zerschlagung der Tschechoslowakei« mit internationalem Einverständnis (Neville Chamberlain, der britische Premier: »Ich glaube, der Frieden unserer Zeit ist gerettet«) oder der auf zehn Jahre angelegte Nichtangriffspakt zwischen der Sowjetunion und dem Deutschen Reich (mit dem geheimen Zusatzprotokoll der vierten Teilung Polens und der Überlassung von Finnland, Estland, Lettland, Litauen an die Sowjetunion). Eine Liste des Verderbens, selten so lang.

Die US-Präsidenten Theodore Roosevelt, 1901–1909 *(oben links);* Thomas Woodrow Wilson, 1913–1921 *(oben rechts);* Harry S. Truman, 1945–1953 *(unten links);* Franklin Delano Roosevelt, 1933–1945.

Roosevelt wußte genau, daß die amerikanische Öffentlichkeit Ende der dreißiger Jahre von Krieg eigentlich noch immer nichts wissen wollte. Sie realisierte nicht, daß in Europa und Asien Hurrastimmung oder Kriegsangst umgingen. Eine gefährliche Mischung der Instabilität. In Berlin und Tokio jedenfalls verstand man die Stimmung anzuheizen oder Andersdenkende einzuschüchtern. Krieg wurde systematisch vorbereitet. Seit 1934 wurde in Deutschland von der Reichsregierung zur Auflage gemacht, bei Neubauten Luftschutzkeller anzulegen, Butter war in Deutschland seit 1936 rationiert, Benzin in Japan seit 1937. Unter Hermann Göring wurde mit Vierjahresplänen die Rüstungsindustrie organisiert und lokalisiert; »Werbet von Mund zu Mund für den Reichsluftschutzbund«, hieß es für 12,6 Millionen Mitglieder dieser Selbstverteidigungsorganisation, die Anfang 1939 die ersten Luftschutzübungen mit totaler Verdunkelung inszenierte. Gleichzeitig liefen die Propagandamaschinen der totalitären Staaten mit Slogans wie »Neuverteilung des Rohstoff- und Siedlungsraumes in der Welt« auf Hochtouren.

Das »America First« Committee mobilisierte dagegen, daß sich die USA in einen Weltkonflikt hineinziehen lassen. Dieses Komitee und die hinter ihm stehenden starken isolationistischen Kräfte sahen die USA in der Rolle des distanzierten Vermittlers, nicht jedoch als Beteiligten. Ideologische Auseinandersetzungen, so unamerikanisch, wie sie sich darstellten, hätten den Amerikaner eigentlich nicht zu kümmern. Steuerzahlergeld solle Washington einsetzen, um eigene Sozial- und Wirtschaftsprobleme zu lösen, und nicht, um aufzurüsten. Bei Kriegsbeteiligung drohe dem Durchschnittsamerikaner eigentlich nur Schaden. Roosevelt sah sich also einer ähnlichen Argumentationskette gegenüber wie Woodrow Wilson oder später Ronald Reagan.

Dann: Aufgeregte Berichte über den »Blitzkrieg« der Deutschen in Polen werden veröffentlicht. Kluge Leitartikler befassen sich mit dem »Sitzkrieg« der Franzosen und Engländer hinter der Maginot-Linie im ersten Kriegswinter 1939/40. Währenddessen muß Roosevelt vorsichtig sein. Ihm waren zwar die weiteren Aggressionspläne Deutschlands und Japans bekannt. Als gewiefter Politiker aber wußte dieser Präsident: Gegen Mehrheitsstimmungen der eigenen Bevölkerung läßt sich in einer Demokratie das Ruder nicht herumwerfen. Roosevelt wartete und vertraute auf einen der vielen Pendelschläge, die die Geschichte und Geschicke Amerikas bestimmen, diesmal vom Pazifismus zur Kriegsbereitschaft.

Unbeirrt von der pazifistischen Grundströmung, gab FDR im ersten Halbjahr 1940 Bereitschaftsbefehle. Bis »short of war«, bis an die Grenze des Krieges, sollten die USA gehen. Zunächst ergab eine Bestandsaufnahme, daß die USA so gut wie entmilitarisiert waren. Wie nach jedem Krieg hatten sie Abrüstung vertrauensselig auch 1919/20 ernst genommen. Von 17 Kavallerieregimentern beispielsweise, die im Ersten Weltkrieg mehr und mehr auf gepanzerte Fahrzeuge umgerüstet worden waren, existierten auf dem Papier noch 14. Tatsächlich war der Mannschaftsstand in den zwanziger und dreißiger Jahren systematisch verringert worden auf zuletzt 1000 Offiziere und 10 000 Mann. Die Speerspitze der Armee war verkümmert, die Masse abhanden gekommen.

Unter dem Eindruck von Hitlers Kriegserfolgen konnte Roosevelt auf ein umfassendes Rüstungsprogramm drängen. Die Schwierigkeit dabei war, daß nicht nur amerikanische Streitkräfte aufzustellen und auszurüsten waren, sondern auch Frankreich und vor allem Großbritannien sofortige Hilfe benötigten. Die Wiederauflage eines totalen U-Boot-Krieges durch Hitler – noch eine Parallele zu Weltkrieg I – veranlaßte Washington zu einem schnellen »Geschäft« mit London: 50 alte US-Zerstörer gegen Stützpunkte. Roosevelt überrundete mit Hilfe der eigenen Internationalisten die Vorbehalte der Isolationisten. Wie beim New Deal veranlaßte er eine ganze Serie von Beschlüssen. Schnell eine Milliarde für die Teilstreitkräfte, zwei Wochen später eine weitere Milliarde, einen Monat danach fünf Milliarden und dann noch einmal sieben Milliarden Dollar. Bei 14 Milliarden Dollar blieb es bei weitem nicht. Bis 1945 investierten die USA in »Frieden durch Krieg« – wieder eine Parallele zum Weltkrieg I – 370 Milliarden Dollar.

Geplant wurde mit einer Systematik, die für amerikanische Verhältnisse ungewöhnlich ist. Melde- und Wehrpflicht für 21- bis 35jährige und großzügige Organisation einer Rüstungsindustrie. Als Roosevelt, den viele zunächst für einen charmanten Zigarettenraucher hielten, als Jahresproduktion an Kampfflugzeugen die Zahl 50 000 nannte, wurde er zunächst als Phantast bezeichnet. Hermann Göring, säbelrasselnder Oberbefehlshaber der deutschen Luftwaffe, meinte zu dieser in aller Öffentlichkeit geführten US-Diskussion, er wolle »Meier« heißen, wenn wirklich der Himmel in fünf Jahren schwarz sei über Deutschland. In Washington, wo der New Deal seine Durchschlagskraft zu verlieren drohte, wurde jedenfalls flugs auf Rüstung umgeplant. Und Roosevelt erhielt einen schicksalsträchtigen Brief. Er stammte von Albert Einstein.

Die Bombe

Wer glaubt, dem amerikanischen Präsidenten Wesentliches mitteilen zu sollen, tut sich nicht leicht, an ihn heranzukommen. Mit dem »wichtigsten Geheimnis unserer Zeit« bemühten sich Albert Einstein und seine Freunde zunächst über Charles Lindbergh. Vergeblich. Dann suchten sie Kontakt über einen von Roosevelts Wirtschaftsberatern, Alexander Sachs. Wochenlang lag der Brief Einsteins, in dem der Nobelpreisträger den Weg zur Atombombe wies, auf Sachs' Schreibtisch. Als der Krieg in Europa unvermeidlich und die Aggressionsgelüste der Nazis offenkundig wurden, drängten Einsteins Freunde. Am 11. Oktober 1939, einem Mittwoch, wurde Sachs schließlich ins Oval Office vorgelassen.

Wie sollte er, der viel von Konjunkturphasen, aber so gut wie nichts von Physik verstand, dem Präsidenten klarmachen, was die Wissenschaft der Politik anbot: im Kampf für die Demokratie das gewaltigste Massenvernichtungsmittel aller Zeiten zu entwickeln. In monatelangen Vorbereitungen des Präsidententermines hatten sich die Atomphysiker auf Anekdotisches geeinigt, um Roosevelt einzustimmen: Ein junger Erfinder habe Napoleon einen Brief geschrieben. Darin verspricht er, Schiffe zu bauen, die ohne Segel bei jedem Wetter in der Lage sind, England anzugreifen und ganze Armeen Frankreichs auf das Inselreich zu transportieren. »Schiffe ohne Segel? Aber was«, erwiderte Napoleon, »weg mit diesen Phantastereien.« Der Erfinder, den Napoleon abblitzen ließ, war Robert Fulton, ein Amerikaner. Er hat die Dampfschifffahrt erdacht und dann auch bis zum wirtschaftlichen Erfolg durchgesetzt.

Roosevelt verging das übliche Lächeln, als ihm Alexander Sachs die Erkenntnisse der Physiker erläuterte. Es handele sich um Freisetzung und Nutzung bisher unvorstellbarer Energiereserven des Atoms. Roosevelt: »Soll dies heißen, daß uns die Nazis mit so etwas in die Luft jagen wollen?« Der Überbringer des legendären Briefes bejahte verabredungsgemäß. Im Oval Office konnte man nicht wissen, daß Hitler schon Jahre vorher der Vorschlag gemacht worden war, Kernspaltung rüstungswirtschaftlich zu nützen und zu einer Einsatzwaffe zu gestalten. Der Führer winkte mehrfach ab. Kernspaltung sei Sache »jüdischer Physiker«. Da könne nichts draus werden.

Roosevelt begriff. Er entschied sofort. Die Physiker ließ er wissen, Amerika werde alle Kräfte einsetzen, um eine Atombombe zu bauen. Was früher dreißig bis vierzig Jahre dauerte, nämlich wissenschaftliche Erkenntnisse technisch ausreifen zu lassen, sollte in vier Jahren gelingen. Die Welt erhielt eine neue apokalyptische Dimension.

In Washington standen am Anfang Zögern, Zweifel und Intrige. Das Uran-Komitee, das Präsident Roosevelt nach dem Einstein-Brief einsetzte, drohte im bürokratischen Gestrüpp der US-Hauptstadt hängenzubleiben. Edward Teller, wie mehrere andere Physiker und Mathematiker ungarischer Jude aus einer Budapester Eliteschule, konnte es kaum fassen. Um ganze 6000 Dollar als Erstzahlung für Isoliermaterial mußte wochenlang gerauft werden. Es dauerte ein Jahr, bis es zu geregelter Zusammenarbeit von Wissenschaftlern der

Angriff der Japaner auf Pearl Harbor in Hawaii, bei dem fast die gesamte amerikanische Kriegsflotte vernichtet wurde, 7. Dezember 1941 *(oben).*
Landung des amerikanischen Marine- und des 5. Amphibien-Korps auf Iwo Jima am 19. Februar 1945.

amerikanischen mit jenen der britischen Seite kam. Die Briten waren Monate voraus. Doch was den Engländern nach den schweren militärischen Rückschlägen auf dem Kontinent und nach dem Rückzug von fast 400 000 geschlagenen Mann aus Dünkirchen fehlte, war nicht nur die industrielle und finanzielle Kraft, sondern auch der Optimismus.

Geld, Schwung, Mut

Amerika bot, was gebraucht wurde: zwei Milliarden Dollar, die Breite wissenschaftlicher Institutionen, qualifiziertes Personal, industrielle Kapazitäten und Unternehmergeist, der lediglich der Motivation bedurfte. Daß es fast ein Jahr dauerte, um die Atomprogramme Großbritanniens und der USA im »Manhattan Project« zusammenzuspannen, hat europäische, vor allem deutsche Städte vor dem Schicksal von Hiroshima und Nagasaki bewahrt. Wäre die amerikanische Atombombe früher, »rechtzeitig« vor dem Zusammenbruch Hitler-Deutschlands verfügbar gewesen, so hätten die USA und Großbritannien wohl nicht gezögert, diese Vernichtungswaffe gegen deutsche Ziele einzusetzen.

Erst der japanische Angriff auf Pearl Harbor im Dezember 1941 sorgte für Aktion. Amerika, der Industriegigant, spannte an. Die Stimmung hatte umgeschlagen, das Abseitsstehen erledigte sich von selbst. Deutschland eroberte Dänemark, Norwegen und besiegte kurz darauf Holland, Belgien, Luxemburg und Frankreich. Viele Deutsche glaubten, nun sei der Krieg vorbei. Göring nannte Hitler den »größten Feldherrn aller Zeiten«, und in Berlin glaubte man, damit rechnen zu können, die »Schlacht um England« in wenigen Wochen zu gewinnen. Winston Churchill verstand es, die Widerstandskraft der Engländer zu erhalten: »Wir werden kämpfen, wenn nötig, jahrelang, wenn nötig, allein.« Betroffen von der Not der »Verwandten«, besannen sich mehr und mehr Amerikaner auf die gemeinsame Vergangenheit. Roosevelts Wort kam an, daß »die USA das Arsenal der Demokratien« seien.

Für Europäer wurden Terrorangriffe nach 1940 zum Alltag, während Amerikanern allmählich klar wurde, daß sich ihr Land auf die Dauer aus der weltumspannenden Auseinandersetzung nicht heraushalten konnte. Dabei begann sich materielle Hilfe der USA erstmals bemerkbar zu machen. Die deutsche Luftwaffe konnte die sogenannte Schlacht um England nicht gewinnen. Die Gefahr einer Landung auf der Britischen Insel schwand, zumal sich Hitler anschickte, »die russische Lage zu bereinigen«. Er sprach davon, ein Vernichtungskampf solle das »soziale Verbrechertum der Sowjetunion« ausrotten. Als der Druck erstmals wich, formulierte Churchill: »Niemals in der Geschichte menschlicher Kämpfe sind so viele so wenigen so sehr verpflichtet gewesen.« Er meinte die Piloten der RAF; doch auch Amerika hatte geholfen.

Hitlers Weltkrieg und Pearl Harbor

Roosevelt erkannte, daß die Zeit zum eigenen Handeln gekommen war. Fachte doch das Deutsche Reich den Krieg wirklich zu einem Weltbrand an. Es kam zum Dreimächtepakt Deutschland, Italien, Japan. Hitler versuchte, Türken, Araber, Kurden und Schiiten, ja Inder einzuspannen. Über seine Absichten gegenüber der Sowjetunion ließ er seine Bündnisgenossen im unklaren. So schloß der japanische Außenminister Yosuke Matsuoka im Sommer 1941 auf dem Rückweg von Berlin in Moskau mit der Sowjetunion sogar noch einen Neutralitätsvertrag ab. Umsonst.

Auf eine Direktbeteiligung der USA von dem Japaner angesprochen, meinte Hitler, ein Krieg gegen die USA sei ihm zwar unerwünscht, er habe ihn jedoch in seine Rechnung »schon einkalkuliert«. Als dann im Spätherbst 1941 Geheimdienstberichte aus Tokio ergaben, daß ein großer japanischer Flottenverband mit mehreren Flugzeugträgern und Schlachtschiffen japanische Häfen verlassen hatte, erwartete ein Teil der Experten im Weißen Haus und im Marineministerium, diese Armada ziehe nach Singapur oder in Richtung Philippinen.

Am Sonntag, dem 7. Dezember, greift Japan, das noch Stunden vorher in Washington verhandelt hatte, Pearl Harbor an. Ein Großteil der amerikanischen Pazifikflotte wird vernichtet (13 Kriegsschiffe versenkt bzw. unbrauchbar gemacht), über 2000 Mann sterben. Am nächsten Tag erklären die USA Japan den Krieg. Drei Tage später vollführen Deutschland und Italien den Gegenzug und erklären den USA den Krieg.

Der Haß auf »die Japs« erreicht nach dieser sicherheitspolitischen Kettenreaktion, die in ihrer diabolischen Zwangsläufigkeit Millionen biederer Amerikaner überrascht, einen nie dagewesenen Höhepunkt. Über 110 000 amerikanische Staatsbürger japanischer Herkunft werden festgenommen, abtransportiert, in Lager verbracht, teilweise enteignet und bis gegen Kriegsende festgehalten. Wider besseres Wissen und ohne je Beweise zu erbringen, wurde behauptet, daß Amerikaner japanischer Herkunft unzuverlässig und Spione seien. 45 Jahre später erst hat sich der Kongreß als Vertretung des amerikanischen Volkes für diese »Schmach« entschuldigt und sich zu einer symbolhaften Wiedergutmachung durchgerungen: 20 000 Dollar für jeden überlebenden Japanoamerikaner.

Die Schmach hatte freilich noch eine andere Dimension. Japan trieb in der ersten Kriegsphase die amerikanischen Streitkräfte nur so vor sich her. Sie nahmen Hongkong, Guam, Singapur, Niederländisch-Indien (das heutige Indonesien), Burma, unterbrachen die Landverbindung zu China (die Regierung Tschiang Kai-schek erhielt über burmesische Landwege Gesamthilfen im Wert von 500 Millionen Dollar) und zwangen den Oberbefehlshaber der alliierten Streitkräfte, Douglas MacArthur, vorübergehend nach Australien auszuweichen. General Tojo, Japans Premier, der nach dem Krieg von einem alliierten Gericht zum Tod verurteilt und hingerichtet wurde, setzte bereits auf Gesamtsieg. Japan wollte nicht nur die Aleuteninseln Attu und Kiska erobern (tatsächlich das einzige US-Territorium, das Japan besetzte), sondern zumindest auch Hawaii (was im Krieg unerreichbar blieb, vollzog sich im Frieden: Japaner kaufen Hawaii dank eines günstigen Wechselkurses gleichsam auf). 1941/42 erlitt die amerikanische Marine schwerste Verluste, sie gewann jedoch in der kombinierten See- und Luftschlacht von Midway die Initiative zurück, bevor dann in der »größten Seeschlacht aller Zeiten«, in der Schlacht im Golf von Leyte, das Kriegsglück endgültig gewendet werden konnte. Japan verlor 3 Schlachtschiffe, 4 Flugzeugträger, einen Kreuzer, 9 Zerstörer – den Kern seiner Marine. US-Verluste: 3 Flugzeugträger, 3 Zerstörer und ein Torpedoboot. Die US-Marine blieb intakt und einsatzfähig. Japan war militärisch erstmals geschlagen wie Deutschland in Stalingrad.

Der pazifische Krieg war für die USA »unser Krieg«. Belastender, schwieriger, risikoreicher als der europäische. Dies trägt dazu bei, daß das »pazifische Becken« bis in die Gegenwart das politische Fühlen und Denken ganzer Generationen von Amerikanern bestimmt.

Der europäische Kriegsschauplatz wirkte dagegen »übersichtlicher«, wenn auch politisch gewichtiger. Nachdem im November 1942 bereits 400 000 amerikanische und britische Soldaten in Marokko und in Algerien gelandet waren und zum Sieg über das Afrikakorps (Kapitulation von 250 000 deutschen Soldaten in Tunis) beigetragen hatten, gewann die alliierte Koalition allmählich die Oberhand: Stalingrad fällt und wird am 2. Februar 1943 zur tragischen Wende. 176 000 Mann amerikanischer und britischer Verbände landen am 6. Juni 1944 als »Operation Overlord« in der Normandie und erfüllen damit den Wunsch von Marschall Stalin nach einer zweiten Front. Die Rote Armee drängt die deutschen Truppen Schritt für Schritt zurück. Schließlich erweisen sich die Alliierten an allen Fronten als überlegen. Die Führungsrolle der USA ist unbestritten. 1944 erreicht die amerikanische Industrieproduktion 235 Prozent des Vorkriegsstandes. Aus dem »Arsenal der Demokratie« wird eine riesenhafte Nachschubbasis im Kampf gegen die Achsenmächte. Ein Gigant zeigt, was er kann.

Neben der konventionellen Massenproduktion war Amerika – nicht zuletzt durch Einwanderung von Intelligenz – in der

Der Physiker Robert Oppenheimer, um 1950 *(oben)*.
Professor Albert Einstein während seiner Rückreise von den USA an Bord des Hapag-Dampfers »Deutschland«, 1931.

Lage, mit Nuklearphysik Neuland zu beschreiten. Die Universität Chicago baute den ersten Nuklearreaktor, der im November 1942 fertiggestellt wurde. Zur Entwicklung der Gasdiffusion entstand in Oakridge im US-Bundesstaat Tennessee eines der größten geschlossenen Gebäude der Welt, 800 Meter lang, 17 200 Quadratmeter unter Dach. Die Produktion von Uran begann in Hanford im US-Bundesstaat Washington. In den Wäldern von Los Alamos, nördlich von Santa Fe, in New Mexico, arbeitete von 1943 an ein Geheimlaboratorium größten Ausmaßes. Hier liefen alle Fäden zur Entwicklung der Bombe unter General Lesley R. Groves zusammen, einem alten Pionieroffizier, und Prof. Robert Oppenheimer, einem genialen Organisator. In einmaliger Atmosphäre ein einmaliger Auftrag. Jeder motivierte jeden. Die Leute von Los Alamos legten ein wissenschaftliches Tempo vor, wie es in der Geschichte wohl noch nie erreicht worden war. Rund 300 000 Experten arbeiteten zum Schluß in Dutzenden von Standorten quer durch die USA für Los Alamos. Unter ihnen auch der deutschstämmige Klaus Fuchs. Als prominentes Mitglied der britischen Mission überblickte er die Gesamtentwicklung der Bombe. Sein Wissen hat er später der Sowjetunion zugespielt. Der Gesinnungstäter als Spion, der später in die Kälte, in die DDR ging.

Fürs erste freilich wurde Geheimhaltung erstaunlich konsequent durchgehalten. Selbst im durchlässigen Washington wußte ein Dutzend Geheimnisträger für sich zu behalten, was rund um »die Bombe« wirklich geschah. Wo sonst dem Verbleib jedes Dollars parlamentarisch nachgegangen wird, konnte die Verwendung von Milliarden Dollar für das »Manhattan Project« jahrelang absolut diskret behandelt werden – noch in den achtziger Jahren ein oft benütztes Beispiel für parlamentarische Vertrauenswürdigkeit.

»Wir haben die schrecklichste Bombe in der Geschichte der Welt entdeckt«, schreibt Harry S. Truman, der 33. Präsident der USA, am 17. Juni 1945 in sein Tagebuch. Der gläubige Selfmademan, der niemals eine Universität besucht hatte, vergleicht diese Entwicklung mit einer biblischen Geschichte.

Die Bombe sei wie das vernichtende Feuer im Tal des Euphrat. Ahnungsvoll und wie zur Selbstbestätigung schreibt Truman dann: »Ich habe dem Secretary of War, Mr. Stimson, erklärt, daß sie auf militärische Ziele, auf Soldaten und Seeleute zu richten ist und nicht auf Frauen und Kinder.« Die Toten von Hiroshima und Nagasaki zeigen, daß sich die Militärmaschine über den Auftrag ihres Oberbefehlshabers hinweggesetzt hat.

»Es war ein herrlicher Tag...«

In Washington wird wieder einer jener erdrückend schwülen Sommertage registriert, als General Groves im Old Executive Building an der Einsatzplanung arbeitet. Zuerst bedient er sich einer kleinen Karte, die ganz Japan zeigt. Dann läßt er sich per Kurier von der National Geographic Society eine Generalstabskarte bringen. Telegramm an General Spaatz, den Oberkommandierenden der Luftwaffe im Pazifik: »Die 509. Gruppe, 20th Air Force wird die erste Spezialbombe bis zum 3. August je nach Wetterlage auf eines der Ziele einsetzen: Hiroshima, Kokura, Niigata und Nagasaki.«

Dr. Nichihiko Hachija, ein Hausarzt in Hiroshima, schreibt am 6. August 1945: »Es war ein warmer, herrlicher Tag. Die Straßenbahn zum Einkaufszentrum war überfüllt. Tausende von Soldaten übten eine Parade. Fliegeralarm. Dann kam eine einzelne B-29. Plötzlich ein Blitz, gleich danach Hitze, möglicherweise nur ein Zehntel von einer Sekunde.«

Alles wird im Umkreis von 800 Metern vernichtet. Bis zu 1600 Metern ist die Zerstörungskraft der Bombe fast ebenso stark. Mauern des einzigen Steingebäudes überstehen. Die Verbrennungen an Menschen reichen bis zu 3200 Metern Umkreis, die radioaktive Verseuchung geht weiter.

Über 140 000 Tote werden in Hiroshima gezählt, 163 263 Verletzte und Vermißte. Der Uranbombe von Hiroshima folgt fünf Tage später über Nagasaki – ein Ersatzziel, das aufgrund der Wetterbedingungen im letzten Moment ausgesucht worden war – eine Plutoniumbombe. 74 000 Tote und 40 000 Verletzte werden registriert.

Das Kriegsende kam durch eine – letzte – Fehleinschätzung des japanischen Hauptquartiers. Dort glaubte man, daß die USA noch über eine größere Zahl von Atombomben verfügten und daß diese in den allernächsten Tagen auf andere Ziele eingesetzt werden könnten, vor allem auf Tokio. Tatsächlich waren zu diesem Zeitpunkt überhaupt nur noch zwei Bomben einsatzbereit. Sie sollten am 13. und 16. August abgeworfen werden. Inzwischen gab der Kaiser auf, gegen den Rat seiner engsten Mitarbeiter. Er, gottähnlich, wandte sich über das Radio an die Japaner. Zum erstenmal hörten sie seine hohe Stimme: »Wir müssen das Undenkbare denken.«

Triumph und kalter Krieg

Das Jahr 1945 brachte nach dem totalen Krieg den totalen Triumph für die Weltmacht Amerika. Die Kriegsziele waren erreicht, die Achsenmächte niedergekämpft, eine neue Weltorganisation geschaffen, und aller Welt war gezeigt, zu was diese Vereinigten Staaten fähig sind.

Stand einem Zeitalter des Friedens nichts mehr im Weg? War der qualvolle Wandel »der anderen«, vor allem der Europäer, vom Obrigkeitsstaat zu etwas Neuem, das sich Demokratie oder Pluralismus nennt, denkbar? Blieb Diktatur à la Hitler nur ein transitorischer Zustand, ein grauenhaftes Zwischenspiel voller zerstörerischer Extreme? War die Macht der Alten Welt gebrochen? Konnte Amerika endlich durch Machtzuwachs honoriert erhalten, was es seit Generationen angestrebt hatte: eine heile Welt, wo jeder jeden mag? Oder erschöpfte sich Triumph auf amerikanisch darin, die Boys nach Hause zu holen (wie es Roosevelt Stalin für die nächsten zwei Jahre angekündigt hatte)? Konnten sich Amerikaner anschicken, endlich den Frieden zu genießen, der mehr schien als die Abwesenheit eines Schießkrieges? Oder wurden andere Rechnungen aufgemacht: vom Mißlingen des totalen Staates, vom Scheitern der Diktatur, vom Ende des Sendungsbewußtseins und von der Demaskierung der Gewalt und der Willkür? Hatte Churchill ein weiteres Mal recht, wenn er Washington signalisierte, nun, da Deutschland erledigt und dort aufzuräumen sei, »heißt das wirkliche Problem Rußland«? Viele Fragen, zu wenige Antworten.

In bester Laune bittet Sam Rayburn zum Drink. Der mächtige ›Speaker‹ des Repräsentantenhauses, ein machtbewußter Routinier aus Texas, tauscht sich mit Harry S. Truman, dem Vizepräsidenten, aus. Diesmal sei das Haus besser bestellt als nach dem Ersten Weltkrieg. Ohne Amerika gehe gar nichts mehr in der Welt. An diesem 12. April 1945 wird Truman zum Telefon gerufen. Er möge unverzüglich ins Weiße Haus kommen. Dort wird er in die Privatgemächer der Roosevelts im ersten Stock geleitet. »Harry«, sagt Eleanor Roosevelt und legt den Arm um seine Schulter, »der Präsident ist tot.« Truman, unvorbereitet, schweigt einen Augenblick, dann faßt er sich gegenüber der Witwe: »Kann ich irgend etwas für Sie tun?« Eleanor Roosevelt, ihr Leben lang eine starke Frau, schüttelt den Kopf. »Gibt es etwas, was wir für Sie tun können? Denn Sie sind es, der nun Hilfe braucht.«

Oft unterschätzt, konnte Truman nur ahnen, welche Herausforderungen auf ihn als 33. Präsidenten der USA zukommen würden. Die Frau des verstorbenen Präsidenten, später eine begeisterte Verfechterin der Vereinten Nationen, wußte aus jahrelanger Partnerschaft mit Franklin D. Roosevelt: Der Sieg über Hitler war nicht das Ende eines historischen Prozesses, sondern der Anfang. Amerika mußte erst noch beweisen, die Funktion der Weltmacht voll auszuüben, um dabei der vielen Spaltungsgefahren im Inneren und Äußeren Herr werden zu können.

Ein Hauptmann als Präsident

Truman, der aufrechte Mann aus dem Mittleren Westen, wäre gern sein Leben lang Senator geblieben. Lediglich unter den Umständen einer Kriegskoalition von Demokraten und Republikanern hatte er bei der Wahl des Jahres 1944 die Vizepräsidentschaftskandidatur angenommen: Das Erbe eines Roosevelt anzutreten ging in der Sicht vieler ›Washingtonians‹ über die Kräfte des »Krawattenhändlers aus Missouri«. Zum Meditieren war jedoch keine Zeit. Truman zögerte nach Roosevelts Tod keine Minute. Der Krieg war zu Ende zu führen. Der neue Präsident mag sich an seine eigene Zeit als Hauptmann der Artillerie in der Schlacht von Meuse-Argonne anno 1918 erinnert haben. Damals waren über eine Million Soldaten der USA beteiligt. Nach der Schlacht waren 120000 tot oder verwundet. Durchhalten.

Truman, Patriot und Realist, erinnert sich, das legendäre Foto von Joe Rosenthal aus Iwo Jima gemeinsam mit Roosevelt betrachtet zu haben. Es zeigt, wie die amerikanische Fahne von Marines über der kleinen, strategisch wichtigen Pazifikinsel im Vorfeld Japans gehißt wurde. Roosevelt und Truman konnten nicht wissen, daß es gestellt worden war. Dennoch kündet es vom Tod der 20000 Marines; über die Hälfte der beteiligten Soldaten waren auf Iwo Jima gefallen. Das Foto, das so viele Amerikaner erschütterte, ließ Präsident Truman Pläne unterstützen, ein Denkmal zu errichten. Heute zählt es, neben dem Heldenfriedhof von Arlington bei Washington gelegen, zum Standardprogramm für Besucher der amerikanischen Hauptstadt.

Roosevelt hatte Truman zwar nicht in alles eingeweiht. Der Präsident und der Vizepräsident wußten jedoch, daß der Feldzug in Europa praktisch beendet, Hitler am Ende und die ganze Kraft auf den Kampf gegen Japan zu konzentrieren war. Der neue Präsident kannte den Preis. Die Zahl der gefallenen GIs stieg täglich und erreichte bald 400000. Außenpolitisch stellten sich erste Zweifel ein, ob die Anti-Hitler-Koalition mit Stalins Sowjetunion auch für den Frieden taugt.

Polen gab auch Truman die Gelegenheit zum außenpolitischen Kräftemessen. Marschall Stalin wurde in internen Berichten der amerikanischen Botschaft, vor allem von George F. Kennan, unterstellt, Polen mit anderen osteuropäischen Staaten unter Führung der Sowjetunion zu einem Block unter rein kommunistischer Herrschaft formieren zu wollen. Im Weißen Haus begann man an den Zusagen des Kreml zu zweifeln, in Polen wie in der Tschechoslowakei und in Ungarn,

Rumänien, Bulgarien demokratische Verhältnisse im westlichen Sinn möglich machen zu wollen.

Wjatscheslaw Molotow erschien in Washington. Ihm, dem sowjetischen Außenminister, sagten einflußreiche Präsidentenberater wie Charles Bohlen, Robert Lovett und Dean Acheson die Politstrategie nach, den Krieg zwar gemeinsam gewinnen, die Amerikaner aber den Frieden verlieren lassen zu wollen. Es gehe um den alten Traum der Herrscher Rußlands, in der Mitte Europas ihre Macht zu etablieren.

Harry S. Truman ist also gewappnet, als er vierzehn Tage nach dem Tod Roosevelts Molotow empfängt. Der neue Präsident drängt den alten Außenminister, sich an getroffene Vereinbarungen zu halten. Mit erhobener Stimme erklärt Truman Molotow, daß die Vereinigten Staaten von Amerika niemals zustimmen oder tatenlos beiseite schauen werden, wenn Polen von Stalin vereinnahmt werde. »Ich«, berichtet der verdutzte Molotow anschließend, »bin noch nie in meinem Leben derart behandelt worden.« Nachgegeben hat Molotow freilich nicht.

Man hatte ihm vergeblich bedeutet, daß die Sowjetunion den USA Entscheidendes schulde. Leistungskraft und Lieferbereitschaft der Amerikaner seien es gewesen, die im Kampf gegen Hitler die große Wende herbeigeführt hätten, bevor noch ein einziger amerikanischer Soldat seinen Fuß auf kontinentaleuropäischen Boden setzte. Molotow wurde schon in diesen Geburtsstunden des kalten Krieges entgegengehalten: Der amerikanische Steuerzahler hat aus freien Stücken über 50 Milliarden Dollar lockergemacht, um Waffen und Gerät für den Krieg gegen die Achsenmächte bereitstellen zu helfen. Über die Hälfte ging zwar an Großbritannien, vor allem in Form von Schiffen. Mit weit über 10 Milliarden Dollar Leih- und Pachtlieferungen wurde die Sowjetunion jedoch der zweitgrößte Kunde.

Im fernen Alaska künden nur noch einige Grabsteine von dieser Zeit besonderer Zusammenarbeit. In Nome, einer Goldgräberstadt: ein Hotel, Reste eines ehemaligen Opernhauses, ein paar Dutzend Wellblechhäuser, sonst nichts als Staub und kahle Erde. Nebenan schürft ein Bagger nach

Gold, in den vierziger wie in den achtziger Jahren. Abseits des Flugplatzes von Nome eine verrottete Landepiste. Von hier aus wurden Anfang der vierziger Jahre die Flugzeuge – schätzungsweise 12 000 – aus den Pacht- und Leihlieferungen der USA an die Russen übergeben. Seitdem alles vorbei ist, werden immer wieder Fotos herumgereicht. Sie zeigen, wie die Verbindungsoffiziere des russischen Versorgungsstabes mit amerikanischen Mädchen tanzen. In Nome wird erzählt, daß ausgerechnet hier, am kalten Ende der Welt, die großen Drei 1945 zusammenkommen sollten, um über die Zukunft der Welt zu beraten. Ein Konferenzbau aus Holz war sogar schon errichtet.

Auf Stalins Wunsch traf man sich dann nicht im tristen Alaska, sondern in zaristischer Atmosphäre auf der üppigen Krim. Roosevelt und Churchill kamen Onkel Joe ein weiteres Mal entgegen – der todkranke amerikanische Präsident Roosevelt, noch immer gutgläubig, und der mißtrauisch gewordene Premier seiner Majestät, Churchill. Sie reisten nach Jalta, die Welt konnte aufgeteilt werden. Truman, damals noch machtloser Vizepräsident, hatte bereits seine Bedenken.

Scheidung in Potsdam

Josef Stalin wird auf dem Bahnhof von Potsdam an einem strahlenden Julitag des Jahres 1945 feierlich begrüßt. Ehrenkompanie, Generalität. Der »rote Zar« wirkt abgespannt. Auf dem Weg nach Potsdam, wo die Sieger über die Zukunft Deutschlands und Europas befinden wollten, hat er eine Herzattacke gehabt. Die Konferenz mußte verspätet beginnen. Um dem Generalissimus etwas Freundliches zu sagen, meint der amerikanische Botschafter Averill Harriman, es müsse für Stalin doch befriedigend sein, unter diesen Umständen in Berlin zu sein. Der Russe wehrt brüsk ab: »Zar Alexander brachte es bis Paris.« Als ob es sich um die selbstverständlichste Sache der Welt handele, daß Rußland nun zwei Drittel der europäischen Landmasse beherrscht.

Nach außen wurde die Potsdamer Konferenz – wie Dutzende Veranstaltungen ähnlicher Art – als Erfolg dargestellt. Auf Schloß Cäcilienhof, wo sich die großen Drei über zwei Wochen lang täglich zusammensetzten – für internationale Konferenzen ungewöhnlich lang –, zogen schwere Konflikte herauf. Einzelbeispiele führten zur Grundfrage, wer die Führungsrolle in der Welt übernimmt. Mangels Antworten wurde immer mehr vertagt oder den Außenministern zugeschoben. Jeder hatte sein Lieblingsthema, keiner gab nach.

Präsident Truman hatte sich auf »Internationalisierung der Wasserwege« kapriziert: Rhein, Donau, Dardanellen, Suez- oder Panamakanal sollten für freie Schiffahrt verläßlich verfügbar sein. Stalin wehrte Festlegungen ab. Man habe Wichtigeres zu tun (daß Freiheitsversprechen am Beispiel der Schifffahrt die ozeanorientierten Amerikaner immer wieder zu risikoreichem Engagement verleiten, konnte der Kreml vier Jahrzehnte später am Beispiel des Persischen Golfs erfahren). In Potsdam versuchte Truman eine Schiffahrtspassage im Schlußkommunique zu landen. Das käme im Kongreß gut an, dessen Zustimmung zu internationalen Organisationen und Verpflichtungen der 33. Präsident der USA ebenso brauchte wie der 28. Truman warb für Existenz und Finanzierung der Vereinten Nationen wie seinerzeit Wilson für den Völkerbund. Er wollte am amerikanischen Isolationismus nicht scheitern wie einer seiner Vorgänger.

In Potsdam bittet Truman Stalin in der Schiffahrtsfrage schließlich um einen persönlichen Gefallen. Stalin hört zu, schaut schon etwas ärgerlich, daß ihn Truman so direkt angeht, wartet die sonst übliche Übersetzung gar nicht erst ab, sondern sagt zunächst: »Njet«, um auf englisch anzufügen: »No, I say no.« Der amerikanische Präsident ist zunächst verblüfft (weil Stalin zum erstenmal zu erkennen gibt, daß er Englisch versteht und, wenn er will, auch spricht), dann enttäuscht, schließlich wütend. Dies kann ein weiterer Ansatz geworden sein für den kalten Krieg.

Um das Gleichgewicht der Macht, das ein Gleichgewicht des Schreckens wurde, kämpften die beiden Supermächte schon bald mit allen ihnen zu Gebote stehenden Mitteln: die Sowjetunion mit dem Anspruch auf »Weltrevolution«, der jahrzehntelang aufrechterhalten wurde, die USA zunächst im Vertrauen auf eigene Redlichkeit und auf ihr Atomwaffenmonopol. Vordergründig ging es um Einflußsphären, tatsächlich darum, daß sich die USA und die Sowjetunion nicht genierten, die übrige Welt fallweise als Geisel zu nehmen. Entspannt wurde, wenn es einmal der Sowjetunion, ein anderesmal den USA und gelegentlich beiden Supermächten gemeinsam behagte. Ebenso rücksichtslos wurde (und wird) angespannt, wenn es den Interessen der Großen entsprach (oder entspricht).

Kalter Krieg verwirrt oder nimmt den klaren Blick. Nicht zuletzt im Lager der Hauptakteure. In Washington wie in Moskau hat es Jahrzehnte gedauert, um zu erkennen, inwieweit historische Mechanismen wirken, was es mit simpler Interessenwahrung und was es mit der Politik als Kunst des Möglichen auf sich hat. Erschreckend dabei ist die Eigendynamik einer solchen Auseinandersetzung. Geschlossene Gesellschaften wie die sowjetische plagen sich jahrzehntelang mit »Revisionismus« herum. Schübe von Liberalisierung, einmal kurzlebig, ein anderes Mal halbherzig, erreichen zwar neuerdings Tiefenwirkung in ideologisch-politischem Neuland, die Allüre der Großmacht aber bleibt. Europäer suchen nach einem eigenen Standort, nach Identität und Profil. Sie möchten durch Integration erreichen, als einheitliches Ganzes zun handeln, mit einer Stimme sprechen zu können. Es nimmt nicht wunder, daß das Auftreten der Großmächte Aversionen weckt, vor allem wenn natürliche Interessen gegeneinanderstehen. So meint der Präsident der Kommission der Europäischen Gemeinschaften Jacques Delors, ein gelernter Europäer und überzeugter Franzose: »Amerikanische Regierungen halten in der einen Hand die Bibel und in der anderen einen Revolver.«

Und die Amerikaner? Ihre Politmacher und Vordenker schwanken zwischen oberflächlicher Politkosmetik und tiefgründigen Selbstzweifeln, zwischen Hurrapatriotismus und Verzichtpolitik, zwischen lauerndem Abwarten und polterndem Aktivismus. Den Pendelschlag markieren Extreme –

Konservativismus und Fortschrittsglaube, beides absolut. »Isolationisten« und »Internationalisten« bewegen sich in diesem Umfeld. Die einen halten amerikanisches Tun und Lassen allezeit für moralisch richtig, politisch weise und wirtschaftlich fair. Die anderen, die fortschrittsgläubigen Amerikaner, leugnen die eigene Identität und finden andere anderswo besser, das Eigene erscheint ihnen von A bis Z reformbedürftig. Der Durchschnittsamerikaner steht meist staunend abseits.

Wettkampf der Systeme

Das Register der Zeit des kalten Krieges von den vierziger Jahren bis in die achtziger ist lang: Vierteilung des Deutschen Reiches in Westdeutschland, Ostdeutschland, Berlin und durch Wiederherstellung eines unabhängigen Österreich; kommunistische Machtübernahme in der Tschechoslowakei; Militarisierung des Ostblocks; Eingriffe der Supermächte in Nahost; Korea und seine Teilung; Berliner Mauer; Ideologisierung der Dritten Welt; Militarisierung des Westblocks; Ungarn 1956; Kuba; Vietnam; Angola und das südliche Afrika; Nicaragua, Politisierung der Ölkrise der siebziger Jahre; Afghanistan; Persischer Golf.

Gewaltige Umstände. Sie sind auf einen erbarmungslosen Wettkampf der Systeme zurückzuführen. Die schwelende Auseinandersetzung zwischen Kapitalismus und Kommunismus ist es, die das Geschehen jahrzehntelang bestimmte. Was dem kalten Krieg seine Härte, Schärfe und Länge verschaffte, war die Waffenungleichheit im ideologischen und militärischen Sinn. Einmal fühlte sich der eine stärker, einmal der andere. Ganze Generationen von Politikern, Diplomaten und vor allem Politologen und Historikern haben an der Frage herumanalysiert, wie es zu dieser Verkrampfung kommen konnte, wer schuld, wer verantwortlich, wer zur Rechenschaft zu ziehen ist.

Bald zeigte sich, was hinter ideologisch verbrämter Taktik steckte: die Angst der Sowjetunion, von den »Kapitalisten«

eingekreist zu werden, und die Befürchtung der USA, die trickreiche Besitznahme Osteuropas durch den internationalen Kommunismus sei nur ein erster Schritt, dem die Einvernahme Westeuropas und dann – früher oder später – die »Weltrevolution« folge. Vor diesem Hintergrund lieferten sich in Westeuropa und in Amerika ehrgeizige Ideologen Schattenboxen. Wer war der ärgste kalte Krieger? Wer hat sich zuerst im Kreml lieb Kind gemacht? Pazifismus und Militarismus feierten fröhliche Urständ. Und jeder warf dem anderen vor, er versündige sich am Frieden und versuche, den jeweils anderen hereinzulegen.

Daß der »Faktor Zeit« auch in der Geschichte des kalten Krieges eine besondere Rolle spielen kann, belegt ein Ausspruch von Maxim Litwinow, Kommissar für Auswärtige Angelegenheiten von 1919 bis 1939 und sowjetrussischer Botschafter in Washington während des Zweiten Weltkrieges. Er meinte nach 1945: »Warum habt ihr Amerikaner nicht früher unseren Aktionen auf dem Balkan und in Osteuropa widersprochen? Ihr solltet das Jahre früher getan haben. Nun ist es zu spät.«

»Der kalte Krieg soll beendet werden«, empfahlen Ende der achtziger Jahre im Zeichen des Tauwetters zwischen Washington und Moskau Experten beider Seiten in einer gemeinsamen Studie über Ursachen und Wirkungen der Spannungen zwischen Ost und West. Prof. Georgi Arbatow, ZK-Mitglied und einer der engsten Berater von Generalsekretär Michail Gorbatschow, und Dr. Arthur M. Cox, langjähriger Ostexperte der Central Intelligence Agency (CIA), erklären, jahrzehntelang habe die Welt zu leiden gehabt. Nun sei die Zeit gekommen, politisch zusammenzuarbeiten. Ohne Kooperation der Supermächte sei eine solide Entspannung undenkbar, Abrüstung unmöglich.

Das Verhältnis Europa–USA hat der kalte Krieg zeitweise stark bestimmt (was manchem im Kreml nur recht gewesen sein mag). Phasen des Zusammenrückens folgten Phasen der Entfremdung. Atlantisch versteht man munter zu streiten, wenn es um den Wert der Währungen, um andere wirtschaftliche Vorteile oder um einen Ausgleich der Verteidigungslasten geht. Dabei hat es mit einer schwungvollen Bewegung, mit viel Hoffnung und Modernität begonnen, nämlich mit dem Marshallplan.

Der Marshallplan, eine Spitzenleistung

Eine europäische Geschichte, eine amerikanische Spitzenleistung. Es beginnt in einer Kammer des Reichsfinanzministeriums in Berlin. Dort waren Beweise gestapelt worden, daß überzogene Forderungen der Sieger nach dem Ersten Weltkrieg entscheidend dazu beitrugen, Deutschland und Österreich – staatliche oder gesellschaftliche Strukturen, die keiner wollte – zu überfordern und für einen totalen Polizeistaat Hitlerscher Prägung reif zu machen.

Josef Berolzheimer weiß um diese politischen und moralischen Folgen verfehlter Finanzpolitik. Franke, Jude, in seiner Jugend deutscher Patriot, dekorierter Teilnehmer im Ersten Weltkrieg, Schüler von Adolf Weber in München, wird der engagierte Bayer im Berliner Reichsfinanzministerium zum Mitgestalter des horizontalen Finanzausgleichs – eines systematischen Ausgleichsgetriebes zwischen einzelnen Regionen unterschiedlicher Wirtschafts- und damit Steuerkraft. Berolzheimer wird als Experte gebraucht, bis Ende der dreißiger Jahre geduldet.

Dann kommt die Gestapo. Wie für Hunderttausende nach den »Nürnberger Gesetzen«. Als Jude Verhaftung, Konzentrationslager Buchenwald. Seine Frau, selber nicht Jüdin, findet über Münchner Freunde Zugang zur streng religiösen Mutter des Reichsführers SS, Himmler. Das Flehen der Frau hilft. Berolzheimer wird aus dem Konzentrationslager entlassen, darf ausreisen. Die Berolzheimers werden 1938 auf die deutsch-österreichische Quote in die USA hereingelassen. Verwandte hatten das sogenannte Affidavit zustande gebracht, eine Art Finanzhaftung in Höhe von 15 000 Dollar pro Person. Als sie ankommen, wirkt das Gift politischer Propaganda. Die jüdischen Verwandten wenden sich ab, als sie erfahren, daß Frau Berolzheimer Christin ist.

Allein auf sich gestellt, mit humanistischer, deutscher Bildung, zwar perfekt in Latein und Griechisch, aber mit bescheidensten englischen Sprachkenntnissen, beginnt er als Nachtportier in Manhattan. Armut und Knappheit ringsum. Er durchleidet das Schicksal vieler Immigranten. Die alte Heimat unter Druck verloren zu haben, ohne die Möglichkeiten der neuen erfassen zu können. Auch als deutscher Jude hatte man es nicht leicht. Im Krieg war deutsch sein allein schon verdächtig. Wie im Ersten Weltkrieg empfahl es sich nicht, deutsch zu sprechen.

Die meisten Amerikaner wußten oder verstanden nicht, daß durch Hitler im deutschen Namen eine unbarmherzige Völkerhatz organisiert und der größte Völkermord vorbereitet wurde. Holocaust war so gut wie unbekannt. Selbst Präsident Roosevelt bezweifelte lange Zeit Nachrichten über die Verfolgung der Juden in Europa. Wie alle Flüchtlinge galten auch deutsche Juden als sogenanntes Sicherheitsrisiko. Verfolgte konnten andererseits Unkenntnis und Desinteresse der Amerikaner schwer begreifen. Für sie zählte es zum Wunder ihres Lebens, davongekommen zu sein. Irgendwie nach Portugal zu gelangen, von einem verständnisvollen amerikanischen Konsulatsbeamten früher oder später ein amerikanisches Einreisevisum zu erhalten und von Verwandten, Freunden oder Hilfsorganisationen die Reise bezahlt zu bekommen. Der Clipper wurde zum Symbol der Freiheit, ein Clipper-Ticket machte sie zu reichen, weil freien Menschen.

Seppl Berolzheimer, inzwischen Joe genannt, zählte zu den Glücklichen. Er fand Anschluß, Verständnis, Arbeit und die Chance mitzugestalten. Ökonomen der Washingtoner Regierung erkannten sein Wissenspotential. Er war mit von der Partie, als es um eine wachstumsorientierte Finanzpolitik für die Zeit nach dem Krieg ging. Er wußte präzise, wie Hilfe zur Selbsthilfe in einer geordneten Geldwelt zu finanzieren war.

Bevor die Finanzoperation noch einen Namen hatte – später sollte sie Marshallplan heißen –, war klar: Fehler der Zeit nach dem Ersten Weltkrieg sollten sich nicht wiederholen. Daher wurde ein finanztechnisches System kommunizierender Röhren installiert, um den Wiederaufbau in Europa möglichst inflationsfrei anzukurbeln. Natürlich sollte dies auch Exportchancen für die US-Industrie eröffnen. Die USA zahlen, die Empfänger bringen »Gegenmittel« auf, bedienen US-Kredite jedoch im eigenen Land, so daß der Urkredit sich selber nährt. Stabile Finanzen statt Inflation, Staatsverschuldung, Steuererhöhung, Spekulation und Reparationen. Washington plante für diesen Transfer zunächst 4 Milliarden Dollar. Schließlich wurden es 12 Milliarden an 14 Länder. Die Wirkung sollte enorm sein, in Europa jedenfalls überproportional effektiv – vor allem im Vergleich zu zwanzig Jahren US-Auslandshilfe klassischen Stils. Diese 56 Milliarden Dollar »Hilfe« an alle Welt entsprachen einem Fünftel des amerikanischen Volkseinkommens des Jahres 1950. Milliarden, die nicht wie der Marshallplan eingesetzt wurden, versickerten rund um die Welt.

Für ein Jahrhundertwerk wie den Marshallplan wollte Washington zunächst nicht grünes Licht geben. Wie Finanzminister Morgenthau konnten sich einflußreiche Politiker von traditionellen Vorstellungen von Schuld und Sühne nicht lösen. Der Sieger habe Schäden und Aufwendungen vom Besiegten erstattet zu erhalten. Deutschland sollte zum »Agrarland« degradiert werden. Clemenceau, der Präsident Wilson in Versailles zum Verfechter einer unbedachten Rachepolitik gemacht hatte, beeinflußte noch zwanzig Jahre später die Denkweise in mancher Washingtoner Amtsstube. Gesiegt haben am Ende die Verfechter moderner Finanzpolitik. Weltbank, Währungsfonds, den Dollar als Leitwährung mit Gold im Rückhalt – das versprach der jungen Weltmacht USA auch wirtschaftliche Vorteile. Amerikaner, an Absatzwirtschaft gewöhnt, begannen auch Besiegte als Kunden zu schätzen. Lange bevor ein Ludwig Erhard eigenständige Wirtschaftspolitik betreiben konnte, bastelten unbefangene Washingtoner Experten an der Grundlage dessen, was später unter »Wirtschaftswunder« lief.

Demokratie auf amerikanisch

Die Zeitenwende hat viele Zeugen. George F. Kennan, von 1944 bis 1946 amerikanischer Geschäftsträger in der Sowjetunion, war einer der ersten, der auf US-Seite den fortdauernden Expansionsdrang des Kreml erkannte. Im Spaso-Haus, dem Sitz der amerikanischen Botschaft, faßte er unmittelbar vor der Potsdamer Konferenz in einem langen Telegramm seine Beobachtungen zusammen. Der feinfühlige Diplomat glaubte, entdeckt zu haben, daß die Sowjetunion das amerikanische Vertrauen in eine einzige Welt, in Frieden, Abbau des Kolonialismus und Abrüstung als ausnützbare Schwäche der zur Weltmacht aufgerückten USA einschätzte. Stalin betrachte »Demokratie auf amerikanisch« als unvereinbar mit Machtpolitik. Den Westen halte er für dekadent und die westliche Gesellschaft in ihrer blinden Sehnsucht nach Frieden und bloßem Wohlergehen unfähig zu Führung und zu Wandel. Einer straff geführten kommunistischen Bewegung – Kennan über Stalin – eröffne sich eine historische Chance, weltweit die Oberhand zu gewinnen.

1947 zum Chef der Planungsstabes des State Department aufgerückt, wird Kennan zum außenpolitischen Vordenker der westlichen Abwehrstrategie, »Containment« genannt. Stalins Expansion sollten die USA eindämmen, indem sie Ländern wirtschaftlich helfen, die vom Kommunismus bedroht oder von Moskau als Übernahmeobjekte auserkoren sind. Notfalls sollte die westliche Supermacht nicht zögern,

Machterweiterungen der Sowjetunion mit »gemäßen Mitteln« zu unterbinden. Mit Macht sollte also verhindert werden, daß aus dem kommunistischen Staat die östliche Supermacht Sowjetunion wird. Jahrzehntelang, praktisch für die Dauer des kalten Krieges, hat diese Containment-Philosophie Kennans fortgewirkt. Die Truman-Doktrin entspricht diesem Abwehrdenken. Ihren ersten Anstoß erhielt sie freilich nicht in Europa, sondern in Asien.

China wurde kommunistisch. Der Sieg Mao Tse-tungs über Tschiang Kai-schek belegte Kennans These. Sowjetrussische Hilfe vervielfachte Maos Überlegenheit gegenüber einem verbrauchten System. Selbst der umsichtige George Marshall konnte den Abfall des Reiches der Mitte nicht mehr verhindern. In der amerikanischen Öffentlichkeit war man nach dem Sieg über Japan an einem weiteren Engagement in Asien desinteressiert. In Moskau kalkulierten kommunistische Strategen diese Stimmung und setzten mit asiatischer Denkweise nach: Kapitalisten zeigten besondere Begabung, sich mit zweifelhaften Freunden einzulassen.

Zum erstenmal wurde der Weltmacht USA am Beispiel Chinas vorgeführt, wie schwer es ist, die richtigen, die unanfechtbaren Alliierten zu finden, und wie sehr es schaden kann, sich mit »falschen Freunden« identifizieren zu lassen. Mit dem Sieg Maos wurde in Rotchina vorgeführt, was später auch in Korea und Vietnam zu gefährlichen Engagements der USA führte und die Amerikaner in der Tat manchmal auf die »falschen Leute« setzen ließ.

Expansiver Kommunismus

Prag, 24. Februar 1948. Lawrence Steinhardt, der amerikanische Botschafter, kabelt unter »vertraulich« an das State Department: »Es war Feigheit.« Stalin hatte die Tschechoslowakei genommen. Wie konnte geschehen, daß dieses europäische Kernland, das die Entente bis 1939 als Stützpfeiler ansah, gleichgeschaltet wurde? Eine Koalition aus Bürgerlichen und

Kommunisten wurde fünf Tage lang unter Druck gesetzt. Präsident Eduard Beneš und Außenminister Jan Masaryk, die während des Krieges eine Exilregierung in London geführt hatten, leisteten, so der US-Botschafter, nur hinhaltenden Widerstand. Anders als andere, wo die Rote Armee dominierte, wie etwa in Finnland, in Ostösterreich oder im Iran. In der Tschechoslowakei sind zum Zeitpunkt der kommunistischen Machtübernahme nach verläßlichen Schätzungen 500 sowjetrussische Soldaten stationiert.

Am Schluß der Krisenverhandlungen treten zwölf Mitglieder der Prager Regierung »freiwillig« zurück. Präsident Beneš resigniert, Außenminister Masaryk begeht Selbstmord. Washington ist konsterniert. Mit einer solchen kalten Machtübernahme hatten selbst die pessimistischsten Analytiker des gerade erst beginnenden kalten Krieges nicht gerechnet.

Hatte Stalin auf Schwäche des Westens gesetzt? Die »anderen« in gutem Glauben abrüsten lassen? Wußte der Kremlchef durch Spionage gar, daß das amerikanische Atombombenmonopol nur noch theoretisch bestand? Tatsächlich verfügten die US-Behörden über angereichertes Material für bestenfalls zwölf Atombomben. Einsatzbereit war keine einzige. Und das Weiße Haus hatte zunächst davon keine Ahnung. Über Nacht gab Präsident Truman den Befehl, die Atomwaffenbestände innerhalb von sechs Jahren auf 400 zu bringen. Der Kongreß zog mit. Furcht vor der Expansion des Kommunismus begann sich auszubreiten.

Hat Unterbewaffnung der USA dazu beigetragen, daß die Sowjetunion ein halbes Jahr später mit der Blockade West-Berlins zur nächsten Tat schritt? Oder spekulierte »Onkel Joe« im Kreml damit, daß die USA im Wahljahr 1948 mit sich selbst beschäftigt sind? Stalin unterschätzte Truman, der sich nach dem Tod Roosevelts erstmals selber zur Wahl stellte. Wurde der gewiefte Kremlherrscher gar Opfer seiner eigenen Propaganda von westlicher Dekadenz, indem er die Widerstandskraft von über zwei Millionen Berlinern unterschätzte, die erst vier Jahre vorher den Hitlerkrieg und danach Jahre der Entbehrungen überstanden hatten?

Während in Berlin durch die Blockade wieder die Lichter ausgingen, wurde Washington von der Konsequenz überrumpelt, mit der die Sowjetunion vorging. Es dauerte zwölf Tage, bis das amerikanische Außenministerium gegen die »Verkehrsbehinderung« protestierte. Erst einen Monat nach Blockadebeginn berief Präsident Truman eine Sondersitzung des National Security Council in das Weiße Haus ein. Die Analyse des Außenministeriums besagte, die Währungsreform in den drei Westzonen habe nur den letzten Anstoß für die Sowjetunion geliefert, das Deutsche Reich endgültig zu spalten. Moskau versuche, Berlin seiner eigenen Besatzungszone einzuverleiben. Zunächst wird beschlossen, zur Abschreckung 60 moderne Langstreckenbomber vom Typ B-29 nach Großbritannien zu verlegen. Für den Einsatz von Atombomben geeignet, fehlt es freilich an diesem modernsten Abschreckungsmittel. Intern wußte man, daß es sich nur um eine Schau handeln konnte.

Washington hatte Moskau über Mittelsmänner wissen lassen, an einem offenen Krieg nicht interessiert zu sein. Der Kreml signalisierte ähnliches. Beratern des US-Präsidenten war dennoch klar, daß in Berlin Abwehrbereitschaft und Glaubwürdigkeit des Westens auf dem Spiel standen. Das Freiheitsversprechen der USA galt. Alle Welt sollte es wissen (wie später auch beim US-Engagement in Vietnam).

Wie lange jedoch konnte die Berliner Bevölkerung durchhalten? War sie technisch überhaupt zu versorgen? Das Weiße Haus drängte auf eine Luftbrücke, wie sie vom amerikanischen Militärgouverneur in Deutschland, General Lucius D. Clay, vorgeschlagen worden war. Die Joint Chiefs of Staff, die schon vorher einen Entsatz auf dem Landwege für problematisch erklärt hatten, meldeten wieder Bedenken an: Die Versorgungswege seien zu lang, ungeschützt, US-Soldaten gefährdet, ein Waffengang unvermeidlich. Truman entschied für Clay. Den Präsidenten ließ auch kalt, daß es in Wahlzeiten für Kandidaten gefährlich werden kann, unter ausländischem Druck Geld amerikanischer Steuerzahler für Aktionen in

Berliner Luftbrücke 1949: Übersichtstafel der startenden Flugzeuge im Kontrollturm des Flughafens Gatow.

Übersee einzusetzen. Die Entscheidung hat Truman nicht geschadet. Er wurde, wenn auch knapp, jedenfalls überraschend, gewählt. Mit der Standfestigkeit der Berliner und dem Organisationstalent des Militärs hatte die Weltmacht USA ihre erste Bewährungsprobe in »Friedenzeiten« zu bestehen. Die Luftbrücke transportierte nach Anlaufschwierigkeiten im Dezember 1948 bereits 4500 Tonnen täglich, im Frühjahr 8000 Tonnen. Fast eine Million Berliner Familien wurden wochenlang aus der Luft versorgt. Im Mai 1949 gab Moskau nach.

Weltpolitisch hatten die Ereignisse in der Tschechoslowakei sowie in und um Berlin wahrlich dramatische Folgen. Die North Atlantic Treaty Organization, die NATO, entstand. Im Frühjahr 1949 wurde der Vertrag vom US-Senat mit 83 gegen 3 Stimmen ratifiziert. Anders als beim Völkerbund entschied sich eine klare Mehrheit auf dem Kapitol für Weltoffenheit und für Selbstverteidigung gegenüber kommunistischer Vorwärtsstrategie. Dem militärischen Triumph der USA mit dem Sieg über Hitler folgten in Europa eindrucksvolle Erfolge der Konsolidierung und durchschlagende Beweise, daß und wie die westliche, die demokratische Gesellschaft erneuerungsfähig ist. Stalin verlor mehrfach. Erst Nach-Nachfolger wie Michail Gorbatschow zogen daraus einige Konsequenzen der Erneuerung nach innen und der Kooperation nach außen.

Eindeutig westlich

Zunächst freilich ging die Strategie des Marschalls im Kreml auf. Durch Landnahme herrschte er in Mitteleuropa wie vor ihm kein Zar. Strategisches Denken ideologisch geschulter Mitarbeiter, die den »Vaterländischen Krieg« als einen Sieg Rußlands darzustellen verstanden, setzte sich gegenüber der improvisierenden Art unbekümmerter Amerikaner durch, die von Tag zu Tag taktierten und im übrigen auf Fairness ihres Gegenübers vertrauten. So prallten zwei Mentalitäten aufeinander. Die sowjetrussische Strategie erlag der Versuchung, die militärische Niederlage des Deutschen und des Japanischen

Reiches wie eine klassische revolutionäre Situation zu werten: Zerstören und Auflösen, um neu und anders zu verfahren. Auf westlicher Seite überwogen besatzungstechnische Fragen gegenüber politischer Strategie. Demilitarisierung, Demokratisierung, Entnazifizierung wurden weniger durchdacht als die Frage, wie lange Besatzungstruppen in welchen Gebieten verweilen sollten. Im State Department fürchteten die wenigen Langzeitdenker, daß es nach einem siegreichen Krieg innenpolitisch und gegenüber dem Kongreß schwer verständlich zu machen sein würde, amerikanische Soldaten weiterhin in Europa stationiert zu lassen.

Jahre bevor Churchill den Begriff »Eiserner Vorhang« als Vollzug der Trennung Europas prägte, zeigte sich, daß in Moskau gute Polit-Schachspieler am Werk sind. Sie hatten die Aufteilung Deutschlands und auch Österreichs in Besatzungszonen seit Jahren vorbereitet. Im Westen hingegen wurde auf Expertenebene zum Beispiel auch darüber gestritten, wie der Fall Österreich zu behandeln sei. Eine einzige britische Besatzungszone? Eine einzige amerikanische Besatzungszone? Mehrere Besatzungszonen? Oder ein Donaustaat, bestehend aus Süddeutschland und Österreich? Militärregierung oder Selbstverwaltung? Da sich diese Auseinandersetzungen – wie im Westen nun einmal üblich – offen, jedenfalls leicht zugänglich abspielten, wurde es der östlichen Führungsmacht leichtgemacht, ihre nächsten Züge zu planen und auszuführen. Zu dieser Beobachtung paßt, daß Moskau allen Ehrgeiz darein setzte, nicht nur Berlin mit eigenen Truppen zuerst zu erreichen, sondern auch Wien, d. h., militärisch perfekte Tatsachen zu schaffen, die dann politisch zu nützen sind.

Als der Krieg zu Ende ging, bestand Moskau, scheinbar pedantisch, auf Erfüllung von Verträgen und Vereinbarungen, die die westliche Seite, kaum hatte sich das Kriegsglück gegen die Achsenmächte gewandt, in vorweggenommener Siegerlaune großzügig und unbedacht unterschrieben hatte: Amerikanische Panzer mußten vor Dresden umkehren, Magdeburg wieder räumen und auch Prag der Roten Armee überlassen. Wie zufällig traf die Frontlinie der 7. US-Armee unter General

Patton auf die Lipizzanerpferde der Wiener Hofreitschule. Von Oberst Podhajski waren sie »vor den Russen« nach Westen geschickt worden. Patton ließ die Pferde retten. Die 2. britische Armee war bis Wismar vorgedrungen und mußte an die Elbe zurückgenommen werden. Auf der anderen Seite bestand Stalins Rußland darauf, Berlin und Wien zu kontrollieren und auch Vertragsdetails zu verwirklichen, wie etwa die Besetzung des Mühlviertels nördlich der Donau oder des Burgenlandes (was den Sowjettruppen die Kontrolle der Tschechoslowakei und Ungarns und den eigenen Nachschub erleichterte).

Das Konzentrationslager Mauthausen, das in Oberösterreich nördlich der Donau liegt, war nicht nur Stätte des Holocaust, sondern auch Ort des Zusammenpralls zwischen Amerikanern und Russen. Die 2. Division der 3. US-Armee hatte in den letzten Kriegstagen einen Spähtrupp östlich von Linz über die Donau setzen lassen. Was er ausmachte, war das Grauen eines Konzentrationslagers. Über 80 000 lebten dort noch, mehr als 30 000 waren umgekommen. Fassungslos und zutiefst aufgewühlt berichteten die jungen GIs Oberst Richard Seibel. Ihren Bericht wollte er nicht glauben. Niemand hatte ihn, einen verdienten Frontoffizier, auf ein Konzentrationslager vorbereitet. Nach dem ersten Schock begriff der couragierte Offizier, was den Politstrategen in Washington entgangen war: Auf der Grenzlinie zwischen West und Ost standen auch noch nach dem Zusammenbruch des Hitlerreiches Schicksale auf dem Spiel. Oberst Seibel wurde gewissermaßen zum Kommandanten des Konzentrationslagers, bevor Mauthausen aufgelöst wurde. Und er verteidigte das Lager gegen sowjetische Besitzansprüche. Die befreiten Insassen konnten Mauthausen, das in der sowjetischen Besatzungszone lag, Richtung Westen verlassen.

Vorwärts, nicht rückwärts

Als die Waffen schwiegen, hielten Versäumnisse und Unwägbarkeiten die Bevölkerung in Mitteleuropa nicht davon ab, für den Westen zu optieren. Dies geschah instinktiv und vorbehaltlos, voll Vertrauen, daß demokratische Verhältnisse jenen Freiheitsraum verschaffen, auf den sie unter Hitler hatten verzichten müssen. Viele hatten »mit den Füßen« gegen den Kommunismus votiert, nämlich durch millionenfache Flucht. Sie träumten von Amerika. Der American way of life sorgte – bewußt oder unbewußt – für eines der Lebenselixiere in Not und Verzweiflung. Alle lebten in vergleichbarer Lage, am Rande der Existenz. Hauptsache überleben. Für Auftrieb und Antrieb sorgte die Hoffnung, daß es nur besser werden konnte. Die Parole hieß »Vorwärts«, nur nicht nach rückwärts schauen.

Die Planer der Westalliierten hatten das Ausmaß der Katastrophe zuerst unterschätzt, dann waren sie im Angesicht des Elends der Millionen überfordert. Luftaufnahmen von zerstörten Städte, wo oft kilometerlang kein Haus mehr stand, konnten das wahre Elend nicht vermitteln. Erst drängende Rückfragen verantwortungsbewußter Frontoffiziere, wie jene von Oberst Seibel aus Mauthausen, zeigten unvermittelt: Es fehlte dem Sieger an Informationen, an Problembewußtsein und an Lösungskonzepten.

Im Spannungsfeld von Innen- und Außenpolitik erlebte die westliche Führungsmacht zum erstenmal, was es heißt, Nummer eins zu sein in der Welt. Dem Ruhebedürfnis im Inneren Amerikas stand der Lösungsbedarf in Übersee gegenüber. Die Führungsposition der USA war zwar fürs erste nicht bestritten, aber auch nicht per se garantiert. Eigene Ideale durchzusetzen oder andere zu ermuntern, ihnen zu folgen, gelang nicht mit jener Selbstverständlichkeit, mit der Washington etwa Bundesgesetze im Süden oder im Mittleren Westen der USA durchsetzt. Die Rivalität der Sowjetunion und der Abbau des Kolonialismus hielten Washington mehr in Atem, als es erwarten konnte. Dabei war erstaunlich, daß es keinen Rückfall in den Isolationismus gab; Verstrickungen in die Welthändel empfanden mehr und mehr Amerikaner dennoch als unbequem. Sie hatten noch nicht gelernt, daß Weltmacht sein auch einen Preis hat.

Richtfest des Gebäudes der Vereinten Nationen an der 42. Straße in New York, 10. Oktober 1949 *(oben)*.
Berliner Luftbrücke 1949

Moskau hatte sich mit der Routine seiner Geheimdienste und nach dem Schema der Nachrevolutionszeit im eigenen Land präzise darauf vorbereitet, in seiner Besatzungszone die Macht zu übernehmen und auf Jahrzehnte zu etablieren. Beispiel Deutschland: Am 21. April 1946 marschieren Tausende durch die zerstörte Innenstadt von Berlin. Ein Marschblock Sozialdemokraten, ein Marschblock Kommunisten. Auf dem freien Platz an der Spree vereinigen sie sich. Aus der Sozialdemokratischen Partei Deutschlands, SPD, und der Kommunistischen Partei Deutschlands, KPD, wird die SED, die Sozialistische Einheitspartei. Auf diese »Einheitsfront der antifaschistisch-demokratischen Parteien« hatte man im Zentralkomitee der KPdSU jahrelang hingearbeitet. Andere Länder sollten folgen.

Freiheit, kein leerer Wahn

Was in Prag und Budapest gelang, mißlang in Wien, in der Bundesrepublik und im westlichen Europa. Die bloße Anwesenheit der Amerikaner wirkte Wunder. Dagegen hatten die Politstrategen in Moskau geglaubt, die Mehrheit der Bevölkerung in den europäischen Staaten wähle unter dem Eindruck des Elends kommunistisch oder folge kommunistischen Parteien und ihren Stellvertretern. Moskau hatte die Widerstands- und Überlebenskraft demokratischer Ideen im westlichen Sinn unterschätzt. Diese Kraft geriet europäisch im ureigensten Sinn. War doch die Abwehr jedweden Totalitarismus nach der Hitlerzeit tief verankert. In Washington begann sich herumzusprechen, daß die Auseinandersetzung mit Moskau nicht nur mit Dollars geführt wird, sondern mit Ideen und Idealen. Hatte sich doch beim Durchschnittseuropäer ein verläßliches Gefühl eingestellt, durch eine offene Gesellschaft liberaler Orientierung (im eigentlichen Sinn des Wortes) an humanistische Freiheitsideale anknüpfen zu wollen.

Das Grundgesetz der Bundesrepublik Deutschland, die ihre Bezeichnung aus den Vereinigungsidealen des Deutschen

Bundes ableitet, war zwar als Organisationsrahmen für einen provisorischen Staat angelegt. Bei seiner Gestaltung zeigte sich jedoch bald, daß eine solche Verfassung Dauercharakter für einen demokratisch-freiheitlichen Staat bieten muß. Vom Wiedervereinigungsvorbehalt bis zum Rechtsschutz des einzelnen, vom Föderalismus bis zur Koordination zwischen Bund und Ländern gerät das Grundgesetz deutsch. Daß die westalliierten Militärgouverneure diese Verfassungsidee, die vom Parlamentarischen Rat angenommen war, zu genehmigen hatten, geriet schon damals zu reiner Formalität. Konrad Adenauer hatte das andere Deutschland politisch mit erfolgreichem Selbstbewußtsein vorgelebt. Die Parteiendemokratie hatte in den Ländern ihre ersten Bewährungsproben hinter sich. Der Bund in Bonn vermochte die drei westlichen Besatzungszonen zu vereinen und die Bundesrepublik bald zu einer Attraktion werden zu lassen. Dem Wirtschaftswunder folgte das politische Wunder.

Sonderfall Österreich

Österreich, seit der Moskauer Außenministerkonferenz von 1943 als Sonderfall gewertet, zeigte am Beispiel seiner Verfassung, daß Land und Volk die Chance der Einheit und der Selbständigkeit ergriffen. Was Hans Kelsen nach dem Zusammenbruch der Monarchie 1920 als Verfassung der jungen Republik Österreich niedergeschrieben hatte, erwies sich in der Mitte des Jahrhunderts als unbestrittenes Rahmenwerk für eine rein westliche Orientierung. Ihre erste Bewährungsprobe erlebte die Verfassung noch Ende der vierziger Jahre. Planspiele einer Teilung Österreichs nach deutschem Beispiel scheiterten sowohl an dieser Rechtsordnung als auch an dem Einheitswillen der Österreicher. Für Kelsen, der nach Amerika auswandern mußte und während des Zweiten Weltkrieges und danach Professor an der Berkeley University in Kalifornien war, wurde es zu einer befriedigenden Bestätigung, daß seine Lehre vom reinen Recht dazu beitrug, die zweite österreichische

Republik zu stabilisieren. Immer wieder wird die österreichische Demokratie an der Verfassung von Hans Kelsen gemessen, der Recht von allen ideologischen, politischen, psychologischen und anderen wesensfremden Elementen rein halten wollte. So eigenständig die Väter der Verfassungen von Österreich und Westdeutschland wirkten, so ungewöhnlich ist der Beitrag der USA zur Rechtsreform in Japan.

Ein Kaiser und ein General

Sie wirken wie Riese und Zwerg: der Mann aus Little Rock in Arkansas und der Mann aus Tokio, der General der amerikanischen Besatzungsstreitkräfte und der Kaiser von Japan. Sie trennen Welten, und sie vereint der Wille, den Krieg zu überwinden. Um die Zusammenarbeit zwischen dem Kaiser und General Douglas MacArthur ranken sich Legenden. Tatsache ist, daß MacArthur, den die Japaner am Anfang des pazifischen Krieges vor sich hergetrieben und der sie schließlich besiegt hat, das Inselreich wie ein später Samurai-Ritter regiert. Nicht mit starker Hand, sondern indirekt. Und um den Kaiser schart sich eine Führungselite, die zu einem Neuanfang bereit ist. Der amerikanische General sorgte dafür, eine ganze Kaste japanischer Generäle auszuschalten und als Kriegsverbrecher aburteilen zu lassen. Die Rückkehr zu freien Wahlen und einem Zwei-Kammer-System wurde möglich. Mit dem ihnen eigenen Fleiß übernahmen japanische Demokraten die Anregungen und Anstöße aus dem Hauptquartier MacArthurs. Unter dem stolzen General gab es dabei keine Militärregierung wie in Deutschland. MacArthur und seine Mitarbeiter beschränkten sich darauf, mit »Anregungen« einzuwirken. Die Ausführung lag von Anfang an bei Japanern. General MacArthur war dabei stark genug, Washington vor perfekte Tatsachen zu stellen. Sein ziviles Aufbauwerk gelang erstaunlich schnell und glatt: Rechtsreform, Regierungsreform, Bodenreform, Familienreform und Wirtschaftsreform. Behende ergriff eine junge Führungsschicht

Japans die Chance, den Anschluß an moderne Zeiten endgültig und unwiderruflich zu schaffen. 40 Jahre später ist Japan eine Wirtschaftsweltmacht. (Zu MacArthurs Tragik zählt, daß ihm nirgendwo so nachgetrauert wurde wie in Japan, als er wegen Eigenmächtigkeit im Koreakrieg – Vormarsch nach China und Einsatz von Atombomben – von Präsident Truman, der auf dem Primat der Politik gegenüber den Militärs bestand, gefeuert wurde.)

»Es handelt sich um den seltenen Fall, wo der Eroberte mit dem Eroberer zufrieden ist«, diese Bemerkung von Konrad Adenauer gegenüber der *New York Times* (21. März 1960) offenbart noch ein ganz neues Spannungsfeld für die USA als Weltmacht. »Made in Germany« und »Made in Japan« fordern »Made in USA«, zuerst wirtschaftlich, dann finanziell, schließlich politisch. Die junge Supermacht mußte in der zweiten Hälfte des 20. Jahrhunderts erfahren, was es heißt, in der Mitte zwischen ungleichen Partnern wie Europa und Asien zu operieren. Geographie und Waffentechnik zählen nicht mehr. Ozeane schützen schließlich ebensowenig wie Atombomben. Wie Deutschland, jahrhundertelang zwischen Frankreich und Rußland eingekeilt, wird nun Amerika zu Rundumdenken einer Macht in der Mitte gedrängt. Die amerikanische Demokratie folgt jedoch ihrem eigenen Rhythmus, sie reagiert, statt zu agieren.

Antikommunismus, Antiamerikanismus und das neue Denken

Kommunisten im State Department

Denken in Antikommunismus begann typisch für Washington: auf dem Kapitol zuerst – wie beiläufig – eine Bemerkung, daß dieser und jener von jenem dies und das wisse. Beim Lunch in einem der Spesenlokale Rückfrage bei einem Insider, ob er schon gehört habe, daß . . . Ein Telefonat ins Weiße Haus, eine Party bei einem bekannten Rechtsanwalt, ein Besuch im Country Club, eine laute Bemerkung auf dem Flug nach New York. Niemand weiß noch so recht, woher, wohin, für wen, gegen wen, und schon spitzen eifrige Reporter die Ohren. Sie werden auf diesen Senator und jenen ›Congressman‹ angesetzt. Ist die Stimmung erst so richtig angeheizt, bittet man einen bekannten Kommentator zum Spaziergang: »Wissen Sie eigentlich, wie viele Kommunisten im State Department arbeiten? 205.« Als dann immer noch nichts erfolgt, tritt man vor Kameras und Mikrofone: »Schluß mit diesem Landesverrat.« Washington ist um einen Skandal reicher.

Mit einer solchen Ankündigung sorgte Joseph McCarthy, den seine Freunde Joe nannten, für gehörigen Wellenschlag. Kaum hatten die Abendnachrichten den Verdacht des Senators aus Wisconsin im Februar 1950 quer durch den amerikanischen Kontinent verbreitet, schwoll die Welle des Mißtrauens an. Ist der diplomatische Dienst der westlichen Führungsmacht wirklich kommunistisch unterwandert? Sind Spione allerorten am Werk? Wird der Durchschnittsamerikaner durch

Senator Joseph R. McCarthy auf der Höhe seiner Kampagne 1951; er erläutert die von ihm festgestellte Ausbreitung der kommunistischen Sympathisanten in den einzelnen US-Bundesstaaten *(oben)*.

Beginn des Koreakrieges 1950: Südkoreanische Flüchtlinge, die aus dem Kampfgebiet fliehen, und amerikanische Soldaten, die als Verstärkung zur Front marschieren.

kommunistische Propaganda ›Made in Hollywood‹ verführt und verwirrt? Sind Kommunisten – als Linksliberale getarnt – in Amerika unterwegs, um der Verbreitung ihrer Ideologie in aller Welt dienlich zu sein?

Wie ein Strafrichter führte sich der erzkonservative Republikaner McCarthy auf. Im Stil der Zeit machte er aus seinen Hearings eine antikommunistische Schau mit Tricks, Fallenstellereien, Schreiarien und Vorverurteilungen. Im Mittelpunkt standen verdächtigte Beamte aus Washington, Filmleute aus Hollywood, Geschäftsleute von der Wall Street. Robert Kennedy, der spätere Justizminister, meinte auf dem Höhepunkt der Untersuchungen, die amerikanische Zuschauer monatelang in Atem hielten: McCarthy wollte Schuldgeständnisse haben und suchte so lange, bis er etwas vorzeigen konnte. Kennedy arbeitete einige Zeit mit McCarthy zusammen. Und wie so oft im Pendelschlag lief sich der McCarthyismus plötzlich tot. Die Senatoren selber setzten dem Treiben ihres Kollegen ein Ende. Der Schaden war erheblich, mit den Konsequenzen hatte die amerikanische Politik noch lange zu tun.

Vietnam und Berlin

Hysterie kann auch Politik machen. Selbst John F. Kennedy konnte sich einer solchen Stimmung in Washington nicht entziehen. Im National Security Council wurde dem jungen Präsidenten geraten, in Vietnam, wo ein Dutzend Berater wie auf verlorenem Posten wirkten, militärisch entschiedener einzusteigen. Als dann im Frühjahr 1961 die Landung in der Schweinebucht auf Kuba, vom Geheimdienst vorgeschlagen, schmählich scheiterte und der Mißerfolg Kennedy angelastet wurde, glaubte er, gegensteuern zu müssen. Memorandum 52 des National Security Council riet zu stärkerem Engagement der USA in Übersee, um ihre Glaubwürdigkeit bei einmal gegebenen Verteidigungsversprechen zu untermauern und »um eine kommunistische Beherrschung Südvietnams zu verhindern«.

»Ich sage Ihnen voraus, daß sie Schritt für Schritt in einem grundlosen militärischen Morast versinken«, sagte der Staatspräsident jenes Landes, das in Indochina eine seiner schwersten Niederlagen hat hinnehmen müssen, Charles de Gaulle. Kennedy ließ sich nicht abhalten. 79 000 GIs waren die erste Kampfgruppe der USA, Hunderttausende sollten folgen. 58 000 kehrten nicht mehr zurück. Der Vietnamkrieg hat die USA mehr Kraft, Geld und Prestige gekostet als jede andere Selbstbehauptung. Über fast zwei Jahrzehnte rutschte das Selbstvertrauen der Amerikaner in bisher unbekannte Tiefen. Die Bilder der Toten transportierten das Grauen jenes Krieges über das Fernsehen täglich in jeden amerikanischen Haushalt. Der Vietnamkrieg, politisch halbherzig geführt und militärisch als Guerillakampf im Dschungel praktisch nicht zu gewinnen, kostete die Weltmacht Amerika fast zwei Jahrzehnte ihrer Glaubwürdigkeit.

Kennedys Engagement ist freilich nicht nur auf simplen Antikommunismus im Stil Joe McCarthys zurückzuführen. Am 13. August 1961 wurde die amerikanische Weltmacht mit dem Bau der Berliner Sperrmauer von der anderen, der sowjetischen Weltmacht frontal gefordert. In einer Region der Welt, wo »Kapitalismus« und »Kommunismus« direkt aufeinanderstoßen und in Krisenzeiten Kompromisse unmöglich machen, wurde das Freiheitsversprechen der Amerikaner zum zweitenmal auf eine harte Probe gestellt. Zuerst mit der Luftbrücke und nun mit dem Versuch, West-Berlin wie ein Eiland einzumauern. In Washington fühlten sich die Antikommunisten bestätigt.

Präsident Kennedy mußte endgültig davon Abschied nehmen, amerikanische Politik von Tag zu Tag und als überhastete Reaktion auf Vorgaben anderer zu betreiben, anstatt mit dem langen Atem der Geschichte, also nach imperialen Konzepten zu agieren. Dem Ostblock, wirtschaftlich und im Lebensstandard dem Westen unterlegen, ist die unpopuläre Errichtung der Mauer wohl nicht nur eingefallen, um die Flucht von Deutschland nach Deutschland zu unterbinden. Der brutalen Selbstisolierung Ostdeutschlands stand der Westen fassungs-

Mauerbau in Berlin: Amerikanische Soldaten und Volksarmisten stehen sich am Grenzübergang Friedrichstraße gegenüber, 4. Dezember 1961 *(oben)*. US-Präsident Richard Nixon erklärt im Fernsehen den Einmarsch amerikanischer Truppen in Kambodscha, 5. Mai 1970.

los gegenüber. Washington war ratlos – wie Jahre vorher bei der Blockade. Berlin blieb dennoch Symbol des Überlebens. Der kalte Krieg indes wucherte weiter. Nach Korea nun Vietnam, Laos, der Kongo und schließlich durch Kuba eine direkte Konfrontation zwischen den USA und der Sowjetunion. Unter Kennedy versuchten die USA jedoch mit politischen Ideen, mit der »Allianz für den Fortschritt« den Kommunismus aus der eigenen Hemisphäre herauszuhalten und der erwachenden Dritten Welt mit dem Peace Corps beizustehen.

Fidel Castro, der enttäuschte Pro-Amerikaner aus gutem Haus, der sein Heil im Kommunismus suchte, wagte sich weit vor. Russische Raketen auf Kuba. Kennedy verlangte ihren Rückzug. Gegenüber Nikita Chruschtschow ging er bis an den Rand des Krieges. Amerika begann zu begreifen, daß Weltmacht sein Risiko bedeutet und Opfer verlangt. Um so erleichterter war die amerikanische Überflußgesellschaft, daß ihr der junge Präsident die Plage eines Waffenganges erspart und das nationale Selbstbewußtsein gestärkt hatte. Allerdings um den Preis wuchernden Antiamerikanismus. Keine Organisation wußte darüber so peinlich genau zu berichten wie die Central Intelligence Agency (CIA).

Ohne allen konspirativen Verdacht

Wenn über Washington Ostwind weht, führt die Einflugschneise zum National Airport den Potomac entlang. Für Dutzende von Zivilflugzeugen, die im Sinkflug zunächst auf Rosslyn zusteuern, wird rechts mitten im Wald ein moderner Bürokomplex mit großen Parkplätzen sichtbar: das Hauptquartier der Central Intelligence Agency in Langley, einem Virginia-Vorort von Washington. Im Hof des CIA-Hauptquartiers befindet sich ein Bronzedenkmal. Es stellt einen 21jährigen jungen Mann dar, gekleidet wie ein Bürger aus der Zeit vor der Französischen Revolution, aufrechte Haltung, Füße gefesselt: Nathan Hale. Er, der erste amerikanische Spion, der im Unabhängigkeitskrieg bei den Engländern für die Revolutionsarmee von General George Washington auskundschaftete, gilt als Nationalheld. Hale wurde in New York hingerichtet.

Was die Spionageorganisation der USA 200 Jahre später treibt, zählt selbst im geschwätzigen Washington zu den brav gehüteten Geheimnissen. Dennoch geschieht es regelmäßig auf Cocktailpartys, von einem intelligenten Gesprächspartner beim üblichen Visitenkartenaustausch gedruckt vorzufinden, daß er für die CIA tätig ist. Innerhalb Amerikas geht der CIA nahezu aller konspirativer Verdacht ab, der sie, wie andere Geheimdienste, draußen in der Welt umgibt. Vom Verdacht unlauterer oder unsauberer Methoden ist im Washingtoner Politbetrieb weit weniger die Rede als von Zweifeln an Effektivität, Verläßlichkeit und Originalität. So mußten Sprecher des Weißen Hauses vor laufenden Fernsehkameras eingestehen, daß »Intelligence Results« aus dem Iran auch nach mehrjährigen Bemühungen unzureichend und daher nicht repräsentativ sind.

Für die allgemeine und erfolgreichere CIA-Tätigkeit andernorts gilt die Standardformel: »No comment.« Bemerkenswerterweise schirmt sie nicht nur die jeweilige Administration ab, sondern seit Mitte der vierziger Jahre auch den Kongreß. Auf dem Kapitol zählen die Kontrollgremien für die CIA zu Ehrenposten, um die sich prominente Parlamentarier bemühen. So bleibt die Öffentlichkeit auf allgemeine Verlautbarungen angewiesen. Dazu zählt eine Geschichte der CIA in Fotos von John Patrick Quirk, in Jugoslawien gedruckt. Auf 256 Seiten wird die CIA-Vergangenheit dargestellt, gewürzt mit einzelnen Erfolgsstorys: die Widerstandsbewegungen im Zweiten Weltkrieg, die Wiedereinsetzung des Schah, das Brechen komplizierter Codes oder Geschichten einzelner Spione. Dazu Sammeln und Auswerten von Informationen. Beschäftigtenzahl? Angeblich 25 000. Budget? Vermutlich eine halbe Milliarde Dollar. Ausstattung? Für Außenstehende erstklassig, für Kenner eher bescheiden, vor allem im Vergleich mit dem KGB. In einer demokratischen Gesellschaft fällt es einem Geheimdienst ohnedies schwer, seiner Funktionsbezeichnung Ehre zu machen.

Auch bei der CIA bleibt eine Grauzone von Verdacht und Vermutung. So wird Antiamerikanismus nicht zuletzt von Gerüchten um die CIA genährt. Es zählt nun einmal zu den unvermeidlichen Konsequenzen jeder Spionagetätigkeit, mit den Gesetzen des Ziellandes in Konflikt zu geraten. Beteiligte Amerikaner schmerzt freilich, daß diese Konfliktsituation im Falle der CIA weit häufiger und ausdauernder auf Kosten amerikanischen Ansehens geht als bei Geheimdiensten anderer Länder. Geld, Waffen, Gegenspionage, Auskundschaften, Menschenhandel und Geheimdienstoperationen, die auch vor Mord oder Todesfolgen nicht zurückschrecken, zählen weltweit zum »Handwerkszeug« dieser Branche. In vielen Ländern wird jedoch geglaubt, nur bei der CIA gelte, daß der Zweck die Mittel heiligt. Im eigenartigen Public-Relations-Wettbewerb holt die CIA auch international gegen Ende der achtziger Jahre wieder etwas auf. Kenner führen dies darauf zurück, daß dieser amerikanische Geheimdienst (es gibt noch vier andere) auf Informationsanalyse wieder mehr Wert lege als auf martialische Operationen (wie gegen Salvador Allende und Fidel Castro oder gegen Nicaragua mit der Verminung von Häfen).

Der beste Geheimdienst ist jener, dessen Operationen geheim bleiben – eine Binsenwahrheit, die im Informationszeitalter nicht gerade einfach zu beherzigen ist. So bleibt die Liste von Behauptungen, Vermutungen, Verdächtigungen und Unterstellungen lang: ob und wie Wahlen in europäischen Ländern nach dem Zweiten Weltkrieg beeinflußt wurden; ob Politiker, Journalisten, Beamte, Militärs und Wirtschaftsexperten auf der ›pay role‹ der CIA standen (oder stehen); ob und wie Informanten und Vertrauensleute in diesem oder jenem Land, vor allem im Ostblock und in China, tätig sind; wie weit bei Guerillabewegungen und Terroranschlägen mitgemischt wird; und wie die CIA militärische Operationen vorbereitet hat, etwa in Zentralamerika oder Asien. Der Verdacht erstreckt sich auch auf den Waffen- und Drogenhandel, das »Waschen« schmutziger Gelder über eigene Firmen, eine internationale »Connection« eingeschlossen.

Geheim wie der Dienst auch sein mag, sein jeweiliger Chef steht im Brennpunkt des öffentlichen Interesses. Wenn er Präsident werden will, wie im Falle von George Bush, der 1976/77 CIA-Direktor war, bringt das beim Durchschnittsamerikaner Pluspunkte, während Nichtamerikaner zu altem Verdacht neuen schöpfen.

An William Joseph Casey, CIA-Direktor von 1981 bis 1987, schieden sich die Geister. Geheimdienstler der ersten Stunde, als die Vorgängerorganisation der CIA, das Office of Strategic Services (OSS), noch in der hochherrschaftlichen Villa auf der E-Street Nummer 24–30 zu Washington untergebracht war, war Casey von London aus während des Zweiten Weltkrieges erfolgreich. Er ging durch die harte Schule des Geheimdienstes im Krieg. Später erfolgreicher Geschäftsmann, organisierte er 1980 den Wahlsieg von Ronald Reagan im Präsidentschaftswahlkampf. Er verstand die CIA auch als Waffe, als Instrument der Außenpolitik eines demokratischen Landes. In der ideologischen und praktischen Auseinandersetzung sollte die CIA für Waffengleichheit mit ideologischen oder politischen Rivalen sorgen. Geheimdienstoperationen gehörten für Casey zum selbstverständlichen Instrumentarium. Der kenntnisreiche Jurist ließ dann seine Leute auch bei Operationen gewähren, die zwar nicht die CIA direkt, doch ihren Direktor indirekt einbezogen: Verkauf von Waffen an den Iran und die Umleitung der Erlöse an die Guerillakämpfer gegen das sandinistische Nicaragua. Die sogenannte Iran-Contra-Affäre, die Präsident Reagan nur dank seiner ungebrochenen Popularität politisch heil überstanden hat, war innerhalb der CIA ebenso umstritten wie außerhalb.

Eine Ironie des Schicksals ist es, daß die Ruhigstellung der CIA im Sinne einer glatteren Tätigkeit vom Chef einer Organisation erreicht wurde, die gelegentlich als interne Widersacherin der CIA angesehen wird, nämlich das Federal Bureau of Investigation (FBI). Der mächtige Langzeitchef des FBI, Edgar Hoover, hat jahrelang daran gearbeitet, FBI und CIA zu fusionieren. Detailkenntnis über das Privat- und Geschäftsleben der Hauptakteure von Washington (selbst US-Präsidenten wagten es normalerweise nicht, diesem FBI-Boss zu widersprechen oder gar ihn abzusetzen) genügten Hoover freilich nicht. Er mischte munter mit. Urinstinkten von Gewaltenteilung folgend, entschieden sich Präsidenten wie Verantwortliche auf dem Kapitol für »divide et impera« und ließen Hoover gewähren, über 40 Jahre lang.

Nach den stürmischen Casey-Jahren wechselte William Webster als Chef vom FBI zur CIA. Mit stiller Wirksamkeit verstand er es innerhalb kurzer Zeit, die CIA in den USA aus Verdächtigungen und Streit herauszubringen. So konnte der Dienst, dessen Hauptaufgabe im Ausland liegt, an Wirksamkeit weltweit wieder gewinnen – und mußte, wie es sich gehört, über Erfolge schweigen.

Die goldenen Fünfziger

Die fünfziger Jahre, zumindest so »golden« wie die zwanziger, zeigen die Weltmacht USA in der biederen Rolle des Treuhänders, umgeben von Gegensätzen.

Josef Stalin ist tot. In Korea schweigen die Waffen. Die drei westlichen Besatzungszonen Deutschlands werden zur selbständigen Bundesrepublik. Österreich erhält seinen Staatsvertrag und zahlt dafür einen hohen Preis. Ungarn probt den Aufstand und vertraut vergeblich auf Hilfe des Westens. Die Marines marschieren nach Beirut. Tibet wird kommunistisch. Und Amerika? Es übt Wohlstand. Zwischen Atlantik und Pazifik wird der eigene Frieden aus möglichst vollen Zügen genossen. Amerika wird zwar nicht isolationistisch, aber – ein weiteres Mal – egozentrisch: Nach dem Babyboom »entdeckt« man die Umwelt; der St.-Lawrence-Strom wird ausgebaut; Mittelstand manifestiert sich mit eigenem Häuschen, jedem sein Badezimmer und fürs Fernsehen einen ›familiy room‹; für und wider Rassentrennung wird Stimmung gemacht; Bildung ist »in«; eine Gesellschaft, die vor Zufriedenheit nur so strotzt (und soziale Ungerechtigkeiten gern übersieht), interessiert außenpolitisch gerade noch, daß Fidel Castro vor ihrer »Haustür« auf Kuba ein kommunistisches Regime einrichtet. Mittelstand ergibt Mittelmaß, auch in der großen Politik. »Niemand hat ein Monopol auf die Wahrheit«, sagt Präsident Dwight D. Eisenhower, der Kriegsheld, der sich im Oval Office des Weißen Hauses wie ein höchstrangiger Versorgungsoffizier fühlt.

Weltpolitik und Weltwirtschaft ließ man nahezu ungerührt an amerikanische Gestade plätschern. Europas Erholung von der größten Katastrophe seiner Geschichte wurde bestaunt wie ein Sportereignis. Die Regenerationsfähigkeit der Alten Welt empfand man in der Neuen Welt bald als Selbstläufer. Von erschwerten Bedingungen der Teilung dieses Europa in Ost und in West wollte man wenig wissen, die keimende (west-)europäische Integration stößt von Beginn an auf Unverständnis. Gelassen lehnte man sich zurück und schob im Weißen Haus, im State Department und in den damals schon rührigen Denkfabriken jede historische und politische Verantwortung von sich. Wie bei den Römern, die auf dem Höhepunkt ihrer politischen Macht die kulturelle Überlegenheit der Griechen selbstbewußt ertrugen und sich meist mit Kopien zufriedengaben, entwickelte sich auch das atlantische Verhältnis. Ganz selbstverständlich quittierten andererseits »die« Europäer, daß sich »die« Amerikaner nach dem Zweiten Weltkrieg dauerhaft in der Alten Welt engagieren (und als Garanten 200 000 bis 300 000 GIs samt modernsten Waffen in Europa stationieren). Für die amerikanische Außenpolitik wurde die NATO mehr als nur ein Produkt des kalten Krieges. In und mit der NATO konnte man zeigen, wie international die USA sein können.

Man richtete sich also auf beiden Seiten des Atlantiks häuslich ein, empfand den üblichen Familienstreit um Leistung und Gegenleistung, Dollar und Wirtschaftsvorteile als unterhalb der Schmerzgrenze. Menschen eines Landes mit kontinentalen Ausmaßen, die es sich leisten können, viermal im Leben umzuziehen und ganz neu anzufangen, entwickeln eine andere Mentalität als etwa die Europäer mit ihrem Bedürfnis nach Langzeitplanung, Beständigkeit und Nestwärme.

Konrad Adenauer haben diese atlantischen Mentalitätsunterschiede zu schaffen gemacht. Als gewiefter Taktiker verstand es der große alte Mann aus Rhöndorf, sich und seinesgleichen in Europa auf das kurzfristige Denken und schwer kalkulierbare Handeln der USA einzustellen. Keine Probleme hingegen bereitete Adenauer, die USA als westliche Führungsmacht anzuerkennen. Ihm ging es in der Auseinandersetzung mit dem Kommunismus um Macht. Wer sie hatte, sollte sie einsetzen. Die Souveränität seines Landes war Adenauer ebenso Mittel zum Zweck wie die Vereinigung Europas. Wie kein anderer deutscher Bundeskanzler konnte er sich mit US-Präsidenten darauf verständigen, daß eine Wiedervereinigung Deutschlands unter den obwaltenden Umständen zu vertagen ist. Washington zog mit und kalkulierte den Nutzen, deutsche Tüchtigkeit wiedereinsetzen zu können, auch militärisch.

Wien, Schaufenster des Westens

Ein eindrucksvoller politischer Erfolg bot sich den USA an einer geopolitischen Nahtstelle – wo vier in einem Jeep fahren . . . Der Film vom »Dritten Mann« machte Durchschnittsamerikaner überhaupt zum erstenmal mit den Problemen eines Landes vertraut, das durch den Krieg mehr gestraft war als jedes andere in Europa, auf dessen Territorium über zwei Millionen Soldaten standen, als 1945 die Waffen schwiegen, das nach wie vor vierfach besetzt war und sich dennoch seine staatliche Einheit zu basteln und zu bewahren verstand: Österreich. Nach dem Tod Stalins eröffnete sich allen Beteiligten die Gelegenheit, am Beispiel eines kleinen Staates mit großer Ausstrahlung das vorzuführen, was später unter »Entspannung« lief. Über 270mal war fast zehn Jahre lang über einen Staatsvertrag für Österreich – nicht über einen Friedensvertrag, denn das Land galt als »befreit« und nicht als »besiegt« – verhandelt worden, ohne daß man sich einig werden konnte. Jahrelang hatte sich Moskau der Rückgabe der Unabhängigkeit an die Österreicher widersetzt. Dies geschah wohlwissend, daß Wien als ein Schaufenster des Westens bei Ungarn, Tschechen, Polen oder anderen auch drei Jahrzehnte nach Ende des Kaiserreiches über eine unverwechselbare Anziehungskraft verfügte. Auch konnte sich mancher russische General nicht vorstellen, auf erzielten Bodengewinn und eingespielte Nachschubwege zu verzichten.

Washington schwankte in der Österreich-Frage. Die deutsche Frage hatte Vorrang, Österreich erschien nebensächlich. Eleanor Dulles, die Schwester des Außenministers, kämpfte jahrelang als Austrian Desk Officer im amerikanischen Außenministerium um Beachtung und Würdigung Österreichs. Für sie, die wesentlich dazu beigetragen hatte, die Luftbrücke nach Berlin zu organisieren, ging es um Geopolitik. Und um Zusammenarbeit mit einem Land, dessen Bevölkerung eindeutig und verläßlich proamerikanisch, jedenfalls prowestlich eingestellt war. Als die Idee aufkam, Österreich »nach dem Muster der Schweiz« für neutral zu erklären, winkte Washington zunächst ab.

Im Außenministerium und im Weißen Haus wußte man mit »Neutralität im Sinne von Militärbündnissen« nichts anzufangen und betrachtete die Idee als eine verkappte Ausdehnung des Einflusses der Sowjetunion. Schwarzweißdenken der jungen Planer in der Hauptstadt des Landes also, das in seiner kurzen Geschichte fünfmal Neutralität geübt und zweimal sogar durch Gesetze festgeschrieben hatte. Erst nach Abschluß des Staatsvertrages, noch 1955, sprach sich auch in Washington herum, daß mit einem neutralen Land westlichen Zuschnitts exemplarisch Politik zu gestalten war, ohne das Kräftegleichgewicht in Europa zu verändern. Bald stellte sich heraus, daß Wien mit seiner funktionierenden Demokratie ein eigenes Wirtschaftswunder zustande brachte, dessen Schaufensterfunktion für westliche Effektivität in diesem Teil Europas wirkt und damit an die historische Funktion Österreichs anknüpfte.

Wirtschaftswunder auf japanisch

»Go West« liefert eine andere Erfolgsgeschichte des amerikanischen Jahrhunderts. Um nach Westen zu ziehen, muß man dem Osten den Rücken zudrehen. Mit dem Blick auf Japan und das »pazifische Becken« verfährt die amerikanische Gesellschaft gegen Ende des 20. Jahrhunderts wie hundert oder mehr Jahre davor im eigenen Land. Europa wird uninteressant, Asien reizt.

Ein wiedererstarktes Japan bringt zwar Unbequemlichkeiten im Wirtschaftsverkehr mit sich; was das Inselreich geschaffen hat, imponiert gleichzeitig mehr und mehr Amerikanern. Sie fahren japanische Autos. Sie fotografieren mit japanischen Kameras. Sie benützen japanische Fernsehgeräte und Chips. Wie Europäer? Der Unterschied liegt darin, daß sich die USA zunehmend auch als pazifische Macht fühlen. Diese emotionale Asien-Neigung unter den »oberen Zehntausend« der USA hat Tradition. Es zählte schon immer zur feinen Lebensart, Asiatica zu sammeln, Landhäuser chinesisch einzurichten, japanische Gärten anzulegen, in asiatischer Literatur und Musik bewandert zu sein und sich unter Kaisern und Königen einen persönlichen Favoriten auszusuchen. Asiatische Sammlungen in den führenden amerikanischen Museen stammen fast ausnahmslos von jenen einflußreichen Asienfreunden, die es sich leisten konnten, ein Leben lang zu sammeln und dann das Ergebnis – steuerbegünstigt auf dem Spendenwege – einer immer wieder erstaunten Öffentlichkeit zugänglich zu machen.

Der Durchschnittsamerikaner entdeckte Asien im Krieg. Im Pazifik fühlte er sich militärisch weit mehr gefordert als in Europa. Obwohl Hunderttausende GIs hier ihr Leben lassen mußten und weil die beiden Atombomben auf Japan die Moral in den USA alarmierten, mischte sich bald zum Siegergefühl Respekt. Im Falle Japan kam hinzu, daß diese geschlossene Kultur mit der ungebrochenen Tradition in ihrer Übertragung auf die Bedürfnisse einer modernen Industrie- und Dienstleistungsgesellschaft jene Faktoren mitbringt und weiterträgt, die Amerikanern vielfach abgehen: Fleiß, handwerkliche Tüchtigkeit, Sparsamkeit, Firmenloyalität und – trotz dauerhafter Erfolge und wachsenden Lebensstandards – Bescheidenheit. So wird der Aufbauerfolg Japans mit der Restauration unter den Meiji in der Mitte des 19. Jahrhunderts verglichen.

Man ist in den USA zwar stolz auf Captain Perry, den unbefangenen Abenteurer, der 1854 dem japanischen Kaiserreich dazu verhalf, für westliche Zivilisation zugänglich zu werden. Ende des 20. Jahrhunderts ist jedoch kaum ins Bewußtsein gedrungen, daß es die Besatzungspolitik unter General MacArthur war, die mit verständnisvollen Rahmenbedingungen eine der erstaunlichsten Erfolgsstorys der Welt schuf. Gegen Ende des Jahrhunderts bleibt der westlichen Führungsmacht nichts anderes übrig, als sich mit der Wirtschaftsweltmacht Japan zu arrangieren. Ohne japanische Finanzhilfe läßt sich Ende der achtziger Jahre der amerikanische Staatshaushalt nicht ausgleichen. Die USA werden zum Finanzvasallen Japans. Amerikaner belastet die späte Abhängigkeit.

Japaner hingegen wissen und würdigen, daß sie ihren Wiederaufstieg der Großzügigkeit der Sieger von 1945 und der Einsicht von Besatzungsoffizieren verdanken, die ihre Traditionen nicht zerschlagen, sondern vielmehr mit amerikanischen Rahmenbedingungen vermählt haben. Japans Rechtsordnung und Rechtsdenken, anfangs stark von Deutschland geprägt, ermöglichten nach dem Sieg der Amerikaner von 1945 eine dauerhafte Demokratie. Wirtschaftlich orientierten sich die Japaner vornehmlich nach Amerika, kulturell nach Europa. Wenn die Wiener Philharmoniker ein Japangastspiel mit Beethovenprogramm zur jährlich wiederkehrenden Tradition werden lassen und dabei in amerikanischen Städten Station machen, vollendet sich der Kreis von Geben und Nehmen.

Kennedy, Nixon, Carter

In hundert Jahren – was mögen dann gefällige Zeitgenossen in der Rückschau am amerikanischen Jahrhundert bezeichnend finden: Edisons Glühbirne und das Zeitalter der Erfindungen? Das Auto? Die Atombombe? Zwei Weltkriege und ein kalter Krieg? Sieg über Hitler? Oder Watergate und Vietnam? Die »grüne Revolution« oder die Abrüstung?

Ein tragischer Held steht am Anfang der Antwort. John F. Kennedy, mit 43 Jahren der jüngste amerikanische Präsident und der erste Katholik in diesem Amt, versprach den Aufbruch zu »new frontiers«: Durch Kraft und Moral wollte er Amerika zur Nummer eins machen, riskierte um Raketen auf Kuba einen Weltkrieg und verteidigte Berlin (»Ich bin ein Berliner«). Im Inneren blieben Reformen der Administration der tausend Tage stecken. Die tödlichen Schüsse von Dallas (22. November 1963) unterbrachen eine aktivere Sozialpolitik, die dann Lyndon B. Johnson mit hemdsärmeliger Intelligenz in die »Great Society« umzuwandeln versuchte. Gute Ansätze, schlechte Ausführung.

Vietnam, wo im Herbst 1963 »nur« knapp 17 000 Amerikaner als Militärberater standen, dominierte die amerikanische Politik immer mehr. Eine bezeichnende Begebenheit: Präsident Kennedy will Vizepräsident Johnson zum Besuch mehrerer asiatischer Länder, vor allem von Vietnam, überreden. Als sich der sonst nicht gerade uncouragierte Johnson weigert, Saigon, wo das Chaos herrsche, zu besuchen, meint Kennedy

Greenwich Village, New York 1967 *(oben)*.
Demonstration gegen die Ermordung von Martin Luther King in Berlin am 6. April 1968.

zu ihm: »Mach dir keine Sorgen, wenn dir etwas geschieht, dann werden wir dir das größte Begräbnis in Austin bescheren, das Texas je sah.« Später war es dann Johnson, der den Einsatz in Vietnam erhöhte. Ihn wieder abzubauen sollte qualvoll lange dauern. Nachfolger Nixon und seinem genialischen Außenminister Kissinger gelang dies erst, als allgemein ein Entspannungsexperiment gewagt wurde. Als die letzten amerikanischen Truppen, entsprechend dem Waffenstillstandsabkommen, Vietnam am 29. März 1973 verlassen, ist die westliche Supermacht zwar um ein militärisches Problem ärmer, jedoch um ein Syndrom reicher. Es nagt am Selbstbewußtsein der Amerikaner und verbreitet weltweit das Gift des Antiamerikanismus.

Der Abbauprozeß amerikanischen Ansehens wird unter dem Stichwort »Watergate« beschleunigt. Der Einbruch in die Wahlzentrale der Demokratischen Partei kostet Präsident Nixon, der seine Mitarbeiter zu schützen und die Tatsachen zu verschleiern trachtet, 1974 die Präsidentschaft. ›Washingtonians‹ baden gleichsam in dem Skandal. Führungsqualitäten der Amerikaner werden ausgerechnet zu einem Zeitpunkt in Frage gestellt, wo Nixon (»der begabteste Außenpolitiker aller Präsidenten«) mit der Entspannung im Ost-West-Verhältnis, mit der Öffnung Rotchinas und mit Hilfe an die Dritte Welt seine Konzeptionsfähigkeit unter Beweis zu stellen hat. Den Triumph, einen Präsidenten, der es mit der Wahrheit nicht genau nimmt, gefeuert zu haben, versteht man am anderen Ende der Welt nicht, am allerwenigsten im Kreml. In Europa hingegen breitet sich die Stimmung aus, es sei höchste Zeit, sich von der Führung eines skandalumwitterten Amerika, das eigenen Moralansprüchen nicht mehr genüge, loszusagen.

Antiamerikanismus – die Geschichte einer Trennung

Antiamerikanismus sitzt tiefer als Vorbehalte zwischen Nachbarn in Europa. Durch vordergründige Erlebnisse allein ist er nicht zu erklären. So können deutsche Reisende, aus einem Jumbo-Jet auf dem Flugplatz von Miami entladen, erleben, als Grundstücksspekulanten mit Schwarzgeld angesehen zu werden, die Amerikanern die Preise für Zweitwohnungen in Florida verderben. Umgekehrt erfahren amerikanische Touristen auf dem Rückflug von Europa, daß ihre Hilflosigkeit mit zehnerlei Währungen in ihrem Portemonnaie von mitreisenden Europäern als Beweis mangelnder Bildung verspottet wird. Oder: Der Einwanderungsbeamte auf dem John-F.-Kennedy-Flugplatz von New York, selber einst Flüchtling vor Hitler, beschuldigt einen einreisenden Österreicher, der in seinem Paß mehrere Visa hat, er müsse ein Nazi oder ein Kommunist sein. Der Einreisende ist selber ein Verfolgter.

Antiamerikanismus zeigt schon durch seine Beständigkeit, daß es sich um mehr handeln muß als um eine modische Erscheinung – etwa um Kritik am politisch-ideologischen Standort eines US-Präsidenten oder um kulturelle Arroganz der Europäer gegenüber amerikanischen Fernsehserien wie »Dallas« oder »Dynasty«.

Beide Seiten sind in der Tat Gefangene ihrer Geschichte. Bereits im Zeitalter der Aufklärung begann man sich auseinanderzuleben. Europa und Amerika haben zwei Jahrhunderte lang verschiedene Wege eingeschlagen, um den Menschen aus seiner »selbstverschuldeten Unmündigkeit« (Immanuel Kant) zu befreien. Die Amerikaner glauben, den Kulturverfall der Europäer durch gesunden Menschenverstand überwinden zu können. Die Europäer setzen auf das Recht der mitfühlenden Seele und zweifeln an automatischer Wohltätigkeit des Fortschritts. Im amerikanischen Denken schlägt das Vertrauen in Naturrechtssätze von der Gleichheit und in die Gewaltenteilung aller (John Locke) durch, während Europäer der mathematischen Gesetzmäßigkeit mehr oder weniger mißtrauen und zu Kompromissen zwischen göttlicher Offenbarung und staatlicher Festlegung neigen. Schon philosophisch haben Grundbegriffe wie »Verhältnismäßigkeit« oder »Gewaltenteilung« verschiedenartige Stellenwerte. Ähnlich verhält es sich mit zweierlei Zugang zu Grundrechten wie »Leben«, »Freiheit«, »Eigentum«, »Streben nach Glück«. Amerikaner neigen dazu, diese Werte auf sich selber zu beziehen, Europäer auf die Gesellschaft. So wirkt es geradezu logisch, daß im amerikanischen Denken die Überzeugung fortwirkt, im Grunde seien alle Menschen gleich und gut. Europäisches Denken ist auf Vernunft und Erfahrung ausgerichtet. An glückbringenden Reformen zweifelt man in der alten Welt und läßt Zynismus bis zur Selbstdemontage Raum. Durchgängiges Vertrauen in die Interessen der Einzelperson entspricht der aufklärerischen Geisteshaltung auf amerikanischer Seite, während auf europäischer Seite dies nur als ein transitorischer Zustand gewertet wird, um feudalistische und andere Privilegien früherer Jahrhunderte zu überwinden und für unsere Zeit einen Kontrakt anzustreben, der der Gesellschaft Vorrang vor dem einzelnen verschafft. Bei soviel geistesgeschichtlicher Unterscheidung kann Antiamerikanismus eigentlich nicht mehr wundernehmen.

Ohne Antiamerikanismus, der – wie man sieht – tief sitzt, wäre psychologische Entfremdung im atlantischen Verhältnis undenkbar. Die Beständigkeit dieser Antibewegung deutet auf vielerlei Wurzeln hin. Da ist zunächst die antidemokratische Komponente. Gewaltenteilung, auf einer revolutionären Verfassung wie der amerikanischen fußend, die sich immerhin seit zweihundert Jahren nahezu unverändert bewährt hat, ist in ihrem angelsächsischen Pragmatismus anderen Politordnungen schwer zugänglich. Es ist ja wohl auch kein Zufall, daß die Präsidialverfassung der USA nirgendwo in der Welt Nachahmung findet – obwohl oder weil der Präsident wie ein demokratisch gewählter »Kaiser auf Zeit« wirkt. Daß sich der Washingtoner Machtbetrieb vom parlamentarischen System fundamental unterscheidet, entgeht kritischen Betrachtern oft. Sie begnügen sich mit der oberflächlichen Feststellung, daß es wohl einer (gefährlichen?) Machtzusammenballung gleichkommt, wenn der amerikanische Präsident gleichzeitig Staatsoberhaupt, Regierungschef und Oberkommandierender der Streitkräfte ist. Systemfremdheit erklärt auch das weitverbreitete Mißtrauen in die Herrschaftsstrukturen der USA mit ihren Abhängigkeiten, Finanzmanipulationen und oft extremen Ausgleichsmechanismen, wo an Nahtstellen Skandale herausquellen. Hinzu kommt der historisch bedingte Mentalitätsunterschied.

Amerikaner sind gleichsam immer unterwegs, Europäer immer zu Hause. Das Einwanderungsland Amerika hat es mit seinen Freiheitsidealen verstanden, Anpassungsbereitschaft der Auswanderer ins Positive zu wenden. Erfolg macht eifersüchtig, vor allem wenn der Größere über Anziehungskräfte verfügt, die den Kleinen schwächen.

Patriotismus wird so zum einigenden Rahmen der Amerikaner, Nationalismus zum verbindenden Element der Europäer und Asiaten. Dies alles gilt persönlich, psychologisch, religiös, wirtschaftlich und nicht zuletzt im Verhältnis zwischen den Staaten. Wenn dann das große Amerika sich eine Blöße gibt, gehört nur noch massenpsychologische Mechanik dazu, um jenes antiamerikanische Klima anzuheizen, das mit schöner Regelmäßigkeit zu registrieren ist. Auch ein Pendelschlag.

Schicksalsjahr 1968

Als die Soldaten vor dem vietnamesischen Dorf My Lai den Befehl ihres jungen Oberleutnants Leutnant William (Rusty) Calley jr. ausführen, können sie nicht wissen, was sie tun. Sie stürmen einfach, wie sie es gelernt haben. Was sich zwischen strohbedeckten Hütten bewegt, wird beschossen. Als sich nichts mehr rührt, gehen sie in aufgelöster Marschordnung vor. Wieder Schüsse, Gegenangriff, Feuer. »Dorf vernichtet«, meldet der Oberleutnant über Walkie-talkie. Was er zunächst nicht meldete, war der Tod von über hundert Zivilisten, überwiegend Frauen und Kinder.

My Lai wurde zum Menetekel sinnlos gewordener Gewalt. Die Nachrichtenagenturen meldeten das Kriegsdetail unter »Massaker«. Das amerikanische Fernsehen sprach freilich zuerst von vietnamesischen Opfern, dann von amerikanischen Verlusten. Auf einer Massendemonstration in New York skan-

US-Soldaten in Vietnam beim Feldgottesdienst, 1967.

Der protestantische Geistliche und Bürgerrechtler Martin Luther King *(oben)*. Präsident John F. Kennedy *(links)* mit seinen Brüdern Robert F. *(Mitte)* und Edward *(rechts)*, 20. Juli 1960.

dierten Studenten und andere junge Leute: »Hey, hey, hey, LBJ, how many kids did you kill today?« (Lyndon B. Johnson, wie viele Kinder hast du heute wieder getötet?)

Der Nachfolger John F. Kennedys begann zu zweifeln. Ist es richtig, am Beispiel Vietnams Standfestigkeit und Vertragstreue der westlichen Supermacht durch den Einsatz von einer halben Million amerikanischer Soldaten sich und aller Welt beweisen zu wollen?

Das US-Hauptquartier in Saigon kabelt ein weiteres Mal: »Wir können und wir werden gewinnen.« Das Verteidigungsministerium zögert. Analyse nach Analyse wird erstellt, nicht zuletzt, um den allezeit mißtrauischen (weil oft düpierten) Kongreß zu beruhigen. General Omar Bradley, einer der stillen Helden des Zweiten Weltkrieges, meint auf einer Sondersitzung im Weißen Haus, eine Public-Relations-Offensive sei notwendig. Einflußreiche Kreise müßten für den Vietnamkrieg gewonnen werden, um den – mehrheitlich kritischen – Medien entgegenzuwirken. Als ob der General die grassierenden Zweifel am Selbstverständnis der Supermacht ausräumen könne – ein Problem, das mehr als dreißig Jahre lang wesentliche Entscheidungskapazitäten der US-Hauptstadt beansprucht hatte. Bradley, ganz Militär alter Schule: »Die Moral der Truppe ist hoch. Die Männer bekommen dreimal in der Woche Eiscreme.« Und wie beiläufig fügt er an, nur zwei schwarze Soldaten hätten sich mehr für die Aufstände zu Hause interessiert als für ihren Einsatz gegen den Vietcong.

1968 war auch für die USA ein Schicksalsjahr. Die allgemeine Anerkennung für die Tapferkeit schwarzer Soldaten, die glaubten, durch patriotischen Einsatz mehr Bürgerrechte erreichen zu können, wurde auf eine harte Probe gestellt; Martin Luther King jr. wird am 4. April 1968 in Memphis im US-Bundesstaat Tennessee hinterrücks ermordet. Am Tag darauf greifen Rassenunruhen in Washington, Detroit, Chicago und Los Angeles um sich. Große Teile der US-Hauptstadt werden niedergebrannt.

»Make love, not war!« stand anno 1968 auf Spruchbändern der Universität Berkeley zu lesen. Dabei war die Studentenrevolte keineswegs harmlos. Der Funke der Kulturrevolution war von Rotchina übergesprungen. Zum erstenmal erschien die amerikanische Gesellschaftsordnung ihres Fortschrittsglaubens beraubt. Entschlossene Minderheiten bekämpften diese Ordnung offen und unbarmherzig. Vietnam und die Rassenfrage luden das Klima der Gewalt auf. Der Durchschnittsamerikaner verkroch sich in sein Heim. Aus Furcht und aus Ablehnung gegenüber Schwarzen zogen die Weißen millionenfach aus den Citys in die Vororte. Dort herrschte Ruhe – scheinbar.

Tödliche Schüsse scheuchten ein weiteres Mal auf. Senator Robert Kennedy, der begabte Bruder des ermordeten Präsidenten, war das nächste Opfer. Er hatte soeben die kalifornischen Vorwahlen gewonnen. Ein Symbol verblutet.

Gewalt triumphierte auch international. Russische Panzer beenden den »Prager Frühling« am 20. August gewaltsam. Hemisphäre, diesmal die kommunistische, ist alles, Menschlichkeit nichts. Erstarrte Strukturen obsiegen ein weiteres Mal. Washington ist ratlos. Die westliche Supermacht ist wieder wie gelähmt. Für Präsident Lyndon B. Johnson, der Amerika am liebsten wie ein »Big Daddy« regiert hätte, war das Zusammentreffen von Vietnamkrieg, Studentenrevolte, Aufständen der Schwarzen und Prager Frühling zuviel. Averell Harriman schreibt später über ihn: »Lyndon B. Johnson hätte einer der größten Präsidenten der USA werden können.« So war er nur ein Zwischenpräsident, ein überforderter Texaner, der international kaum Spuren hinterlassen hat.

Weltraum und Intelligenzija

Eigenartiges Piepsen reißt Amerika aus einer Illusion. Die regelmäßigen Zeichen stammen vom ersten Satelliten, der von Menschenhand in eine Umlaufbahn um die Erde gebracht worden war, vom 83 Kilo schweren sowjetrussischen »Sputnik«. Diese Premiere vom 4. Oktober 1957 traf die größte Industrienation der Welt an einer ihrer empfindlichsten Stellen, nämlich ihrer Wettbewerbsfähigkeit und ihrem Prestige. Wie konnte es geschehen, daß ein anderes Land – und ein kommunistisches dazu – die USA überrundet und dies im Weltraum aller Welt vorführt? Bis dahin war das Selbstgefühl industrieller Überlegenheit in einem Land solide begründet, das 1869 als erstes die Schreibmaschine entwickelt hat, 1874 die erste elektrische Straßenbahn, 1876 das Telefon, 1879 die Glühlampe oder 1881 den Mähdrescher. Nummer eins zu sein war Statussymbol, Selbstbestätigung und entsprach – bis Sputnik – unbestrittener Überlegenheit.

Seine erste Einbuße mußte dieses Gefühl hinnehmen, als ein Fernaufklärer der amerikanischen Streitkräfte mehr zufällig »fündig« wurde. Im August 1949 stellte der findige Beobachter eines Aufklärers an einer Wolkenbildung fest, daß das gesichtete Gebilde von einer Atomexplosion herrühren mußte. Nach dieser Information über den langen Draht kam man im Washingtoner Verteidigungsministerium damals zu dem Schluß, daß die Sowjetunion das Atomwaffenmonopol der USA – schneller als erwartet – gebrochen hatte.

Im Rennen um die Führung im Weltraum gaben die sowjetrussischen Wissenschaftler ihren amerikanischen Kollegen noch einiges mehr zu raten auf. Der erste Mensch im Weltraum war am 12. April 1961 Juri Gagarin. Alan D. Shepard jr. folgte kurz darauf als erster Amerikaner am 5. Mai 1961. John Glenn machte anschließend mit seiner ersten Erdumkreisung Furore. Valentina Tereskowa sorgte 1963 als erste Frau im Weltraum für Schlagzeilen, so wie Alexej A. Leonow mit dem ersten Weltraumspaziergang.

Zur sowjetischen Überlegenheit hieß es damals in Washington: »Wir haben die falschen Generale gefangen.« Damit wurde auf Experten aus Deutschland angespielt. Ihnen war in Peenemünde 1943 mit dem erfolgreichen Start ballistischer Trägerraketensysteme mit neuen Transportmitteln der Durchbruch gelungen. Nach Kriegsende versuchten alle vier Siegermächte, sich den Wissensstand dieser Experten zu sichern. Sie wurden kurzerhand interniert und abtransportiert.

Wernher von Braun, der »Vater« des US-Raumfahrtprogramms, arbeitete in Huntsville im US-Bundesstaat Alabama mit einem ganzen Stab seiner Mitarbeiter aus Peenemünde. Jahrelang plagte er sich (wie seinerzeit Teller beim Bau der Atombombe) mit der Washingtoner Genehmigungsbürokratie herum. Ein typisches Beispiel dafür, wie in einer demokratischen Gesellschaft jeder gegen jeden arbeitet, solange es keinen Konsens über ein Ziel gibt, das alle akzeptieren: Im Wettbewerb um neue Waffensysteme stritten die Teilstreitkräfte um Millionen und Milliarden. Obwohl es erst seit 1947 überhaupt ein einheitliches Verteidigungsministerium gab, mit dem die traditionellen Rivalitäten der Teilstreitkräfte, ihrer Minister und Generale beendet werden sollte, herrschte Chaos.

Jeder wollte der erste sein. Kein Ministerium und keine Teilstreitkraft hatte jedoch das erforderliche Wissen und/oder die erforderlichen Geldmittel. Hinter einzelnen Projekten standen einzelne Firmen oder Firmengruppen. Ihre Interessen ließen sie im Washingtoner Genehmigungsbetrieb durch Lobbyisten vertreten. Diese bearbeiteten ihrerseits Senatoren und Abgeordnete sowie deren einflußreiche Stäbe auf dem Kapitol. Firmen-, Branchen- und Regionalinteressen, die Belange der Streitkräfte und schließlich die des Präsidenten kreuzten sich – wie so oft, wenn es in Washington um Geld, Geschäft und politische Macht geht. Längst war den Beteiligten klar, daß Weltraum nicht nur Geschäft, sondern auch Geltung bedeutet. Da praktisch alle zwei Jahre gewählt wird, werden viele Hände aufgehalten.

Die Reise auf den Mond

Unter dem Eindruck, daß die Sowjetunion den ersten Mann in den Weltraum bringen konnte, beauftragte Präsident John F. Kennedy seinen Vizepräsidenten, sich der Weltraumproblematik anzunehmen. Lyndon B. Johnson, ein Politprofi mit jahrzehntelangen Erfahrungen mit Washingtoner Gebräuchen, wirtschaftete großzügig drauflos, dank guter Verbindungen zur heimischen, zur texanischen Luftfahrtindustrie. Dies geschah sichtlich nicht zu seinem eigenen Nachteil. Immer wieder war und ist von Bestechung die Rede. Beweise fehlen, wie so oft.

Oval Office, 20. April 1961. Präsident Kennedy: »Haben wir eine Chance, die Sowjets zu schlagen, indem wir ein Laboratorium in den Weltraum bringen? Oder indem wir einen Menschen auf den Mond und wieder zurückbringen?« Johnson bejahte, und ein paar Tage später verkündete Kennedy das Apollo-Programm: »Wir bringen einen Mann auf den Mond, bevor dieses Jahrzehnt zu Ende ist.« Fünf Milliarden Dollar jährlich flossen aus amerikanischen Steuergeldern in die National Aeronautics and Space Administration (NASA). Der Schuß auf den Mond kostete insgesamt 100 Milliarden Dollar.

1969 war das Ziel erreicht. Die ersten Amerikaner, Neil Armstrong und Edwin Aldrin, landeten am 21. Juli 1969 auf dem Mond. Sechs Jahre später vereinigten sich amerikanische und sowjetische Astronauten bzw. Kosmonauten im All. War die Weltraum-Welt damit heil? Keineswegs. Nach 25 gelungenen Starts explodiert im Februar 1986 Space Shuttle »Challenger« beim Start. Sieben amerikanische Astronauten sterben. Über zwei Jahre steht das amerikanische Programm still, während die Sowjetunion weitermacht. Im amerikanischen Fall hatte sich gerächt, ein einziges System unter der Federführung einer einzigen Institution zu entwickeln, nämlich Space Shuttle der (regierungsamtlichen) NASA. 1987 starteten die Sowjets 85 Satelliten, die USA acht.

Wissenschaftlicher Stillstand war von militärischem Stillstand begleitet. Und wieder bewegten sich die Amerikaner im anderen Extrem: Selbstzweifel, Hoffnungslosigkeit, hysterisch bejammerte Unterlegenheit. Tatenlos mußten sie mit ansehen, wie die Sowjetunion ihrerseits daranging, den Weltraum zu kommerzialisieren und zu industrialisieren. US-Privatfirmen vertrauten sich dem erstmals zugänglich gemachten Raketensystem der Sowjetunion vom Typ »Proton« an. Was jahrzehntelang unmöglich erschien, daß amerikanische Satelliten vom Weltraumbahnhof Baikonur mit sowjetrussischen

Raketen gestartet werden, wurde Wirklichkeit. Mangels eigener Transportmöglichkeiten müssen Amerikaner in den sauren Apfel beißen. Eine schwere Schlappe. Sie wird durch Erfolge der Europäer mit ihrer Ariane-Rakete nur noch deutlicher. Um so größer fällt die amerikanische Erleichterung aus, als Space Shuttle im Oktober 1988 mit einer erfolgreichen Mission die US-Zwangspause beendet.

Während das US-Verteidigungsministerium nach wie vor Angst hat, der Sowjetunion Einblick in hochwertige amerikanische Technologie zu bieten, zeigte sich Moskau großzügiger. Westliche Auftraggeber konnten – unüberwacht – Transporte in den Weltraum mit dem sowjetischen System Proton gegen »freie« Währung vornehmen lassen. Das verfeinerte, möglicherweise allzu komplizierte amerikanische System stand indessen jahrelang still, mit dem vor der Space-Shuttle-Katastrophe fast alle benachbarten Planeten – Ausnahme Neptun und Pluto – besucht worden waren. Spät erst gab Washington nach und ließ neben der NASA auch private Firmen für den Weltraumtransport zu.

Jimmy Who?

Wie ein begabter, gebildeter Atomphysiker im Räderwerk der Washingtoner Politik verschlissen und damit auch international brüskiert wird, zeigt das Schicksal von Jimmy Carter. In keinem anderen Land ist es so sehr die Personenstruktur des Präsidenten, die Politik, Geschichte und Geschichten ausmacht, wie in den USA.

Teddy Roosevelt verstand die Welle des jungen Imperialismus um die Jahrhundertwende zum Krieg gegen Spanien zu nutzen. Woodrow Wilson brachte es durch Zusammenarbeit mit der einen und dann mit der anderen Interessengruppe fertig, zuerst für die Neutralität und dann für den Eintritt in den Ersten Weltkrieg zu agieren. Franklin D. Roosevelt mobilisierte die Angst vor einer fortdauernden Wirtschaftskrise, um sein Programm vom New Deal, von mehr Staat, den sonst so individualistischen Kongreßmitgliedern »abzutrotzen« und in imperialer Manier Hitler besiegen zu helfen. Truman nutzte den Antikommunismus, um den Marshallplan großzügig finanzieren zu lassen. Kennedy weckte das Gefühl der Amerikaner, auch etwas für die Gemeinschaft tun zu müssen. Johnson versuchte sich erstmals an Sozialpolitik nach europäischem Muster. Nixon dachte mehr als alle anderen in außenpolitischen Kategorien und scheiterte am hausgemachten Watergate-Skandal.

Allen gemeinsam ist, daß sie mehr oder weniger generalstabsmäßig daran bastelten, Wiederwahlinteressen der Senatoren und Mitglieder des Repräsentantenhauses mit den jeweiligen Agenten »ihrer« Administration zusammenzuspannen: die Banken bei der Staatsfinanzierung, die Tabakbauern beim Rauchverbot, die Bauern beim Getreideexport, die Automobilarbeiter beim Einfuhrschutz.

Das Heer der Rechtsanwälte, Lobbyisten und Journalisten wurde je nach Bedarfslage mobilisiert, korrumpiert oder infiltriert. Aus dem Inland wie aus dem Ausland. Washington lebt von wechselnden Koalitionen, die allezeit von Interessen und meistens von Stimmungen bestimmt sind. Nationales unterscheidet sich da nicht von Internationalem. Die Zukunft der Sojabohnenbauern kann dabei ebenso wichtig sein wie der Verbleib der 250000 US-Soldaten in Europa. Jimmy Carter blieb diese Realität fremd. Als dann Ajatollah Khomeini die Welle des Fundamentalismus auslöste und 54 Geiseln in der amerikanischen Botschaft in Teheran nehmen ließ, war die Administration Carter mit ihrem Latein so gut wie am Ende. Ein gedemütigtes Amerika sehnte sich nach besseren Zeiten.

»Die Geschichte wird über den 39. Präsidenten gnädiger urteilen als seine Zeitgenossen«, meinen Carter-Anhänger, die die Unentschlossenheit weniger störte als seine innerbetriebliche Liberalität. Daß Carters Beiträge unvollständig gerieten, ist bezeichnend für diesen bemühten Mann. Beispiel: das Nahostabkommen von Camp David, ein Dreierakkord zwischen USA, Israel und Ägypten, das den Weg zu einem Teilfrieden in dieser Krisenregion ebnete. Umstände und Personen wie Präsident Sadat und Menachem Begin halfen dem bescheidenen Carter, der ein Leben lang um Akzeptanz ringt – sei es auch nur als Hobbytischler, der als pensionierter Präsident Stühle anfertigt, die für soziale Zwecke meistbietend versteigert werden.

Der Fundamentalist Carter wurde von anderen Fundamentalisten ausmanövriert. Nicht nur in der Geiselaffäre von Teheran, sondern überhaupt in der tragischen Verstrickung der USA mit Nahost. In dieser Schicksalsregion fällt es der amerikanischen Außenpolitik besonders schwer, den Weltpolizisten zu spielen. Wie oft hat Washington versucht, es allen recht zu machen und gleichzeitig Israel, dem Außenposten westlicher Demokratie in einer unberechenbaren Umwelt voller politisch-religiöser Spannungen, die Stange zu halten. Nie waren die ethnischen Bindungen zwischen den Juden Amerikas und dem jüdischen Staat so eng wie heute.

Lange bevor um Mitternacht vom 13. auf den 14. Mai 1948 das Mandat auslief, das der Völkerbund Großbritannien für Palästina übertragen hatte, also schon vor der Geburtsstunde des Staates Israel, trug das Verhältnis zwischen Amerikanern und Juden den Stempel des Besonderen. In den USA, wo heute über sechs Millionen Amerikaner ihrem jüdischen Glauben mit stolzem Bewußtsein folgen (gegenüber vier Millionen bedrängten Juden in der Sowjetunion und gut 2,5 Millionen jüdischen Einwohnern in Israel), hat auch die amerikanische Gesellschaft mit den Spannungen zwischen Orthodoxen, Traditionalisten und Reformern zu leben gelernt. Ihre engagierte Auseinandersetzung um den rechten Weg des Glaubens hat in einem Staat absoluter Religionsfreiheit wie dem amerikanischen die Integration der Wellen von jüdischen Einwanderern in keiner Phase behindert. So wie die Aufteilung Palästinas 1922 übersehen oder unterschätzt wurde, verhielt es sich freilich auch mit der tödlichen Systematik der Verfolgung unter Hitler.

Das ganze Ausmaß der rassistischen Vernichtungspolitik gegenüber dem jüdischen Volk wurde auch den meisten Amerikanern erst nach Ende des Zeiten Weltkrieges bewußt.

Selbst danach ist die normalerweise recht tolerante amerikanische Gesellschaft vor Antisemitismus nicht gefeit. In den Zentren der Macht freilich verstehen die jüdischen Organisationen inzwischen, ihren Einfluß geltend zu machen. Im Washingtoner Sprachgebrauch heißt es, die »jüdische Lobby« zähle zu den einflußreichsten von ganz Amerika.

Das Verhältnis zwischen Amerikanern und Juden hat sich über Jahrzehnte ausgeprägt: Übernahme der Verantwortung von Großbritannien, dessen wechselvolle Politstrategie im Nahen Osten jahrzehntelang mit einer Mischung aus Neid und Mißtrauen verfolgt wurde; das schlechte Gewissen einer moralisch entrüsteten amerikanischen Öffentlichkeit, nachdem sich die ganze Brutalität des Holocaust offenbarte; Respekt vor jüdischen Siedlern und der Organisationskraft des Staates Israel samt seinen militärischen Leistungen und die Unterstützung Israels als Außenposten der westlichen Demokratie in einer turbulenten Weltregion.

Aus diesen speziellen Gründen ergibt sich eine besondere Beziehung, die Schwankungen der Alltagspolitik überdauert und über Jahrzehnte zu einem unverrückbaren Bestandteil politischer Wirklichkeit der USA geworden ist. Keine andere Religionsgemeinschaft vermag in diesen Kernbereich vorzudringen.

Daß sich die andere Supermacht überhaupt auf einen Abrüstungsversuch mit der Begrenzung atomarer Interkontinentalraketen (SALT 2) einließ, zählt zu den schwer erklärbaren Wundern der Carter-Zeit. Was zwischen diesem Präsidenten und Generalsekretär Breschnew 1979 in Wien als Vertrag unterschrieben wurde, scheiterte freilich – wieder – am Senat zu Washington. Ein weiteres Mal schwang das Pendel bereits in die andere Richtung. Als Präsident ist Carter mit der amerikanischen Webart des Machtgleichgewichtes nicht fertig geworden. Ihm – und schließlich auch der Sowjetregierung – blieb nur übrig, so zu tun, als ob . . . als ob die Welt, an deren Besserung dieser Präsident inbrünstig glaubte, heil wäre. Sie war es jedoch nicht, noch lange nicht.

Ein Platz im Buch der Geschichte

Der Kameramann von Kamera 5 fühlte sich benachteiligt. Zu ebener Erde konnten die hohen Herrschaften doch wohl nur vorbeigehen. Seine Kollegen im ersten Stock erwarteten die schönen Gelegenheiten. Und dann kam doch alles ganz anders. Der Mann von Nummer 5 schoß die Bilder seines Lebens. Auf der breiten Treppe des Kreml-Palastes kommen sie langsam, jedoch locker herunter, eingehängt. Rechts Nancy Reagan. Michail Gorbatschow hatte ihr galant über die ersten Stufen geholfen. Dann hängte er sich bei der First Lady aus Washington richtig ein. Raissa Gorbatschowa sieht das und hängt sich bei Ronald Reagan ein. Wie gute Freunde, die etwas geschafft haben, schreiten sie strahlend auf Kamera Nummer 5 zu.

Das Protokoll, minuziös und minutenweise seit Wochen ausgearbeitet, schreibt: Der Generalsekretär der KPdSU verabschiedet den Präsidenten der Vereinigten Staaten. Als die Diplomaten beider Seiten diese Vorausdisposition trafen, konnten sie nicht ahnen, daß der Abrüstungsgipfel von Moskau in einer derart lockeren und ungewöhnlich vertrauensvollen Atmosphäre über die Bühne gehen würde. Vorsichtshalber hatten sie vereinbart, daß die eigentliche Abschiedszeremonie mit gehöriger Feierlichkeit im Katharinensaal des großen Kreml-Palastes stattfindet. Dabei blieb es dann auch. Die Reagans und die Gorbatschows hielten sich brav an das Protokoll. Doch sie benahmen sich wie nach Abschluß eines Superdeals und strahlten.

Hinter Formeln wie »sachliche Verständigungen über weitere Abrüstung«, »Regionalkonflikte« und »zweiseitige Zusammenarbeit« verbergen sich tatsächlich politische Sensationen. Im Großen verabreden die Großen, den kalten Krieg, den sie über vier Jahrzehnte gegeneinander führten, zurückzunehmen und sukzessive zu beenden. Nach außen ging es »nur« darum, den Vertrag über Kurz- und Mittelstreckenraketen endgültig unter Dach und Fach zu bringen. Nachdem Reagan und Gorbatschow jedoch schon am zweiten Konferenztag einen zunächst nicht geplanten gemeinsamen Spaziergang über den Roten Platz unternahmen, war auch äußerlich klar: Mit der ersten wirklichen Abrüstung im Sinne der gegenseitig kontrollierten Vernichtung von Mittelstreckenraketen wurde eine neuartige Entspannungsphase eingeleitet: Rückzug der Sowjettruppen aus Afghanistan nach neun Jahren; Beendigung des acht Jahre alten Krieges Iran–Irak (mit über einer Million Toten die blutigste Auseinandersetzung seit dem Zweiten Weltkrieg) durch Einschaltung der Vereinten Nationen, die die Supermächte unterstützen; Rückzug der amerikanischen Marine aus dem Persischen Golf nach 40 Jahren; Entspannung im südlichen und im nördlichen Afrika sowie in Indochina. Washington und Moskau gaben gleichzeitig grünes Licht für intensiven Austausch von Jugendgruppen, Touristen, Studenten, Wissenschaftlern, Wirtschaftlern, Politikern.

Das »größte Entspannungsexperiment aller Zeiten« konnte beginnen. Selbst Andrej Gromyko, jahrzehntelang als sowjetischer Außenminister auf unversöhnlichem Härtekurs, konnte man, wie seit Jahren nicht mehr, lachen sehen. Als er, damals noch Staatsoberhaupt der Sowjetunion, den amerikanischen Präsidenten auf dem Flugplatz verabschiedete, klopfte er Reagan auf die Schulter, und die Musikkapelle des Ehrenbataillions der Sowjetarmee spielte schwungvoll »Stars and Stripes«.

Aufrüstung und Abrüstung erweisen sich gegen Ende des 20. Jahrhunderts als Spiegel der Gesellschaft und ihrer wahren politischen Interessen. Auf amerikanischer Seite zeigen sich tief verankerte Elemente der Volksmentalität. Da ist das gespaltene Verhältnis zu Gewalt und Recht. Sich und eine gerechte Sache zu verteidigen erscheint den meisten Amerikanern nicht nur Recht, sondern Pflicht. Die Waffe ist dabei nicht zuletzt Ausdruck des Status, Gerechtigkeit eine Funktion verläßlicher Rechtsordnung. Diese stützt sich auf konkrete Einzelfälle, nicht auf immerwährende Prinzipien. Inneramerikanische Denk- und Verhaltensweisen werden auf internationale Verhältnisse übertragen. Da die meisten Amerikaner davon überzeugt sind, in und mit einer mustergültigen Demokratie zu leben, erscheint es ihnen nur logisch, dem Verhalten eines Gegenspielers nicht tatenlos zuzusehen, sondern sich zu wehren. Militär ist nur ein Teil dieser Wehrbereitschaft, Motivation und Zweckmäßigkeit der andere.

George Washington, der Oberkommandierende der amerikanischen Befreiungsstreitkräfte, konnte den bunten Haufen rebellierender Untertanen seiner britischen Majestät nur zusammenhalten und zum Erfolg führen, weil er zweierlei zu verbinden verstand: Motivation zum unverzüglichen Handeln gegenüber europäischer Herrschaft mit der Einsicht, daß militärische Disziplin unumgänglich ist, und die Engländer zu besiegen. Unabhängigkeit, das politische Ziel, konnte militärisch mit dieser Freiwilligenarmee aus zunächst 4000 und später 90 000 Mann nur erreicht werden, weil der Gegner, das stehende Heer, als Inbegriff europäischer Unterdrückung und monarchistischer Aggression angesehen wurde. War der Sieg erst errungen, entfiel das Bedürfnis für Militär. Für den Hausgebrauch der jungen amerikanischen Republik war es nicht nötig, und von der übrigen Welt trennten sie zwei Ozeane, damals absolute Sicherheitsgarantie. Es wurde abgerüstet.

Mit diesem amerikanischen Verhaltensschema plagen sich bis heute die ›Washingtonians‹, obwohl sie sich längst dem

Zugzwang ausgesetzt haben, der aus der Funktion als Weltmacht herrührt. Nach wie vor möchten es viele bei der Grundeinstellung belassen: Militär nur im Notfall, mit begrenzter Verteidigungsaufgabe und improvisierter Ausstattung. Nach einem Krieg »die Boys nach Hause zu schicken« war und ist populär. Erfahrungen mit dem Bürgerkrieg von 1861 bis 1865 haben dieses pazifistische Schema noch verstärkt. Da war die Berufstruppe im Norden, samt Freiwilligen eine 500 000-Mann-Armee. Ihnen standen 400 000 überwiegend freiwillige Südstaatler gegenüber. Über 200 000 starben. Nach diesem Krieg, der das Land ausgeblutet hatte, folgte eine lange Phase des Isolationismus und Pazifismus. Militär galt als verdächtig, zivil sein war alles.

Weltmacht ohne Doktrin

Im Zeitalter des aufblühenden Imperialismus hatte selbst der energiegeladene Teddy Roosevelt alle Mühe, Vorbehalte gegenüber Militärs zu überwinden. »Flagge zeigen« zu müssen wurde zwar eingesehen. Es sollte aber möglichst nicht geschossen werden. So weist der Krieg gegen Spanien operettenhafte Züge auf. Man engagierte sich ganz gern politisch, nicht jedoch militärisch. Bis weit in das 20. Jahrhundert hinein fehlt eine klare Verteidigungsdoktrin. Neutralität erschien als der bequemere Weg. Zweimal mußte Washington den Amerikanern eine Kehrtwendung und den Kriegseintritt plausibel machen. Nach dem Ersten Weltkrieg wird – eingedenk früherer Verwicklungen – die US-Armee von über zwei Millionen auf kaum mehr als 120 000 Mann abgerüstet.

Erst allmählich verbreitet sich die Erkenntnis, daß eine Großmacht militärisch und waffentechnisch schlecht einem Verhaltensmuster folgen kann, das aus der Zeit des Vorderladers stammt: improvisiert verteidigen und dann schnell wieder nach Hause gehen. Anders läßt sich nicht erklären, daß die Industrienation, die das Auto und das Flugzeug entwickelt hat, zunächst glaubte, ohne organisierte Luftwaffe auskommen zu können. Selbst im Zweiten Weltkrieg, wo 12 Millionen Amerikaner als Wehrpflichtige unter Waffen standen, konnte man sich zunächst von kurzfristigen Dispositionen nicht lösen. Dann allerdings kam die Kriegsmaschine auf Touren.

Im Vertrauen darauf, daß nun »ewiger Frieden« ausbricht, mit dem Blick auf die Verständigung zwischen den USA und der Sowjetunion und vor allem im Vertrauen auf die Vereinten Nationen wird der Mannschaftsstand der US-Armee bis 1947 auf 1,3 Millionen Mann, also um etwa 90 Prozent, verringert. Ganz so selbstlos wie nach dem Ersten wurde nach dem Zweiten Weltkrieg freilich nicht abgerüstet. Traditionellen Vorstellungen verhaftet, vertraute man zwar noch immer auf Sicherheit, die die Ozeane bieten. Im übrigen verließ man sich aber auf das Atomwaffenmonopol (das kurz danach von der Sowjetunion gebrochen wurde). Tausende ausrangierter Bomber, die in der trockenen Luft der Wüste von Nevada und Arizona als (nicht rostende) Zeitzeugen gestapelt werden, künden dennoch vom redlichen Abrüstungswillen. Wurde doch Präsident Trumans Mißtrauen gegenüber russischer Expansion à la Stalin militärstrategisch fürs erste kaum umgesetzt.

Außer Kontrolle der Supermächte

Bittere Erfahrungen in Korea, Vietnam, Nahost, ja schließlich Europa zeigen, daß altbackene Theorien vom Krieg nicht mehr ausreichen. Guerillas, Terroristen, unerklärte Militäraktionen haben dazu geführt, daß es seit Ende des Zweiten Weltkrieges mindestens drei Dutzend kriegsähnliche Verwicklungen mit Millionen Toten gab. Also keine traditionellen Waffengänge mehr mit feierlichen Kriegserklärungen, klaren Fronten und einer gewissen Ritterlichkeit. Dazu kommen Stellvertreterkriege, Bürgerkriege und eine Mischung von alledem. Die Supermächte wirken dabei einmal als Antreiber, einmal wie Getriebene. Immer häufiger verlieren sie die Kontrolle. In den ersten Jahren des kalten Krieges wurde ihnen das überhaupt nicht bewußt. Sie waren auch militärisch auf Konfrontation eingestellt, also miteinander beschäftigt. Anderswo in der Welt wurden sie vor vollendete Tatsachen gestellt.

Unterhalb der Atomschwelle sind die Supermächte alles andere als super. Ihr Gleichgewicht des Schreckens läßt sich jedenfalls nicht automatisch von einer Generation auf die andere übertragen. Gegenseitige Abschreckung verliert auf Dauer ihre Wirkung. Und die Kosten der Aufrüstung wachsen ins unermeßliche. Sowohl die offene Gesellschaft der USA als auch die bisher geschlossene Gesellschaft der Sowjetunion zeigten im Laufe der Jahre immer weniger Neigung, die wachsende Rüstungslast ohne Murren zu tragen. Krieg war doch nicht immer und überall »Vater aller Dinge«, zivile Bedürfnisse und der Ruf nach politischer Phantasie führten zu neuem Denken.

Die Abrüstungsphase zwischen den beiden Supermächten, wie sie von Reagan und Gorbatschow eingeleitet wurde, ist alles andere als Zufall, vielmehr logische Folge veränderter Verhältnisse und unausweichlicher Sachzwänge der Wirtschaft wie der Technik. Reagan und Gorbatschow zeigen, daß Churchill doch nicht recht hatte, als er in seinem Resümee des Zweiten Weltkriegs schrieb: »Die menschliche Tragödie erreicht ihren Höhepunkt nach all den Anstrengungen und Opfern von Hunderten von Millionen Menschen und trotz des Sieges der guten Sache. Wir haben dennoch nicht Frieden und Sicherheit gefunden. Wir hängen mehr als vorher von dem Übel ab, das wir glaubten überwunden zu haben.«

Die nächste Generation hat die Chance, das Übel des Fehlverhaltens doch noch zu überwinden.

Das Ende der Reagan-Ära und ein neuer Anfang

»One more term«, noch eine Amtsperiode, riefen Reaganfans im Wahlkampf 1988. Ronald Reagan wäre mit seinen 78 Jahren als amerikanischer Präsident ein drittes Mal gewählt worden, hätte ihm nicht sein großes Vorbild, Franklin D. Roosevelt, die Möglichkeit genommen. Weil FDR dreimal wiedergewählt wurde und dies gegen das Erneuerungsempfinden der amerikanischen Elite verstieß, sollte es bei einer einzigen Ausnahme bleiben, die unter Kriegsumständen eingeräumt wurde. Die Verfassung, die auf einen Ausgleich der Kräfte ausgerichtet ist, verbietet seitdem eine zweite Wiederwahl. Triumph im Verzicht.

Den meisten Amerikanern waren acht Jahre Reagan nicht genug, anders als einer Mehrheit der Kaste der Politiker, der Medienmacher und jener, die von Anfang an dem Schauspieler aus Hollywood politisch-ideologisch mißtrauten. Als Person freilich konnte Reagan unter diesen amerikanischen Kontrahenten bis zum Schluß ebenso auf Sympathie bauen wie unter seinen Politpartnern im Ausland. Hier zeigt sich ein doppeltes Phänomen. Als Sportsleute wissen Amerikaner zwischen Person und Einsatz zu unterscheiden. Und dem Ausland gegenüber hat dieser 40. Präsident mehr als die meisten seiner Vorgänger vorgeführt, was Pragmatismus auf amerikanisch bedeuten kann: zuerst gegen Defizite und dann Rekordverschuldung des Staates, zuerst gegen Abrüstung und dann die erste Waffenvernichtung. In allem steckt eine weitere Erklärung für die frappierende Wandlungsfähigkeit der USA.

Amerika ist allezeit im Umbruch, Amerika bricht immer wieder auf. Amerikaner vollziehen politisch, was in der Luft liegt. Dies ist eines der Geheimnisse für die Funktionsfähigkeit ihrer Demokratie. Im durchlässigen System wächst immer wieder etwas nach, spätestens alle vier Jahre bei Präsidentenwahlen. Nur zu oft kann dabei geschehen, daß die breite Masse der Amerikaner – Nixon hat sie einmal zutreffend »schweigende Mehrheit« genannt – unbefangen und unbeirrt anders votiert, als das politische Establishment hofft und die politisierenden Medien prophezeien. Innenpolitik, also das, was den Stimmbürger unmittelbar angeht und was er selber glaubt, mit seiner Entscheidung beeinflussen zu können, wiegt dabei im amerikanischen Präsidialsystem nahezu alle Außenpolitik auf.

Wie Amerika immer wieder an seine eigene Lebensart erinnert werden möchte, hatte auch der Wechsel vom wohlmeinenden, jedoch sauertöpfischen Jimmy Carter zum gutgelaunten Ronald Reagan gezeigt. Wieder einmal war eine Wende gefragt. Der sympathische 69jährige, zweitklassiger Hollywood-Schauspieler, sorgte als erstklassiger Politiker aus der kalifornischen »Provinz« für Neuorientierung. Mit Schwung und Ideen wurde Schwarzsehern à la Carter der Kampf angesagt. Wie über Nacht gewann Amerika seinen alten Schwung zurück. Nicht, daß Probleme so schnell gelöst worden wären. Aber mit einem Einfachrezept von »weniger Staat« und »mehr Bürgerinitiative« sammelte Reagan zuerst im Wahlkampf und dann – zum eigenen Erstaunen – auch international Pluspunkte. Was Wohlbehagen der Schutzbefohlenen ausmacht, hatte er als Gewerkschaftsvorsitzender und als Gouverneur von Kalifornien erfahren. Auf der Bühne der Politik verstand er es meisterhafter, die Szene zu beherrschen, als in seinen B-Movies. Mit »Familie«, »Fleiß«, »Nachbarschaft«, »Frieden und Stärke« hielt Reagan politisch acht Jahre durch. Dabei war er kein Freund von ideologischen Skrupeln oder Expertendenken. Er war einfach der rechte Mann zur rechten Zeit. Er trat auf, wie es sich Durchschnittsamerikaner wünschen – präsidentiell –, und er hatte Erfolg. Auch das wünschen sie sich.

Zum erstenmal seit Teddy Roosevelt, also seit 80 Jahren, wagte es wieder ein Präsident, in Grundfragen kompromißlos vorzugehen. Wie vor ihm Wilson, Franklin Roosevelt oder Kennedy setzte Reagen auf »Zeitgeist« – und gewann. Sein Einsatz, auf den er zwei Jahrzehnte hingearbeitet hatte, war hoch, aber er zahlte sich aus. Nicht nur für ihn. Zuerst eine Steuersenkung, dann ein Wirtschaftsaufschwung und gleichzeitig Staatsverschuldung und Handelsbilanzdefizit. Wenn das kein Pragmatismus ist? Reagan, als bürgerlich, reaktionär, jedenfalls rechts verdächtigt und oft verteufelt, exerzierte Keynesianismus wie selten in der modernen Wirtschaftsgeschichte.

Acht Jahre Reagan geben auch eine Teilantwort auf die Frage, warum es in Amerika keinen Sozialismus gibt. Präsidenten, die ihre Macht ideologisch unbekümmert einmal »links«, einmal »rechts« einsetzen; eine Gesellschaft, die ihrerseits mehr mit Religion und Rassismus, mit Karriere und materiellen Vorteilen als mit Ideologie im Sinn hat; und eine offene Gesellschaft ohne wirkliche Oberklasse, vielmehr mit der Chance für jedermann, über Reichtum zu Ansehen und dem zu gelangen, was die Amerikaner gegenüber jedem europäischen Zyniker ungerührt als »persönliches Glück« bezeichnen – da bleibt wenig Raum für Klassenbewußtsein, pauschale Lösungen und staatliche Umverteilung. Soziale Fragen möchte die meisten Amerikaner individuell und nicht kollektiv gelöst sehen. Motto: »Wer arm ist, ist selber schuld.«

Für Europa brachte die Reagan-Ära zwar gesellschaftspolitische Anstöße wie Steuersenkung, »deregulation«, Privatisierung und Bürgerinitiative. Gleichzeitig nabelte sich aber das moderne Amerika vom alten Europa ab. Selbst konservativen Amerikanern sind viele und ist vieles in Europa zu konservativ und erstarrt. Europäischer Konservativismus wirkt auf sie verwaschen, oberflächlich, unzuverlässig und unredlich. Wer in Amerika zur Elite zählt, bevorzugt klare Verhältnisse. Wer besser ist, mehr leistet, soll oben sein. Daß Europäer einerseits der Losung »weniger Staat« folgen, andererseits aber bei jeder Gelegenheit nach dem Staat rufen, verwirrt Amerikaner mehr denn je. Leistet der Staat etwas, so bewundern sie das dennoch. Sozialleistungen in Europa erheischen Respekt; Washington beginnt über breitere Mischformen staatlicher und privater Vorsorge nachzudenken.

Dennoch hat es Reagan geschafft, die Linksliberalen diesseits und jenseits des Atlantiks zu verblüffen. Er wollte sie ideologisch mit den sogenannten Reaganomics austricksen, und es gelang ihm. Allerdings überdeckte seine Popularität schwere und wachsende Mängel: im Erziehungswesen, unter den Minderheiten, gegenüber berufstätigen Frauen. Im Reaganschen Weißen Haus konnte man schließlich die spürbare Unzufriedenheit in amerikanischen Landen nicht mehr verstehen. Und gekränkt hat dort immer wieder, daß man sich über Reagan international lustig machte.

Freilich: In der zweiten Amtszeit Reagans bewegte sich das

Pendel erstmals wieder in die andere Richtung. Aus der Selbstverständlichkeit, mit der eine zufriedene Gesellschaft ihren Wohlstand konsumierte, erwuchs kritisches Potential. 20 Prozent Analphabeten, unzureichende Weiterbildung, gebremste oder verschlampte Produktivität, versäumte Fortschritte der Wissenschaft, ungelöste Sozialprobleme, unterschätzte Bedeutung der ethnischen Minderheiten und Zweifel an forcierter Rüstung. Reagan zeigte in seinen letzten Amtsjahren Verschleißerscheinungen. Ideen fehlten, Erfolge wurden seltener, Gefolgsleute machten sich davon. Das System hielt zuletzt vor allem dank Reagans ungebrochener Popularität und Vitalität.

Der Neubeginn im Verhältnis zwischen den Supermächten brachte dem tatendurstigen Reagan ein letztes »Hurra«. Der Mann, der auszog, um die Welt durch Stärke das Fürchten zu lehren, legte die Waffe beiseite und streckte die Hand zur Versöhnung aus. Ein weiteres, ein letztes Mal war Ronald Reagan unterschätzt worden. Denn spätestens seitdem es ihm und seinem sonst so ungleichen Gesprächspartner in Moskau, Michail Gorbatschow, gelang, seriöse Schritte zur Abrüstung zu tun, ist ihm, dem heimatlos gewordenen Bürgerlichen aus Kalifornien, sicher, was er wohl in stiller Stunde angestrebt hat – ein Platz im Buch der Geschichte.

Sein Nachfolger George Bush hat die Siebenmeilenstiefel der Gesellschaftsveränderung ausgezogen. Er will konsolidieren, ein »gentle America« schaffen, eine Nation, die mit sich in Harmonie lebt. Dieser Harmonisierungstrend geht weit über die USA hinaus. Und so hat auch ein Präsident, der dem Pragmatismus huldigt, Vorbildmöglichkeiten draußen in der Welt.

USA & Company

»The roaring twenties«: Anfang und Ende der Gründerzeit

Applaus. Die Kreuzung von Park Avenue und 49. Straße im New Yorker Stadtteil Manhattan ist hell erleuchtet. Luxuslimousinen. Tausende schauen zu. Opernsänger? Filmstars? Oder ausländische Potentaten? Was unter verwöhnten, abgebrühten New Yorkern Aufsehen erregt, ist diesmal der personifizierte Industrieerfolg der Neuen Welt.

Zwei alte Herren steigen aus. Blitzlichter. Aus dem Applaus wird Ovation. Prominente treten ehrfürchtig zurück. Henry Ford begleitet Thomas Edison zum Galadiner. Sie sind Ehrengäste, wie Harvey Firestone, der Pionier der Reifenindustrie, Walter Chrysler, der Autobauer, Thomas Lipton, der Teekönig, und George Eastman, der Vater der Massenfotografie. Sie werden als Pioniere der amerikanischen Industrie gefeiert.

An diesem 24. Oktober 1928 möchte die Neue Welt aller Welt ihre Überlegenheit zeigen. Als Spätkommer der Industrialisierung demonstrieren die Vereinigten Staaten von Amerika, daß sie nicht nur für Bauern, Goldgräber, Spekulanten und Eisenbahnmagnaten ein Land unbegrenzter Möglichkeiten bieten. Auch beim Ersatz menschlicher Arbeitskraft durch Maschinen soll es Amerika besser haben. Edison, Ford oder Eastman werden – wenn sie es nicht schon waren – an diesem unbeschwerten Oktobertag zu Symbolfiguren. Sind doch die USA dabei, Europa industriell den Rang abzulaufen. Gegen Ende der goldenen Zwanziger, mitten in ungezügelter Lebensfreude diesseits und jenseits des Atlantiks zeigt sich: Europa bietet zwar die Grundlagen an Tradition, Erfahrung und Forschung, die USA jedoch lassen im Umsetzprozeß zuerst die Briten und dann die Kontinentaleuropäer hinter sich. Amerikanische Überlegenheit gerät erst in Gefahr, als diese Umsetzfähigkeit wieder schwindet. Dies sollte fast ein halbes Jahrhundert später geschehen.

Im Triumphgefühl dieses Oktobertages von 1928 sind sich die ehrwürdigen Industriekapitäne, ihre Bewunderer und die, die draußen vor der Tür stehen, in dem Gefühl einig, daß es ohne einen Edison kein Licht und kein Telefon, kein Radio und kein Kino gäbe, ohne Ford kein Auto für die Massen und ohne Eastman keine Fotografie für jedermann (und kein Massachusetts Institute of Technology, MIT, für das er die finanzielle Grundlage schuf).

Edison, Ford, Eastman oder Chrysler war an der Wiege gewiß nicht gesungen worden, Elektrizität brauchbar und preiswert zu machen und das Fließband, den Fotofilm oder den Kompressionsmotor zu erfinden. Sie alle sind Kinder von »homesteaders«, Farmern, die ihre Betriebe schlecht und recht als Familienunternehmen führten. Diese biedere Lebensform war es, die das erste amerikanische Jahrhundert, also die Jahre bis 1880/1890, bestimmte. In dieser bäuerlichen Zeit zählte mehr denn je der Pioniergeist. »Go West« hieß es für Millionen von Einwanderern. Für sie wurden zwei Drittel des gesamten Staatsgebietes vermessen und in große rechteckkige Verfügungsgebiete aufgeteilt. Alle sollten gleich und gleich groß sein – wie in einer riesigen kontinentalen Kommune. Wald war zu roden, Land umzupflügen, Selbstversorgung zu organisieren: eine riesige Übung im Überleben.

Schon bald stellte sich heraus, daß die vom Staat gegen eine geringe Gebühr überlassenen Gebiete zu klein vermessen waren, um rentabel bewirtschaftet werden zu können. Die erste Konzentrationswelle – auf bäuerlicher Basis – fand statt. Tüchtige konnten expandieren, ließen die Selbstversorgungswirtschaft bald hinter sich. Auf Einzelfarmen spezialisierten sie ihre Produktion und organisierten behende ein Transportsystem zu den großen Verbrauchsgebieten. Zuerst östlich, dann westlich des Mississippi entwickelten sich bald neue Anbautechniken. Arbeitskräfte waren knapp, die Arbeitskosten hoch, tüchtige Bauern riefen bald nach Mechanisierung. Dynamik und Anpassungsfähigkeit wurden auch zu einem Teil ländlicher Mentalität. Noch um die Jahrhundertwende, als über 45 Millionen Amerikaner auf dem Land und über 30 Millionen in der Stadt wohnten, prägte Kolonisation das Bild der amerikanischen Provinz. Einzelfarmen und irgendwo, wo sich die rechtwinkligen Verkehrslinien der Landnahme geometrisch kreuzten, ein Haus des Sheriffs, ein Post Office und ein General Store. Jenes typische Bild eines amerikanischen Kreuzweges entstand: hier eine Kirche, dort eine Tankstelle, das Ganze verbunden durch Freileitungen für Strom und Telefon. Nur im Süden war der Druck der Mechanisierung, etwa bei der Baumwollerzeugung, geringer. Lange Zeit halfen dort Sklaven. Das übrige Land jedoch regierte Pioniermentalität. Sie hat sich teilweise bis heute erhalten: Stolz auf Selbständigkeit, Vertrauen auf Leistungsfähigkeit, Anpassungsfähigkeit, Wirtschaften in großem Stil.

Produktivität als Verheißung

Ohne Technik, ohne forcierten Einsatz der Maschine hätte Amerika nicht das erreicht, was es heute darstellt. Die Industrialisierung lenkte die amerikanische Mentalität in neue Richtungen. Der erste Durchbruch gelang mit der Weltausstellung von Philadelphia im Jahr 1876. Zum hundertsten Geburtstag ihres bis dahin bäuerlich orientierten Kontinents pilgerten fortschrittsgläubige Farmer zu Hunderttausenden nach Philadelphia. Was sie dort bewunderten, hatte mit Landwirtschaft weniger zu tun als mit Industrie: Dampflokomotiven, Drehbänke, Sämaschinen und die ersten Verbrennungsmotoren. Ein waches Bürgertum erkannte die Chancen, die etwa in einer zentralen Kraftmaschine für einen eigenen Maschinenpark lagen. Was heute Automation heißt, war damals erste Verheißung zur Produktivität. Arbeiter, die

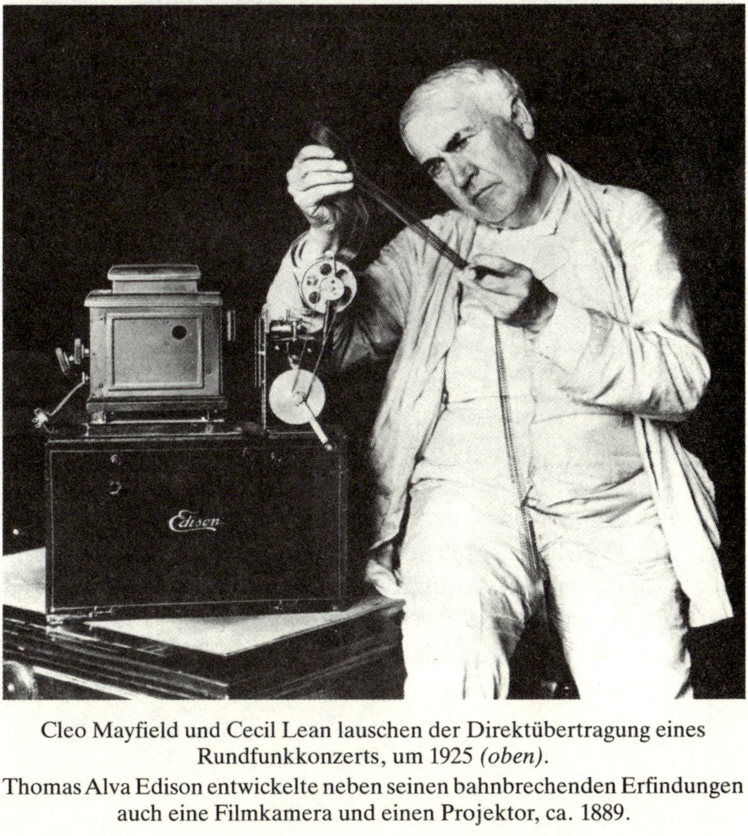

Cleo Mayfield und Cecil Lean lauschen der Direktübertragung eines Rundfunkkonzerts, um 1925 *(oben)*.
Thomas Alva Edison entwickelte neben seinen bahnbrechenden Erfindungen auch eine Filmkamera und einen Projektor, ca. 1889.

knapp waren, konnten durch den »eisernen Sklaven«, durch die Maschine, ersetzt werden. Und zum erstenmal präsentierten sich Werkzeugmaschinen amerikanischer Bauart, die es in Leistung und Präzision mit europäischen Konkurrenzprodukten aufnehmen konnten. Doch noch bestimmte Großbritannien die Industriemärkte.

Amerika war damals ein Land, das Kapital importierte, überwiegend Ersparnisse und Rücklagen der Europäer. In der Neuen Welt war schneller Geld zu machen als in der Alten, zum Beispiel beim Bau von Eisenbahnen. Von 1880 bis 1900 wurde das Streckennetz auf über 300 000 Kilometer verdoppelt. Ein Kontinent rückte enger zusammen. Wie selbstverständlich begehrten größere Märkte größere Serien. Junge Industrien eines offenen Marktes kontinentaler Ausmaße verlangten nach neuen Formen finanzieller und organisatorischer Bewältigung. Der Gewinn wurde zum Zuchtmeister der Industrialisierung. Es wurde notwendig, Arbeit zu teilen, zu verteilen, zu kontrollieren, zu kalkulieren und zu minimieren.

Arbeitsabläufe wissenschaftlich durchsichtig zu machen gelang zum erstenmal um die Jahrhundertwende Frederick W. Taylor. Er »zerlegte« die Abläufe, machte sie meßbar und vergleichbar.

Arbeit maßgeschneidert

Taylors Unterfangen, den Vorgang »Arbeit« durch Vermessung zu versachlichen, das auch noch Ende des 20. Jahrhunderts fortwirkt, empfanden die Arbeiter und ihre heranwachsenden Organisationen zunächst als Ausgeburt disziplinierender Sklavenschinderei. Die Arbeitgeberseite sträubte sich dagegen, objektive Berechnung an die Stelle unumstößlicher Intuition des Chefs treten zu lassen. Schließlich war es Taylors Erfolg, der entschied. Daß sich der Staat bei derlei heraushielt und -hält, war und ist einer der gravierenden Unterschiede zwischen der Alten und der Neuen Welt.

Wie anders geriert doch Europa. In dieser altehrwürdigen

Kulturlandschaft, jahrhundertelang bestimmt von Militärstraßen der Römer, gelang es nur mühsam, die Beherrschungsformen der erblichen Monarchie mit dem angestammten Monopol der Verteilung oder Verwaltung der Macht unter seinesgleichen hinter sich zu lassen, dem Geist der Zeit Raum zu verschaffen, den Erfordernissen einer freieren Industriegesellschaft gerecht zu werden. Descartes, Kant oder Hegel standen Pate, wenn es um Teilung der Macht ging. In der Neuen Welt wurde Aufklärung gelebt. Ihr Mittel hieß »Wirtschaft«, ihr Antrieb »Technik«, ihr Maßstab »Gewinn«.

Marx gegen Ford

Karl Marx gegen Henry Ford. Der Revolutionär und der Sozialreformer schufen Grundpositionen einer Auseinandersetzung, die Jahrzehnte und mehr beeinflußten. Der eine glaubt, daß sich Kapitalismus überlebt, gesellschaftspolitisch gleichsam von selbst erledigt. Der andere geht mit sozialen Taten gegen Festlegungen der Kaste der Reichen und Mächtigen an. Eckwerte eines Jahrhundertproblems.

Europäer denken, Amerikaner handeln. Hinter solch einer vereinfachenden Formel stecken Verhaltensmuster, die in keinem Bereich des amerikanischen Lebens so durchschlagend wirken wie in der Wirtschaft und die deutlich wie auf keinem anderen Gebiet den Unterschied zu Europa markieren. So war es beispielsweise für Henry Ford ein Teil positiven Klassenkampfes, durch höhere Löhne Arbeiter in die Lage zu versetzen, das, was sie produzieren, auch kaufen zu können. Als er im Jahre 1914 den Mindestlohn auf fünf Dollar pro Tag erhöhte (und damit mehr als das Doppelte des damaligen Durchschnittslohnes zahlte), erklärten ihn Leute seinesgleichen zum verachtenswerten Außenseiter, während die damals jungen Gewerkschaften nichts anderes darin sahen als eine Falle.

Auch Unternehmer in Europa empfanden es schlicht als unverständlich, durch freiwillige Lohnerhöhungen breiten Massen die Segnungen der Technik zugänglicher zu machen. Elektrisches Licht zu benützen, Autos zu besitzen und/oder zu benützen wurde in der Alten Welt ebenso als Privileg einer

Oberschicht empfunden wie der Einsatz von Maschinen zur Gewinnmaximierung. Für die andersartige Mentalität der Amerikaner hatte man wenig Verständnis. Vieles davon gilt heute noch. Wie kann man unternehmerische Aktivität oder den Einsatz von Maschinen, ja die Umsetzung von immer neuen wissenschaftlichen Erkenntnissen einfach als moralische Pflicht ansehen? Warum mehr und Neues wagen, wenn man mit dem Alten sein Auskommen hat? Weshalb der Gesellschaft freiwillig etwas abtreten, überlassen, zurückgeben gar, wenn der Staat – in seiner europäischen Allmacht – nimmt, wo immer er kann, und behindert, wo es nur geht? Für Europäer vertraute Fragen, für Amerikaner unverständlich. Ihr Drang nach Glück ist für sie nicht nur ein theoretisierender Auftrag ihrer Verfassung, sondern moralische Pflicht an sich. Selbstbestätigung erfüllt sich dabei nicht in Ausübung wirtschaftlicher Macht, sondern in Anerkennung geschriebener und vor allem ungeschriebener Gesetze. So erklärt sich, daß die Steuermoral in den USA allgemein hoch, Steuerhinterziehung jedenfalls weit mehr ist als ein Kavaliersdelikt. Die Androhung von Strafen, etwa in der Wettbewerbsordnung, reicht oft schon aus, um amerikanische Unternehmen in der Regel auf den Pfad marktwirtschaftlicher Tugend und Gesetzestreue zurückzuführen. Gilt doch Fairneß als Demokratiebeweis, Gesetzestreue als Patriotismus, Unkorrektheit als unentschuldbarer Verstoß gegen Sitte und Anstand, den die Buschtrommeln jeder Branche innerhalb kürzester Zeit quer durch den amerikanischen Kontinent verbreiten. Im Geschäftsverkehr über den Atlantik spielt diese unkonventionelle Mentalität des Wirtschaftens oft eine größere Rolle als Paragraphen, Steuervorschriften oder Zolltarife. Mit dem gewissen Unterschied zu arbeiten und fertig zu werden ist eine Jahrhundertaufgabe. Wer sie meistert, gewinnt, die anderen scheitern an der Dualität der Denkweisen und Handlungsschemen.

Mentalität hin, Unterschied her – in einem bleiben sich Amerika und Europa gleich: Für den zivilisierten Umgang mit Arbeitnehmern haben sie Jahrzehnte benötigt. Als vor der Jahrhundertwende 75 000 Chinesen nach Kalifornien gebracht wurden, um die Kärrnerarbeit des Baus der Eisenbahn quer durch den unwirtlichsten Teil des Kontinents zu leisten, wurden viele von ihnen regelrecht verfolgt. Für Kulis hatte man nichts übrig. Da hatten es Einwanderer aus Nord- und Mitteleuropa doch leichter, die in der ersten Hälfte des letzten Jahrhunderts nach Amerika gekommen waren, um Hungersnöten, Revolutionen und Hoffnungslosigkeit zu entfliehen. Sie kamen als Siedler. Sie überstanden Wirtschaftskrisen, wie jene von 1856, leichter als die später in Millionenzahl eingewanderten, meist ungelernten Industriearbeiter aus Ost- und Südeuropa. Die Depression von 1893 erhöhte die Spannungen in dieser Einwanderungsgesellschaft, die damals und heute wie ständig unterwegs wirkt. Über 5,5 Millionen Einwanderer in den achtziger, 4 Millionen in den neunziger Jahren und über 8 Millionen in den ersten Jahren des 20. Jahrhunderts veränderten Amerika. Aus dem Bauernland wurde eine Industrienation. Alteingesessene fürchteten um ihren Lebensstil, ethnische und religiöse Gruppen gönnten sich gegenseitig weder Möglichkeiten noch Fortkommen, und arme Einwanderer sahen sich bei Arbeitskämpfen dem Verdacht ausgesetzt, als Streikbrecher aufzutreten. Gewerkschaften hatten es unter diesen Umständen schwer. Nach einem Jahrhundert kommen sie an Organisationsstand, Einfluß und Macht europäischer Arbeitnehmervertretungen noch immer nicht heran.

Lohnmaschinen und/oder Serviceorganisationen?

Gewerkschaftlich trennten die Arbeitnehmerorganisationen in Europa und Amerika Welten. Europäische Gewerkschaften kämpften seit dem vorigen Jahrhundert sozialistisch, dem Klassenkampf, lange Zeit der Abschaffung des Privateigentums und der Beteiligung an den Produktionsmitteln verpflichtet. US-Gewerkschaften wirkten jahrzehntelang als Lohnerhöhungsmaschinen mit proletarischem Klassenbewußtsein. Erst in den achtziger Jahren dieses Jahrhunderts öffnen sie sich als Serviceorganisationen.

Warum in Amerika kein »Sozialismus« europäischen Zuschnitts existiert, beschäftigt Gelehrte im 19. wie im 20. Jahrhundert. Tatsache ist, daß Arbeiterparteien über den Status von Sekten und Minderheiten nicht hinausgerieten. Intellektuelle, selber oft von der Sozialistenfrage bedrängt und um verbindliche Antworten verlegen, zählen zum harten, freilich verschwindend kleinen Kern gelebten Sozialismus. Nimmt es wunder, daß eine Gesellschaft wie die amerikanische, die Geschichte, Nation und Lebensweise zweihundert Jahre lang als revolutionär empfindet, keinen Zusatzbedarf an Revolution und ideologisch bestimmten Veränderungen der Gesellschaft entwickelt? Kann es überraschen, daß sich Amerikaner gegenüber Ideologieimport aus Europa immun fühlen, weil viele von ihnen amerikanische Eigenarten nur dann als neu und eigenständig empfinden, wenn sie nicht »europäisiert« sind.

»Der« amerikanische Arbeiter empfindet sich normalerweise nicht als Proletarier, sondern als Fachmann, dem der Aufstieg offensteht – wenn er nur will. Der amerikanische Mittelstand erweist sich in seiner Selbstzufriedenheit, die oft eine Form der Bescheidenheit darstellt, gegenüber Radikalisierungen unzugänglich. Die amerikanische Oberschicht lehnt, wie die europäische, Sozialismus für sich selbst naturgegeben ab, empfindet ihn – wie teilweise etwa die Kennedys – als Surrogat für eine Übergangsphase, keinesfalls aber als Endziel. Kein Zufall also, daß die Neue Welt den Wechsel von der Agrar- zur Industriegesellschaft und später von der Industrie- zur Dienstleistungsgesellschaft ohne sozialistische Verwindungen geschafft hat.

Weisen also die USA ein Defizit an sozialdemokratischem Gedankengut auf? Gar Nachholbedarf im europäisch-amerikanischen Vergleich? Die meisten Amerikaner sehen Freiheit, Gleichheit und Gerechtigkeit, längst vor der Französischen Revolution »amerikanisiert«, in ihrem Land gesellschaftspolitisch anders, vor allem konsequenter umgesetzt. Die Freiheit des Bürgers, zu tun oder zu lassen, was er will, und sich nach keiner Obrigkeit richten zu müssen, empfinden viele als

»sozial auf amerikanisch«; daß sich die Gleichheit in freigehaltenen Möglichkeiten ausdrückt, befriedigt die meisten Amerikaner mehr als gleichmachender Schutz des Kollektivs. Gerechtigkeit mißt man in der Neuen Welt zuallererst an anerkannter Leistung und bewiesenem Erfolg und nicht vorenthaltener Teilhabe. Gewinn ist nicht anrüchig, und jene, die ihn persönlich oder wirtschaftlich nicht zustande bringen, sind »selber schuld«, kein Haftungsfall für die Gesellschaft. So hält sich ein tiefsitzender Vorbehalt gegen großzügige Sozialleistungen des Staates.

Daß die amerikanischen Gewerkschaften im Vergleich zu den europäischen weit weniger politisch und ideologisch agieren, kann nicht erstaunen. US-Arbeitnehmerorganisationen fanden und finden sich mit der vorgegebenen Gesellschaftsordnung weitgehend ab. Ihnen geht es darum, die wirtschaftlichen Verhältnisse der Arbeitnehmer zu verbessern. Amerikanische Gewerkschaftler können die tiefschürfenden europäischen Prinzipienstreitereien, etwa um Mitbestimmung, kaum nachvollziehen. Für sie ist der Arbeitgeber »Gegner«, zu Partnerschaft und Mitverantwortung ungeeignet. Gemeinsam freilich war und ist den Gewerkschaften diesseits und jenseits des Atlantiks das Kampfmittel des Streiks.

Um den Achtstundentag wurde auch in den USA jahrelang gekämpft. In Chicago, wo Politik gelegentlich gewaltsam betrieben wird, kommt es 1886 beim Haymarket-Aufruhr zu einer Entladung, die das Land erschüttert. Durch eine Explosion werden sieben Polizisten und vier Arbeiter getötet. Vier »Anarchisten« werden verdächtigt, verhaftet, verurteilt und nach einem umstrittenen Verfahren hingerichtet.

Um Anteile an Wohlstand und Reichtum

Die soziale Wirklichkeit lieferte auch Sprengstoff ganz anderer Art. Noch 1880 wurde die Zahl der arbeitenden Kinder in amerikanischen Fabriken auf eine Million geschätzt. Jeder sechste unter 16 mußte arbeiten – und wollte es. Europa war nicht besser, Amerika jedoch bot neben harten Lebensbedingungen jene Möglichkeiten, die bis heute Legende sind. Geschichten vom Laufburschen, der es bis zum Millionär bringt, sind schließlich keine Phantasien. In den USA strebten die Gewerkschaften danach, die Familienväter in die Lage zu versetzen, durch eigene Leistung das notwendige Geld zu verdienen.

Das Handwerk liefert ebenfalls Anschauungsmaterial. In der Alten Welt verharrte es oft im Zunftdenken des Mittelalters. In Amerika organisierten sich Handwerker gewerkschaftlich auf lokaler oder regionaler Basis. Mit Leistung durchsetzen, hieß es unabänderlich in den ersten hundert Jahren amerikanischer Geschichte. Im zweiten Jahrhundert, nach 1890/1900, werden höhere Löhne und kürzere Arbeitszeiten in der amerikanischen Wirklichkeit so begründet: Den Arbeitnehmern soll ein angemessener Anteil am Wohlstand und Reichtum, den sie mitgestalteten, gesichert werden, sie sollen diesen in Muße genießen können. Es geht darum, soziale Fortschritte »in eine gute Staatsform zu gießen«. Um die Jahrhundertwende entwickelte sich so allmählich die »American Federation of Labor« (AFL).

In einer bewußt individualistischen Gesellschaft haben es organisierte Arbeitnehmervertretungen nicht leicht, Ziele auch ohne straffe Organisation zu erreichen, sei es durch Mechanismen eines relativ freien Marktes, sei es schlicht durch Leistungen des einzelnen.

Soziale Spannungen erweisen sich als Kehrseite des Wachstums, damals wie heute. Auch bei Streiks waren die USA gelegentlich Nummer eins in der Welt. Hat doch die Industrialisierung die amerikanische Welt zwischen 1870 und dem Beginn des Ersten Weltkrieges fundamentaler verändert als in Jahrhunderten davor. Von der Familienfarm zum Wolkenkratzer. In dieser Phase verlor England seine weltwirtschaftliche Führungsposition an die USA. Welche Dramatik dahintersteckt, zeigt das Beispiel Stahl. 1870 produzierten die USA doppelt soviel Stahl wie Österreich-Ungarn, vor Beginn des Ersten Weltkrieges elfmal mehr.

Geld folgt Interesse

Daß die Home Insurance Company of Chicago 1885 den Wolkenkratzer errichtete, der den Hochhausbau revolutionierte (was eingefleischte New Yorker noch heute verdrießt), war alles andere als Zufall. Vier technische Voraussetzungen kamen zeitlich zusammen und konnten gepaart werden: die Nutzung des elektrischen Stroms, die Verwendung von Stahl und von Zement als Baumaterial und die Entwicklung eines vertikalen Transportmittels, des Aufzuges samt automatischer Bremsen. Mit dem Wolkenkratzer schaffte sich Amerika ein eigenes, unverwechselbares Markenzeichen für seine Form der Industrialisierung. Ein weiteres Mal ging die Rechnung auf, daß sich in Amerika ideale Produktionsmöglichkeiten eröffnen. Ein Wirtschaftsraum mit kontinentalen Ausmaßen, ein modernes und preisgünstiges Verkehrssystem. Zum Beispiel der Chesapeake-Ohio-Kanal, 290 Kilometer lang. Nach jahrzehntelangen Kämpfen 1850 schließlich als Verbindung zwischen dem Atlantik und der Industrie von Ohio vollendet, wurde er von der inzwischen entwickelten Dampflokomotive aus Kostengründen überflüssig gemacht. Amerika wurde sich am Beginn des Jahrhunderts bewußt, was es mit schier unerschöpflichem Reichtum an Bodenschätzen und angewandten Erfindungen ohne Zahl auf sich hat. Europa mußte erkennen, daß es von diesem ökonomischen Siegfried übertrumpft worden war. Nirgends zeigte sich das so schnell und so verläßlich wie beim Geld.

Amerika war in der Zeit vor dem Ersten Weltkrieg strukturell größter Schuldner der Welt. Denn Großbritannien und Deutschland finanzierten in größtem Stil die Industrie- und Verkehrsexpansion der USA. Amerikanische Unternehmen verschlangen jahrelang den Großteil der britischen und deutschen Privatinvestitionen. Im Jahre 1914 beispielsweise investierte die deutsche Wirtschaft in den USA mit 3,7 Milliarden Mark mehr als in Österreich-Ungarn, doppelt soviel wie in Rußland, der Türkei, Frankreich, dreimal soviel wie im übrigen Europa. Warum? Amerika war eine erstklassige Adresse. Und die historische Erfahrung wiederholte sich, daß junge, dynamische und aufnahmefähige Märkte von alten, saturierten und oft stagnierenden Volkswirtschaften finanziert werden.

Geld folgt Interesse. Ende des 19. Jahrhunderts war es das Interesse europäischer Wirtschaftskapitäne an den unkonventionellen Amerikanern. Man nahm die beschwerliche Reise von 10 bis 15 Tagen der Überfahrt per Dampfschiff auf sich, um selber zu ergründen, warum sie »drüben« Forschungsergebnisse so schnell, so gewinnbringend und so praxisnah umzusetzen verstanden. Wie, so fragte sich auch Emil Rathenau vor seiner als Abenteuer empfundenen Reise nach Amerika, konnte ein Edison die Glühbirne zuerst entwickeln und dann so lange am Produktionsprozeß basteln, bis die Produktionskosten mehr als halbiert waren? »Weil es sich die Leute sonst nicht leisten könnten«, schrieb der bescheidene Edison an den traditionsbewußten Erfolgsunternehmer Rathenau. Im Berlin Kaiser Wilhelms II. war diese Art des »Sozialismus« Gesprächsthema in den Salons Unter den Linden. Ein Grund mehr für Rathenau senior, seinem Hang zur Elektrotechnik zu folgen und in der Neuen Welt Visite zu machen.

Revolution per Telefon

Georgetown, die alte Hafenstadt für Tabak aus Virginia, hatte es den Bells angetan. Die roten Backsteinhäuser erinnerten

Erste Demonstration des Telefons, das Alexander Graham Bell 1876 konstruiert hat *(oben)*.
Das erste öffentliche Elektrizitätswerk in New York City arbeitete seit 1882, 3 Jahre nach Erfindung der Edison-Glühlampe.

sie an Schottland, ihre alte Heimat. Alexander Graham Bell, der Selfmademan aus Edinburgh, der sich ein Leben lang in Amerika mit der Physiologie der menschlichen Stimme befaßt hat, wurde im romantischen Georgetown zum Techniker. Ecke 35. Straße und Volta Place ließ ihn der Ehrgeiz nicht los, mit Hilfe dieser neuen Energie Elektrizität nicht nur Kraft, sondern auch die menschliche Stimme zu transportieren. Als Bell, schon längst angesehener Professor für Stimmenphysiologie, von seinen Versuchen berichtete, machten sich Zeitgenossen über ihn lustig. nie werde er es schaffen. Stimme sei Stimme, Strom Strom.

Im Kutscherhaus geschah es dann eines Nachmittags anno 1874. Bell rief seinen Diener. Der dienstbare Geist, seit langem mit den Versuchen seines Herrn und Meisters vertraut, erkannte sofort: Diese Stimme kam nicht durchs Treppenhaus, sondern über den Draht. 1876 meldete Bell das Übertragungssystem zum Patent an. Wieder hatte ein Amateur eines der Wunder der Technik vollbracht – wie Edison, Firestone oder die Gebrüder Wright. Firestone entwickelte den vom Briten Dunlop erfundenen Fahrrad-Luftreifen weiter (zunächst für Fords legendäres Automodell T) und begründete ein Gummi-Weltreich, einen der ersten Multis. Wie die Gebrüder Wright von Fahrrädern und Druckmaschinen auf das erste Motorflugzeug kamen, es bauten und ihre Idee vermarkteten, ist unübertroffen. Pioniergeist macht Geschichte, Fluggeschichte.

Emil Rathenau ließ sich von diesem Amerika begeistern. Er beschloß, amerikanische Technik zu Hause einzuführen. Patente von Edison wurden schnell und ohne Umstände erworben, noch bevor Engländer, Franzosen und Italiener der Bedeutung von Telegraf, Telefon, Phonograph und den anderen Entwicklungen aus dem Edinsonschen Forschungslaboratorium von der Glühbirne bis zum Filmprojektor auf die Spur kamen. 1883 gründete Rathenau die »Deutsche Edison-Gesellschaft für angewandte Electrizität«, vier Jahre später wurde daraus die »Allgemeine Electrizitätsgesellschaft« (AEG), 1903 gründete er, inzwischen von den wirtschaftlichen

Möglichkeiten der Morse-Erfindung überzeugt, zusammen mit Werner von Siemens die »Telefunkengesellschaft für drahtlose Telegraphie m.b.H.«.

Das elektrische Zeitalter, das so auch schon transatlantisch begann, setzte sich dann bis in den Ersten Weltkrieg hinein fort. Rathenaus Sohn Walther, in der aufgeschlossenen Atmosphäre amerikanisch-europäischen Austausches aufgewachsen und selber der Elektrotechnik verschrieben, folgte zuerst dem Fortschritt und dann den Erfordernissen des Krieges. Er organisierte 1914/15 die Kriegsrohstoffabteilung im Preußischen Kriegsministerium. Bernhard Baruch wirkte in vergleichbarer Eigenschaft auf der US-Seite. Er hatte es vom Büroburschen einer Textilfabrik durch geschickte Aktienmanipulationen zu einem der einflußreichsten Finanziers Amerikas gebracht. Direkt und indirekt war er auch an der Finanzierung der Edison General Electric Company beteiligt, die vor und nach der Jahrhundertwende Entscheidendes zur Elektrifizierung der Neuen Welt beitrug. Bernhard Baruch wurde 1916 von Präsident Wilson mit der Leitung des ›War Industry Board‹ beauftragt. Rathenau und Baruch hatte der Fortschrittsglaube groß gemacht. Politik wies sie auf getrennte Wege des Krieges. Wie hätten sich Männer und Mächte ohne Rüstung entwickelt? Anders und nützlicher. Die siebziger und achtziger Jahre sollten es lehren.

Bananen, Dollars und der Imperialismus

Dollarimperialismus war und ist ein Reizwort. Da teilen sich die Großen eine Insel einfach auf, wie 1889 auf Samoa zwischen Deutschland und den Vereinigten Staaten geschehen, nachdem die USA dort eine Marinestation errichtet hatten. Da führten die USA einen Krieg – gegen Spanien –, was sie dem Verdacht aussetzt, »das amerikanische Mittelmeer«, die Karibik, wirtschaftlich beherrschen zu wollen. Da werden Interventionen angedroht, wie 1902 gegen Venezuela und 1903 gegen die Dominikanische Republik (1905 und 1916 wurden sie dort auch durchgeführt), wie 1906 und 1912 gegen Kuba, ebenfalls 1912 gegen Nicaragua, 1914 gegen Mexiko, 1915 gegen Haiti, und so ging es und geht es weiter. Amtliche Begründung aus Washington: Dieses oder jenes Land sei seinen Zahlungsverpflichtungen nicht nachgekommen, oder dritte Mächte erlaubten sich, in der westlichen Hemisphäre einzugreifen – einmal die Spanier, ein anderes Mal die Deutschen oder immer wieder die Engländer und schließlich die Russen. Einmal geht es um Bananen, das andere Mal um Öl. Imperialismus reinsten Stils?

Dollarimperialismus paßt als gängiges Schlagwort zu vordergründigen Argumenten. Was dahintersteckt, ist freilich mehr als ein Zeitzeichen, mehr auch als die gern gegebene Auslegung, daß nach der Erschließung des eigenen Kontinents auch die Amerikaner an Grenzen stießen. Auch die USA wollten damals am kolonialen Rausch der Besitzverteilung in aller Welt teilnehmen. Auch ist Tatsache, daß es darum ging, in der Konsolidierungsphase nach dem amerikanischen Bürgerkrieg und der Erfahrung von immerhin zwei Wirtschaftskrisen im letzten Drittel des 19. Jahrhunderts die Expansionswünsche der Amerikaner in der westlichen, in der eigenen Hemisphäre zu wecken. Wirkte doch die industrielle Revolution als exklusive Tat des europäischen Bürgertums. Liberales Denken, das die Ständeordnung überwand und den Lebensstil der ersten industriellen Gründerphase einschließlich der technischen Entdeckungen und Erfindungen bestimmte, hatte zuerst in Europa diese Überzeugung reifen lassen: Wissenschaftliche Erkenntnisse seien eine siegreiche Kraft; nun sei es soweit, die Natur wirklich zu beherrschen. Die amerikanische Gesellschaft deckte ihren Nachholbedarf an aufklärerischem Zeitgeist rasch.

Man gab sich in Amerika mit dem Reichtum der ersten Industrialisierungswelle nicht lange zufrieden. Man wollte mehr gelten, weltweit anerkannt sein. Im Kräftemessen mit den Europäern fühlte man sich stärker, unverbrauchter, anpassungsfähiger und gab sich ungeniert rücksichtsloser. Mit derselben Härte, mit der es »Go West« hieß (etwa gegenüber Hunderttausenden Indianern), wurden die amerikanischen Interessen nach Süden gelenkt. Politik gab dabei den Ausschlag, nicht Geschäft. Schon am Beginn des amerikanischen Jahrhunderts steht das Vorurteil, die Flagge folge dem Handel. Bis gegen Ende des 20. Jahrhunderts werden die US-Aktionen in der Karibik und in Zentral- und Lateinamerika als Inbegriff des Dollarimperialismus ausgelegt, als ob es um ungezügeltes Gewinnstreben brutaler Geschäftemacher gehe. Tatsächlich gaben Politiker und Militärs in den meisten Fällen den Ausschlag, amerikanische Interessen offensiv im lateinischen Amerika zu vertreten. Eine Marinebasis war Washington wichtiger als Dividenden einer Entwicklungsgesellschaft. Der Zeitgeist diktierte auch den Europäern oder Japanern, »imperialistisch« zu sein.

Die Westindischen Inseln Dänemarks, wie die Virgin Islands um die Jahrhundertwende noch hießen, liefern

Anschauungsmaterial für pure Macht- und Militärpolitik, die mit Wirtschaftsinteressen reichlich wenig zu tun hat. Dänemark, von Preußen und Österreich-Ungarn geschlagen und dann von den Großmächten isoliert, bot seinen Besitz in der Karibik zum Kauf an, zuerst Frankreich, dann dem Deutschen Reich. Großadmiral Alfred von Tirpitz, Chef des Stabes beim Oberkommando der Reichsmarine, versuchte, die Flottenleidenschaft von Kaiser Wilhelm II. und das monarchische Besitzstanddenken auszunützen. Tirpitz wollte den Dänen die Westindischen Inseln und Ecuador die Galapagosinseln abkaufen, um auf beiden Marinestützpunkte des Deutschen Reiches zu errichten. Washington wurde um die Jahrhundertwende alarmiert. Sah man doch die Pläne für den Panamakanal durch den kaiserlichen Ehrgeiz aus Berlin bedroht. Die USA (durch den Alaskahandel mit Rußland beim Landerwerb trainiert, wie die Washingtoner Ministerien glaubten) boten für die Westindischen Inseln fünf Millionen Dollar. Wirtschaftlich waren sie damals so gut wie wertlos, von Erdbeben und tropischen Stürmen immer wieder heimgesucht. Allgemeines Erstaunen. Das dänische Parlament verweigerte mit einer einzigen Stimme die Zustimmung zum Vertrag mit den USA. Um die militärische (nicht die wirtschaftliche) Bedeutung des Geschäfts deutlich zu machen, bleibt festzuhalten, daß erst 1917, mitten im Ersten Weltkrieg, der Vertrag zustande kam. Washington hatte dann mit 25 Millionen Dollar das Fünffache der ursprünglichen Kaufsumme zu entrichten. Hemisphärendenken hatte, wenn auch verspätet und kostspielig, obsiegt.

Für Verfechter der These, daß die USA vor der eigenen Haustür schalten und walten, wie sie wollen, gilt die United Fruit Company als Inbegriff des Dollarimperialismus. Als Minor C. Keith, der im Eisenbahngeschäft ein Riesenvermögen gemacht hatte, 1899 die United Fruit Company gründete, konnte er von dem später so oft strapazierten Symbolwert seiner Firma wirklich nichts ahnen. Die Company verfuhr unbefangen und in der trockenen, im Bedarfsfall rigorosen Manier, mit der Amerikaner gelegentlich Geschäfte machen. Eigene

Vorteile wahren, Schwächen des anderen nutzen – Gewinn über alles. Bananenplantagen wurden großzügig angelegt, Eisenbahnen gebaut, Regierungen, die pleite waren (wie jene von Costa Rica), saniert. Auf nationale oder ethnische Empfindlichkeiten nahmen diese Amerikaner kaum Rücksicht – obwohl oder weil sie im eigenen Land mit diesen Sensibilitäten zu leben verstanden. Konzessionen und Ländereien unvorstellbaren Ausmaßes wurden abgetrotzt, Steuerbefreiungen auf zwanzig und mehr Jahre erzwungen. Nach diesem Schema verfuhr die United Fruit Company überall in Zentral- und Südamerika. Ganze Regionen wurden so erschlossen. Schon bald wurde ›El Pulpo‹, wie United Fruit abschätzig genannt wurde, aller schlechten und machtsüchtigen Methoden bezichtigt. Unbestritten ist, daß sie das Bananengeschäft jahrzehntelang monopolisierte. Wie andere Länder (England, Frankreich, Belgien, Holland) oder deren Potentaten anderswo mit anderen Produkten allerdings auch.

United Fruit wird schließlich für den Sturz von Regierungen und für genehme Revolutionen verantwortlich gemacht. Während die Gegner der Gesellschaft wieder und wieder die Abhängigkeit von fremder, von amerikanischer Interessenlage beklagen, meinen ihre Verfechter, Fehler der Anfangszeit seien bald überwunden worden. United Fruit habe wesentlich dazu beigetragen, Zentral- und Südamerika aus mittelalterlichen Umständen, aus Hunger, Elend und Analphabetismus herauszuführen. Moderne Anbaumethoden seien zuerst von dieser Gesellschaft eingeführt und dann an Besitzer in den einzelnen Ländern übergeben worden. Kredite, technische Hilfe und schließlich Unterstützung bei der Vermarktung hätten Rückschläge verhindert, der Modernität in Erziehung, Wirtschaft und Handel eine Chance verschafft. Nicht die Firma sei an vielerlei schuld, sondern die Instabilität in Lateinamerika, ausgedrückt in Korruption, Machtstreben und Trägheit.

Lateinamerika – der Balkan der USA

Daß der Vorwurf des Dollarimperialismus inzwischen zu einem Phänomen der modernen Wirtschaftsgeschichte geworden ist, läßt sich nicht bestreiten. Hätten sich amerikanische Firmen und amerikanische Politiker in Lateinamerika nicht anfechtbar gemacht, würden die USA nicht eine Propagandaschlacht nach der anderen verlieren. Sie müssen sich immer wieder vorhalten lassen, Marines da und dort bedenkenlos eingesetzt zu haben, um amerikanische Interessen des Augenblickes durchzudrücken. So konnten sich revolutionäre Ansprüche entwickeln, die der gradlinigen Denk- und Handlungsweise zuwiderlaufen, mit der Amerikaner normalerweise zu Hause Geschäft und Politik betreiben. Sie mögen es als Undank, als Ungeschick oder auch als eigenes Fehlverhalten empfinden – auch ohne Beweise für Ausbeutung kommen die USA am Ende ihres Jahrhunderts am Beispiel Lateinamerika aus der Deckung nicht heraus. Weder politisch noch wirtschaftlich haben sie es verstanden, bestimmte Verhaltensweisen aus dem Geist der Zeit zu erklären, das Beispiel anderer heranzuziehen oder eigenes Verhalten verständlich zu machen. Wie hilflos steht die westliche Führungsmacht dem Dauervorwurf gegenüber, aus purem Machttrieb »aus der Hüfte zu schießen«. War es nicht ihr – vielleicht untauglicher – Versuch, zuerst Demokratie und dann moderne Wirtschaftsformen zu verbreiten? Tatsache ist, daß die USA in der eigenen Hemisphäre mit den Folgen von Revolutionen, wie etwa jener von Fidel Castro oder Daniel Ortega, zu leben haben. Es ist ein schwacher Trost, daß diese wie andere Revolutionäre Zentral- und Lateinamerikas meistens aus begüterten Familien der Oligarchie stammen, amerikanisch erzogen oder zumindest intellektuell beeinflußt sind und die Freiheitsideale des nördlichen Amerika, vor allem im Wirtschaftsbereich, immer wieder zu nationalisieren oder für ihre Ideologie umzumünzen trachten. Allerdings ohne Erfolg. Amerika muß diesen »Amerikanern« immer wieder beispringen, ohne Dank zu ernten.

Demokratie und Marktwirtschaft erweisen sich im Laufe der Jahrzehnte zwar auf stille Art als erfolgreich und nachahmenswert. Demokratien im Sinne von Mehr-Parteien-Machtwechsel, jedenfalls Überwindung von Militärdiktaturen und Garantien der Mindest-Menschenrechte, setzen sich immer wieder durch. Ende der achtziger Jahre gelten die meisten Staaten Lateinamerikas als demokratisch, die großen wie Argentinien und Brasilien eingeschlossen. Propagandistisch freilich bleibt das Bild vom »häßlichen Amerikaner«, zuletzt verknüpft mit dem reaktionären Regime des General Pinochet in Chile.

Undank und Unverständnis lassen nicht nur den Durchschnittsamerikaner, sondern auch viele amerikanische Unternehmen dem »Rest der eigenen Hemisphäre« den Rücken drehen. Man fühlt sich verkannt und verteufelt. Vordergründig kommt immer wieder die Frage hoch, warum denn Millionen aus Lateinamerika ihr Glück und ihr Heil in den USA suchen, wenn Nordamerika in ihren Heimatländern gleichzeitig verunglimpft wird. Sie mögen Coke, Bluejeans und Jazz, sie mißtrauen den USA als Macht.

In Chefetagen der Unternehmen und der Washingtoner Politik vermag man sich bei aller geopolitischen Neigung zum südlichen Teil der westlichen Hemisphäre der weitverbreiteten Stimmung nicht zu entziehen, hier handele es sich um einen »geschichtslosen Raum«, den man am besten sich selber überlasse. Es sei doch wohl zielführender und zweckmäßiger, mit Europa und Japan einherzugehen. So erklärt sich auch, daß ernst zu nehmende Pläne für großzügige Wirtschaftshilfe an die Karibik und an Lateinamerika immer wieder versandeten. Vor und nach den beiden Weltkriegen war man auf amerikanischer Seite sowieso nach Europa und nach Japan orientiert. Später, Ende des 20. Jahrhunderts, verbreitete sich amerikanische Resignation gegenüber dem lateinamerikanischen Durcheinander. Mit den politischen Rückschlägen geht eine Rücknahme der Investments amerikanischer Firmen in Lateinamerika einher. In ein Pulverfaß haben vorsichtige Kaufleute noch nie investiert.

Das Pro-Kopf-Einkommen beträgt in der westlichen Hemisphäre zwischen 200 Mark und 20 000 Mark, wobei Lateinamerika am unteren Ende der Skala anzusiedeln ist. Der Abstand zwischen arm und reich ist am Ende des Jahrhunderts ebenso groß wie am Anfang. Die Landwirtschaft siecht dahin, Monokulturen wie Kaffee und Kakao sind ebenso auf fremde Märkte und Bedürfnisse anderer Länder und Ländergruppen zugeschnitten wie die Rohstoffproduktion (einschließlich Drogen). Mit der Technisierung wird man nicht fertig, die zwar wie in älteren Industriestaaten Ansprüche weckt, aber nicht in der Lage ist, sie zu befriedigen. Lateinamerikanische Wirtschaftspolitik – oder was dafür gehalten wird – schwankt zwischen unbedachter Staatswirtschaft, ungezügelter Marktwirtschaft und uneinsichtigem Oligarchengehabe. Korruption ist gang und gäbe, Kapitalausfuhr (besser Kapitalflucht) übertrifft die Kapitaleinfuhr (eigentlich private oder staatliche Entwicklungshilfe). Die Auslandsverschuldung zu bedienen beansprucht schließlich 50 bis 100 Prozent der laufenden Exporterlöse – Lateinamerika wird zur untragbaren Bürde. Daß Lateinamerikaner zu Großkunden der New Yorker Banken zählen, liefert Gesprächsstoff wie eh und je.

Der Durchschnittsamerikaner wendet sich mit Grausen. Er sieht Milliarden zerrinnen. Ihn stört auch nicht, daß der ausbleibende Erfolg der USA im südlichen Teil der westlichen Hemisphäre das Verhältnis zur Dritten Welt vergiftet. Die Gefahr, im Süden einen unruhigen Nachbarn mit schwelenden Strukturproblemen zu haben, die allezeit außer Kontrolle geraten können, wird dem nachdenklichen Nordamerikaner Ende der achtziger Jahre eher bewußt als etwa Ende der zwanziger Jahre. Neubeginn, oft versucht und ebensooft gescheitert – etwa wie John F. Kennedys Allianz für den Fortschritt (mit 20 Milliarden Dollar) –, empfiehlt sich US-Politstrategen. Die einen nennen es eine Art Marshallplan für Lateinamerika, andere schlicht Selbstverteidigung im Süden, Selbstachtung im Norden.

Für das nächste amerikanische Jahrhundert bieten sich auch hier reichlich Denkansätze. Selbstkritisch erkennen dabei mehr und mehr Amerikaner, daß enges Hemisphärendenken nicht weiterhilft, Kolonialismus sich selber überlebt hat. Es reicht nicht mehr, als großer Bruder nachweisbar größter Abnehmer von Rohstoffen und später Industrieerzeugnissen zu sein. Auch zahlt sich nicht aus, als Geld- und Kapitalgeber spendabel vorzugehen, großzügig zu investieren und den geduldigen Gläubiger abzugeben. Allzu leichtfertig wurde immer wieder improvisiert. Amerikanische Großbanken haben erfahren, daß flotte Ausleihpolitik sie Ende der achtziger Jahre an den Rand des Ruins treiben kann. Und die Lateinamerikaner müssen ein weiteres Mal erkennen, daß sie ohne solide Selbstleistung aus dem Teufelskreis von wachsender Bevölkerung, Unterentwicklung, Verschuldung, Marktabhängigkeit und Planlosigkeit nicht herauskommen. Eine Mischung aus Behutsamkeit und Zielstrebigkeit ist gefragt. Hunderte Tote in Venezuela mahnen – dort wehrt man sich gegen strenge, sachlich gerechtfertigte Sanierungsauflagen des Internationalen Währungsfonds (und beschuldigt prompt »die« Amerikaner statt des IWF).

Die Lehren der Krise

In der Beletage des stolzen Bürgerhauses an der Avenue Foche im 16. Pariser Arrondissement geht das Licht nicht aus. Zwei Freunde diskutieren über Europa. Sie erstreben mehr Einfluß und mehr Gewicht für die Alte Welt gegenüber den Supermächten. Und sie möchten Fehler der Vergangenheit vermeiden. Beim Gold, beim Dollar, beim wirtschaftlichen Krisenmanagement und bei der politischen Selbstbehauptung. Man schreibt November 1968.

Zu ebener Erde frösteln einige Journalisten. Sie hatten davon gehört, daß der französische Finanzminister Valéry Giscard d'Estaing seinen westdeutschen Kollegen Helmut Schmidt, mit dem er sich politisch gut verstand und mit dem er persönlich Freundschaft geschlossen hatte, zu einem Gedankenaustausch eingeladen hatte. Eine Sternstunde. Sie analysierten ungeschützt, redlich, ohne Rücksicht auf sich und auf andere: Europa braucht mehr Kraft, mehr Schwung, mehr Eigengewicht. Auch und gerade im zehnten Jahr der Europäischen Wirtschaftsgemeinschaft, die schon in bürokratische Selbstlähmung und politischen Trott zu verfallen droht. Gleichzeitig stoßen die Supermächte an ihre Grenzen. Erleben doch die USA ein stürmisches Jahr tragischer Selbstbestimmung. Martin Luther King und Robert F. Kennedy werden ermordet. Aufstände der Schwarzen und der ungeduldigen Linken ruinieren mit den amerikanischen Citys den bis dahin ungebrochenen Glauben an die Anziehungskraft des American way of life. Der Vietnamkrieg schädigt das

Churchill, Truman und Stalin während der Potsdamer Konferenz im Juli 1945 *(oben)*.
Weltwirtschaftsgipfel am 16. Juli 1978 in Bonn; von links: Takeo Fukuda, Giulio Andreotti, Jimmy Carter, Helmut Schmidt und Valéry Giscard d'Estaing.

Selbstbewußtsein der Amerikaner und verringert die Glaubwürdigkeit der westlichen Supermacht, während die Sowjetunion durch den Einmarsch in Prag den tschechoslowakischen Versuch kommunistischer Selbstreinigung gewaltsam unterdrückt. Wirtschaftlich verbreitet sich Krisenstimmung. Der Dollar kommt ins Trudeln, die Goldpreise steigen rapide, Angst vor einer neuen Weltwirtschaftskrise geht um. Vertrauen in die Handlungsfähigkeit der Regierungen schwindet.

»Wir werden uns regelmäßig austauschen.« Was aus dieser Absichtserklärung, dem Häuflein wartender Journalisten in dürren Worten und mit Understatement mitgeteilt – man werde sich regelmäßig möglichst zwanglos treffen –, werden sollte, war ihnen wohl ebensowenig klar wie dem einsamen Flic, der sich mehr um den Verkehr als um die Sicherheit der Politiker kümmerte. Es zeigte sich zwanzig Jahre später in der Neuen Welt.

14 500 Polizisten, einige hundert Kriminalbeamte, über 4000 angemeldete Medienvertreter, ein gigantisches Konferenzzentrum und davor eine Zeltstadt zur Abspeisung des »Trosses«, Hotels der Luxusklasse und der ersten Kategorie seit einem Jahr ausgebucht, Touristen abgewiesen, der Flugplatz stundenweise gesperrt, 560 niegelnagelneue Luxuslimousinen, bereitgestellt von einer US-Firma, Sondersendungen des Fernsehens und etwa 3000 Beamte, die ihren Chefs in jeder nur erdenklichen Fachfrage zuarbeiten: Der Gipfelzirkus gastiert in Toronto. Zum vierzehntenmal treffen sich die Staats- und Regierungschefs aus den sieben wichtigsten Industrieländern der Welt. Sie versammeln sich im satten Bewußtsein einer hochlaufenden Weltkonjunktur und eines überwundenen Börsenkrachs. Mit dem Blick auf funktionierendes Zusammenstehen im Westen und auf eine neue weltpolitische Phase der Öffnung zum Osten feiern sich die großen Sieben gleichsam selber. Den äußeren Anlaß dazu bietet, daß Ronald Reagan als amerikanischer Präsident zum letztenmal an einer solchen Schau teilnimmt.

Valéry Giscard d'Estaing und Helmut Schmidt, inzwischen

ältere Herren ohne Regierungsmacht, bleibt in diesen satten Sommertagen nur übrig, nach Breckenridge bei Vail in den malerischen Bergen des amerikanischen Bundesstaates Colorado zu reisen zu einem Pensionistentreffen auf Einladung des früheren amerikanischen Präsidenten Gerald Ford. Die, die einst Weltgeschichte gestaltet und die Grundlage für eine weitere Gesundheitsphase der Weltwirtschaft gelegt haben, können nur noch zuschauen – und im Fernsehen schulmeisterlich kommentieren, man müsse schon achtgeben, die Dinge nicht in die falsche Richtung treiben zu lassen.

Abschiedsparty für Ronny

Der Gipfel fand im Keller statt. Die sieben Staats- und Regierungschefs – Diplomatenkürzel G7, die Großen Sieben – erlebten Wirklichkeit anno 1988: Aus Sicherheitsgründen ließ man unterirdisch vorfahren. Fernsehkameras, die an jeder Ecke herumstanden, konnten zwar den Weg vom Auto zur Rolltreppe festhalten, nicht aber den weiteren Abstieg. Unten, im Keller des Metro Center Toronto, bewährte sich politisch die Vorbereitung der Experten und protokollarisch die Bereitschaft der anderen, der Nummer eins aus Washington uneingeschränkten Respekt zu zollen. Für Ronald Reagan und damit für die USA war der Gipfel ein Höhepunkt. Konnte es nur noch abwärts gehen?

Das amtliche Schlußkommuniqué – wie es sich für eine ordentliche Großveranstaltung der G7 auf Kosten ihrer Steuerzahler gehört –, wie immer schon vor Konferenzbeginn bis aufs letzte Komma besprochen, verhandelt, korrigiert und peinlich genau ausgewogen, strotzte nur so von Gemeinplätzen, Selbstlob, Selbstzufriedenheit und Selbstvertrauen. Wirtschaftswachstum erwies sich in Toronto ein weiteres Mal und wie noch nie zuvor angenehm beruhigend als Allheilmittel: Der Welthandel florierte, die Bruttosozialprodukte nahmen ebenso zu wie der Lebensstandard, es wurde lustig drauflosinvestiert, und man benahm sich so, als ob der Wettbewerb um

Produktivität, technischen Fortschritt und Märkte in einem Schlaraffenland stattfinde. Wie nebenbei behandelte man die Gefährdung der Arbeitsplätze, die strukturelle Arbeitslosigkeit, unberechenbare Wechselkursschwankungen, Defizite in Staatshaushalten und Handelsbilanzen sowie die Überforderung der Dritten Welt angesichts ihrer nahezu hoffnungslosen Überschuldung.

Die »Reaganomics« haben es möglich gemacht. Nach acht Jahren Präsidentschaft Ronald Reagans wird offenkundig, daß die Rechnung einer strikt marktwirtschaftlichen Wirtschaftspolitik (Motto »weniger Staat«, ausgedrückt in niedrigen Steuern, weniger Vorschriften und relativ weniger Bürokratie) aufgegangen ist – nicht nur in Amerika.

Die »eiserne Lady«, Ihrer britischen Majestät Premier Margaret Thatcher, fand im Keller von Toronto die Einfachformel: »Wir haben vom 29. Oktober 1929 gelernt.« Gemeint war der tatsächlich entscheidende Unterschied zwischen zwei hochdramatischen Börsentagen, die mehr unterscheidet als 57 Jahre und 354 Tage. Am 19. Oktober 1987 purzelten die Kurse an der Wall Street in New York wie unkontrolliert um 508 Punkte nach unten und führten – wie immer im modernen Verbund an allen Aktienbörsen – rechnerisch zu einem Vermögensverlust von 23 Prozent. Die Verantwortlichen behielten die Nerven, auch wenn man ihnen zubilligen oder vorwerfen kann, in den Entscheidungsstunden des Dramas dessen Konsequenzen 1987 ebensowenig erkannt zu haben wie Millionen Vermögensbesitzer, Spekulanten oder schlichte Arbeitnehmer anno 1929. Damals lautete die Schreckensbilanz: Aktienkursrückgang um 12,8 Prozent an der Wall Street an einem Tag, um 40 Prozent innerhalb der folgenden vier Wochen. Ein Spekulationsfieber, das nicht nur in den USA zu messen war, glaubten die Regierungen und Notenbanken kurieren zu können. Man setzte auf Abkühlung, auf Gesundschrumpfen, und scheiterte.

Beim zweiten Krach von 1987 wurden Zinsen und Steuern nicht erhöht wie beim ersten, die Währungen nicht abgekoppelt, Handelsschranken nicht aufgebaut. Regierungen beschuldigten sich nicht gegenseitig, denn man wußte: Mit der Weltwirtschaftskrise taumelte die Welt damals, 1929, in ein Jahrzehnt des Umbruchs, der Unsicherheit und der Hoffnungslosigkeit. Das Ende hieß Krieg.

Seltsames Zwischenspiel

Der Anfang hieß auch Krieg. Denn sie waren nicht nur politisch und militärisch in den Ersten Weltkrieg hineingestolpert, sondern auch wirtschaftlich. Sowenig die Staaten auf die Kraftanstrengung eines totalen, eines mörderischen Waffenganges vorbereitet waren, so wenig wurden sie wirtschaftlich mit den Folgen dieses Krieges fertig. Die wirtschaftliche Erholung forderte einen hohen Preis. Zuerst wurde das Bürgertum in Europa durch die Inflation, dann im amerikanischen Fall die untere bis obere Mittelklasse durch den Börsenkrach und die Weltwirtschaftskrise der dreißiger Jahre enteignet. Weil die europäischen Staaten bankrott waren, druckten sie bedenkenlos Papiergeld. In Deutschland hatte die Mark allein bis 1919 dreiviertel ihres amtlichen Wertes verloren. Dann ging es abwärts, wie auch in Österreich. In Berlin kam die Reichsdruckerei nicht mehr nach. In Waschkörben wurden neue Banknoten, die schließlich stündlich ihren Wert verloren, transportiert. Am Ende kostete ein Ortsgespräch in Berlin 500 000 Mark. Eine Billion Papiermark hatte den Wert einer Goldmark. Unmittelbar vor der Stabilisierung durch Einführung der Rentenmark gab es daher die Reichspost auf, Briefmarken zu drucken, konnte es geschehen, daß sich beim Einkauf der täglichen Gebrauchsgüter angesichts der galoppierenden Inflation die Ladenpreise von einer Minute zur anderen änderten. Hausfrauen stürzten mit Lohn und Gehalt in das nächste Geschäft, um das Geld in Sachwerte umzusetzen, und sei es auch nur in ein Brot. Die »goldenen Zwanziger« begannen auch für Amerika, das sich nach Ruhe und Frieden sehnte, eisern. Ein wirtschaftlicher Rückschlag, vernachlässigte Veteranen, Käuferstreik gegen 20 bis 30 Prozent höhere Preise (die sich gegenüber der galoppierenden Inflation in Deutschland und Österreich harmlos ausnahmen) und Führungslosigkeit. Dennoch ging es zurück zum Laisser-faire, Amerika konsumierte mit dem Aufschwung seine verrücktesten Jahre.

In Europa konnte sich die Wirtschaft zwar zunächst entschulden. Aber Anfang der zwanziger Jahre wurde klar, daß jede Absatzwirtschaft aufhört, wenn die Verbraucher außerstande sind, Waren zu kaufen.

Mit diesem Chaos der Alten Welt hatte niemand gerechnet. Auch nicht die Politikergeneration nach dem Ersten Weltkrieg, die da meinte, »die Schuldigen« am Krieg, gemeint waren hauptsächlich Deutschland und Österreich, sollten für den angerichteten Schaden aufkommen. Reparationen wurden als eintreibbare Kriegsschuld in der Höhe von 132 Milliarden Mark für das Deutsche Reich festgesetzt. Österreich wurden die Reparationen schließlich mangels Masse erlassen.

Lord John Maynard Keynes, 1919/20 Berater der britischen Delegation während der Friedenskonferenz von Versailles, warnte vergeblich. Eine solche Reparationslast mußte zur Katastrophe führen. Voll Verzweiflung schrieb er an Präsident Woodrow Wilson und Ministerpräsident George Clemenceau: »Wenn Deutschland gemolken werden soll, kann es nicht vorher ruiniert werden.« Dem damals schon berühmten Nationalökonomen half auch die Warnung vor dem Kommunismus und vor Zerstörung der Weltwirtschaft nichts. An Reparationen wurde in Versailles nicht mehr gerührt. Ein frustrierter Lord zog sich nach England zurück. Seine Stimme galt weniger als das Revanchebedürfnis der Politiker von Versailles.

Ein Vierteljahrhundert später freilich erlebte Keynes – als Vordenker des New Deal Ziehvater einer ganzen Generation wachstumsfreudiger Staatswirtschaftler – eine späte Bestätigung. Nach dem Zweiten Weltkrieg sollten die Fehler des Ersten nicht wiederholt werden. Keynes brachte seine Ausgleichsideen bei der Konzeption von Weltbank und Währungsfonds ein. Und der eigenwillige Lord lieferte einen weiteren Denkanstoß zur »Hilfe durch Selbsthilfe«, zum Marshallplan.

Prohibition in den USA: Staatsbeamte in einem Parlamentsrestaurant trinken demonstrativ Milch, 1926 *(oben)*.
Folge des »Schwarzen Freitags« vom 24. Oktober 1929: Autos werden – gegen Bargeld – zum Verkauf angeboten, Dezember 1929.

Was Wilson mit seinen vierzehn Punkten der Selbstbestimmung und einer konfliktfreien Welt fairen Interessenausgleichs zuerst angestrebt und sich dann auf der Versailler Friedenskonferenz hatte ausreden lassen, wiederholte sich nach dem Zweiten Weltkrieg unter Präsident Truman nicht. Unter gewandelten Umständen – die Sowjetunion war inzwischen zur kommunistischen Weltmacht geworden, und die Dritte Welt pochte kategorisch und ungestüm auf Selbstbestimmung – sorgten die USA nach dem Sieg über Hitler für Zusammenstehen der Alten und der Neuen Welt.

Die Enteignung des Bürgertums

Die Enteignung des amerikanischen Bürgertums fand am 29. Oktober 1929 statt. An der Wall Street in New York ist es zunächst ein Tag wie jeder andere. Unternehmenslustig kommen sie aus den Vororten angefahren, die, die darauf vertrauen, daß es immer nur aufwärts geht und daß man sich Schulden einfach leisten kann. Die Parkplätze sind überfüllt wie immer. 23 Millionen Autos sind in den USA registriert. Wer pünktlich sein will, fährt vorsichtshalber mit der Subway. Zeitungen befassen sich mit der Ausweisung Trotzkis aus der Sowjetunion, mit der Antarktis-Expedition von Richard E. Byrd und erläutern die Entdeckung des Penicillins durch Alexander Fleming. Auf der Wirtschaftsseite wird darüber spekuliert, wie der Kellogg-Briand-Pakt, der die Reparationslast der Deutschen und Österreicher mildern sollte, auf Zinsen und Kapitalexport wirkt. Amerika, seit seiner Gründung Schuldnerland, glaubte felsenfest an seine neue Rolle, größter Gläubiger der Welt zu sein. Mit »Hoppla, jetzt komm' ich« trauten sich die Vorgänger der Yuppies (Young Urban Professionals) zu, mit Schuldnern auch international fertig zu werden.

Dann geschah es an der Wall Street zu New York. Wenige Minuten nach Eröffnung des Wertpapierhandels stürzen die Notierungen nach unten. Verzweifelt schauen sich die Börsenhändler nach Käufern um. Alle jedoch wollen verkaufen. Es geht abwärts wie im freien Fall. An diesem »Schwarzen Dienstag« allein verlieren die notierten Aktien an der Wall Street 14 Milliarden Dollar ihres Wertes. Der Gesamtverlust in diesen Oktobertagen machte 40 Prozent oder über 30 Milliarden Dollar aus. Die goldenen zwanziger Jahre waren wie mit einem Schlag vorbei. Entsetzt fragte eine biedere Hausfrau: »Wie kann es geschehen, daß ich eine Million Dollar verliere. Ich habe ja nie eine besessen?« Sie hatte ihre Aktienkäufe mit 10 Prozent angezahlt und mußte nun für die restlichen 90 Prozent geradestehen. Sie verlor alles. Ihren eigenen Besitz, den Besitz ihres Mannes, ihrer Kinder, das Farmhaus ihrer Eltern. Jahrzehntelang waren Schulden an die Bank zurückzuzahlen. Sie konnten sich ihr Auto nicht mehr leisten. Sie mußten Schmuck und Familiensilber versetzen, schließlich verlor ihr Mann seinen Job. Mangels geregelter Arbeitslosenunterstützung blieb am Ende nur die Suppenküche. Schlangestehen gegen den Hunger. Längst hatten sich Freunde und Verwandte abgewandt. Allein in der Not. Enteignung auf amerikanisch.

Wie konnte das geschehen? Sie hatten anders sein wollen als die Generation ihrer Eltern. Frei, unberührt von der Politik, unbeschwert von Erinnerungen an den Krieg. Der Bubikopf wurde zum Symbol für eine ganze Generation. Leben und leben lassen. Das fortschrittliche Amerika nahm ein Bad in Lebensfreude wie die Europäer. Das andere Amerika stand kopfschüttelnd abseits. Diese Mehrheit der Amerikaner verstand die Welt nicht mehr. War es wirklich schick, draufloszuleben, zu spekulieren, im Cotton Club von Harlem die Nächte durchzutanzen, dem Verbraucher durch Werbung vorzumachen, daß »Somewhere west of Laramie« (eine Werbung für einen exklusiven Sportwagen) Romantik, Freiheit und leichtes Leben winken? War es die wahre Welt, die da auf Zelluloid für Kunst gehalten und im Kintopp verbreitet wurde?

Wer sich diesseits und jenseits des Atlantiks zur Gesellschaft zählte, applaudierte, bejahte und ignorierte. Die amerikanische Lebensart der zwanziger Jahre schien die europäische Zivilisation zu erdrücken, hatte sie jedenfalls altmodisch erscheinen lassen. Persönliche Verantwortung, wie sie die Philosophen des 19. Jahrhunderts gepredigt hatten, war in den zwanziger Jahren nicht gefragt. Freud oder Einstein warnten. Vergeblich. Durch die flotte, unbedachte Lebensart sahen sie ihre Ideale verraten und verkauft, die Grenzen von richtig und falsch verwischt, Recht und Gerechtigkeit vernachlässigt. Eine Gesellschaft im Taumel. Der Glaube an »ewiges Wachstum« erfaßte die Wirtschaft. Es wurde konzentriert, kartelliert und fusioniert. Nicht alles freilich, was sich Mitte der zwanziger Jahre abspielte, war Schall und Rauch, weder in der Alten noch in der Neuen Welt.

Großzügige Unternehmenskonzentrationen konnten sich sehen lassen: United Steel; die Gründung von Andrew Carnegie; J. P. Morgan und Charles Schwab trat als größte Stahlfirma der USA in eine Konsolidierungsphase ein, die es ihr trotz Krisen und Kriegen ermöglichte, über die Jahre insgesamt 1,3 Milliarden Tonnen Stahl zu erzeugen und zu verkaufen; aus der Petroleumindustrie des auslaufenden 19. Jahrhunderts wurden Ölgiganten, die in 22 Ländern mit 43 Raffinerien und Zehntausenden Servicestationen, wie Esso beziehungsweise Exxon, operieren. Dupont und Dow spielen in der Chemieindustrie der Welt zum erstenmal ihre volle Forschungs- und Absatzfähigkeit aus; die Braunkohlen- und Steinkohlenbranche verspricht Energie auf fast ewige Zeiten; Boeing, Pratt and Whitney und General Electric steigen groß ins Flugzeuggeschäft ein. Mit 5,3 Millionen Fahrzeugen wird die Automobilindustrie zum größten Wirtschaftsbereich der USA, angeführt von General Motors, gefolgt von Ford. International Business Machines (IBM) verdoppelt die Kapazität seines Lochkartensystems und zielt auf elektrische Schreibmaschinen. Mit Coca-Cola und anderen beginnen US-Spitzenunternehmen weltweite Operationen.

Die lebensgefährliche Spirale

Warum ging es nicht weiter aufwärts? Wie konnte es geschehen, daß aus einem Abschwung der Börsenkurse an der Wall

Street, der Pleite einer norddeutschen Textilfabrik und der Zahlungsunfähigkeit einer Wiener Bank eine Krise erwuchs, die die Weltwirtschaft über ein Jahrzehnt in ihren Bann schlug? Hatte es doch erst 1924 an der Börse ein bißchen gekracht?

Gängige Antwort: 1929 rächte sich Spekulation, die zügellos und bedenkenlos war. Daß es dann unkontrolliert abwärts ging, hängt mit besonderen Umständen zusammen, wie den Reparationen, die die Volkswirtschaften Deutschlands und Österreichs überforderten. Dazu kam eine weitere Farmkrise in den USA. Derlei Antworten befriedigen nicht. Da müssen doch wohl tiefere Ursachen gewirkt haben.

Die Kenntnis nationalökonomischer Zusammenhänge war unterentwickelt, jedenfalls für eine weltweite Krise unzureichend. Die Wissenschaft von der Wirtschaft mag damals wie heute ungenau und in ihrer Verbindlichkeit umstritten sein – mit dem Wissensstand gegen Ende des 20. Jahrhunderts hätte man der Weltwirtschaftskrise am Anfang des Jahrhunderts nicht so hilflos gegenübergestanden, hätten wirtschaftspolitische Fehler vermieden werden können. Inzwischen weiß man: Krisen sind nicht mit Deflation zu bekämpfen, vor allem nicht, wenn sie auf einem internationalen Finanzsystem beruhen, das durch Willkürmaßnahmen wie Reparationen seiner natürlichen Ausgleichsmechanismen von Angebot und Nachfrage beraubt ist. Dem Zusammenbruch der Verbrauchernachfrage ist nicht mit Steuererhöhungen oder Lohnkürzungen beizukommen, sondern umgekehrt durch Erhaltung der Kaufkraft. Strukturschwächen, die über Jahrzehnte hin mitgeschleppt wurden, sind weder im Industrie- noch im Bankenwesen zu reparieren, wenn die volkswirtschaftlichen Voraussetzungen außer Kontrolle geraten. Was Ende des 20. Jahrhunderts Einkommenspolitik heißt, war am Beginn der Weltwirtschaftskrise eine unbekannte Größe. Daß weniger als 5 Prozent der Bevölkerung über mehr als ein Drittel des gesamten persönlichen Einkommens verfügen – aus Zinsen, Dividenden usw. wie in den USA 1928/29 –, ergibt das Gegenteil aktiver Verbraucherpolitik. Nach dem Zweiten Weltkrieg sank dieser Einkommensanteil der Reichen und Superreichen auf weniger als 10 Prozent. Im Umkehrschluß: 90 Prozent Massenkaufkraft wird zur Krisenabwehr. In Europa mit einer hohen Sparquote mehr als in Amerika. Hier spiegelt sich ein weiteres, oft entscheidendes Element: die Psychologie, unbestritten Triebfeder oder Bremse arbeitsteiliger Volkswirtschaft. Umstritten ist nur der Anteil des Wirtschaftsfaktors »Psychologie«. Für die einen deckt er mehr als 50 Prozent der Entscheidungen ab, für die anderen etwas weniger.

So läßt sich die lebensgefährliche Spirale der Weltwirtschaftskrise erklären. Der Börsenkrach vom Oktober 1929 war jedenfalls nur der Auslöser, da schwang noch viel mehr mit. Was wäre geschehen, hätte man mit dem Wissensstand der achtziger Jahre die Krise der dreißiger Jahre vor sich gehabt? Hatten die Teilnehmer der Gipfelkonferenz von Toronto recht, als sie im Frühsommer 1988 die wärmende Sonne einer Dauerkonjunktur genossen und sich für erfolgreiche Krisenmanager hielten? Ein solches Denkspiel erleichtert zwar den Vergleich, wird aber jenen Verantwortlichen nicht gerecht, die seinerzeit unvorbereitet in den Abgrund der Krise gerissen wurden. Sie erkannten nicht, was beispielsweise geschieht, wenn die Produktivität im ersten Jahrzehnt nach dem Ersten Weltkrieg um 43 Prozent steigt und damit entsprechende Gewinne frei macht, während Löhne und Gehälter vergleichsweise unverändert bleiben. Fassungslos standen sie fast ein Jahrzehnt lang der Tatsache gegenüber, daß Anfang der dreißiger Jahre jeder vierte arbeitslos war und im amerikanischen Fall noch 1941 der Wert der Industrieproduktion unter jener von 1929 blieb.

»A New Deal for the forgotten man«

Washington stöhne unter einem Präsidenten, der die Zeichen der Zeit nicht mehr erkenne. In diesem Fall meinten die allezeit fündigen Auguren von Washington den 31. Präsidenten der USA, den Republikaner Herbert Hoover. »Was ist die Aufgabe des Staates?« fragte sein Widersacher, der großbürgerliche, demokratische Gouverneur des US-Bundesstaates New York, Franklin Delano Roosevelt, mitten in der Weltwirtschaftskrise (und mitten im Präsidentschaftswahlkampf). »Der Staat ist der gehörige Repräsentant einer organisierten Gesellschaft, geschaffen zu deren umfassendem Schutz und Wohlergehen.«

»A New Deal for the forgotten man« war angeboten. Roosevelt offerierte eine Alternative zum staatsfreien Raum des Laisser-faire, längst bevor Lord Keynes in seiner nationalökonomischen Denkschule die Mischform von Staat und Privat in der Wirtschaft entwickelt hatte. Viele sahen Hoover als das letzte Symbol einer sterbenden Gesellschaftsordnung an, Roosevelt als den Verkünder einer besseren Zukunft, den Garanten dafür, daß der amerikanische Traum doch noch Wirklichkeit wird.

Während Amerika unter der doppelten Belastung der Weltwirtschaftskrise und einer Präsidentschaftswahl ein weiteres Mal nach innen gekehrt und von der Welt wie abgeschnürt wirkte, fehlte es international nicht an Warnsignalen einer heraufziehenden Katastrophe. In Deutschland marschierte der Nationalsozialismus auf, in Österreich mehrten sich die Auflösungserscheinungen.

Bei den Reichstagswahlen vom 14. Oktober 1930 werden 107 Abgeordnete der Nationalsozialistischen Deutschen Arbeiterpartei (NSDAP) gewählt. Der Block der Braunhemden läßt deutsche Aktienwerte an den internationalen Börsen purzeln. In der Sowjetunion festigt Josef Stalin nach dem Landesverweis seines stärksten Gegenspielers Leo Trotzki trotz Hungersnot seine Macht in Militär und Industrie. Marschall Jósef Pilsudski und seine Nachfahren lassen der Demokratie westlicher Prägung in Polen ebensowenig eine Chance wie Kemal Atatürk in der Türkei, General Miguel Primo de Rivera in Spanien und vor allem Benito Mussolini in Italien. Diktatoren im Vormarsch. Das Kaiserreich Japan erobert (1931) die Mandschurei.

Mehr oder weniger Staat?

Amerika hat es zwar nicht besser. Als kontinentale Macht konnte Amerika es sich jedoch erlauben, Ende der zwanziger und Anfang der dreißiger Jahre mit sich selbst beschäftigt zu sein, etwa dem Ende der Prohibition. Konkret freilich ging es um den Übergang von Hoover zu Roosevelt. Dabei bestätigt sich im Rückblick ein weiteres Mal, daß vielbeachtete Politiker oft auf Entscheidungen ihrer Vorgänger aufbauen. So wie Hitler mit dem Bau der Autobahnen an das erste Beispiel einer Schnellstraße zwischen Köln und Bonn anknüpfen konnte, das ein Konrad Adenauer als Kölner Oberbürgermeister geschaffen hat, verhielt es sich auch zwischen dem 31. und 32. Präsidenten der USA. Hoover, nach dem beispielsweise der große Staudamm bei Las Vegas benannt ist, hatte unter dem Eindruck der Weltwirtschaftskrise auch schon eine Mischform von Staat und Privatwirtschaft angestrebt. Roosevelt wagte dann den Wechsel.

Was diese Abkehr vom reinen Laisser-faire ideologisch-politisch für den amerikanischen Einfluß auf europäische Denker bedeutete, zeigte kein Geringerer als Jean Monnet. Der Vordenker der Europäischen Wirtschaftsgemeinschaft, der Sozialist Monnet, nahm sich Hoovers Ideen zum Vorbild. Umgesetzt hat er sie teilweise beim ersten europäischen Integrationsschritt, nämlich der Montanunion (allgemein nach dem damaligen französischen Außenminister Schumanplan genannt).

Hier wie dort, damals wie heute geht es um mehr oder weniger Staat, um mehr oder weniger Lenkung der Wirtschaft und um mehr oder weniger Fähigkeit und Bereitschaft, das richtige Mischungsverhältnis zur rechten Zeit anzustreben – und durchzuhalten. Während Hoover noch zu Lebzeiten oft als tragische Figur bezeichnet wurde, startete Roosevelt als Präsident umstritten. Der Macher aus New York habe keine starken Überzeugungen, sei kein Volkstribun und auch kein Gegner der Privilegierten, schrieb 1932 Walter Lippmann, damals einer der führenden amerikanischen Journalisten. Er, Roosevelt, sei ein angenehmer Mann ohne irgendwelche Qualifikationen, jedoch aus gutem, behütetem Hause. Als der Mann im Rollstuhl, der Amerika aus der Krise herausführte und wesentlich zum Sieg über Hitler beitrug, 13 Jahre später starb, war er zu dem geworden, was die Amerikaner einen »Helden« nennen. Unumstritten einer der großen Präsidenten.

FDR, wie Franklin Delano Roosevelt bald allgemein genannt wurde, hatte zwar den Weitblick, die Energie und die Ideen, mit neuer Wirtschafts- und Gesellschaftspolitik das Ruder herumzuwerfen. Aber Amerika nahm nur langsam Fahrt auf. Es gab zwar im ersten Anlauf ein Dutzend Gesetze, aber die Krise wollte nicht weichen. Die Arbeitslosigkeit blieb hoch, und die Welt begann bereits zu zweifeln, ob Amerika auch diesmal mit dem New Deal ein nachahmenswertes Beispiel liefert. Hastig wurden in Washington Agenturen, eine Art von administrativem Unterbau der Ministerien, aus dem Boden gestampft. Eine gegen die Arbeitslosigkeit, eine zur Verwaltung von Sofortmaßnahmen der Bundesverwaltung in Washington, eine für neue Industrieregeln zur Festsetzung von Mindestlöhnen und der Arbeitszeit, zum Verbot der Kinderarbeit und vor allem zur Anerkennung der Gewerkschaften als Tarifpartner.

Die Federal Deposit Insurance Corporation (FDIC), eine Selbstversicherung der Kreditwirtschaft unter Kontrolle und Garantie des Staates (für FDIC-Mitglieder bis zu 100 000 Dollar je Einleger staatlich verbürgter Schutz), und die Security and Exchange Commission (SEC) erweisen sich auch noch nach Jahrzehnten als Erinnerungswert des New Deal. Als Roosevelt sich der Sozialversicherung zuwandte, indem er Arbeitslosenunterstützung, Unfallschutz und eine bescheidene Altersversorgung einführte, zeigte sich, wie auffällig Amerika hinter Europa herhinkt. Wie beim Thema Planung.

Amerikanische Intellektuelle fanden zwar Gefallen an europäischen Denkspielen, privaten Besitz und moderne Unternehmen von Staats wegen zu kontrollieren, zu lenken, um über kontrollierte Märkte der Gesellschaft vorzugeben, was zu tun und was zu lassen ist. Der Durchschnittsamerikaner aber blieb mißtrauisch gegenüber Staat und Lenkung. Konservativismus gegen Reformeifer. Immerhin: Unter dem Individualisten Roosevelt hatte der Individualismus schwere Zeiten. *Business Week* erschien Mitte der dreißiger Jahre mit der Schlußfolgerung: »Zu planen oder nicht zu planen ist nicht mehr länger die Frage. Die wirkliche Frage ist: Wer tut es?«

Die Weltwirtschaftskrise hatte im Unternehmerlager der USA längst einen Wandel herbeigeführt. Über Produktion und Absatz, über Finanzierung und Rentabilität wurde zum erstenmal nicht ausschließlich mit dem Blick auf Dividenden u. ä. im Quartalsvergleich diskutiert. Erstmals kam auf, unternehmerisch auf längere Sicht zu planen. Kluge Köpfe auf der Unternehmerseite hatten längst die Gefahr erkannt, die ihnen und ihren schutzbefohlenen Unternehmen vom Staat droht. Hatte doch Lord Keynes seinen Denkansatz vom Mut zur staatlichen Defizitwirtschaft bereits in einem Leserbrief an die *New York Times* 1933 offenbart: »Ich halte es für besonders wichtig, die Kaufkraft durch Staatsausgaben zu stützen, die über Anleihen finanziert werden.« Später nannte man das »deficit spending«. Der Vorfinanzierung der Zukunft konnte sich schließlich keine Regierung entziehen, nicht einmal die Regierung Reagan und ihre »Kreditkartengesellschaft«.

»Die allgemeine Theorie der Beschäftigung, des Zinses und des Geldes«, von Keynes 1936 veröffentlicht, sorgte in Europa wie in Amerika für allgemeines Aufsehen, das lang anhielt. Am »Keynesianismus« scheiden sich seitdem die Geister: mehr oder weniger Staat, mehr oder weniger Defizitfinanzierung zwecks Arbeitsbeschaffung und ganz allgemein geplante Wirtschaft oder sich selber überlassene Wirtschaft. Trotz Krise fand ein atlantischer Ideenaustausch statt.

Gottfried von Haberler hat einer ganzen Generation von seinesgleichen – nicht zuletzt in den USA – beigebracht, in ökonomischen Zyklen zu denken und das Auf und Ab der Konjunkturen nicht als einen gottgewollten, undurchschaubaren, sondern meßbaren Vorgang zu betrachten, der zum freien Markt gehört wie das Wasser zum Fisch. Joseph A. Schumpeter, ebenfalls ein Vertreter der Wiener Schule, verdankt der atlantische Ideenaustausch eine Erkenntnis, die inzwischen klassisch geworden ist: Kapitalismus, Sozialismus und Demokratie sind keine Werte an sich, keiner vermag das eine oder das andere für sich allein zu reklamieren. In Wirtschaft und Staat kommt es auf die handelnden Personen, ihre Gestaltungskraft und die Rahmenbedingungen im Zeitablauf sowie auf Zielsetzungen an, die den einzelnen motivieren und den Staat definieren. Max Horkheimer betrachtete die Wirtschafts- und Herrschaftssysteme von links und lieferte zuerst in Frankfurt und dann in New York mit seiner Schule das dialektische Zweifelspotential, während die Diktatoren marschierten.

Was den einfachen Mann in der Neuen und in der Alten Welt verband, war das Elend, das Ausgeliefertsein. Am Währinger Gürtel in Wien kommen sie täglich um eine Suppe und ein Stück Brot – sie, die »Ausgesteuerten«, arbeitslose Beamten. Am Alexanderplatz in Berlin wird berittene Polizei gegen Hungernde eingesetzt, die den Wagen einer Suppenküche stürmen. Im Bois de Boulogne in Paris stehen sie, Facharbeiter, nach Mitternacht an, um sich morgens einen Franc als Straßenkehrer verdienen zu können. In London werden die Eingänge zur Untergrundbahn am Abend geschlossen, weil Tausende dort Unterschlupf zu suchen trachten. In Detroit zahlen Arbeitslose 10 Dollar Gebühr, um einen Job für 13,50 Dollar täglich zu ergattern. Auf der Sixth Avenue bewerben sich täglich bis zu 15 000 in einem Vermittlungsbüro, 300 können vermittelt werden. »For Sale« hieß es quer durch Amerika. Überschuldete Bauern mußten aufgeben. Zur Wirtschaftskrise kam eine Dürre, und die oberen Zehntausend lebten wie Alfred G. Vanderbilt. Mit Joan Crawford tanzte der Superreiche auf dem Ball der Filmschauspieler in Los Angeles Tango. Gegen Lohnkürzungen wurde gestreikt. Einmal 70 000 Bergarbeiter, ein andermal 200 000 Textilarbeiterinnen, dann 140 000 Automobilarbeiter. Nicht immer ging es so harmlos zu wie bei Sitzstreiks, der neuen Form des Aufbegehrens. Mit Gewalt gegen die Krise. Was halfen da Clark Gable oder Benny Goodman, Duke Ellington oder Ella Fitzgerald? Alle lebten im Schatten einer Krise, die keiner wollte und die keiner verstand.

Schiffe vom Fließband

Der Zweite Weltkrieg kostete 3 000 000 000 000 Dollar, nach vorsichtigen Schätzungen – damit, mit diesen drei Trillionen Dollar, das Neunfache des Ersten Weltkrieges. Die Zahl der Toten überschritt 25 Millionen, die Zahl der Verwundeten 50 Millionen. 30 Millionen Europäer verloren ihre Heimat. Der Krieg war total, in seinen Ausmaßen unvorstellbar.

Der Krieg mobilisierte aber auch Wirtschaftspotentiale ungeahnten Ausmaßes. Während im Deutschen Reich die Kriegsproduktion 1943/44 einen absoluten Höchststand – trotz Bombenkriegs – erreichte, bewies die amerikanische Wirtschaft, die aus dem vollen schöpfte, auf ihre Art ihre Anpassungsfähigkeit und Leistungsvermögen. In einem einzigen Jahr wurde beispielsweise die Panzerproduktion von einigen hundert Stück auf 24 000 erhöht und jene der Flugzeuge von einigen tausend auf über 50 000.

Am Ende des ersten amerikanischen Kriegsjahres 1942/43

General Eisenhower, der die Invasion der amerikanischen Truppen an der Küste der Normandie leitete, Juni 1944 *(oben)*.
Zur Verschrottung auf Halde gelegte Düsenjäger der US-Air-Force, Anfang der sechziger Jahre.

Plakat eines amerikanischen Rüstungsbetriebes zum Bombenkrieg, um 1943.

produzierten die USA bereits mehr Rüstungsgüter als die Achsenmächte zusammengenommen (wobei sich Deutschland auf Teile Europas und Japan auf Teile Asiens stützen konnten). Ein Jahr später war die US-Produktion noch einmal verdoppelt. General Electric beispielsweise war in der Lage, allein im Geschäftsjahr 1942 die Schiffsturbinenproduktion wertmäßig von einer Million Dollar auf 300 Millionen zu steigern. Henry Kaiser übernahm den Auftrag für etwas, was es bis dahin nicht gegeben hatte: Massenproduktion statt Einzelfertigung für Hochseefrachter. Als er begann, dauerte es über 200 Tage, ein »Liberty«-Schiff herzustellen, nach einem Jahr 27 Tage. Ein Jahr später verließen zwei Schiffe pro Tag das gigantische Fließband. Bezeichnend dafür, daß Amerika nicht nur die Muskeln zeigte, sondern auch gebrauchte, ist bis heute ein Symbolwerk, nämlich das Gebäude des US-Verteidigungsministeriums. Das damals »größte Büro der Welt« war auf eine Bauzeit von sieben Jahren ausgelegt. Mit seinen Gängen in der Länge von 25 Kilometern und 60 000 Quadratmetern Bürofläche war das Pentagon in kaum mehr als einem Jahr fertig.

In den Annalen der US-Navy wird vermerkt, der Sieg der amerikanischen Flotte in der Schlacht von Midway (403 abgeschossene Flugzeuge, davon 253 japanische) sei nicht zuletzt dadurch möglich geworden, daß der Flugzeugträger Yorktown im Pazifik rechtzeitig zur Stelle war. Die Reparatur dieses Riesenschiffes war auf drei Monate veranschlagt und dauerte tatsächlich zwei Tage. 1800 Techniker wurden eingesetzt. Vom 1. Juli 1940 bis zum 31. Juli 1945 wurden produziert: 102 300 Panzer, 304 600 Flugzeuge, 72 100 Kriegsschiffe, 6400 Versorgungsschiffe, 273 431 Geschütze, 21 Millionen Gewehre, 6800 Tonnen Bomben und 2 455 964 Lastkraftwagen.

Die Kriegsproduktion der USA überstieg in keinem Jahr mehr als 40 Prozent der Gesamterzeugung. In allen anderen kriegsführenden Ländern war es umgekehrt: 60 Prozent Kriegsproduktion, 40 Prozent Zivilerzeugung. Gemeinsam war wieder allen der Versuch, bei Lebensmitteln usw. Knappheit vorzubeugen und das Vorhandene gerecht zu verteilen.

Selbst im Überflußland Amerika wurde die Rationierung eingeführt. Im Januar 1942 sorgte die WPB-Direktive, mit der ein kompliziertes Punktesystem für Lebensmittel eingeführt worden war, reichlich für Gesprächsstoff. Mit so etwas hatten die Amerikaner nicht gerechnet, ebensowenig, daß ihnen bei Benzin »nur« eine Wochenration von 12 Litern zustand. Zu Preisschildern gab es plötzlich Punkteschilder. Alles, was Mr. und Mrs. Jones, den Durchschnittsamerikanern, lieb war, Fleisch, Butter, Käse, Zucker, Kaffee, mußte nun zweimal bezahlt werden: mit Rationierungspunkten und »cash«. Der Kauf auf Kredit wurde mit der »Regulation W« ebenfalls erschwert. Viele Amerikaner verstanden die Welt nicht mehr. Auch so erklärte sich, daß sie, als alles vorbei war, in so etwas wie einen Konsumrausch verfielen und seit Ende des Zweiten Weltkrieges nichts dabei finden, eine Kreditkartengesellschaft genannt zu werden.

War es Staatswirtschaft oder Privatwirtschaft? Industriesozialismus oder Industriekapitalismus? Diese deutsch wirkende Fragestellung kam im allezeit selbstkritischen Washington hoch, kaum waren die Schlachten geschlagen. Da half das Argument wenig, die USA hätten Erstaunliches geleistet: die Kriegsproduktion anzukurbeln, gleichzeitig eine Armee von 12 Millionen Mann aufzustellen und wissenschaftlich-organisatorisch in der Lage zu sein, die erste Atombombe zu bauen. Erst allmählich wurde klar, welche Reserven in der amerikanischen Wirtschaft und in der amerikanischen Gesellschaft stekken. Vergleiche mit der Entfaltungskraft der amerikanischen Wirtschaft in Friedenszeiten stellen nicht nur potentielle Widersacher der USA, sondern auch deren Politiker selbst an. Generation für Generation fragt sich, wie dieses Amerika auch unter anderen, nicht kriegsbedingten Umständen zu motivieren ist, damit es zu solchen Mobilisierungseffekten fähig wird. In der Rüstungsproduktion stand es Anfang der vierziger Jahre zwischen den sogenannten Achsenmächten und den USA immerhin noch 1 zu 2,4. Bereits zwei Jahre später, 1943, also nach der Umstellung der US-Wirtschaft auf Krieg, betrug das Verhältnis 1 zu 3,4. Damals produzierte das

Deutsche Reich Treibstoff in der statistischen Größe von 100, die Westmächte von über 3000 – ein weiteres Zeichen für die vorprogrammierte Niederlage von Hitler-Deutschland. Als die Tigerpanzer bei der letzten Entlastungsoffensive im Osten vor Stuhlweißenburg in Ungarn mangels Sprit liegenblieben und Tausende von Abfangjägern in Nord- und Süddeutschland wegen Treibstoffmangels nicht mehr starten konnten, wurde den Generalstäben dramatisch vorgeführt, was es mit wirtschaftlicher Unterlegenheit auf sich hat.

Hitler verlor seinen Krieg nicht zuletzt wirtschaftlich. Auch Japan mußte erfahren, daß ein Krieg ohne entsprechende Grundlagen von Rohstoffen und Industrie nicht zu gewinnen ist. Die Sowjetunion verdankt ihren Sieg nicht zuletzt amerikanischer Hilfe. Sie allein erhielt von den USA im Rahmen der Pacht- und Leihlieferungen 13 000 Panzer, 15 000 Flugzeuge, 2300 Geschütze und über eine halbe Million Lastkraftwagen. Militärhilfe aus US-Steuergeldern an andere Staaten erreichte die Höhe von 50 Milliarden Dollar.

Noch nie war Konsum so schön

Amerikanische Bilder anno 1945: Soldaten durften nach ihrer Entlassung ihre Uniformen noch dreißig Tage tragen. »The Best Years of Our Lives«, ein Rührfilm mit einem Kriegsverletzten, wird gedreht, im »52–20 Club« treffen sich arbeitslose Kriegsteilnehmer. Alle erhalten 52 Wochen lang zwanzig Dollar vom Staat. In Georgia werden hundert Trailer für verheiratete Exsoldaten aufgestellt, die keine Wohnung finden konnten. Nach dem GI-Gesetz studierte über eine halbe Million von Kriegsveteranen auf Staatskosten (neben vielen auch der spätere Verteidigungsminister Caspar Weinberger), Marlon Brando wurde für seine Darstellung in »Endstation Sehnsucht« ausgezeichnet, und der kaum dreißigjährige John F. Kennedy gewann in Boston mit dem Slogan: »Eine neue Generation bietet einen Führer.«

Der »größte Trümmerhaufen der Welt« war in der Alten Welt übriggeblieben. Europa zahlte für Gewalt und Krieg den höchsten Preis der Geschichte: Erniedrigung, Spaltung, ausgelöschtes Leben, zerstörte Städte und Hoffnungslosigkeit. Als der Frieden begann, sah es so aus, als ob diese Bilanz der Gewalt die Welt jahrzehntelang in Betroffene und Nichtbetroffene spalten würde. Im deutschen Fall erreichte die Industrieproduktion 1946 nur ein Drittel des Vorkriegsstandes. Die Zerstörungen des unbarmherzigen Luftkrieges (18600 Bomber und Jäger der USA wurden mit 46000 Mann in einem zuletzt strategisch umstrittenen Luftkrieg über Europa abgeschossen) waren geringer ausgefallen als allgemein angenommen. Zerstört waren allerdings ein Drittel der Maschinenbauindustrie, ein Fünftel der Textilindustrie, ein Siebtel der chemischen Industrie des Deutschen Reiches.

Phönix aus der Asche

Ein zerstörtes Europa, ein erniedrigtes Japan, ein ausgeblutetes Rußland und ein pausbäckiges Amerika – was konnte sich daraus ergeben? Von einer einzigen Welt hatten sie geträumt – nicht zuletzt wirtschaftlich –, und die Tatsachen lehrten sie, daß zwischen ihnen Welten lagen. Die USA vereinigten mehr als die Hälfte des Welteinkommens auf sich, während der Rest der Welt ums schlichte Überleben kämpfte. Welches Wunder mußte geschehen, um die Gräben zuzuschütten, die Politik und Gewalt nicht nur moralisch, sondern auch wirtschaftlich aufgerissen hatten? Wo anfangen? Wenn 160 Millionen Amerikaner mit über 3300 Kalorien täglich ein gesättigtes Dasein führen, während 131 Millionen Europäer mit kaum mehr als 1000 Kalorien Tagesration hungerten? Wie die Not überwinden und strukturelle Voraussetzungen schaffen, wie Ausgewogenheit, Wachstum und Belastungsfähigkeit versprechen? Was mußte psychologisch geschehen, um der Hoffnungslosigkeit in Europa und der Umstellung von Krieg auf Frieden Herr zu werden? Wirtschaften nach Plan, nach den Gesetzmäßigkeiten des Marktes, in Mischformen? Wer setzt Ziele, wer und was entscheidet?

Die Stunde Null war die Stunde Amerikas. In der Rückschau bestätigt sich, daß die amerikanische Art, zu leben und zu wirtschaften, nach 1945 der Welt den Weg gewiesen hat. Damals freilich war dies den wenigsten bewußt.

Der europäische Kontinent stand im Chaos. Daß der Krieg vorbei war, schuf nur einige Stunden Erleichterung. In Österreich, mit einer Zivilbevölkerung von etwa 7 Millionen, hielten sich am Kriegsende 4,5 Millionen Soldaten auf. Deutsche, Sowjets, Amerikaner, Engländer, Franzosen, Jugoslawen.

Elvis Presley während seiner Militärdienstzeit bei den US-Streitkräften in der Bundesrepublik, 1959.

Der Zivilbevölkerung fehlte es an allem. Zehn Deutsche mußten sich – statistisch – in Wohnräumen zusammenpferchen, wo vor dem Krieg vier gewohnt hatten. Es wurde gehamstert. Es gab einen Schwarzmarkt. Erste Hilfe kam von der United Nations Relief and Rehabilitation Administration, UNRRA. Millionen Amerikaner schickten Carepakete. Dennoch: Die Lebensumstände waren unvorstellbar primitiv und ausweglos.

Amerika war anders. Es stand im Vollsaft. Im Überfluß sollte die Umstellung von Krieg auf Frieden vollzogen werden. Anders als nach dem Ersten Weltkrieg bemühte man sich, weltoffen zu bleiben. Isolationismus hatte keine Chance. Organisiert, wie sie durch den Krieg nun einmal waren, stiegen Wirtschaft und Handel auf Friedenswirtschaft um. Die amerikanische Bevölkerung hatte Geld. Die Stimmung war gut bis ausgelassen. Nicht nur in den 2000 Drive-in-Kinos zeigte die flotte Hollywood-Filmindustrie, was man ohne Krieg in einer freien Gesellschaft so alles konsumieren kann. Gegen Ende 1945 wird die Lebensmittelrationierung aufgehoben, ein paar Monate später die Preiskontrollen. Zurückgestaute Nachfrage macht sich Luft. Jeder will wieder ein Auto. Reisen wird modern, das eigene Heim zum erreichbaren Ziel. Der Konsum zieht gewaltig an. Unvermeidliche Folge: Die Lebenshaltungskosten erhöhen sich bis 1948 um fast 50 Prozent. Höhere Löhne werden gefordert. Es kommt zu dem, was unter den Kriegsverhältnissen untersagt oder unterdrückt worden war, zu Streiks. Anfang 1946 streiken 1,6 Millionen Automobilarbeiter, Bergarbeiter und Transportarbeiter. Washington will die Dinge nicht treiben lassen. Harry S. Truman, der rechte Demokrat, der Franklin Delano Roosevelt folgte, sieht die Kriegskoalition mit der Sowjetunion zerbrechen, einen Wettkampf der Systeme, eine schicksalsträchtige Auseinandersetzung zwischen Kommunismus und Kapitalismus heraufziehen. Vor diesem Hintergrund bildet sich so etwas wie eine gemeinsame Außenpolitik der Demokraten und Republikaner. Man will Amerika wirtschaftlich und finanziell stark und glaubhaft erhalten.

Deutschland und Griechenland bieten wirtschaftspolitischen Anschauungsunterricht, wie sich Amerikaner und Sowjets politisch auseinanderleben und auf einen kalten Krieg zusteuern.

Berlin, 14. Juni 1947. Die sowjetische Militärverwaltung errichtet die »Deutsche Wirtschaftskommission«. Die sowjetische Besatzungszone soll wirtschaftlich und politisch in den Machtbereich des Ostens integriert werden. London, 21. Februar 1947: Großbritannien, das im Krieg über ein Viertel seines eigenen Wohlstandes verloren hat und zusehen muß, wie sein Einfluß in der übrigen Welt durch das Erstarken des Antikolonialismus schwindet, erklärt sich außerstande, Griechenland (das sich mit kommunistischen Partisanen herumschlägt) weiterhin mit einer halben Milliarde Dollar zu unterstützen und die Türkei mit über 300 Millionen Dollar. Eine Woche später entscheidet Präsident Truman, das britische Engagement zu übernehmen. Ohne Griechenland und die Türkei sieht er nicht nur Südeuropa kommunistischer Expansion machtlos gegenüberstehen, sondern auch den Iran und damit »ganz Asien«. Amerikanischem Steuerzahlergeld folgt amerikanische Einsatzbereitschaft. Zuerst waren es griechische Partisanen, dann ideologische Abwehrbemühungen gegenüber kommunistischer Expansion und schließlich – wie so oft – wirtschaftliche Interessen. Nicht die USA brauchen das Mittelmeer und den Persischen Golf, sondern die Europäer und die Japaner. Das sollte sich über vierzig Jahre später im sogenannten Golfkrieg zeigen. Alte Rivalitäten spiegelten sich in einem brutalen Waffengang. Am Schatt al-Arab kämpften iranische Fundamentalisten gegen arabische Machthaber. Amerikaner und Europäer konnten jahrelang nur zuschauen, auf Vernunft und die Gelegenheit zur Friedensstiftung hoffen. Wirtschaft folgt der Politik, nicht umgekehrt.

»30 Jahre keine Seidenstrümpfe!« Deutsche Mädchen glaubten zunächst an eine solche Rache der Sieger. Sie hatten 1945 von den Plänen gehört, Deutschland in ein Agrarland zurückzuverwandeln, die Industrie weitgehend zu schleifen und die Bevölkerung durch niedrigen Lebensstandard für die Hitlerzeit büßen zu lassen. Sie konnten nicht wissen, daß Präsident Roosevelt solche Ideen seines eigenen Finanzministers Henry Morgenthau weit von sich gewiesen hatte. Umerziehung statt Rache hieß das Motto, Wirtschaftshilfe statt Reparationen, Fairness statt Schikane.

Hatte Amerika also wirklich aus den Erfahrungen der Zeit nach dem Ersten Weltkrieg gelernt? Ohne Zweifel. Erweist sich doch die amerikanische Gesellschaft zu geradezu revolutionären Veränderungen fähig. Wie so oft tritt sie erneuerungsfähig auf. Europäer wirken dagegen inflexibel, rückwärtsschauend, nur bedingt anpassungsbereit. So ist es der Durchschnittsamerikaner, der mit seinem Beispiel – gewollt oder ungewollt – dafür sorgt, daß sein Lebensstil für alle Welt zur Richtschnur wird – positiv und negativ. Die Jones' waren nach 1945 in der Tat in einer anderen Stimmung als am Anfang der zwanziger Jahre. Vom »rugged individualism« (dem rauhen Individualismus) wollte man nichts mehr wissen, weil er für die Weltwirtschaftskrise mitverantwortlich gemacht wurde. Staatshilfe war nicht mehr verpönt, der Wohlfahrtsstaat eine Alternative. Man gab sich progressiv, nicht zuletzt in der Technik. Wenn die USA mit 2 Milliarden Dollar in kaum mehr als vier Jahren die erste Atombombe zu entwickeln imstande waren, warum, so fragten viele Amerikaner, sollte es technisch unter friedlichen Umständen nicht weiter aufwärts gehen?

Der erste Schub ungebrochenen Aufschwungs, bedingt durch den Übergang von der Kriegs- zur Friedenswirtschaft, war schon vor 1945 vorgegeben. Amerikanische Frauen beschränkten sich nicht mehr auf Kindererziehung und Kochrezepte. Die Rüstungswirtschaft hatte ihnen eine neue

Form der Gleichberechtigung eröffnet. Dazu kam, daß Schwarze aus Alabama oder Georgia, aus Louisiana und Tennessee nach Detroit oder Chicago zogen, nach New York oder Südkalifornien. Zum erstenmal profitierten sie von Vollbeschäftigung. Leuten vom Land, die – in der Weltwirtschaftskrise arbeitslos – in ihre ländlichen Heimatgebiete zurückgewandert waren, wurden in den vierziger Jahren neue Möglichkeiten geboten. Oft vollzog sich der Sprung von der Agrargesellschaft direkt in die Dienstleistungsgesellschaft. Die alten Industriegebiete erhielten Konkurrenz. Neue Industriejobs, etwa im südlichen Kalifornien, führten dazu, daß in einem Jahrzehnt nach Kriegsende die Bevölkerung von Kalifornien um 50 Prozent zunahm. Millionen, die eine neue Heimat suchten, schafften die größte Völkerwanderung aller Zeiten – in Europa waren es die Flüchtlinge, in Amerika diejenigen, die einen besseren Job suchten.

Millionen Amerikaner machten es Millionen Europäern vor. Man zog in die Vororte, wo die Luft besser ist, wo man Platz hat und moderne Häuser nicht so teuer sind. Das Auto machte beweglich. Wer auf sich hielt, zog hinaus. Während in Europa die Städte wiederaufgebaut werden, werden sie in Amerika jahrelang vernachlässigt. Die Europäer rücken zusammen, die Amerikaner auseinander. In der Alten Welt werden Uniformen zu Zivilkleidung umgearbeitet, in der Neuen kommt die Müllabfuhr mit den Abfällen einer Wegwerfgesellschaft nicht mehr mit. Die Bahnen in Europa transportieren ihre Kunden jahrelang in Viehwaggons oder ungeheizten museumsreifen Transportmitteln, während sich die Amerikaner in Richtung Automobilgesellschaft bewegen. Bald zählt die Doppelgarage zur Standardausrüstung eines mittelständischen Einfamilienhauses. So ist es nur logisch, daß Washington ein großzügiges System transkontinentaler Autobahnen plant. Innerhalb von zehn Jahren gebaut, bekommt dies selbst dem vernachlässigten Mittleren Westen. Auf dem Land leben immer weniger Menschen, die mit modernen Methoden immer mehr produzieren. Die Produktivität der amerikanischen Landwirtschaft wird Weltspitze, während die Europäer noch mit Lebensmittelkarten hantieren.

An der Madison Avenue in New York, wo man Anfang der vierziger Jahre den größten Erfolg der Werbebranche erzielte, indem man dem Volk den Krieg verkaufte, hieß es: »Noch nie war Konsum so schön.« Selbstbewußt, weil kaufkräftig, erfreuten sich viele Amerikaner des ersten optischen Ideenimportes aus Europa, nämlich der Mode aus Paris. Hatte doch die Regulation L–85 im Krieg für die Herstellung von Zivilkleidern strenge Materialbeschränkungen eingeführt: Säume höchstens fünf Zentimeter, nur eine aufgesetzte Tasche per Bluse, keine angenähten Kapuzen oder Schals (obwohl sie große Mode waren), kein Rock weiter als 158 Zentimeter, kein Gürtel breiter als fünf Zentimeter, keine Stulpen an Mantelärmeln. So überraschend diese Kleiderordnung, an die sich viele Amerikaner nicht hielten, verfügt wurde, so schnell verschwand sie. Aus zurückgestauter Nachfrage entwickelte sich in den USA nach Kriegsende ein Nachfragepotential gewaltigen Ausmaßes, nicht nur nach Konsum-, sondern auch nach Investitionsgütern. Washington war vor Kriegsende mit Eingriffen nicht gerade zimperlich gewesen. Nach dem Krieg ließ man die Zügel bald schießen.

Exportartikel Wettbewerb

Erst nach dem Krieg zeigte sich das wahre Ausmaß der Katastrophe, der weltweiten Veränderung. Nie zuvor waren die Völker einem solchen Aderlaß, einer solchen Belastung und moralischen Verwirrung ausgesetzt. So nimmt es nicht wunder, daß nach der ersten Verschnaufpause die Auseinandersetzung um die Rolle des Staates mit neuer Intensität einsetzte.

Wer im Westen Deutschlands nach dem Verhältnis Staat und Politik forschen wollte, mußte Mitte der vierziger Jahre eine Kaserne zwischen Krautäckern besuchen. Dwight D. Eisenhower hatte ihr den Namen des Ausbildungschefs der amerikanischen Armee, Lesly James McNair, gegeben. Trainiert wurden dort aber nicht mehr Soldaten, sondern Verantwortliche der Wirtschaft. Ein untersetzter Mann mit leiser Stimme und durchdringendem Blick, der mit brennender Zigarre aufzutreten pflegte, glaubte felsenfest an einen Ausweg aus Hunger, Not und Hoffnungslosigkeit. Sein Name: Ludwig Erhard. Der Professor der Nationalökonomie, der sich schon im Krieg mit modernen Absatzmethoden theoretisch befaßt hatte, schritt unbekümmert in die Praxis: Staatliche Vorschriften mit einem Schlag beseitigen und auf Kräfte des Marktes vertrauen, dem privaten Bürger Entfaltungsmöglichkeiten bieten, dann werde man schon sehen, daß ohne staatliche Kommandowirtschaft besser zu leben ist. Eine ganze Schule von deutschen Nationalökonomen hatte sich zusammengetan, um den Beweis zu erbringen, daß eine sozial verpflichtete Marktwirtschaft einer modernen Demokratie das Rückgrat verschafft. Wilhelm Roepke, Alfred Müller-Armack, Walter Eucken, Friedrich August von Hayeck, Constantin von Dietze, Adolf Lampe – sie bedurften keines Anstoßes aus Washington. Als ihnen das Hitler-Regime die gedankliche oder die persönliche Freiheit geraubt hatte, hatten sie sich bereits auf neue Formen einer belastungsfähigen Wettbewerbsordnung eingeschworen. »Weniger Staat« und »weniger Kollektiv«, diese Parolen benutzte Ludwig Erhard, der unerschrockene Verkäufer der Marktwirtschaft, als ihm noch Kontrollen, Verstaatlichung anempfohlen wurden. Ihm wie seinem österreichischen Kampfgefährten Reinhard Kamitz wurde bereits in den vierziger Jahren entgegengehalten, was bis an das Ende des Jahrhunderts gegen eine funktionierende Marktwirtschaft vorgebracht wird: Ein staatsfreier Markt sei eine erbarmungslose Hochleistungsmaschine. Sie laufe jeder Kritik und Moralität zuwider und mache den Eigennutz zum Götzen der Gesellschaft, das »gemeine Wohl« werde vernachlässigt.

Erhard und die Marktwirtschaftler hatten es nicht leicht. Im fernen Washington verstand man zunächst diesen faustischen Prinzipienstreit um die bessere Wirtschaftsordnung nicht. In Europa, wo mit der Wirtschaft hergebrachte Lebensformen aus den Fugen geraten waren, ließ der Kampf ums Überleben bei den meisten weder Zeit noch Sinn zum Philosophieren. Um so überzeugter und gedanklich fundierter gingen die Marktwirtschaftler ans Werk: den Überhang an Kaufkraft beseitigen, die vorhandenen Produktionsmöglichkeiten ermuntern, dem Verbraucher vertrauen und der Wirtschaft Bewegungsspielraum zurückgeben. Freilich nicht unbegrenzt; Wettbewerb sollte nur im Rahmen staatlich vorgegebener Mechanismen stattfinden. Dieses Konzept war selbst eingeschworenen Bürgerlichen in der europäischen Industrie am Anfang zu kühn und deshalb verdächtig. Der amerikanischen Besatzungsmacht war vor einem Sprung ins kalte Wasser der Marktwirtschaft auch etwas unheimlich. Sie zögerte.

Bis zum 20. Juni 1948. An diesem regnerischen Sonntag erhält jeder Westdeutsche und jeder Westberliner gegen Vorlage von 60 Reichsmark ein Kopfgeld von 40 Deutschen Mark. Die Konten werden 10 zu 1, später 6,5 zu 1 umgestellt. Die D-Mark war geboren – sie sollte einen Siegeszug antreten. Jahrzehnte später nimmt sie es mit dem Dollar auf. Schon am nächsten Montag füllten sich die leeren Regale, »freie Ware« stand da, der Spuk des Schwarzmarktes war vorbei. Die Wirtschaft zog an. In einem eigenartigen Zusammenspiel von zwei ungleichen Männern ging eine risikoreiche Rechnung auf, nämlich des Franken Erhard und des Amerikaners Tenenbaum. Dieser Wirtschaftsexperte der amerikanischen Militärregierung starb – bald vergessen – nach einem Autounfall in New York. Er selber war immer davon überzeugt, daß es die Deutschen zu so etwas wie einem Wirtschaftswunder bringen würden. Als sich Erfolg einstellte, hatte man es im fernen Washington schon immer gewußt.

MacArthur und Japans Wirtschaftswunder

Der Kaiser spricht vom Undenkbaren, das denkbar geworden sei. Japan gibt militärisch auf. Die Worte, mit denen er nach dem Abwurf der beiden Atombomben die bedingungslose Kapitulation seines Landes über das Radio einleitete, klangen

Präsident Harry Truman und General MacArthur treffen sich auf der Insel Wake Island im Mittleren Pazifik, um über die Schlußphase der UN-Aktivitäten in Korea zu sprechen; Oktober 1950.

noch nach, als Japan wirtschaftlich schon durchstartete. Mit amerikanischer Hilfe. Ein General, den die einen für einen Haudegen, die anderen für einen eitlen Wichtigtuer hielten, nämlich Douglas MacArthur, schaffte mit Japan die erstaunlichste Erfolgsgeschichte Amerikas in Asien.

MacArthur regierte ebenso energisch wie geschickt. Wie ein zweiter Kaiser. Prompt sorgte er für die wirtschaftliche Gesundung Japans, dessen Städte zu über einem Drittel durch US-Bombenangriffe zerstört waren. MacArthurs Geschick bestand darin, die Japaner kulturell voll zu respektieren, politisch und wirtschaftlich zu motivieren und – bei allem Reformeifer – ihre Traditionen zu achten. Die Veränderungen, die unter seiner »Herrschaft« vollzogen wurden, stammten zwar teils aus dem State Department in Washington, teils aus den »Think Tanks«, amerikanischen Spezialinstituten, teils aus den Erkenntnissen einfühlsamer amerikanischer Besatzungsoffiziere.

Anders als in Deutschland, wo die Militärregierung die gesamte Macht und damit auch die gesame Verantwortung übernahm, bediente sich das Regime MacArthur indirekter Methoden. Amerika loyal ergebene japanische Politiker wie Yoshida Shigeru nutzten die Chance einer demokratischen Erneuerung. Japan wurde stärker westlich orientiert als bei der Meiji-Restauration in der zweiten Hälfte des 19. Jahrhunderts. MacArthur war kein zweiter Kommodore Perry, der 1854 gewaltsam in japanische Häfen eindrang. Nach dem Sieg von 1945 betrieb er Ideenexport von West nach Ost. Der Staat ist für seine Bürger da, verkündete er geduldig. Zu MacArthurs aufmerksamsten Zuhörern gehörte der Kaiser: Landreform, Familienreform, Justizreform, parlamentarische Demokratie und vor allem eine wachstumsorientierte Wirtschaftsordnung. In einmaliger Mischung von staatlich gesetzten Rahmenbedingungen, elitären Verständigungseinrichtungen zwischen Wirtschaft und Verwaltung und urkapitalistischem Laisser-faire wurde unter MacArthur die Grundlage für Japan als Wirtschaftsweltmacht gelegt.

Herausforderung: Amerikanisch? Europäisch? Japanisch?

Tokio, Juni 1979, die Wiener Volksoper gastiert mit der Fledermaus. Bombenstimmung. Applaus, im rechten Augenblick Lacher über die Witze und Witzchen des Froschs im dritten Akt. Verstehen denn die meisten der viertausend Japaner deutsch? Natürlich nicht. Vielmehr hatten genügend erfahrene Theatergänger aus dem Programmheft die ins Japanische übersetzten Froschmonologe gleichsam auswendig gelernt, um sich an der richtigen Stelle amüsieren zu können. Beim Empfang nach der Vorstellung wird nicht nur über Fleiß und Unterhaltung gesprochen. Man kommt auch mit einem gutaussehenden, großgewachsenen Japaner ins Gespräch. Auf deutsch erzählt Norio Ohgu, als Bassist in europäischen Opernhäusern gastiert zu haben, bevor er – der aus einer alten Samurairitter-Familie stammt – zurückgerufen und in das Management des Elektrogiganten Sony berufen wurde. Ob man ihn besuchen und interviewen kann? Gefragt, getan.

Am nächsten Morgen quer durch Tokio. Jedermann weiß, wo die Zentrale des japanischen Nobelunternehmens angesiedelt ist. Man wird begrüßt, in die oberen Etagen geleitet. Ein elegant eingerichteter Konferenzraum. Norio Ohgu im hellblauen Kittel – wie alle im Haus. Schon auf die erste Frage nach der »Philosophie«, die hinter dem Erfolg von Sony stekke, lautet Ohgus Antwort ohne Zögern: »Wir Japaner haben den Krieg militärisch verloren, wir werden ihn wirtschaftlich gewinnen.«

Was Härte, Ausdauer, Erfolgsstreben und Traditionsbewußtsein vermögen, zeigte sich ein gutes Jahrzehnt später. Japan verfügt in Amerika über eine Position, wie sie in ihrer Stärke kein anderes Land in der modernen Wirtschaftsgeschichte erreicht hat: Fabriken entstehen auf der grünen Wiese, Gemeinschaftsunternehmen mit amerikanischen Firmen werden gegründet, amerikanische Unternehmen in großem Stil aufgekauft; Japan steigt wie kein anderes Land in den Grundstücksmarkt der USA ein; japanische Technologie wird mit amerikanischer gepaart, Managementmethoden Asiens genutzt, um Produktivität und Qualität zu steigern. In Spezialkursen werden biedere US-Manager mit japanischem Führungsstil vertraut gemacht, japanisch denken, japanisch regieren, japanisch disziplinieren, japanisch feiern. Sklavische Nachahmung, die in den dreißiger Jahren japanischen Firmen bei Produkten angekreidet wurde, reicht – umgekehrt – in den achtziger Jahren bei Menschen bis an die Lächerlichkeit: Auf Seminaren in Luxusherbergen wird Amerikanern Schreien gelehrt, weil Japaner ihre Verkrampfungen durch Schreien zu lösen pflegen. Zwei Kulturen mischen sich – ein Jahrhundertvorgang.

Für die Leute von Lebanon im amerikanischen Bundesstaat Tennessee ist Bob Burton ein Held. Als Soldat der Marines hat er jahrelang wie Millionen Amerikaner gegen die Japaner gekämpft. Von Insel zu Insel. Auf den Philippinen hat Bob Burton einen Orden erhalten. Er verschweigt nicht, seinerzeit im Kampf Japaner getötet zu haben. Mitte der siebziger Jahre – Bob Burton ist inzwischen Vermessungsbeamter der Stadt Lebanon – trifft er im Rathaus Manager von Sony. Die Japaner wollen eine Fabrik für Fernsehgeräte errichten. Er erzählt ihnen seine Kriegserlebnisse, offen, jedoch nicht feindselig. Und die Japaner hören ihm geduldig zu, auch nicht feindselig. Man spricht vom Wandel und von der Zukunft. Handschlag, als ob über vierzig Jahre vorher nichts geschehen sei.

Ende der achtziger Jahre bekennen sich 85 Prozent der Leute von Tennessee zur Ansiedlung japanischer Firmen. Mitten in der Provinz, zwölf Stunden von New York, zwei Stunden von Atlanta und acht Stunden von Dallas entfernt, arbeiten zwischen Memphis und Knoxville, zwischen Chattanooga und Nashville 10000 Amerikaner direkt für japanische Unternehmen und an die 30000 bei Zulieferfirmen. 35 von Japan bestimmte Firmen produzieren im US-Bundesstaat Tennessee, 25 haben Handelsniederlassungen. In Umkehr früherer Verhältnisse folgen amerikanische Großunternehmen im eigenen Land dem japanischen Beispiel. So General Motors. Für annähernd zwei Milliarden Dollar errichtet der Konzern eine neue Autofabrik in Springhill, zunächst für 3000 Beschäftigte. Ende des Jahrhunderts produzieren dort General Motors ihr neues Automodell »Saturn«. Diese Investition ist allerdings fünfmal größer als die umfangreichste japanische, nämlich jene von Nissan. Nachdem sich der japanische Autoerzeuger in 24 US-Staaten umgesehen hatte, entschied er sich – vom Staat Tennessee großzügig unterstützt – für Smyrna bei Nashville. Mit bald einer Milliarde Dollar handelt es sich dennoch um eine der größten Unternehmungen außerhalb Japans.

Europa kommt zu kurz, und der pazifische Raum drängt nach vorn. Ende der achtziger Jahre läßt sich das ebenfalls an einem Autobeispiel ablesen. Volkswagen gibt nach zehn Jahren die Eigenproduktion in den USA auf. Während Japan einsteigt, steigt Deutschland aus. Das VW-Werk Westmoreland in New Stanton, Pennsylvania, ausgelegt für eine viertel Million Autos jährlich, schließt nach Jahresverlusten von 120 Millionen Dollar. 2500 Beschäftigte verlieren ihren Job. Wegen Absatzmangels war schon Anfang der achtziger Jahre eine Schicht mit 1500 Beschäftigten überflüssig geworden. Der Erfolg des Käfers der fünfziger und sechziger Jahre ließ sich nicht wiederholen.

Japan greift nach US-Firmen

15000 Beschäftigte, 23 Milliarden Dollar US-Umsatz, 20 Milliarden Dollar Auslandsumsatz, über zwei Milliarden Dollar Gewinn. Ein Superbeispiel, wie japanische Firmen nach amerikanischen Unternehmen greifen. Die größte Wertpapierhandelsfirma der Welt engagiert sich bei einem der erfolgreichsten Unternehmenshändler der Welt, die Nomura Securities Company mit 20 Prozent bei Wasserstein & Perella. Die Versicherungsgesellschaft Nipon steigt bei Shearson & Lehman mit 13 Prozent ein, das Bankhaus Sumitomo mit 12,5 Prozent bei Goldman Sachs, die Versicherungsgesellschaft Yasuda bei Paine Webber oder das Bankhaus Yamaichi bei der Lodestar Group mit 25 Prozent. Diese Momentaufnahme vom Herbst 1988 zeigt die Auswirkungen des erstarkten Yen. Bis dahin hatte sich die japanische Industrie auf dem amerikanischen Markt mit Beteiligungen und Direktinvestitionen so erfolgreich bewegt, daß japanischen Banken und Versicherungen, die normalerweise noch vorsichtiger als Industriegiganten operieren, Appetit gemacht wurde, selber in New York, Chicago und Kalifornien aktiv zu werden. Bisher waren Banken nur eingeschaltet, wenn etwa Bridgestone, der japanische Gummigigant, Firestone oder Sony das CBS-Plattengeschäft kauften. Kann es erstaunen, daß erneut Stimmen gegen internationale Kapitalverflechtungen laut werden?

Auf dem Kapitol zu Washington spricht man flugs von einem drohenden Ausverkauf Amerikas, und das Finanzministerium in Tokio mahnt die japanische Wirtschaft zur Zurückhaltung bei Auslandsengagements. Amerika wird zum Schutzbefohlenen Japans – welch ein Wandel. Ihn belebt der Markt, wo der Stärkere nun einmal anschafft. In Umkehr früherer Jahrzehnte, wo Amerikaner den Ton angaben, müssen sie erfahren, daß Freiheit unteilbar ist. Verflechtung funktioniert auf lange Sicht nur bei Gegenseitigkeit.

Kräftemessen der Industriegiganten

»Die amerikanische Herausforderung«, noch ist es erst einige Jahre her, daß ein Buch Europa alarmiert hat. Amerika sei überlegen. Es bestimme den Lauf der Welt, beherrsche die Wirtschaft, lenke die Wissenschaft, beeinflusse die Kapitalströme, dominiere die Märkte – und die Alte Welt habe mit unzulänglicher Forschung und unzureichenden Managern gegenüber Amerika das Nachsehen. Die Thesen stammen von J.-J. Servan-Schreiber, dem stolzen Franzosen, der selbstkritisch um Europa und seine wirtschaftliche sowie gesellschaftliche Zukunft fürchtete. Traf er den Nagel auf den Kopf? Jahrelang war es Mode, daran zu glauben. Kaum zwanzig Jahre später erscheint das Kräftemessen der Industriegiganten in einem anderen Licht.

Nun heißt es, Europa bestimme das Schrittmaß wissenschaftlich und technisch, während Japan auf den Märkten dominiere, zuerst bei Fotoapparaten, Autos, Elektronik und schließlich beim Kapital. Felix Rohatyn, der geborene Wiener, der in den fünfziger und sechziger Jahren zum »Kissinger der Finanzwelt« aufrückte, sieht das hehrste Gut der amerikanischen Nation in Gefahr: die Entscheidungsfreiheit. Der schwache Dollar mache die anderen – unverdient – stark, Amerika werde seiner wirtschaftlichen Substanz beraubt. Ein starker Yen und ein entsprechend schwacher Dollar machten es beispielsweise für Sony möglich, beim Kauf von CBS-Platten rechnerisch eine Milliarde Dollar einzusparen, genauer: in diesem Maß am Wechselkurs zu profitieren. Der diskrete Investmentbanker Rohatyn, der zuerst die Wall Street vor Funktionsunfähigkeit und dann die Stadt New York vor einem Finanzkollaps bewahrte, pocht auf Fairness und freien Zugang rund um die Welt. Japan und Europa diskriminierten Amerika.

Wer hat recht? Der politisierende Schreiber, der schreibende Politiker Servan-Schreiber? Der mächtige Banker, der vom Rockefeller Center in New York aus Milliarden bewegt? Oder beide, jeder in seiner Zeit? Erfahrungen der Wirtschaftsgeschichte sprechen für beide. Im Geben und Nehmen läßt sich noch während des amerikanischen Jahrhunderts ablesen, was es mit der Freiheit von Geld und Kapital auf sich hat. Wenn es um Strukturwandel geht, um Auslese in einem freien Markt, um Staatseingriffe und private Marktbeherrschung, etwa durch Kartelle, zeigt sich: Hinter theoretischen Begriffen steckt ein weiteres Mal Politik. »Feste oder freie Wechselkurse«, »Liberalisierung«, »Konvertibilität«, »Marktbeherrschung« oder »Wettbewerbsgleichheit«. Der Weltmarkt erweist sich, wenn man ihn nur läßt, als der Stärkere gegenüber Beschränkungen amtlicher oder privater Art. Auch Notenbanken markieren Grenzen, wenn sie sich um den Preis des Goldes oder den Wert des Dollars kümmern. Dies geschieht auch im amerikanischen Fall nicht immer ganz freiwillig.

Daß es eine Bank der Banken unverdrossen mit Mächtigen der Politik aufnehmen kann, lehrt das Verhältnis zwischen dem Federal Reserve System und dem politischen Apparat von Washington. Für die Unabhängigkeit einer Notenbank, in allen Ländern ein dornenreiches Problem, liefert die Machtbalance von Washington ein überzeugendes Beispiel. Nach außen wird es schon durch das Gebäude des Federal Reserve an der Constitution Avenue symbolisiert. Strahlendweißer Marmor für Integrität, klare architektonische Linien als Beweis dafür, daß man weiß, was man will. Und dazu großzügige Unnahbarkeit, die Unabhängigkeit signalisieren soll. Das repräsentative Fed-Gebäude wurde in den dreißiger Jahren als Notstandsmaßnahme zwecks Arbeitsbeschaffung gebaut. Gespart wurde nicht. Die amerikanische Notenbank wollte es mit den Geschäftsbanken auch in der Repräsentation aufnehmen. Erst recht mit der Diskretion. Bei aller Distanz zur Betriebsamkeit der Politiker bot dann das Gebäude im Zweiten Weltkrieg den verläßlichen Rahmen für Sicherheit und Vertraulichkeit. Präsident Roosevelt und Premierminister Churchill pflegten sich im großen Konferenzsaal der Fed zu treffen – dort also, wo heute über Geldmengen, Zinsen, Konjunktur und damit das Lebenselixier der amerikanischen Demokratie entschieden wird. Für viele wirken die Gouverneure der amerikanischen Notenbank mächtiger als Präsident und Kongreß zusammen. Ihre Macht wird durch das Geheimnis, das sie umgibt, noch verbreitert, ihre Legitimation nicht in Frage gestellt, weil ›chairmen‹ wie Arthur Burns, Paul Volcker und Alan Greenspan ihren Einfluß wirtschaftspolitisch niemals mißbrauchten. Wenn es um Wirtschaftswachstum oder Geldentwertung geht, weiß die amerikanische Notenbank um Loyalitäten und Pflichten gegenüber Präsidentschaft und Kongreß. Natürliche Meinungsverschiedenheiten mündeten in keinem einzigen Fall in einen konstitutionellen Streit um die Unabhängigkeit der Notenbank. Um diese Partnerschaft, die die Weltwirtschaftskrise und Bankpleiten überstand, werden die USA vielfach beneidet. In anderen Ländern hat dieses Verhältnis zu Krisen, Fehlentwicklungen, Ausfällen geführt. Der Triumph der Diskretion im sonst so geschwätzigen Washington wird der Fed von keiner Seite streitig gemacht.

Das besondere Metall

Seit dem Goldrausch, der für manchen noch Ende des 20. Jahrhunderts anhält, bilden Gold und Dollar eine Allianz besonderer Art. Einmal »heilig«, ein anderes Mal »unheilig«, fasziniert das gelbe Metall wie eh und je. Als Großlieferant von Gold traten die USA schon lange hervor, bevor sie überhaupt zur Welthandelsmacht aufrückten. Was die Goldsucher in den Rocky Mountains, in der Wüste von Arizona oder in der eisigen Einsamkeit des Yukotan – zuerst primitiv und dann industriell – schürften, mag dem einen Profit, dem anderen Enttäuschung gebracht haben. Seit Menschengedenken ist jedenfalls Gold mehr als ein Gegenstand für Sammler, reiche Leute, Juweliere, Zahnärzte oder Spekulanten. Dieses besondere Metall hat immer wieder dazu beigetragen, die internationale Währungsordnung in der Balance zu halten. Jahrzehntelang hat Gold als Standard einen arbeitsfähigen Mechanismus für den Austausch von Waren und Kapital abgegeben. Bei Ländern verhält es sich dabei wie bei Unternehmen oder Einzelpersonen. Wer gut wirtschaftete, zog Gold an, konnte sich Gold leisten. Gold machte stark.

Teddy Roosevelt, dieser Dollarimperialist klassischen Zuschnitts, hielt wenig von Silber und setzte um die Jahrhundertwende auf Gold. 33 Jahre lang war der Dollar 1,504 632

Gramm Feingold wert. Nach der Weltwirtschaftskrise waren es dann nur noch 0,888671 Gramm. Es kam zur »goldenen Bremse an der Kreditmaschine« (Schumpeter).

Ruhe, Stabilität, Fairness und Überschaubarkeit bestimmten das Denken und Handeln nach dem Ende des Zweiten Weltkrieges. Auch Währungspolitiker konnten sich dem Drang nicht entziehen, solide wieder von vorn anzufangen. Wirrwarr und Willkür der dreißiger Jahre wollte man hinter sich lassen. Daß der Dollar beim Neubeginn die Vormachtstellung der USA widerspiegelt, war unbestritten. Bestritten war schon eher der Versuch, mit einem festen Goldpreis von zuerst 35 und dann 38 Dollar je Feinunze zu operieren. Das System fester Kurse kam ins Rutschen und später ins Schleudern, weil sich die wirtschaftlichen Leistungsfähigkeiten unterschiedlich entwickelten – und schließlich feste Kurse unrealistisch machten.

Der Dollar hat erfahren, was es heißt, Leitwährung zu sein. Gesamtwirtschaftlich hat er Überschüsse und Defizite zu verkraften. Im eigenen Land und weltweit. Die Doppelfunktion, Landeswährung und Leitwährung zu sein, bescherte über die Jahrzehnte immer wieder Zerreißproben. Anfang der siebziger Jahre kam dann der Abschied von festen Wechselkursen. Wirtschaftspolitische Sünden innerhalb der USA und Verlagerungen der Welthandelsströme hatten feste Austauschverhältnisse überfordert. Dollarlücke und Dollardrive setzten festen Paritäten ein Ende. Vorbei war die Zeit, wo für einen Dollar 4,20 DM oder 28 Schilling als Mittelwert gezahlt wurden. Bis der Dollar gehandelt wurde wie Bananen, zogen die achtziger Jahre herauf. Angebot und Nachfrage von Dollar und D-Mark, neue Fixsterne freier Devisenmärkte, pendelten sich zuerst bei 1:3 ein, dann bei 1:2, und schließlich gab es 1988 den Tiefsstand. Der Dollar war nur noch 1,57 DM wert. Die Schwäche des Dollar spiegelte ebenso verläßlich die veränderten Welthandelsverhältnisse wider wie früher seine Stärke. Während sich die Währungspolitiker mit dem hohen Handelsbilanzdefizit der USA jahrelang herumplagten, sorgte der Dollar für ein weiteres Phänomen: Als Zahlungsmittel war er weltweit uneingeschränkt gut. Dem Taxifahrer in Warschau waren Dollars ebenso willkommen wie dem Juwelier in Zürich, dem Grundstücksverkäufer in Lateinamerika ebenso wie dem Aktienhändler in Tokio, dem Öldisponenten in London ebenso wie der Verkäuferin im Moskauer Ausländergeschäft. Kartelle wollten sich auch nicht vom Dollar trennen, selbst wenn es sie an den Rand der Funktionsfähigkeit brachte, wie das Preiskartell der OPEC, der ölproduzierenden Länder. Setzten doch alle nach wie vor auf die Leistungsfähigkeit der amerikanischen Wirtschaft und darauf, daß die USA weltwirtschaftlich einen sicheren Hafen abgeben.

Es lebe die Einfuhr

Amerika lebt über seine Verhältnisse. Dieser Dauervorwurf stammt nicht nur von Europäern und Japanern, die sich in dauerhafter Gläubigerposition nicht ganz wohl fühlen – indem etwa von Tokio aus Jahr für Jahr bis zur Hälfte der amerikanischen Staatspapiere aufgekauft werden. Ebenso schwerwiegend ist, daß die USA insgesamt mehr einführen als ausführen. Gegen Ende des amerikanischen Jahrhunderts haben sich »die Amerikaner« daran gewöhnt.

Ein Tag im Leben eines amerikanischen Managers: Der Wecker ist japanisch, der Kaffee brasilianisch, die Milch amerikanisch wie das Weißbrot, die Küche deutsch, die Zeitung und das Fernsehprogramm amerikanisch, das TV-Set japanisch, der Anzug italienisch, das Hemd taiwanesisch, die Schuhe schweizerisch, das Auto englisch, der Fotoapparat stammt aus Singapur. Das Bürogebäude hat ein Finne gebaut, ein Chinese eingerichtet, die Telefonanlage ist kanadisch, die Leitung amerikanisch, die Computeranlage zeigt zwar ein amerikanisches Patent, ist aber teilweise in der Bundesrepublik entwickelt und in Spanien erzeugt. Die zweite Geschäftssprache ist Spanisch. Im Club gibt es chinesisches Mittagessen, französischen Wein. Am Nachmittag kommt eine polnische Delegation der Möbelindustrie zur Besprechung, am

Abend geht man in eine italienische Oper. Was deutschen Geschäftsleuten danach imponiert, ist die Kulisse der Wolkenkratzer von New York. In dieser quirligen Stadt kreuzen sich mehr internationale Interessen als amerikanische.

Wie können wir mit Sojabohnen, Weizen, Mais, Kohle und bestenfalls Flugzeugen auf der Seite des amerikanischen Exports für Ausgleich sorgen? Seit Jahren fragten sich dies besorgte Amerikaner. Sie beklagten ihren Rückstand in der Produktivität als Folge lückenhafter Ausbildung und systemfremder Mentalität. Eine Managergeneration nach der anderen spricht von Unterkapitalisierung, falschem Denken in Quartalsgewinnen statt in langfristigen Planungen. Forschung, Produktion, Kooperation und Absatz einschließlich Export geraten nur kurzatmig. Mangel an solider Rentabilität und strategischem Marktdenken rächt sich.

In den achtziger Jahren vollzog sich ein tiefgehender Wandel. Von Monat zu Monat wurden bis zu 500 000 neue Arbeitsplätze geschaffen. Es begann in Mittel- und Kleinbetrieben, später zogen Großbetriebe nach. Mehr Forschung, mehr Systematik, mehr Qualität, mehr Orientierung nach den Märkten. Verbraucherbedürfnisse wurden näher besehen.

Ein amerikanisches Wirtschaftswunder: Mit 119 Millionen waren noch nie so viele Amerikaner im Arbeitsprozeß eingegliedert. New York hat die höchste Beschäftigtenzahl seit Jahrzehnten. Millionen Schwarze können zum erstenmal regelmäßig arbeiten. Die Arbeitslosigkeit schwarzer Teenager – strukturell überhöht – sinkt. Das Durchschnittseinkommen der Amerikaner bedeutet mit 18 500 Dollar im Jahr Weltrekord.

Zum erstenmal in der modernen Wirtschaftsgeschichte ändern sich die Spargewohnheiten der Amerikaner: mehr langfristige Anlagen in Konten und Wertpapieren statt Vorgriff auf laufenden Verbrauch. Dennoch bleibt die US-Sparrate im internationalen Vergleich niedrig. Nach sieben Jahren Konjunktur werden nicht nur nationalökonomische Theorien widerlegt, sondern sogar die Bibel. Für diese »fetten sieben Jahre« ist der Preis freilich hoch. Inflation droht, und mit ihrer Umwelt wird die amerikanische Wohlstandsgesellschaft weniger denn je fertig. Das Verursacherprinzip, in Europa inzwischen weithin akzeptiert, hat in Amerika einen schweren Stand. Zu viele haben zu lang an das »Land der unbegrenzten Möglichkeiten« geglaubt. Für alle und alles sei genug Raum, »Mutter Natur« schaffe es schon.

Wie sie in der Neuen Welt unbefangen aus dem vollen schöpfen und sich dabei von anderen – bewußt oder unbewußt – reichlich finanzieren lassen, zeigt das Haushaltsdefizit. Daß der amerikanische Staat strukturell mehr ausgibt als einnimmt, dafür müssen andere Staaten geradestehen. Paradox dabei ist, daß Länder mit hohen Steuern den USA, die sich einer niedrigen Steuerquote erfreuen, beispringen. Pensionisten in Miami, Bahnbenutzer zwischen Boston und New York, Bauern westlich des Mississippi oder Rüstungsarbeiter in Kalifornien mögen nicht realisieren, woher Teile der Washingtoner Budgetgelder stammen, nämlich vom Automobilarbeiter in Tokio, dem Elektroingenieur in Osaka, dem Kumpel an der Ruhr, dem Textilarbeiter in der Po-Ebene oder dem Stahlkocher aus Linz. Amerika läßt sich ungeniert helfen, manche sagen aushalten.

Wie man aus Staatsverschuldung ein Geschäft machen kann, wissen nicht nur die Leute von der Wall Street, sondern auch ihre Kollegen von der Börse in Tokio. Mit der Plazierung von Treasury Bonds, die europäisches und vor allem japanisches Kapital zwecks Deckung des Defizits im US-Staatshaushalt milliardenfach über die Ozeane transportieren, ergeben sich neue Abhängigkeitsverhältnisse. Ohne Auslandshilfe wären die Vereinigten Staaten von Amerika als Bundesinstanz zahlungsunfähig. Die Kommerzialisierung der US-Staatsausgaben Ende des 20. Jahrhunderts steht in einem unübersehbaren Gegensatz zu dem, was die USA Ende des 19. und Anfang des 20. Jahrhunderts zum größten Schuldnerland der Welt gemacht hatte – wachsende Überlegenheit. Damals hat Europa die amerikanische Industrie und Infrastruktur privatwirtschaftlich finanziert. Das Eisenbahnnetz verdankt seine kontinentalen Ausmaße großenteils europäischen Anleihen. Wie die Elektrifizierung, wie Kanäle und die Grundstoffindustrien. Engländer, Deutsche, Franzosen und all die anderen sind dabei nicht schlecht gefahren. In Amerika wurden allezeit hohe Gewinnspannen geboten.

Im moralischen Sinn zurückgezahlt haben die Amerikaner dann zweimal: nach dem Ersten Weltkrieg durch Verzicht auf Reparationen, nach dem Zweiten Weltkrieg mit dem Marshallplan als horizontalem Finanzausgleich zwischen der Neuen und der Alten Welt. Kalkulierte Großzügigkeit.

Wer kauft wen, wann und warum?

Beim Geben und Nehmen von Kapital stellt sich die alte Frage stets aufs neue: Wer ist von wem abhängig, wer macht sich wen untertan? Jede Periode liefert dafür eine eigene Antwort.

Es war die Zeit, als die Bauern morgens bei Sonnenaufgang mit dem Pferdefuhrwerk ihre Milch ausfuhren. Sie kamen aus Hochheim am Main, ihre Kunden waren Hotels in der Frankfurter Innenstadt und vermögende Frankfurter. Mit ihnen kam regelmäßig eine energische Frau. Sie bot Nähmaschinen an. Aus eigener Erzeugung, aus der Werkstatt von Adam O. Opel. Ihr Mann war gestorben, und so mußte sie Nähmaschinen von Haus zu Haus verkaufen. Mit Fahrrädern ging es dann bei Opels schon besser. 1889 begannen sie dann die Herstellung von Kraftfahrzeugen. Ihr Enkel, Fritz von Opel, wandelte Mitte der zwanziger Jahre das Familienunternehmen in eine Aktiengesellschaft um und verkaufte sämtliche Beteiligungspapiere an General Motors. Er, der Sportsmann, wollte freie Hand haben für eine neue Technik, genannt Raketenantrieb. 1929 war es dann soweit. Der erste Raketenflug der Welt fand statt. Die Opelsche Pulverrakete flog drei Kilometer weit und erreichte 150 Stundenkilometer. Ein erster Rekord und der Beginn eines neuen Zeitalters um den Preis unternehmerischer Abhängigkeit. Mancher gestandene Bürger von Frankfurt machte sich nachträglich Vorwürfe. Eigenes Kapital hätte es statt ausländischer Investition auch getan. Zu spät.

Daß General Motors, damals schon das größte Industrieunternehmen der Welt, bei Opel einstieg, bedeutete zwar nicht die erste amerikanische Investition in Deutschland, jedoch die aufsehenerregendste. Mitten in den goldenen Zwanzigern, wo allerorten so viel spekuliert wurde, war es Mode geworden, internationale Operationen einzufädeln. Arbeitsteilung auf und mit fremden Märkten statt Tonnendenken zu Hause. Den multinationalen Unternehmen, später abfällig »Multis« genannt, schlug die Stunde. Bescheiden und überschaubar begann, was dann als Ausdruck des Dollarimperialismus und eines raffgierigen Kapitalismus rein amerikanischer Ausrichtung verteufelt wurde.

Geteilte Arbeit, geteilter Fortschritt

Amerikanische Industrieunternehmen erweiterten ihre Handelsbasis in Übersee, beteiligten sich mit Minderheits- oder Mehrheitsbesitz und kamen auf den Geschmack der Arbeitsteilung. Arbeitsteilung nicht nur durch Nutzung günstiger Produktionsbedingungen, also billiger Produktionsfaktoren wie Kapital und Arbeit, sondern oftmals auch durch Einbeziehung des Wissens- und Erfahrungspotentials anderer Länder. Bald stellte sich eine geteilte Marktstrategie ein.

Mit Europa konnte man sich industriell auf gleicher Ebene schnell und verhältnismäßig gradlinig arrangieren; gute Geschäfte unter Partnern, die sich gegenseitig anerkennen. Anders in anderen Teilen der Welt. Dort, wo vor dem Zweiten Weltkrieg Kolonialismus noch recht ungeschmälert herrschte, wurden US-Investitionen bestenfalls zu einem Vorgriff auf Entwicklungshilfe. Mit ihrem hemdsärmeligen Gewinnstreben, das Europäer oft auch nur schwer verstanden und ertrugen, machten sich Amerikaner mit ihrem Überlegenheitsgefühl in Lateinamerika, in Asien und in Afrika nicht gerade Freunde. Ungeduldiges Drängen auf Effektivität und kulturelle Unterordnung unter amerikanische Methoden legte schon in den zwanziger und dreißiger Jahren die Grundlage für einen (später virulenten) Antiamerikanismus in der Dritten Welt. Großzügigkeit gegen enttäuschte Zuneigung und politisierte Vorurteile: Über 53 Milliarden Dollar Auslandshilfe aus amerikanischen Steuergeldern zwischen 1962 und 1980 bewirkten keine Wende. Amerika erfuhr, was Kolonialmächte zur Kenntnis zu nehmen haben – Dankbarkeit ist die Ausnahme, Stolz die Regel.

Privatinvestitionen haben Staatshilfe in den siebziger und achtziger Jahren endgültig den Rang abgelaufen. Und ausländische Investitionen in den USA zogen mit amerikanischen Investitionen in Übersee gleich. 1970 beispielsweise betrug das Verhältnis noch 5:1 zugunsten der USA, 1980 2:1, für 1990 wird es auf 1:1 veranschlagt, 300 Milliarden Dollar ausländischer Investitionen in den USA und eine ebenso hohe Summe amerikanischer Investitionen anderswo. Japan bietet auch mit seinen Investitionen in den USA ein Phänomen. Es begann 1960 mit 88 Millionen Dollar. Zehn Jahre später war es das Dreifache, 1980 mit fast fünf Milliarden das Zehnfache von 1970, für 1990 rechnet man mit japanischen Investitionen in der Höhe von bald 50 Milliarden Dollar in den USA, ein Sechstel der ausländischen Gesamtinvestitionen und fast die Hälfte dessen, was an europäischen Investitionen in Amerika veranschlagt wird.

Von der Volkszählung zum Supercomputer

Die elektronische Maschine, die in der Lage ist, Informationen aufzunehmen, zu speichern, zu verarbeiten und nach vorgegebenen Programmen möglichst schnell und intelligent verwendbar zu machen, läuft anderen amerikanischen Beiträgen zur Zivilisation der modernen Massengesellschaft den Rang ab. Der Computer wird zum Markstein des auslaufenden 20. Jahrhunderts – wie die Elektrizität, das Telefon, die Fotografie oder das Auto im vorangegangenen Jahrhundert oder wie das Fließband und die Atombombe in der ersten Hälfte dieses amerikanisierten Jahrhunderts.

Sie stehen oft im Schlafzimmer, manchmal in der Bibliothek. Sie werden regelmäßig gebraucht: die IBMs, die Apples, die Nixdorfs, die mit dem Zeichen von Siemens (die von Fujitsu stammen) oder mit dem Zeichen von Olivetti (die Hitachi gebaut hat). Wer auf sich hält und an seine Karriere, sein Prestige und sein intellektuelles Fortkommen denkt, arbeitet mit diesen PCs, Personalcomputern. Dies geschieht oft zu Hause mit einer Mischung aus Pflichtbewußtsein und Vergnügen. Spätestens bei ihren eigenen Kindern können sie den Computerspaß erleben. Wie spielerisch bietet der Computer Denkhilfe als Intelligenzstütze. Seine Sprache ist international, sein Gebrauchswert dem Markt angepaßt, die Technologie gezielt, standardisiert und strategisch eingesetzt. Lehren aus einem Jahrhundert Computerbau gelten für die Kleinen wie für die Großen. Sie zeigen das ganze Ausmaß der Herausforderung, die als etwas technisch Neues begann und technologisch ein neues Zeitalter, das Informationszeitalter, eröffnet.

Es begann damit, daß die Häupter der Schutzbefohlenen zu zählen waren. Herman Hollerith, als Berufsstatistiker 1886 damit beschäftigt, die US-Volkszählung von 1880 aufzuarbeiten, kam auf die Idee, Lochkarten statt handgeschriebener Daten zu verwenden. Er benutzte die Erfindung von Joseph-Marie Jacquard, einem Franzosen. Gesagt, getan. Die Auswertung des US-Zensus, der Volkszählung, dauerte nur ein Drittel der bis dahin üblichen Zeit. Noch vierzig Jahre später, 1920, scheiterte der Versuch des elektrotechnischen Laboratoriums der Universität Tokio, die japanische Volkszählung mit einer eigens konstruierten Lochkartenmaschine durchzuführen. Das große Erdbeben von 1921 zerstörte Maschine und Unterlagen. Wieder dreißig Jahre später, 1951, wollte es der Zufall, daß »Univac I« mit seinen entscheidend erweiterten Vielfachfunktionen dem United States Bureau of Census, also wieder bei einer Volkszählung, dienlich wurde.

Fortschritt und Rückschläge markieren den Weg des Computers wie den der gesamten Industrialisierung. Und wie immer wird am Beispiel von »Hardware« und »Software« gestritten, welchem Erfinder, welcher Firma, welcher Regierung und welchem Land der eine oder andere Fortschritt zu danken sei: Konrad Zuse mit seinem ersten programmgesteuerten elektrischen Digitalrechner der Welt, den er später bei Siemens einbrachte; Howard Aiken, der mit IBM die elektromechanische Maschine »Mark I« (15 Meter lang und 2,4 Meter hoch) entwickelte; Presper Eckert und John W. Mauchly von der Universität von Pennsylvania mit ihrem Electronic Numerical Integrator and Calculator (ENIAC); John von Neumann, der geniale ungarische Mathematiker, dessen statistische Grundlagenforschung später Hideo Jamashita an der Universität von Tokio und mit der Firma Toshiba weiterführte. Erreichten die Deutschen zuerst das »Zukunftsland Computer«, die Amerikaner, die Ungarn, die Japaner? Gab den Ausschlag, daß Privatwirtschaft und Regierungen kooperierten?

Die gewonnene Schlacht

Unbestritten ist die Leistung der Forschungsabteilung der britischen Post. Mitten im Zweiten Weltkrieg war sie in der Lage, mit einem elektronischen Großrechner, »Colossus«, den Militärs erstmals jene Daten zu offerieren, die Schlachten entschieden und den Kriegsausgang beeinflußten, indem nämlich feindliche Geheimcodes in kürzester Zeit gebrochen werden konnten. Als die britisch-amerikanische Zusammenarbeit bei der Entwicklung der Atombombe so recht in Schwung kam (und später die flotte Rechnerei der Computer die rasche Entwicklung der Bombe überhaupt erst möglich machte), wurde Militärgeschichte geschrieben. Im Sommer 1942 gewannen die Amerikaner die See-Luft-Schlacht von Midway, weil sie in der Lage waren, den japanischen Militärcode rechtzeitig zu brechen und so den Standort japanischer Flottenverbände (obwohl sie über 400 Seemeilen entfernt waren) laufend auszumachen. Unübersehbar ist also, daß Militär und Krieg, Regierungsaufträge und Staatssubventionen die Entwicklung des Computers vorwärtstrieben. Dennoch ist der eigentliche Durchbruch im zivilen Bereich gelungen.

Mitte der achtziger Jahre wird die Computerindustrie zum Symbol beständigen Wachstums. Allein auf dem amerikanischen Markt werden Jahr für Jahr für 30 Milliarden Dollar Computer verkauft, mehr als doppelt so viele wie zehn Jahre davor. Und der Wettbewerb sorgt für verfeinerte Produkte, gezielten Service, läßt Firmen oder Produktgruppen ausscheiden, die dem Marktgeschehen nicht gewachsen sind, das nur noch vom technologischen Fortschritt überboten wird. Der Bessere ist der Feind des Guten, Elektronik wird zur hohen Schule der Industriezivilisation.

Fortschritt liegt in der Luft

1914. Thomas J. Watson sen., damals 40 Jahre alt, steigt bei Computing-Tabulating-Recording CO (C-T-R), eine Gründung von Herman Hollerith, ein. Die Firma zählt 1346 Beschäftigte, 770 Aktienbesitzer und setzt vier Millionen Dollar im Jahr um. Ein dreiviertel Jahrhundert später verzeichnet das Unternehmen als International Business Machines Corporation (IBM) an die 400 000 Beschäftigte, fast 800 000 Aktienbesitzer und setzt an die 60 Milliarden Dollar im Jahr um.

Fortschritt liegt in der Luft. Wie bei der Elektrizität, dem Auto oder beim Kunststoff, verhält es sich auch in der Welt der Computer. Bei High-Tech bestimmt, wer das schnellste Rechensystem entwickelt, den verläßlichsten Halbleiter anbietet, das ausgefeilteste Informationssystem, den intelligentesten Chip oder den handlichsten Personalcomputer. Je intensiver der Austausch – in der Grundlagenforschung und bei Patenten – international gerät, desto mehr entscheidet die Fähigkeit der Hersteller, den Bedürfnissen der Verbraucher gerecht zu werden. Vorauszuahnen, Nischen zu entdecken, zu nutzen, ja zu kreieren. So geht die Technik mit dem Markt eine unauflösliche Ehe ein. Der Siegeszug des Computers, der zuerst mit der Technik und dann mit erschwinglichen Preisen Leben und Überleben im wahrsten Sinn des Wortes revolutioniert, liefert das trefflichste Beispiel für eine Gesellschaft, die sich aus gutem Grund Informationsgesellschaft nennt.

Giganten wie IBM, Burroughs, Digital, Siemens, Nixdorf, Bull, Olivetti oder STC (ICL) geben den Ton nicht allein an. Zum Faszinierenden an High-Tech zählt, daß es auch dem Kleinen eine Chance gibt. Gern wird die Geschichte von zwei jungen, an der Universität Stanford ausgebildeten Technikern erzählt, die auf Rat ihres Professors nebenan in einer Garage begannen, an elektronischen Rechenmaschinen zu basteln. Hewlett und Packard bewiesen Maßarbeit und Spürsinn. Mit Perfektion verhalfen sie einer ganzen Industrielandschaft zu einem Aufschwung ohnegleichen: Silicon Valley. Die Universität Stanford, durch wissenschaftliche Spitzenleistungen seit Generationen angesehen, zeigte sich großzügig und überließ den beiden Technikern ein Areal aus ihrem reichen Grundbesitz, der von Privatspendern stammte. Die erste High-Tech-Produktion konnte von Hewlett und Packard, dem unternehmungslustigen Duo, gestartet werden. Bald schon pilgerten fortschrittsbewußte Techniker nach Kalifornien, wurde Silicon Valley zu einem Markenartikel. Obwohl nicht immer die Konjunktursonne schien, hat die Region ihre Position gehalten. Der Wettbewerb schlug hart zu. Jugendliche Vitalität schwand, die Verbindung zu Technik und zum Markt litt. Dennoch: Hewlett und Packard waren im Silicon Valley nicht nur von Anfang an dabei, sondern sind es heute noch. Ein anderes Beispiel erzählt von einem Weltklasseerfolg.

In einer millionstel Sekunde mathematische Abläufe zu bewältigen oder in einer Sekunde mehr als eine Milliarde Berechnungen vorzunehmen, das verlangt Supercomputer. Gebraucht werden sie für Wettervorhersagen, Simulation von Autounfällen, Vorausberechnung von nuklearen Entladungen, für die Suche nach Ölvorkommen und vor allem für wissenschaftliche Berechnungen. Ein führender Hersteller der Welt, Cray Research in Minneapolis im amerikanischen Bundesstaat Minnesota, liefert eine bezeichnende Erfolgsstory. Seymour Cray, einer der Kaiser der Innovation, hat nach mühseligen Anfangsjahren nicht nur sein Ziel erreicht, den schnellsten und stärksten Computer zu bauen. Er liefert gleichzeitig auch ein Paradebeispiel, wie mit unkonventionellen Methoden eines Kleinbetriebes Nischen des Marktes genützt und selbst Marktführer in Bedrängnis gebracht werden können. Fachwissen auf höchster Stufe, Erfindungsgeist, handwerkliche Zuverlässigkeit, technisches Glück und kaufmännische Ausdauer haben dazu geführt, daß Cray-Computer zwei Drittel »ihres« Weltmarktes beherrschen: Ende der achtziger Jahre arbeiten insgesamt 200 Supercomputer, drei Millionen kommerziell genutzte Rechenanlagen, über zwei Millionen Minicomputer und eine nicht mehr abschätzbare Zahl von Personalcomputern. Die Produktivität der mehr als tausend Beschäftigten von Cray hat es bereits nach zehn Anlaufjahren möglich gemacht, den Durchschnittspreis für den Standardtyp »Cray 1« von acht auf vier Millionen Dollar zu senken – also zu halbieren. Im Milliarden-Dollar-Geschäft von Cray werden 20 Prozent des Umsatzes in Forschung und Entwicklung gesteckt – dreimal mehr als bei anderen Computerherstellern und siebenmal mehr als im Durchschnitt der amerikanischen Industrie. So gelang es nach einer erfolgreichen ersten Generation von Supercomputern, zwei weitere Generationen zu entwickeln und gegen die aufgescheuchte Konkurrenz in den USA, Japan und Europa durchzusetzen.

Warum? Weil in Forschung, in Entwicklung, in Qualität und in Service überdurchschnittlich und überproportional investiert wurde. Was geschieht, wenn diese Vorausinvestition nicht oder nur unzulänglich vorgenommen wird, offenbart die Liste der hundert größten Unternehmen der USA, von *Fortune* veröffentlicht. Im Vergleich mit 1955 konnten sich Ende der achtziger Jahre nur jene 46 Firmen unter den ersten hundert halten, die reichlich geforscht und ein aktives Marketing betrieben hatten. Es ist kein Geheimnis mehr, daß diese Beobachtungen auch für die europäische und japanische Industrie zutreffen. So kann es dann auch nicht wundernehmen, daß der Rückgang der Wettbewerbsfähigkeit der amerikanischen Industrie in den USA alarmiert.

»The last frontier«

Amerikaner pflegen sich auf die Gründungsväter ihres Staates und auf die – übrigens revolutionäre – Verfassung von 1787 zu berufen, wenn es um Grundsätzliches und Zukünftiges geht. Da wird der Anspruch auf Glück ebenso begründet wie die Unteilbarkeit von Freiheit und Gleichheit. Kann und soll dies auch noch am Ende des amerikanischen Jahrhunderts gelten, also um die Jahrtausendwende? Sind die Rahmenbedingungen hergebrachter Form für Vermögen, Kapital und Verfügungsgewalt noch zeitgemäß in einer sich wandelnden Wirtschaft? Übernimmt und bewahrt die amerikanische Gesellschaft europäische Formen der Sozialpartnerschaft, der Gewaltenteilung? Oder wendet sich die Neue Welt nach Asien, wo neuerdings wirtschaftliche Erfolge zu Hause sind?

Gewiß ist es nicht damit getan, japanische Betriebsführungsprinzipien sklavisch zu übernehmen – die Kunden mit einem tiefen Diener zu begrüßen, wie in japanischen Kaufhäusern; den Angestellten Betriebsuniformen zu verpassen, wie in Tokio vom Portier bis zum Generaldirektor üblich; in den Arbeitspausen kollektive Freiübungen zu veranstalten oder Manager im Samuraistil mit Mutproben, Schreiarien oder mit Schweigestunden auf Vordermann zu bringen. Wie sich die Amerikaner und die Europäer in den dreißiger Jahren über die Nachahmungen der Japaner amüsierten (voreilig, wie spätere Jahrzehnte zeigten), so erscheint manchem gegen

Ende des Jahrhunderts die automatische Übernahme asiatischer Normen lächerlich, die einem anderen, einem fremden Kulturkreis gemäß sind.

Amerika kann sich selber treu bleiben. Für sein Durchhaltevermögen gibt es zahllose Beispiele. Die USA sind noch immer das Land der unbegrenzten Möglichkeiten, auch der Möglichkeit, aus Rückschlägen zu lernen, Phasen der Selbstkritik durchzustehen und dann durchzustarten. Bezeichnend dafür ist die Diskussion um die Wettbewerbsfähigkeit der amerikanischen Wirtschaft, wie sie in den späten achtziger Jahren hochkam. Die USA hätten seit 1980 15 Prozent dieser wirtschaftlichen Fähigkeiten eingebüßt, heißt es im Lager der Demokratischen Partei. Man verweist dort auf Stahl, Textil und die Automobilindustrie. Andere Länder gewönnen zu Lasten der USA. Die Republikaner halten eine Diskussion, die Branche für Branche beurteilt, für unzweckmäßig. Auf freien, fairen Märkten zähle es zum Wesen des Wettbewerbs, daß der Schwächere ausscheidet und der Stärkere gewinnt. Es sei falsch, davon zu sprechen, daß ein Land zu Lasten eines anderen gedeihe. Von richtigem Wachstum profitierten alle.

Bei aller Bereitschaft zur Selbstkorrektur können die USA selbstbewußt bleiben. Sie gehen mit gestärkter Produktivität in die neunziger Jahre. Trotz – oder wegen – einer neuen Investitionswelle mit kräftesparenden Maschinen reicht die Anpassungsfähigkeit der amerikanischen Wirtschaft aus, um den Übergang von der Industriegesellschaft zur Dienstleistungsgesellschaft zu vollziehen. Selbst wenn der hohe Beschäftigtenstand bei einem Konjunkturknick nicht zu halten ist, zeigt der Lebensstandard des Durchschnittsamerikaners genügend Reserven. Kraft und Initiative bleiben, um eine aktivere Sozialpolitik und vor allem privat organisierte und finanzierte Hilfe für die Bedürftigen bereitzustellen. Die Leistung pro Arbeitskraft ist mit 34 000 Dollar Ende der achtziger Jahre in den USA immer noch wesentlich höher als mit 27 000 Dollar je japanischen und 26 000 je deutschen Arbeiter.

Das »amerikanische Wunder« besteht nun einmal auch darin, daß von Mitte der siebziger bis Ende der achtziger Jahre in

US-Mondlandung Apollo 16, April 1972: Der Astronaut Young stellt vor dem Mondauto die US-Flagge auf *(oben)*.

Die Besatzung der US-Raumfähre »Challenger« unmittelbar vor dem Start am 28. Januar 1986; kurze Zeit darauf explodierte die Raumfähre.

den USA 28 Millionen neue Arbeitsplätze geschaffen wurden. In dieser Zeit hatte Westeuropa statistisch keinerlei Zuwachs. Um die Erfolgsstory rund zu machen: Die meisten Jobs sind gut oder hochbezahlt. Begründet ist dieses amerikanische Wachstum gegenüber europäischer Stagnation auf einer geradezu explosionsartigen Zunahme mittlerer und kleiner Betriebe. Sie haben zwei Drittel aller zusätzlichen Arbeitsplätze geschaffen und besetzt. Der Staat hat mit einer wachstumsorientierten Steuerpolitik mitgewirkt. Die durchschnittlichen Steuersätze in den USA sind weniger als halb so hoch wie in Europa, allerdings immer noch höher als in Japan.

Die Weltbank hat in einer gründlichen Studie den Zusammenhang zwischen Steuern und Wachstum im Vergleich der Jahrzehnte und der wichtigsten Länder herausgearbeitet. Ergebnis: Hohe Steuern bremsen das Wachstum und verhindern den Fortschritt. In den USA hat man daraus gelernt. Ein übriges hat der Abbau staatlicher Vorschriften für Mengen, Preise und Berufszulassungen bewirkt. Alles in allem wirkt die amerikanische Wirtschaft mehr denn je als Lokomotive für die Weltkonjunktur. Was wäre ohne das erstaunlich beständige Wachstum in den USA weltwirtschaftlich geschehen? Wie hätten tüchtige europäische Unternehmer abgeschnitten, die zuerst mit dem Export von Waren und dann von Kapital in der amerikanischen Konjunktur profitieren? Hätte Japan ohne US-Aufschwung den Aufstieg zur Wirtschaftsweltmacht geschafft? Wo blieben die Länder der Dritten Welt, die insgesamt gesehen über ein Drittel ihrer Geschäfte mit und in Amerika abwickeln?

Es zählt zu den Merkwürdigkeiten, daß ein Land, in dem Public Relations erfunden und zu einem unentbehrlichen Element der Wirtschaft wurden, sich selber nur unzulänglich »verkaufen« kann. So bleibt vielen nachdenklichen Amerikanern nur die Feststellung, wirtschaftlich und gesellschaftspolitisch besser zu sein als der eigene Ruf.

Der Wettlauf im Weltraum

Amerika würde zum Diktator der Welt, es würde seine eigene Seele verlieren, meinte der sechste Präsident der USA, John Quincy Adams, anno 1821, um dem Anspruch zu begegnen, daß sein Land anderswo mitmischt. »Besteht eine Möglichkeit, sie einzuholen, sie zu schlagen, indem wir gewinnen?« rief der 35. Präsident John F. Kennedy am 20. April 1961 unter dem Eindruck der Weltraumerfolge der Sowjetunion aus.

Politisches Biedermeier eines klugen Diplomaten in Selbstbescheidung und Innenorientierung gegen den Anspruch eines ungestümen Machers, Weltmachtstreben mit modernster Technologie im Weltraum, »the last frontier«, durchzusetzen. Was er am Hof zu St. Petersburg, am Hof von St. James und zu Paris an Fährnissen des aufgeklärten Imperialismus erfahren hatte, wollte Adams als Vordenker der isolationistischen Monroe-Doktrin zum Verhaltensmuster für Amerika machen: sich selbst genügen und die anderen in ihrem Ehrgeiz allein lassen. Über 130 Jahre später wiederholte sich am Beispiel zeitgenössischer Technologie die alte Spannung zwischen Selbstbescheidung und Großmachtdenken.

Dwight D. Eisenhower, der Sieger des Zweiten Weltkrieges, gab zwar früheren Waffenkameraden recht, die da meinten, im Wettlauf um den Weltraum hätten die USA »die falschen Experten« gefangen. Auf das Drängen nach mehr Geld für Weltraumforschung entschied Eisenhower jedoch zugunten militärischer Forschung und gegen Prestigeobjekte wie die Landung auf dem Mond. Amtsnachfolger Kennedy änderte die Rang- und Reihenfolge. Als Juri Gagarin am 12. April 1961 mit der Raumfähre »Vostok« die Erde einmal umkreiste, bot sich Kennedy, kaum ein Vierteljahr im Amt, die Gelegenheit, der amerikanischen Raumfahrt ehrgeizige Prioritäten vorzugeben: noch in den sechziger Jahren ein bemanntes Raumflugzeug auf dem Mond zu landen. Fünf Milliarden Dollar jährlich wurden aufgewandt, und die Aufbruchstimmung der Wissenschaftler erfaßte schließlich das ganze Land. Am 21. Juli 1969 landeten die Astronauten Neil Armstrong und Edwin Aldrin auf dem Mond. Ein Triumph von Forscherdrang. Motivierung und wissenschaftliche Abenteuerlust mischten sich mit dem Beweis amerikanischer Überlegenheit. Wahrlich die ganze Welt bewunderte die Amerikaner. Das Sternenbanner auf einem anderen Planeten bestätigt die hergebrachte Regel, daß sich Großmachtverhalten in Eroberung und Beherrschung ausdrückt.

Im Wettlauf um den Fortschritt blieb und bleibt den Amerikanern keine Verschnaufpause. War es doch die Sowjetunion, die den ersten Satelliten in den Weltraum geschickt hatte, das erste Tier, den ersten Menschen, die erste Frau, die erste Weltraumstation (inzwischen arbeiten sechs sowjetrussische Stationen). In einer gewaltigen Kraftanstrengung, die wissenschaftlich und technisch die USA auch dann herausfordert, wenn in den achtziger Jahren schließlich klar wird, daß sich die Sowjetunion mit einem überehrgeizigen Weltraumprogramm übernimmt, geht der »Wettkampf der Systeme« im Weltraum weiter. Wie immer mischen sich dabei Wissenschaft, Technik und Organisationsgabe mit Prestige. Wenn 1992 zum Internationalen Weltraumjahr ausgerufen wird, so verbinden die beiden Supermächte als Hauptakteure damit diesen und jenen Hintergedanken. Die Entdeckung Amerikas jährt sich zum fünfhundertsten Mal. Die Union der Sozialistischen Sowjetrepubliken wird 75 Jahre alt, und es ist dann 35 Jahre her, daß mit »Sputnik I« der erste künstliche Satellit gestartet wurde. Höhen und Tiefen der wissenschaftlichen Abenteurer haben alle Beteiligten erlebt. Der Explosionskatastrophe des Space Shuttle im Januar 1986 war eine schier ungebrochene Erfolgsgeschichte von Wissenschaft und Technik »made in USA« vorausgegangen: Computer, neue Materialien, astronomische und meteorologische Vorarbeiten, Ingenieurgeist für Raumfahrzeuge mit wirtschaftlich sinnvoller Wiederverwendung. Antriebsaggregate, Kontrollmechanismen rund um die Welt und persönliche Einsatzbereitschaft der Astronauten setzten Standards. Die Systeme der Amerikaner bestimmten zuerst die Russen, später die Westeuropäer, die Chinesen und die Japaner.

Eine ganze Entwicklungsperiode drehte sich um die National Astronautic and Space Administration, die NASA. Ihr Hundert-Milliarden-Dollar-Ding blieb in den siebziger und achtziger Jahren zwar im Washingtoner Gestrüpp aus Sparsamkeit und Führungslosigkeit hängen. Vorbei schien die Aufbruchstimmung, der Traum, daß es die Ehe von Wissenschaft und Technologie unter amerikanischer Ägide möglich machte, den Weltraum zu nutzen. Zu der alten Auseinandersetzung, ob diese Nutzung mehr von militärischem oder von zivilem Nutzen sei, kamen neue: Ist die NASA bürokratisch verkrustet? War es ein Fehler, sich mit dem Space-Shuttle-System technisch auf eine einzige Methode zu verlassen? Führt Geldmangel der NASA und Geldsegen des Verteidigungsministeriums zu einem Ungleichgewicht? Schließlich läßt Washington Ende der achtziger Jahre fast zwei Drittel der regierungsamtlichen Forschungsausgaben dem Militär zugute kommen, während Japan 99 Prozent seiner staatlichen Forschungsförderung in zivile Vorhaben steckt.

Stillstand und Rückschlag konnten zwar in der Weltraumtechnik, vor allem im Transportsystem, allmählich durch Privatinitiative überwunden werden. In Gefahr geriet jedoch der moralische und psychologische Antrieb, im Weltraum zu den letzten Grenzen vorzustoßen. Zukunftsplaner hatten es gegen Ende des amerikanischen Jahrhunderts jedenfalls schwerer als auf seinem bisherigen Höhepunkt, den Weltraum als Alternative anzubieten. Daß Erdenbürger auf die Dauer außerhalb des alten Planeten reisen, leben, arbeiten, rückte zeitweise wieder in den Bereich der Träumerei und Phantasie. Allmählich nur baut sich das Bewußtsein auf, daß »eine Straße in den Raum« zu einer »Brücke zwischen den Welten« werden kann, wenn wir, die Menschen, nur wollen. Eine neue technische Herausforderung für das nächste Jahrhundert bleibt indes vorgegeben. Denn es hat sich herausgestellt, daß die Wettbewerbskraft nicht zuletzt an der Fähigkeit gemessen wird, bei der Erforschung und Benützung des Weltraumes mitzuwirken – und den Kosmos den Militärs nicht allein zu überlassen.

Amerikanisches Jahrhundert – amerikanisches Zeitalter

Armes Amerika? Dankt es als Weltmacht ab, weil »privatisiert, atomisiert und vielleicht unwiderruflich idiotisiert durch eine Kombination von Fernsehen und Bildung im Stil von Disney-World«? Hat es den Höhepunkt seiner Weltgeltung durch wirtschaftliche und technische Entwicklungen unmittelbar nach dem Zweiten Weltkrieg erreicht, also schon hinter sich? Ist Amerika jene Weltmacht, die ihre Vormachtstellung bisher am schnellsten verspielt hat, eine Hegemonialmacht im Niedergang, »auf die ein schmähliches Ende wartet«?

Kassandra läßt grüßen. Gegen Ende des Jahrhunderts, das Henry Booth Luce das »amerikanische« nannte, streiten sich die Schriftgelehrten oder solche, die glauben, es zu sein, um eine Kernfrage: Hat dieses Amerika seine Zukunft schon hinter sich, oder erleben wir einen transitorischen Zustand mit neuen Perspektiven? Die Gesinnungsgenossen Oswald Spenglers (»Der Untergang des Abendlandes«) glauben mit dem Blick auf die USA, deren Blüte und Reife gehörten im Sinne der morphologischen Weltgeschichte schon der Vergangenheit an. Es gehe mit historischer Zwangsläufigkeit bergab, Amerika befinde sich im Zustand des Verfalls.

Der Streit der Gelehrten und ihrer Anhänger ist seinerseits wieder amerikanisiert. Weil sich Untergang gut verkauft, wird er literarisch vermarktet. Zum Untergangsritual zählt auch, Gegenmeinungen und alternative Thesen als oberflächliche

Schönfärberei oder antrainierten Optimismus abzutun. In Wahrheit zeigt diese amerikanische Diskussion alle Elemente einer Wachstumsgesellschaft.

Mit dem amerikanischen Jahrhundert ist das amerikanische Zeitalter nicht vorbei. Die USA haben ihre Rolle als Weltmacht noch keineswegs ausgespielt. In hundert Jahren mögen Zeitgenossen diese These bestätigen: Das Potential Amerikas ist 500 Jahre nach seiner Entdeckung und über 200 Jahre nach Staatswerdung der USA weder erschöpft noch verbraucht. Im Gegenteil. Raum, Zeit und Menschen versprechen, daß dieser Kontinent – allen Unzulänglichkeiten zum Trotz – im Begriff ist, zum erstenmal den Kreislauf von Aufstieg und Fall einer Weltmacht zu durchbrechen. Die Kraft dazu ist originär, geistig und materiell. Sie stammt nicht aus den Fehlern der anderen. Wie bei der katholischen Kirche rührt sie aus Konsequenz sowie Erneuerungsfähigkeit im Denken und im Handeln. Dazu kommen Rahmenbedingungen, die sich nirgends in der Welt so ideal darbieten. Wer ein echter Amerikaner ist, nutzt sie unbefangen.

Das dritte Jahrhundert der amerikanischen Demokratie bestätigt schon zu Beginn die Rahmenbedingungen eines relativ unverbrauchten, eines erneuerungsfähigen Magnetismus. Amerika zieht die Besten ebenso an wie die Bedürftigsten. Freiheit mit ihren Möglichkeiten und ihren Risiken schätzen die einen wie die anderen höher als angestammte Begrenztheiten anderswo. Unternehmungslust – keineswegs nur im wirtschaftlichen Sinn des Wortes – hebt sich im Falle Amerikas immer wieder vom Mittelmaß ab, das in Europa und Asien in alten Strukturen verharrt oder sich ihnen verpflichtet fühlt. In amerikanischen Landen, wo allezeit vielerlei Extreme herrschen, vom Wetter über die Geographie bis zur Art zu leben, dominieren schließlich immer wieder die Aktiven. Es sind jene, die den Wandel nicht scheuen und Sicherheit zuerst bei sich selber begründen, bevor sie sie bei Staat oder Gesellschaft suchen.

Was Freiheit auf amerikanisch vermag, belegt auf besondere Weise die geistige und die intellektuelle Eigenständigkeit der Neuen Welt. Sie nabelt sich ab. Kultur spiegelt dies besonders eindrucksvoll. Unter wenig förderlichen Umständen seitens des Staates, der sich auf Anregungen beschränkt und oft Zufällen der Privatinitiative überläßt, eröffnet die Amerikanisierung der Kultur ungeahnte Möglichkeiten. Literatur wird zum Schrittmacher. Für Malerei wird eine Stadt wie New York zum Weltzentrum. Amerikanische Architektur, von Europäern begründet, entwickelt eigene Ausdrucksformen. Darstellende Kunst paart folkloristische Leistungen der Ureinwohner mit Einwandererinflüssen zu neuer Eigenständigkeit. Museen wie die National Gallery in Washington, das Metropolitan Museum in Chicago oder das Getty Museum in Malibu setzen Maßstäbe. Längst bleibt es nicht mehr bei elitärer Kunst wie der Metropolitan Opera oder den Festspielen von Santa Fe. »Made in USA« ist mehr als ein Werbespruch für den wirtschaftlichen Versuch, der kulturellen Auseinandersetzung mit Europa oder Asien standzuhalten. Amerikanische Kultur entwickelt sich immer wieder von unten nach oben. In zwei Bereichen führt Originalität zur Weltspitze: Jazz und Ballett. So unterschiedlich sie auch sein mögen, eines verbindet sie, Selbstverwirklichung im Rhythmus der Zeit. Jazz, zuerst wild, frei, unbändig und eigenständig als Einstieg zum Aufstieg der Schwarzen; Ballett in der verfeinerten Synthese von Tradition, Leistung und Disziplin.

Amerika mag sich immer häufiger selbst genügen. Eigene Wege bedeuten auch für die Neue Welt Isolierung oder Abkapselung als Preis für Verselbständigung. Zur Unkenntnis früherer Jahrzehnte tritt zwangsläufig nun Unverständnis dem jeweils anderen gegenüber. Zum Gefühl geistig-kultureller Überlegenheit, wie es da und dort gehegt wird, mischt sich Patriotismus – was viele Amerikaner glauben macht, die Welt darzustellen, alles und alle in sich zu vereinen und die anderen eigentlich nicht oder nicht mehr zu brauchen. Wenn das Wort vom »melting pot« angebracht ist, dann im Falle der Kultur. Die Vielfalt der Einflüsse trägt unter toleranten Lebensbedingungen Früchte – bunt und heller als anderswo.

Amerikanisches vermag so ein Zeitalter zu bestimmen. In

»Willkommen und Abschied«: Der sowjetische Staats- und Parteichef Michail Gorbatschow zusammen mit dem amerikanischen Präsidenten Ronald Reagan und dessen Nachfolger George Bush im Hafen von New York, 12. Dezember 1988.

ihm bleibt Raum für Pendelschläge – politisch, wirtschaftlich und nicht zuletzt kulturell. Ein Beispiel für gewachsenes Eigenleben liefert die Hofübergabe von Ronald Reagan an George Bush. Daß der 41. Präsident der amerikanischen Republik dem 40. so reibungslos folgt, bestätigt monarchische Elemente der Neuen Welt: bewahren, verändern, tolerieren, lässig agieren und dabei diszipliniert auch einmal einstecken. Die amerikanische Elite unterscheidet sich kaum von den Machtträgern früherer und anderer Politkulturen. Die da oben in Washington sind – allen demokratischen Umgangsformen zum Trotz – von den Massen weit entfernt. In der Neuen Welt fällt dieser Abstand weniger gefährlich aus. Leistung wird anerkannt, Erfolg neidlos zugebilligt, und Patriotismus überwölbt das Ganze mit geradezu jugendlicher Spannkraft. Solange dieses System funktioniert und nicht in Frage gestellt wird, ist ein weiterer Garant gegeben für Überlebensfähigkeit amerikanischer Strukturen.

Am Ende des amerikanischen Jahrhunderts schließt sich der Kreis. Begonnen hat es mit dem unbefangenen Auftrumpfen eines Teddy Roosevelt, der es den Europäern zeigen wollte. Dabei baute er auf Lateinamerika und »entdeckte« Asien. Hundert Jahre später sehen sich die USA in der Mitte zwischen den rivalisierenden Europäern und aufbegehrenden Asiaten. Wie das Römische Reich Deutscher Nation oder später Deutschland im Spannungsfeld zwischen Rußland und Frankreich zu bestehen hatte, verhält es sich um die Jahrtausendwende mit Amerika. Was einst Divisionen, monarchische Heiraten, Kriege, Teilungen und Revolutionen bewirkten, bestimmen an dieser Zeitenwende sozialer Ausgleich, Wirtschaftswachstum, Wettbewerbsfähigkeit und technologischer Fortschritt.

Seitdem ein Interessenausgleich der beiden Supermächte USA und Sowjetunion Früchte trägt und die Dritte Welt in Unterentwicklung auch politisch verharrt, scheidet ein großer Krieg aus. Das Gleichgewicht des Schreckens funktioniert. Die Auseinandersetzung verlagert sich, geographisch auf die Konkurrenz zwischen den USA und Europa einerseits, Asien andererseits, gesellschaftlich in Bereiche, wo über Freizügigkeit und Effektivität entschieden wird. Der Auseinandersetzung wird dadurch freilich nichts an Härte und Tiefgang genommen. Vielmehr ergeben sich neue Formen des Kräftemessens. Dafür wird das Bewußtsein allerorten Ende des 20. Jahrhunderts geschärft. Die damit verbundene Herausforderung nimmt die amerikanische Gesellschaft nach anfänglichem Zögern und Zaudern an. Eigene Fehler werden gebrandmarkt, neue Möglichkeiten entfaltet.

Solange Amerika sich die Kraft der Erneuerung erhält, braucht es um seine Zukunft nicht zu fürchten.

Die Amerikanisierung Amerikas

Im Jahre 1492 wurde die Neue Welt entdeckt – daran hält die Geschichtsschreibung fest, schon weil dieses Datum den Beginn der Neuzeit markiert. Dann ist 1992 – ein halbes Millenium nach der Entdeckung – auch ein großes Jubiläumsjahr, ein Grund zum Feiern. Aber für wen?

Viele amerikanische Schüler meinen, daß Kolumbus erst im 18. Jahrhundert auf seine schicksalhafte Reise ging, wohl weil für sie der Beginn der Zivilisation in der Neuen Welt identisch ist mit der Gründung der Vereinigten Staaten. Die Einwanderer aus Asien können mit Kolumbus nicht viel anfangen. Er war nicht einer der Ihren und kam nicht über den Pazifik. Die Schwarzen wurden von den Enkeln des Kolumbus nach Amerika verschleppt. Für die Indianer ist Kolumbus ein früher Eindringling in ihr Mutter- und Heimatland. Für die Bürger in der Tiefe des Landes, vom Mississippi bis zu den Rocky Mountains, ist Kolumbus ein Italiener, der im spanischen Auftrag nach Indien unterwegs war und sich verfahren hat. Für die Angloamerikaner hat die Ankunft der Pilgerväter einen höheren Rang. Die Historiker der Nation sind sich fast einig, daß die amerikanische Person und Identität im Ringen um die »frontier« am Saum zwischen Zivilisation und Wildnis entstand. Der Aufbruch Amerikas in die Weltgeschichte fand in den neunziger Jahren des vergangenen Jahrhunderts statt. Aber noch Präsident Lyndon B. Johnson meinte 1965: »Amerika, das ist Wüste: unbezwungen, Berge: unbestiegen,

Sterne: nicht erreicht – und Ernte, die in ungepflügtem Boden ruht.«

Der Gedanke, daß sie auf einer Terra incognita leben, breitet sich unter nachdenklichen Amerikanern in dem Maße aus, wie sie ihr Land technisch und logistisch erschließen. Auch die Geschichtslosigkeit ist ein gähnendes Loch, das mit Symbolen gestopft wird und dazu führt, daß bereits jüngste Vergangenheit geschichtlichen Anstrich erhält.

Auf der »Missouri« etwa nahm General MacArthur die Kapitulation des japanischen Kaisers entgegen. Gleich nach dem Krieg wurde der Schlachtkreuzer im Bundesstaat Washington eingemottet. Schon bald jedoch ließ ihn der Staat zum National Monument aufpolieren, Anschauungsobjekt der Geschichte. 35 Jahre später ließ Ronald Reagan die »Missouri« wieder flottmachen – lebendige Geschichte.

Schlacht- und Gräberfelder aus dem Bürgerkrieg, die Auseinandersetzung am O.K.-Corral in Tombstone, das Vietnammemorial, die Wall Street, das koloniale Williamsburg – sie alle füllen den Bedarf der Nation an Vergangenheit auf, die ihnen ganz persönlich gehört und nichts mit Ahnen in Europa zu tun hat. Diese Abnabelung ist verbunden mit dem Blick zurück auf Amerika vor Kolumbus, auf die Ruinen der Anasazi, jenes rätselhaften Volkes, das schon im 15. Jahrhundert verloschen war. Die Vorfahren der Indianer werden zu Vorvätern der Nation. Die Abwendung von Europa kommt auch einer Hinwendung zum alten Amerika gleich. Das ist kein Beweis für Resignation, vielmehr ein Zeichen der Selbstfindung. Die Merkmale der Gemeinsamkeit beginnen das Bewußtsein zu verändern, das lange nur die Unterschiede in der Volksmischung wahrnahm. Dabei entwickelt sich nicht so sehr ein harmonisches Miteinander, sondern ein reibungsloses Nebeneinander. Auch unter wirtschaftlichem Druck von außen werden in diesem Prozeß keine Fliehkräfte freigesetzt. Ganz im Gegenteil: Die Grenzen zwischen Rassen und Klassen verschwimmen – eine neue gezackte Trennlinie schafft eher eine »Apartheid« zwischen den Nachdenklichen, den Geist- und Erfindungsreichen auf der einen Seite und den Ungebildeten, den Unempfindlichen und Uninteressierten auf der anderen Seite. Diese Trennung nimmt die Form einer neuen Herausforderung an.

Nach dem gewonnenen Kampf um den Lebensstandard und die Menschenrechte beginnt das Ringen gegen den Bildungsnotstand und die Verriegelung der Phantasie. Die Nation hat das Land erobert und die Welt gestürmt, jetzt bricht sie auf zum Kreuzzug in die Terra incognita der amerikanischen Seele. Die Amerikanisierung Amerikas hat begonnen.

Zeittafel

1492	Landung des Christoph Kolumbus in der Neuen Welt
1776	Unabhängigkeitserklärung der USA; Deklaration der Menschenrechte
1865	Ende des Bürgerkrieges durch den Sieg der Nordstaaten
	Gründung des Ku-Klux-Klan als rassistischer Geheimbund
1870	Gründung der Standard Oil Company
1876	Baekland erfindet den ersten Kunststoff Bakelit
	Sieg der Indianer über General Custer am Little Big Horn
1881	Gründung der Edison-Elektrizitätsgesellschaft
	Beginn des Kanalbaus in Panama
1882	Einwanderungsverbot für Chinesen
	Schwarze dürfen als Ärzte praktizieren
	Standard Oil wird erster US-Trust
1883	Letzte Büffelherde verschwindet
	Erster Wolkenkratzer in Chicago
1886	Kapitulation des Apachenführers Geronimo; Ende der Indianerkriege
	John Pemberton erfindet Coca-Cola
1889	Erfindung des Zelluloidfilms durch Eastman
1890	Massaker am Wounded Knee unter den Hunkpapa-Indianern
	Das »Federal Bureau of Census« erklärt die Zeit der Landnahme als offiziell beendet
1890/93	Größeres Silberangebot; Papiergeld führt zu Börsenpanik
1891	Eröffnung der Carnegie Hall
1892	Neugegründete, kurzlebige Populist Party verlangt Verstaatlichung der Eisenbahnen, den Achtstundentag und die progressive Einkommensteuer
1893	Neues amerikanisches Geschichtsbild durch F. J. Turners epochemachendes Werk über die Bedeutung der Eroberung des Wilden Westens für die Identität der Nation
	Aufsehenerregende Kolumbus-Weltausstellung in Chicago mit dem Transportation Building des Architekten Louis Sullivan

	Thomas Edison baut das erste Filmstudio
1895	Einkommensteuer für verfassungswidrig erklärt
1896	Für Schwarze werden gleichwertige, aber getrennte Schulen geschaffen
1897	Indianer dürfen Land erwerben
1898	Spanisch-amerikanischer Krieg; USA unterstützen kubanische Rebellen
	Bildung von »Greater New York«
1900	Goldstandard gesetzlich eingeführt
1901	US-Interventionsrecht in kubanischer Verfassung
1902	Haftpflicht für Arbeitnehmer gesetzlich verankert
1903	Gebrüder Wright fliegen erstmals mit »Kitty Hawk«
1906	Erdbeben und Großfeuer zerstören fast ganz San Francisco
1907	Das »indian territory« wird als Oklahoma US-Bundesstaat
1908	Erste Umweltbehörde geschaffen
1913	Abkehr von der Hochzollpolitik
1914	Panamakanal fertiggestellt
1914/16	US-Truppen in Veracruz, Haiti, Santo Domingo
1916	Einführung des Achtstundentages für Bahnarbeiter
1916/17	Umstellung auf Kriegswirtschaft
1917	Ende der Neutralität, Kriegserklärung an Deutschland
1918	Wilsons Friedensplan: Forderung von vierzehn Punkten
1920	US-Kongreß lehnt Ratifizierung des Versailler Vertrages ab, ebenso den Beitritt zum Völkerbund
	Inkrafttreten des Gesetzes zur Prohibition; geheime Alkoholherstellung fördert die Bildung von Gangstersyndikaten
1922	Neue Welle der Zollerhöhungen, Subventionen
	Nachkriegsdepression
1926	Radio findet rasche Verbreitung
1927	Charles Lindbergh überfliegt den Atlantik
1928	Amelie Earhart überfliegt den Atlantik
	Beginn des Tonfilms
29.10.1928	Börsenkrach (Kursrückgang der Aktien um 40 Prozent)
	Beginn der Weltwirtschaftskrise
1930	Höchste US-Zollsätze in der Wirtschaftsgeschichte
1931	Verzicht auf Rückzahlung der Kriegsschulden
1933	Proklamation des »New Deal«
	»Good-Neighbour«-Politik gegenüber Lateinamerika
1934	Andauernde Trockenheit im Mittleren Westen
1935	Neutralitätsgesetze von Franklin D. Roosevelt verabschiedet: keine Einmischung in Europa
1937	US-Konjunktur erlahmt
1938	Aufführung der »Rhapsody in Blue« in der Carnegie Hall: Aufnahme der Jazzmusik in die amerikanische Volkskultur
1940	Rüstungsprogramme führen zu Vollbeschäftigung
1941	»Eines langen Tages Reise in die Nacht« von Eugene O'Neill
	Leih- und Pachtgesetz tritt in Kraft

7.12.1941	Japanischer Angriff auf Pearl Harbor
8.12.1941	Kriegseintritt der USA
1942	Deklaration der Vereinten Nationen unterzeichnet
1944	»G.I. Bill«: Unterhalt und Ausbildung für Soldaten frei
6.8.1945	Atombombenabwurf auf Hiroshima
1946/48	Preise steigen um 50 Prozent
1947	Marshallplan als Hilfsprogramm für die europäischen Staaten Beginn regelmäßiger Fernsehsendungen
1949	Pulitzerpreis für das Drama »Tod eines Handlungsreisenden« von Arthur Miller
1952	»Der alte Mann und das Meer« von Ernest Hemingway
1953	Waffenstillstand in Korea Zweite Nachkriegsrezession
1954	Erstes Atom-U-Boot fertiggestellt
1955	Zusammenschluß der Gewerkschaften AFL und CIO
1958	Erster US-Satellit im Weltraum nach sowjetischem Satellitenerfolg 1957 Gründung der Raumfahrtbehörde NASA
1959	Alaska und Hawaii werden amerikanische Bundesstaaten St.-Lorenz-Seeweg eröffnet
1960/65	Wirtschaftsbelebung durch Vietnam-Rüstung Erste Konzentrationswelle
1961	Peace Corps gegründet (Organisation freiwilliger Entwicklungshelfer) Selbstmord Hemingways
22.11.1963	Präsident John F. Kennedy ermordet
1965	Medicare-Gesetz regelt medizinische Versorgung der Amerikaner, die älter sind als 65 Jahre Blutige Unruhen im Schwarzenviertel Watts in Los Angeles
1967	Zahl der Studenten an Universitäten und Colleges erstmals über vier Millionen
1968	Martin Luther King und Robert Kennedy ermordet
1969	Rückzug aus Vietnam beginnt im Oktober; noch 497 000 US-Soldaten im Land Neil Armstrong und Edwin Aldrin landen auf dem Mond
1970	Ölgesellschaften werden haftbar gemacht für Umweltschäden
1971	Das Wahlalter wird auf 18 Jahre herabgesetzt Nixon erklärt dem Drogenmißbrauch den Krieg Reformprogramm für die Indianer verabschiedet
1971/74	Stabilisierungsversuche durch Preiskontrollen Dollarabwertung
1973	Waffenstillstand in Vietnam Das Oberste Gericht der USA räumt begrenzte Abtreibungsrechte ein
1973/74	Beginn der ersten Ölkrise Abwertung des Dollar um 50 Prozent
1974	Präsident Nixon tritt wegen der Watergate-Affäre zurück

1975	Apollo und Sojus 19 gemeinsam im Weltraum
1977	Amnestie der Vietnam-Deserteure Insulin erstmals künstlich hergestellt
1978	Camp-David-Abkommen zwischen Israel und Ägypten Kalifornisches Volksbegehren verlangt Senkung der Grundsteuer um 57 Prozent
1979	Sowjetische Invasion in Afghanistan
1980	US-Getreideembargo gegen die Sowjetunion US-Boykott der Olympiade in Moskau Historischer Tiefstand des Dollar (1 Dollar = 1,71 DM)
1981	52 US-Geiseln nach 444 Tagen Gefangenschaft im Iran frei Streik von 15 000 Fluglotsen: Mitglieder der Lotsengewerkschaft werden verhaftet Steuersenkung als Teil der »Reaganomics«
1982	Verdoppelung der US-Verteidigungsausgaben US-Konjunktur verharrt auf niedrigem Stand
1983	Stationierungsbeginn von US-Mittelstreckenraketen in Europa Steuersenkung, Rüstungsaufträge, Exportbelebung 675 000 Telefonarbeiter streiken
1984	Internationaler Gerichtshof in Den Haag verurteilt die USA wegen Verminung der Häfen von Nicaragua Wiederaufnahme der diplomatischen Beziehungen zwischen USA und Vatikan nach mehr als hundert Jahren Telefongesellschaft AT&T wird laut Sondergesetz entflochten Merkliche Besserung der Konjunktur (Zunahme des Bruttosozialprodukts um 6,4 Prozent)
1985	Verständigung USA–UdSSR über den Abbau von Atomwaffen Abrüstungsgipfel zwischen Reagan und Gorbatschow in Genf US-Staatsschuld übersteigt erstmals wieder 30 Prozent des Bruttosozialprodukts
1986	Dollarhöchststand (1 Dollar = 3,47 DM) Space Shuttle »Challenger« explodiert nach Start Das Oberste Gericht der USA bestätigt Abtreibungsrechte Arbeitslosenrate sinkt von fast 10 Prozent auf unter 7 Prozent
1987	Westliche Flottenpräsenz im Persischen Golf Panamas Präsident Noriega widersteht dem Druck der USA, ihn absetzen zu lassen Kräftigste Konzentrationswelle in der US-Wirtschaftsgeschichte
19.10.1987	Börsenkrach; Rückgang der Aktienkurse um 22,6 Prozent
1988	Neuer Tiefstand des Dollar (1 Dollar = 1,57 DM)
Herbst 1988	Gipfel Reagan–Gorbatschow in Moskau Vernichtung von Mittelstreckenraketen der Supermächte Beendigung oder Eindämmung der Kampfhandlungen: Irak–Iran, Angola, Kambodscha, Sahara, Afghanistan Größte Dürre in den USA seit 50 Jahren Seit über sieben Jahren Dauerkonjunktur

Personen- und Sachregister

Acheson, Dean 192
Adams, John Quincy 345
Adenauer, Konrad 212, 214, 227 f., 299
Adler, Alfred 13
Adorno, Theodor W. 67
AEG 275
AFL (American Federation of Labor) 271
Aids 57
Aiken, Howard 336
AIM (American Indian Movement) 117 f., 120
Al Capone 55
Aldrich, Edwin 59
Aldrin, Edwin 244, 345
Alfaro Siqueíros, David 116
Alger, Horatio 59
Allen, Woody 71
Allende, Salvador 223
»America First« Committee 176
Amerikanisches Rotes Kreuz 138
Amerikanistik 12
Antiamerikanismus 223, 234–237, 333
Antikommunismus 216, 246
Apollo-Programm 244
Aquino, Corazon 129
Arbatow, Georgi 197
Arbeiterparteien 269
Armstrong, Louis 25 f.
Armstrong, Neil 244, 345
Astor, Johann Jakob 105
Atombombe 186 ff., 243, 318, 337
Atomwaffenmonopol 242, 253
Automobil 36, 38 f.

Baker, Chet 26
Baker, Josephine 26
Barany, Robert 43
Barton, Clara 138
Baruch, Bernhard 276
Basie, Count 26
Beckwourth, Jim 106
Begin, Menachem 247
Behring, Emil von 43
Bell, Graham 25, 75, 273 f.
Bell, Penelope 126
Beneš, Eduard 172, 203
Bennett, James Gordon 59, 62
Bennett, William 71
Benson, Ezra Taft 88
Berlin, Irving 26
Berlin-Blockade 203 f., 206
Berliner Mauer 219
Bernstein, Leonard 27
Berolzheimer, Josef 198 f.
Bhagwan Shree Rajneesh 90
Bhutto, Benazir 129
Blomberg, Werner von 170
Bloom, Allan 71
Bogart, Humphrey 24
Bohlen, Charles 192
Bolívar, Simón 7, 82
Boone, William 65

Börsenkrach 19. 10. 1987 289
Börsenkrach 29. 10. 1929 289, 293 f., 296 f.
Bowie, James 130
Bradley, Omar 240
Brando, Marlon 309
Braun, Wernher von 242 f.
Brecht, Bertolt 27
Breschnew, Leonid 248
Brodkey, Harold 12, 60
Buchwald, Art 63
Buffalo Bill 105, 134
Bundy, Ted 57
Bürgerkrieg 8
Burns, Arthur 326
Burt, Richard 83
Burton, Bob 322
Bush, George 15, 48, 66, 99 f., 112, 224, 258, 352
Bushnell, Nolan U. 28
Byrd, Richard E. 293

Calley, William jr. 237
Camp-David-Abkommen 246
Capote, Truman 60
Carnegie, Andrew 59, 75, 77, 80, 295
Carranza, Venustiano 147
Carrothers, Wallace 28
Carson, Rachel 47
Carter, Jimmy 48, 245, 246 ff., 256
Carter, Rosalynn 125
Caruso, Enrico 25
Casey, William Joseph 224
Castro, Fidel 221, 223, 226, 281
CCC (Civilian Conservation Corps) 168
CEP 49
Chamberlain, Neville 172, 174
Chaplin, Charlie 22
Chartier, Clem 117
Cheney, Lynne 65 f.
Christensen, Bruce 88
Chruschtschow, Nikita 221
Chrysler, Walter 260 f.
Churchill, Winston 147, 181 f., 189, 193, 207, 254, 326
CIA 197, 221–225
Clay, Lucius D. 204
Clemenceau, George 152, 200, 291
Cleveland, Stephan Grover 167
Clift, Montgomery 132
Coca-Cola 18, 20, 295
Collins, Martha 123
Colt, Samuel 31, 135
Commager, Henry Steele 84
Computer 335–340
Containment-Philosophie 202
Coolidge, Calvin 155
Cooper, Gary 24, 132
Cowboys 134 f.
Cowboys, schwarze 108 f.
Cox, Arthur M. 197
Crane, Stephen 59
Crawford, Joan 303
Cray, Seymour 339
Crockett, David 130
Curtiz, Michael 23
Custer, George Armstrong 114
CWA (Civil Works Administration) 168
Czolgosz, Leon 54

Darwin, Charles 13, 67, 92
De Bakey, Michael 43
Dean, James 24
Delors, Jacques 195
Descartes, René 265
Deutsche Wirtschaftskommission 313
Dietrich, Marlene 22
Dietze, Constantin von 317
Dillinger, John 55
Disney, Walt 20, 64
Dollar 328 f.
Dollarimperialismus 277–280, 333
Douglas, Kirk 23
Douglas, Stephen 71
Dreimächtepakt 182
Dreiser, Theodore 60
Dukakis, Michael 48, 70, 112
Dulles, Eleanor 229
Duncan, Isadora 62
Dunlop, John Boyd 275

Earl, Harley 38f.

Earp, Wyatt 133
Eastman, George 260 f.
Eckert, Presper 336
Eddy, John 50
Edison, Thomas Alva 10, 21 f., 25, 28, 260 f., 273 f.
Edwards, Jonathan 82
Ehler, Charles 48
Ehrenburg, Ilja 16
Ehrlich, Paul 43
101-Ranch 105
Einstein, Albert 67, 97, 178, 295
Einwanderer 96, 268
Eisenhower, Dwight D. 13, 226, 316, 345
Eisenhower, Mamie 125
Eiserner Vorhang 207
Elder, Jack 100
Eliot, T. S. 14
Ellington, Duke 26, 303
Erhard, Ludwig 200, 317f.
Eucken, Walter 317

FBI 224 f.
Federal Reserve System 326
Feinstein, Diane 123
Fernsehen 24 f., 70
Ferraro, Geraldine 122 f., 128
Fields, Mary 106
Filmindustrie 21–24
Firestone, Harvey 260, 275, 324
Fiske, John 67
Fitzgerald, Ella 27, 306
Fitzgerald, F. Scott 63
Fleming, Alexander 293
Flüchtlinge, politische 99 ff.
Fonda, Henry 132
Ford, Betty 125
Ford, Gerald 83, 288
Ford, Henry 21, 36, 260 f., 266
Franklin, Benjamin 82
Frauen 122–129
Frauenstimmrecht 124
Frauenuniversitäten 125
Freimaurerei 82 ff.
Freud, Sigmund 14, 67, 295
Fuchs, Klaus 186
Fulton, Robert 179

Gable, Clark 83, 303
Gagarin, Juri 242, 345
Garbo, Greta 22
Garcia, Peter 118
Gardner, David P. 88
Garland, Hamlin 59
Garn, Jake 88
Gaulle, Charles de 219
General Electric 295, 306
General Motors 38 f., 295, 323, 332 f.
George, Manfred 67
Gershwin, George 26
Getty, Anne 73
Gewerkschaften 268–271
Gandhi, Indira 129
GI-Gesetz 309
Gipfeltreffen Toronto 1988 287 ff., 297
Giscard d'Estaing, Valéry 285, 287
Glenn, John 83, 242
Goebbels, Joseph 167
Goldman Sachs 324
Goldrausch 52, 327
Goldwyn, Samuel 22 f.
Goodman, Benny 25 f., 303
Goodyear, Charles 31
Gorbatschow, Michail 197, 206, 249, 254, 258
Göring, Hermann 176, 178, 181
Gorman, R. C. 115
Graf, Oskar Maria 47
Graham, Billy 84
Grandma Moses 68
Granger, Stewart 22
Gray, Edward 145
Greene, Graham 60
Greenspan, Allan 326
Grey, Zane 133
Gromyko, Andrej 250
Grooms, Red 68
Gropius, Walter 67, 96
Grosz, George 97
Groves, Lesley R. 186 f.
Guggenheim, Paul 75, 77

Haberler, Gottfried von 302
Hachija, Nichihiko 187
Hale, Nathan 221 f.
Haley, Alexander 24
Hammer, Armand 42, 79
Handelsbilanzdefizit 328
Harding, Warren Gamaliel 155
Harriman, Averill 193, 241
Hatch, Orrin 88
Häuptling Seattle 51
Hauptmann, Bruno Richard 156
Haushaltsdefizit 331
Hayeck, Friedrich August von 317
Haymarket-Aufruhr Chicago 1886 270
Hays-Code 23
Hayworth, Rita 24
Hearn, Cleo 108 f.
Hearst, William Randolph 9, 58, 60, 62, 105, 140
Hegel, Georg Wilhelm Friedrich 265
Heinz, John 49
Hemingway, Ernest 13, 63
Himmler, Heinrich 198
Hinckley, John 54
Hindenburg, Paul von 165
Hiroshima 187
Hitler, Adolf 152, 156, 165 ff., 177, 181 f., 198, 299, 308
Hollerith, Herman 336, 338
Hoover, Edgar 224 f.
Hoover, Herbert 167, 298 ff.
Horkheimer, Max 67, 302
Horowitz, Wladimir 26
Hoßbach, Friedrich 170
Houser, Allan 115
Houwald, Götz von 120
Hughes, Charles Evans 144
Hughes, Langston 112

Iacocca, Lee 69 f.
IBM 295, 335, 338
Indianer 105, 112, 114–121
Inflation 290 f.
Iran-Contra-Affäre 224
›Ivy League‹ 125 f.

Jackson, Helen Hunt 59
Jackson, Jesse 112, 123
Jackson, Mahalia 27
Jackson, Michael 27
Jacquard, Joseph-Marie 336
Jahn, Helmut 34
Jamashita, Hideo 336
James, Jesse 105
James, William 13
Jefferson, Thomas 64, 142
Johnson, Lyndon B. 55, 97, 232, 234 f., 240 f., 243, 246, 354
Jonestown-Massaker 54
Journalismus 59–64

Kaiser, Henry 306
Kalter Krieg 192, 194, 203, 227, 253
Kamitz, Reinhard 317
Kant, Immanuel 235, 265
Keitel, Wilhelm 172
Keith, Minor C. 279
Kellogg-Briand-Pakt 293
Kelsen, Hans 212 f.
Kennan, George 191, 201 f.
Kennedy, Jacqueline 125
Kennedy, John F. 54 f., 70, 109, 123, 131, 218–221, 232, 234, 243 f., 246, 283, 309, 345
Kennedy, Robert 218, 241, 256, 285
Keynes, John Maynard 291, 298, 301 f.
Keynesianismus 302
Khomeini, Ajatollah 246
Kinderarbeit 270
King, Coretta 112
King, Martin Luther 109 f., 112, 117, 240, 285
Kinsey-Report 126
Kissinger, Henry 234
Koch, Robert 43
Kodak 50
Kokain 55 f.
Kolumbus, Christoph 7, 10, 15, 33, 105, 354
Konzentrationslager 208 f.
Ku-Klux-Klan 52

Lafayette, Marie Josef 82, 130
Lämmle, Karl 22
L'Amour, Louis 130, 133
Lampe, Adolf 317
Lancaster, Burt 24
Landauer, Carl 67
Landsteiner, Carl 43
Lang, Fritz 23
Lateinamerika 169, 280–284
Le Baron Jenney, W. 31
Lederer, Emil 67
Lenin, Wladimir Iljitsch 141, 148 f.
Lenya, Lotte 27
Leonow, Alexej A. 242
Levitt, William 40
Lewis, Sinclair 60
Lewis-and-Clark-Expedition 105
Lincoln, Abraham 54, 70 f., 110
Lindbergh, Charles 40, 83, 156, 178
Lippmann, Walter 300
Lipton, Thomas 260
Literatur 59–64
Litwinow, Maxim 197
Livingstone, David 62
Lloyd, Harold 22
Locke, John 235
Lovett, Robert 192
Lubitsch, Ernst 23
Luce, Henry Booth 12, 348
Ludwig I. 124
Luftbrücke 204, 206, 219, 229
Luftfahrt 40 f.
Lumière, Louis 23

MacArthur, Douglas 183, 213 f., 231, 320, 355
Madison, Jones 142
Mahler, Gustav 25
Manhattan Project 186
Mann, Thomas 67, 97
Manson, Charles 54
Mao Tse-tung 202
Marcuse, Herbert 14
Marcuse, Ludwig 67
Marktwirtschaft 317
Marshall, George 202
Marshallplan 23, 198 ff., 246, 291, 332
Marx, Karl 114, 266
Masaryk, Jan 172, 203
Masterson, Bud 133
Matsuoka, Yosuke 182
Mauchly, John W. 336
May, Karl 114
Mayflower 81
Mäzenatentum 72 ff.
McCarthy, Joseph 52, 216, 218 f.
McKinley, William 54
McMurrin, Sterling 87
McNair, Lesly James 316
Means, Russell 117, 120
Medizin 42–45
Melville, Herman 15
Menschenrechtserklärung 8, 82, 123
Menz, Max 27
Metro-Goldwyn-Mayer 22
Mickey Mouse 20
Midway, Schlacht von 184, 306
Mies van der Rohe, Ludwig 67
Miller, Glenn 27
Molotow, Wjatscheslaw 192
Mondale, Walter 128
Monnet, Jean 299
Monroe, James 142
Monroe, Marilyn 24
Monroe-Doktrin 142, 148, 345
Montanunion 300
Montez, Lola 124
Morgan, J. Pierpont 33, 295
Morgenthau, Henry 200, 314
Mormonen 86 ff.
Morris, Maxwell 16
Morris, Philip 16
Müller-Armack, Alfred 317
Münsterberg, Hugo 127
Murphy, Audie 132
Museen 74 ff.
Musikentwicklung 25 ff.
Musil, Robert 168
Mussolini, Benito 156, 299
My Lai 237

Nader, Ralph 49
Nagasaki 187
Namingha, Dan 115

Napoleon I. 178 f.
NASA 50, 244 f., 347
Nast, Thomas 20
Nathan, Otto 67
National Origins Act 96
Nationalparks 47 f.
NATO 206, 227
Negri, Pola 23
Neumann, John von 336
New Deal 168, 177, 245, 291, 298, 300 f.
Newman, Paul 80
Nichols, Thomas Low 31
Nixon, Richard 69 f., 234, 246
Nobelpreisträger 42 f.
North American Accord 99
Notenbank 327
Nürnberger Gesetze 198
Nuzinger, Christa 116

Ohgu, Norio 321
OPEC 329
Opel, Adam O. 332
Opel, Fritz von 332
Operation Overlord 184
Operation Wetback 97
Oppenheimer, Franz 67
Oppenheimer, Robert 186
Orozco, José Clemente 116
Ortega, Daniel 281
OSS 224
Otis, Elisha 31
Outcault, Richard 60
Ozonloch 51

Panamakanal 59, 143, 279
Pawlow, Iwan 43
Pearl Harbor 182 f.
Pemberton, John 18
Pershing, John J. 149
Personalcomputer 335–340
Perry, Matthew C. 230, 320
Pickett, Bill 105, 134
Pilsudski, Józef 299
Platz, Arnall 43
Podhajski, Alois 208
Populisten 59
Populismus-Bewegung 9
Portman, John C. 35
Potsdamer Konferenz 183 f.
Pound, Ezra 62
Powell, Colin 110
Prager Frühling 241
Pratt, Richard 115
Presley, Elvis 27
Primo de Rivera, Miguel 299
Prince 27
Prohibition 18
Psychoanalyse 13
Pulitzer, Joseph 9, 59 f., 62, 140

Quaker 50
Quayle, Dan 66
Quirk, John Patrick 222

Rathenau, Emil 273, 275 f.
Rathenau, Walther 276
Rauschgift 55 f.
Rayburn, Sam 190
Reagan, Nancy 64, 125, 249
Reagan, Ronald 51 f., 54 f., 64, 70, 73, 83, 92, 99, 110, 112, 122, 130 f., 165, 224, 249 f., 254–258, 287, 352, 355
Reaganomics 257, 289
Recycling 48, 50
Redford, Robert 24, 80
Regenbogenkoalition 123
Reichsluftschutzbund 176
Reinhardt, Max 67
Religionen 81–91
Remington, Frederic 114 f.
Reston, James 31
Ride, Sally 50, 123
Rifle Association 53
Rivera, Diego 116
Rivera, Brooklyn 120
›roaring twenties‹ 13, 26, 260, 290 f., 294
Robertson, Pat 83
Robertson, Sparrow 62
Rockefeller, David 79
Rockefeller, John D. 75, 77–80, 105
Rockefeller-Stiftung 78 f.
Roepke, Wilhelm 317

Rogers, Ginger 23
Rohatyn, Felix 325
Roosevelt, Eleanor 124 f., 190
Roosevelt, Franklin Delano 26, 97, 165–179, 189–193, 199, 245, 254, 256, 298, 300 f., 314, 326
Roosevelt, Theodore 18, 47 f., 54, 83, 105, 131, 140–143, 160, 169, 245, 252, 256, 327, 352
Root, John W. 33
Rosenberg, Steven 43
Rosenthal, Joe 191
Rubinstein, Arthur 26
Ruckelshaus, William 48
Ruddy, Al 91
Russell, Charles M. 115

Sachs, Alexander 178 f.
Sadat, Anwar el 247
SALT 2 248
Sanctuary Movement 100
Santayana, George 30, 34
Sartre, Jean-Paul 14
Schaefer, William Donald 73
Schlesinger, James Rodney 13
Schmelztiegel 93, 96, 109
Schmidt, Helmut 285, 287
Scholder, Fritz 115
Schönberg, Arnold 97
Schröder, Patricia 122
Schulgebet 89
Schulwesen 64 ff.
Schumanplan 300
Schumpeter, Joseph A. 302, 328
Schurz, Carl 71, 115
Schwab, Charles 295
Schwarze 105–1212
Seberg, Jean 24
SEC 301
Seibel, Richard 208 f.
Seminolen 111
Servan-Schreiber, Jean-Jacques 325
Sevareid, Eric 63
Shaw, George Bernard 127
Shearson & Lehman 324
Shepard, Alan D. jr. 242
Shigeru, Yoshida 320
Siemens 335 f., 338
Siemens, Werner von 276
Silicon Valley 338 f.
Simon, Paul 65
Simpson-Mazzoli Act 98
Sinatra, Frank 27
Sinclair, Upton 60
Sitting Bull 9, 111, 120, 134
Sklavenbefreiung 8
Smeal, Eleanor 129
Smith, Charly 106
Smith, Joseph 86
Smithson, James 74
Soleri, Paolo 36
Sonnenschein, H. 115
Sozialdarwinismus 13
Sozialversicherung 301
Space Shuttle 244 f., 346 f.
Spengler, Oswald 348
Sputnik 241, 346
Stalin, Josef 148, 189, 191–194, 201–206, 299
Standard Oil Company 78
Stanley, Henry 62
Starzl, Thomas E. 43
Steiff, Margarete 18, 20
Stein, Gertrude 63
Steinbeck, John 13, 102
Steinhardt, Lawrence 202
Sternberg, Josef von 23
Steuerpolitik 344
Stewart, James 133
Stollwerck, Ludwig 28
Streiks 312
Streisand, Barbra 27
Studentenrevolte 240 f.
Sullivan, Louis 33 f.
Sumner, William G. 80
Supermarkets 41 f.

T-Model 36, 275
Taft, William Howard 78
Taylor, Frederick W. 264
Tecumseh 120
Teller, Edward 67, 179, 243
Tereskowa, Valentina 242
Thatcher, Margaret 289

Tirpitz, Alfred von 279
Toscanini, Arturo 26
Tower, John 57
Tracy, Spencer 28
Treasury Bonds 331
Trotzki, Leo 293, 299
Truman, Harry S. 83, 149, 160, 186 f., 190 ff., 203–206, 214, 246, 253, 293, 312
Truman-Doktrin 202
Trump, Donald 34, 45
Tschaikowski, Peter 26
Tschiang Kai-schek 183, 202
Turner, Frederic Jackson 131
TVA (Tennessee Valley Authority) 168
Twain, Mark 59, 64

UFA 23
Ufer, Walter 115
Umweltschutz 48–51
UN s. Vereinigte Nationen
Unabhängigkeitserklärung 8
United Fruit Company 279 f.
United Steel 295
Universal City 22
UNRRA 312
Uran-Komitee 179

Vanderbilt, Alfred G. 75, 303
Veblen, Thorsten 67
Verbrechen 53 ff.
Vereinte Nationen 158f., 161–164
Versailler Vertrag 152, 154, 293
Versorgung, medizinische 44 f.
Veterans Administration 39
Viehtrecks 134 f.
Vietnamkrieg 219, 233 f., 237–241
Vietor, Karl 67
Volcker, Paul 326
Völkerbund 152–155, 159, 164, 170, 194, 206, 247
Volkshelden 130–134
Volkshochschule 68
Volkswagen 323
Volkszählung von 1880 336
Vries, William de 88
Wagner-Jauregg, Julius 43
Währungsreform in der Bundesrepublik 1948 318
Walter, Bruno 97
Warburg, Max 67
Ward, Lester 67
Warhol, Andy 67
Warner Bros. 22
Washington, George 8, 82, 110, 130, 222, 251
Watergate 234
Watson, James D. 43
Watson, Thomas J. sen. 337
Wayne, John 24, 132
Weber, Adolf 198
Weber, Max 84 f.
Webster, William 225
Weidenfeld, George 73
Weill, Kurt 27
Weinberger, Caspar 309
Weltausstellung Philadelphia 1876 262
Weltwirtschaftskrise 290, 296–299, 315
Whitman, Walt 66
Wilder, Thornton 60
Wilhelm II. 149, 273, 279
Wilson, Woodrow 125, 144–149, 152–155, 159, 172, 194, 200, 245, 256, 276, 291
Wirth, Timothy 49
Wirthlin, Richard 88
Wolkenkratzer 31, 34, 272
Wolper, David L. 69,f.
Wounded Knee, Massaker 9, 114, 117
Wright, Frank Lloyd 34, 72
Wright, Oliver u. Wilbur 40, 275
Wurlitzer 28

Yellow Press 10, 60, 63
Young, Brigham 86

Zangwill, Israel 93 f., 96
Zuckmayer, Carl 67
Zukor, Adolph 22
Zuse, Konrad 336